Oscar classici

Charles Dickens

LE AVVENTURE DI OLIVER TWIST

Traduzione di Bruno Oddera

Introduzione di G.K. Chesterton

Con uno scritto di Graham Greene

OSCAR MONDADORI

© 1987 Arnoldo Mondadori Editore S.p.A., Milano
Titolo originale dell'opera: *Oliver Twist*
© J.M. Dent & Sons Ltd - E.P. Dutton & Co. Inc.,
London - New York 1957 per lo scritto di G.K. Chesterton
© The Viking Press, New York 1952
per lo scritto di Graham Greene

I edizione I libri da leggere marzo 1987
I edizione Oscar Leggere i Classici settembre 1996

ISBN 88-04-48052-1

Questo volume è stato stampato
presso Mondadori Printing S.p.A.
Stabilimento NSM - Cles (TN)
Stampato in Italia - Printed in Italy

Ristampe:

10   11   12   13   14   15   16

2005   2006   2007   2008

La prima edizione Oscar classici
è stata pubblicata in concomitanza
con la sesta ristampa
di questo volume

Introduzione[*]

di G.K. Chesterton

Considerando Dickens come quasi sempre lo consideriamo, ossia come un uomo dalla sorprendente originalità, non riusciamo forse a comprendere da quali forze egli attinse persino l'energia originale. Non è bene che un uomo resti solo. Noi, al giorno d'oggi, arriviamo ad ammettere la solitudine quando essa è legata al problema del monachesimo o di una vita estatica. Ma non siamo disposti ad ammettere che il nostro moderno desiderio di assoluta originalità sia in realtà un desiderio di asocialità assoluta, di assoluta solitudine. L'anarchico è solo almeno quanto l'asceta. E gli uomini di assoluto vigore in letteratura, gli uomini come Dickens, hanno in genere dimostrato grande socievolezza nei confronti della società delle lettere, esprimendola sempre attraverso la felice ripresa di temi preesistenti, e a volte, come nei casi di Molière o Sterne, attraverso il plagio evidente. E persino il furto è una confessione della nostra dipendenza dalla società. In Dickens, tuttavia, le originali fondamenta sulle quali lavorò sono particolarmente difficili da determinare. In parte, è a causa del fatto che egli è in assoluto l'unico autore, della sua lunga tradizione, a essere ancora letto dal pubblico moderno. Egli raccoglie l'eredità di Smollett e Goldsmith, ma allo

[*] Lo scritto qui riportato è tratto da: G.K. Chesterton, *Introduction*, in Charles Dickens, *Oliver Twist*, J.M. Dent & Sons Ltd, London 1957, pp. v-xiii (trad. it. di Marco Fiocca).

stesso tempo la distrugge. Questo gigante, essendo il più vicino a noi, nasconde alla nostra vista persino i giganti che lo generarono. Ma la nostra difficoltà è ancor più dovuta al fatto che Dickens miscelò al materiale tradizionale materiali tanto sottilmente nuovi, tanto legati alla Rivoluzione francese, che il risultato è una trasformazione radicale. Se cerchiamo il miglior esempio di questo fatto, il miglior esempio è *Oliver Twist*.

In rapporto agli altri lavori di Dickens, *Oliver Twist* non ha grande valore, ma ha una grande importanza. Alcune parti sono tanto crude e così goffamente melodrammatiche che si sarebbe tentati di dire che se non lo avesse scritto, Dickens sarebbe stato uno scrittore più grande. Ma se anche fosse stato più grande, senza di esso sarebbe stato incompleto. A eccezione di alcune pagine eccezionali, di umorismo e orrore, l'interesse del libro non consiste tanto nella rivelazione del genio letterario di Dickens, quanto nella rivelazione di quegli istinti morali, personali e politici che erano la forma del suo carattere e il supporto permanente di quel suo genio letterario. *Oliver Twist* è di gran lunga il più deprimente tra tutti i suoi libri; in un certo senso è il più irritante; tuttavia la sua bruttezza dà l'ultimo tocco di onestà a un prodotto tanto brillante e spontaneo. Senza quest'unica nota discordante, tutta la sua gaiezza sarebbe apparsa frivola.

Per apprezzare appieno *Oliver Twist*, dobbiamo prima ricordare il posto che esso occupa nella biografia e nella cronologia dell'autore. Dickens, va ricordato, era appena salito sul palco, facendo ridere il mondo intero con la sua prima grande storia, *Il Circolo Pickwick*. *Oliver Twist* fu il suo bis. Fu la seconda opportunità concessagli da coloro che erano morti dal ridere con Tupman e Jingle, Weller e Dowler. In queste circostanze un istrione dovrebbe avere la cura di dare al pubblico un'opera patetica, dopo quella umoristica; e, a fianco di tutti i suoi meriti morali, c'era molto istrionismo in Dickens. Ma questa spiegazione, da sola, è insieme inadeguata e inutile. In Dickens si trovava un secondo tipo di energia, orribile, inquietante, barbara, capace in altri tempi di volgarità, avida dei simboli classici dell'abiezione, la bara, la forca, le ossa, il coltello insanguinato. Dickens amava questo genere di cose, ed era davvero un uomo per il fatto di apprezzarle; in particolare, era davvero un ragazzo. Possiamo con piacere ricordare il fatto che Miss Petowker (in seguito Mrs Lillyvick) aveva l'abitudine di recitare una poesia intitolata *L'inumazione del bevitore di sangue*. Non posso esprimere quale sia il mio dispiacere di fronte al fatto che il testo non venga riportato; Dickens era in grado di scrivere *L'inumazione del bevitore di sangue* quasi quanto Miss Petowker lo era di recitarlo. Questa tendenza esisteva in Dickens, accanto alla sua gioiosa risata; ambedue legate allo stesso vigoroso romanzo. Qui, come altrove, Dickens rimane vicino a quelle cose umane che non mutano mai. Egli è vicino alla religione, che non ha mai permesso al migliaio di diavoli nelle sue chiese di fermare la danza delle sue campane. Egli è alleato della gente, del vero povero che non ama nulla più di bersi allegramente un bicchiere, chiacchierando di funerali. Gli estremi della sua malinconia e della sua allegria sono il confine di religione e democrazia; lo separano dalla moderata felicità dei filosofi e da quello stoicismo che è la virtù e la culla degli aristocratici. Non c'è nulla di strano nel fatto che lo stesso uomo che concepì le fraterne ospitalità di Pickwick abbia immaginato anche l'ostile risata del covo di Fagin. Esse sono entrambe vere ed entrambe esagerate. E l'intera tradizione umana ha legato assieme, in un nodo misterioso, le corde della festosità e della paura. È attorno ai bicchieri della vigilia di Natale che gli uomini hanno sempre fatto a gara a raccontarsi storie di fantasmi.

Quest'elemento primo era presente in Dickens, ed è fortemente presente in *Oliver Twist*. Non era stato presente nel *Circolo Pickwick* in maniera abbastanza forte, o continua, da lasciare una qualche traccia nella mente del lettore, dato che la storia di «Gabriel Grubb» è grottesca piuttosto che orribile, e che le due lugubri storie di «Il Pazzo e il Cattivo Cliente» sono tanto irrilevanti ai fini della narrazione che qualora anche il lettore le ricordasse, probabilmente non ricorderebbe che esse si trovano nel *Circolo Pickwick*. I critici hanno biasimato Shakespeare e altri autori per aver inserito episodi comici nelle loro tragedie. Ci voleva un uomo con il coraggio e la grossolanità di Dickens per inserire episodi tragici in una farsa. Ma quei critici non comprendono per nulla la storia dall'interno. In *Oliver Twist*, a ogni modo, la cosa uscì allo scoperto con un'ispirazione quasi brutale, e coloro i quali si erano innamorati di Dickens per la sua generosa buffoneria devono essere, con ogni probabilità, trasaliti di fronte a un conto tanto diverso, alla seconda ordinazione. Quando avete comprato il libro di qualcuno perché vi piace la sua scrittura riguardo al sacco da pugile di Mr Wardle e ai pattini di Mr Winkle, dovete essere sorpresi quando lo aprite e leggete dei terribili colpi che tolgono la vita a Nancy o di quel mascalzone dalla faccia sfigurata dalla malattia. Se una tale delusione ci fu, essa non lasciò tracce, dato che dopo *Oliver Twist*, come dopo *Il Circolo Pickwick*, la carriera di Dickens continuò a essere una marcia trionfale.

Tuttavia per i critici di oggi, a ogni modo, il primo importante elemento del libro è questa prima rivelazione della capacità di Dickens di maneggiare elementi spettrali e sovrannaturali. Secondo un punto di vista tanto ristretto, l'opera è davvero ammirabile. Personaggi concepiti poco chiaramente per quanto riguarda la loro psicologia sono tuttavia gestiti in modo da colpire alle fondamenta la nostra psicologia. Bill Sikes non è esattamente un uomo verosimile, ma proprio per questo è un verosimile assassino. Nancy non è una figura particolarmente incisiva, come donna viva, ma con il procedere della narrazione diventa un cadavere grazioso. Qualcosa di assolutamente infantile ed eterno in noi, qualcosa colpito dalla pura semplicità della morte, trema alla lettura di quei colpi ripetuti, o alla vista di Sikes mentre insulta il fannullone pettegolo, che seguirà poi le sue orme insanguinate. E questo singolare e sublime melodramma, che è un melodramma e tuttavia è dolorosamente vero, giunge al suo culmine con la bella scena della morte di Sikes, la casa accerchiata, il ragazzo che grida dall'interno, la folla che grida dall'esterno, l'assassino giunto al limite della follia che trascina senza scopo la vittima da un'estremità all'altra della camera, la fuga dal tetto, la corda che si tende rapidamente, e la morte improvvisa, sorprendente e simbolica; un uomo impiccato. In questa scena, come in altre simili, si trova qualcosa di Hogarth e di molti altri moralisti inglesi dell'inizio del diciottesimo secolo. Non è facile spiegare a parole quest'elemento tipico di Hogarth, se non dicendo che si tratta di una sorta di realismo alfabetico, come il crudele candore dei bambini. Ma ha, in rapporto a questo, due principi distintivi che lo separano da ciò che oggi chiamiamo realismo. In primo luogo, per noi una storia di carattere morale significa una storia con personaggi morali; per questi autori una storia morale significava una storia con personaggi immorali. In secondo luogo, per noi il realismo è sempre associato a una visione sottile della morale; per questi autori il realismo era sempre associato a una visione semplice della morale. La fine di Bill Sikes, che riproduce esattamente il modo in cui la legge lo avrebbe giustiziato, è un episodio tipico di Hogarth, prosegue una tradizione che riesce a sorprendere attraverso il luogo comune.

Quest'elemento del libro era genuino, nell'autore, ma tuttavia giungeva da terreni antichi, dal cimitero e dalle forche e dai sentieri sui quali si aggiravano i fantasmi. Dickens fu sempre attratto da questo genere di cose, e (come disse Forster con inimitabile semplicità) «se non fosse stato per le sue grandi capacità, sarebbe potuto cadere nelle follie dello spiritismo». Di fatto, come la maggior parte degli uomini dalle grandi capacità della sua tradizione, egli finì per avere una mezza credenza negli spiriti, che si trasformò in pratica in una credenza negli spiriti malvagi. Il grande svantaggio di coloro i quali hanno troppa presenza per credere allo spiritismo, è che in loro sopravvivono le forme basse e meno importanti del sovrannaturale, come i presagi, le maledizioni, gli spettri, e i castighi divini, ma trovano tutto sommato incredibile un alto e gioioso sovrannaturale

Allo stesso modo, i puritani rifiutarono i sacramenti, ma continuarono a bruciare le streghe. Sugli scrittori razionali inglesi come Dickens, in una certa misura, rimane quest'ombra: il sovrannaturalismo, all'epoca, stava morendo, ma le sue peggiori radici furono le ultime a morire. Dickens avrebbe trovato più facile credere in un fantasma piuttosto che in un'apparizione della Vergine circondata dagli angeli. C'era in lui, nel bene o nel male, una vena di vecchia diavoleria, e c'è la stessa vena in *Oliver Twist*. Ma questo fu solo il primo dei nuovi aspetti di Dickens che devono aver sorpreso i dickensiani che comprarono con entusiasmo il suo secondo libro. Il secondo degli elementi nuovi di Dickens è ugualmente incontestabile e distinto. Più tardi, crebbe nell'opera di Dickens fino a proporzioni enormi; ma senza dubbio è qui che nacque. Anche in questo caso, come per l'elemento di diavoleria, sarebbe possibile trovare, a livello tecnico, delle eccezioni nel *Circolo Pickwick*. Proprio come era possibile trovarvi brandelli non troppo appropriati dell'elemento macabro, così è possibile trovare nel *Circolo Pickwick* allusioni non troppo appropriate a questo secondo aspetto. Ma nessuno che abbia semplicemente letto *Il Circolo Pickwick* si ricorderebbe di quest'aspetto; nessuno che lo abbia semplicemente letto capirebbe quale sia; questo terzo grande argomento di Dickens, questo secondo grande argomento di *Oliver Twist*.

Quest'argomento è l'oppressione sociale. È certamente corretto affermare che nessuno avrebbe colto dal *Circolo Pickwick* come questa questione bollisse nel sangue del suo autore. Ci sono certamente passaggi, in particolare in relazione alla vicenda di Mr Pickwick nella prigione dei debitori, che ci provano, se diamo uno sguardo alla sua intera carriera pubblica, che Dickens fu fin dall'inizio aspro e franco riguardo ai problemi della nostra società. Nessuno all'epoca avrebbe immaginato che quest'asprezza scorreva in un fiume in piena, sotto i flutti di quella splendida gioia ed esuberanza. Con *Oliver Twist* questo lato più aspro di Dickens fu rivelato. Per questo le prime pagine di *Oliver Twist* sono dure, anche quando sono divertenti. Divertono, ma non è possibile godersele come si godono le follie di Mr Snodgrass, o le umiliazioni di Mr Winkle. Le differenze tra il vecchio facile umorismo, e il nuovo severo umorismo, non sono differenze di grado, ma di genere. Dickens si prende gioco di Mr Bumble poiché lo vuole uccidere; si è preso gioco di Mr Winkle perché voleva che vivesse per sempre. Dickens aveva ormai preso in mano la spada, ma a chi aveva dichiarato guerra?

È qui che viene alla luce la grandezza di Dickens; è proprio qui che risiede la differenza tra il pedante e il poeta. Dickens entra nella lotta politica e sociale, e il primo colpo che assesta non è solo significativo, ma anche stupefacente. Per rendercene pienamente conto dobbiamo considerare la situazione nazionale dell'epoca. Era un'epoca di riforme, e persino di riforme radicali; il mondo era pieno di radicali e di riformisti; ma tra questi, troppi scelsero di attaccare tutto, e tutto ciò che si opponesse a una particolare teoria politica, scelta tra quelle che caratterizzavano la fine del diciottesimo secolo. Alcuni di essi erano giunti a un tale livello di perfezione, nella perfetta teoria del repubblicanesimo, da non riuscire più a dormire la notte a causa del fatto che la regina Vittoria continuava a portare una corona. Altri erano tanto convinti che l'umanità fosse stata fino ad allora strangolata dallo Stato da trovare la verità solo nella distruzione di tariffe e statuti. La maggior parte di quella generazione restò convinta che chiarezza, economia e un deciso buon senso avrebbero presto cancellato gli errori provocati dalle superstizioni e dai sentimentalismi del passato. Nel perseguimento di quest'ideale, molti degli uomini nuovi del nuovo secolo, piuttosto sicuri di stare lavorando per la nuova era, cercarono di distruggere il vecchio clericalismo sentimentalista, il vecchio feudalesimo sentimentalista, la fiducia del vecchio mondo nei preti, la fiducia del vecchio mondo nei padroni e, tra le altre cose, la fiducia del vecchio mondo nei mendicanti. Cercarono, tra le altre cose, di spazzare via la vecchia solidarietà visionaria riguardo ai vagabondi. Così, quei riformatori emanarono non solo una nuova legge di riforma, ma anche una nuova legge sui poveri. Dando vita a molte altre cose moderne, diedero vita alle moderne case di lavoro, e quando Dickens scese sul campo di battaglia, queste case furono la prima cosa che egli abbatté con la sua scure.

È qui che la rivolta sociale di Dickens assume un valore più grande della semplice politica, ed è qui che la mediocrità del romanzo viene riscattata da un obiettivo. La sua rivolta non è la rivolta del fautore del sistema commerciale contro il difensore del feudalesimo, del non conformista contro l'uomo di chiesa, del difensore del libero mercato contro il protezionista, del liberale contro il conservatore. Se fosse tra noi oggi, la sua rivolta non sarebbe quella del socialista contro l'individualista, o dell'anarchico contro il socialista. La sua rivolta fu la semplice e unica eterna rivolta; fu la rivolta del debole contro il forte. Egli non rifiutava questo o quell'argomento d'oppressione. Egli rifiutava l'oppressione. Rifiutava quel certo sguardo di un uomo che guarda in basso verso un altro uomo. E quello sguardo è la sola cosa che dobbiamo combattere, prima di finire tra le fiamme dell'inferno. Ciò che i pedanti di allora e di oggi chiamerebbero il sentimentalismo di Dickens, era in realtà la sua distaccata lucidità. Non aveva nessun interesse per le effimere argomentazioni dei conservatori costituzionalisti; non aveva nessun interesse per le effimere argomentazioni della scuola di Manchester. Gli sarebbero interessate ugualmente poco le effimere argomentazioni della Fabian Society o del moderno socialista scientifico. Egli vedeva che sotto molte forme rimaneva un solo fatto, la tirannia di un uomo su un altro uomo; e la colpiva appena la vedeva, fosse questa vecchia o nuova. Quando si rese conto che i domestici e i lavoratori della terra erano terrorizzati da Sir Leicester Dedlock, egli attaccò Sir Leicester Dedlock; non si curò del fatto che questi dicesse che egli stava attaccando l'Inghilterra, né del fatto che Mr Rouncewell, il capo ferriera, disse che egli stava attaccando una vecchia oligarchia. In quel caso egli rese un favore a Mr Rouncewell, il capo ferriera, e dispiacque Sir Leicester Dedlock, l'aristocratico. Ma quando si rese conto che i lavoratori di Mr Rouncewell erano terrorizzati da Mr

Rouncewell, allora dispiacque Mr Rouncewell; lo dispiacque moltissimo, chiamandolo Mr Bounderby.[*]
Quando pensò di dover attaccare le vecchie leggi, dette una vaga e generale approvazione alle nuove. Ma quando prestò davvero attenzione alle nuove leggi, furono queste a passare brutti momenti. Quando poi si rese conto che, anche dopo un centinaio di discussioni e dopo l'apporto di un centinaio di considerazioni di carattere economico, restava il fatto che i poveri nelle moderne case di lavoro erano terrorizzati dal sorvegliante, come gli antichi vassalli erano terrorizzati dai signori come Dedlock, allora colpì, subito e senza esclusioni. È questo a rendere tanto particolari e tanto importanti i primi capitoli di *Oliver Twist*. Il fatto incontestabile della lontananza e dell'indipendenza di Dickens dalle complesse discussioni economiche del suo tempo rende più chiara e lampante la sua decisa asserzione di vedere la tirannia di fronte a sé, chiara come il sole a mezzogiorno. Dickens attacca le moderne case di lavoro con una sorta di ispirata semplicità, come un ragazzo in una favola che abbia vagato, spada in mano, alla ricerca di orchi e si trovi di fronte a un orco invincibile. Tutte le altre persone del suo tempo attaccano le cose perché esse sono cattiva economia o perché sono cattiva politica, o perché sono cattiva scienza, egli solo attacca le cose perché sono cattive. Tutti gli altri sono Radicali con la R maiuscola, egli solo è un radicale con la r minuscola. Egli incontra il male con quell'affascinata sorpresa che, oltre a essere il principio dei veri piaceri, è l'inizio di ogni giusta indignazione. Entra nelle case di lavoro proprio come vi entra Oliver Twist, come un bambino. Si trovano qui il pathos e la forza di quel celebrato passaggio del libro divenuto poi proverbio e al quale l'uso ripetuto non ha tolto il terribile umorismo. Mi riferisco, è chiaro, alla citazione di Oliver Twist che chiede più cibo. L'acutezza di quest'idea è un ottimo studio in quella dura scuola di critica sociale rappresentata da Dickens.

[*] Da *bounder*, mascalzone. (*NdT*)

Un moderno realista, descrivendo la tetra casa di lavoro, avrebbe rappresentato dei bambini in silenzio, senza più il coraggio di parlare, senza aspettative, senza speranze, privati persino della possibilità di un commento ironico o di una protesta disperata. Un autore moderno, in breve, avrebbe reso commoventi i bambini nella casa di lavoro facendoli tutti pessimisti. Ma Oliver Twist non ci commuove con il suo pessimismo. Oliver Twist ci commuove con il suo ottimismo. Tutta la tragedia dell'episodio risiede nel fatto che egli si aspetta che tutti siano gentili nei suoi confronti, nel fatto che egli è convinto di vivere in un mondo giusto. Egli sopravanza i tutori, proprio come i cenciosi popolani della Rivoluzione francese sopravanzarono i re e i parlamenti d'Europa. Ha, occorre dirlo, tristi esperienze, ma una filosofia gioiosa. Sa che gli uomini commettono errori biasimabili; ma crede anche che ci siano dei diritti che ogni uomo deve poter chiedere. Si è spesso osservato, ritenendolo un fatto singolare, che i poveri di Francia, i quali spiccano nella storia come il simbolo di tutti gli uomini disperati che hanno saputo abbattere la tirannia, non si trovavano, di fatto, in una situazione peggiore dei poveri di molti altri stati europei prima della Rivoluzione. La verità è che la situazione dei francesi era tragica perché migliore. Gli altri avevano conosciuto le esperienze più dolorose, ma solo i francesi avevano conosciuto le più grandi aspettative e le più nuove rivendicazioni. Sotto quest'aspetto, Dickens è davvero figlio loro e delle loro felici teorie tanto infelicemente applicate. Essi furono il popolo oppresso che chiedeva innocentemente giustizia, il bambino di Parigi che chiedeva innocentemente un po' di più.

Cronologia

1812
Nasce il 7 febbraio a Landport, un sobborgo di Portsmouth, dove il padre è impiegato presso l'ufficio paghe della Marina. È il secondo degli otto figli di John ed Elizabeth Dickens.

1814
La famiglia Dickens si trasferisce a Londra.

1816-1821
Il padre viene trasferito a Chatham, nel Kent, dove Charles, già accanito lettore, frequenta la scuola. Sono gli anni più felici della sua infanzia.

1822
Una ristrutturazione nell'amministrazione costa al padre il posto di lavoro e la maggior parte del reddito familiare. La famiglia Dickens si trasferisce nuovamente a Londra, a Camden Town.

1824
Il 2 febbraio il padre viene arrestato per debiti e imprigionato a Marshalsea, dove lo segue la famiglia. Charles è costretto ad abbandonare la scuola e messo a lavorare in una fabbrica di lucido da scarpe, la Warren's Blacking Factory. Dopo il rilascio del padre, il 28 maggio, la famiglia torna a vivere a Camden Town. Charles frequenta la scuola di Hampstead Road, a Londra.

1824-1827
Frequenta la Wellington House Academy.

1827
Diventa apprendista presso uno studio legale. Decide di diventare giornalista.

1829
È cronista e stenografo parlamentare.

1830
Conosce Maria Beadnell e se ne innamora.

1831
È corrispondente per la cronaca parlamentare durante le agitazioni per il Reform Bill.

1833
Finisce la sua relazione con Maria Beadnell. Sul «Monthly Magazine» viene pubblicato il suo primo racconto, *Dinner at Poplar Walk*.

1834
Per il proprio lavoro di giornalista adotta lo pseudonimo di Boz. Il padre viene nuovamente tratto in arresto per debiti; Charles accorre in suo aiuto.

1835
Si fidanza con Catherine Hogarth, figlia del suo amico e editore George Hogarth.

1836
Viene pubblicata la prima serie degli *Sketches by Boz*, per i quali riceve 150 sterline; il 30 marzo comincia la pubblicazione mensile di *The Posthumous Papers of the Pickwickian Club*, che lo consacrano come uno degli scrittori più promettenti della sua generazione; il 2 aprile si sposa con Catherine Hogarth; in dicembre esce la seconda serie degli *Sketches by Boz*; conosce John Forster, che diventerà suo amico intimo e il suo primo biografo.

1837
Muore Mary Hogarth, la cognata da lui tanto venerata, il cui ricordo lo tormenterà per il resto della vita; comincia *Oliver Twist*, che esce mensilmente sulla «Bentley's Miscellany»; Catherine gli dà il primo di sette maschi e tre femmine; si concludono i *Pickwick Papers*.

1838
Comincia la pubblicazione di *Nicholas Nickleby*.

1839
Dirige la «Bentley's Miscellany», da cui nello stesso anno dà le dimissioni; in aprile esce l'ultima parte di *Oliver Twist*. In ottobre si conclude *Nicholas Nickleby*.

1840
Esce il primo numero della rivista settimanale «Master Humphrey's Clock»; comincia *The Old Curiosity Shop*.

1841
A febbraio finisce *The Old Curiosity Shop*; comincia *Barnaby Rudge*, che continua fino a tutto novembre.

1842
Da gennaio a giugno primo viaggio negli Stati Uniti e in Canada; in ottobre escono le *American Notes for General Circulation*.

1843
Comincia *Martin Chuzzlewit*; a dicembre esce il primo racconto di Natale: *A Christmas Carol*.

1844
Viaggio in Italia con la famiglia; ritorna a Londra in dicembre, periodo della pubblicazione di *The Chimes*. Lascia nuovamente Londra per Genova.

1845
Debutto della sua compagnia teatrale amatoriale; pubblicazione di *The Cricket on the Hearth*; ritorno in Inghilterra in giugno; dirige «The Daily News», cui contribuisce con molto materiale originale.

1846
Comincia *Dombey and Son*, che continua sino all'aprile del 1848. Viaggia con la famiglia a Losanna, poi a Parigi. Pubblica *Pictures from Italy* e a dicembre *The Battle of Life*.

1847
Torna in Inghilterra.

1848
Scrive frammenti autobiografici. Dirige compagnie teatrali dilettanti cui prende parte anche come attore; a dicembre esce l'ultimo dei racconti di Natale, *The Haunted Man*.

1849
Comincia la pubblicazione di *David Copperfield*.

1850
A novembre si conclude *David Copperfield*; fonda e dirige il settimanale «Household Words», su cui pubblica romanzi e racconti.

1851
Comincia a lavorare a *Bleak House*; la famiglia Dickens si trasferisce a Tavistock House.

1852
Comincia la pubblicazione mensile di *Bleak House*.

1853
Bleak House finisce in settembre; gira l'Italia con Augustus Egg e Wilkie Collins; torna in Inghilterra, dove in dicembre inizia le sue letture pubbliche, per beneficenza.

1854
Fino ad agosto appare settimanalmente *Hard Times*, su «Household Words».

1855
Con la famiglia si reca a Parigi in ottobre. Comincia la pubblicazione mensile di *Little Dorrit*.

1856
Collabora con Wilkie Collins a una commedia, *The Frozen Deep*. Acquista Gad's Hill Place, nel Kent, una tenuta che ha ammirato sin da bambino, realizzando così un sogno infantile.

1857
In giugno finisce *Little Dorrit*; trascorre l'estate con la famiglia nella ristrutturata tenuta del Kent, dove riceve la visita di Hans Christian Andersen, di cui Dickens è grande ammiratore; la sua compagnia teatrale mette in scena *The Frozen Deep* per la Regina. Comincia a frequentare la giovane attrice Ellen Ternan.

1858

Ad aprile inizia una nuova serie di letture pubbliche, questa volta a pagamento; a maggio si separa dalla moglie Catherine; litigio con Thackeray.

1859

Continua le letture a Londra. Fonda un nuovo settimanale, «All the Year Round»; comincia la pubblicazione di *A Tale of Two Cities*, che continua fino a tutto novembre.

1860

La famiglia si trasferisce stabilmente a Gad's Hill; brucia molte lettere personali; comincia la pubblicazione settimanale di *Great Expectations*.

1861

Comincia una nuova serie di letture pubbliche a Londra; in agosto si conclude *Great Expectations*.

1862

Continua le letture pubbliche.

1863

Prosegue le letture a Parigi e a Londra. Si riconcilia con Thackeray poco prima della morte di quest'ultimo.

1864

Inizia la pubblicazione mensile di *Our Mutual Friend*. Comincia ad avere problemi di salute, soprattutto a causa dell'eccesso di lavoro.

1865

È coinvolto, insieme a Ellen Ternan, in un incidente ferroviario cui sopravvive per miracolo; la sua salute peggiora; *Our Mutual Friend* si conclude in novembre.

1866

Continua le letture pubbliche in Inghilterra e in Scozia.

1867

Letture pubbliche in Inghilterra e in Irlanda; non sta bene, ma prosegue, contro il parere dei medici; si imbarca per gli Stati Uniti per una nuova serie di letture.

1868
Conclude il tour americano; la salute peggiora, ma si accolla nuovi compiti a «All the Year Round».

1869
Continua le letture in Inghilterra, Scozia e Irlanda, ma in aprile deve interrompere in seguito a un collasso fisico e mentale; comincia *The Mystery of Edwin Drood*.

1870
Da gennaio a marzo letture pubbliche a Londra; in aprile comincia a pubblicare *The Mystery of Edwin Drood*; un attacco di cuore lo colpisce l'8 giugno a Gad's Hill, al termine di una giornata di lavoro intenso. Muore il 9 giugno e viene seppellito il 14 nell'Abbazia di Westminster, nell'«Angolo dei Poeti». In settembre vengono pubblicate le ultime pagine di *The Mystery of Edwin Drood*, che rimane incompiuto.

Bibliografia

Prime edizioni

Sketches by Boz (1836)
Pickwick Papers (1836-1837)
Oliver Twist (1837-1839)
Nicholas Nickleby (1838-1839)
The Old Curiosity Shop (1840-1841)
Barnaby Rudge (1841)
American Notes (1842)
Martin Chuzzlewit (1843-1844)
Pictures from Italy (1846)
Dombey and Son (1846-1848)
David Copperfield (1849-1850)
Bleak House (1852-1853)
Hard Times (1854)
Little Dorrit (1855-1857)
A Tale of Two Cities (1859)
Great Expectations (1860-1861)
Our Mutual Friend (1864-1865)
The Mystery of Edwin Drood (incompiuto, 1870)

Rivede e pubblica l'autobiografia di Joseph Grimaldi (*The memoirs of Grimaldi*, 1838).
Fonda e dirige le due riviste «Household Words» (1850-59) e «All the Year Round» (1859-70), su cui pubblica, oltre alle puntate dei suoi romanzi, numerosi racconti e bozzetti.
Scrive vari testi teatrali, tra cui:
The Strange Gentleman; *The Village Coquettes* (1836); *Is She His Wife?* (1837); *Mr Nightingale's Diary* (con Mark Lemon, 1851) e *The Frozen Deep* (con Wilkie Collins, 1856).

Bibliografia critica

Essendo la bibliografia su Dickens vastissima, l'elenco qui presentato può risultare incompleto. Per informazioni più dettagliate si rimanda a Chialant - Pagetti, *La città e il teatro. Dickens e l'immaginario vittoriano*, Roma 1988, corredato di un'ampia e accurata rassegna bibliografica.

Forster, J., *The Life of Charles Dickens*, 1872-74; ristampa, London 1966.

Gissing, G., *Charles Dickens. A Critical Study*, London 1898.

Chesterton, G.K., *Charles Dickens*, London 1906.

Pierce, G.A., *The Dickens Dictionary: a Key to the Characters and Principal Incidents*, London 1924.

Gissing, G., *The Immortal Dickens*, London 1925.

Hayward, A.L., *The Dickens Encyclopaedia*, London 1931.

Chesterton, G.K., *Criticism and Appreciations of the Works of Charles Dickens*, London 1933.

Johons, J., *Charles Dickens: His Tragedy and Triumph*, London 1952.

Praz, M., *La crisi dell'eroe nel romanzo vittoriano*, Firenze 1952.

Izzo, C., *Autobiografismo in Charles Dickens*, Venezia 1954.

Ford, G.H., *Dickens and His Readers*, Princeton 1955.

Butt, J. - Tillotson, K., *Dickens at Work*, London 1957.

Dupee, F.W. (a cura di), *The Selected Letters of Charles Dickens*, New York 1960.

Fielding, K.J., *The Speeches of Charles Dickens*, Oxford 1960.

House, H., *The Dickens World*, New York and London 1960.

Ford, G.H. – Lane, L. (a cura di), *The Dickens Critics*, Ithaca 1961.

Auden, W.H., *Dingley Well and the Fleet*, in *Selected Essays*, London 1962.

Gross, J. - Pearson, G. (a cura di), *Dickens and the Twentieth Century*, London 1962.

Collins, P., *Dickens and Crime*, Bloomington 1963.

Collins, P., *Dickens and Education*, London 1963-1987.

Cockshut, A.O.J., *The Imagination of Charles Dickens*, London 1965.

Fielding, K.J., *Charles Dickens: A Critical Introduction*, London 1965.

Fleissner, R.F., *Dickens and Shakespeare*, London 1965.

Garis, R., *The Dickens Theatre*, Oxford 1965.

Stoher, T., *Dickens: the dreamer's stance*, Ithaca 1965.

Axton, W.F., *Circle of Fire. Dickens's Vision and Style and the Popular Victorian Theatre*, Lexington 1966.

Dyson, A.E., *Dickens: Modern Judgements*, London 1968.

Frye, N., *Dickens and the Comedy of Humours*, in *Experience in the Novel: Selected Papers from the English Institute* (a cura di R.H. Pierce), New York 1968.

Runcini, R., *Illusione e paura nel mondo borghese da Dickens a Orwell*, Bari 1968.

Smith, G., *Dickens, Money and Society*, Berkeley 1968.

Butt, J., *Dickens's Christmas Books*, in *Pope, Dickens and Others*, Edinburgh 1969.

Dyson, A.E., *The Inimitable Dickens: A Reading of the Novels*, London 1970.

Hardy, B., *The Moral Art of Charles Dickens*, London 1970.

Leavis, F.R. - Leavis, Q.D., *Dickens the Novelist*, London 1970.

Lucas, J., *The melancholy man: a study of Dickens's novels*, London 1970.

Sucksmith, H.P., *The Narrative Art of Charles Dickens. The Rhetoric of Sympathy and Irony in His Novels*, Oxford 1970.

Tillotson, L., *The Middle Years: From the* Carol *to* Copperfield, in *Dickens Memorial Lectures*, London 1970.

Wall, S., *Charles Dickens: A Critical Anthology*, Harmondsworth 1970.

Williams, R., *The English Novel from Dickens to Lawrence*, London 1970.

Wilson, A., *The World of Charles Dickens*, London 1970.

Kincaid, J.R., *Dickens and the Rhetoric of Laughter*, Oxford 1971.

Nisbet, A. - Nevius, B. (a cura di), *Dickens Centennial Essays*, Berkeley 1971.

Slater, M. (a cura di), *Charles Dickens: The Christmas Books*, Harmondsworth 1971.

Sucksmith, H.P., *The Secret of Immediacy: Dickens's Debt to the Tale of Terror in Blackwood's*, in *Nineteenth Century Fiction*, 1971, vol. 26, pp.145-57.

Wall, J. (a cura di), *The Victorian Novel*, Oxford 1971.

Welsh, A., *The City of Dickens*, Oxford 1971.

Carey, J., *The Violent Effigy: a Study of Dickens's Imagination*, Cambridge, Mass., 1974.

Buckley, J.H., *Season of Youth. The Bildungsroman from Dickens to Golding*, Cambridge, Mass., 1974.

Kaplan, F., *Dickens and Mesmerism: the Hidden Springs of Fiction*, Princeton 1975.

Hardy, B., *Charles Dickens. The Later Novels*, London 1977.

Romano, J., *Dickens and Reality*, New York 1978.

Schwarzbach, F.S., *Dickens and the City*, London 1979.

Stone, H., *Dickens and the Invisible World: Fairy Tales, fantasy and novel-making*, London 1980.

Collins, P., *Charles Dickens: Interviews and Recollections*, London 1981.

Horton, S., *The Reader in the Dickensian World: Style and Response*, London 1981.

Kaplan, F. (a cura di), *Charles Dickens Book of Memoranda*, London 1981.

Newman, J., *Dickens at Play*, London 1981.

Kukich, J., *Excess and Restraint in the Works of Charles Dickens*, Athens 1981.

Brown, J.M., *Dickens: Novelist in the Market-Place*, Totowa 1982.

Citati, P., *Il migliore dei mondi impossibili*, Milano 1982.

Sadoff, D.F., *Monsters of Affection: Dickens, Eliot and Brontë on Fatherhood*, Baltimore 1982.

Thomas, D.A., *Dickens and the Short Story*, Philadelphia 1982.

Collins, P. (a cura di), *Charles Dickens. Sikes and Nancy and Other Public Readings*, Oxford 1983.

Giddings, R. (a cura di), *The Changing World of Charles Dickens*, London 1983.

Hollington, M., *Dickens and the Grotesque*, London 1983.

Brooks, P., *Reading for the Plot: Design and Intention in Narrative*, Oxford 1984.

Buckley, J.H., *The Turning Key. Autobiography and the Subjective Impulse since 1800*, Cambridge, Mass., 1984.

Golding, R., *Idiolects in Dickens*, London 1985.

Martin, G., *Great Expectations*, Milton Keynes 1985.

Schlicke, P., *Dickens and Popular Entertainment*, London 1985.

Spina, G., *Charles Dickens. L'uomo e la folla*, Genova 1985.

Moretti, F., *Il romanzo di formazione*, Milano 1986.

Flint, K., *Dickens*, Brighton 1986.

Bloom, H. (a cura di), *Charles Dickens: Modern Critical Views*, New York 1987.

Daldry, G., *Charles Dickens and the Form of the Novel*, London and Sydney 1987.

McMaster, J., *Dickens the Designer*, London 1987.

Stone, H. (a cura di), *Dickens's Working Notes for His Novels*, Chicago 1987.

Watkins, G., *Dickens in Search of Himself*, London 1987.

Chialant, M.T., *Ciminiere e cavalli alati*, Napoli 1988.

Eigner, E.M., *The Dickens Pantomime*, Berkeley 1989.

Bradbury, N., *Charles Dickens's Great Expectations*, Hemel Hampstead 1990.

Litvak, J., *Caught in the act. Theatricality in the Nineteenth Century English Novel*, Berkeley 1992.

Le avventure di Oliver Twist

Dove e come Oliver Twist venne al mondo

Tra gli altri edifici pubblici di una certa cittadina che, per svariati motivi, sarà prudente astenersi dal nominare e alla quale non attribuirò alcun nome immaginario, ve n'è uno che si trova in quasi tutti i centri abitati, grandi o piccoli, vale a dire l'ospizio per i poveri; e in questo ospizio nacque, un giorno di un anno che non starò a precisare in quanto, almeno per il momento, la cosa non può rivestire la benché minima importanza per il lettore, quell'appartenente al genere umano il cui nome figura nell'intestazione del presente capitolo.

Per molto tempo dopo che era stato aiutato dal medico condotto a venire in questo mondo di sofferenze e di guai, si continuò a dubitare seriamente che il bambino potesse sopravvivere e avere un nome; nel qual caso, con ogni probabilità, queste memorie non sarebbero mai apparse, o, qualora fossero state pubblicate, non occupando più di un paio di pagine, avrebbero avuto il merito inestimabile di essere la biografia più concisa e più fedele esistente nella letteratura di ogni paese e di ogni epoca. Sebbene io non sia affatto disposto a sostenere che nascere in un ospizio è di per sé la circostanza più fortunata e più invidiabile che possa toccare a un essere umano, affermo tuttavia che, in quel caso particolare, a Oliver Twist non sarebbe potuto accadere niente di meglio. In effetti, risultò notevolmente difficile persuadere Oliver ad assumersi il compito di respirare – una fatica noiosa, ma, ciò nonostante, indispensabile alla nostra sopravvivenza - e per qualche tempo egli giacque boccheggiante su un materassino di cascami di lana, alquanto squilibrato tra questo mondo e quell'altro, lo squilibrio essendo decisamente a favore del secondo. Orbene, se in quei pochi minuti Oliver fosse stato circondato da affettuose nonne, da ansiose zie, da esperte infermiere e da medici dalla profonda saggezza, sarebbe inevitabilmente e indubbiamente morto in men che non si dica. Invece, non essendovi nessuno accanto a lui tranne una povera vecchia, il cui cervello era alquanto annebbiato da un'insolita bevuta di birra, e il medico condotto, obbligato per contratto ad assistere le partorienti, la questione venne dibattuta tra Oliver e la Natura. Con il risultato che, dopo alcuni sussulti, il bambino respirò, starnutì e si accinse a far sapere ai ricoverati nell'ospizio che un nuovo fardello era stato imposto alla parrocchia lanciando uno strillo tanto acuto quanto sarebbe stato logico aspettarsi da un maschietto il quale possedeva quell'utile strumento che è la voce da non più di tre minuti e quindici secondi.

Mentre Oliver forniva questa prima prova del libero e ottimo funzionamento dei propri polmoni, la coperta malconcia gettata con noncuranza sul letto di ferro si mosse frusciando; il viso pallido di una donna giovane si sollevò debolmente dal guanciale; e una voce fioca pronunciò, alquanto confusamente, le parole: «Lasciatemi vedere il bambino e poi morire».

Il medico si era messo a sedere con la faccia voltata verso il fuoco, ora riscaldandosi le mani, ora massaggiandosele; ma, non appena la giovane ebbe parlato, si alzò e, avvicinatosi al capezzale, disse, con più bontà di quanta ci si sarebbe potuti aspettare da lui:

«Oh, non dovete parlare di morire, ancora.»

«Che Dio la benedica, povera creatura, no di certo» intervenne l'infermiera, affrettandosi a nascondere nella tasca del grembiule una bottiglia di vetro verde, il cui contenuto aveva gustato in un angolo della stanza con ovvia soddisfazione. «No, che Dio la benedica, quando avrà vissuto a lungo quanto me, signore, e avuto tredici figli, morti tutti quanti tranne due, che si trovano qui nell'ospizio con me, allora non la prenderà più così sul tragico, poverina! Comprenderà, allora, quanto è bello essere madre, la cara, giovane creatura.»

A quel che parve, questo modo consolante di prospettare il futuro di una madre non riuscì a produrre l'effetto voluto. La paziente scosse la testa e tese le mani verso il bambino.

Il medico le mise la creaturina tra le braccia. Lei premette appassionatamente le labbra esangui e gelide sulla fronte del bambino, si passò le mani sul viso, si guardò attorno con terrore e sgomento, venne percorsa da lunghi brividi, ricadde sul guanciale... e morì. Le massaggiarono il petto, le mani, le tempie; ma il sangue si era gelato per sempre. Le parlarono di speranza e di benessere. Ma lei, per troppo tempo, non aveva saputo che cosa fossero.

«È tutto finito, signora Thingummy» disse infine il medico.

«Ah, povera creatura, proprio così» disse l'infermiera, raccattando il tappo della bottiglia verde caduto sul guanciale mentre lei si chinava per prendere in braccio il bambino. «Povera creatura!»

«Potete fare a meno di mandarmi a chiamare se il bambino strilla, infermiera» disse il medico, infilandosi i guanti con somma decisione. «È *molto* probabile che si agiti e strilli; in tal caso dategli un po' di pappina.» Si mise il cappello, poi, soffermatosi accanto al letto mentre andava verso la porta, soggiunse: «Era una bella ragazza, per giunta. Da dove veniva?».

«L'hanno portata qui la scorsa notte» rispose la vecchia «per ordine del direttore. Era stata trovata lunga distesa per la strada... doveva aver camminato a lungo, poiché le scarpe erano a pezzi; ma da dove venisse, o dove fosse diretta, nessuno lo sa.»

Il medico si chinò sulla poveretta e le sollevò delicatamente la mano sinistra. «La solita storia,» disse, scuotendo la testa «non ha l'anello nuziale, a quanto vedo. Ah! Buonanotte!»

Poi andò a cena; e l'infermiera, dopo aver portato alla bocca, una volta di più, la bottiglia verde, si accinse a vestire il neonato.

Quale esempio eccellente del potere dell'abito fu il piccolo Oliver Twist! Avvolto nella coperta che fino a quel momento era stata la sua sola protezione, sarebbe potuto essere tanto il figlio di un nobile, quanto il figlio di un accattone; anche l'estraneo più sicuro di sé avrebbe trovato difficile stabilire quale fosse il suo posto nella società. Ma, dopo che era stato infagottato nelle vecchie fasce di cotone, ingiallite a furia di essere adoperate, venne a essere in tal modo segnato, etichettato e destinato al proprio posto: un bambino a carico della parrocchia, un orfano dell'ospizio, l'umile servo mezzo morto di fame la cui sorte a questo mondo sarebbe stata quella di essere maltrattato e disprezzato da tutti, e mai compatito da nessuno.

Oliver strillò a tutto spiano. Se avesse saputo di essere orfano e affidato all'affettuosa misericordia di fabbricieri e direttori di ospizi, forse avrebbe strillato ancora più forte.

2

*Le delizie della crescita,
dell'istruzione e del vitto di Oliver Twist*

Negli otto o dieci mesi che seguirono, Oliver fu la vittima di un sistematico susseguirsi di tradimenti e di inganni. La situazione di inedia e di abbandono del neonato orfano venne debitamente riferita dalle autorità dell'ospizio alle autorità della parrocchia. Le autorità della parrocchia domandarono dignitosamente alle autorità dell'ospizio se in quel momento non si trovasse nella "casa" alcuna donna in grado di dare a Oliver Twist l'affetto e il nutrimento che gli erano necessari. Le autorità dell'ospizio risposero umilmente che una donna in grado di fare questo non esisteva. Dopodiché, le autorità della parrocchia magnanimamente e umanitariamente decisero che Oliver doveva essere "mandato in campagna", vale a dire, in altri termini, affidato a una dipendenza dell'ospizio situata a circa cinque chilometri di distanza; là, altri venti o trenta piccoli trasgressori delle leggi sui poveri si rotolavano tutto il giorno sul pavimento senza l'inconveniente di una superalimentazione o di un eccesso di capi di vestiario, maternamente sorvegliati da una donna anziana che ospitava i colpevoli per un contributo settimanale di sette pence e mezzo penny a testa. Sette pence e mezzo penny alla settimana consentono di nutrire abbondantemente un bambino; molti generi alimentari possono essere acquistati con questa sommetta, quanto basta per sovraccaricare lo stomaco e causare mal di pancia. La vecchia era una donna ricca di saggezza e di esperienza; sapeva che cosa giovava ai bambini e aveva un'idea molto chia-

7

ra e precisa di quello che giovava a lei. Per conseguenza destinava a se stessa la maggior parte del contributo settimanale e nutriva gli orfanelli della parrocchia con razioni ancora più scarse di quelle previste inizialmente; scavando così, sotto il già profondo abisso, un abisso ancor più profondo e dimostrando di essere una grandissima filosofa sperimentale.

Tutti conoscono un altro filosofo sperimentale secondo la cui straordinaria teoria un cavallo poteva sopravvivere senza essere nutrito; egli la dimostrò così bene che riuscì a ridurre la razione del suo cavallo a un solo filo di fieno al giorno, e, incontestabilmente, sarebbe riuscito a farne un animale molto focoso e sfrenato se il cavallo non fosse morto esattamente ventiquattr'ore prima del pasto consistente in una piacevole boccata d'aria pura. Sfortunatamente per la filosofia sperimentale della vecchia alle cui protettive cure era stato affidato Oliver Twist, l'applicazione del suo sistema conduceva di solito a risultati analoghi; infatti, proprio quando un bambino era riuscito a sopravvivere con la minima razione possibile del cibo meno nutriente che esistesse, in otto casi su dieci accadeva perversamente o che si ammalasse di fame e di freddo, o che cadesse nel fuoco non essendo sorvegliato, o che soffocasse in seguito a una disgrazia, tutte circostanze a causa delle quali l'infelice, piccola creatura finiva di solito all'altro mondo, ove si riuniva con i genitori mai conosciuti in questo.

Occasionalmente, quando veniva svolta un'inchiesta più interessante del solito, a proposito di qualche bambino della parrocchia soffocato sotto un materasso rivoltato senza che il poverino fosse stato veduto, o ustionato a morte dall'acqua troppo calda durante i lavacri – sebbene quest'ultimo incidente fosse rarissimo, in quanto i lavacri, nella fattoria, costituivano un evento straordinario – i componenti della giuria si mettevano in mente di porre domande importune, oppure i parrocchiani, ribellandosi, apponevano la loro firma a una protesta scritta: ma tali impertinenze venivano rapidamente bloccate dalla deposizione del medico e dalla testimonianza del messo parrocchiale; il primo, invariabilmente, eseguiva l'autopsia e non trovava niente nella vittima (la qual cosa era invero possibilissima), e il secondo individuo giurava ogni volta qualsiasi cosa volesse la parrocchia,* e questa era una gran bella prova di devozione. Inoltre, il consiglio di amministrazione dell'ospizio si recava a fare pellegrinaggi periodici alla fattoria e, invariabilmente, mandava il giorno prima il messo parrocchiale ad avvertire che vi sarebbe stata l'ispezione. All'arrivo del consiglio, i bambini erano puliti e lindi; e che altro avrebbe potuto volere la gente?

Non ci si poteva aspettare che un simile sistema di coltivazione producesse un raccolto abbondante o fuori dal comune. Al suo nono compleanno, Oliver Twist era un bambino pallido e sparuto, alquanto piccolo di statura, e con una circonferenza toracica decisamente scarsa. Ma la natura e l'ereditarietà avevano fatto sì che nel petto di Oliver si celasse una gagliarda capacità di resistenza, la quale era riuscita a trovare spazio in abbondanza in cui espandersi grazie forse alla scarsa alimentazione nell'ospizio; e a questa circostanza può probabilmente essere dovuto il fatto che egli fosse arrivato al nono compleanno. Comunque stessero le cose, in ogni modo, *era* il suo nono compleanno e Oliver lo stava festeggiando nella carbonaia, con la scelta compagnia di altri due signorini che, dopo essersi buscati insieme a lui una buona dose di bacchettate, erano stati rinchiusi lì per avere spudoratamente affermato di essere affamati, quando la signora Mann, la buona direttrice dell'ospizio, venne colta di sorpresa dall'arrivo del messo parrocchiale, il signor Bumble, che stava sforzandosi di aprire il cancelletto del giardino.

«Bontà del Cielo! Siete voi, signor Bumble?» esclamò la signora Mann, sporgendosi dalla finestra e simulando assai bene l'estasi della felicità. («Susan, porta di so-

---

* Il lettore tenga presente che ai tempi in cui si svolge il romanzo, in Inghilterra, le parrocchie equivalevano, sotto molti aspetti, ai nostri piccoli comuni rurali o ai municipi. (*NdT*)

pra Oliver e gli altri due marmocchi e lavali immediatamente.») «Santo Cielo! Quanto sono lieta di vedervi, mio caro signor Bumble!»

Orbene, il signor Bumble era un uomo grasso, e anche collerico, per cui, anziché rispondere con altrettanta cordialità a un saluto così cordiale, preferì scrollare il cancelletto con estrema energia e poi sferrargli un calcio del quale soltanto un messo parrocchiale sarebbe potuto essere capace.

«Santo Cielo!» esclamò la signora Mann, uscendo di corsa, poiché nel frattempo i tre bimbetti erano stati portati di sopra. «Pensate un po'! Avevo dimenticato che il cancello era chiuso dall'interno a causa dei cari fanciulli! Accomodatevi, signore! Entrate, ve ne prego, signor Bumble!»

«Secondo voi è questo un comportamento rispettoso e decoroso, signora Mann?» domandò il signor Bumble, impugnando il bastone da passeggio. «Fare aspettare al cancello del giardino i funzionari della parrocchia quando vengono qui per questioni parrocchiali relative agli orfani della parrocchia stessa? Vi rendete conto, signora Mann, del fatto che voi siete, potrei dire, una delegata parrocchiale e una stipendiata della parrocchia?»

«Ecco, signor Bumble, il fatto è che stavo dicendo a uno o due di quei cari pargoletti, i quali vi sono tanto affezionati, del vostro arrivo qui» rispose la signora Mann, con somma umiltà.

Il signor Bumble era convinto di essere un oratore abilissimo e un uomo importantissimo. Ora che aveva fatto sfoggio delle proprie capacità oratorie e ostentato la propria importanza, si calmò.

«Bene, bene, signora Mann,» disse in un tono di voce più placido «può essere che sia proprio come voi dite; può essere. Fatemi strada, signora Mann, poiché vengo per motivi di lavoro e ho qualcosa da dirvi.»

La signora Mann fece entrare il messo in un salottino dal pavimento di mattoni; spostò una sedia per lui e, premurosa, tolse dalle sue mani cappello a tricorno e bastone che mise poi sul tavolo. Il signor Bumble, affaticato, si asciugò sulla fronte il sudore causato dalla passeggiata, sbirciò compiaciuto il cappello a tricorno e sorrise. Sorrise, sì; anche i messi parrocchiali sono uomini, e il signor Bumble sorrise.

«Non offendetevi a causa di quanto sto per dire» mormorò la signora Mann, con una incantevole soavità. «Ma avete percorso un lungo tratto a piedi, vedete, altrimenti non oserei. Dunque, non gradireste un goccetto di qualcosa, signor Bumble?»

«No, grazie. No, grazie» disse il messo parrocchiale facendo dignitosamente, ma anche placidamente, segno di no con la mano destra.

«Credo invece che lo gradireste» disse la signora Mann, alla quale non erano sfuggiti né il tono del rifiuto, né il gesto che lo aveva accompagnato. «Soltanto un *goccettino*, con un po' d'acqua fresca e una zolletta di zucchero.»

Il signor Bumble tossicchiò.

«Suvvia, soltanto un goccetto» insistette, persuasiva, la signora Mann.

«Un goccetto di che cosa?» domandò il messo.

«Be', di quello che sono costretta a tenere qui, per metterlo nella medicina dei miei cari tesorucci quando non stanno bene, signor Bumble» rispose la signora Mann, aprendo la credenza d'angolo e togliendone una bottiglia e un bicchiere. «Si tratta di gin. Non voglio ingannarvi, signor Bumble. Sì, è gin.»

«E date la medicina con il gin ai bambini, signora Mann?» domandò Bumble, seguendo con lo sguardo l'interessante processo della miscelazione.

«Ah, che Dio li benedica, sicuro» rispose lei. «Come potrei vederli soffrire davanti ai miei occhi, signore?»

«Eh, già, no» disse il signor Bumble in tono di approvazione «no, non potreste. Voi siete una donna umana, signora Mann.» (A questo punto lei mise il bicchiere sul tavolo.) «Non mancherò di dirlo al consiglio alla prima occasione, signora Mann.» (Ed egli trasse il bicchiere verso di sé.) «Voi avete la stessa sensibilità di una madre, signora Mann.» (Il signor Bumble cominciò a mescolare il gin con acqua.) «Bevo... bevo con piacere alla vostra salute, signora Mann» e, d'un fiato, vuotò a mezzo il bicchiere.

11

«E ora passiamo agli affari» disse poi il messo, togliendosi di tasca un piccolo taccuino rilegato in cuoio. «Il bambino che venne per così dire battezzato Oliver Twist, compie oggi nove anni.»

«Dio lo benedica» esclamò la signora Mann, sfregandosi l'occhio sinistro con la cocca del grembiule.

«E, sebbene abbiamo offerto una ricompensa di dieci sterline, che successivamente è stata aumentata e portata a venti sterline, e nonostante, se mi è lecito dirlo, gli sforzi più sovrumani da parte della parrocchia,» disse il signor Bumble «non siamo mai riusciti ad accertare chi sia suo padre o quali fossero la provenienza, le generalità, le condizioni sociali della madre.»

La signora Mann alzò entrambe le mani con un gesto di stupore; ma, dopo un attimo di riflessione, soggiunse: «Come mai, allora, il bambino ha un nome e un cognome?».

Il messo parrocchiale, sommamente orgoglioso, disse, facendosi più impettito: «Li ho inventati io».

«Voi, signor Bumble?»

«Io, signora Mann. Ai nostri trovatelli diamo un nome rispettando l'ordine alfabetico. All'ultimo toccava la "S"... e lo chiamai Swubble. A questo è toccata la "T"... e l'ho chiamato Twist. Il prossimo si chiamerà Unwin, e quell'altro ancora si chiamerà Wilkins. Ho già i nomi belli e pronti fino all'ultima lettera dell'alfabeto e, una volta arrivati alla "Z", si ricomincia daccapo.»

«Ah, ma voi siete un vero letterato, signore!» esclamò la signora Mann.

«Be', be,'» fece il messo parrocchiale, manifestamente soddisfatto del complimento «potrei anche esserlo... sì, può darsi che lo sia, signora Mann.» Finì di bere il gin con acqua, poi soggiunse: «Poiché Oliver è ormai troppo grandicello per restare qui, il consiglio ha deciso di farlo tornare all'ospizio, e sono venuto io stesso a condurlo là... pertanto fatemelo vedere immediatamente».

«Vado subito a prenderlo» disse la signora Mann, uscendo dalla stanza. Dopodiché Oliver, al quale, nel frattempo, era stato tolto tutto quello strato di sudiciume che gli copriva come una crosta la faccia e le mani e che poteva essere eliminato con un solo lavacro, venne condotto nella stanza dalla sua benevola protettrice.

«Fa' un inchino al gentiluomo, Oliver» disse la signora Mann.

Oliver fece un inchino, diviso in parti uguali tra il messo parrocchiale, sulla sedia, e il cappello a tricorno, sul tavolo.

«Vuoi venire con me, Oliver?» disse il signor Bumble, in tono maestoso.

Oliver stava per dire che era disposto ad andare con chiunque, e con somma prontezza, quando, alzando gli occhi, scorse la signora Mann che si era spostata dietro la sedia del messo parrocchiale, e che stava minacciando lui con il pugno, un'espressione furente sulla faccia. Mangiò subito la foglia, poiché quel pugno gli era piombato troppe volte sul corpo per non essersi impresso profondamente nel suo ricordo.

«Verrà anche *lei* con me?» domandò il povero bambino.

«No, non può» rispose il signor Bumble. «Ma potrà venire qualche volta a farti visita.»

Tale prospettiva non era molto consolante per il fanciullo; ma, per quanto tenera fosse la sua età, egli possedeva già abbastanza buon senso per fingere di provare un grande rammarico andandosene. Non era molto difficile per Oliver farsi venire le lacrime agli occhi. La fame e i maltrattamenti recenti sono di grande aiuto se uno vuole piangere; e Oliver pianse davvero, con somma naturalezza. La signora Mann lo abbracciò innumerevoli volte, non solo, ma gli diede – e questo riuscì mille volte più gradito al bambino – un pezzo di pane imburrato, affinché non dovesse sembrare troppo famelico una volta giunto all'ospizio. Con la fetta di pane in mano, e il berrettino di panno marrone della parrocchia sul capo, Oliver venne così condotto, dal signor Bumble, fuori della squallida casa ove né una buona parola, né uno sguardo compassionevole avevano mai reso un po' meno tenebrosa la sua infanzia. Eppure egli proruppe in un gran pianto di dolore infantile mentre il cancelletto del giardino si chiudeva alle sue spalle. Per quanto perfidi potessero essere i piccoli compagni nella sofferenza che stava lasciando dietro di sé, si trattava degli unici amici che avesse mai avuto; e la sensazione di essere solo nell'immenso, sconfinato mondo si insinuò per la prima volta nel cuore del bambino.

Il signor Bumble camminava a lunghi passi e il piccolo Oliver, stringendo saldamente il polsino guarnito di pizzo di lui, gli trotterellava accanto, domandando, ogni quattro o cinquecento metri, se fossero «quasi arrivati». A tali domande il signor Bumble rispondeva in modo assai conciso e con un tono molto brusco. Infatti, la temporanea soavità che il gin con acqua desta nel petto di talune persone si era ormai dileguata ed egli aveva ricominciato a comportarsi come un messo.

Oliver non si trovava da neppure un quarto d'ora entro le mura dell'ospizio e aveva appena terminato di demolire una seconda fetta di pane, quando il signor Bumble, che lo aveva affidato alle cure di una vecchia, tornò e, dopo aver detto che quella era una delle sere in cui il consiglio si riuniva, lo informò che doveva presentarsi seduta stante al consiglio stesso, il quale così aveva ordinato.

Non avendo un'idea molto chiara di quello che poteva essere un consiglio, Oliver rimase alquanto incerto e non seppe bene se avrebbe dovuto ridere o piangere. Non ebbe il tempo di riflettere al riguardo, tuttavia; infatti il signor Bumble gli rifilò un colpetto sulla testa con il bastone da passeggio, per svegliarlo, un altro colpo sulla schiena per renderlo arzillo, poi, dopo avergli ordinato di seguirlo, lo condusse in una grande stanza imbiancata a calce ove otto o dieci gentiluomini grassi sedevano intorno a un tavolo a capo del quale, su una poltroncina alquanto più alta delle altre, si trovava un gentiluomo particolarmente grasso, dalla faccia molto tonda e rossa.

«Inchinati al consiglio» disse Bumble. Oliver, con la mano chiusa a pugno, eliminò due o tre lacrime che gli indugiavano negli occhi e, non sapendo ancora che cosa fosse un consiglio, fortunatamente si inchinò al tavolo.

«Come ti chiami, figliolo?» domandò il gentiluomo sulla sedia più alta.

La vista di un così gran numero di gentiluomini spaventava Oliver al punto di farlo tremare; e il messo gli rifilò, con il bastone, un altro colpetto alla schiena che lo fece piangere. Questi due motivi fecero sì che il bambino rispondesse con una voce assai bassa ed esitante; dopodiché un gentiluomo dal panciotto bianco lo giudicò, a voce alta, stupido. Il sistema migliore per incoraggiarlo e farlo sentire del tutto a suo agio.

«Figliolo,» disse il gentiluomo sulla sedia più alta «ascolta me. Sai di essere orfano, presumo?»

«Che cosa vuol dire orfano, signore?» domandò Oliver.

«Il bambino è proprio stupido... lo dicevo, io» asserì il gentiluomo dal panciotto bianco, in un tono di voce molto deciso. Se è vero che chi è segnato da un particolare difetto riesce a percepirlo intuitivamente anche in altri, il gentiluomo dal panciotto bianco aveva incontestabilmente il diritto di esprimere il proprio parere al riguardo.

«Silenzio!» disse il signore che aveva parlato per primo. «Sai di non avere né padre né madre e di essere stato cresciuto dalla parrocchia, non è vero?»

«Sì, signore» rispose Oliver, piangendo a calde lacrime.

«Perché piangi?» domandò il gentiluomo dal panciotto bianco. E, senza dubbio, si trattava di una reazione davvero strana. Per *quale* motivo poteva mai piangere, il marmocchio?

«Spero che tu reciti le preghiere ogni sera» disse un altro gentiluomo, in tono brusco «pregando, da buon cristiano, per le persone che ti sfamano e hanno cura di te.»

«Sì, signore» balbettò il bambino. Il gentiluomo che si era fatto sentire per ultimo aveva inconsapevolmente ragione. Se Oliver avesse pregato per le persone che lo sfamavano e avevano cura di lui, si sarebbe comportato da buon cristiano; si sarebbe comportato, anzi, come un cristiano *mirabilmente* buono. Ma non si era mai sognato di pregare, perché nessuno glielo aveva insegnato.

«Bene! Sei venuto qui per essere istruito e per imparare un mestiere utile» disse il gentiluomo rosso in faccia, sulla sedia più alta.

«Pertanto, domattina alle sei, comincerai a lavorare

alla cernita della stoppa» soggiunse quello arcigno, dal panciotto bianco.

Per ordine del messo parrocchiale, Oliver si inchinò profondamente, grato del fatto che entrambi i vantaggi venivano a essere accomunati nel semplice lavoro della cernita della stoppa, poi venne frettolosamente condotto in un grande stanzone ove, su un letto ruvido e duro, si addormentò a furia di singhiozzare. Quale nobile esempio delle leggi umanitarie di questo paese privilegiato! Consentono ai poveri di dormire!

Povero Oliver! Non pensò di certo, mentre dormiva serenamente, ignaro di quanto lo circondava, che quella sera stessa il consiglio era pervenuto a una decisione la quale avrebbe influenzato nel modo più concreto tutto il suo avvenire. Eppure le cose stavano proprio in questo modo. Ed ecco perché.

I membri di quel consiglio di amministrazione erano uomini molto saggi, eruditi e filosofi e quando avevano rivolto la loro attenzione all'ospizio, si erano subito resi conto di una verità che la gente comune non avrebbe mai scoperta... ai poveri l'ospizio piaceva! Era un luogo di pubblici spassi per le classi più misere; una taverna ove niente si pagava; colazione, pranzo, tè e cena, tutto gratuito per tutto l'anno! Un paradiso fatto di calce e di mattoni, ove ci si divertiva a tutto spiano, senza mai lavorare. «Oh-oh!» avevano detto i membri del consiglio di amministrazione, con un'aria molto saputa. «Rimedieremo noi a questa situazione. Faremo cessare lo scandalo in men che non si dica.» E così stabilirono la norma in base alla quale tutti i poveri avrebbero potuto scegliere (poiché loro non costringevano nessuno, giammai!) se morire di fame a poco a poco in casa loro, oppure molto rapidamente all'ospizio. Conclusero pertanto un contratto con l'acquedotto affinché fornisse un quantitativo d'acqua illimitato; e con un mulino, per la fornitura periodica di modesti quantitativi di farina d'avena; ciò consentiva di distribuire tre pasti quotidiani consistenti in una rada pappetta, più una cipolla due volte la settimana e mezzo panino le domeniche. Stabilirono inoltre moltissimi altri assennati e umani regolamenti concernenti le donne, che possiamo fare a meno di riferire qui; cortesemente, si accinsero a dividere le coppie sposate ridotte in miseria, tenuto conto del costo assai elevato di una causa di divorzio; e, invece di costringere un uomo a mantenere la propria famiglia, come era avvenuto fino ad allora, gli tolsero la famiglia e lo resero scapolo. Inutile dire quante sarebbero state le richieste di sussidi, da parte di tutte le classi sociali, in questo genere di situazioni. Ma i membri del consiglio di amministrazione erano uomini lungimiranti e lo avevano previsto. I sussidi erano inseparabili dall'ospizio e dalle pappine; e questo spaventava la gente.

Durante i primi sei mesi dopo il ritorno di Oliver Twist, il nuovo sistema venne pienamente applicato. Risultò a tutta prima alquanto costoso, a causa dell'aumento delle spese per i funerali e della necessità di fare restringere i vestiti di tutti i poveri che, dopo una settimana o due di pappine, diventavano di gran lunga troppo larghi per i loro corpi ridottisi a scheletri. Ma ben presto il numero dei ricoverati nell'ospizio diminuì e il consiglio d'amministrazione andò in estasi.

La stanza nella quale consumavano i pasti i ragazzi era un vasto refettorio di pietra a un'estremità del quale si trovava una grande marmitta; accanto a essa il maestro, che per l'occasione si metteva un grembiule e veniva aiutato da una o due donne, distribuiva con un mestolo le razioni di pappina; della quale a ciascun ragazzo toccava una sola scodella; non gli spettava altro, tranne che nei giorni festivi, quando gli toccavano inoltre pochi grammi di pane. Le scodelle non avevano mai bisogno di essere lavate. I ragazzi le lucidavano con i cucchiai fino a renderle di nuovo splendenti; e, dopo aver portato a termine questa operazione (che non richiedeva mai molto tempo, in quanto i cucchiai erano grandi quasi quanto le scodelle) rimanevano seduti contemplando la marmitta con occhi avidi, come se avessero potuto divorare i mattoni stessi sui quali poggiava; e nel frattempo si succhiavano, con la massima solerzia, le dita, nel tentativo di recuperare ogni possibile schizzetto di pappina che avesse potuto finirvi. I ragazzi, infatti, hanno in genere un grande appetito. Oliver Twist e i suoi compagni subirono per tre mesi le torture della morte lenta per inedia e in ultimo divennero talmente voraci e resi talmente frenetici dalla fame che uno di essi, il quale era alto di statura per la sua età e non aveva mai dovuto stringere la cinghia (suo padre essendo stato il proprietario di una piccola trattoria), lasciò tenebrosamente capire ai compagni che, se non avesse avuto una scodella in più di minestra *per diem* temeva di poter divorare, una notte o l'altra, il suo vicino di letto, il quale si dava il caso fosse un bambino di più tenera età e deboluccio. Il figlio dell'ex trattore aveva gli occhi resi feroci e selvaggi dalla fame; e gli altri gli credettero. Si riunirono e tirarono a sorte per stabilire chi avrebbe dovuto avvicinarsi al maestro, dopo la cena di quella sera, e chiedere una seconda razione. Toccò a Oliver Twist.

La sera arrivò; i ragazzi presero posto a tavola, il maestro, con la tenuta da cuoco, si piazzò accanto alla marmitta; le aiutanti si schierarono alle sue spalle; la pappina venne distribuita e si recitò una lunga preghiera di ringraziamento prima che la minuscola razione venisse consumata. Poi la pappina sparì; i ragazzi cominciarono a scambiarsi bisbigli e a strizzare l'occhio a Oliver, mentre i suoi vicini di posto a tavola gli davano di gomito. Per quanto ancora bambino, egli era ridotto alla disperazione dalla fame e reso temerario dalle sofferenze. Si alzò da tavola e, dopo essersi avvicinato al maestro, con la scodella e il cucchiaio in mano, disse, alquanto allarmato dalla sua stessa audacia: «Per piacere, signore, ne voglio ancora».

Il maestro era un uomo sano e robusto; ma diventò molto pallido. Per qualche secondo contemplò con stupefatta meraviglia il piccolo ribelle, poi dovette avvinghiarsi alla marmitta per sostenersi. Le assistenti erano paralizzate dallo stupore; i ragazzi dalla paura.

«Cosa?» disse infine il maestro, con una voce fioca.

«Per piacere, signore,» ripeté Oliver «ne voglio ancora.»

Il maestro sferrò un colpo alla testa di Oliver con il mestolo, immobilizzò il bambino tra le proprie braccia poi chiamò a gran voce il messo parrocchiale.

Il consiglio era riunito in conclave solenne, quando il

signor Bumble si precipitò nella sala, agitatissimo e,
volgendosi al gentiluomo sulla sedia più alta, disse:

«Vi chiedo scusa, signor Limbkins! Ma Oliver Twist
ha chiesto una seconda razione!» Vi fu un trasalimento
generale. E sul volto di ognuno dei presenti si dipinse
l'orrore.

«Una *seconda* razione!» esclamò il signor Limbkins.
«Calmatevi, Bumble, e rispondetemi con chiarezza. Se
ho ben capito, il ragazzo ha chiesto altra minestra dopo
aver mangiato la razione che gli spettava?»

«Proprio così, signore» rispose Bumble.

«Quel ragazzo finirà impiccato» esclamò il gentiluomo
dal panciotto bianco. «Sono certo che finirà impiccato.»

Nessuno contraddisse quel profetico signore. Seguì
poi un'animata discussione. Oliver venne immediatamente
rinchiuso in cella e, la mattina dopo, un avviso
esposto all'esterno del portone offrì una ricompensa di
cinque sterline a chiunque fosse stato disposto a liberare
la parrocchia dal fardello del mantenimento di Oliver
Twist. In altri termini, cinque sterline, oltre a Oliver Twist,
venivano offerte a chiunque avesse avuto bisogno di
un apprendista in qualsiasi professione, arte o mestiere.

«In vita mia non sono mai stato più persuaso di qualcosa,»
disse il gentiluomo dal panciotto bianco, bussando
al portone la mattina dopo e leggendo l'avviso «in vita
mia non sono mai stato più persuaso di qualcosa di
quanto lo sia del fatto che quel ragazzo finirà impiccato.»

Poiché mi propongo di dimostrare, nelle pagine successive
del presente libro, se il gentiluomo dal panciotto
bianco avesse ragione o meno, renderei forse meno
interessante il racconto (supponendo che rivesta un
qualsiasi interesse) qualora mi azzardassi a lasciar capire
sin d'ora se l'esistenza di Oliver Twist si concluse o
meno in un modo così violento.

3

In qual modo Oliver Twist
soltanto per poco non trovò un lavoro
che non sarebbe stato una sinecura

Per una settimana, dopo aver commesso l'empio e profano reato di chiedere altra pappina, Oliver rimase rinchiuso tutto solo nella buia stanza ove era stato confinato dalla saggezza e dalla misericordia del consiglio. A prima vista, sembra non irragionevole supporre che, se avesse avuto il debito rispetto per la predizione del gentiluomo dal panciotto bianco, avrebbe dimostrato una volta per tutte le capacità profetiche di quel savio individuo legando un capo del proprio fazzoletto a un gancio conficcato nel muro e impiccandosi con l'altro capo. Un gesto simile sarebbe stato impedito, tuttavia, da un ostacolo, in quanto, essendo considerati articoli di lusso, i fazzoletti, per esplicito ordine del consiglio di amministrazione riunito in seduta, dovevano restare lontani per sempre dal naso dei poveri. Esisteva poi un altro ostacolo ancora, consistente nella tenera fanciullezza di Oliver. Per tutto il giorno il bambino non faceva altro che piangere amaramente e poi, quando calava la lunga e lugubre notte, si copriva gli occhi con le piccole mani, per escludere le tenebre e, accovacciandosi in un angolo, tentava di dormire; ma si destava di tanto in tanto, con un sussulto e un tremito, e si addossava sempre e sempre più alla parete, come se persino quella superficie dura e fredda potesse proteggerlo nell'oscurità e nella solitudine che lo circondavano.

I nemici del "sistema" non devono supporre che in quel periodo di prigionia e di isolamento a Oliver venissero negati i vantaggi del moto, i piaceri della compagnia altrui o il conforto della religione. Per quanto concerne il moto, poiché faceva un bel freddo secco, gli era consentito di lavarsi tutte le mattine sotto la pompa in un cortile lastricato in pietra, alla presenza del signor Bumble, il quale, servendosi ripetutamente del bastone, gli faceva bruciare la pelle impedendo che si buscasse un raffreddore. Quanto alla compagnia, veniva condotto, un giorno sì e uno no, nello stanzone ove i ragazzi consumavano i pasti, per esservi frustato davanti a tutti a mo' di esempio e come pubblico ammonimento. E infine, lungi dal negargli i vantaggi del conforto religioso, veniva spinto a calci ogni sera nello stesso stanzone, all'ora delle preghiere, e lì gli si consentiva di ascoltare, traendone consolazione, una preghiera collettiva dei ragazzi comprendente una particolare supplica, inserita per ordine del consiglio, con la quale essi esortavano il buon Dio a renderli buoni, virtuosi, sereni, ubbidienti e a guardarli dai peccati e dai vizi di Oliver Twist, che, in base alla preghiera, era favorito e protetto esclusivamente dalle forze del male e sembrava essere stato creato dal Demonio stesso.

Accadde per caso un mattino, mentre la situazione di Oliver era così piacevole e promettente, che il signor Gamfield, spazzacamino, stesse percorrendo High Street calato in profonde cogitazioni riguardo alle sue possibilità di pagare certe rate scadute dell'affitto, a proposito delle quali il proprietario della casa era divenuto alquanto insistente. Nemmeno con i calcoli più ottimistici concernenti le proprie possibilità il signor Gamfield riusciva ad avvicinarsi alle cinque sterline che doveva; e pertanto, in preda a una sorta di disperazione aritmetica, egli stava tormentando ora il proprio cervello, ora il somaro, quando, mentre passava davanti all'ospizio, lo sguardo gli cadde sull'avviso esposto accanto alla porta.

«Fer-moo!» gridò il signor Gamfield al somaro.

Ma l'animale era calato in profonde meditazioni; si stava domandando, probabilmente, se gli sarebbero stati offerti uno o due gambi di cavolo una volta portati a destinazione i due sacchi di fuliggine caricati sul carretto. Pertanto, senza badare affatto all'ordine di fermarsi, continuò ad arrancare.

Il signor Gamfield ringhiò una violenta imprecazione, prendendosela con il somaro, ma anche, e soprattutto, con i propri occhi; corse dietro alla bestia e le sferrò una bastonata che, inevitabilmente, avrebbe sfondato qualsiasi cranio tranne quello di un somaro; poi, afferrate le briglie, strattonò violentemente la mascella dell'animale, come gentile memento del fatto che non era padrone delle proprie azioni. Infine, dopo essere riuscito in questo modo a far voltare l'asino, gli sferrò un altro colpo alla testa, soltanto per stordirlo fino al suo ritorno; dopodiché tornò indietro verso la porta dell'ospizio per leggere l'avviso.

Il gentiluomo dal panciotto bianco si trovava lì, le mani dietro la schiena, dopo aver appena dato sfogo ad alcuni profondi sentimenti nella sala del consiglio. Essendo stato testimone della piccola disputa tra il signor Gamfield e il somaro, sorrise allegramente quando quell'individuo si avvicinò per leggere l'avviso, in quanto si era reso subito conto che quello era precisamente il tipo di padrone del quale aveva bisogno Oliver Twist. Anche il signor Gamfield sorrise mentre leggeva l'avviso; cinque sterline erano infatti esattamente la somma che gli occorreva; e, quanto al ragazzo che a essa si accompagnava, il signor Gamfield, sapendo quale fosse il vitto nell'ospizio, era certo che sarebbe stato smilzo abbastanza per le canne fumarie strette. Di conseguenza, rilesse una seconda volta l'avviso, dal principio alla fine; poi, portando la mano al berretto di pelliccia, in segno di deferente umiltà, si avvicinò al gentiluomo dal panciotto bianco.

«A proposito del ragazzo, signore, che la parrocchia vuole cedere come apprendista» disse.

«Sì, amico mio» rispose con un sorriso condiscendente il gentiluomo dal panciotto bianco. «Che cosa volete sapere di lui?»

«Se la parrocchia fosse disposta a fargli imparare un mestiere piacevolissimo, come apprendista di un rispettabile spazzacamino» disse il signor Gamfield «io ho per l'appunto bisogno di un apprendista e sarei disposto a prenderlo.»

«Entrate» disse il gentiluomo dal panciotto bianco.

Dopo avere indugiato un momento per sferrare un'altra bastonata alla testa del somaro e per strattonargli di nuovo la mascella, a titolo di ammonimento, affinché non si allontanasse durante la sua assenza, il signor Gamfield seguì il gentiluomo dal panciotto bianco nella stanza ove Oliver lo aveva veduto la prima volta.

«È un brutto mestiere» osservò il signor Limbkins, dopo che Gamfield aveva ripetuto la richiesta.

«È già accaduto che ragazzetti siano morti soffocati nelle canne fumarie» osservò un altro gentiluomo.

«Questo perché avevano inumidito la paglia prima di accenderla per farli scendere» disse il signor Gamfield. «La paglia bagnata fa soltanto fumo e niente fiamma, mentre il fumo non serve a un bel niente per fare scendere un ragazzo; lo addormenta e basta, ed è quello che a lui piace. I ragazzi sono molto cocciuti e molto pigri, signori miei, e non c'è niente che valga quanto una bella fiammata ardente per farli scendere in fretta e furia. Per giunta, è anche un sistema umano, signori miei, in quanto, anche se sono rimasti bloccati nella canna fumaria, arrostire loro i piedi fa sì che si dibattano con frenesia e riescano a liberarsi.

Il gentiluomo dal panciotto bianco parve molto divertito da questa spiegazione; ma un'occhiata del signor Limbkins bastò a far cessare la sua ilarità. I membri del consiglio cominciarono poi a discutere tra loro per alcuni minuti, ma a voce talmente bassa che si poterono udire soltanto le parole «risparmio di spese», «risulterà nei libri contabili», «il rapporto verrà pubblicato»; e si poté udirle solamente perché venivano ripetute spesso e con somma enfasi.

Infine i mormorii cessarono e, dopo che i membri del consiglio avevano ripreso i loro posti e riassunto la loro solennità, il signor Limbkins disse:

«Abbiamo preso in considerazione la vostra proposta e non l'accettiamo.»

«Non l'accettiamo affatto» disse il gentiluomo dal panciotto bianco.

«Decisamente no» soggiunsero gli altri membri del consiglio.

Dato che sul signor Gamfield gravava la lieve accusa di avere già ucciso, a furia di percosse, tre o quattro ragazzi, gli accadde di pensare che i componenti del consiglio avessero potuto lasciarsi influenzare, per qualche inspiegabile ghiribizzo, da quella circostanza del tutto estranea alla questione. Se le cose stavano così, si regolavano in modo del tutto diverso dal solito; comunque, siccome egli non ci teneva affatto a dare esca a certe voci, si rigirò il berretto tra le mani e si allontanò dal tavolo.

«Sicché non volete consentirmi di avere il ragazzo, signori?» domandò poi, soffermandosi accanto alla porta.

«No» rispose il signor Limbkins. «O almeno, dato che si tratta di un mestiere pericoloso, dovrebbe toccarvi, riteniamo, qualcosa di meno del premio offerto.»

Il signor Gamfield si illuminò in faccia mentre, a passi rapidi, tornava accanto al tavolo del consiglio e domandava:

«Quanto siete disposti a dare, signori? Suvvia! Non siate troppo spietati con un pover'uomo. Quanto siete disposti a dare?»

«Io direi che tre sterline e dieci scellini sono più che sufficienti» rispose il signor Limbkins.

«Offrite dieci scellini di troppo» osservò il gentiluomo dal panciotto bianco.

«Suvvia» disse Gamfield. «Arrivate a quattro sterline, signori. Arrivate a quattro sterline e vi sarete sbarazzati per sempre di lui. Allora?»

«Tre sterline e dieci scellini» ripeté, in tono deciso, il signor Limbkins.

«Suvvia, sono disposto a fare a mezzo con la differenza» disse Gamfield, implorante. «Tre sterline e quindici scellini.»

«Non un soldo di più» fu la ferma risposta del signor Limbkins.

«Siete spietatamente inflessibili con me, signori» disse Gamfield, esitando.

«Ohibò! Ohibò! Sciocchezze!» esclamò il gentiluomo dal panciotto bianco. «Per voi sarebbe un buon affare prenderlo anche gratis. Portatevelo via, idiota! È proprio il ragazzo che fa per voi. Ha bisogno di assaggiare il bastone, di tanto in tanto. Gli giòverà. E inoltre il vitto non vi verrà a costare molto, in quanto è stato ipernutrito da quando è venuto al mondo. Ah-ah-ah!»

Il signor Gamfield sbirciò maliziosamente le facce dei consiglieri intorno al tavolo e, scorgendo su tutte un sorriso, a poco a poco cominciò a sorridere a sua volta. L'affare venne concluso e il signor Bumble ricevette seduta stante l'ordine di condurre, quello stesso pomeriggio, Oliver Twist, con i suoi effetti personali, dal magistrato per la firma e l'approvazione.

In seguito a questa decisione, il piccolo Oliver, con suo immenso stupore, venne liberato e ricevette l'ordine di mettersi una camicia pulita. Aveva appena eseguito questo insolito esercizio ginnico, che il signor Bumble gli portò, con le sue stesse mani, una scodella di pappina nonché la razione festiva di pane. A quella vista incredibile, Oliver si mise a piangere in modo commovente; riteneva infatti, non illogicamente, che il consiglio avesse deciso di ucciderlo per qualche utile scopo, altrimenti lì all'ospizio non si sarebbero mai sognati di farlo ingrassare in quel modo.

«Non farti venire gli occhi rossi, Oliver; mangia invece, e sii grato» disse il signor Bumble, con una imponente pomposità nel tono della voce. «Stai per diventare apprendista, Oliver.»

«Apprendista, signore?» ripeté il bambino, tremando.

«Sì, Oliver» disse il signor Bumble. «I buoni e generosi gentiluomini che sono per te come tanti genitori, stanno per fare di te, Oliver, sebbene tu non possegga nulla di tuo, un apprendista, per avviarti sulla strada della vita e renderti uomo; e questo sebbene ciò costi alla parrocchia tre sterline e dieci scellini – tre sterline e dieci scellini, Oliver! – vale a dire settanta scellini, ovvero centoquaranta monetine da sei pence! E tutto questo per un perfido orfanello al quale nessuno può voler bene!»

Mentre il signor Bumble riprendeva fiato, dopo aver pronunciato questo discorso con un tono di voce spaventoso, lacrime rotolarono sul viso del povero bambino, che singhiozzava disperato.

«Suvvia,» disse il signor Bumble in un tono di voce un po' meno pomposo, in quanto era soddisfacente per la sua vanità osservare gli effetti di tanta eloquenza «suvvia, Oliver! Asciugati gli occhi con le maniche della giacca, e non piangere nella minestra; è un modo di comportarsi molto stupido, questo.» Era davvero stupido, in quanto di acqua nella pappina se ne trovava già in abbondanza.

Mentre si recavano dal magistrato, il signor Bumble fece sapere a Oliver che doveva fare una sola cosa, e cioè avere un'aria molto soddisfatta e rispondere, quando il gentiluomo gli avrebbe domandato se desiderava diventare apprendista, che ci teneva davvero moltissimo; Oliver promise che così avrebbe fatto, tanto più in quanto il signor Bumble lasciò soavemente capire che gli sarebbero accadute cose terribili se non avesse ubbidito. Quando giunsero nell'ufficio, venne lasciato tutto solo in una stanzetta e il signor Bumble gli ordinò di restare lì finché non fosse tornato a prenderlo.

Lì rimase il bambino, con il cuore martellante, per una mezz'ora. Dopodiché il signor Bumble fece capolino, con la testa priva del cappello a tricorno, e disse, a voce alta:

«Suvvia, Oliver, mio caro, vieni dal gentiluomo.» Così dicendo il signor Bumble assunse un'espressione feroce e minacciosa e soggiunse, in un bisbiglio: «Ricordati di quello che ti ho detto, piccolo mascalzone!».

Oliver, il povero ingenuo, scrutò in viso il signor Bumble, sorpreso da quel comportamento alquanto contraddittorio; ma l'altro gli impedì di fare qualsiasi commento conducendolo subito in una stanza adiacente, la cui porta rimaneva spalancata. Era una stanza vasta, con una grande finestra; e dietro la scrivania sedevano due anziani gentiluomini dai capelli incipriati, uno dei quali intento a leggere il giornale, mentre l'altro stava scrutando, con l'aiuto di un paio di occhiali cerchiati in tartaruga, una piccola pergamena posta dinanzi a lui. In piedi davanti alla scrivania si trovavano da un lato il signor Limbkins e dall'altro il signor Gamfield, con la faccia lavata soltanto in parte; inoltre, in fondo alla stanza, v'erano due o tre uomini dall'aria rude, che calzavano stivaloni.

Il signore anziano con gli occhiali si assopì a poco a poco davanti alla pergamena; seguì un breve silenzio dopo che Oliver era stato condotto dal signor Bumble davanti alla scrivania.

«È questo il ragazzo, vostra signoria» disse il signor Bumble.

L'anziano gentiluomo intento a leggere il giornale alzò la testa per un momento, poi tirò per la manica l'altro gentiluomo; al che, quest'ultimo si destò.

«Oh, è questo il ragazzo?» domandò.

«Sì, è lui, signore» rispose il signor Bumble. «Inchinati al magistrato, mio caro.»

Oliver si riscosse e fece il più bell'inchino di cui fosse capace. Si era domandato, tenendo gli occhi fissi sulla cipria dei magistrati; se tutti i "consigli" nascessero con quella roba bianca sulla testa e, da quel momento in poi, fossero "consigli" per tale motivo.

«Bene,» disse l'anziano gentiluomo «presumo che gli piaccia fare lo spazzacamino?»

«Va pazzo per questo lavoro, vostra signoria» rispose Bumble; e di nascosto pizzicò Oliver per fargli capire che avrebbe fatto bene a non smentirlo.

«E *vuole* diventare spazzacamino, non è vero?» domandò l'anziano gentiluomo.

«Se qualcuno, domani, dovesse obbligarlo a fare un qualsiasi altro mestiere, lui fuggirebbe immediatamente, vostra signoria» rispose Bumble.

«E quest'uomo che dovrà essere il suo padrone... voi, signor mio... lo tratterete bene, gli darete da mangiare e farete tutte le altre cose di questo genere... non è vero?» domandò ancora l'anziano gentiluomo.

«Se ho detto che lo farò, significa che lo farò» rispose il signor Gamfield, in tono aspro.

«Non vi esprimete con la dovuta cortesia, amico mio, ma avete l'aria di essere un uomo schietto, dal cuore aperto» disse l'anziano gentiluomo, volgendo gli occhiali nella direzione del candidato alla ricompensa, le cui fattezze da delinquente erano una vera e propria at testazione stampigliata di crudeltà. Ma il magistrato era mezzo orbo e alquanto rimbambito, ragion per cui non ci si poteva aspettare che vedesse quanto vedevano gli altri.

«Spero di esserlo, signore» disse il signor Gamfield, con un laido sogghigno.

«Non dubito affatto che lo siate, amico mio» rispose l'anziano gentiluomo, aggiustandosi meglio gli occhiali sul naso e cercando con lo sguardo, intorno a sé, il calamaio.

Fu, questo, il momento critico per il fato di Oliver. Se il calamaio si fosse trovato dove l'anziano gentiluomo riteneva che fosse, il magistrato avrebbe intinto la penna e firmato i contratti, dopodiché Oliver sarebbe stato portato via in fretta e furia. Ma siccome il caso volle che il calamaio non si trovasse proprio sotto il suo naso, ne conseguì, logicamente, che il gentiluomo lo cercò dappertutto sulla scrivania senza trovarlo; e avendo, sempre per caso, nel corso delle sue ricerche, guardato dritto dinanzi a sé, egli scorse il visetto pallido e terrorizzato di Oliver Twist: il quale, nonostante tutte le occhiatacce di ammonimento e i pizzicotti di Bumble, stava contemplando le sembianze ripugnanti del suo futuro padrone con un'espressione nella quale si mescolavano orrore e terrore, in misura troppo palpabile perché anche un magistrato mezzo cieco potesse equivocare.

L'anziano gentiluomo smise di cercare, posò la penna e volse lo sguardo da Oliver al signor Limbkins; il quale cercò di fiutare tabacco con un'aria allegra e disinvolta.

«Bambino mio!» disse l'anziano gentiluomo, protendendosi al di sopra della scrivania. Oliver trasalì al suono di queste parole. E si può giustificarlo per questo, poiché quelle parole erano state pronunciate con bontà e i suoni sconosciuti spaventano. Oliver tremò violentemente e scoppiò in lacrime.

«Bambino mio» disse l'anziano gentiluomo. «Sei pallido e sembri spaventato. Che cosa c'è?»

«Scostatevi un poco da lui, messo» disse l'altro magistrato, mettendo da parte il giornale e sporgendosi in avanti con un'espressione interessata sulla faccia. «Dun que, figliolo, dicci che cosa sta succedendo. Non aver paura.»

Oliver cadde in ginocchio e, giungendo le mani, supplicò chiedendo che lo riportassero pure nella stanza buia... che lo lasciassero morire di fame... che lo percuotessero... che lo uccidessero, se volevano... ma non lo consegnassero a quell'uomo spaventoso.

«Ah, questa, poi!» esclamò il signor Bumble, alzando le mani e gli occhi al cielo con la più impressionante solennità. «Ah, questa, poi! Tra tutti gli orfani intriganti e scaltri che ho conosciuto, tu, Oliver, sei uno dei più sfacciati!»

«Tenete a freno la lingua, messo» ingiunse in tono assai severo il secondo anziano gentiluomo, dopo l'offesa di quell'ultimo aggettivo.

«Chiedo umilmente scusa a vostra signoria» disse il signor Bumble, stentando a credere di aver udito bene. «Vostra signoria si rivolgeva a me?»

«Sì. Tenete a freno la lingua.»

Il signor Bumble rimase sbalordito. Un messo parrocchiale invitato a tenere a freno la lingua! Si trattava di una rivoluzione etica!

L'anziano gentiluomo con gli occhiali cerchiati in tartaruga sbirciò il proprio collega, che fece un significativo cenno di assenso

«Ci rifiutiamo di autorizzare questi contratti» disse l'anziano gentiluomo, gettando da una parte la pergamena mentre parlava.

«Spero,» balbettò il signor Limbkins «spero che i magistrati, sulla base della testimonianza non provata di un bimbetto, non si siano formati l'opinione che i dirigenti dell'ospizio possano essersi resi colpevoli di una qualsiasi scorrettezza.»

«I magistrati non sono tenuti a esprimere il loro parere al riguardo» dichiarò, in tono aspro, il secondo anziano gentiluomo. «Riportate il bambino nell'ospizio e trattatelo bene. Ha l'aria di averne bisogno.»

Quella sera stessa, il gentiluomo dal panciotto bianco dichiarò, nel modo più deciso, che Oliver non soltanto sarebbe finito impiccato, ma anche squartato vivo. Il signor Bumble scosse la testa, con un'aria tenebrosamente misteriosa, e disse di augurarsi che il marmocchio potesse finire, comunque, come meritava; al che il signor Gamfield, lo spazzacamino, replicò dichiarando di augurarsi che finisse nelle sue mani; e questo, sebbene egli si trovasse quasi sempre d'accordo con il messo parrocchiale, sembrava essere un desiderio completamente diverso.

La mattina dopo, il pubblico venne informato, una volta di più, che Oliver era disponibile e che cinque sterline sarebbero state versate a chiunque avesse voluto impadronirsi di lui.

Oliver, essendogli stat.. offerta un'altra occupazione, fa le prime esperienze fuor.. dell'ospizio

Nelle grandi famiglie, quando a un giovane che sta crescendo non si riesce a trovare un buon impiego per diritto di possesso o di riversione, si suole in genere mandarlo in marina. I membri del consiglio di amministrazione, imitando un esempio così assennato e salutare, si consultarono riguardo all'opportunità di imbarcare Oliver Twist su qualche piccola nave mercantile diretta verso porti assai malsani. Sembrava essere, questo, l'espediente più efficace per liberarsi di lui; essendo probabile che il capitano di umore scherzoso una sera o l'altra, dopo cena, lo frustasse a morte, oppure gli fracassasse il cranio con una sbarra di ferro; due passatempi che, come è generalmente noto, sono i prediletti e i più frequenti tra i gentiluomini di quella classe sociale. Quanto più il consiglio si prospettava la situazione sotto questo punto di vista, tanto più numerosi sembravano essere i vantaggi di una soluzione del genere; ragion per cui i consiglieri pervennero alla conclusione che l'unico modo per provvedere con efficacia all'avvenire di Oliver consisteva nell'imbarcarlo al più presto.

Il signor Bumble venne pertanto incaricato di varie ricerche preliminari allo scopo di trovare un capitano che avesse bisogno di un mozzo privo di amici; ed egli stava tornando all'ospizio per riferire sui risultati della sua missione quando incontrò nientemeno che il signor Sowerberry, l'impresario di pompe funebri della parrocchia.

Il signor Sowerberry era un uomo alto, allampanato, ma robusto di ossatura; indossava un liso vestito nero, con calze di cotone dello stesso colore, rammendate, e portava scarpe nere altrettanto malconce. Le fattezze di lui non erano portate, per natura, a mostrarsi sorridenti, ma ciò non toglieva che egli fosse alquanto propenso alle facezie di carattere professionale. Aveva un'andatura elasticamente molleggiata e il suo volto tradiva la letizia interiore quando si fece avanti verso il signor Bumble e gli strinse cordialmente la mano.

«Ho preso le misure di due donne che sono morte stanotte, signor Bumble» disse l'impresario di pompe funebri.

«Voi farete fortuna, signor Sowerberry» disse il messo parrocchiale, ficcando pollice e indice nella tabacchiera che gli veniva offerta e che era l'ingegnoso modello in miniatura di una bara. «Sì, affermo che farete fortuna, signor Sowerberry» ripeté il signor Bumble, battendo amichevolmente il bastone da passeggio sulla spalla dell'impresario di pompe funebri.

«Credete?» disse l'altro, in un tono di voce che in parte ammetteva, in parte contestava la probabilità dell'evento. «Le tariffe stabilite dal consiglio sono molto esigue, signor Bumble.»

«Sono esigue anche le bare» replicò il messo, avvicinandosi a una risata esattamente quanto poteva permett019 un alto funzionario.

Il signor Sowerberry trovò molto divertente la battuta, come del resto era logico, e rise a lungo. «Bene, bene, signor Bumble,» disse infine «non si può negare che, da quando sono entrate in vigore le nuove disposizioni concernenti il vitto, le bare siano diventate alquanto più strette e alquanto più basse di un tempo; ma anche noi dobbiamo pur ricavare un piccolo utile, signor Bumble. Il legname ben stagionato costa caro, signor mio; e tutte le maniglie di ferro arrivano da Birmingham lungo il canale.»

«D'accordo, d'accordo,» disse il signor Bumble «ogni mestiere ha i suoi inconvenienti. E un equo profitto è consentito, naturalmente.»

«Certo, certo» replicò l'impresario di pompe funebri «e, se anche non ricavo un utile da questo o da quell'altro articolo, mi rifaccio alla lunga, sapete... ah-ah-ah!»

«Per l'appunto» disse il signor Bumble.

«Tuttavia devo precisare,» continuò l'altro, riprendendo il discorso interrotto dal messo parrocchiale «devo precisare, signor Bumble, che mi trovo alle prese con un grande svantaggio, vale a dire questo: che sono proprio i più robusti e i più grassi ad andarsene per primi. Le persone meno disagiate, quelle che hanno pagato le tasse per molti anni, sono le prime a colare a picco quando entrano nell'ospizio; e consentitemi di aggiungere, signor Bumble, che otto o dieci centimetri in più rispetto ai miei calcoli aprono una grossa voragine negli utili, specie tenuto conto del fatto che devo mantenere una famiglia, signore.»

Poiché il signor Sowerberry disse tutto ciò con la comprensibile indignazione di un uomo sfruttato, il signor Bumble, sospettando che il tono di lui implicasse una critica alla parrocchia, ritenne consigliabile cambiare discorso. E siccome era Oliver Twist a campeggiare nei suoi pensieri, scelse lui come argomento.

«A proposito» domandò «non conoscete per caso qualcuno che abbia bisogno di un ragazzo? Di un apprendista che attualmente è un peso morto, una pietra da macina, potrei dire, appesa al collo della parrocchia? Viene ceduto a condizioni generose, signor Sowerberry, a condizioni generose!» Parlando, il signor Bumble alzò il bastone verso l'avviso, e per tre volte picchiò con esso sulle parole "cinque sterline", che erano state stampate in caratteri cubitali.

«Perdiana!» esclamò l'impresario di pompe funebri, afferrando il signor Bumble per il risvolto gallonato della giubba. «È proprio quello di cui volevo parlarvi. Voi sapete... santo Cielo che bel bottone è mai questo, signor Bumble! Non lo avevo mai notato.»

«Già, sono anch'io dell'avviso che siano alquanto graziosi» disse il messo, abbassando con fierezza gli occhi sui grossi bottoni di ottone che abbellivano la giubba. «Vi è inciso lo stesso emblema del sigillo parrocchiale: il buon samaritano intento a prestare le proprie cure a un infermo. Il consiglio di amministrazione mi ha donato la giubba il giorno di capodanno, signor

Sowerberry. L'ho indossata per la prima volta, rammento perfettamente, per essere presente all'inchiesta su quel commerciante ridotto in miseria che morì di notte in un portone.»

«Ah, sì, ricordo» disse l'impresario di pompe funebri «Il verdetto della giuria fu "Morto di freddo e per mancanza di tutto ciò che è più necessario alla vita", non è vero?»

Il signor Bumble annuì.

«Inoltre, resero il verdetto particolarmente importante, se ben ricordo,» soggiunse l'altro «precisando che, se l'incaricato delle opere assistenziali avesse provveduto a...»

«Storie! Stupidità» lo interruppe irosamente il messo parrocchiale. «Se il consiglio dovesse dar retta a tutte le scempiaggini che dicono i giurati ignoranti, avrebbe un bel da fare!»

«Verissimo» disse l'impresario di pompe funebri. «Che gran da fare avrebbe!»

«Le giurie» dichiarò il signor Bumble, stringendo con forza il bastone, come era solito fare quando si infuriava «le giurie sono formate da individui ignoranti, volgari e perfidi.»

«È vero» disse l'impresario di pompe funebri.

«Non sanno nemmeno che cosa siano la filosofia e l'economia politica» asserì con foga il messo, facendo schioccare le dita in modo sprezzante.

«No di sicuro» riconobbe l'impresario di pompe funebri.

«Io le disprezzo» asserì il signor Bumble, diventando paonazzo in faccia.

«Le disprezzo anch'io» disse il suo interlocutore.

«E vorrei soltanto che una di quelle giurie indipendenti venisse ricoverata nell'ospizio per una settimana o due» disse il messo parrocchiale. «Le norme e il regolamento del consiglio la domerebbero ben presto.»

«Se lo meriterebbe» riconobbe l'impresario di pompe funebri. Così dicendo sorrise con un'aria di approvazione per calmare la crescente furia dell'indignato funzionario parrocchiale.

Il signor Bumble si tolse il cappello a tricorno, estrasse

un fazzoletto dall'interno della cupola, si asciugò la fronte imperlata dal sudore causato dalla furia, poi si rimise il cappello e, voltandosi verso l'impresario di pompe funebri, domandò, in un tono di voce più calmo:

«Ebbene, che mi dite del ragazzo?»

«Oh» rispose il signor Sowerberry. «Ecco, vedete, signor Bumble, io verso molti contributi a favore dei poveri.»

«Hmmm» fece il signor Bumble. «Ebbene?»

«Ecco,» disse l'impresario «stavo pensando che poiché verso tanti quattrini a loro favore, ho il diritto di cavare dai poveri quanto più sia possibile, signor Bumble; e pertanto... e pertanto... credo che prenderò io il ragazzo.»

Il signor Bumble lo afferrò seduta stante per un braccio e lo condusse nell'edificio. Il signor Sowerberry venne rinchiuso per cinque minuti con il consiglio; e fu raggiunto un accordo nel senso che Oliver si sarebbe recato da lui quella sera stessa "per un periodo di prova" – un modo di dire che, nel caso di un apprendista della parrocchia, significa quanto segue: se il padrone, dopo una breve prova, constata di poter ricavare abbastanza lavoro da un ragazzo senza doverlo nutrire eccessivamente, può tenerlo per tutti gli anni che desidera e fargli fare tutto il lavoro che vuole.

Quando il piccolo Oliver venne condotto alla presenza del "gentiluomo", quella sera, e fu informato del fatto che, prima di notte, sarebbe andato come garzone nella casa di un fabbricante di bare, e che, qualora si fosse lagnato della propria situazione, o fosse tornato all'ospizio, lo avrebbero imbarcato, affinché finisse affogato in mare, o con il cranio fracassato, a seconda dei casi, rimase talmente indifferente che tutti lo giudicarono un bricconcello incallito e ordinarono al signor Bumble di portarlo via seduta stante.

Dunque, sebbene fosse naturalissimo che i componenti del consiglio di amministrazione, più di ogni altra persona al mondo, si sentissero virtuosamente stupefatti e inorriditi da ogni minimo indizio di insensibilità da parte di chiunque, in questo caso particolare la loro riprovazione era alquanto ingiustificata. La pura e semplice verità si riduceva a questo: Oliver, anziché essere insensibile, era anche troppo sensibile; e, proprio per questo, stava per essere ridotto, vita natural durante, a uno stato di bruta stupidità e indifferenza dai maltrattamenti ai quali lo avevano assoggettato. Egli ascoltò senza aprire bocca le notizie relative alla sua destinazione, poi, dopo che gli era stato messo in mano il suo bagaglio – per nulla faticoso da portare in quanto consisteva in un pacchetto di carta marrone – si calcò il berretto sugli occhi, si afferrò una volta di più al polsino del signor Bumble e venne condotto, da quel dignitario, verso nuove sofferenze.

Per qualche tempo il signor Bumble si tirò dietro Oliver senza badare a lui e senza parlare; il messo, infatti, camminava impettito, tenendo ben alta la testa, come dovrebbe sempre fare un messo parrocchiale; e inoltre, la giornata essendo ventosa, il piccolo Oliver rimaneva completamente avvolto dalle falde della giacca del signor Bumble, che si sollevavano rivelando la vista imponente del panciotto e dei calzoni di velluto al ginocchio. Quando cominciarono ad avvicinarsi alla meta, tuttavia, il signor Bumble ritenne opportuno abbassare gli occhi e assicurarsi che il bambino si presentasse bene per essere esaminato dal nuovo padrone; questo egli fece con un'aria di benevolo mecenatismo.

«Oliver!» disse.

«Sì, signore?» rispose il bambino, con una vocina tremula.

«Tirati su il berretto, in modo che non ti stia calcato sugli occhi; e tieni alta la testa.»

Oliver fece subito come gli era stato detto; ma poi, mentre alzava gli occhi verso la sua guida, spuntò in essi una lacrima. E mentre Bumble lo fissava severamente, lacrimoni striarono le gote del bimbetto, seguiti da altri e da altri ancora. Il poverino si sforzò in tutti i modi di non piangere, ma non vi riuscì. Togliendo la mano dalla manica del signor Bumble, la unì all'altra e si coprì il viso; poi pianse a dirotto finché le lacrime cominciarono a spuntare anche tra le dita scarne e ossute.

«Ah, questa, poi!» esclamò il signor Bumble, fermandosi di colpo e scoccando al bimbetto che gli era stato affidato uno sguardo di intensa perfidia. «Ah, questa, poi! Tra tutti i marmocchi più ingrati e ribelli che ho conosciuto, tu, Oliver, sei il...»

«No, no, signore,» singhiozzò il bambino, avvinghiandosi alla mano che impugnava il ben noto bastone da passeggio «no, no, signore; sarò buono, davvero, sarò buono, signore! Ma sono molto piccolo e mi sento tanto... tanto...»

«Tanto, cosa?» domandò il signor Bumble, sbalordito.

«Tanto solo, signore! Proprio tanto solo!» gridò il bambino. «Tutti mi odiano. Oh, signore, vi prego, non siate arrabbiato con me!» E si batté la mano sul cuore, versando lacrime di autentica sofferenza mentre guardava in viso il messo parrocchiale.

Il signor Bumble contemplò per alcuni secondi, con un certo stupore, l'espressione commovente e disperata del bimbetto; si raschiò poi tre o quattro volte la gola; e, dopo aver mormorato qualcosa a proposito di una «tosse fastidiosa», invitò Oliver ad asciugarsi gli occhi e a fare il bravo bambino; poi, presolo per mano, tornò a incamminarsi in silenzio con lui.

L'impresario di pompe funebri, che aveva appena accostato le imposte della bottega, stava scrivendo alcune annotazioni sul registro, alla luce opportunamente funerea di una candela, quando il messo parrocchiale entrò.

«Oh-oh!» disse l'impresario, alzando gli occhi dal registro e lasciando scritta soltanto a mezzo una parola. «Siete voi, Bumble?»

«Io in persona, signor Sowerberry» rispose il messo. «Ecco qui! Vi ho portato il ragazzo.» Oliver si inchinò.

«Oh! Questo sarebbe il ragazzo, eh?» disse l'impresario di pompe funebri, sollevando la candela più in alto della propria testa per vedere meglio Oliver. «Moglie mia, saresti così gentile da venire qui un momento, cara?»

La signora Sowerberry uscì da una stanzetta dietro la bottega e risultò essere una donnetta magra e minuta e bassa di statura, dall'aria bisbetica.

«Mia cara,» disse il signor Sowerberry, con deferenza «questo è il ragazzo dell'ospizio del quale ti ho parlato.» Oliver si inchinò di nuovo.

«Povera me!» esclamò la moglie dell'impresario di pompe funebri. «Ma è piccolissimo!»

«Be', sì, è piuttosto piccoletto» riconobbe il signor Bumble, guardando Oliver con un'aria di rimprovero, come se fosse stata sua la colpa se non era più alto di statura. «Sì, è piccoletto. Non si può negarlo. Ma crescerà, signora Sowerberry... crescerà.»

«Ah, lo credo bene che crescerà!» esclamò la signora, stizzosamente. «Con il nostro cibo e le nostre bevande! Secondo me non si risparmia niente con i ragazzi della parrocchia; il loro mantenimento costa sempre più di quello che rendono. Ma gli uomini credono di saperla più lunga! Pazienza! Scendi giù per questa scala piccolo fagotto d'ossa.» Così dicendo, la moglie dell'impresario aprì una porticina e spinse Oliver giù per una ripida rampa di gradini che conduceva in una sorta di cantina umida e buia la quale era l'anticamera della carbonaia e veniva denominata "cucina"; lì sedeva una ragazza sudicia e sciatta, dalle scarpe scalcagnate e dalle calze di lana blu assai bisognose di rammendi.

«Ehi, Charlotte,» disse la signora Sowerberry, che aveva seguito Oliver nella cucina «da' a questo marmocchio un po' degli avanzi di carne messi da parte per Trip. Non si è più visto da stamane, e quindi potrà farne a meno. Credo che il ragazzo non sia così schizzinoso da non volerli mangiare, non è vero, figliolo?»

Oliver, i cui occhi avevano cominciato a splendere all'accenno alla carne, e che stava tremando tanto era impaziente di divorarla, rispose negativamente; dopodiché gli venne posto dinanzi un piatto di pezzetti di carne avanzata.

Vorrei che qualche filosofo ben nutrito, nel cui corpo cibi e bevande si tramutano in bile, il cui sangue è di ghiaccio e il cui cuore è di ferro, avesse potuto vedere Oliver Twist divorare gli squisiti avanzi trascurati dal cane. Vorrei che avesse potuto assistere all'avidità orribile con la quale Oliver masticava quel cibo, manifestando tutta la ferocia della fame autentica. Una sola cosa mi piacerebbe ancora di più: vedere il filosofo consumare quello stesso pasto con lo stesso gusto.

«Bene,» disse la moglie dell'impresario di pompe funebri, che aveva assistito alla cena di Oliver con silenzioso orrore e con timorose aspettative per quanto concerneva il futuro appetito del bambino «hai finito?»

Non avendo niente altro di divorabile a portata di mano, Oliver rispose affermativamente.

«Allora vieni con me,» disse la signora Sowerberry, prendendo una fioca e sudicia lampada e precedendolo su per la scala «il tuo giaciglio è sotto il banco. Immagino che non ti importi di dormire tra le bare? Ma se anche avessi paura non farebbe alcuna differenza, dato che non v'è nessun altro posto nel quale tu possa dormire. Su, vieni. Non tenermi qui tutta la notte!»

Oliver non indugiò oltre e, mestamente, seguì la sua nuova padrona.

5

Oliver frequenta nuovi compagni.
Recatosi per la prima volta a un funerale, si fa
un'idea poco lusinghiera del lavoro del suo padrone

Oliver, rimasto solo nella bottega dell'impresario di pompe funebri, posò la lampada su un banco da falegname e si guardò attorno pavidamente, pervaso da una sensazione di timore reverenziale e di paura che molte persone, di gran lunga più avanti negli anni di lui, non stenteranno a capire. Una bara non ancora terminata, che si trovava nel bel mezzo della bottega, su cavalletti neri, aveva un aspetto talmente lugubre ed evocatore della morte che una sensazione di gelo pervadeva il bambino, facendolo tremare ogni qualvolta egli volgeva lo sguardo verso quel lugubre oggetto, dal quale si aspettava quasi di vedere alzare adagio la testa qualche forma spaventosa, facendolo impazzire di terrore. Contro la parete si trovava, schierata in bell'ordine, una lunga fila di assi di olmo, tagliate tutte nelle stesse dimensioni; nella luce fioca, sembravano alti fantasmi stretti di spalle, con le mani affondate nelle tasche. Targhe per bare, trucioli, lucenti chiodi d'ottone e pezzi di stoffa nera si trovavano sparsi qua e là sul pavimento. Inoltre, sulla parete dietro il banco erano stati realisticamente dipinti due "piagnoni" dalle grandi cravatte nere, ritti accanto alla porta di una dimora, mentre in lontananza si vedeva avvicinarsi un carro funebre trainato da quattro cavalli neri. La bottega era calda e soffocante e l'aria vi sapeva di chiuso. Inoltre, sembrava diffondervisi l'odore delle bare. Lo spazio sotto il banco, nel quale era stato messo il materassino di cascami di lana, sembrava una tomba.

Ma non era soltanto questa atmosfera lugubre a sconfortare Oliver. Il bimbetto si trovava tutto solo in un luogo sconosciuto; e sappiamo tutti come anche i più coraggiosi si sentano raggelare dalla paura e colmare dalla desolazione in situazioni come questa. Il bambino non aveva amici ai quali voler bene, o che gli volessero bene; in lui non v'era né il rammarico di una separazione recente né il dolore causato dall'assenza di un viso amato. Eppure aveva il cuore ugualmente greve e, mentre si infilava nello stretto giaciglio, si augurò che esso potesse essere la sua bara e desiderò di poter giacere nella pace del sonno eterno, sotto la terra del cimitero, con l'erba alta fatta ondulare dolcemente dalla brezza sopra di sé e il suono profondo dell'antica campana a cullarlo nel sonno.

La mattina dopo Oliver venne destato dai tonfi di calci sferrati con violenza contro la porta della bottega, e i calci, prima che egli avesse potuto vestirsi, continuarono a ripetersi, irosi e irruenti, per circa venticinque volte. Quando il bambino cominciò a togliere la catena, le gambe dello sconosciuto desistettero e si cominciò invece a udirne la voce.

«Vuoi deciderti ad aprire la porta?» urlò la voce appartenente al proprietario delle gambe che avevano sferrato i calci.

«È quello che sto facendo, signore» rispose Oliver, mentre toglieva la catena e girava la chiave nella toppa.

«Suppongo che tu sia il nuovo garzone, eh?» disse la voce, attraverso il buco della serratura.

«Sì, signore» rispose Oliver.

«Quanti anni hai?» domandò la voce.

«Dieci, signore» rispose Oliver.

«Allora, non appena entrato, te ne do un fracco,» disse la voce «vedrai se non lo farò, marmocchio dell'ospizio.» Poi, dopo questa gentile promessa, lo sconosciuto cominciò a fischiettare.

Troppe volte Oliver era stato assoggettato alle botte cui si riferisce l'espressiva parola di due sillabe ripetuta più sopra per poter avere il minimo dubbio riguardo all'intenzione di mantenere onorevolmente la promessa da parte del proprietario della voce. Pertanto, fece scorrere il chiavistello con mani tremanti e aprì.

Poi, per un secondo o due, sbirciò a destra e a sinistra lungo la strada, persuaso com'era che lo sconosciuto dal quale gli era stata rivolta la parola attraverso il buco della chiave avesse deciso di riscaldarsi facendo qualche passo; infatti non vide altri che un ragazzo più grande di lui, uscito da qualche altro ospizio, il quale si era messo a sedere su un pilastrino davanti alla casa e stava mangiando una fetta di pane imburrato; servendosi di un temperino, ne tagliava pezzi di dimensioni adeguate a quelle della sua bocca, che masticava poi con somma destrezza.

«Vi chiedo scusa, signore,» disse infine Oliver, dopo aver constatato che nessun altro visitatore si faceva vivo «ma avete bussato voi, per caso?»

«Ho sferrato calci» rispose l'altro.

«Vi serve una bara, signore?» domandò Oliver, invero molto ingenuamente.

A queste parole il ragazzo parve andare su tutte le furie; disse che Oliver le avrebbe buscate di lì a poco se avesse continuato a scherzare in quel modo con i suoi superiori.

«Tu non sai neanche lontanamente chi sono, immagino, marmocchio dell'ospizio» soggiunse poi, scendendo intanto dal pilastrino con edificante gravità.

«No, signore, non lo so» rispose Oliver.

«Sono il signor Noah Claypole» disse il ragazzo «e tu sei ai miei ordini. Togli le imposte, piccolo ruffiano pigro!» Ciò detto, il signor Claypole sferrò un calcio a Oliver ed entrò nella bottega con un'aria dignitosa che non gli giovò un granché. È difficile che un adolescente dalla testa troppo grossa, dagli occhi decisamente piccoli, dal corpo sgraziato e dall'espressione ottusa, possa avere un aspetto dignitoso in qualsivoglia circostanza; ma è tanto più difficile che lo abbia quando, a queste attrattive personali, si aggiungono il naso rosso e i denti gialli.

Oliver, dopo aver tolto le imposte, rompendo un vetro nel tentativo di allontanarsi barcollante, sotto il peso della prima, verso il cortiletto di lato alla casa nel quale venivano tenute durante il giorno, venne aiutato da Noah, il quale acconsentì gentilmente a dargli una mano soltanto dopo l'assicurazione che «le avrebbe buscate». Poco dopo discese il signor Sowerberry e, di lì a non molto, apparve la signora Sowerberry. Oliver, che, avveratasi la predizione di Noah, le aveva prese, seguì il giovane gentiluomo giù per le scale per andare a far colazione.

«Vieni accanto al fuoco, Noah» disse Charlotte. «Ho messo da parte per te un bel pezzo di pancetta tolto dalla colazione del padrone. Oliver, chiudi quella porta alle spalle del signor Noah e prendi gli avanzi che ho lasciato per te sul coperchio della tortiera. Eccoti il tè; va' a metterlo su quella cassa e bevilo là; e sbrigati, perché vorranno che tu badi alla bottega, hai capito?»

«Hai capito, marmocchio dell'ospizio?» ripeté Noah.

«Santo Cielo, Noah,» esclamò Charlotte «che cattivone sei! Perché non lo lasci in pace, il bambino?»

«Lasciarlo in pace!» esclamò Noah. «Quanto a questo, lo hanno lasciato già troppo in pace tutti quanti. Né suo padre né sua madre gli romperanno mai le scatole. E tutti i suoi parenti lasceranno che faccia il comodo suo. Eh, Charlotte? Ah-ah-ah!»

«Oh, come sei spiritoso!» disse Charlotte, scoppiando in una allegra risata alla quale si unì quella di Noah; dopodiché entrambi guardarono beffardi il povero Oliver Twist, che sedeva rabbrividendo sulla cassa, nell'angolo più gelido della stanza, e mangiava i rancidi avanzi messi da parte appositamente per lui.

Noah aveva imparato a leggere e a scrivere in un ospizio, ma non era un trovatello; poteva infatti ricostruire la propria genealogia fino ai suoi genitori, che vivevano miseramente; la madre di lui faceva la lavandaia e il padre era un ex militare alcolizzato, collocato in congedo con una gamba di legno e con una pensione che ammontava a ben due pence e mezzo penny al giorno. Già da tempo i garzoni del quartiere solevano insultare per le strade Noah con epiteti ignominiosi come «elemosina», «mantenuto», «beneficenza» e così via; e lui li sopportava senza ribellarsi. Ma ora che la fortuna aveva posto sulla sua strada un trovatello senza nome, contro il quale anche gli esseri più miserabili potevano puntare il dito del disprezzo, si ripagava a spese del poveretto con tanto di interessi. Questo ci offre un interessante materiale di studio. Dimostra in quale bella cosa può essere tramutata la natura umana; e dimostra, inoltre, come le stesse amabili doti possano svilupparsi, in modo imparziale, tanto nel più raffinato dei signori, quanto nel più sudicio accattone.

Oliver si trovava da tre settimane o da un mese con l'impresario di pompe funebri. Il signor Sowerberry – la bottega essendo chiusa – stava cenando con la moglie nel piccolo tinello, quando, dopo numerosi e deferenti sguardi rivolti alla sua compagna, disse:

«Mia cara...» Era sul punto di aggiungere qualcos'altro, ma la signora Sowerberry avendo alzato gli occhi con un'espressione singolarmente poco propizia, si interruppe di colpo.

«Ebbene?» domandò la signora Sowerberry, in tono aspro.

«Niente, mia cara, niente» rispose il signor Sowerberry.

«Ah, villano che non sei altro!» esclamò con veemenza la signora Sowerberry.

«Ma no, non si tratta affatto di villania» spiegò umilmente il signor Sowerberry. «Credevo che tu non volessi starmi a sentire, mia cara. Volevo dire soltanto...»

«Oh, non dirmelo quello che stavi per dire» lo interruppe la signora Sowerberry. «Io non sono nessuno. Non consultare me, per piacere. Non voglio essere messa a parte dei tuoi segreti.» Dopo essersi così espressa, la signora Sowerberry scoppiò in una risata isterica, che minacciava conseguenze violente.

«Ma mia cara,» disse Sowerberry «volevo soltanto un tuo consiglio.»

«No, non rivolgerti a me,» rispose la signora Sowerberry, con affettazione «rivolgiti a qualcun altro.» E, a questo punto, seguì una nuova risata isterica che spaventò moltissimo il signor Sowerberry. È, questo, un espediente coniugale comunissimo, e non di rado molto efficace. Fece subito sì che il signor Sowerberry implorasse, come uno specialissimo favore, di poter dire quello che la signora Sowerberry era curiosissima di sapere. Dopo un breve alterco, protrattosi per meno di tre quarti d'ora, il permesso venne concesso con la massima degnazione.

«Si tratta soltanto del piccolo Twist, mia cara» disse il signor Sowerberry. «Un ragazzino davvero di gran bell'aspetto, cara.»

«Lo credo bene, tenuto conto di quanto mangia» osservò la signora.

«Ha sul viso, mia cara, un'aria malinconica» continuò il signor Sowerberry «che io trovo molto interessante. Potrebbe essere un piagnone delizioso, amor mio.»

La signora Sowerberry alzò gli occhi con un'aria notevolmente stupita. Il signor Sowerberry se ne accorse e, senza dare il tempo alla buona donna di intervenire con qualche sua osservazione, continuò:

«Non intendo dire un vero e proprio piagnone per i funerali degli adulti, mia cara, ma soltanto per quelli dei bambini. Sarebbe una vera novità la presenza di un piagnone proporzionato ai piccoli defunti. Puoi star certa che la cosa farebbe un effetto superbo.»

La signora Sowerberry, che aveva parecchio buon gusto in fatto di funerali, rimase assai colpita dall'originalità dell'idea; ma poiché, tenuto conto delle circostanze, riconoscerlo sarebbe stato compromettente per la sua dignità, si limitò a domandare, in un tono di voce assai aspro, perché mai un'idea così ovvia non si fosse presentata prima alla mente di suo marito. E il signor Sowerberry ne dedusse, giustamente, che ella approvava la proposta; venne pertanto deciso che Oliver doveva essere iniziato subito ai misteri della professione; e che, di conseguenza, egli avrebbe accompagnato il suo padrone non appena ne fossero stati richiesti i servigi.

L'occasione non tardò a presentarsi. La mattina dell'indomani, una mezz'ora dopo la colazione, il signor Bumble entrò nella bottega; e, dopo aver appoggiato al banco il bastone da passeggio, si tolse di tasca il grosso portafoglio di cuoio, dal quale estrasse un foglietto di carta che porse a Sowerberry.

«Ah-ah» fece l'impresario di pompe funebri, sbirciando il foglietto con la letizia dipinta sul viso. «Si tratta dell'ordinazione di una bara, eh?»

«Anzitutto di una bara, dopodiché seguirà un funerale nella parrocchia» rispose il signor Bumble, richiudendo il portafoglio che, al pari di lui, era alquanto voluminoso.

«Bayton» disse l'impresario di pompe funebri, volgendo lo sguardo dal biglietto al signor Bumble. «Mai sentito prima d'oggi questo cognome.»

Bumble scosse la testa e rispose: «È gente cocciuta, signor Sowerberry; molto cocciuta. Nonché orgogliosa, temo, signor mio».

«Orgogliosa, eh?» esclamò il signor Sowerberry, con una smorfia di disprezzo. «Suvvia, sarebbe eccessivo.»

«Oh, è nauseante» rispose il messo parrocchiale. «Sì, nauseabondo, signor Sowerberry!»

«Davvero» riconobbe l'impresario di pompe funebri.

«Abbiamo saputo della famiglia l'altra sera» disse il messo «e non saremmo stati informati affatto se una donna che abita nella stessa casa non si fosse rivolta alla commissione parrocchiale affinché mandasse il medico della parrocchia a visitare una donna gravemente malata. Il medico era andato fuori a cena, ma il suo assistente (che è un ragazzo in gamba) si è preso la briga di fare avere alla paziente, di sua iniziativa, un flaconcino contenente una medicina.»

«Ah, questa è prontezza» commentò l'impresario di pompe funebri.

«Prontezza, sicuro» disse il messo parrocchiale. «Ma sapete che cosa ne è conseguito, quale è stato l'ingrato comportamento di quei ribelli, signore? Figuratevi, il marito ha mandato a dire che la medicina non si confaceva alla malattia di sua moglie e che, pertanto, ella non l'avrebbe presa... non l'avrebbe presa, pensate un po', signor Sowerberry! Una medicina efficacissima, forte, salutare, che appena una settimana prima era stata data, con ottimi risultati, a due manovali irlandesi e a un minatore di carbone... e per giunta fatta avere gratuitamente, e con tanto di flaconcino... ma no, quello la rimanda indietro dicendo c ie sua moglie non l'avrebbe presa!»

Mentre una così flagrante atrocità si ripresentava alla mente del signor Bumble in tutta la sua turpitudine, egli picchiò con forza il bastone da passeggio sul banco e si fece paonazzo in faccia per l'indignazione.

«Ah!» esclamò con grande trasporto l'impresario di pompe funebri. «È i-nau-di...»

«Inaudito, signore!» lo interruppe il messo. «No, nessuno ha mai fatto una cosa simile; ma, adesso che la donna è morta, bisogna seppellirla; questo è l'ordine. E, quanto prima la si seppellirà, tanto meglio sarà.»

Così dicendo, il signor Bumble, in preda a una sacra furia parrocchiale, si mise il cappello a tricorno a rovescio e uscì a gran passi dalla bottega.

«Perdinci, era tanto infuriato, Oliver, che si è dimenticato persino di chiedere di te!» osservò il signor Sowerberry, seguendo con lo sguardo il messo che si allontanava a gran passi lungo la strada.

«Sì, signore» rispose il bambino, che era stato bene attento a non farsi vedere durante il colloquio; e che, al solo ricordo della voce del signor Bumble, stava tremando dalla testa ai piedi. Ma avrebbe potuto evitarsi il disturbo di sottrarsi allo sguardo del signor Bumble; questo dignitario, infatti, sul quale la predizione del gentiluomo dal panciotto bianco aveva fatto un'impressione enorme, riteneva preferibile evitare Oliver, adesso che lo aveva in prova il signor Sowerberry, finché quest'ultimo non lo avesse legato a sé con un contratto per sette anni, dopodiché non vi sarebbe più stato pericolo che egli potesse essere di nuovo a carico della parrocchia.

«Bene» disse il signor Sowerberry, prendendo il cappello «quanto prima ci sbrigheremo, tanto meglio sarà. Noah, tu bada alla bottega. Oliver, mettiti il berretto e vieni con me.» Oliver ubbidì e si accodò al padrone che andava a svolgere il proprio lavoro.

Attraversarono, per qualche tempo, il quartiere più affollato e più popoloso della cittadina; poi, dopo essersi infilati in una viuzza più sudicia e più miserabile di tutte quelle che avevano percorso, si soffermarono, cercando con lo sguardo la casa che era la loro meta. A entrambi i lati del vicolo si trovavano case alte e larghe, ma molto vecchie e abitate da persone appartenenti alla classe più povera; come il loro aspetto sarebbe bastato a far capire, senza l'ulteriore prova consistente nello squallido aspetto dei pochi uomini e delle poche donne che passavano di quando in quando, quasi furtivamente, curvi e con le braccia conserte. In un gran numero di quelle case v'erano botteghe al pianterreno, ma tutte sprangate e in sfacelo; soltanto i piani superiori erano abitati. E alcuni edifici, divenuti poco sicuri a causa degli anni e dello stato di abbandono, venivano mantenuti in piedi, impedendo che crollassero nella strada, da enormi travi di legno infisse nei muri maestri e saldamente puntellate in mezzo alla via; ma persino quelle tane pericolanti sembravano essere state scelte come rifugi notturni da alcuni miserabili senza tetto, in quanto molte delle rozze assi che chiudevano porte e finestre erano state divelte, così da consentire il passaggio di un corpo umano. Il rigagnolo era colmo d'acqua stagnante e sudicia. I topi stessi, che giacevano putrefatti qua e là in quell'acqua marcia, avevano tutta l'aria di essere morti di fame.

La porta aperta davanti alla quale Oliver e il suo padrone si soffermarono non aveva né un battente né un campanello; pertanto, facendosi avanti a tastoni e con cautela in un buio corridoio e invitando Oliver a stargli vicino e a non spaventarsi, l'impresario di pompe funebri salì fino in cima alla prima rampa di scale. Dopo avere urtato contro una porta sul pianerottolo, bussò servendosi delle nocche.

La porta venne aperta da una ragazzetta di tredici o quattordici anni. Il signor Sowerberry vide subito quanto bastava del contenuto della stanza per rendersi conto che si trattava dell'alloggio nel quale era stato mandato. Pertanto entrò e Oliver lo seguì.

Nella stanza non v'era il tepore del fuoco acceso, eppure un uomo se ne stava accovacciato accanto alla stufa spenta, come per assecondare meccanicamente un'abitudine. E anche una vecchia aveva accostato un basso sgabello alla stufa gelida e gli sedeva accanto. In un altro angolo della stanza si rannicchiavano alcuni laceri fanciulli; e, in una piccola alcova di fronte alla porta, giaceva, sul pavimento, un qualcosa nascosto da una vecchia coperta. Oliver rabbrividì volgendo lo sguardo da quella parte, e involontariamente si fece ancor più vicino al suo padrone, poiché, sebbene la forma fosse coperta, intuì che si trattava di un cadavere.

L'uomo aveva un volto scavato e molto pallido; i capelli e la barba erano brizzolati; gli occhi iniettati di sangue. Il viso della vecchia era rugoso; gli unici due denti rimastile sporgevano oltre il labbro inferiore; gli occhi erano vividi e penetranti. Oliver aveva paura di guardare l'una e l'altro, perché somigliavano entrambi ai topi veduti nel rigagnolo.

«Nessuno deve avvicinarsi a lei» esclamò l'uomo, balzando in piedi con ferocia mentre l'impresario di pompe funebri si avvicinava all'alcova. «State indietro. Maledizione a voi! State indietro se ci tenete a vivere!»

«Assurdo, mio buon uomo» disse il signor Sowerberry, che conosceva bene la sofferenza in tutti i suoi aspetti. «Assurdo!»

«Vi dico...» insistette l'uomo, stringendo le mani a pugno e battendo infuriato il piede sul pavimento «... vi dico che non dovete sotterrarla. Non potrebbe trovare riposo nella tomba. I vermi la tormenterebbero... non potendola divorare... poiché è soltanto pelle e ossa.»

L'impresario di pompe funebri non rispose affatto a queste farneticazioni; ma, toltosi di tasca un metro a nastro, si inginocchiò per un momento accanto al cadavere.

«Ah!» fece l'uomo, scoppiando in lacrime e cadendo in ginocchio ai piedi della morta. «Inginocchiatevi, inginocchiatevi... inginocchiatevi tutti intorno a lei, e badate bene a quel che dico! Io dico che è stata lasciata morire di fame. Non mi resi mai conto di quanto fosse mal ridotta finché venne presa dalla febbre e poi le ossa cominciarono a sporgerle sotto la pelle. Non avevamo né il fuoco acceso né una candela; è morta al buio... al buio! Non ha potuto nemmeno vedere in faccia i suoi figli, eppure la udivamo rantolare i loro nomi. Ho mendicato per lei nelle strade, e mi hanno chiuso in prigione. Quando sono tornato, stava morendo, e il sangue mi si è gelato nelle vene perché l'hanno fatta morire di fame. Lo giuro davanti a Dio che ha veduto tutto! L'hanno fatta morire di fame!» Cercò di strapparsi i capelli; poi, dopo aver lanciato un gran grido, stramazzò e si rotolò, scosso da convulsioni, sul pavimento, gli occhi sbarrati e fissi, con la schiuma alla bocca.

I bambini, terrorizzati, singhiozzavano; ma la vecchia, che fino a quel momento aveva taciuto come se fosse stata completamente sorda e non si rendesse conto di quanto accadeva, gridò loro minacciosamente di smettere. Poi, dopo aver allentato la cravatta dell'uomo che, ciò nonostante, rimase lungo disteso sul pavimento, si avvicinò barcollante all'impresario di pompe funebri.

«Era mia figlia» disse, facendo un cenno con la testa nella direzione del cadavere e parlando con un sorriso idiota sulle labbra, reso ancor più spaventoso dalla presenza della morte in quella stanza. «Dio! Dio! È davvero strano. Io che l'ho messa al mondo, quando ancora ero una donna, sono viva e vegeta, mentre lei giace gelida e irrigidita. Dio buono... a ben pensarci, è divertente come una commedia... sì, come una commedia!»

Mentre la misera creatura farfugliava e ridacchiava, presa da quella laida allegria, il signor Sowerberry si voltò per andarsene.

«Fermo! Fermo!» disse la vecchia, con un alto bisbiglio. «Verrà seppellita domani, o dopodomani, o questa sera? Io l'ho vestita, e devo accompagnarla, sapete. Mandatemi un ampio mantello, pesante e caldo, perché fa un freddo cane. Dovremmo avere anche torta e vino, prima di avviarci! Ma non importa; mandate un po' di pane... soltanto una pagnotta e un bicchier d'acqua. Potremo avere un po' di pane, buon uomo?» domandò avidamente, afferrando la giacca dell'impresario di pompe funebri mentre quest'ultimo andava, una volta di più, verso la porta.

«Sì, sì» disse il signor Sowerberry. «Certo. Tutto quello che volete!» Poi si liberò dalla presa della vecchia e, trascinandosi dietro Oliver, si affrettò a uscire.

Il giorno dopo (la famiglia, nel frattempo, era stata sfamata con una mezza pagnotta e un pezzo di formaggio portati personalmente dal signor Bumble), Oliver e il suo padrone tornarono nel misero alloggio, ove il signor Bumble era già arrivato, accompagnato da quattro ricoverati nell'ospizio che avrebbero portato la bara. Due vecchi mantelli neri erano stati avvolti sopra gli stracci della vecchia e dell'uomo; e il nudo feretro sul quale era stato avvitato il coperchio, issato sulle spalle dei quattro uomini, venne portato in istrada.

«E adesso è necessario allungare il passo, signora mia!» bisbigliò Sowerberry all'orecchio della vecchia. «Siamo alquanto in ritardo e sarebbe indecoroso fare aspettare il prete. Avanti, uomini... camminate più in fretta che potete!»

Dopo questo invito, i portatori cominciarono a trotterellare sotto il lieve fardello; e le due persone in lutto li seguirono come meglio potevano. Il signor Bumble e Sowerberry li precedevano a gran passi; e Oliver, le cui gambe non erano lunghe come quelle del suo padrone, camminava accanto a loro.

La necessità di affrettarsi, tuttavia, non era affatto imperiosa come Sowerberry aveva previsto, poiché, quando giunsero nell'angolo abbandonato del cimitero ove crescevano le ortiche e ove venivano seppelliti i poveri della parrocchia, il prete non si era ancora fatto vivo; e un chierico, seduto accanto al fuoco nella sacrestia, parve non ritenere affatto improbabile che potesse arrivare soltanto di lì a un'ora circa. Pertanto la bara venne deposta di lato alla fossa e il marito della defunta e la vecchia aspettarono pazienti sul fango, sotto una pioggerella gelida e insistente, mentre laceri monelli, attratti nel cimitero dallo spettacolo, giocavano rumorosamente a nascondarella tra le pietre tombali o si divertivano a saltare avanti e indietro al di sopra della bara. Il signor Sowerberry e Bumble, essendo amici personali del chierico, rimasero seduti insieme a lui accanto al fuoco e lessero il giornale.

Infine, dopo un'attesa che si protrasse per qualcosa di più di un'ora, il signor Bumble, Sowerberry e il chierico furono veduti correre verso la fossa. Immediatamente dopo apparve il prete che, mentre si avvicinava, si stava infilando la cotta. Il signor Bumble rifilò allora alcuni scappellotti a uno o due monelli, tanto per salvare le apparenze, e il reverendo, dopo aver letto, del servizio funebre, tutto quello che poteva essere compresso in quattro minuti, consegnò la cotta al chierico e se ne andò.

«E adesso, Bill,» disse Sowerberry al becchino «riempi pure!»

Non si trattava di una fatica gravosa, poiché la fossa comune era già così piena che l'ultima bara distava appena poche decine di centimetri dalla superficie. Il becchino riempì la fossa, calcò appena la terra con i piedi, si mise la vanga in ispalla e si allontanò, seguito dai monelli che borbottavano, lo spasso essendo finito troppo presto.

«Su, venite, mio buon uomo!» disse Bumble, battendo la mano sulla schiena del marito. «Vogliono chiudere il cimitero.»

L'uomo, che non si era più mosso dopo essersi avvicinato alla fossa, trasalì, alzò la testa, fissò colui che gli aveva rivolto la parola, fece qualche passo, poi stramazzò privo di sensi. La vecchia matta era troppo intenta a lagnarsi per aver perduto il mantello (che invece le era stato portato via dall'impresario di pompe funebri) e non badò affatto a lui; pertanto gli versarono acqua gelida sulla faccia e, quando rinvenne, lo condussero fuori del cimitero, chiusero a chiave il cancello e ognuno se ne andò per la sua strada.

«Ebbene, Oliver?» domandò Sowerberry, mentre tornavano a casa. «Che cosa ne dici, ti piace questo lavoro?»

«Abbastanza, grazie, signore,» rispose il bambino dopo aver esitato a lungo «ma non troppo.»

«Ah, ci farai l'abitudine con il tempo, Oliver» disse Sowerberry. «Una volta fattaci l'abitudine è una bazzecola.»

Oliver si chiese, in cuor suo, se il signor Sowerberry avesse impiegato molto tempo per farci l'abitudine. Ma ritenne preferibile non indagare e tornò nella bottega riflettendo su tutto ciò che aveva veduto e udito.

6

Oliver, pungolato dagli insulti di Noah,
reagisce e lo stupisce alquanto

Al termine del mese di prova, Oliver divenne ufficialmente apprendista. Quella era per l'appunto una favorevole stagione di malattie; per dirla nel gergo commerciale, le bare erano in ascesa. E, nel corso di poche settimane, Oliver poté fare molta pratica. Il successo dell'ingegnosa trovata del signor Sowerberry superò anche le sue più ottimistiche speranze. Nemmeno le persone più anziane nella cittadina ricordavano un periodo nel quale il morbillo avesse tanto infierito, risultando così fatale per i bambini, e molti furono i mesti cortei preceduti dal piccolo Oliver, con il nastro nero del cappello che gli arrivava fino alle ginocchia, tra l'indescrivibile ammirazione e commozione di tutte le mamme della città. E siccome Oliver accompagnava il padrone anche in occasione di quasi tutti i funerali di persone adulte, così da poter arrivare a quella serenità di comportamento e a quell'assoluto dominio dei nervi che sono tanto essenziali nel lavoro di un impresario di pompe funebri, egli aveva non poche occasioni di osservare la splendida rassegnazione e la forza d'animo con la quale alcune persone dalla volontà ferrea sopportano i cimenti e i lutti.

Ad esempio, quando Sowerberry doveva provvedere alla sepoltura di qualche anziana signora o di qualche vecchio gentiluomo molto ricchi, circondati da un gran numero di nipoti appartenenti a entrambi i sessi, che erano stati assolutamente inconsolabili durante la precedente malattia e il cui dolore era sembrato non conculcabile persino in pubblico, dopo il funerale, e non appena rimanevano soli, non sarebbero potuti essere più allegri e soddisfatti e conversavano insieme allegramente, come se la loro serenità non fosse mai stata minimamente turbata. Anche i mariti sopportavano la perdita delle mogli con la calma più eroica. Quanto alle mogli, si vestivano a lutto per la morte dei mariti come se, anziché affliggersi in gramaglie, fossero decise a rendere le vesti del lutto belle ed eleganti il più possibile. Si poteva osservare, inoltre, come dame e gentiluomini, abbandonatisi a tutte le manifestazioni di un disperato dolore durante la cerimonia della sepoltura, si riprendessero quasi subito, una volta rientrati in casa e ridiventassero del tutto sereni una volta sorseggiato il tè. Tutto ciò era molto piacevole ed edificante a vedersi; e Oliver lo osservava con somma ammirazione.

Pur essendo il suo biografo, non posso affermare con una qualsiasi certezza che Oliver Twist fosse stato indotto alla rassegnazione dall'esempio di tutta quella brava gente; ma posso senz'altro dichiarare che, per molti mesi, egli continuò a sottomettersi docilmente alle prepotenze e ai maltrattamenti di Noah Claypole, il quale si comportava con lui ancor peggio di prima, la sua gelosia essendo stata destata nel vedere il nuovo arrivato promosso al bastone nero e al nastro nero del lutto, mentre lui, il più anziano lì, continuava a portare il berretto di lana e le brache di cuoio dei ragazzi che avevano imparato a scrivere e a leggere a spese dell'ospizio. Anche Charlotte trattava male Oliver, perché così faceva Noah; e, quanto alla signora Sowerberry, ella era la sua nemica dichiarata per il semplice motivo che il signor Sowerberry tendeva invece a essergli amico. Per conseguenza, tra questi tre da un lato, e un'indigestione di funerali dall'altro, Oliver non era di certo soddisfatto come il maiale affamato rinchiuso per sbaglio nel magazzino dell'orzo di una birreria.

E, a questo punto, arrivo a una svolta molto importante della storia di Oliver; devo descrivere, infatti, una sua reazione, forse in apparenza insignificante, che tuttavia determinò, indirettamente, un cambiamento concreto, in seguito, nel suo comportamento e in tutto ciò che poteva aspettarsi dalla vita.

Un giorno Oliver e Noah erano discesi in cucina, all'ora di cena, per banchettare con un piccolo arrosto di montone – una libbra e mezzo della parte peggiore del collo – quando, Charlotte essendo stata chiamata altrove, seguirono alcuni minuti durante i quali Noah Claypole, perfido com'era, ritenne di non poter impiegare il tempo in alcun modo migliore che non fosse quello di esasperare e tormentare il piccolo Oliver Twist.

Deciso com'era a concedersi questo divertimento innocente, Noah mise i piedi sulla tovaglia, poi tirò i capelli a Oliver, gli torse le orecchie, gli diede del vigliacco, quindi rese nota la propria intenzione di andare a vederlo impiccare non appena questo desiderabile evento si fosse determinato e lo irritò infine con altre meschine malignità, da quel ragazzo perfido e villano che era. Ma nessuno di questi tormenti produsse l'effetto desiderato, quello cioè di far piangere Oliver, e pertanto Noah cercò di essere più faceto e fece quello che molti imbecilli, i quali godono di una reputazione di gran lunga migliore di quella di Noah, fanno talora quando cercano di essere spiritosi: decise di ferire il bambino nei suoi più intimi affetti.

«Marmocchio dell'ospizio,» disse «come sta tua madre?»

«Mia madre è morta» rispose Oliver. «E non osare dir qualcosa di lei!»

Oliver divenne acceso in viso, pronunciando queste parole; respirò più in fretta; e la bocca e le narici di lui ebbero strani guizzi che Noah Claypole ritenne potessero preannunciare l'imminenza di uno scoppio di pianto. Basandosi su questa impressione, Noah tornò all'attacco.

«Di che cosa è morta, marmocchio dell'ospizio?» domandò.

«Di crepacuore, mi hanno detto certe anziane infermiere» mormorò Oliver; ma più come se stesse parlando tra sé e sé che rispondendo a Noah. «E credo di sapere che cosa si debba provare morendo di questo!»

«Oh bella, marmocchio dell'ospizio» disse Noah, mentre una lacrima striava la gota di Oliver. «Cos'è che ti fa piagnucolare, adesso?»

«Non *te*» rispose Oliver, affrettandosi ad asciugare la lacrima. «Non illuderti.»

«Ah, non io, eh?» esclamò Noah, beffardo.

«No, non te» ripeté Oliver in tono aspro. «E ora basta. Farai meglio a non dirmi altro di lei!»

«Farò meglio!» esclamò Noah. «Ah questa, poi! Farò meglio! Marmocchio dell'ospizio, non essere impudente. *Tua* madre, figuriamoci! Era un bel tipetto, tua madre! Oh, santo Cielo!» E a questo punto Noah fece di sì, in modo espressivo, con la testa; e, per l'occasione, arricciò, quanto più glielo consentivano i muscoli facciali, il piccolo naso rosso.

«Sai, marmocchio dell'ospizio,» continuò poi, ringalluzzito dal silenzio di Oliver ed esprimendosi in un tono offensivo di finta compassione; il tono di voce più esasperante che esista «sai, marmocchio, ormai non si può più rimediare, né, naturalmente, tu avresti potuto rimediare allora; la qual cosa mi dispiace moltissimo; e sono certo che noi tutti ti compassioniamo molto. Ma devi sapere che tua madre era una vera e propria donnaccia.»

«Come hai detto?» esclamò Oliver, alzando fulminea mente gli occhi.

«Una vera e propria donnaccia, marmocchio dell'ospizio» ripeté Noah, imperterrito. «Ed è di gran lunga meglio, marmocchio dell'ospizio, che sia morta quando morì, altrimenti sarebbe stata condannata ai lavori forzati a Bridewell o deportata, o impiccata. Molto più probabilmente impiccata, eh sì.»

Paonazzo in viso per la rabbia, Oliver balzò in piedi, rovesciando la sedia e il tavolo; afferrò Noah alla gola, lo scrollò, nella violenza della furia, fino a fargli battere i denti; poi, immettendo tutta la forza della quale era capace in un pugno, lo scaraventò a terra.

Un attimo prima, il bambino era sembrato la creatura placida, mite e avvilita nella quale era stato trasformato dai maltrattamenti. Ma ora l'anima sua si ribellava, finalmente; l'offesa crudele alla madre defunta gli aveva incendiato il sangue. Ansimava; si ergeva in tutta la sua statura, gli occhi vividi e balenanti; l'intero suo aspetto era cambiato mentre fissava irosamente il vile aguzzino che giaceva ora rannicchiato ai suoi piedi e lo sfidava con una energia mai conosciuta prima.

«Mi ammazzerà!» balbettava Noah. «Charlotte! Padrona! Il ragazzo nuovo mi sta assassinando! Aiuto! Aiuto! Oliver è impazzito! Char-lot-te!»

Agli urli di Noah risposero un grido acuto di Charlotte e uno strillo ancor più acuto della signora Sowerberry. La prima si precipitò nella cucina da una porta laterale; l'altra indugiò sulla scala finché non fu del tutto certa che scendere ulteriormente non avrebbe costituito una minaccia alla sua vita.

«Oh, piccolo miserabile!» strillò Charlotte, afferrando Oliver con tutte le sue forze, che erano quasi pari a quelle di un uomo moderatamente robusto e alquanto bene allenato. «Oh, piccolo ingrato, orrido farabutto, assassino!» E, tra una sillaba e l'altra, Charlotte sferrò colpi a Oliver con tutta la sua forza, accompagnandoli a un urlo per il pubblico.

I pugni di Charlotte non erano affatto leggeri, ma, nell'eventualità che non bastassero a placare la furia del bambino, la signora Sowerberry si precipitò nella cucina e aiutò la serva a trattenerlo con una mano, mentre con l'altra gli graffiava la faccia. In questa situazione per lui favorevole, Noah si rialzò dal pavimento e martellò di pugni Oliver alle spalle.

Si trattava di fatiche troppo violente perché potessero protrarsi a lungo. Quando furono sfiniti tutti quanti e non riuscirono né a urlare né a picchiare oltre, trascinarono Oliver, che ancora si dibatteva e gridava, e non era stato affatto domato, nell'immondezzaio e lì lo rinchiusero. Ciò fatto, la signora Sowerberry si lasciò cadere su una sedia e scoppiò in lacrime.

«Che Dio la benedica, sta perdendo i sensi!» disse Charlotte. «Un bicchier d'acqua, Noah caro, sbrigati!»

«Oh! Charlotte!» biascicò la signora Sowerberry, parlando come meglio poteva, a causa di una mancanza di respiro e di un eccesso d'acqua, che Noah le aveva versato sulla testa e sulle spalle. «Oh, Charlotte, è un miracolo se non siamo stati assassinati tutti quanti nei nostri letti!»

57

«Ah, un vero miracolo, signora» fu la risposta. «Spero soltanto che questo insegnerà al padrone a non accogliere altre di queste orribili creature, venute al mondo per assassinare e rubare sin dalla culla. Povero Noah! Era stato quasi ammazzato, quando sono entrata!»

«Povera creatura» mormorò la signora Sowerberry, guardando Noah compassionevolmente.

Il giovincello, il cui ultimo bottone del panciotto doveva essere all'incirca alla stessa altezza del cocuzzolo della testa di Oliver, si stropicciò gli occhi con i pugni chiusi mentre veniva così commiserato, fingendo di piagnucolare e tirando su con il naso.

«Che cosa possiamo fare?» gridò la signora Sowerberry. «Il vostro padrone non è in casa, nessuno può aiutarci e quel pazzo abbatterà a calci la porta entro dieci minuti.» I colpi vigorosi sferrati da Oliver contro la porticina in questione rendevano quanto mai probabile questa possibilità.

«Poveri noi, poveri noi! Non saprei, signora,» disse Charlotte «a meno che non chiamiamo la polizia.»

«Oppure l'esercito» propose il signor Claypole.

«No, no» disse la signora Sowerberry, pensando al vecchio amico di Oliver. «Corri dal signor Bumble, Noah, e digli di venire qui immediatamente. Non perdere tempo nemmeno per un momento, lascia stare il berretto! Sbrigati! Puoi premerti la lama di un coltello su quell'occhio nero, mentre andrai. Impedirà che si gonfi.»

Noah non stette a rispondere e uscì di corsa, meravigliando molto i passanti che lo videro correre all'impazzata, a testa nuda e con la lama di un coltello premuta sull'occhio pesto.

7

Oliver continua a essere caparbio

Noah Claypole corse lungo le strade più presto che poteva e non si fermò nemmeno una volta per riprendere fiato finché non fu giunto davanti al portone dell'ospizio. Lì, dopo essersi riposato per circa un minuto, preparandosi a una bella raffica di singhiozzi e a un'esibizione impressionante di lacrime e di terrore, bussò forte; e, all'anziano ricoverato venuto ad aprirgli, mostrò un volto talmente afflitto che il vecchio, sebbene, anche nel migliore dei casi, vedesse soltanto volti afflitti intorno a sé, trasalì e indietreggiò in preda allo stupore.

«Perdiana, che cosa può mai avere il ragazzo?» esclamò.

«Signor Bumble! Signor Bumble!» urlò Noah, imitando magnificamente lo sgomento, e con un tono di voce talmente afflitto e agitato che, oltre a giungere all'orecchio di Bumble, il quale, si dava il caso, non si trovava lontano, lo allarmò al punto da indurlo a precipitarsi nel cortile senza il cappello a tricorno, una circostanza di per sé assai curiosa e inconsueta; dimostra infatti che persino un messo parrocchiale, dominato da un impulso subitaneo e irresistibile, può essere afflitto da una momentanea perdita dell'autocontrollo e può dimenticare la propria dignità personale.

«Oh, signor Bumble, oh, signore!» esclamò Noah. «Oliver, signore... Oliver ha...»

«Cosa? Cosa?» lo interruppe il signor Bumble, con un lampo di piacere negli occhi freddi come il metallo. «Non è fuggito, non è fuggito, per caso, eh, Noah?»

«No, signore, no. Non è fuggito, signore, ma è stato preso da pazzia furiosa» rispose Noah. «Ha cercato di assassinare prima me, signore; e poi Charlotte, e poi la padrona. Oh, che dolori spaventosi! Quali sofferenze, signore!» E, a questo punto, Noah contorse e attorcigliò il proprio corpo in tutta una serie di posizioni da anguilla; facendo così intendere al signor Bumble che, in seguito alla violenta e sanguinaria aggressione di Oliver Twist, aveva subìto gravi lesioni interne, a causa delle quali soffriva le pene dell'inferno.

Quando Noah si rese conto che la notizia da lui portata aveva paralizzato, né più né meno, il signor Bumble, decise di accrescerne l'effetto lamentandosi dieci volte più forte di prima per le proprie spaventose ferite. E quando scorse un gentiluomo dal panciotto bianco attraversare il cortile, i suoi lamenti divennero tragici come non mai; in quanto, giustamente, aveva ritenuto opportuno all'estremo attrarre l'attenzione e destare l'indignazione di quel signore.

L'attenzione del gentiluomo venne ben presto attratta; infatti egli non aveva percorso tre passi, che si voltò irosamente e domandò perché mai stesse ululando quel cucciolo bastardo e perché mai il signor Bumble non intervenisse in modo da renderne del tutto involontarie le esibizioni vocali.

«È un povero ragazzo che ha frequentato la scuola gratuita, signore,» rispose il signor Bumble «ed è stato quasi assassinato... proprio così, quasi assassinato, signore... dal piccolo Twist.»

«Per Giove!» esclamò il gentiluomo dal panciotto bianco, fermandosi bruscamente. «Lo sapevo! Sin dall'inizio ho avuto lo strano presentimento che quello sfrenato piccolo selvaggio sarebbe finito sulla forca!»

«Ha tentato inoltre, signore, di assassinare la serva» disse il signor Bumble, con un pallore cinereo sulla faccia.

«E la padrona» intervenne il signor Claypole.

«E anche il padrone, mi sembra che tu abbia detto, Noah?» soggiunse il signor Bumble.

«No. Era fuori, altrimenti avrebbe assassinato anche lui» rispose Noah. «Ha detto che avrebbe voluto ammazzarlo.»

«Ah! Ha detto che voleva ucciderlo, ragazzo mio?» domandò il gentiluomo dal panciotto bianco.

«Sì, signore» rispose Noah. «E, per piacere, signore, la padrona vuole sapere se il signor Bumble può trovare il tempo di venire là, subito, a frustare Oliver... perché il padrone non è in casa.»

«Ma certo, ragazzo mio, certo» disse il gentiluomo dal panciotto bianco, sorridendo benevolmente e accarezzando la testa di Noah, la quale veniva a trovarsi sette centimetri e mezzo più in alto della sua. «Sei un bravo figliolo, un ottimo figliolo. Eccoti un penny. Bumble, fate un salto da Sowerberry con il bastone da passeggio e vedete di risolvere al meglio la situazione. Non risparmiatelo, Bumble.»

«No, non lo risparmierò, signore» rispose il messo parrocchiale, assicurandosi che la funicella impeciata, per le fustigazioni nell'ospizio, fosse bene avvolta intorno al bastone.

«E dite anche a Sowerberry di non risparmiarlo. Non caveranno mai niente da lui senza frustate e senza lividi» asserì il gentiluomo dal panciotto bianco.

«Ci penso io, signore» rispose il messo. E, il cappello a tricorno e il bastone essendo stati sistemati, nel frattempo, in modo soddisfacente per il proprietario, il signor Bumble e Noah Claypole si diressero, il più rapidamente possibile, verso la bottega dell'impresario di pompe funebri.

Là, la situazione non era migliorata affatto. Sowerberry non aveva ancora fatto ritorno a casa e Oliver continuava a sferrare calci, con la stessa energia di prima, contro la porta. I resoconti della sua ferocia, fatti dalla signora Sowerberry e da Charlotte, furono talmente spaventosi che il signor Bumble ritenne prudente parlamentare prima di aprire la porta. Con questa intenzione, sferrò, a mo' di preludio, un calcio alla porta dalla sua parte, poi, accostata la bocca al buco della chiave, disse, con una voce profonda e impressionante:

«Oliver!»

«Presto, fatemi uscire!» rispose il bambino dall'interno.

«La riconosci questa voce, Oliver?» domandò sempre con lo stesso tono di voce il signor Bumble.

«Sì» rispose il bambino.

«E non ti fa paura? Non stai tremando mentre io parlo?» domandò il signor Bumble.

«No!» rispose, audace, Oliver.

Una risposta così diversa da quella che si era aspettato di ricevere, e che era abituato a ricevere, fece trascolare non poco il signor Bumble. Egli indietreggiò dal buco della chiave, si erse in tutta la sua statura e, silenzioso e attonito, volse lo sguardo dall'una all'altra delle tre persone lì presenti.

«Oh, sapete, signor Bumble, deve essere impazzito» disse la signora Sowerberry. «Nessun bambino che avesse il cervello a posto si azzarderebbe a parlarvi in questo modo.»

«No, non si tratta di pazzia, signora» rispose il signor Bumble, dopo alcuni momenti di profonda meditazione. «È la carne.»

«Cosa?» esclamò la signora Sowerberry.

«La carne, signora, la carne» ripeté Bumble, severo e con enfasi. «Lo avete ipernutrito, signora, avete creato in lui un ardire artificiale che non si addice a una persona della sua condizione; come il consiglio, signora Sowerberry, che è composto da filosofi pratici, può confermarvi. Che cosa possono mai farsene, i poveri, dell'ardimento? Basta, e ne avanza, che abbiano un corpo vivente. Se voi aveste sfamato il bambino con pappine d'avena, signora, tutto questo non sarebbe mai accaduto.»

«Santo Cielo, santo Cielo!» si lamentò la signora Sowerberry, alzando gli occhi al soffitto della cucina. «Ecco che cosa se ne ricava a essere generosi!»

La generosità della signora Sowerberry nei confronti di Oliver era consistita nel rifilargli tutti gli avanzi schifosi che gli altri non volevano saperne di mangiare, e pertanto ella diede prova di grande umiltà e rassegnazione accettando la grave accusa del signor Bumble. Infatti, per renderle giustizia, era del tutto innocente, nel pensiero, nelle parole e nei fatti, di una simile colpa.

«Ah,» disse il signor Bumble, dopo che la signora ebbe riportato gli occhi su questa terra «la sola cosa che si possa fare adesso, a parer mio, consiste nel lasciarlo chiuso lì dentro per un giorno o due, finché non sarà un pochino affamato; facendolo poi uscire e mantenendolo a pappine per tutto il periodo dell'apprendistato. Discende da una pessima famiglia. Persone eccitabili, signora Sowerberry! Sia l'infermiera sia il medico mi dissero che sua madre, per arrivare sin qui, superò difficoltà e sofferenze che avrebbero stroncato settimane prima qualsiasi donna sana e robusta.»

A questo punto del discorso del signor Bumble, Oliver, il quale aveva capito appena quanto bastava per rendersi conto che si stava alludendo di nuovo a sua madre, ricominciò a sferrare calci, con una violenza tale da rendere inaudibile qualsiasi altro suono. In quel momento tornò il signor Sowerberry. Dopo che il reato commesso da Oliver gli era stato spiegato, con tutte quelle esagerazioni che le due donne ritenevano più indicate per destare la sua furia, egli aprì in un batter d'occhio la porta e trascinò fuori, afferrandolo per la collottola, l'apprendista ribelle.

I vestiti di Oliver erano stati lacerati durante le percosse infertegli; il bambino aveva la faccia coperta di lividi e graffiata. I capelli gli spiovevano, scarmigliati, sulla fronte. L'acceso rossore dell'ira non era ancora del tutto scomparso tuttavia, e, non appena tirato fuori dalla prigione, egli fissò minacciosamente Noah e parve del tutto imperterrito.

«Ah, ti sei comportato proprio come un bravo ragazzino, vero?» disse il signor Sowerberry, scrollando Oliver e rifilandogli uno scappellotto sull'orecchio.

«Noah ha insultato mia madre» rispose il bambino.

«Ebbene, se anche fosse, piccolo miserabile ingrato?» disse la signora Sowerberry. «Meritava quello che ha detto Noah, e anche di peggio.»

«Non è vero!» esclamò Oliver.

«Sì, invece» disse la signora Sowerberry.

«È una menzogna» disse Oliver.

La signora Sowerberry scoppiò a piangere, versando fiumi di lacrime.

E quella piena di lacrime non lasciò alcuna alternativa al signor Sowerberry. Se egli avesse esitato anche soltanto per un momento prima di punire Oliver con la massima severità, sarebbe divenuto come ogni lettore esperto deve ormai essersi reso conto chiaramente e come dimostrano tutti i precedenti in fatto di dispute coniugali, un bruto, un marito snaturato, un mostro capace soltanto di offendere, l'abietta imitazione di un uomo, e varie altre piacevoli cose il cui numero è troppo grande perché possano trovar posto in questo capitolo. Per rendergli giustizia, nei limiti delle sue capacità (non molto grandi) egli era ben disposto nei riguardi del bambino forse perché gli conveniva esserlo; o forse perché sua moglie odiava Oliver. Il fiume di lacrime, tuttavia, non gli lasciava scelta e pertanto diede al piccolo apprendista una tal dose di botte da soddisfare persino la signora Sowerberry e da rendere alquanto inutile il successivo impiego della frusta parrocchiale. Poi, per tutto il resto della giornata, Oliver rimase rinchiuso nel retro cucina, in compagnia della pompa dell'acqua e di una crosta di pane; in seguito, quella notte, la signora Sowerberry, dopo essersi permessa – rimanendo fuori della stanza – vari commenti affatto complimentosi per la memoria della madre di Oliver, entrò e, tra i lazzi e gli scherni di Noah e di Charlotte, ordinò al bambino di salire di sopra e di coricarsi nel suo lugubre giaciglio.

Soltanto dopo essere rimasto solo nel tetro silenzio e nella malinconica penombra della bottega Oliver lasciò via libera alla disperazione che i maltrattamenti subìti quel giorno non potevano non aver destato in un bimbetto. Aveva ascoltato le prese in giro e le provocazioni con un'espressione sprezzante; aveva sopportato la frusta senza lasciarsi sfuggire un grido, poiché il suo cuore era gonfio di quell'orgoglio che gli avrebbe impedito di urlare fino all'ultimo, anche se lo avessero bruciato vivo. Ma adesso che nessuno poteva vederlo o udirlo, cadde in ginocchio sul pavimento e, coprendosi il viso con le mani, versò amarissime lacrime; voglia Iddio che creature altrettanto tenere e indifese non debbano mai versarne di uguali.

Oliver rimase a lungo immobile in questo atteggiamento. La candela era ormai quasi completamente consumata quando si rimise in piedi. Dopo essersi guardato attorno con circospezione, dopo avere ascoltato attentamente, egli aprì, senza far rumore, la porta e guardò fuori.

Era una notte tenebrosa e gelida. Agli occhi del bambino le stelle parvero più remote dalla terra di quanto le avesse mai vedute. Non soffiava il vento e le tetre ombre proiettate dagli alberi sul terreno avevano un qualcosa di sepolcrale che ricordava la morte, tanto rimanevano immobili. Oliver richiuse la porta silenziosamente. Poi, dopo essersi servito della luce ormai languente della candela per mettere in un fazzoletto i suoi pochi capi di vestiario, sedette su una panca e aspettò l'alba.

Quando il primo raggio di luce si insinuò attraverso gli spiragli delle imposte, il bambino si mise in piedi e aprì di nuovo la porta della bottega. Una timida occhiata intorno a sé... ancora un attimo di esitazione... poi si chiuse la porta alle spalle e venne a trovarsi nella strada.

Guardò a destra e poi a sinistra, incerto sulla direzione da seguire per la fuga. Ricordò di avere veduto i carri, mentre uscivano dalla città, salire faticosamente su per la collina. Andò da quella stessa parte e quando arrivò a una scorciatoia che, lo sapeva, dopo un certo tratto si ricongiungeva alla strada maestra, la seguì, camminando rapidamente.

Oliver ricordava bene di avere trotterellato lungo quello stesso sentiero al fianco del signor Bumble, quando quest'ultimo lo aveva portato dalla fattoria all'ospizio. Passando di lì sarebbe finito proprio davanti alla casa. Il cuore prese a battergli più in fretta quando pensò a questo, e decise quasi di tornare indietro. Ma aveva già camminato a lungo e, così facendo, avrebbe perduto molto tempo. Inoltre, l'ora era talmente mattutina che poteva avere la certezza quasi assoluta di non essere veduto. Pertanto proseguì.

Giunse davanti alla casa. A quell'ora non si vedeva ancora nessuno. Oliver si fermò e sbirciò il giardino. Un bimbetto stava strappando le erbacce da una delle piccole aiuole; riposandosi per un momento, alzò il viso pallido e mostrò le fattezze di uno dei suoi ex compagni. Oliver fu lieto di averlo rivisto prima di andarsene poiché, sebbene fosse ancora più bambino di lui, era stato il suo piccolo amico e compagno di giochi. Entrambi avevano subìto percosse e sofferto la fame; entrambi erano stati rinchiusi molte e molte volte in uno sgabuzzino.

«Non farti sentire, Dick!» disse Oliver, mentre il bimbetto si avvicinava di corsa al cancello e insinuava le braccine gracili tra le sbarre per salutarlo. «Qualcuno è già alzato?»

«Nessuno tranne me» rispose il bambino.

«Non devi dire che mi hai veduto» bisbigliò Oliver. «Sto fuggendo. Mi picchiano e mi maltrattano, Dick, così ho deciso di andare lontano, in cerca di fortuna. Non so dove. Come sei pallido!»

«Ho sentito il dottore dire che sto morendo» rispose il bimbetto, con l'ombra di un sorriso. «Sono tanto contento di averti visto, ma non ti fermare, non ti fermare!»

«Mi sono fermato un momento soltanto, per salutarti» disse Oliver. «Ma ci rivedremo, Dick. So che ci rivedremo. E allora tu starai bene di salute e sarai felice.»

«Lo spero» disse il bambino. «Ma quando sarò morto, non prima. So che il dottore deve aver ragione, Oliver, perché sogno continuamente il paradiso e gli angeli e visi buoni e belli che non vedo mai quando sono sveglio. Dammi un bacio» soggiunse poi, arrampicandosi sul basso cancello e gettando le braccine al collo di Oliver. «Arrivederci, che Dio ti benedica!»

La benedizione veniva dalle labbra di un bimbetto, ma era la prima che Oliver avesse mai udito invocare su di lui; e durante tutte le lotte e le sofferenze, i guai e i cambiamenti degli anni che seguirono, non la dimenticò mai.

8

*Oliver si reca a piedi fino a Londra e per la strada
incontra uno strano tipo di giovane gentiluomo*

Oliver giunse accanto al paletto indicatore ove termina-
va la scorciatoia e venne a trovarsi, una volta di più,
sulla strada maestra. Erano ormai le otto del mattino.
E, sebbene fosse arrivato a quasi otto chilometri dalla
cittadina, temendo sempre di poter essere inseguito e
raggiunto, ora corse, ora si nascose dietro le siepi, fino
a mezzogiorno. In ultimo sedette, per riprendere fiato,
accanto a una pietra miliare e cominciò a domandarsi,
per la prima volta, dove sarebbe stato preferibile per lui
andare a cercar di sbarcare il lunario.

Sulla pietra miliare vicino alla quale si era messo a sedere stava scritto, a grandi lettere, che quel punto distava
da Londra esattamente centodieci chilometri. E il nome
della città destò un nuovo corso di idee nella mente del
bambino. A Londra – in quella città immensamente vasta
– nessuno, nemmeno il signor Bumble, sarebbe riuscito a
scovarlo! Più volte aveva udito dire dai vecchi, nell'ospizio, che un ragazzo ardito non avrebbe mai sofferto la fame, a Londra, e che in quella grande città esistevano modi per guadagnarsi da vivere dei quali chi nasceva e
cresceva in campagna non aveva la più pallida idea. Doveva trattarsi pertanto della città ideale per un bambino
senza tetto, destinato a morire per la strada se qualcuno
non lo avesse aiutato. Dopo queste riflessioni, Oliver
balzò in piedi e riprese a camminare.

Aveva già diminuito la distanza tra se stesso e Londra di qualcosa di più di sei chilometri quando pensò a
tutto quello che avrebbe dovuto sopportare prima di

giungere alla meta o di poter sperare di giungervi. E, mentre la realtà si imponeva alla sua attenzione, rallentò il passo e cominciò a riflettere sulle risorse di cui disponeva per arrivare a Londra. Possedeva una crosta di pane, una camicia ruvida e due paia di calze, il tutto nel fagottino. Aveva inoltre in tasca un penny – dono di Sowerberry dopo un certo funerale durante il quale lui se l'era cavata meglio del solito. "Una camicia pulita" pensò Oliver "è una cosa che fa molto comodo, come del resto due paia di calzini rammendati; e come un penny; ma queste cose aiutano ben poco a percorrere centoquattro chilometri a piedi durante l'inverno." Tuttavia le riflessioni di Oliver, come quelle della grande maggioranza delle persone, sebbene estremamente pronte e attive nel porre in risalto le difficoltà, erano assolutamente incapaci di suggerire un modo qualsiasi per sormontarle; e così, dopo aver riflettuto a lungo senza alcun risultato, il bimbetto si passò il fagottino sull'altra spalla e ricominciò ad arrancare.

Oliver percorse a piedi, quel giorno, trentadue chilometri; e per l'intera giornata non mandò giù altro che una crosta di pane e alcune sorsate d'acqua, mendicate alla porta delle case lungo la strada. Quando la notte discese, entrò in un prato e strisciò sotto un covone di fieno, deciso a riposarsi lì fino alla mattina dopo. A tutta prima ebbe paura, poiché il vento ululava lugubremente nei campi deserti; inoltre aveva freddo e fame, e si sentiva più solo di quanto gli fosse mai accaduto. Tuttavia, essendo sfinito a furia di camminare, ben presto si addormentò e dimenticò, così, tutti i suoi guai.

Era gelato e irrigidito quando si destò la mattina dopo, e aveva una fame tale che dovette dar via il penny in cambio di una pagnotta nel primo villaggio che attraversò. Non aveva percorso più di diciannove chilometri quando la notte ridiscese. Aveva i piedi indolenziti e le gambe che gli tremavano. Un'altra notte trascorsa all'aperto peggiorò le sue condizioni, e, quando riprese il cammino, la mattina dopo, a stento riuscì a trascinarsi avanti.

Ai piedi di una ripida salita, aspettò che sopraggiungesse una diligenza, poi chiese l'elemosina ai passeggeri sull'imperiale, ma soltanto ben poche persone si degnarono di accorgersi di lui e quelle poche gli dissero di aspettare che la diligenza fosse arrivata in cima alla salita e di far loro vedere sin dove sarebbe riuscito a correre per mezzo penny. Il povero Oliver cercò di stare dietro per un tratto alla diligenza, ma non vi riuscì, a causa dello sfinimento e dei piedi indolenziti. Quando i passeggeri se ne accorsero, si rimisero in tasca le monetine, dicendo che era un mascalzoncello pigro e non meritava un bel nulla. Poi la diligenza si allontanò, lasciandosi dietro soltanto un nuvolone di polvere.

In certi villaggi, grandi cartelli avvertivano che chiunque vi avesse mendicato sarebbe finito in prigione; questi avvisi spaventavano moltissimo Oliver e facevano sì che egli fosse ben contento di allontanarsi il più rapidamente possibile. In altri villaggi egli si soffermava davanti alle locande e guardava con un'aria luttuosa chiunque entrasse; in seguito a ciò, di solito, la padrona ordinava a uno degli stallieri che ciondolavano lì attorno di scacciare quel ragazzetto mai visto, perché di certo doveva essere venuto a rubare qualcosa. Se Oliver chiedeva l'elemosina nella casa di un contadino, minacciavano di slegare il cane; e, se osava far capolino in una bottega, dicevano che avrebbero chiamato le guardie, la qual minaccia gli faceva salire il cuore in bocca – non di rado la sola cosa che venisse a trovarvisi per molte ore di seguito.

In effetti, se non fosse stato per il custode di una barriera, un uomo di buon cuore, e per una benevola, anziana signora, le afflizioni di Oliver sarebbero state abbreviate dallo stesso processo naturale che aveva posto termine a quelle di sua madre; in altre parole, è certo che egli sarebbe stramazzato morto sulla strada maestra. Ma il custode della barriera lo sfamò con pane e formaggio; e l'anziana signora, un cui nipote, vittima di un naufragio, vagava a piedi nudi in qualche remota località del mondo, ebbe pietà del povero orfanello e gli diede il poco che poteva permettersi, anzi di più, con parole così buone e gentili e con tali lacrime di comprensione e compassione da imprimersi nel cuore di Oliver più profondamente di tutte le sofferenze che aveva dovuto patire.

Nelle prime ore della settima mattina dopo la fuga, il bambino entrò adagio, zoppicando, nella piccola cittadina di Barnet. Le imposte alle finestre erano chiuse; la strada rimaneva deserta; nessuno aveva ancora incominciato a dedicarsi alle attività di ogni giorno. Il sole stava sorgendo con tutto lo splendore della sua bellezza; ma la luce del giorno servì soltanto a porre in risalto la solitudine e la desolazione del bimbetto, mentre si metteva a sedere, con i piedi sanguinanti e coperti di polvere, sul gelido gradino di una soglia.

A poco a poco le imposte vennero spalancate, i negozianti aprirono le loro botteghe e la gente cominciò ad andare e venire. Alcune persone si soffermarono per un momento o due guardando Oliver; oppure si voltarono a sbirciarlo mentre passavano frettolosamente; ma nessuno lo soccorse o si diede la pena di domandargli come fosse arrivato lì. Quanto a lui, non trovava il coraggio di mendicare. E restava dove si trovava.

Sedeva su quello scalino da qualche tempo, meravigliandosi per il gran numero di bettole (una casa ogni due, lì a Barnet, era una taverna, grande o piccola), contemplando distrattamente le diligenze di passaggio e dicendosi quanto sembrava strano che potessero percorrere senza fatica in poche ore il cammino che a lui aveva richiesto una intera settimana di coraggio e di somma decisione, quando trasalì notando come un ragazzo, il quale gli era passato davanti con noncuranza pochi minuti prima, fosse tornato indietro e lo stesse ora osservando molto attentamente dal lato opposto della strada. A tutta prima Oliver non attribuì un'eccessiva importanza alla cosa; ma poi il ragazzo continuò a osservarlo così a lungo che egli alzò la testa e ricambiò quello sguardo insistente. Dopodiché il ragazzo attraversò la strada; e, mentre andava avvicinandosi a Oliver, disse: «Ciao, pulcino! Che cosa ti succede?».

Il ragazzo che aveva rivolto questa domanda al piccolo viandante aveva press'a poco la stessa età di Oliver, ma era uno dei tipi più strani che lui avesse mai veduto. Aveva il naso camuso, la fronte bassa, le altre fattezze alquanto comuni ed era sudicio come più non sarebbe stato possibile; ma si dava tutte le arie e assumeva tutti gli stessi atteggiamenti di un uomo adulto. Eppure era piuttosto piccolo di statura per la sua età, con le gambe alquanto storte, e con occhi minuscoli e penetranti. Portava il cappello posato in modo talmente precario sul cocuzzolo della testa da minacciar di cadere a ogni momento; e sarebbe caduto, il cappello, molto spesso, se colui che lo portava non avesse avuto l'abilità di riportarlo al suo posto con uno scuotimento improvviso della testa. Lo sconosciuto ragazzo indossava una giacca da uomo che gli arrivava sin quasi ai calcagni; ne aveva rivoltato le maniche fino a metà braccio affinché le mani potessero restarne fuori; apparentemente con lo scopo ultimo di poterle ficcare nelle tasche dei calzoni di velluto, poiché le teneva sempre lì. Calzava stivaletti e, tutto sommato, era il gradasso più spavaldo e più piccolo che fosse mai esistito, poiché non superava la statura di un metro e quaranta.

«Ciao, pulcino! Che cosa ti succede?» domandò a Oliver questo strano gentiluomo.

«Sono molto affamato e tanto stanco» rispose Oliver e, mentre parlava, gli vennero le lacrime agli occhi. «Ho camminato tanto. Sto camminando da sette giorni.»

«Hai camminato per sette giorni!» esclamò il giovane gentiluomo. «Oh, capisco. Per ordine del becco, eh? Ma,» soggiunse poi, avendo notato l'espressione attonita di Oliver «immagino che tu non sappia cos'è un becco, eh, mio brillante compagno?»

Oliver rispose, blando, di aver sempre saputo che il termine in questione si riferiva alla bocca di un uccello.

«Perdinci, quanto sei ingenuo!» esclamò il giovane gentiluomo. «Ma la parola becco vuol dire magistrato! E, se cammini per ordine di un becco, vai, vai, vai e non torni più indietro. Sei mai stato nel mulino?»

«Quale mulino?» domandò Oliver.

«Quale mulino! Ma *il* mulino... la galera! Che è sempre piena quando alla gente le cose vanno male ed è vuota quando gli affari vanno a gonfie vele. Ma ora vieni con me» soggiunse il giovane gentiluomo. «Tu hai bisogno di mangiare e mangerai. È bassa marea anche per me, ho soltanto uno scellino e mezzo, a dire il vero, ma quello che mi trovo in tasca lo spendo. Su, sbrigati, mettiti in piedi e vieni con me. Dai! Forza!»

Dopo aver aiutato Oliver ad alzarsi, il giovane gentiluomo lo condusse in una vicina pizzicheria e lì comprò una pagnotta già imbottita con una quantità sufficiente di pancetta, mediante l'ingegnoso espediente di estrarre una parte della mollica e di riempire poi il vuoto con la pancetta, che rimaneva così pulita e protetta dalla polvere. Poi, postasi la pagnotta sotto il braccio, il giovane gentiluomo entrò in una piccola taverna e andò a prendere posto nella sala comune, sul retro. Lì, per ordine del misterioso giovane, venne loro servita una brocca colma di birra; dopodiché Oliver, così invitato dal suo nuovo amico, cominciò a mangiare e si godette un lungo e abbondante pasto, durante il quale lo strano ragazzo continuò a adocchiarlo, di quando in quando, molto attentamente.

«Sei diretto a Londra?» domandò, quando Oliver ebbe infine terminato di mangiare.

«Sì.»

«Hai già un alloggio?»

«No.»

«Hai quattrini?»

«No.»

Lo strano ragazzo emise un fischio; poi affondò le mani, e anche le braccia, nelle tasche, sin dove glielo consentiva la giacca troppo abbondante per lui.

«Tu risiedi a Londra?» domandò Oliver.

«Sì, quando sono a casa» rispose il ragazzo. «Immagino che tu abbia bisogno di un posto in cui dormire stanotte, no?»

«Eh, sì» rispose Oliver. «Non ho più dormito sotto un tetto da quando mi sono messo in cammino.»

«Non farti venire gli occhi rossi per questo» disse il giovane gentiluomo. «Io devo essere a Londra questa sera e conosco un rispettabile, anziano signore che abita là e che ti alloggerà gratis, senza mai chiederti niente in cambio... naturalmente se gli verrai presentato da un gentiluomo che lui conosca. E conosce me, forse? Oh, no! Nemmeno per sogno! No di certo!» A questo punto, quel bel tomo sorrise, come per far capire che le ultime sue frasi erano scherzosamente ironiche. Poi finì di bere la birra.

Questa inattesa offerta di un rifugio era troppo allettante perché potesse esserci opposta resistenza, soprattutto in quanto a essa fece immediatamente seguito l'assicurazione che l'anziano signore di cui si parlava avrebbe, senza alcun dubbio, offerto a Oliver un alloggio comodo seduta stante. Si passò così a una conversazione più amichevole e confidenziale e Oliver poté scoprire che il suo nuovo amico si chiamava Jack Dawkins ed era il cocco dell'anziano signore ripetutamente menzionato, il quale lo proteggeva.

L'aspetto del signor Dawkins non prometteva un granché per quanto concerneva gli agi che l'anziano signore procurava a chi egli prendesse sotto la sua protezione; ma siccome il ragazzetto parlava in modo alquanto volubile e sboccato e per giunta aveva confessato egli stesso di essere stato soprannominato dai suoi più intimi amici "lo scaltro furbacchione", Oliver ne dedusse che fino a quel momento i precetti morali dell'anziano signore dovevano essere andati sprecati con un tipo così noncurante e dissoluto. E, per conseguenza, decise in cuor suo di meritarsi il più rapidamente possibile il giudizio favorevole dell'anziano signore; e, qualora avesse constatato che il Furbacchione era incorreggibile – come già sospettava che sarebbe accaduto – di rinunciare a coltivarne l'amicizia.

Poiché Jack Dawkins si era dichiarato contrario ad arrivare a Londra prima del cader della notte, erano già quasi le undici quando giunsero alla barriera di Islington. Da Angel Road passarono alla St. John Road; seguirono poi la viuzza che termina davanti al Sadler's Wells Theatre; percorsero Exmouth Street e Coppice Row; attraversarono il cortiletto di lato all'ospizio; attraversarono la classica piazza che un tempo aveva avuto il nome di Hockley-in-the-Hole e di là passarono nella Little Saffron Hill; imboccarono quindi la Saffron Hill the Great e il Furbacchione, lì, affrettò il passo, invitando Oliver a stargli alle calcagna.

Pur essendo sufficientemente impegnato per non perdere di vista la sua guida, Oliver non poteva fare a meno di guardare rapidamente a destra e a sinistra mentre camminava. E, in vita sua, non aveva mai veduto un luogo più sudicio e più miserabile. La viuzza era molto stretta e fangosa, e odori nauseabondi impregnavano l'aria. Si vedevano numerose piccole botteghe, ma l'unica merce in vendita sembrava consistere in una infinità di bimbetti che, anche a quell'ora tarda della notte, uscivano dalle porte, o vi entravano, o strillavano all'interno. Soltanto le taverne sembravano prosperare tra tutta quella miseria; e in esse litigavano a più non posso irlandesi di infima condizione. Passaggi a volta, che si diramavano qua e là dalla viuzza, e cortiletti rivelavano catapecchie ove uomini e donne, tutti ubriachi, sguazzavano letteralmente nella sporcizia; e da molte porte uscivano, guardinghi, individui dalla faccia patibolare che, stando a tutte le apparenze, si accingevano a imprese disoneste.

Oliver si stava domandando se non avrebbe fatto meglio a tagliare la corda, quando giunsero in fondo alla discesa. La sua guida, dopo averlo afferrato per un braccio, aprì, spingendola, la porta di una casa vicino a Field Lane; poi trascinò dentro il compagno e la richiuse dietro di loro.

«Ehilà, chi è?» gridò una voce dal basso, rispondendo a un fischio del Furbacchione.

«Briscola!» fu la risposta.

Parve si trattasse di una parola d'ordine, o di un segnale mediante il quale si faceva capire che tutto andava bene, poiché la fioca luce di una candela cominciò a baluginare sulla parete in fondo al lungo corridoio; poi la faccia di un uomo li sbirciò dal punto in cui la balaustrata della vetusta scala che conduceva alla cucina era stata rotta.

«Ehi, ma siete in due» disse l'uomo, portando avanti il più possibile la candela e facendosi schermo agli occhi con la mano. «Chi è quell'altro?»

«È uno nuovo» rispose Jack Dawkins, spingendo Oliver.

«Da dove viene?»

«Dalla Groenlandia.* Fagin è di sopra?»

«Sì, sta vagliando la pesca. Salite pure!» La candela venne riportata indietro e la faccia scomparve.

Oliver, sondando il vuoto con una mano, e avendo l'altra ben stretta dal suo compagno, salì, molto a stento, su per gli scalini bui e rotti che l'altro superava invece con una disinvoltura tale da dimostrare quanto li conoscesse bene. Poi Jack Dawkins spalancò la porta di una stanza e trascinò Oliver dietro di sé.

Le pareti e il soffitto erano stati anneriti completamente dal tempo trascorso e dal sudiciume. Su un tavolo situato davanti al fuoco si trovavano una candela conficcata entro una bottiglia di birra, due o tre boccali di peltro, una pagnotta, un panetto di burro e un piatto. Nella padella posta sul fuoco, e legata alla mensola del caminetto mediante un pezzo di spago, stavano cuocendo alcune salsicce; e, chino su di essa, con un forchettone in mano, v'era un ebreo anziano e raggrinzito la cui faccia laida e ripugnante rimaneva nascosta in parte da una gran barba ispida e rossiccia. L'uomo indossava una bisunta vestaglia di flanella, portava una sciarpa intorno al collo e sembrava dividere equamente la propria attenzione tra la padella e una corda tesa dalla quale pendevano numerosi fazzolettoni di seta. Vari giacigli, consistenti in vecchi sacchi, si trovavano allineati l'uno accanto all'altro sul pavimento. Intorno al tavolo sedevano quattro o cinque ragazzetti, nessuno dei quali più avanti negli anni del Furbacchione; fumavano lunghe pipe d'argilla e sorseggiavano bevande alcoliche con l'aria di uomini fatti. Costoro si raggrupparono tutti intorno al loro compagno mentre egli bisbigliava qualche parola all'ebreo; poi si voltarono e sorrisero a Oliver. E altrettanto fece l'ebreo con il forchettone in mano.

«Ecco il mio amico, Fagin» disse Jack Dawkins. «Oliver Twist.»

L'ebreo sorrise di nuovo; poi, fatto un profondo in-

* *Groen* significa «verde», e il colore verde è il simbolo dell'innocenza. (*NdT*)

chino a Oliver, lo prese per mano e disse di sperare che avrebbe avuto l'onore di conoscerlo meglio. Dopodiché i piccoli gentiluomini che fumavano la pipa circondarono il nuovo arrivato e gli strinsero energicamente entrambe le mani, specie quella che teneva il pacchetto. Uno di quei signorini si dimostrò ansiosissimo di togliergli il berretto per evitargli la fatica di appenderlo; e un altro fu così cortese da infilargli le mani in tasca affinché, dato che era tanto stanco, potesse risparmiarsi la fatica di vuotarle lui stesso al momento di coricarsi. Tutte queste cortesie sarebbero andate, con ogni probabilità, molto più oltre di così se non fosse stato per un generoso impiego del forchettone dell'ebreo sulle teste e sulle spalle degli affettuosi ragazzetti così intenzionati a renderle.

«Siamo molto lieti di fare la tua conoscenza, Oliver, molto lieti» disse l'ebreo. «Furbacchione, togli le salsicce dalla fiamma; e accosta al fuoco uno sgabello per Oliver. Ah, stai guardando i fazzolettoni da tasca! Eheh, mio caro! Sono tanti, vero? Li abbiamo appena esaminati e sono pronti per il bucato, ecco tutto, Oliver. Ah-ah-ah!»

Quest'ultima parte del suo discorso, vale a dire la risata, venne accolta da uno scoppio di risa ancor più sonoro di tutti gli speranzosi allievi dell'allegro, vecchio signore. Poi, tra l'ilarità generale, sedettero per cenare.

Oliver divorò la sua parte e poi il vecchio gli riempì il bicchiere con gin e acqua calda, dicendogli che doveva vuotarlo subito perché serviva a un altro dei gentiluomini. Oliver fece come gli era stato detto e bevve d'un fiato. Immediatamente dopo, si sentì sollevare con dolcezza e deporre su uno dei giacigli di sacchi; poi scivolò in un sonno profondo.

9

Con altri particolari concernenti il simpatico,
anziano signore e i suoi speranzosi allievi

Era la tarda mattinata quando Oliver si destò, dopo un sonno lungo e profondo. Nella stanza si trovava soltanto il vecchio ebreo che, intento a preparare un po' di caffè in un pentolino, per la colazione, fischiettava sommessamente tra sé e sé rimestandolo con un cucchiaio. Di tanto in tanto smetteva e rimaneva in ascolto di ogni sia pur minimo rumore al piano di sotto; poi, dopo essersi persuaso che di sotto nessuno si muoveva, ricominciava come prima a rimestare e a fischiettare.

Oliver, pur essendosi destato, non era ancora sveglio del tutto. Esiste uno stato di dormiveglia, tra il sonno e il risveglio completo, nel quale si sogna di più in cinque minuti – con gli occhi semiaperti e consapevoli di qualsiasi cosa accada intorno a noi – di quanto si sognerebbe in cinque notti con gli occhi completamente chiusi e i sensi assopiti nell'assoluta inconsapevolezza. In questi momenti, un essere mortale si rende vagamente conto dei poteri formidabili che avrebbe la propria mente se, libera dalla prigionia del corpo, potesse lasciarsi indietro i limiti del tempo e dello spazio.

Oliver si trovava per l'appunto in questo stato. Con gli occhi socchiusi, vedeva l'ebreo; ne udiva il sommesso fischiettare e riconosceva il suono del cucchiaio che raschiava contro il metallo del pentolino; ma, al contempo, i suoi sensi erano attivamente alle prese con tutte le persone da lui conosciute.

Quando il caffè fu pronto, l'ebreo tolse il pentolino dal fuoco. Poi, per qualche momento, rimase in piedi, in un atteggiamento di indecisione, quasi non sapesse bene che cosa fare. Infine si voltò, guardò Oliver e lo chiamò per nome. Il bambino non rispose e parve, sotto ogni aspetto, profondamente addormentato.

Dopo essersi persuaso di questo, l'ebreo si avvicinò pian piano alla porta e la chiuse a chiave. Da una qualche botola nel pavimento – o così parve a Oliver – tolse una piccola scatola che mise con cautela sul tavolo. Gli splendettero gli occhi mentre ne sollevava il coperchio e vi guardava dentro. Accostata al tavolo, trascinandola, una sedia malconcia, vi sedette; poi tolse dalla scatola un magnifico orologio d'oro, scintillante di pietre preziose.

«Ah-ah» disse, alzando le spalle e deformando ogni fattezza della faccia in un laido sorriso. «Sono in gamba! Sono in gamba. Fedeli fino all'ultimo. Non hanno mai rivelato al vecchio parroco dove abitano! Non hanno mai tradito il buon Fagin! Ma del resto, perché avrebbero dovuto? Questo non li avrebbe liberati dalla catena. No, no, no. Bravi figlioli, bravi figlioli!»

Dopo aver mormorato queste riflessioni e altre analoghe, l'ebreo rimise l'orologio nel nascondiglio. Sei altri orologi almeno furono ripetutamente tolti dalla scatola, e osservati con altrettanto compiacimento; oltre ad anelli, spille, braccialetti e altri oggetti fatti con materiali preziosi e mirabilmente e costosamente lavorati, gioielli dei quali Oliver ignorava persino il nome.

Dopo averli riposti tutti, l'ebreo ne tolse un altro dalla scatola, talmente piccolo da trovar posto nel palmo della sua mano. Doveva essere stato inciso con lettere minuscole, poiché il vecchio lo mise sul tavolo e, nascondendolo con una mano, lo studiò a lungo, molto attentamente. Infine ripose anche quello, quasi disperando della possibilità di riuscire e, appoggiandosi alla spalliera della sedia, mormorò:

«Che bella cosa è la pena di morte! I morti non si pentono mai; i morti non rivelano mai cose imbarazzanti. Ah, sì, è una gran bella cosa per questo mestiere. Cinque di loro impiccati tutti in fila, senza che uno solo di essi abbia potuto pretendere la sua parte del bottino o tradire!»

Mentre l'ebreo pronunciava queste parole, i suoi vividi occhi scuri, che avevano fissato il vuoto, si posarono sul viso di Oliver; gli occhi del bambino fissarono quelli di lui con silenziosa curiosità e, anche se i loro sguardi si incrociarono soltanto per un attimo – per la più breve frazione di tempo che possa essere concepita – questo bastò per far capire al vecchio che era stato osservato. Egli chiuse di scatto, con un tonfo secco, il coperchio della scatola, poi, afferrato il coltello per tagliare il pane che si trovava sul tavolo, balzò furiosamente in piedi. Tremava molto, però; infatti, pur essendo in preda al terrore, Oliver notò che il coltello ballava nell'aria.

«Cosa? Cosa?» disse l'ebreo. «Perché mi osservi? Come mai sei sveglio? Che cosa hai veduto? Parla, ragazzo. Subito... subito... subito! Se vuoi salva la vita!»

«Non riuscivo più a dormire, signore» rispose Oliver, umilmente. «Mi spiace molto di avervi disturbato, signore.»

«Non eri desto un'ora fa?» domandò l'ebreo, fissando accigliato, con ferocia, il ragazzo.

«No. No, davvero.»

«Ne sei sicuro?» urlò l'ebreo, con un'espressione ancor più feroce di prima, e un atteggiamento più minaccioso.

«Parola mia non ero desto, signore» rispose Oliver sinceramente. «No davvero, signore.»

«Bene, bene, caro!» disse l'ebreo, tornando bruscamente ai modi consueti e trastullandosi per qualche momento con il coltello, prima di metterlo giù, come se lo avesse preso per puro caso. «Naturalmente lo sapevo già, mio caro. Volevo soltanto spaventarti un po'. Sei un ragazzo veramente coraggioso. Ah-ah! Un ragazzo coraggioso, Oliver!»

L'ebreo si stropicciò le mani, ridacchiando; ma, ciò nonostante, sbirciò, a disagio, la scatola.

«Hai veduto qualcuno di questi graziosi oggetti, mio caro?» domandò, dopo un breve silenzio, mettendo la mano sulla scatola.

«Sì, signore» rispose Oliver.

«Ah!» fece l'ebreo, impallidendo alquanto. «Sono... sono miei, Oliver; si tratta del mio piccolo peculio. Il mio unico mezzo di sussistenza nella vecchiaia. Eppure la gente dice che sono spilorcio, mio caro; sì, la gente mi dà dell'avaro!»

Oliver pensò che l'anziano signore doveva essere davvero uno spilorcio se abitava in una casa tanto sudicia pur possedendo un gran numero di orologi; ma poi, dicendosi che forse il suo affetto per il Furbacchione e per gli altri ragazzi gli costava un mucchio di quattrini, si limitò a rivolgere uno sguardo deferente all'ebreo e a domandargli se potesse alzarsi.

«Ma certo, mio caro, ma certo» rispose il vecchio. «Guarda, c'è una brocca piena d'acqua là nell'angolo, vicino alla porta. Portala qui e io ti darò un catino per lavarti, figliolo.»

Oliver si alzò, attraversò la stanza e si chinò per un attimo allo scopo di prendere la brocca. Quando voltò la testa, la scatola era scomparsa.

Si era appena lavato e aveva rimesso ogni cosa al suo posto, vuotando il catino fuori della finestra, in base alle indicazioni dell'ebreo, che il Furbacchione tornò; lo accompagnava un suo esuberante, giovane amico; Oliver lo aveva veduto fumare, la sera prima, e ora gli venne presentato ufficialmente come Charley Bates. Poi i quattro si misero a sedere per fare colazione con il caffè e con alcuni panini ancor caldi e del prosciutto che il Furbacchione aveva portato entro la cupola del cappello.

«Bene,» disse l'ebreo, sbirciando furtivamente Oliver e rivolgendosi al Furbacchione «spero che vi siate dati da fare stamane, miei cari?»

«A più non posso» rispose il Furbacchione.

«Da matti» soggiunse Charley Bates.

«Bravi figlioli, bravi figlioli!» li lodò l'ebreo.

«Tu che cosa mi porti, Furbacchione?»

«Due portafogli» rispose quel giovane gentiluomo.

«Ben foderati?» domandò l'ebreo, avidamente.

«Molto ben foderati» rispose il Furbacchione, tirando fuori due portafogli, uno verde e l'altro rosso.

«Non sono proprio robusti come sarebbero potuti essere,» disse l'ebreo, dopo averne esaminato l'interno molto attentamente «ma mi sembrano assai ben fatti. È un artigiano ingegnoso, non è vero Oliver?»

«Oh sì, certo, signore, molto ingegnoso» disse il bambino. E a questo punto Charley Bates rise clamorosamente; non senza grande stupore da parte di Oliver, il quale non vedeva alcunché di esilarante in tutto quello che era accaduto.

«E tu che cosa mi porti, mio caro?» domandò Fagin a Charley Bates.

«Togli-moccio» rispose il signorino Bates, esibendo al contempo quattro fazzoletti.

«Bene,» disse l'ebreo, esaminandoli da vicino «sono belli, davvero molto belli. Però non hai ricamato bene le cifre, Charley. Pertanto bisognerà disfarle servendosi di un ago, e insegneremo a Oliver come si fa. Che ne dici, Oliver, eh? Ah-ah-ah!»

«Se così desiderate, signore» disse Oliver.

«Ti piacerebbe saper fare fazzoletti da tasca con la stessa facilità di Charley Bates, non è vero, mio caro?» domandò l'ebreo.

«Oh, sì, moltissimo, se vorrete insegnarmi, signore» rispose Oliver. Il signorino Bates trovò qualcosa di così squisitamente esilarante, in questa risposta, che scoppiò in un'altra risata; ma il suo scoppio di risa, incrociandosi con il caffè che stava inghiottendo e incanalandolo nel passaggio sbagliato, per poco non lo fece morire prematuramente, soffocato.

«Perdinci se è ingenuo!» balbettò poi, una volta ripresosi, come per giustificare il proprio comportamento scortese.

Il Furbacchione non protestò, ma scostò un ciuffo di capelli dagli occhi di Oliver e disse che, con il tempo, avrebbe imparato; dopodiché il vecchio ebreo, avendo notato che il bambino stava arrossendo, cambiò discorso e domandò se vi fosse stata una gran folla all'esecuzione di quel mattino. Questa domanda fece sì che Oliver si meravigliasse sempre e sempre più, in quanto apparve chiaro, dalle risposte dei due ragazzi, che entrambi avevano assistito all'esecuzione capitale; come potevano aver trovato il tempo di fare tante cose contemporaneamente?

Una volta sparecchiata la tavola, l'allegro vecchio signore e i due ragazzi si divertirono con un curiosissimo e insolito gioco, che si svolse in questo modo. L'ebreo, dopo aver messo una tabacchiera in una tasca dei calzoni, un portafoglio nell'altra, un orologio nel taschino del panciotto, si mise una catenina intorno al collo e appuntò una spilla con diamante finto sulla camicia; poi, dopo essersi abbottonata ben bene la giacca e aver messo nelle tasche di quest'ultima l'astuccio degli occhiali e un fazzoletto, iniziò un andirivieni nella stanza con il bastone da passeggio, imitando il modo di camminare per le strade che ha un anziano gentiluomo. A volte si soffermava davanti al caminetto e a volte davanti alla porta, fingendo di contemplare vetrine con la massima attenzione. Ciò nonostante, anche in quei momenti, seguitava a guardarsi attorno, per paura dei borsaioli, tastandosi inoltre le tasche per essere certo che non mancasse niente, in un modo così naturale e divertente che Oliver rise fino a farsi scorrere lacrime sulla faccia. Intanto i due ragazzi continuavano a seguire il vecchio da vicino, sottraendosi alla sua vista con tanta agilità, ogni qualvolta egli si girava, da rendere impossibile seguirne i movimenti. In ultimo il Furbacchione gli pestava un piede, o finiva accidentalmente sul piede di lui, e al contempo Charley Bates lo urtava alle spalle; e, in quel singolo momento, gli toglievano, con la più straordinaria fulmineità, tabacchiera, portafoglio, orologio, catenina, spilla con brillante, fazzoletto da tasca... e persino l'astuccio degli occhiali. Se l'anziano gentiluomo si accorgeva che una mano veniva infilata in qualcuna delle sue tasche, lo diceva con un grido; dopodiché il gioco ricominciava.

Dopo che i tre lo avevano giocato un gran numero di volte, due signorinelle vennero a far visita ai signorini; una delle due si chiamava Bet e l'altra Nancy. Avevano una grande quantità di capelli, non molto ben pettinati e sia le scarpe sia le calze che portavano alquanto mal ridotte. Né si poteva dire, forse, che fossero precisamente carine, ma avevano le gote molto accese ed erano robuste e allegre. Inoltre essendo i loro modi assai liberi ed espansivi, Oliver le giudicò simpaticissime. E senza dubbio lo erano.

Queste due visitatrici si trattennero a lungo. Vennero offerte bevande alcoliche dopodiché una delle due ragazze disse di provare una strana sensazione dentro e la conversazione divenne assai conviviale e allegra. Infine, Charley Bates disse che, a parer suo, era giunto il momento di tagliare il canapo. Oliver pensò che queste parole dovevano significare "andarsene", in francese; subito dopo, infatti, il Furbacchione e Charley e le due ragazze uscirono insieme, essendo stati forniti, dall'amabile, anziano ebreo, di quattrini da spendere.

«Ecco, vedi, mio caro?» disse Fagin. «È una vita piacevole, questa, no? Sono andati a spassarsela.»

«Hanno già finito di lavorare, signore?» domandò Oliver.

«Sì» rispose l'ebreo. «Cioè, a meno che non trovino inaspettatamente un lavoro, mentre sono fuori; in tal caso non se lo lasceranno sfuggire, mio caro, puoi starne certo. Prendili ad esempio, figliolo. Imitali in tutto e per tutto. Sì, fa' come fanno loro» insistette, picchiando con l'attizzatoio sul focolare per sottolineare le sue parole. «Esegui tutti i loro ordini e accetta i loro consigli in ogni cosa... soprattutto quelli del Furbacchione, mio caro. Egli diventerà un grand'uomo, e farà un grand'uomo anche di te, se lo prenderai ad esempio... Ho forse il fazzoletto che mi sporge dalla tasca, caro?» domandò poi l'ebreo, dopo essersi interrotto bruscamente.

«Sì, signore» rispose Oliver.

«Vedi se riesci a sfilarlo senza che io me ne accorga; come hai veduto fare da loro mentre stavamo giocando, prima.»

Oliver sollevò con una mano il fondo della tasca, come aveva fatto il Furbacchione, poi, servendosi dell'altra, estrasse delicatamente il fazzoletto.

«È uscito?» gridò l'ebreo.

«Eccolo qui, signore» rispose Oliver, mostrandoglielo.

«Sei un ragazzo in gamba, mio caro» disse l'allegro, anziano ebreo, accarezzando il capo di Oliver in segno di approvazione. «Non ho mai visto un ragazzo più svelto di te. Eccoti uno scellino. Se continuerai in questo modo, diventerai l'uomo più grande dei nostri tempi. E adesso vieni qui che ti insegno come si tolgono le cifre dai fazzoletti.

Oliver si domandò quale rapporto potesse esservi tra l'aver vuotato la tasca del vecchio ebreo e le sue probabilità di diventare un grand'uomo. Ma poi, dicendosi che l'anziano signore, essendo tanto più avanti negli anni di lui, doveva saperla più lunga, lo seguì in silenzio fino al tavolo e ben presto si dedicò con somma concentrazione al nuovo lavoro.

10

Oliver conosce meglio il carattere dei suoi nuovi
compagni e diviene più esperto, ma a caro prezzo.
È questo un capitolo breve, ma molto importante,
del nostro racconto

Per vari giorni Oliver rimase nella stanza dell'ebreo, a
togliere le cifre dai fazzoletti da tasca (che i ragazzi
portavano lì in gran numero), e talora a partecipare al
gioco già descritto, con il quale i due ragazzi e l'ebreo si
divertivano regolarmente tutte le mattine. Infine cominciò ad avere una gran voglia di respirare aria pura
e, in varie occasioni, esortò il vecchio signore chieden-
dogli che gli consentisse di andare fuori a lavorare con i
suoi due compagni.

Oliver veniva reso ancor più desideroso di essere impiegato attivamente da quanto aveva veduto dell'austera moralità e della dirittura dell'ebreo. Ogni qualvolta il
Furbacchione o Charley Bates tornavano a casa, la sera, a mani vuote, egli dissertava con somma veemenza
a proposito della vergogna di chi si abbandona all'ozio
e alla pigrizia; diceva che era indispensabile condurre
un'esistenza attiva e inculcava in essi il concetto man-
dandoli a dormire senza cena. Una volta arrivò persino
al punto di scaraventarli giù per una rampa di scale, ma
di solito non si spingeva fino a simili estremi nell'insegnare i suoi virtuosi precetti.

Infine, un mattino, Oliver ottenne il permesso che
aveva chiesto così insistentemente. Per due o tre giorni
non vi erano stati fazzoletti dai quali togliere le cifre e
tutti i ragazzi avevano avuto poco da mangiare a cena.
Furono forse questi i motivi in seguito ai quali il vecchio ebreo diede il proprio assenso; comunque, lo fossero stati o no, egli disse a Oliver che poteva uscire e lo

affidò alla comune sorveglianza di Charley Bates e del suo amico il Furbacchione.

I tre ragazzi corsero fuori; il Furbacchione con le maniche della giacca rimboccate e il cappello in precario equilibrio, come sempre; il signorino Bates saltellante, con le mani in tasca; e Oliver che, tra loro due, si domandava dove sarebbero andati e quale attività artigiana gli sarebbe stata insegnata per prima.

L'andatura con la quale procedevano era tuttavia talmente lenta e pigra da indurlo ben presto a pensare che i suoi compagni avrebbero abbindolato il vecchio ebreo non andando affatto a lavorare. Il Furbacchione aveva per giunta il brutto vizio di strappare il berretto dalla testa dei ragazzini che incontravano per gettarlo a terra, mentre Charley Bates ostentava idee assai liberistiche, per quanto concerneva il diritto di proprietà, rubando ripetutamente mele e cipolle esposte in vendita e ficcandosele nelle tasche, le quali erano così sorprendentemente capaci da far pensare che si estendessero in tutte le direzioni sotto il vestito. Tutto ciò era talmente sospetto che Oliver stava già per manifestare la propria intenzione di tornare indietro, orientandosi come meglio avrebbe saputo, quando i suoi pensieri vennero all'improvviso deviati altrove da un misteriosissimo cambiamento nel modo di comportarsi del Furbacchione.

Stavano uscendo da un vicolo non lontano dalla vasta piazza di Clerkenwell, ancor oggi denominata "il prato", quando il Furbacchione si fermò all'improvviso; poi, portandosi un dito alle labbra, fece fare qualche passo indietro ai compagni, con la massima cautela e circospezione.

«Che cosa c'è?» domandò Oliver.

«Zitto!» rispose il Furbacchione. «Lo vedi quel rudere davanti al banchetto dei libri?»

«L'anziano gentiluomo laggiù?» disse Oliver. «Sì, lo vedo.»

«Quello può fare per noi» disse il Furbacchione.

«È un allocco di prima categoria» osservò il signorino Charley Bates.

Oliver volse lo sguardo dall'uno all'altro dei due, con

il più grande stupore; ma non gli venne lasciato il tempo di fare domande poiché i due ragazzi attraversarono furtivamente il vicolo e si portarono di nascosto alle spalle dell'anziano gentiluomo sul quale era stata richiamata la sua attenzione; Oliver li seguì per qualche passo; poi, non sapendo se proseguire o indietreggiare, rimase a guardarli in preda a un silenzioso stupore.

L'anziano signore era una persona dall'aspetto rispettabilissimo, con i capelli incipriati e un paio di occhiali cerchiati in oro. Indossava una giacca color verde bottiglia, dai risvolti di velluto nero; i pantaloni erano bianchi ed egli teneva sotto il braccio un elegante bastone da passeggio di bambù. Aveva tolto un libro dal banchetto e rimaneva lì in piedi, sfogliandolo con la massima concentrazione, come se si fosse trovato sulla propria poltrona, nel suo studio. È del resto possibilissimo che immaginasse di trovarvisi, poiché appariva chiaro, dal suo atteggiamento, che non vedeva né il banchetto, né la strada, né i ragazzi; niente, insomma, tranne il libro che ora aveva cominciato a leggere molto attentamente, voltando pagina una volta arrivato all'ultima riga, continuando la lettura dalla prima riga della pagina successiva, e così via, con il massimo interessamento e la più assorta avidità.

Grandi furono pertanto l'orrore e l'allarme di Oliver quando, dalla distanza di pochi passi, vide, spalancando gli occhi come più non sarebbe stato possibile, il Furbacchione infilare la mano nella tasca dell'anziano gentiluomo ed estrarne un fazzoletto. Il fazzoletto venne consegnato a Charley Bates e, subito dopo, i due, correndo a più non posso, voltarono all'angolo e scomparvero.

In un lampo, l'intero mistero dei fazzoletti, degli orologi, dei gioielli e dell'ebreo, venne svelato nella mente del bambino. Per un attimo Oliver rimase immobile, con il sangue che gli pulsava a tal punto nelle vene, a causa del terrore, da farlo ardere come se fosse stato in fiamme; poi, confuso e spaventato, senza rendersi conto di quel che faceva, fuggì con tutta la rapidità di cui era capace.

Tutto questo accadde in pochi attimi e, proprio nello stesso momento in cui Oliver cominciava a correre, l'anziano gentiluomo, dopo essersi portato la mano in tasca, accorgendosi che gli mancava il fazzoletto, si voltò di scatto. Vedendo il bambino sgattaiolar via così in fretta, pervenne logicamente alla conclusione che fosse lui il ladruncolo. E, gridando con tutto il fiato che aveva in corpo «Fermate il ladro!», gli corse dietro con il libro in mano.

Ma il vecchio signore non fu la sola persona a gridare al ladro. Il Furbacchione e il signorino Bates, non volendo attrarre l'attenzione della gente correndo lungo la strada, si erano limitati a nascondersi entro il primo portone appena voltato l'angolo. Non appena udirono il grido e videro fuggire Oliver, supponendo giustamente come stavano le cose, corsero fuori con somma prontezza e gridando a loro volta «Fermate il ladro!» presero parte all'inseguimento, da bravi cittadini.

Sebbene fosse stato cresciuto da filosofi, Oliver non conosceva quel bellissimo assioma secondo il quale l'autoconservazione è la legge fondamentale della natura. Se lo avesse conosciuto, forse sarebbe stato preparato a quanto accadeva. Invece, siccome non era preparato, la situazione lo spaventò più che mai; pertanto corse via rapido come il vento, inseguito dal vecchio gentiluomo e dai due ragazzi che urlavano a più non posso.

«Fermate il ladro! Fermate il ladro!» V'è una sorta di magia nel suono di queste parole. Il bottegaio si allontana dal banco e il carrettiere dal carro; il macellaio abbandona la carne e il fornaio il cesto con il pane; il lattaio lascia il bidone del latte, il fattorino i plichi che sta portando, lo scolaretto le biglie, il selciatore lo scalpello, il bimbetto il cerchio con il quale sta giocando. E tutti corrono via in gran disordine, causando una confusione enorme, urtandosi, sbraitando, urlando, facendo stramazzare i passanti quando voltano agli angoli, eccitando i cani e spaventando le galline; e le vie, le piazze, i cortili riecheggiano lo strepito.

«Fermate il ladro! Fermate il ladro!» Il grido viene ripreso da cento voci e la folla aumenta a ogni svolta.

Tutti corrono all'impazzata, sollevando sventagliate di fango e scalpicciando sonoramente sui marciapiedi; le finestre vengono spalancate, altra gente corre fuori dai portoni, trascinata via dalla folla; un intero pubblico pianta in asso Pulcinella al momento culminante della rappresentazione e, unendosi alla turba in corsa, contribuisce al clamore generale immettendo nuovo vigore nel grido «Fermate il ladro! Fermate il ladro!».

«Fermate il ladro!» Nel profondo del cuore umano si cela la passione *del dare la caccia a qualcosa*. Un povero bambino senza più fiato, ansimante per la spossatezza; ha il terrore dipinto sul volto, lo strazio negli occhi; le gote sono striate da grosse gocce di sudore ed egli tende all'estremo ogni muscolo per lasciarsi indietro gli inseguitori; i quali, mentre lo inseguono e guadagnano terreno a ogni momento che passa, inneggiano alla sua crescente debolezza con urlacci ancor più forti e gridano felici. «Fermate il ladro!!» Sì, fermatelo, in nome di Dio, non fosse altro che per pietà!

Sono riusciti a fermarlo, finalmente! Un colpo bene assestato. Egli è a terra e la folla si assiepa avidamente intorno a lui e chiunque sopraggiunga cerca di farsi largo a spallate tra gli altri per riuscire a intravvederlo.

«Scostatevi!»

«Lasciategli un po' d'aria per respirare!»

«Storie, non lo merita!»

«Dov'è il signore che è stato derubato?»

«Ecco che sta arrivando!»

«Fate largo al gentiluomo!»

«È questo il ragazzo, signore?»

«Sì, è proprio lui!»

Oliver giaceva a terra coperto di fango e di polvere, sanguinando dalla bocca; con occhi atterriti guardava, intorno a sé, le facce che lo circondavano quando l'anziano signore venne premurosamente trascinato e spinto verso lo spazio libero dagli inseguitori che si trovavano nelle prime file.

«Eh sì» disse il gentiluomo con un sospiro. «Temo che sia proprio il ragazzo.»

«Teme!» mormorò la folla. «Questa è bella davvero!»

«Poverino!» disse il vecchio signore. «È ferito.»

«Il merito è *mio*, signore» intervenne un omaccione dall'aspetto volgare, facendo un passo avanti «e mi sono anche tagliato le nocche contro i denti del moccioso. Ma *l'ho* fermato, signore.»

L'uomo portò due dita al cappello con un sorriso, aspettandosi una mancia per la pena che si era dato; ma l'anziano gentiluomo, dopo averlo sbirciato con un'espressione di disgusto, si guardò attorno ansiosamente, forse proponendosi di fuggire egli stesso; ed è possibilissimo che ci avrebbe provato, dando così luogo a un nuovo inseguimento, se, proprio in quel momento, un poliziotto (che in genere è l'ultima persona ad arrivare sul posto, in questi casi) non si fosse aperto un varco nella ressa, afferrando poi Oliver per il colletto.

«Avanti, alzati» disse villanamente.

«Ma non sono stato io, signore! Davvero, davvero, sono stati altri due ragazzi» disse Oliver, giungendo implorante le mani e guardandosi attorno. «Devono essere qui, da qualche parte.»

«Oh, no, non ci sono» disse il poliziotto. Voleva soltanto fare dell'ironia, ma era vero; infatti il Furbacchione e Charley Bates si erano gettati nel primo vicolo che avevano visto. «Su, alzati» intimò l'agente a Oliver.

«Non fategli del male» intervenne l'anziano signore, compassionevole.

«Oh, no, non gli farò del male» rispose il poliziotto, strappando quasi di dosso la giacca al bambino per dar prova delle sue intenzioni. «Suvvia, ti conosco, è inutile che ci provi. Vuoi alzarti in piedi sì o no, piccolo demonio?» Oliver, che a stento si reggeva in piedi, si alzò a fatica e subito, sempre afferrato per il colletto della giacca, venne spinto di buon passo lungo la strada. Il gentiluomo si incamminò al fianco del poliziotto, e tutti coloro che vi riuscirono li precedettero, voltandosi di tanto in tanto per sbirciare Oliver, mentre i monelli urlavano festosi.

11

*Parla del signor Fang, il magistrato di polizia,
e dà un'idea del suo modo di amministrare la giustizia*

Il reato era stato commesso nello stesso quartiere, anzi nelle immediate vicinanze, di un notissimo posto di polizia. La folla ebbe soltanto la soddisfazione di accompagnare Oliver lungo due o tre vie e attraverso una piazza denominata Mutton Hill, dopodiché egli venne fatto passare sotto un basso arco, quindi in un sudicio cortile, ed entrò, per la porta di servizio, là ove si faceva giustizia sommaria. Quello che attraversarono subito dopo era un cortiletto lastricato e lì si imbatterono in un uomo robusto, con ispidi baffi e con un mazzo di chiavi in mano.

«Che cosa ha combinato questo qui?» domandò l'uomo, in tono noncurante.

«È un ladruncolo di fazzoletti» rispose il poliziotto.

«Siete voi il derubato, signore?» volle sapere l'uomo con il mazzo di chiavi.

«Sì, sono io,» rispose l'anziano gentiluomo «ma non sono sicuro che sia stato proprio questo ragazzo a prendere il fazzoletto. Preferirei... preferirei non sporgere denuncia.»

«Eh, no, ormai dovete presentarvi dinanzi al magistrato, signore» disse l'altro. «Sua signoria sarà libero tra mezzo minuto. Avanti, tu, pezzo da galera!»

In questo modo egli invitò Oliver a varcare la soglia di una porta che aprì mentre parlava, rivelando una cella dai muri di pietra. Lì il bambino venne perquisito e poi, dopo che nulla gli era stato trovato addosso, rinchiuso.

Questa cella sembrava, per la forma e per le dimensioni, una piccola cantina, ma non era altrettanto luminosa. E, oltre a essere buia, era sudicia in modo intollerabile; infatti tutto ciò accadeva una mattina di lunedì e quella cella aveva ospitato sei ubriachi rimastivi rinchiusi sin dalla sera di sabato. Ma tutto questo è ancora poco. Nei nostri posti di polizia, uomini e donne vengono rinchiusi ogni notte, perché *sospetti* – vale la pena di sottolineare la parola – dei reati più insignificanti, in celle in confronto alle quali quelle di Newgate occupate dai peggiori delinquenti – processati, riconosciuti colpevoli e condannati a morte – sono dei palazzi. Chiunque ne dubiti può andare a fare personalmente il confronto.

L'anziano gentiluomo parve sconvolto quasi quanto Oliver allorché la chiave stridette rumorosamente entro la serratura. Con un sospiro abbassò gli occhi sul libro che era stato la causa innocente di tutto quel subbuglio.

"V'è un qualcosa, nel viso di questo bimbetto" si disse l'anziano signore, mentre si allontanava adagio con un'aria cogitabonda, servendosi della copertina del libro per solleticarsi il mento, "un qualcosa che mi commuove e che desta il mio interesse. Può mai essere che sia innocente? Ne aveva tutta l'aria... A proposito" proseguì fra sé, fermandosi bruscamente e alzando gli occhi al cielo, "... che Dio mi benedica! Dove ho già veduto un'espressione come la sua?"

Dopo aver riflettuto per qualche momento, proseguì, sempre con la stessa aria assorta, fino a un'anticamera alla quale si accedeva dal cortile; e là, ritiratosi in un angolo, passò mentalmente in rassegna un vasto anfiteatro di volti sui quali, da molti anni, era calato un polveroso sipario. "No" si disse infine, scuotendo la testa, "la mia dev'essere soltanto immaginazione."

Ma poi tornò a passare in rassegna quei volti. Li aveva evocati, ormai, e non era facile far calare nuovamente su di essi il sipario che per così lungo tempo li aveva nascosti. V'erano i volti di amici e di avversari, e i volti di molte persone che erano state quasi degli estranei per lui; v'erano i volti di fanciulle in fiore ormai diventate vecchie, e altri volti che la tomba aveva tramutato in spaventosi trofei di morte, ma che l'immaginazione, più forte della morte, continuava a vedere con la freschezza e la bellezza di un tempo, evocando lo splendore degli occhi, la luminosità del sorriso, la radiosità dell'anima attraverso la maschera d'argilla che l'avvolge, e bisbigliando di una bellezza che va oltre la tomba, mutata, ma soltanto per essere resa ancora più grande, e tolta da questo mondo soltanto per illuminare di morbida e tenue luce la via del Cielo.

Tuttavia l'anziano gentiluomo non riuscì a ricordare un solo volto, una traccia del quale si potesse intravvedere sulle fattezze di Oliver. Pertanto sospirò a causa dei ricordi che aveva rievocato ed essendo, per sua fortuna, un uomo distratto, tornò a seppellirli nelle pagine del libro muffito.

Lo riscossero un buffetto sulla spalla e la richiesta, da parte dell'uomo con le chiavi, di seguirlo nell'ufficio. Si affrettò allora a chiudere il libro e venne subito introdotto all'imponente presenza del rinomato signor Fang.

L'ufficio era stato sistemato in un ex salotto sulla facciata, con le pareti rivestite a pannelli di legno. Il signor Fang sedeva a un lato della sala, in alto dietro il banco del giudice; e, di fianco alla porta, si trovava una sorta di recinto di legno nel quale era già stato rinchiuso il povero, piccolo Oliver, che tremava tutto, impaurito dalla spaventosa imponenza della scena.

Il signor Fang era un uomo magro, di statura media, lungo di schiena, con pochi capelli; e quei pochi crescevano soltanto sulla nuca e sui lati della testa. Il volto aveva un'espressione severa ed era molto acceso. Se non avesse avuto l'abitudine di bere molto più di quanto poteva giovargli, egli avrebbe potuto querelare per diffamazione la propria faccia e vedersi riconosciuto un lauto indennizzo per danni.

L'anziano gentiluomo si inchinò rispettosamente; poi, fattosi avanti verso il banco del magistrato, disse, porgendo il proprio biglietto da visita mentre parlava: «Ecco le mie generalità e il mio indirizzo, signore». Indietreggiò poi di un passo o due e, dopo aver salutato cortesemente, da gentiluomo, con un cenno del capo, aspettò di essere interrogato.

Orbene, si dava il caso che il signor Fang stesse leggendo, proprio in quel momento, l'articolo di fondo di un quotidiano del mattino, nel quale si commentava una sua recente sentenza, richiamando su di lui, per la trecentocinquantesima volta, la particolare attenzione del Segretario di Stato del Dipartimento degli Interni. Egli era, pertanto, furente; e alzò gli occhi con un iroso cipiglio.

«Chi siete?» domandò.

L'anziano gentiluomo additò, con un certo stupore, il proprio biglietto di visita.

«Guardia!» disse il signor Fang, gettando via, con un gesto sprezzante, il biglietto di visita insieme al giornale. «Chi è costui?»

«Io mi chiamo, signore,» disse l'anziano gentiluomo, esprimendosi da *vero* gentiluomo «mi chiamo Brownlow. Consentitemi di chiedere qual è il nome del magistrato che offende gratuitamente, senza essere stato provocato, una persona rispettabile, avvalendosi della protezione della sua carica.» Così dicendo, il signor Brownlow si guardò attorno nella stanza, come se stesse cercando qualcuno in grado di fornirgli questa informazione.

«Guardia!» tornò a gridare il signor Fang. «Di che cosa è accusato questo tizio?»

«Non è accusato di niente, vostra signoria» rispose l'interpellato. «Depone contro il ragazzo, vostra signoria.»

Sua signoria lo sapeva benissimo; ma si trattava di un espediente efficace e sicuro per esasperare il prossimo.

«Depone contro il ragazzo, eh?» disse Fang, squadrando il signor Brownlow, con aria sprezzante, dalla testa ai piedi. «Fatelo giurare!»

«Prima di pronunciare la formula del giuramento, chiedo umilmente di poter dire una parola» protestò il signor Brownlow «e cioè che non avrei mai e poi mai, senza questa esperienza, potuto credere...»

«Tenete a freno la lingua, signore!» intimò il signor Fang, in tono perentorio.

«Non tacerò, signore!» ribatté l'anziano gentiluomo.

«Tenete a freno la lingua immediatamente, o vi faccio scacciare da quest'aula!» esclamò il signor Fang. «Siete un insolente e un impertinente. Come osate fare il prepotente con un magistrato?»

«Cosa?» esclamò l'anziano signore, arrossendo.

«Fate giurare quest'individuo!» ordinò Fang alla guardia. «Non ascolterò una parola di più! Fatelo giurare.»

L'indignazione del signor Brownlow era al colmo; tuttavia, dicendosi che dandole sfogo avrebbe forse potuto danneggiare il bambino, egli represse il risentimento e giurò.

«E ora,» disse Fang «qual è l'accusa contro il ragazzo? Che cosa avete da dire, signore?»

«Mi trovavo in piedi davanti a un banchetto di libri...» cominciò il signor Brownlow.

«Volete tacere, signore?» ordinò il signor Fang. «Poliziotto! Dov'è il poliziotto? Avanti, fatelo giurare! Dunque, agente, che cos'è questa storia?»

Il poliziotto, con l'opportuna umiltà, riferì come avesse tratto in arresto l'imputato; e come lo avesse perquisito senza trovargli nulla indosso. Concluse, infine, dicendo che non sapeva altro.

«Vi sono testimoni?» domandò il signor Fang.

«Nessuno, vostra signoria» rispose il poliziotto.

Il signor Fang tacque per qualche momento, poi, voltandosi verso il derubato, disse, furiosamente:

«Volete precisare di che cosa accusate questo ragazzo, voi, o no? Avete pronunciato la formula del giuramento e, se ora vi rifiutate di parlare, vi condannerò per offesa alla Corte. Lo farò, per...»

Nessuno doveva mai sapere per che cosa o per chi, in quanto sia il cancelliere sia la guardia tossirono molto forte proprio al momento giusto, e il cancelliere, per giunta, lasciò cadere sul pavimento un grosso libro – per caso, naturalmente – impedendo così che l'imprecazione venisse udita.

Non senza essere stato interrotto svariate volte e ripetutamente insultato, il signor Brownlow riuscì a spiegare come si erano svolte le cose; disse che, nella confusione del momento, aveva inseguito il bambino vedendolo correre via ed espresse la speranza che il magistrato, qualora, pur non ritenendo colpevole il bimbetto, lo avesse creduto in combutta con i ladri, potesse essere clemente con lui quanto la giustizia lo consentiva.

«È già stato percosso e ferito» concluse l'anziano gentiluomo. «E io temo,» soggiunse molto energicamente, fissando il magistrato «temo seriamente che stia molto male.»

«Oh, sicuro! Lo credo bene!» disse il signor Fang con un sogghigno. «Avanti, falla finita con i tuoi trucchetti, piccolo vagabondo; qui non ti serviranno a niente. Come ti chiami?»

Oliver cercò di rispondere, ma la lingua non volle saperne di ubbidirgli. Era mortalmente pallido e gli sembrava che l'intera stanza girasse in tondo in tondo.

«Come ti chiami, briccone incallito?» tuonò il signor Fang. «Come si chiama, agente?»

Queste parole vennero rivolte a un vecchio obeso, dal panciotto a righe, in piedi accanto al banco del giudice. L'uomo si avvicinò a Oliver e ripeté la domanda; ma, essendosi reso conto che davvero il bambino non era in condizioni di capire, e sapendo che la mancata risposta avrebbe infuriato ancor più il magistrato, rendendone severa come non mai la sentenza, corse il rischio di inventare.

«Dice di chiamarsi Tom White, vostra signoria» rispose questo accalappia-ladri di buon cuore.

«Ah, non vuole parlare a voce alta, eh?» esclamò Fang. «Benissimo, benissimo. Dove abita?»

«Dove gli capita, vostra signoria» rispose l'agente, fingendo, una volta di più, di avere avuto la risposta da Oliver.

«Ha i genitori?» domandò il signor Fang.

«Dice che sono morti nella sua infanzia, vostra signoria» disse l'agente, azzardandosi a inventare come prima.

A questo punto Oliver alzò la testa e, guardandosi attorno con occhi imploranti, chiese con voce fioca un sorso d'acqua.

«Stupide assurdità!» esclamò il signor Fang. «Non cercare di darmela a bere!»

«Credo che stia male davvero, vostra signoria» osservò l'agente, in tono di rimprovero.

«Io la so più lunga di lui» disse il signor Fang.

«Sorreggetelo, agente,» intervenne l'anziano signore, tendendo istintivamente le braccia «altrimenti cadrà.»

«State lontano da lui, agente» urlò Fang, con foga selvaggia. «Lasciatelo cadere, se così gli piace.»

Oliver si avvalse del cortese permesso e piombò, svenuto, sul pavimento. I presenti si sbirciarono a vicenda, ma nessuno osò intervenire.

«Lo sapevo che stava simulando» disse Fang, come se lo svenimento fosse stato una prova incontestabile. «Lasciatelo steso a terra. Si stancherà presto.»

«Come vi proponete di risolvere il caso, signore?» domandò il cancelliere, a bassa voce.

«Con una procedura sommaria» rispose il signor Fang. «È condannato a tre mesi... ai lavori forzati, naturalmente. Si sgombri l'aula.»

La porta venne aperta a tale scopo e due agenti si stavano accingendo a riportare in cella il bambino privo di sensi, quando un uomo attempato, dall'aspetto decoroso, ma non ricco, poiché indossava un vecchio vestito nero, entrò precipitosamente e si fece avanti verso il giudice.

«Fermi! Fermi! Non portatelo via! In nome del Cielo, fermatevi un momento!» gridò il nuovo venuto, ansimando come se avesse corso.

Sebbene i geni che occupano così alte cariche possano esercitare un potere arbitrario sulla libertà, il buon nome, la credibilità e quasi la vita dei sudditi di Sua Maestà, specie di quelli appartenenti alla classe più povera; e sebbene entro le quattro mura di queste aule di tribunale si compiano vergogne tali da rendere ciechi persino gli angeli a furia di piangere, il pubblico non viene a saperne niente, se non per il tramite della stampa. Il signor Fang si indignò, per conseguenza, non poco, vedendo entrare in modo così irriverente un ospite inatteso.

«Chi è costui? Che diavolo gli prende? Scacciate quell'individuo! Sgombrate l'aula!» gridò il signor Fang.

«No, *parlerò*!» gridò lo sconosciuto. «Non mi lascerò mettere alla porta. Ho veduto tutto. Sono il proprietario del banchetto di libri. Pretendo che mi si faccia deporre sotto giuramento. Non mi lascerò chiudere la bocca. Signor Fang, dovete ascoltarmi. Non dovete oppormi un rifiuto, signore.» L'uomo era nel suo diritto. Aveva modi decisi e la situazione si stava complicando un po' troppo perché si potesse mettere tutto a tacere.

«Fatelo giurare» ringhiò il magistrato, assai di malagrazia. «Ebbene, voi, che cosa avete da dire?»

«Ho da dire questo» rispose l'uomo. «Ho veduto tre ragazzi – altri due oltre a questo qui detenuto – oziare al lato opposto della strada mentre questo gentiluomo stava leggendo. Il furto è stato commesso da uno degli altri due. L'ho veduto con i miei occhi. E ho veduto che questo bambino era assolutamente sbalordito e sorpreso.» Essendo riuscito, nel frattempo, a riprendere un po' di fiato, il degno libraio si accinse a descrivere in modo un po' più coerente le esatte circostanze del furto.

«Perché non siete venuto qui prima?» domandò Fang, dopo un breve silenzio.

«Non v'era più anima viva che potesse badare al banchetto» rispose il libraio. «Tutti coloro che sarebbero stati in grado di sostituirmi avevano preso parte all'inseguimento. Non sono riuscito a trovare nessuno fino a cinque minuti fa; e poi ho corso per tutta la strada.»

«Il derubato stava leggendo, eh?» domandò Fang, dopo un nuovo silenzio.

«Sì» rispose il libraio. «Quello stesso libro che ha in mano.»

«Oh, quello stesso libro?» disse Fang. «E lo ha pagato?»

«No, non l'ha pagato» rispose il libraio, con un sorriso.

«Santo Cielo, mi è completamente passato di mente!» esclamò, nel tono dell'innocenza, l'anziano e distratto signore.

«Siete un bel tomo, per venire ad accusare un povero bambino!» esclamò Fang, compiendo un comico tentativo di farsi credere umano. «Ritengo, signore, che voi siate entrato in possesso di quel libro in circostanze assai sospette e niente affatto oneste; potete pertanto ritenervi molto fortunato perché il proprietario del libro in questione non intende sporgere denuncia. Che questo vi serva di lezione, caro il mio uomo, altrimenti la legge vi punirà. Il ragazzo è assolto. Sgombrate l'aula.»

«Per tutti i diavoli!» urlò l'anziano signore, dando sfogo all'ira repressa così a lungo. «Per tutti i diavoli! Vi cite...»

«Sgombrate l'aula!» ripeté il magistrato. «Guardie, mi avete sentito? Sgombrate l'aula!»

L'ordine venne eseguito e l'indignato signor Brownlow, pazzo di rabbia e fremente di indignazione, fu spinto fuori con il libro in una mano e il bastone da passeggio di bambù nell'altra, in preda a una vera e propria frenesia di furia e di sfida.

Poi, non appena fu giunto nel cortile, si calmò. Il piccolo Oliver Twist giaceva supino sul lastricato, con la camicia sbottonata. Qualcuno gli aveva bagnato le tempie con acqua fredda. Il viso era di un pallore cadaverico e brividi di freddo gli scuotevano tutto il corpo.

«Povero bambino, povero bambino!» disse il signor Brownlow, chinandosi su di lui. «Qualcuno chiami una carrozza, per favore. Immediatamente!»

Una carrozza venne fatta venire e, dopo che Oliver era stato disteso con cautela su uno dei sedili, l'anziano signore salì e prese posto sull'altro.

«Posso venire anch'io?» domandò il proprietario del banchetto di libri, guardando dentro.

«Santo Cielo, ma certo, mio caro signore» si affrettò a dire il signor Brownlow. «Mi dimenticavo di voi. Che vergogna! Ho ancora questo vostro libro! Saltate su. Povera creatura! Non c'è tempo da perdere.»

Il libraio salì sulla carrozza e partirono.

12

*Nel quale Oliver viene trattato meglio di quanto
sia mai accaduto. E nel quale si precisano
alcuni particolari concernenti un certo dipinto*

La carrozza partì rumorosamente, seguendo quasi lo stesso itinerario percorso da Oliver quando era entrato per la prima volta a Londra in compagnia del Furbacchione; ma poi seguì una strada diversa, una volta giunta a Islington, e si fermò infine davanti a una bella casa, in una via silenziosa e ombreggiata vicino a Pentonville. In quella casa, senza perdere tempo, venne preparato un letto nel quale il signor Brownlow fece coricare con cautela il suo piccolo protetto; e lì Oliver fu curato con una bontà e una premurosità che non conoscevano limiti.

Ma, per molti giorni, il bambino rimase ignaro di tutta la bontà dei suoi nuovi amici. Il sole spuntò e tramontò, tornò a spuntare e a tramontare per molte altre volte, e il bambino rimase disteso sul suo letto di malato, consumato dalla calura secca e logorante della febbre. Il verme non agisce più implacabilmente, nei morti, di questo fuoco lento e invadente nei vivi.

Infine, debole e smagrito e pallido il bambino si destò da quello che parve essere stato un sogno lungo e pauroso. Sollevandosi fiacco sul letto, il capo appoggiato alla mano tremante, si guardò attorno ansiosamente.

«Dove mi trovo? Dove sono stato portato?» domandò Oliver. «Non è questo il posto ove andavo a dormire.»

Pronunciò queste parole con una voce fioca, in quanto era debolissimo e si sentiva svenire; ma subito furono udite. La tendina intorno al letto venne frettolosamente scostata, e un'anziana signora dall'aria materna, linda e impeccabile, si alzò da una vicina poltrona sulla quale aveva lavorato a maglia.

«Non parlare, mio caro» disse sommessamente. «Non devi stancarti, altrimenti ti ammalerai di nuovo; e sei stato molto male, male quanto più non si potrebbe, o quasi. Distenditi di nuovo; sii buono!» Pronunciando queste parole, l'anziana signora, molto dolcemente, rimise il capo di Oliver sul guanciale; e, mentre gli scostava i capelli dalla fronte, lo guardò con un'espressione così buona e affettuosa sul viso che lui non poté fare a meno di mettere la piccola mano smagrita in quella di lei, portandosela poi intorno al collo.

«Santo Cielo!» esclamò l'anziana signora, con le lacrime agli occhi. «Che piccola, cara creatura traboccante di gratitudine! E che graziosa creatura! Che cosa non avrebbe provato sua madre, se lo avesse vegliato come ho fatto io, e se lo vedesse adesso!»

«Forse mi vede,» bisbigliò Oliver, giungendo le mani «forse mi è sempre rimasta accanto. Ho l'impressione che sia stato così.»

«Te lo ha fatto credere la febbre alta, mio caro» osservò, blanda, l'anziana signora.

«Sì, può darsi,» rispose Oliver «perché il Paradiso è molto lontano e lassù sono troppo felici per poter discendere fino al capezzale di un povero bambino. Ma, se ha saputo che ero malato, deve aver avuto compassione di me anche lassù, perché è stata molto malata anche lei, prima di morire. Però di me non può sapere niente» soggiunse Oliver, dopo un momentaneo silenzio. «Se mi avesse veduto soffrire si sarebbe addolorata, e invece il suo viso è sempre stato sorridente e lieto mentre la sognavo.»

L'anziana signora non disse niente dopo queste parole; ma essendosi asciugata prima gli occhi, e avendo poi asciugato gli occhiali, posti sul letto, come se fossero stati un'appendice viva di lei, portò a Oliver qualcosa di freddo da bere; e infine, accarezzandogli la gota, ripeté che doveva stare tranquillo, altrimenti si sarebbe ammalato di nuovo.

E così Oliver se ne stette molto zitto e molto tranquillo;

in parte perché ci teneva a ubbidire in tutto e per tutto alla buona signora; e in parte anche perché, in verità, quanto aveva già detto era bastato per spossarlo completamente. Ben presto scivolò in un sonno tranquillo, dal quale lo destò la luce di una candela; la candela, essendo stata portata accanto al letto, gli mostrò un gentiluomo che, tenendo in mano un grosso orologio d'oro dal sonoro ticchettio, gli tastò il polso e disse che stava molto meglio.

«Ti senti di gran lunga meglio, non è vero, mio caro?» disse il gentiluomo.

«Sì, grazie, signore» rispose Oliver.

«Eh, già, lo so che è così» disse il gentiluomo. «E hai anche appetito, non è vero?»

«No, signore» rispose Oliver.

«Hmmm» fece il gentiluomo. «Già, lo so che non puoi averlo. Non ha appetito, signora Bedwin» disse il gentiluomo, con un'aria molto saputa.

L'anziana signora fece con il capo un rispettoso cenno affermativo, con il quale parve voler dire che, secondo lei, il dottore era un uomo molto esperto. E il dottore parve essere senz'altro del medesimo parere egli stesso.

«Ti senti sonnacchioso, non è vero, mio caro?» domandò.

«No, signore» rispose Oliver.

«No» disse il dottore, con un'espressione molto scaltra e soddisfatta. «Non ti senti sonnacchioso. E non hai nemmeno sete. Non è vero?»

«No, signore, sono piuttosto assetato» rispose Oliver.

«Proprio come prevedevo, signora Bedwin» disse il dottore. «È naturalissimo che il bambino sia assetato... è del tutto naturale. Può dargli un po' di tè, signora, e qualche crostino abbrustolito, ma non imburrato. Non lo tenga troppo al caldo, signora, ma badi bene che non prenda freddo. Vorrà essere così gentile?»

L'anziana signora fece un inchino. Il dottore, dopo avere assaggiato la bevanda fredda e dopo avere espresso la sua motivata approvazione, se ne andò frettolosamente; le scarpe di lui scricchiolarono come scricchiolano le scarpe degli uomini importanti e facoltosi, mentre scendeva le scale.

Oliver si riappisolò quasi subito; quando si destò, era quasi mezzanotte. Poco dopo, la signora anziana gli augurò con tenerezza la buonanotte e lo affidò a una donna vecchia e grassa che era appena arrivata portando con sé, in un fagottino, un libro di preghiere e un'ampia cuffia da notte. Postasi quest'ultima sul capo e lasciato il libro di preghiere sul tavolo, la vecchia, dopo aver detto a Oliver che era venuta a tenergli compagnia, accostò una sedia al fuoco e fece tutta una serie di pisolini, interrotti, a intervalli frequenti, da improvvise inclinazioni in avanti, con il rischio di una caduta dalla sedia, nonché da gemiti e da ansiti, come se stesse soffocando. Tutto ciò, comunque, aveva l'unico effetto di far sì che ella si sfregasse il naso, molto energicamente, per riaddormentarsi subito dopo.

E così trascorse adagio la notte. Oliver rimase desto per qualche tempo e contò i piccoli cerchi luminosi proiettati dal paralume sul soffitto, oppure seguì languidamente, con lo sguardo, gli intricati disegni della carta da parati. La penombra e il profondo silenzio della stanza erano molto solenni; suggerirono al bambino l'idea che la morte avesse aleggiato lì dentro per molti giorni e molte notti e che potesse trovarvisi ancora, con la tetra minaccia della sua presenza spaventosa; egli voltò allora il viso contro il guanciale e pregò Dio fervidamente.

A poco a poco scivolò in quel sonno profondo e sereno che soltanto sofferenze recenti possono consentire; quel sonno placido e profondo dal quale è doloroso destarsi. Come se qualcuno, dopo essere morto, dovesse riaffrontare tutte le lotte e tutti i tumulti della vita; dovesse tornare a tutte le preoccupazioni del presente e a tutte le ansie causate dal futuro; e, peggio ancora, ai dolorosi ricordi del passato!

Era giorno pieno già da ore quando Oliver aprì gli occhi. Si sentiva allegro e felice. La fase critica della malattia era stata superata. Apparteneva di nuovo al mondo.

Tre giorni dopo fu in grado di star seduto su una poltrona, appoggiato a un gran numero di guanciali; e, siccome era ancora troppo debole per poter camminare, la signora Bedwin lo fece portare al pianterreno, nella

camera della governante, che era poi la sua. Là, dopo
averlo sistemato accanto al fuoco, la buona signora gli
sedette accanto, ed essendo molto felice nel vederlo così ristabilito, scoppiò in un pianto dirotto.

«Non badare a me, mio caro» singhiozzò. «Mi sto
soltanto sfogando con un bel pianto. Ecco, è già passato, ormai, e mi sento meglio.»

«Voi siete molto, molto buona con me, signora» disse
Oliver.

«Oh, per carità, mio caro, non pensarci nemmeno.
L'importante, adesso, è che tu mandi giù il brodo» disse
la buona signora. «Devi berlo subito; il dottore dice che il
signor Brownlow può venire a trovarti, stamane, e devi
avere il tuo più bell'aspetto perché, quanto più avrai una
bella cera, tanto più lui sarà soddisfatto.» Ciò detto, la
buona signora si accinse a riscaldare, in un pentolino, del
brodo tanto forte che, se debitamente allungato, pensò
Oliver, avrebbe potuto nutrire abbondantemente trecen-
to poveri, come minimo.

«Ti piacciono i quadri, caro?» domandò la donna, vedendo che Oliver fissava, con somma attenzione, un ritratto appeso alla parete, proprio di fronte alla sua poltrona.

«Non saprei, signora» rispose il bambino, senza distogliere gli occhi dal dipinto. «Ne ho veduti così pochi
che non posso saperlo. Che viso bellissimo e dolce ha
quella signora!»

«Ah!» disse la governante. «I pittori dipingono sempre
le signore più belle di come sono, altrimenti non avrebbero clienti, bambino mio! L'uomo che ha inventato la
macchina delle somiglianze* si sarebbe dovuto rendere
conto che non avrebbe mai avuto successo. È troppo ve-
ritiera. Davvero troppo» concluse l'anziana signora, ridendo di cuore della propria acuta osservazione.

«E quella... quella è una somiglianza, signora?» domandò Oliver.

«Sì» rispose la buona signora, alzando gli occhi, per
un momento, dal brodo. «Quello è un ritratto.»

---

* Dickens si riferisce qui all'eliografia, non alla fotografia. (*NdT*)

«Il ritratto di chi, signora?» domandò Oliver.

«Be', mio caro, proprio non lo so» disse la governante, divertita. «È il ritratto di una persona che né tu né io conosciamo. Ma sembra che abbia colpito la tua fantasia, caro.»

«È così bella...» rispose Oliver.

«Ma certo non ti farà paura?» domandò la signora, notando, stupitissima, l'espressione di timore reverenziale con la quale il bambino contemplava il dipinto.

«Oh, no, no,» si affrettò a rispondere Oliver «ma ha gli occhi così addolorati; e, da dove sto seduto io, sembrano fissi su di me. Quella signora» soggiunse il bambino a voce bassa «mi fa battere forte il cuore, come se fosse viva e volesse parlarmi, ma non vi riuscisse.»

«Dio ci salvi!» esclamò la governante, trasalendo. «Non dire queste cose, piccolo mio. Sei debole e nervoso, dopo la malattia. Lascia che volti dall'altra parte la poltrona, così non vedrai il ritratto. Ecco, così» soggiunse poi, facendo seguire alle parole i fatti. «Ora non lo vedi più.»

Oliver continuava a vedere il ritratto, con l'immaginazione, chiaramente come se la governante non avesse mai girato la poltrona; ma ritenne preferibile non crucciare la buona e cortese signora; pertanto le sorrise soavemente quando lei lo sbirciò; e la signora Bedwin, persuasa che il bambino si sentisse più tranquillo, salò e mise nel brodo pezzetti di pane tostato, con l'aria indaffarata che si addiceva a preparativi così solenni. Oliver vuotò la scodella colma di brodo con una rapidità straordinaria e aveva appena mandato giù l'ultima cucchiaiata, che qualcuno bussò sommessamente alla porta.

«Avanti» disse la governante; e il signor Brownlow entrò.

L'anziano gentiluomo entrò a passi lesti e con un'aria allegra; ma, non appena ebbe alzato gli occhiali sulla fronte e portato le mani dietro la vestaglia per osservare bene Oliver, sul volto di lui passò tutta una serie di bizzarre contrazioni. Oliver, che era molto dimagrito e aveva gli occhi cerchiati dopo la malattia, fece, per rispetto nei riguardi del suo benefattore, un vano tentativo di alzarsi in piedi, e ricadde sulla poltrona; e ne conseguì, se la verità va detta, che il cuore del signor Brownlow, essendo grande abbastanza per sei anziani gentiluomini dall'indole compassionevole, fece affluire agli occhi del suo proprietario lacrime in abbondanza mediante un processo idraulico che, non essendo abbastanza addentro nella scienza, non siamo in grado di spiegare.

«Povero bambino! Povero bambino!» disse il signor Brownlow. Poi si schiarì la voce. «Sono alquanto rauco, stamane, signora Bedwin. Temo di essermi buscato un raffreddore.»

«Spero di no, signore» esclamò la signora Bedwin. «Tutta la sua biancheria era stata asciugata perfettamente.»

«Non saprei, Bedwin, non saprei» disse il signor Brownlow. «Sono propenso a ritenere di aver avuto un tovagliolo umido, ieri a pranzo· ma non ha importanza. Come ti senti, mio caro?»

«Mi sento benissimo, signore» rispose Oliver. «E vi sono tanto grato, davvero, per la bontà che avete avuto per me.»

«Bravo figliolo» disse il signor Brownlow, molto austero. «Gli avete dato qualcosa da mangiare, Bedwin? Qualche brodaglia, immagino?»

«Ha appena avuto una scodella di ottimo brodo molto concentrato, signore» rispose la signora Bedwin, ergendosi in tutta la sua statura e sottolineando con grande enfasi l'ultima parola, per far capire che tra le brodaglie e un buon brodo, fatto come si deve, non esistono affinità di sorta.

«Puah!» esclamò il signor Brownlow, rabbrividendo lievemente. «Due bicchieri di vino di Porto gli avrebbero giovato molto, molto di più. Non è forse così, Tom White, eh?»

«Io mi chiamo Oliver, signore» disse il piccolo malato, con un'aria molto stupida.

«Oliver?» disse il signor Brownlow. «Oliver come? Oliver White, no?»

«No, signore, Twist. Oliver Twist.»

«Un cognome bizzarro!» osservò Brownlow. «Che cosa ti ha indotto a dire al magistrato di chiamarti White?»

«Non gli ho mai detto questo, signore!» esclamò Oliver.

Questa sembrava a tal punto una menzogna che l'anziano signore fissò alquanto severamente il bambino. Ma sarebbe stato impossibile dubitare di lui; in ognuna delle sue fattezze affilate si poteva leggere la verità.

«Deve esserci stato un equivoco» disse il signor Brownlow. Ma, sebbene non avesse più alcun motivo per scrutare Oliver, l'impressione già avuta a proposito della somiglianza tra i lineamenti del bambino e quelli di un viso familiare tornava a farsi sentire in lui così forte che non riusciva più a distogliere lo sguardo.

«Spero che non siate adirato con me, signore» disse Oliver, alzando gli occhi, supplichevole.

«No, no» rispose l'anziano signore. «Dio buono! Ma come è possibile? Bedwin, guardate, guardate là!»

Così dicendo, indicò dapprima il dipinto dietro Oliver, poi il viso del bambino. Quest'ultimo era la copia vivente del ritratto. La conformazione del capo, gli occhi, la bocca, ogni altro lineamento, tutto era identico. E, in quel momento, anche l'espressione dei due volti divenne così esattamente uguale che persino ogni minimo particolare dell'uno parve essere riprodotto dall'altro con una precisione assolutamente non di questo mondo.

Oliver non poté sapere quale fosse stata la causa di quelle frasi incalzanti; non era forte abbastanza per sopportare lo stupore destato in lui e perdette i sensi.

13

*Torna all'allegro vecchio gentiluomo e ai suoi
giovani amici per il cui tramite il lettore intelligente
fa una nuova conoscenza, a proposito della quale
vengono riferite varie piacevoli cose
concernenti questo racconto*

Quando il Furbacchione e il suo compìto amico, il signorino Bates, si unirono alla canea degli inseguitori di
Oliver, in fuga a causa del fatto che essi avevano tentato
di appropriarsi illegalmente di un oggetto personale del
signor Brownlow, come è già stato minuziosamente descritto nel capitolo precedente, furono indotti a ciò – e
lo abbiamo fatto rilevare nel predetto capitolo – da una
lodevolissima e opportuna considerazione nei propri riguardi. E poiché la libertà di pensiero e la libertà del-
l'individuo figurano tra le più alte e nobili aspirazioni
di ogni vero inglese, non ho quasi bisogno di far rilevare al lettore che il loro modo di agire dovrebbe nobili-
tarli agli occhi del pubblico in genere e degli uomini pa-
triottici, quasi nella misura in cui tale salda prova della
loro preoccupazione per la propria salvezza sta a corro-
borare e a confermare quel piccolo codice di leggi che
certi profondi filosofi dalle sane capacità di giudizio
hanno asserito essere la molla principale di tutto ciò
che fa la Natura; infatti, i filosofi in questione riducono
tutti i comportamenti della buona dama a questioni di
massime e di teoria; e, facendo un bel complimento alla
sua grande saggezza e alla sua comprensione, escludo-
no completamente ogni considerazione suggerita dal
buon cuore o da impulsi e stati d'animo generosi. Queste infatti sono considerazioni del tutto indegne di una
femmina universalmente riconosciuta di gran lunga al
di sopra dei numerosi piccoli difetti e delle debolezze
del suo sesso.

E, se volessi ulteriori prove del carattere strettamente filosofico del comportamento dei due giovani gentiluomini nella loro delicatissima situazione, potrei trovarle subito nella circostanza (anch'essa riferita in una parte precedente di questo racconto) che rinunciarono all'inseguimento non appena l'attenzione si accentrò su Oliver e si diressero immediatamente verso casa loro seguendo l'itinerario più breve possibile. Sebbene non voglia affermare che sia una abitudine dei savi più noti e più dotti arrivare alle grandi conclusioni per le vie più brevi (ché, anzi, essi tendono ad allungare la distanza mediante varie circonlocuzioni e con vacillamenti verbali, simili a quelli cui sono soliti indulgere gli ubriachi, sotto l'incalzare di un troppo formidabile fluire di idee), intendo però dire, e lo affermo chiaramente, che molti formidabili filosofi, nel porre in pratica le loro teorie, badano bene, sempre e inevitabilmente, a tutelarsi da ogni possibile evenienza che possa loro nuocere personalmente. Così, per arrivare a un grande bene, si può fare un po' di male; e si può ricorrere a qualsiasi mezzo che possa essere giustificato dallo scopo. E spetta esclusivamente ai filosofi stabilire quanto può essere il bene e quanto il male, e addirittura qual è la distinzione tra bene e male, in base alle loro chiare, esaurienti e imparziali concezioni dei singoli casi.

Soltanto dopo aver percorso, con somma rapidità, un intricatissimo labirinto di anguste viuzze e di piazzette, i due ragazzi osarono fermarsi sotto un basso e oscuro passaggio a volta. Poi, dopo esservi rimasto in silenzio quanto bastava per riprendere fiato e poter parlare, il signorino Bates si lasciò sfuggire un'esclamazione di divertita delizia; e infine, scoppiando in una risata incontrollabile, sedette su una soglia e lì si dondolò in preda agli spasmi dell'ilarità.

«Che cosa ti prende?» domandò il Furbacchione.

«Ah-ah-ah!» continuò a ridere Charley Bates.

«Piantala» lo rimproverò il Furbacchione, guardandosi attorno circospetto. «Vuoi che ti prendano, stupido?»

«Non riesco a trattenermi!» disse Charley. «No, non ci riesco! Vederlo filar via a rotta di collo, scantonare agli angoli, finire contro i lampioni e ricominciare a correre come se fosse fatto di ferro anche lui, mentre io, con il porta-via-moccio in tasca, gli correvo dietro gridando "al ladro"... oh, perdiana!» La vivida immaginazione del signorino Bates fece rivivere la scena con tinte troppo forti. E, dopo questa esclamazione, egli ricominciò a dondolarsi sulla soglia e a ridere ancor più forte di prima.

«Che cosa dirà Fagin?» domandò il Furbacchione, approfittando del primo intervallo causato dalla mancanza di fiato nel suo amico per porre la domanda.

«Che cosa?» ripeté Charley Bates.

«Già, che cosa?» insistette il Furbacchione.

«Perché? Che cosa dovrebbe dire?» domandò Charley, e smise alquanto all'improvviso di ridere, essendo i modi del Furbacchione piuttosto funerei. «Che cosa dovrebbe dire?» ripeté.

Il Furbacchione fischiettò per un paio di minuti, poi, toltosi il cappello, si grattò la testa e annuì tre volte.

«Che cosa vuoi dire?» domandò Charley.

«A-ulì-ulèm, tu-li-lem-blem-blum, tu-li-lem-blemblum» disse il Furbacchione, con un'aria lievemente beffarda sulle fattezze da intellettuale.

La frase era alquanto significativa, ma non soddisfacente. Così ritenne il signorino Bates, ragion per cui tornò a domandare: «Che cosa vuoi dire?».

Il Furbacchione non rispose, ma, dopo essersi rimesso il cappello e aver raccolto su un braccio le falde della lunga giacca a code, spinse la punta della lingua contro una gota, si diede una mezza dozzina di volte schiaffetti sulla radice del naso – un gesto familiare ma espressivo – poi, dopo aver girato sui tacchi, uscì dal passaggio a volta. Il signorino Bates lo seguì con un'aria cogitabonda.

Un rumore di passi sulle scale cigolanti, pochi minuti dopo questa conversazione, riscosse l'allegro ebreo mentre sedeva davanti al fuoco con una cervellata e una pagnottella nella mano destra, un temperino nella sinistra e un boccale di peltro dinanzi a sé sull'apposito sostegno. Un sorriso canagliesco gli passò sulla faccia pallida mentre si voltava e, alzando gli occhi di scatto sotto le folte sopracciglia rossicce, tendeva l'orecchio e ascoltava.

«Cosa! Come mai?» mormorò, cambiando espressione. «Perché sono soltanto in due? Dov'è il terzo? Non possono aver messo nei guai l'altro!»

I passi si avvicinarono e giunsero sul pianerottolo. Poi la porta venne aperta adagio. Il Furbacchione e Charley Bates entrarono, chiudendosela alle spalle.

«Ehi, cuccioli bastardi, dov'è Oliver?» domandò, furente, l'ebreo, alzandosi con un'espressione minacciosa. «Dov'è il ragazzo?»

I ladruncoli adocchiarono il loro precettore come se fossero allarmati dai suoi modi violenti, poi si scambiarono, a disagio, un'occhiata. Ma non risposero.

«Che cosa è accaduto al ragazzo?» domandò l'ebreo afferrando il Furbacchione, saldamente, per la collottola e minacciandolo con orride imprecazioni. «Parla, maledizione a te, o ti strozzo!»

La minaccia del signor Fagin sembrava essere tanto seria che Charley Bates, il quale riteneva prudente, in qualsiasi situazione, stare sul sicuro e per giunta riteneva alquanto probabile che toccasse a lui essere strozzato subito dopo, cadde in ginocchio e cominciò a emettere un grido acuto e prolungato, una via di mezzo tra un toro impazzito e un megafono.

«Vuoi parlare?» tuonò l'ebreo, scrollando il Furbacchione con tanta violenza da far sembrare assolutamente miracoloso il fatto che il ragazzo riuscisse a restare entro la giacca troppo larga.

«Lo hanno beccato le guardie e non c'è altro da dire» esclamò, imbronciato, il Furbacchione. «E adesso mollami, lasciami andare!» Dopodiché, liberatosi con un solo guizzo dall'ampia giacca, che lasciò nelle mani dell'ebreo, il ragazzo afferrò il forchettone e tentò, verso il panciotto dell'allegro vecchio, un allungo che, qualora fosse giunto al segno, avrebbe fatto uscire da lui più allegria di quanta sarebbe stato possibile restituirgli.

L'ebreo indietreggiò, in questa situazione di emergenza, con più agilità di quella che ci si sarebbe potuta aspettare in un uomo dall'aspetto decrepito come il suo; e, afferrato il boccale, si accinse a scagliarlo contro la testa del suo aggressore. Ma poiché Charley Bates, in quel momento, richiamò la sua attenzione con un urlo terrificante, lui modificò all'improvviso la mira e lo scagliò invece contro il signorino.

«Be', che diavolo succede, adesso?» ringhiò una voce profonda. «Chi è stato a prendermi di mira? Meno male che mi ha colpito soltanto la birra, e non il boccale, altrimenti avrei conciato per le feste qualcuno. Dovevo immaginare che soltanto un infernale ebreo, ricco a furia di ladrocinii, poteva permettersi di scagliare una bevanda che non fosse acqua! Che cosa ti ha preso, Fagin? Maledizione, ho la sciarpa completamente impregnata di birra! E tu entra, stupida bestia! Perché ti sei fermato lì fuori come se ti vergognassi del tuo padrone? Vieni dentro!»

L'uomo che ringhiò queste parole era un tipo robusto, sui trentacinque anni; indossava una giacca di velluto nero, calzoni al ginocchio molto sudici, calzava stivaletti allacciati sopra calze di cotone grigie che racchiudevano grosse gambe dai polpacci voluminosi; quel tipo di gambe che hanno sempre un qualcosa di incompleto se non le adorna un bel paio di ceppi. Sul capo l'uomo portava un cappello marrone e intorno al collo aveva una sudicia sciarpa con le cui logore estremità si asciugò la birra sulla faccia, mentre parlava. Così facendo mostrò una faccia larga, dalle fattezze marcate, con una barba di tre giorni e occhi minacciosi, uno dei quali pesto e tumefatto per essere stato colpito di recente da un pugno.

«Entra, mi hai sentito?» tornò a ringhiare questo simpatico furfante.

Un peloso cane bianco, dal muso segnato da cicatrici in venti punti diversi, entrò, strisciando impaurito, nella stanza.

«Perché non sei entrato prima?» disse il suo padrone. «Stai diventando troppo orgoglioso per ubbidirmi alla presenza di altre persone? Cuccia!»

Quest'ordine venne accompagnato da un calcio che

scaraventò il cane al lato opposto della stanza. La povera bestia parve esserci abituata, comunque; infatti si raggomitolò in un angolo, senza un solo uggiolio e, battendo circa venti volte al minuto le palpebre sugli occhi cisposi, parve impiegare il tempo osservando l'alloggio.

«Che cosa stai combinando, Fagin? Maltratti i ragazzi, adesso, vecchio briccone avido, avaro e insaziabile?» disse l'uomo, mettendosi a sedere con somma disinvoltura. «Mi meraviglia che non ti abbiano ancora fatto la pelle; io ti avrei ammazzato, al loro posto. Se fossi stato il tuo apprendista ti avrei fatto fuori già da un pezzo... anzi no, perché dopo non avrei più potuto venderti, e tu vali qualcosa soltanto come mostruosità da tenere entro una bottiglia trasparente; ma presumo che non si trovino bottiglie grandi abbastanza per te!»

«Piano! Piano! Signor Sikes» disse l'ebreo, tremando «non parlate così forte!»

«Finiscila di darmi del voi e del signore» scattò il farabutto. «Quando ti comporti così hai sempre brutte intenzioni. Sai bene come mi chiamo di nome, no?»

«Va bene, va bene, Bill...» lo accontentò prontamente l'ebreo, con abietta umiltà. «Sembri essere di cattivo umore, Bill.»

«Forse» rispose Sikes. «Ma direi che anche tu dovevi essere di pessimo umore. O, per caso, quando scagli boccali di peltro, sei allegro come quando ti limiti a ciarlare o come quando...?»

«Sei impazzito?» domandò l'ebreo, afferrandolo per la manica e additando i ragazzi.

Il signor Sikes si accontentò di stringere un nodo immaginario sotto il proprio orecchio sinistro e di reclinare di scatto il capo sulla spalla destra; mimando qualcosa che l'ebreo parve capire perfettamente. Poi, in un gergo che abbondava nella sua conversazione, ma che risulterebbe qui del tutto incomprensibile, chiese un bicchierino di liquore.

«E bada di non avvelenarlo» soggiunse, mettendo il cappello sul tavolo.

Queste ultime parole le pronunciò scherzosamente; ma, se avesse potuto scorgere la smorfia demoniaca dell'ebreo quando quest'ultimo si morse il labbro esangue mentre si voltava verso la credenza, forse l'ammonimento non gli sarebbe sembrato del tutto superfluo o, in ogni caso, si sarebbe reso conto che il proposito di modificare il liquore non era poi tanto lontano dalla mente del buon vecchio.

Dopo aver vuotato due o tre bicchierini, il signor Sikes divenne tanto condiscendente da degnare della propria attenzione i due piccoli gentiluomini; da una simile cortesia conseguì una conversazione nel corso della quale vennero descritte nei particolari la causa e le circostanze della cattura di Oliver, con tutte quelle modifiche e quegli abbellimenti della verità che, tenuto conto delle circostanze, parvero più consigliabili al Furbacchione.

«Temo» disse l'ebreo «che il ragazzetto possa rivelare qualcosa e metterci così nei guai.»

«Eh, questo è molto probabile» osservò Sikes, con un sorriso maligno. «Sei finito, Fagin.»

«E temo inoltre, sai,» soggiunse l'ebreo, esprimendosi come se non avesse udito l'interruzione e fissando l'altro negli occhi, mentre parlava «che, se il gioco dovesse finire per noi, finirebbe anche per molti altri, e che a te andrebbe di gran lunga peggio che a me, mio caro.»

Sikes trasalì e si voltò con furia verso l'ebreo, ma il vecchio, le spalle alzate fino alle orecchie, stava fissando con occhi spenti la parete opposta.

Seguì un lungo silenzio. Ogni appartenente a quel rispettabile gruppetto parve calato nelle proprie riflessioni, compreso il cane che, mentre si leccava le labbra in un certo qual modo minaccioso, sembrava meditare un attacco alle gambe del primo gentiluomo, o della prima dama incontrati per la strada, non appena fosse uscito.

«Qualcuno dĕve scoprire che cosa è stato deciso al posto di polizia» disse il signor Sikes, in un tono di voce di gran lunga più sommesso di prima.

L'ebreo espresse il proprio assenso annuendo.

«Se non ha cantato e l'hanno condannato, non abbiamo niente da temere finché uscirà» osservò il signor Sikes. «Dopodiché bisognerà rimediare e impadronirsi in qualche modo di lui.»

L'ebreo tornò ad annuire.

Appariva ovvio, infatti, che la prudenza imponeva questa linea d'azione; tuttavia, un ostacolo quasi insormontabile impediva che venisse attuata. Si dava il caso, infatti, che sia il Furbacchione sia il signorino Bates così come Fagin e lo stesso William Sikes fossero tutti violentemente e profondamente avversi all'idea di avvicinarsi a un posto di polizia, per qualsiasi motivo.

È difficile supporre per quanto tempo sarebbero rimasti seduti, sbirciandosi a vicenda in preda a una sgradevolissima incertezza. Tuttavia, possiamo fare a meno di tentare supposizioni del genere in quanto l'improvviso arrivo delle due signorinelle, già conosciute da Oliver in una precedente occasione, fece sì che la conversazione seguisse un corso completamente nuovo.

«Proprio quello che ci voleva!» esclamò l'ebreo. «Ci andrà Bet, non è vero, mia cara?»

«Dove?» domandò la signorinella in questione.

«Soltanto fino al posto di polizia, cara» rispose l'ebreo, soavemente persuasivo.

Va riconosciuto il merito della signorinella, la quale non dichiarò recisamente che non si sarebbe mai sognata di andarci, ma si limitò a esprimere l'enfatico e sincero desiderio di essere "benedetta" se vi sarebbe andata; un modo compìto e delicato di opporre un diniego, che dimostra come la ragazza in questione possedesse quella innata sensibilità la quale non sopporta di infliggere ad altri la sofferenza di un esplicito e netto rifiuto.

L'ebreo si rabbuiò in viso e si rivolse all'altra signorinella, la quale era gaiamente, per non dire vistosamente, vestita con una gonna rossa, stivaletti verdi e aveva bigodini di carta gialla tra i capelli.

«Nancy, mia cara,» le domandò l'ebreo, molto affabile «e tu che cosa mi dici?»

«Dico che non c'è niente da fare; quindi è inutile che ci provi, Fagin» rispose Nancy.

«Che cosa intendi dire con questo?» domandò il signor Sikes, alzando gli occhi e guardandola torvamente.

«Quello che ho detto, Bill» rispose la ragazza, placida.

«E invece tu sei la persona più adatta per andarci» ragionò Sikes. «Nessuno qui attorno sa niente di te.»

«Né io voglio che qualcuno sappia qualcosa» replicò Nancy, con la stessa placida calma di prima. «Perciò da me hai più un no che un sì.»

«Ci andrà, Fagin» disse Sikes.

«No che non ci andrà, Fagin» gridò Nancy.

«Sì che ci andrà, Fagin» disse Sikes.

E aveva ragione. Ora con le minacce, ora con le promesse, ora lasciando intravvedere regali, l'incantevole femmina in questione venne in ultimo persuasa ad andare. E, in effetti, non glielo impedivano le preoccupazioni della sua piacevole amica; infatti, essendosi trasferita di recente nel quartiere di Field Lane da quel lontano, ma signorile sobborgo che è Ratcliffe, non poteva temere di essere riconosciuta da uno dei suoi numerosi amici.

Per conseguenza, con un grembiule bianco e pulito annodato sopra la gonna e i bigodini di carta nascosti da un cappello di paglia – entrambi i capi di vestiario essendo stati forniti dalle scorte inesauribili dell'ebreo – la signorina Nancy si accinse a incamminarsi per andare a svolgere l'incarico.

«Aspetta un momento, mia cara» disse l'ebreo, porgendole un piccolo cestino con coperchio. «Tieni questo in una mano. Farà sì che tu abbia un aspetto più rispettabile.»

«Dalle una chiave da tenere nell'altra, Fagin» disse Sikes. «Così sembrerà una ragazza ancora più seria.»

«Sì, sì, mia cara, è vero» approvò l'ebreo, appendendo la grossa chiave di una porta al dito medio della mano destra della ragazza. «Ecco, perfetto. Davvero perfetto, mia cara!» esclamò l'ebreo, stropicciandosi le mani.

«Oh, fratellino mio! Il mio povero, caro, dolce, innocente fratellino!» esclamò la signorina Nancy, scoppiando in lacrime e agitando, in preda alla disperazione, il cestino e la chiave. «Che cosa è stato di lui? Dove lo hanno portato? Oh, abbiate compassione di me e ditemi che cosa gli hanno fatto al caro bambino, signori; ditemelo, signori, vi prego!»

Dopo aver pronunciato queste parole nel tono di voce più accorato e più disperato che si possa immaginare, con indicibile piacere di coloro che l'ascoltavano, la scaltra Nancy strizzò l'occhio alla compagnia, sorrise con aria saputa e uscì.

«Ah! È una ragazza furba, miei cari» disse l'ebreo, voltandosi verso i suoi giovani amici e scuotendo la testa con un'aria grave, quasi volesse invitarli a seguire il luminoso esempio appena avuto.

«Fa onore al suo sesso» disse il signor Sikes, tornando a riempire il bicchiere e colpendo il tavolo con l'enorme pugno. «Alla sua salute! E fossero tutte come lei!»

Mentre queste, e altre lodi ancora, venivano prodigate alla perfetta signorina Nancy, la ragazza in questione si recò al posto di polizia e, nonostante un pochino di logico timore perché stava percorrendo le strade della città sola e non protetta, vi giunse poco dopo sana e salva.

Entrata per l'ingresso posteriore, bussò sommessamente, con la chiave, alla porta di una delle celle, poi rimase in ascolto. Non si udì il benché minimo suono, per cui ella tossicchiò e di nuovo rimase in ascolto. Anche questa volta non ottenne risposta, e pertanto si decise a parlare.

«Oli, Oli caro?» mormorò, con la dolcezza nella voce. «Oli?»

Nella cella si trovava soltanto un miserabile criminale a piedi nudi, che era stato tratto in arresto per aver suonato il flauto e che, tale reato contro la società essendo stato chiaramente provato, doveva scontare, grazie al signor Fang, una condanna a un mese nella Casa di correzione. Condanna accompagnata dall'opportuno e spiritoso commento che, siccome aveva fiato da sprecare, avrebbe potuto servirsene più utilmente facendo girare la macina di un mulino.

Il poveretto non rispose poiché tutti i suoi pensieri andavano alla perdita del flauto, che era stato confiscato e assegnato alla contea. Nancy pertanto passò alla cella successiva e bussò alla porta.

«Chi è?» domandò una voce fioca e debole.

«C'è un bimbetto, qui?» domandò Nancy, dopo aver fatto precedere la frase da un singhiozzo.

«No» rispose la voce. «Dio non voglia.»

La voce apparteneva a un vagabondo di sessantacinque anni, finito in prigione perché non suonava il flauto; o, in altre parole, perché, invece di lavorare per vivere, mendicava. Risultò poi che nella cella successiva si trovava un altro individuo finito in quella stessa prigione per aver venduto casseruole senza la licenza; vale a dire perché aveva lavorato per vivere, ma sfidando l'ufficio delle imposte.

In ogni modo, poiché nessuno di questi criminali si chiamava Oliver o sapeva qualcosa di lui, Nancy si recò dal buon agente con il panciotto a righe e, con i gemiti e i lamenti più strazianti, resi ancor più strazianti dalla pronta ed efficace ostentazione del piccolo cestino e della chiave, domandò dove si trovasse il suo amato fratellino.

«Non è stato affidato alla mia sorveglianza, cara» rispose il vecchio.

«E dov'è allora?» strillò Nancy, con la disperazione nella voce.

«Ma lo ha portato via con sé il gentiluomo!»

«Quale gentiluomo? Oh, santo Cielo! Quale gentiluomo?» esclamò Nancy.

Rispondendo a questa accorata domanda, il vecchio spiegò alla sconvolta sorella che Oliver si era sentito male e aveva poi riottenuto la libertà in seguito alla deposizione di un teste che provava come il furto fosse stato commesso da un altro ragazzo, non arrestato; e soggiunse che il querelante aveva portato il bambino, privo di sensi, a casa sua; di questa casa l'agente sapeva soltanto che si trovava a Pentonville, avendo udito dare tale indicazione al cocchiere.

In preda a uno stato d'animo spaventoso di dubbi e di incertezze, la ragazza barcollò, straziata, verso l'uscita; poi, passando dai barcollamenti a una rapida corsa, tornò, seguendo l'itinerario più tortuoso che riuscì a escogitare, all'abitazione dell'ebreo.

Bill Sikes, non appena ascoltato il resoconto della spedizione fatto dalla ragazza, si affrettò a chiamare il cane bianco e poi, rimessosi il cappello, se ne andò in fretta e furia, senza dedicare nemmeno un secondo alla formalità di augurare il buongiorno alla compagnia.

«Dobbiamo sapere dove si trova, miei cari. Oliver deve essere trovato» disse l'ebreo, in preda a un'estrema agitazione. «Charley, non farti più vedere finché non avrai saputo qualcosa di lui! Nancy, mia cara, devo assolutamente ritrovarlo. Confido in te, bella mia, in te e nel Furbacchione, in tutto e per tutto! Aspettate, aspettate,» soggiunse poi, aprendo un cassetto con le mani tremanti «eccovi un po' di denaro, miei cari. Chiuderò questa casa stasera stessa. Voi saprete dove trovarmi. Non indugiate qui nemmeno per un minuto! Nemmeno per un secondo, miei cari!»

Ciò detto, li spinse fuori; poi, dopo aver chiuso a doppia mandata e barricato la porta, tolse dal nascondiglio la scatola che, senza averne l'intenzione, aveva lasciato vedere a Oliver e frettolosamente cominciò a nascondere qua e là, su di sé, orologi e gioielli.

Un colpo alla porta lo fece trasalire mentre era così occupato. «Chi è?» gridò, in tono stridulo.

«Sono io» rispose la voce del Furbacchione attraverso il buco della chiave.

«Che c'è, ancora?» urlò l'ebreo, spazientito.

«Nancy dice che dev'essere rapito e portato in quell'altro nascondiglio. È vero?» domandò il Furbacchione.

«Sì» rispose l'ebreo «non appena si riuscirà a scovarlo. Trovatelo, trovatelo e non preoccupatevi d'altro. Saprò io che cosa fare dopo, non aver paura!»

Il ragazzo mormorò di aver capito, e si affrettò a scendere le scale, seguendo i compagni.

«Finora non ha cantato, a quanto pare» mormorò l'ebreo, continuando a darsi da fare. «Ma se ha l'intenzione di tradirci con i suoi nuovi amici, dobbiamo tagliargli la gola.»

14

*Con ulteriori particolari sul soggiorno di Oliver
nella dimora e con la straordinaria predizione
di un certo signor Grimwig quando lo vide
uscire per una commissione*

Oliver si riebbe ben presto dallo svenimento che era stato causato dalla brusca esclamazione del signor Brownlow; dopodiché l'argomento del dipinto venne accuratamente evitato, sia dall'anziano gentiluomo, sia dalla signora Bedwin, nella conversazione che seguì; la quale non si riferì affatto al passato di Oliver o a quanto egli poteva aspettarsi nell'avvenire, ma si limitò ad argomenti che potevano divertirlo senza eccitarlo. Il bambino era ancora di gran lunga troppo debole per potersi alzare all'ora di colazione; ma il giorno dopo, quando venne riportato nella camera della governante, per prima cosa alzò avidamente gli occhi verso la parete, nella speranza di poter rivedere il viso della bellissima signora. Le sue aspettative rimasero deluse, tuttavia, poiché il ritratto era stato tolto.

«Ah!» disse la governante, seguendo la direzione del suo sguardo. «Non è più lì, come vedi.»

«Lo vedo, signora» rispose Oliver con un sospiro. «Perché lo hanno portato via?»

«È stato tolto, bambino, perché il signor Brownlow ha detto che, siccome sembrava turbarti, forse avrebbe potuto impedirti di guarire, sai» rispose l'anziana donna.

«Oh, no, no, di certo. Non mi turbava, signora» protestò Oliver. «Anzi mi piaceva guardarlo. Mi piaceva moltissimo.»

«Bene, bene,» esclamò la governante, in un tono di voce compiacente «tu guarisci più presto che potrai, caro, e il quadro verrà appeso di nuovo dove si trovava. Te lo prometto! E ora parliamo di qualcos'altro.»

Queste furono tutte le informazioni che Oliver riuscì a ottenere, per il momento, sul dipinto. E siccome l'anziana signora era stata tanto buona con lui durante la malattia, il bambino si sforzò di non pensare più al ritratto per il momento; pertanto ascoltò attentamente un gran numero di episodi che la governante gli raccontò, a proposito di una sua amabile e bella figliola, sposata con un uomo amabile e bello che risiedeva in campagna; e a proposito di un suo figliolo, impiegato di un commerciante nelle Indie Occidentali; anche questo suo figliolo era un così bravo giovane e scriveva alla famiglia lettere tanto affettuose, quattro volte all'anno, che a lei venivano le lacrime agli occhi soltanto a parlarne. Dopo che la governante si fu dilungata a non finire sulle eccellenti doti dei suoi figlioli, nonché sui meriti del suo buon marito, defunto ormai, povera anima, da ventisei anni, giunse l'ora del tè. Dopo il tè, la governante cominciò a insegnare a Oliver a giocare a carte e lui imparò molto rapidamente; così continuarono a giocare, con sommo interesse e con un'aria molto grave, finché non fu giunto per il malato il momento di bere un po' di vino caldo con acqua e di sgranocchiare una fettina di pane abbrustolito, per poi tornarsene nel calduccio del letto.

Furono giorni felici, quelli della guarigione di Oliver. Tutto, nella nuova casa, era lindo e ordinato e inoltre vi regnava una gran quiete; tutti erano gentili e buoni. E questo, dopo lo strepito e il disordine nei quali il bambino aveva sempre vissuto, sembrava il Paradiso stesso. Non appena egli fu completamente ristabilito, il signor Brownlow ordinò che gli si comprasse un vestito nuovo e un nuovo berretto e un nuovo paio di scarpe. E poiché a Oliver venne detto che poteva far quello che voleva del vestito vecchio, lui lo diede a una cameriera la quale lo aveva trattato con grande bontà e le disse di venderlo a un ebreo e di tenersi il denaro. Questo ella fece assai prontamente e quando Oliver, guardando dalla finestra del salotto, vide il robivecchi ebreo mettere i vestiti nel suo sacco e allontanarsi, si sentì pervadere da una grande felicità pensando che ormai erano scom-

parsi per sempre e che non correva il pericolo di dover-
li indossare di nuovo. Non erano altro che miseri stracci, infatti, e lui non aveva mai avuto un vestito nuovo
prima di allora.

Una sera, circa una settimana dopo la scomparsa del
ritratto, Oliver stava conversando con la signora Bedwin,
quando il signor Brownlow mandò a dire che, se il signorino Twist si sentiva in forze, avrebbe gradito riceverlo
nel suo studio e parlare un po' con lui.

«Che Dio ci benedica e ci salvi! Lavati le mani e lascia che ti pettini bene, bambino» esclamò la signora
Bedwin. «Santo Cielo, se avessi saputo che ti avrebbe
mandato a chiamare, mi sarei affrettata a metterti un
colletto di bucato, stamane, rendendoti lustro come
una monetina nuova!»

Oliver si lasciò mettere in ordine dalla governante, la
quale borbottò in tono afflitto che non v'era nemmeno
il tempo di sistemare l'orlo di pizzo intorno al colletto;
ma il bambino aveva un aspetto così fine e così splendido che, in ultimo, osservandolo compiaciuta dalla testa
ai piedi, ella confessò che, tutto sommato, anche dispo-
nendo di più tempo, non avrebbe potuto renderlo molto più presentabile di così.

Incoraggiato in questo modo, Oliver andò a bussare
alla porta dello studio. Poi, il signor Brownlow avendolo
invitato a entrare, venne a trovarsi in una piccola stanza
piena zeppa di libri, con una finestra che dava sul piacevole giardino dietro la casa. V'era un tavolo accostato alla
finestra, e a esso sedeva il signor Brownlow, leggendo.
Quando egli vide Oliver, scostò il libro e invitò il bambino
ad avvicinarsi e a mettersi a sedere. Oliver così fece, meravigliandosi perché potevano esistere persone disposte
a leggere un così gran numero di libri, i quali dovevano
essere stati scritti per rendere più sapiente il mondo. Una
cosa che continua a meravigliare persone di gran lunga
più esperte di Oliver Twist, ogni giorno della loro vita.

«Esistono molti buoni libri, non è vero, ragazzo
mio?» osservò il signor Brownlow, avendo notato la curiosità con la quale Oliver adocchiava gli scaffali che
dal pavimento arrivavano al soffitto.

«Moltissimi, signore» rispose il bambino. «Non ne avevo mai visti tanti.»

«Li leggerai, se ti comporterai bene» disse l'anziano signore, bonariamente. «E leggerli ti piacerà più che guardarli dall'esterno... in certi casi, cioè. Perché esistono libri le cui cose di gran lunga migliori sono il dorso e la copertina.»

«Immagino che siano quelli più grossi, signore» disse Oliver, additando alcuni grandi volumi dalle rilegature abbondantemente dorate.

«Non sempre quelli» disse il gentiluomo, accarezzando amorevolmente il capo del bambino e sorridendo mentre lo accarezzava. «Ve ne sono altri altrettanto importanti, anche se di formato sono molto più piccoli. Ti piacerebbe diventare da grande un uomo sapiente e scrivere libri?»

«Credo che preferirei leggerli, signore» disse Oliver.

«Cosa? Non ti piacerebbe diventare uno scrittore?» esclamò l'anziano gentiluomo.

Oliver rifletté per qualche momento e infine disse che, secondo lui, sarebbe stato molto meglio fare il libraio; al che il signor Brownlow rise di cuore e dichiarò che aveva detto una cosa molto assennata. Oliver ne fu lieto, pur non sapendo che cosa avesse detto di tanto assennato.

«Bene, bene» disse l'anziano signore, tornando serio. «Non aver paura! Non faremo di te uno scrittore finché vi saranno mestieri onesti da imparare.»

«Grazie, signore» disse Oliver. Avendo notato la serietà e l'entusiasmo del bambino, il signor Brownlow rise di nuovo e disse qualcosa a proposito di un curioso istinto; una frase alla quale, non avendola ben capita, il bambino in questione non attribuì molta importanza.

«E ora» disse il signor Brownlow, esprimendosi con la maggior dolcezza possibile, ma al contempo con una serietà di gran lunga maggiore di quanto avesse mai fatto con Oliver «voglio che tu presti molta attenzione, ragazzo mio, a quanto sto per dire. Ti parlerò senza alcun riserbo perché sono certo che tu sia in grado di capirmi come lo sarebbero persone molto più avanti negli anni di te.»

«Oh, non ditemi che state per mandarmi via, signore, vi prego» esclamò Oliver, allarmato dal tono serio con il quale l'anziano gentiluomo aveva incominciato la frase. «Non mettetemi alla porta, costringendomi a vagare di nuovo per le strade. Consentitemi di restare qui e di farvi da servitore. Non rimandatemi nel posto terribile dal quale sono venuto. Abbiate pietà di un povero bambino signore!»

«Mio caro figliolo,» disse il signor Brownlow, commosso dalla passione e dalla foga dell'improvvisa supplica di Oliver «non devi temere affatto che io ti abbandoni, se non me ne darai motivo.»

«Questo non lo farò mai, mai» lo interruppe Oliver.

«Spero di no» disse il padrone di casa. «E credo che non lo farai. Sono stato ingannato, in passato, da coloro ai quali avevo cercato di fare del bene; ma, ciò nonostante, sono decisamente propenso a fidarmi di te; e tu mi stai a cuore più di quanto possa spiegare, anche a me stesso. Le persone alle quali ho prodigato tutto il mio più profondo affetto giacciono nella tomba; ma, sebbene per me la felicità e il piacere di vivere siano sepolti insieme a esse, non ho fatto del mio cuore una bara e non l'ho chiuso per sempre agli affetti più profondi. Anzi la sofferenza più profonda ha rafforzato in me la capacità di voler bene.»

Poiché l'anziano gentiluomo pronunciò queste parole sommessamente, più parlando tra sé e sé che a colui il quale gli stava accanto, e poiché in seguito tacque per qualche momento, Oliver non aprì bocca.

«Bene, bene!» esclamò infine il signor Brownlow, in un tono di voce più allegro. «Dico questo soltanto perché tu hai il cuore tenero; e, sapendo che io ho già molto sofferto, cercherai forse di fare del tuo meglio per non ferirmi di nuovo. Dici di essere orfano, senza un amico al mondo; tutte le ricerche che ho potuto svolgere confermano la tua asserzione. Ora raccontami la tua storia: da dove vieni, chi ti ha cresciuto, e come sei finito con i compagni insieme ai quali ti ho veduto. Dimmi la verità e non rimarrai senza amici finché io vivrò.»

I singhiozzi impedirono per qualche minuto a Oliver di parlare; poi, quando stava per cominciare a descrivere come fosse stato cresciuto alla fattoria e portato, successivamente, all'ospizio dal signor Bumble, si udì bussare due volte di seguito, con singolare impazienza, alla porta di casa; infine la cameriera, corsa su per le scale, annunciò il signor Grimwig.

«Sta salendo?» domandò il signor Brownlow.

«Sì, signore» rispose la cameriera. «Ha domandato se avessimo tartine in casa e, quando ho risposto affermativamente, ha detto che sarebbe salito a prendere il tè.»

Il signor Brownlow sorrise; poi, rivolgendosi a Oliver, spiegò che il signor Grimwig era un suo vecchio amico e che non si doveva attribuire importanza ai modi un po' rudi di lui, in quanto si trattava, nonostante le apparenze, di una degnissima persona, come egli aveva motivo di sapere.

«Devo scendere al pianterreno, signore?» domandò Oliver.

«No» gli rispose il signor Brownlow. «Preferisco che tu rimanga su.»

In quel momento entrò nella stanza, appoggiandosi a un grosso bastone, un signore anziano e robusto, che zoppicava alquanto con una gamba e che indossava una giacca blu, un panciotto a righe, pantaloni di anchina con ghette e aveva sul capo un cappello bianco a larga tesa, circondato da un nastro verde. Una camicia assai minutamente pieghettata gli sporgeva dal panciotto, sotto al quale penzolava mollemente una catena d'orologio in acciaio, lunghissima, alla cui estremità non si trovava altro che una chiave. I due capi del fazzoletto da collo che portava erano intrecciati e formavano una palla grossa all'incirca quanto un'arancia; ma la varietà di forme nelle quali egli intrecciava le proprie fattezze sfida ogni descrizione. Aveva un certo qual modo di voltare la testa da un lato, quando parlava, guardando al contempo con la coda dell'occhio, per cui ricordava in modo irresistibile, a chi lo stesse osservando, un pappagallo. Questo fu l'atteggiamento che assunse non appena entrato; poi, tenendo a braccio teso un pezzetto di buccia d'arancia, esclamò, con una voce ringhiosa e in tono scontento:

«Guardate qui! La vedete, questa? Non è quanto mai

incredibile e straordinario che io non riesca ad andare a far visita a qualcuno senza trovare sulle scale questa maledetta amica dei chirurghi? Sono già stato azzoppato una volta da una buccia d'arancia e so che qualche buccia d'arancia causerà un giorno la mia morte. Proprio così, mio caro! Se non sarà una buccia d'arancia a farmi morire, mi mangio la testa, amico mio!»

Con questa simpatica assicurazione il signor Grimwig soleva convalidare quasi ogni sua asserzione; nel suo caso, poi, l'assicurazione sembrava tanto più singolare in quanto, anche ammettendo la possibilità di progressi scientifici tali da consentire a un gentiluomo di mangiarsi la testa, nell'eventualità in cui fosse proprio deciso a far questo, la testa del signor Grimwig era così particolarmente grossa che anche l'uomo più vorace difficilmente avrebbe potuto sperare di divorarla in una volta sola... e senza tenere in alcun conto uno strato di cipria molto spesso.

«Proprio così, mi mangio la testa, sissignore!» ripeté il signor Grimwig, battendo il bastone sul pavimento. «Ehilà! Chi è costui?» soggiunse poi, guardando Oliver e indietreggiando di uno o due passi.

«Questi è il piccolo Oliver Twist, del quale abbiamo parlato» disse il signor Brownlow.

Oliver fece un inchino.

«Non vorrete dire che si tratta del bambino costretto a letto dalla febbre, spero?» esclamò il signor Grimwig, indietreggiando un po'. «Ah, un momento! Non dite niente! Alt...» continuò a un tratto dimenticando di colpo la paura della febbre tanto era trionfante a causa della sua scoperta «questo è il bambino che ha mangiato l'arancia! Se non è lui, mio caro, il bambino che ha mangiato l'arancia e ha gettato la buccia sulle scale, mi mangio la testa. E mangio anche la sua!»

«No, no, non ha mangiato alcuna arancia» disse il signor Brownlow, ridendo. «Suvvia, posate il cappello e parlate con il mio piccolo amico.»

«Questa faccenda mi sconvolge, mio caro» disse l'irritabile signore, sfilandosi i guanti. «Sul marciapiede della strada ove abitiamo entrambi vi sono sempre bucce d'arancia; e io so che vi vengono gettate dal figlio del medico, che risiede all'angolo. Una signorina è scivolata su una buccia d'arancia, ieri sera, ed è caduta finendo contro la cancellata del mio giardino; non appena si è rialzata, l'ho veduta volgere lo sguardo verso l'infernale lampada rossa del medico, e allora ho gridato, dalla finestra: "Non andate da lui! È un assassino! Uno che dispone trappole!". Se non lo è...» A questo punto, l'irascibile anziano signore sferrò un gran colpo sul pavimento con il bastone; un segnale sempre giustamente interpretato, dai suoi amici, come il surrogato dell'assicurazione relativa al mangiarsi la testa. Poi, sempre impugnando il bastone da passeggio, egli si mise a sedere e, aperto l'occhialino che portava appeso a un largo nastro nero, scrutò Oliver; il quale, vedendosi fatto oggetto di tanta attenzione, arrossì e tornò a inchinarsi.

«È questo il bambino, vero?» disse infine il signor Grimwig.

«Sì, è lui» rispose il signor Brownlow.

«Come stai, figliolo?» domandò il signor Grimwig.

«Molto meglio, grazie, signore» rispose Oliver.

Il signor Brownlow, avendo apparentemente intuito che il suo singolare amico stava per dire qualcosa di sgradevole, pregò Oliver di scendere e di dire alla signora Bedwin che poteva servire il tè; un incarico che il bambino, siccome non gli andavano molto a genio i modi del visitatore, fu ben lieto di assolvere.

«È proprio un bel ragazzino, non è vero?» domandò il signor Brownlow.

«Non lo so» rispose il signor Grimwig, stizzosamente.

«Non lo sapete?»

«No, non lo so. Non scorgo mai nessuna differenza nei ragazzini. Ai miei occhi appartengono soltanto a due tipi. I troppo pallidi e i troppo rossi.»

«E a quale categoria appartiene Oliver?»

«A quella dei troppo pallidi. Ho un amico che ha un figlio troppo rosso; un bel ragazzino, dicono che è. Ha la testa tonda, le gote rosse, gli occhi lucidi; è un ragazzetto orrendo, con il corpo e le braccia e le gambe che sembrano gonfiarsi sotto le cuciture del vestito blu; con la stessa voce di un pilota e la voracità di un lupo. Oh, lo conosco bene, io! Fa paura!»

«Andiamo,» disse il signor Brownlow «il piccolo Oliver Twist non ha alcuna di queste caratteristiche, e pertanto non può destare la vostra ira.»

«Non le ha,» ammise il signor Grimwig «ma può averne di peggiori.»

A questo punto il signor Brownlow tossicchiò spazientito, la qual cosa parve pervadere del piacere più squisito il signor Grimwig.

«Sì, può averne di peggiori, dico io» egli ripeté. «Da dove viene, tanto per cominciare? Chi è? Che cos'è? Ha avuto un febbrone. E i febbroni non sono tipici delle brave persone, dico io. Sono le persone malvagie ad avere i febbroni, a volte; non è forse così, eh? So di un tale che venne impiccato nella Giamaica per aver assassinato il suo padrone. Be', aveva avuto un febbrone per sei volte di seguito. E non per questo meritò clemenza. Ah, no di certo!»

In realtà, nei più profondi recessi del cuore, il signor Grimwig era fortemente propenso ad ammettere che l'aspetto e i modi di Oliver avevano un che di insolitamente piacevole; ma lo dominava la mania della contraddizione, resa ancor più forte, in quella circostanza, dall'aver trovato la buccia d'arancia. Ed essendo deciso a impedire che altri potessero imporgli il loro giudizio sull'aspetto di un bimbetto, aveva stabilito, sin dall'inizio, di contraddire il suo amico. E quando il signor Brownlow ammise che a nessuno dei suoi interrogativi poteva ancora dare una risposta soddisfacente e disse di aver rinviato ogni domanda concernente il passato di Oliver al momento in cui il bambino fosse stato abbastanza in forze per sopportarla, il signor Grimwig ridacchiò malignamente. E domandò, con una smorfia beffarda, se la governante avesse l'abitudine di contare le posate ogni sera; perché in tal caso, un bel mattino si sarebbe accorta che mancavano uno o due cucchiai, lui ne era sicuro... e via dicendo.

Il signor Brownlow, sebbene avesse un'indole alquanto impetuosa, conoscendo le stramberie del suo amico, sopportò placidamente tutte queste insinuazioni; e siccome, mentre sorbivano il tè, il signor Grimwig ebbe la compiacenza di manifestare la sua totale approvazione delle tartine, tutto continuò a correre via liscio, tanto che Oliver, il quale era presente, cominciò a sentirsi più a suo agio di quanto fosse accaduto fino a quel momento alla presenza di un signore anziano così severo.

«E quand'è che vi farete fare un resoconto completo, veritiero e particolareggiato della vita e delle avventure di Oliver Twist?» domandò Grimwig al signor Brownlow, dopo il tè, sbirciando in tralice Oliver mentre riprendeva il discorso.

«Domattina» rispose il signor Brownlow. «Preferisco che egli me ne parli a quattr'occhi. Sali da me domattina alle dieci, mio caro.»

«Sì, signore» rispose Oliver, con una certa esitazione, perché l'essere osservato così fissamente dal signor Grimwig lo sconcertava.

«Volete sapere come la penso?» bisbigliò questo gentiluomo al signor Brownlow. «Non salirà da voi, domattina. L'ho veduto esitare. Vi sta ingannando, mio buon amico.»

«Sarei disposto a giurare che non è così» rispose il signor Brownlow, con foga.

«Se non vi inganna» disse il signor Grimwig «io...» e il bastone da passeggio picchiò sul pavimento.

«Sono disposto a rispondere con la vita della sincerità di questo bambino!» esclamò il signor Brownlow, picchiando il pugno sul tavolo.

«E io con la testa della sua falsità» dichiarò il signor Grimwig, facendo altrettanto.

«Vedremo» disse il signor Brownlow, tenendo a freno l'ira che saliva in lui.

«Sì, staremo a vedere» replicò il signor Grimwig con un sorriso provocante. «Staremo a vedere.»

Il fato volle che la signora Bedwin portasse, proprio in quel momento, un pacco di libri acquistati quel mattino dal signor Brownlow dopo averli scelti sul banchetto dello stesso libraio che ha già figurato nel presente racconto; la governante mise il pacco sul tavolo e si accinse a uscire dalla stanza.

«Fate aspettare il fattorino, signora Bedwin!» disse il signor Brownlow. «Devo consegnargli qualcosa.»

«Se n'è già andato, signore» rispose la governante.

«Chiamatelo» disse il signor Brownlow. «È importante. Il libraio è un pover'uomo e i libri non sono stati pagati. Inoltre devo rimandarne indietro altri.»

La porta di casa venne spalancata. Oliver corse via da una parte e la cameriera dall'altra; quanto alla signora Bedwin, rimase sulla soglia e chiamò a gran voce il fattorino, sebbene non si vedesse anima viva. Oliver e la cameriera tornarono indietro ansimanti per riferire che non lo avevano trovato.

«Santo Cielo, questo mi spiace molto» esclamò il signor Brownlow. «Ci tenevo a restituire quei libri oggi stesso.»

«Mandate Oliver a portarli» intervenne il signor Grimwig, con un sorriso ironico. «Potete star certo che li consegnerà a chi di dovere, no?»

«Sì, lasciate che li porti io, vi prego» disse Oliver. «Farò una corsa.»

L'anziano signor Brownlow stava per dire che Oliver non doveva allontanarsi dalla casa per nessun motivo, quando un colpo di tosse quanto mai maligno del signor Grimwig lo indusse a cambiar parere; anche perché, sbrigando rapidamente l'incarico, il bambino avrebbe dimostrato al suo amico quanto fosse ingiusto con quei sospetti.

«Va bene, puoi andare, mio caro» disse. «I libri si trovano su una sedia accanto al mio tavolo di lavoro. Prendili pure.»

Oliver, felice di potersi rendere utile, corse a prendere i libri; poi aspettò, con il berretto in mano, di sapere che cosa avrebbe dovuto comunicare.

«Dovrai dire,» spiegò il signor Brownlow, continuando a sbirciare Grimwig «dovrai dire che sei andato a restituire questi volumi e a pagare le quattro sterline che devo. Eccoti una banconota da cinque sterline; pertanto dovrai portarmi indietro il resto, vale a dire dieci scellini.»

«Sarò di ritorno tra meno di dieci minuti, signore» gli assicurò, premuroso, Oliver. Dopo aver messo la banconota nella tasca della giacca e aver abbottonato quest'ultima, si sistemò con cura i libri sotto il braccio, fece un rispettoso inchino e uscì dalla stanza. La signora Bedwin lo seguì fino alla porta di casa, spiegandogli minuziosamente qual era la strada più breve che doveva seguire, dicendogli come si chiamava il libraio e dove aveva il banchetto. Oliver le assicurò di aver ben capito ogni cosa. Dopo numerose altre raccomandazioni di badar bene a non prendere freddo, l'anziana governante gli consentì infine di incamminarsi.

«Che Dio benedica il suo bel visetto!» esclamò seguendo il bambino con lo sguardo. «Non so perché, non sopporto di perderlo di vista!»

In quel momento, Oliver voltò la testa e la salutò allegramente prima di voltare all'angolo. L'anziana signora rispose sorridente ai saluti di lui, poi, chiusa la porta di casa, tornò nella sua camera.

«Vediamo, sarà di ritorno, al più tardi, tra venti minuti» disse il signor Brownlow, togliendo l'orologio dal taschino e mettendolo sul tavolo. «Farà buio, tra venti minuti.»

«Oh! Vi aspettate sul serio che torni, vero?» gli domandò il signor Grimwig.

«E voi no?» domandò a sua volta il signor Brownlow, sorridendo.

Lo spirito di contraddizione, sempre forte nel signor Grimwig, venne reso ancor più forte, in quel momento, dal sorriso fiducioso del suo amico.

«No,» rispose, picchiando il pugno sul tavolo «io non me lo aspetto. Il bambino indossa un vestito nuovo, ha sotto il braccio alcuni libri rari, e in tasca una banconota da cinque sterline. Correrà dai suoi vecchi amici, i ladri, e riderà di voi. Se quel bimbetto tornerà in questa casa, amico mio, mi mangerò la testa!»

Ciò detto, accostò la sedia al tavolo e i due amici cominciarono ad aspettare in silenzio, tenendo d'occhio l'orologio posto tra loro.

Vale la pena di far rilevare, per dare un'idea dell'importanza da noi attribuita ai nostri giudizi e della sicumera con la quale perveniamo alle conclusioni più affrettate e più arbitrarie, che il signor Grimwig, pur non essendo affatto un uomo crudele, e anche se si sarebbe sinceramente dispiaciuto vedendo trarre in inganno e deludere il suo rispettato amico, sperava seriamente e quanto mai ardentemente, in quei momenti, che Oliver Twist non facesse più ritorno.

Ormai faceva talmente buio che non si riusciva quasi più a discernere i numeri sul quadrante dell'orologio; ciò nonostante, i due anziani signori continuavano a sedere silenziosi, con il cronometro posto sul tavolo tra loro.

15

*Nel quale si dimostra quanto l'allegro ebreo
e la signorina Nancy fossero affezionati a Oliver*

Nella buia saletta di una taverna d'infimo ordine che si
trovava nella zona più sudicia di Little Saffron Hill, una
tenebrosa tana ove la lampada a gas rimaneva accesa
tutto il giorno durante l'inverno e ove, durante l'estate,
non splendeva mai un solo raggio di sole, se ne stava seduto, cogitando incupito davanti a un bicchierino che
sapeva di liquore forte, un uomo che indossava una
giacca di velluto e malconci calzoni al ginocchio, e nel
quale, anche in quella luce fioca, nessun agente di polizia esperto avrebbe esitato a riconoscere il signor William Sikes. Ai piedi di lui si trovava sdraiato un cane di
pelo bianco, dagli occhi rossi; il cane ora ammiccava al
suo padrone con tutti e due gli occhi contemporaneamente, ora si leccava un lungo e fresco taglio di lato alla bocca, che sembrava essere il risultato di qualche
zuffa recente.

«Finiscila, bestiaccia! Piantala!» esclamò Sikes, rompendo a un tratto il silenzio. Rimane da stabilire se le
sue meditazioni fossero così profonde da essere distur-
bate dagli ammiccamenti del cane, o se lo turbassero a
tal punto da indurlo a trovare un sollievo prendendo a
calci, per sfogarsi, un animale che non gli aveva fatto
nulla. Quale che fosse la causa, comunque, la conseguenza consistette in un calcio sferrato al cane e al contempo in una bestemmia.

I cani non tendono, in genere, a vendicarsi delle percosse dei loro padroni; ma quello di Sikes, avendo lo
stesso pessimo carattere del suo proprietario, e senten-

dosi forse, in quel momento, profondamente offeso, affondò subito i denti in uno degli stivaletti del furfante. Poi, dopo averlo scrollato ben bene, indietreggiò ringhiando sotto una panca, e riuscì, così, a sfuggire alla caraffa di peltro lanciatagli contro da Sikes.

«Avresti voluto azzannarmi, eh?» disse il delinquente, afferrando con una mano l'attizzatoio e facendo scattare con l'altra la lama di un grosso coltello a serramanico che si era tolto di tasca. «Vieni qui, figlio del demonio! Vieni qui! Mi hai sentito?»

Il cane lo aveva senza alcun dubbio udito, poiché il signor Sikes aveva sbraitato a più non posso, con una voce già aspra di per sé; ma siccome, a quanto parve, era inspiegabilmente contrario a farsi tagliare la gola, rimase dove si trovava e ringhiò ancor più ferocemente di prima; al contempo fece scattare i denti intorno all'estremità dell'attizzatoio e lo azzannò come una belva.

Questa resistenza infuriò più che mai Sikes che, mettendosi in ginocchio, prese ad attaccare ancor più rabbiosamente la bestia. Il cane balzava da destra a sinistra e da sinistra a destra, azzannando, ringhiando e latrando; l'uomo vibrava coltellate e imprecava, cercava di colpirlo e bestemmiava. La lotta stava per raggiungere il momento più critico per l'uno o per l'altro, quando, la porta essendo stata aperta all'improvviso, il cane sfrecciò fuori, lasciando Bill Sikes con l'attizzatoio e con il coltello a serramanico in mano.

Un antico adagio afferma che bisogna sempre essere in due per litigare. E il signor Sikes, essendogli stata sottratta la partecipazione del cane, immediatamente assegnò al nuovo arrivato la parte della bestia.

«Perché diavolo sei venuto a intrometterti tra me e il mio cane?» domandò, con un gesto minaccioso.

«Non sapevo che tu fossi alle prese con la bestia, mio caro, non lo sapevo» rispose Fagin, umilmente. Poiché il nuovo arrivato era l'ebreo.

«Non lo sapevi, eh, vigliacco e farabutto che non sei altro?» ringhiò Sikes. «Non hai sentito lo strepito?»

«Niente di niente, come è vero che sono in vita, Bill» rispose l'ebreo.

«Oh, no, sicuro! Tu non senti mai niente» esclamò Sikes, con un ghigno beffardo. «Entri ed esci furtivamente in modo che nessuno sappia nulla dei tuoi andirivieni! Vorrei che tu fossi stato il cane, Fagin, mezzo minuto fa.»

«Perché?» domandò l'ebreo, con un sorriso forzato.

«Perché il governo, mentre protegge la vita dei bastardi come te, più vili di una bestia rognosa, consente a tutti di ammazzare i cani» rispose Sikes, chiudendo il coltello a serramanico e facendo una smorfia molto espressiva. «Ecco perché!»

L'ebreo si stropicciò le mani; poi, dopo essersi seduto al tavolo, finse di ridere della spiritosaggine del suo amico. Ma si sentiva, manifestamente, molto a disagio.

«Ridi, ridi pure,» disse Sikes, rimettendo al suo posto l'attizzatoio e fissando l'ebreo con sommo disprezzo «ridi pure. L'ultima risata, però, me la farò io. Ho io il coltello dalla parte del manico, con te, Fagin, e, il diavolo mi porti, dalla parte del manico continuerò a tenerlo. Chiaro? Se la va male per me, la va male anche per te, quindi sta' bene attento!»

«Ma sì, ma sì, mio caro» disse l'ebreo. «Lo so bene; abbiamo... abbiamo un comune interesse, Bill... un comune interesse.»

«Mmm» fece Sikes, come se, a parer suo, il più interessato fosse l'ebreo, e non lui. «Bene, che cos'hai da dirmi?»

«Tutto è stato posto al sicuro facendolo passare per il crogiuolo» rispose Fagin. «E questa è la tua parte. È ben più di quanto sarebbe dovuta essere, mio caro; ma siccome so già che sarai tu, qualche altra volta, a rendermi un favore, e...»

«Piantala di contar balle!» lo interruppe il ladro, spazientito. «Dov'è il malloppo? Dammelo!»

«Sì, sì, Bill. Lasciamene il tempo, lasciamene il tempo» rispose, conciliante, l'ebreo. «Eccolo qui. È tutto in regola.» Così dicendo, tolse di sotto la giacca un vecchio fazzoletto di cotone con un voluminoso nodo, poi, sciolto quest'ultimo, ne tirò fuori un pacchettino di carta marrone. Sikes, strappatoglielo di mano, si affrettò ad aprirlo, poi si accinse a contare le monete d'oro che conteneva.

«È tutto qui?» domandò.

«Sì» rispose l'ebreo.

«Non hai aperto il pacchetto e inghiottito una o due sovrane mentre stavi venendo qui, per caso?» domandò Sikes, sospettosamente. «E non assumere quell'aria offesa; lo hai già fatto parecchie volte. Fa' tintinnare il metallo.»

Queste parole, dette in gergo, gli ordinavano di suonare il campanello. Al suono del campanello, accorse un altro ebreo; più giovane di Fagin, ma quasi altrettanto laido e repellente nell'aspetto.

Bill Sikes si limitò a additare la caraffa vuota. L'ebreo, interpretando esattamente il gesto, la prese per andare a riempirla, ma non senza aver prima scambiato uno sguardo significativo con Fagin, il quale aveva alzato gli occhi per un attimo, quasi se lo fosse aspettato, e che, a questo punto, scosse la testa rispondendo; un diniego talmente lieve da essere quasi impercettibile per un osservatore. Sfuggì comunque del tutto a Sikes, il quale si era chinato in quel momento per allacciarsi lo stivaletto azzannato dal cane. Forse, se gli fosse stato possibile scorgere il breve scambio di segnali, avrebbe pensato che non lasciavano presagire alcunché di buono per lui.

«C'è qualcuno, qui, Barney?» domandò Fagin; parlando, ora che Sikes lo guardava, senza alzare gli occhi dal pavimento.

«Non c'è anima viva» rispose Barney, le cui parole, sia che scaturissero dal cuore o no, passavano sempre attraverso il naso.

«Non c'è nessuno?» disse Fagin, in un tono di voce stupito; il quale significava forse che Barney era libero di dire la verità.

«Nessuno tranne Miss Nancy» rispose Barney.

«Nancy!» esclamò Sikes. «Dov'è? Che possa perdere la vista se non ammiro quella ragazza per i suoi grandi talenti!»

«Sta gustando un piatto di manzo lesso al banco» disse Barney.

«Mandala qui» disse Sikes, riempiendosi il bicchiere. «Mandala qui.»

Barney sbirciò pavidamente Fagin, come per chiedere la sua autorizzazione; poi, siccome l'ebreo taceva e non alzava lo sguardo dal pavimento, uscì; e poco dopo tornò accompagnando Nancy, la quale era al completo di cuffietta, grembiule, piccolo cestino e grossa chiave.

«Sei sulla pista, eh, Nancy?» domandò Sikes, porgendole il bicchiere.

«Sì, infatti, Bill» rispose la ragazza, dopo averlo vuotato «e anche alquanto stanca di esserlo. Il marmocchio è stato malato, costretto al letto, e...»

«Oh, Nancy, cara!» disse Fagin, alzando gli occhi.

Orbene, non riveste grande importanza stabilire se fu una singolare contrazione delle sopracciglia rossicce dell'ebreo, oppure il fatto che egli avesse socchiuso gli occhi infossati, ad avvertire Nancy che stava parlando troppo. L'importante è che la ragazza tacque all'improvviso e, dopo aver degnato di numerosi e graziosi sorrisi il signor Sikes, cambiò discorso. Dopo una decina di minuti, Fagin venne preso da un improvviso accesso di tosse, al che Nancy si mise lo scialle e dichiarò che doveva andare. Sikes, essendosi ricordato che doveva percorrere per un certo tratto la sua stessa strada, manifestò l'intenzione di accompagnarla; uscirono, così, insieme, seguiti a breve distanza dal cane, che sgattaiolò fuori da un cortiletto non appena il suo padrone ebbe voltato all'angolo.

L'ebreo fece capolino alla porta della taverna quando Sikes fu uscito; lo seguì con lo sguardo mentre percorreva il buio vicolo e agitò il pugno mormorando una tremenda maledizione; poi, dopo un'orribile smorfia, tornò a sedersi al tavolo e ben presto si calò nella lettura delle interessanti pagine di *Hue-and-Cry*.[*]

Oliver Twist, intanto, senza sognarsi di essere così vicino all'allegro, vecchio ebreo, stava andando a riportare i libri. Una volta giunto a Clerkenwell voltò per sba-

---

[*] Era la gazzetta ufficiale della polizia e pubblicava tra l'altro, settimanalmente, avvisi concernenti i ricercati. (*NdT*)

glio in una strada parallela che non era precisamente quella che avrebbe dovuto percorrere; se ne accorse, però, soltanto dopo essere arrivato a metà, ed essendo certo che lo portava nella stessa direzione non ritenne fosse il caso di tornare indietro; proseguì, pertanto, il più rapidamente possibile, con i libri sotto il braccio.

Camminava di buon passo, dicendosi in cuor suo che non sarebbe potuto essere più felice e più soddisfatto di così, e che sarebbe stato disposto a dare qualunque cosa pur di poter rivedere il piccolo Dick, che forse, affamato e percosso, proprio in quello stesso momento stava piangendo amaramente, quando trasalì udendo una ragazza gridare a voce altissima: «Oh, il mio caro fratellino!». E aveva appena alzato gli occhi per scoprire che cosa stesse succedendo, quando venne bloccato da due braccia gettategli strettamente intorno al collo.

«No!» gridò Oliver, dibattendosi. «Lasciatemi! Chi siete? Perché mi state fermando?»

Per tutta risposta a questi interrogativi vi fu una sequela di alti lamenti da parte della ragazza che l'aveva abbracciato e che stringeva in una mano un cestino e nell'altra una chiave.

«Oh, santo Cielo» gridò. «L'ho trovato! Oh, Oliver! Oliver! Bambino cattivo, quanto mi hai fatto soffrire! Torna a casa, tesoro, torna a casa! Oh, l'ho trovato! Grazie al Cielo e a tutti i santi del Paradiso l'ho trovato!»

Dopo queste frasi del tutto incoerenti, la ragazza scoppiò di nuovo in lacrime e divenne talmente isterica che due donne sopraggiunte in quel momento domandarono al garzone di una macelleria, dalla zazzera lucida perché unta con grasso di maiale, avvicinatosi a sua volta incuriosito, se non ritenesse opportuno correre a chiamare un medico. Al che il garzone, che aveva tutta l'aria di essere alquanto pigro, se non proprio indolente, rispose di non ritenerlo affatto necessario.

«Oh, no, no, non importa» disse la ragazza, afferrando la mano di Oliver. «Ora sto meglio. Vieni subito a casa, bambino crudele! Su, vieni!»

«Che cosa sta succedendo, signorina?» domandò una delle due donne.

«Oh, signora,» rispose con enfasi la ragazza «questo bambino è scappato di casa all'incirca un mese fa, abbandonando i suoi genitori, persone rispettabilissime che lavorano duramente tutto il giorno. È andato a mettersi con una banda di ladri e ha quasi spezzato il cuore di sua madre.»

«Piccolo disgraziato!» esclamò una delle due donne.

«Torna a casa, piccolo bruto» disse l'altra.

«Non sono un bruto» disse Oliver, allarmatissimo. «Non la conosco, costei. Non ho alcuna sorella, e nemmeno il padre e la madre. Sono orfano; abito a Pentonville.»

«Ma sentitelo, quanto è sfacciato!» urlò la ragazza.

«Oh, ma è Nancy!» esclamò Oliver, vedendola in viso per la prima volta; e balzò indietro, in preda a un immenso stupore.

«Avete sentito? Mi conosce!» urlò la ragazza, rivolgendosi agli astanti. «Non può non riconoscermi! Fatelo tornare a casa, brava gente, altrimenti farà morire di dolore sua madre e suo padre e spezzerà il cuore a me!»

«Che diavolo sta succedendo?» domandò un uomo, balzando fuori da una birreria seguito alle calcagna da un cane bianco. «Oh! Il piccolo Oliver! Torna a casa dalla tua povera madre, cucciolo crudele! Torna a casa immediatamente.»

«Io non c'entro con loro. Non li conosco. Aiuto! Aiuto!» gridò Oliver dibattendosi per sottrarsi alla stretta possente dell'uomo.

«Aiuto!» gli fece eco quest'ultimo. «Certo che ti aiuterò, bricconcello. Che libri sono mai questi? Li hai rubati, eh? Dammeli subito!» Ciò detto gli strappò i volumi di mano e lo colpì con essi violentemente sulla testa.

«Bravo!» gridò uno spettatore, dalla finestra di una soffitta. «È quello l'unico modo per farlo ragionare!»

«Sicuro!» esclamò un falegname dall'aria sonnacchiosa, scoccando un'occhiata di approvazione verso la soffitta.

«Gli farà bene» dissero le due donne.

«Ed è quello che gli toccherà!» disse Sikes, rifilando a Oliver un altro colpo e agguantandolo poi per il colletto. «Vieni con me, piccolo mascalzone!»

Indebolito dalla recente malattia, stordito dai calci e dalla subitaneità dell'attacco; terrorizzato dai ringhi feroci del cane e dalla brutalità dell'uomo; sopraffatto dal convincimento degli astanti che davvero egli fosse il piccolo delinquente incallito descritto dalla ragazza, che cosa avrebbe potuto fare un povero bambino? L'oscurità era discesa, si trovavano in un quartiere povero, nessuno, lì, sarebbe stato disposto ad aiutarlo, e opporre resistenza era inutile. Un momento dopo egli venne trascinato in un labirinto di stretti e bui vicoli, così di corsa da rendere inintelligibili le poche invocazioni di aiuto che osava lanciare. Contava ben poco, d'altronde, se erano intelligibili o no; infatti nessuno se ne sarebbe curato, anche se fossero state chiarissime.

Le lampade a gas erano ormai state accese; la signora Bedwin aspettava ansiosamente sulla soglia della porta di casa spalancata; la cameriera era corsa in istrada almeno una ventina di volte per vedere se si scorgesse traccia di Oliver; e ancora i due anziani gentiluomini sedevano, ostinatamente, nel salotto buio e l'orologio restava sul tavolo, tra loro.

16

*Dove si racconta quello che accadde a Oliver Twist
dopo essere stato rivendicato da Nancy*

Le viuzze e i cortiletti li condussero infine in un vasto spiazzo dove, sparsi ovunque, si trovavano recinti per animali e altri indizi del fatto che vi si teneva un mercato di bestiame. Sikes rallentò il passo quando giunsero lì, poiché la ragazza faticava a camminare rapidamente come avevano fatto fino a quel momento. Voltandosi verso Oliver, Sikes gli ordinò in tono rude di prendere per mano Nancy.

«Mi hai sentito?» ringhiò, mentre il bambino esitava e si guardava attorno.

Si trovavano in un angolo buio, ove non passava nessuno, e Oliver si rese conto, anche troppo chiaramente, che sarebbe stato del tutto inutile resistere. Porse la mano e Nancy l'afferrò strettamente.

«L'altra dalla a me» disse Sikes, prendendogliela. «Vieni qui, Occhio-tondo!»

Il cane alzò gli occhi e ringhiò.

«Guarda qui!» disse Sikes, mettendo l'altra mano sulla gola di Oliver e pronunciando una bestemmia tremenda. «Se osa anche soltanto bisbigliare una parola, azzannalo! Hai capito?»

Il cane tornò a ringhiare; poi, leccandosi le labbra, guatò Oliver come se non vedesse l'ora di balzargli alla gola.

«Che possa restare cieco se non è impaziente di scannarlo» disse Sikes, osservando la bestia con una sorta di torva e feroce approvazione. «Quindi, caro il mio signorino, sai che cosa puoi aspettarti. Provati a tagliare la corda, correndo quanto vorrai. Questo cane te lo impedirà. Avanti, cammina, piccolo briccone!»

Occhio-tondo dimenò la coda, come se volesse ringraziare il padrone per quell'insolito complimento; poi, dopo aver ringhiato ancora una volta contro Oliver, precedette il gruppo.

Stavano attraversando Smithfield anche se, per quello che ne sapeva Oliver, si sarebbe potuto trattare di Grosvenor Square. La notte era buia e nebbiosa. Le lampade accese nelle botteghe si intravvedevano a malapena attraverso la densa nebbia che andava infittendosi sempre più a ogni momento e avvolgeva strade e case, rendendo quei luoghi sconosciuti ancor più misteriosi agli occhi di Oliver e facendo sì che il suo smarrimento fosse ancor più tetro e sconfortante.

Avevano percorso rapidamente soltanto pochi passi quando la campana di una chiesa, dal suono profondo e solenne, batté l'ora. Al primo rintocco, le due persone che stavano trascinando Oliver si fermarono e voltarono la testa nella direzione del suono.

«Le otto, Bill» disse Nancy, quando la campana ebbe smesso di suonare.

«Che me lo dici a fare? Ci sento anch'io, sai!» borbottò lui.

«Mi domando se *loro* possano sentirla» mormorò Nancy.

«Certo che la sentono» disse Sikes. «Era la festa di San Bartolomeo[*] quando mi beccarono. E quella notte, in cella, il trambusto della fiera, fuori, rese tanto profondo il silenzio dell'antica prigione che mi sarei spaccato il cranio contro le lamiere di ferro della porta!»

«Poveretti!» disse Nancy, che continuava a tenere la testa voltata nella direzione dalla quale erano giunti i rintocchi della campana. «Oh, Bill, dei bei ragazzi come loro!»

«Già, voi donne non sapete pensare ad altro» esclamò Sikes. «I bei ragazzi! Be', ormai è come se fossero già morti, e quindi è inutile piangerci su!»

Dopo queste parole consolanti, il signor Sikes parve

---

[*] Il 24 agosto. (*NdT*)

conculcare una certa tendenza alla gelosia e, stringendo ancor più saldamente il polso di Oliver, gli disse di rimettersi in cammino.

«Aspetta un momento!» esclamò la ragazza. «Io non mi limiterei a passare oltre in tutta fretta se dovessi essere tu a uscire da quella prigione, allo scoccare delle otto, per salire sulla forca. Continuerei a camminare e a camminare, anche se nevicasse e non avessi nemmeno uno scialle per coprirmi, fino a cadere morta!»

«E a che cosa mi servirebbe?» domandò il poco sentimentale signor Sikes. «A meno che tu non potessi procurarmi una lima e venti metri di buona corda robusta, per quello che gioverebbe a me potresti anche percorrere cento chilometri a piedi, o non camminare affatto. Su, proseguiamo, adesso, non startene lì a cianciare.»

La ragazza scoppiò a ridere, si avvolse più strettamente nello scialle, poi riprese a camminare. Ma Oliver sentì che la mano le tremava e, alzando gli occhi verso il viso di lei, mentre passavano sotto un lampione a gas, vide che era diventato mortalmente pallido.

Proseguirono per una buona mezz'ora lungo viuzze sudicie e poco frequentate; incontrarono pochissime persone le quali, a giudicare dall'aspetto, dovevano essere della stessa levatura sociale del signor Sikes. Infine voltarono in un vicolo quanto mai sporco nel quale si allineavano quasi soltanto botteghe di vestiti usati. Il cane, come se si fosse reso conto che continuare a fare la guardia era ormai inutile, corse avanti e si fermò davanti alla porta di una bottega chiusa e apparentemente vuota; quanto alla casa, sembrava quasi in sfacelo e un cartello inchiodato sulla porta, con l'aria di trovarsi lì da anni, rendeva noto che era da affittare.

«Tutto tranquillo» disse Sikes, guardandosi attorno con grande circospezione.

Nancy si chinò sotto una delle imposte e Oliver udì il suono di un campanello. Si portarono poi al lato opposto della viuzza e, per qualche momento, rimasero sotto un lampione. Si udì un rumore, come di una finestra a saliscendi sollevata adagio. E, subito dopo, la porta si aprì silenziosamente. Sikes, senza cerimonie, afferrò allora per il colletto il bambino terrorizzato; e tutti e tre entrarono rapidamente nella casa.

Il corridoio era completamente buio. Aspettarono mentre colui che li aveva fatti entrare rimetteva la catena alla porta e faceva scorrere il chiavistello.

«C'è qualcuno?» domandò Sikes.

«No» rispose una voce che a Oliver parve di aver già udito.

«Il vecchio è qui?» volle sapere il furfante.

«Sì» disse la voce. «Giù di corda come non lo è mai stato. Oh, se sarà felice di vedervi! Non lo sarà, forse?»

Lo stile di questa risposta, nonché la voce che la pronunciava, riuscirono familiari alle orecchie di Oliver; ma in quell'oscurità era impossibile scorgere anche soltanto la sagoma di colui che parlava.

«Vediamo di avere un po' di luce» disse Sikes «altrimenti ci romperemo l'osso del collo o calpesteremo il cane. In tal caso attenti alle gambe!»

«Restate qui un momento, vado a prendere una candela» disse la voce. I passi di colui che aveva parlato vennero uditi allontanarsi; poi, dopo un minuto, apparve la sagoma di Jack Dawkins, altrimenti detto il Furbacchione; reggeva nella mano destra una candela di sego conficcata nella fenditura di un bastone.

Il giovane gentiluomo diede a vedere soltanto con un sorriso divertito di aver riconosciuto Oliver; poi, girando sui tacchi, fece cenno ai visitatori di seguirlo giù per una rampa di scale. Attraversarono una cucina deserta; poi, quando venne aperta la porta di una stanza bassa, che sapeva di terra e che sembrava essere stata ricavata da un cortiletto, furono accolti da uno scoppio di risa.

«Oh, questa è bella, questa è bella!» esclamò il signorino Charley Bates, dai cui polmoni era scaturita la risata. «Eccolo lì! Oh, reggetemi, eccolo lì. Oh, Fagin, guardalo! Guardalo, Fagin! Non resisto, la cosa è tanto spassosa che non resisto. Qualcuno mi tenga, mentre rido a più non posso.»

Dopo questa dichiarazione di una irreprimibile ilarità, il signorino Bates si gettò bocconi sul pavimento, scalciando convulsamente con le gambe per cinque minuti mentre era in preda agli spasmi di risate irrefrenabili. Poi, balzato in piedi, strappò al Furbacchione il bastone con la fenditura e, avvicinatosi a Oliver, gli girò attorno osservandolo da capo a piedi, mentre l'ebreo, toltasi la berretta da notte, faceva un gran numero di profondi inchini al bambino sconcertato. Nel frattempo il Furbacchione, che era di indole alquanto malinconica e assai di rado si lasciava prendere dall'allegria quando ne andavano di mezzo gli affari, stava frugando meticolosamente le tasche di Oliver.

«Guarda i panni che ha indosso, Fagin!» esclamò Charley, accostando a tal punto la fiammella della candela alla giacchetta nuova da correre il rischio di incendiarla. «Guarda che roba! Stoffa superfina, e che taglio elegante! Oh, occhi miei, cosa vedo! E questi libri, poi! Proprio un gentiluomo in tutto e per tutto, Fagin!»

«Felicissimo di vederti con un così bell'aspetto, mio caro» disse l'ebreo, inchinandosi con farsesca umiltà. «Il Furbacchione ti darà subito un altro vestito, mio caro, per timore che tu possa sciupare quello della festa. Perché non ci hai scritto, caruccio, dicendoci che saresti venuto? Avremmo avuto il tempo per prepararti qualcosa di caldo per la cena.»

A queste parole il signorino Bates scoppiò di nuovo a ridere: così fragorosamente che lo stesso Fagin ridacchiò e persino il Furbacchione sorrise; ma, siccome quest'ultimo estrasse la banconota da cinque sterline proprio in quel momento, rimane dubbio se a destare la sua allegria fosse stata invece quella scoperta.

«Ehilà! Che cos'hai lì?» domandò Sikes, balzando avanti mentre l'ebreo si impadroniva della banconota. «Quella è mia, Fagin.»

«No, no, mio caro» disse l'ebreo. «Spetta a me, Bill, a me. Tu puoi prenderti i libri.»

«Se quelle cinque sterline non sono mie,» disse Bill Sikes, rimettendosi il cappello con un'aria decisa «mie e di Nancy, cioè, riporto indietro il ragazzo.»

L'ebreo trasalì. Trasalì anche Oliver, sebbene per un motivo assai diverso; sperava, infatti, che la disputa potesse davvero concludersi con il suo ritorno a casa.

«Avanti! Dammela, eh?» disse Sikes.

«Questo non è giusto di certo, Bill; no, non è giusto, vero, Nancy?» domandò l'ebreo.

«Giusto o ingiusto,» replicò Sikes «dammi le cinque sterline! Credi forse che Nancy e io non abbiamo altro modo di impiegare il nostro tempo prezioso se non cercando e riacchiappando tutti i mocciosi rapiti da te? Da' qui, vecchio scheletro avaro, da' qui!»

Dopo queste gentili rimostranze, Sikes strappò via il biglietto di banca dalle dita dell'ebreo; poi, guardando in faccia il vecchio con occhi gelidi, piegò ripetutamente la banconota e la nascose entro un nodo del fazzoletto.

«Questo è il compenso per il nostro disturbo, e non basta a pagarne neanche la metà. Tu puoi tenerti i libri, se ti piace leggere. E se non ti piace, vendili.»

«Sono molto belli» disse Charley Bates che, con svariate smorfie, aveva finto di leggere uno dei volumi in questione. «Ben stampati, vero, Oliver?» Poi, scorgendo l'espressione sgomenta con la quale il bambino contemplava i suoi aguzzini, il signorino Bates, che possedeva uno spiccato senso dell'umorismo, scoppiò in un'altra risata, ancora più squillante della prima.

«Appartengono all'anziano gentiluomo,» disse Oliver, torcendosi le mani «a quel signore buono, generoso e gentile che mi ha accolto in casa sua e mi ha fatto curare mentre avevo la febbre alta ed ero quasi moribondo. Oh, vi prego, restituiteglieli; restituitegli i libri e il denaro. Tenetemi pure per tutta la vita, ma vi prego, vi prego, rimandategli i libri e i soldi. Crederà che li abbia rubati io; l'anziana signora, tutti loro che sono stati così buoni con me, crederanno che li abbia rubati. Oh, abbiate pietà di me e restituite tutto!»

Dopo queste parole, pronunciate con tutta la foga di un'appassionata sofferenza, Oliver cadde in ginocchio ai piedi dell'ebreo e giunse le mani, in preda alla più sconfinata disperazione.

«Il ragazzetto non ha torto» mormorò Fagin, guardandosi attorno furtivamente e corrugando le ispide sopracciglia. «Hai ragione, Oliver, hai ragione; penseranno *davvero* che sei stato tu il ladro. Ah-ah!» ridacchiò l'ebreo, stropicciandosi le mani. «Non sarebbe potuta andar meglio nemmeno se fosse dipeso da noi!»

«Certo che non sarebbe potuta andar meglio» approvò Sikes. «Io me ne sono reso conto non appena l'ho veduto nella Clerkenwell, con i libri sottobraccio. No, non poteva andar meglio. È gente dal cuore tenero, che intona i salmi in chiesa, altrimenti non lo avrebbero accolto; e nemmeno lo cercheranno, temendo di doverlo poi denunciare e farlo finire in prigione. No, tenere qui il marmocchio non sarà pericoloso.»

Lo sguardo di Oliver era passato dall'uno all'altro, durante questo dialogo, come se egli fosse stato troppo smarrito e non riuscisse a rendersi conto, quasi, di quanto era accaduto; ma, non appena Bill Sikes fu pervenuto a questa conclusione, il bambino, all'improvviso, spiccò un balzo e corse fuori della stanza lanciando grida di aiuto che echeggiarono fino al tetto della vecchia e vuota casa.

«Trattieni il cane, Bill!» gridò Nancy, correndo fino alla porta e chiudendola dopo che l'ebreo e i suoi due allievi si erano precipitati all'inseguimento. «Trattieni il cane, o farà a pezzi il bambino!»

«Gli starebbe bene!» urlò Sikes, dibattendosi per strapparsi alla presa della ragazza. «Toglimiti di dosso, o ti spacco il cranio contro il muro.»

«Non m'importa, Bill, non m'importa» urlò lei, lottando violentemente. «Il cane non farà a pezzi il bambino, se prima non mi *ammazzi*!»

«Ah no?» gridò Sikes, digrignando i denti, inferocito. «Se non ti togli di mezzo ti ammazzo sul serio!»

E si liberò della ragazza scaraventandola al lato opposto della stanza, proprio mentre l'ebreo e i due ragazzi tornavano indietro trascinando tra loro Oliver.

«Che cosa sta accadendo qui?» domandò Fagin, mentre si guardava attorno.

«Credo che la ragazza sia impazzita» rispose Sikes, selvaggiamente.

«No, niente affatto» disse Nancy, pallida e ansimante dopo la zuffa. «No, non sono impazzita, Fagin. Non pensarlo nemmeno.»

«Allora taci, eh?» disse l'ebreo, scoccandole un'occhiata minacciosa.

«No, non voglio nemmeno tacere» rispose Nancy, urlando. «Avanti, sentiamo! Che cos'hai da dire al riguardo?»

Il signor Fagin conosceva bene quanto bastava i modi e le abitudini di quella specie particolare dell'umanità alla quale apparteneva Nancy per essere quasi certo che sarebbe stato alquanto imprudente protrarre una conversazione con lei in quel momento. Pertanto, volendo distogliere l'attenzione dei presenti, si rivolse a Oliver.

«Sicché volevi tagliare la corda, tesoruccio, vero?» disse, afferrando un bastone appoggiato a un angolo del caminetto. Oliver non rispose, ma tenne d'occhio le mosse dell'ebreo e respirò più in fretta.

«Volevi invocare aiuto, volevi chiamare la polizia, vero?» ringhiò l'ebreo, agguantandolo per un braccio. «Te le faremo passare noi certe idee, caro il mio signorino.»

L'ebreo colpì violentemente Oliver sulle spalle; e si accingeva a colpirlo una seconda volta con il bastone quando la ragazza, balzando avanti, glielo strappò di mano. Gettò poi il bastone nel fuoco con un impeto tale da far turbinare nella stanza un fascio di scintille.

«Non starò qui a guardarti senza reagire, Fagin!» gridò. «Hai avuto il bambino, che altro vuoi? Lascialo stare... lascialo stare... altrimenti riduco qualcuno di voi in uno stato tale da farmi finire sulla forca prima del tempo!»

Batté il piede sul pavimento con violenza mentre pronunciava questa minaccia e, con le labbra strette e le mani chiuse a pugno, fissò ora l'ebreo, ora l'altro delinquente; aveva il viso completamente sbiancato dalla furia che a poco a poco era andata impossessandosi di lei.

«Suvvia, Nancy» disse l'ebreo, in tono suasivo, dopo un silenzio durante il quale lui e Sikes si erano sbirciati con un'aria alquanto sconcertata. «Sei... sei più in gamba che mai, questa sera. Ah-ah! Stai recitando mirabilmente bene, mia cara.»

«Oh, davvero?» esclamò la ragazza. «Sta' attento che non strafaccia, allora. In tal caso sarebbe peggio per te, Fagin. Te lo dico in tempo perché tu possa starmi alla larga.»

V'è un qualcosa in una donna infuriata, specie se a tutte le altre passioni di lei si aggiungono gli impulsi feroci della temerarietà e della disperazione, che ben pochi uomini sono disposti a provocare. L'ebreo si rese conto che sarebbe stato un errore irrimediabile equivocare ancora per quanto concerneva la realtà della furia di Nancy e pertanto, indietreggiando quasi involontariamente di alcuni passi, scoccò un'occhiata, in parte implorante e in parte vile, a Sikes come per fargli capire che era lui la persona più indicata per continuare quel dialogo.

Il signor Sikes, così silenziosamente esortato, ritenendo forse che l'invito a ridurre Nancy alla ragione mettesse in gioco il suo orgoglio personale, snocciolò una sequela di bestemmie e di minacce il cui rapido susseguirsi fece onore alle sue capacità creative. Ma poiché non causarono alcun effetto visibile nella persona contro la quale egli aveva inveito, passò ad argomenti più persuasivi.

«Che cosa ti salta in mente?» urlò, e accompagnò queste parole con una comune e terribile imprecazione contro la più bella delle fattezze umane – gli occhi – un'imprecazione che, se dovesse essere ascoltata in Cielo anche soltanto una volta su cinquantamila, renderebbe la cecità comune quanto il morbillo. «Che cosa ti ha preso? Lo sai chi sei – possa bruciare vivo! – e quello che sei?»

«Oh, sicuro che lo so!» replicò la ragazza, ridendo istericamente e scuotendo la testa per fingersi indifferente.

«Be', allora piantala!» urlò Sikes, con un ringhio simile a quelli cui era solito ricorrere rivolgendosi al cane. «Altrimenti ti faccio tacere io, e per un pezzo!»

La ragazza rise di nuovo, ancor più istericamente di prima; poi, dopo avere scoccato una rapida occhiata a Sikes, voltò la testa dall'altra parte e si morse il labbro fino a farne sprizzare il sangue.

«Bisogna dire che hai una bella faccia tosta» soggiunse Sikes, osservandola con aria sprezzante «a farti passare per una ragazza umana, tutta compassione! Saresti una bella amica per il "bambino", come lo chiami tu!»

«Dio mi aiuti, sì che gli sono amica!» gridò con foga la

ragazza. «E vorrei essere morta fulminata per la strada, o aver preso il posto di quei poveri condannati a morte vicino ai quali siamo passati stanotte, pur di non aver portato qui la povera creatura. Da questo momento in poi il bambino diventerà un ladro, un bugiardo, un demonio, tutto quello che v'è di peggio! Non può bastare, per la povera creatura, senza che vi si aggiungano le botte?»

«Suvvia, suvvia,» disse l'ebreo, in un tono di blando rimprovero, accennando ai ragazzi che ascoltavano avidamente ogni cosa «dobbiamo moderare i termini, Sikes, servirci di parole cortesi...»

«Parole cortesi!» gridò la ragazza, la cui furia era spaventosa a vedersi. «Parole cortesi, scellerato! Oh, sicuro, te le meriti! Ho rubato per te sin da quando ero bambina, alta la metà di quella creatura!» continuò, additando Oliver. «E da allora ho continuato a rubare, per dodici anni! Non lo sai, forse? Parla! Non lo sai?»

«Andiamo, andiamo» disse insinuante l'ebreo, facendo un tentativo di essere conciliante. «Se anche hai rubato ti sei guadagnata da vivere!»

«Oh, sicuro!» replicò la ragazza, non già parlando, ma riversando le parole come un urlo ininterrotto e veemente. «Mi sono guadagnata da vivere e le strade gelide, bagnate e sudicie sono la mia casa; e sei tu il miserabile che mi mise sui marciapiedi tanto tempo fa, e che continuerà a tenermici, giorno e notte, giorno e notte, finché non creperò!»

«Ti farò anche di peggio,» la interruppe l'ebreo, esasperato da questi rimproveri «molto di peggio, se dirai una sola parola di più!» La ragazza non disse altro, ma, dopo essersi strappata i capelli e le vesti nella furia della passione, si gettò contro l'ebreo con una tal foga da lasciargli, con ogni probabilità, i segni della sua vendetta se, al momento giusto, Sikes non l'avesse afferrata per i polsi; dopodiché si divincolò invano per qualche momento e poi svenne.

«Adesso è sistemata» disse Sikes, deponendola in un angolo. «Ha una forza tremenda nelle braccia quando si monta in quel modo.»

L'ebreo si asciugò il sudore dalla fronte e sorrise come se provasse un certo sollievo perché la scenata era finita; ciò nonostante, sia lui, sia Sikes, sia il cane, sia i ragazzi parvero considerarla soltanto un evento consueto, inevitabile nel loro mestiere.

«È la conseguenza peggiore del dover avere a che fare con le donne» disse l'ebreo, rimettendo al suo posto il bastone. «Ma sono scaltre e nel nostro lavoro non possiamo andare avanti senza di loro. Charley, fa' vedere a Oliver dov'è il suo letto.»

«Sarà meglio che domani non si metta il vestito della festa, vero, Fagin?» domandò Charley Bates.

«No di certo» rispose l'ebreo, ricambiando il sorriso con il quale Charley aveva posto la domanda.

Il signorino Bates, che sembrava essere contentissimo dell'incarico avuto, prese il bastone con la fenditura e condusse Oliver in una adiacente cucina ove si trovavano due o tre dei giacigli sui quali aveva già dormito; e lì, dopo molti, irreprimibili scoppi di riso, esibì gli stessi vecchi e laceri stracci dei quali Oliver era stato così lieto di sbarazzarsi nella casa del signor Brownlow; e che, mostrati per caso a Fagin dall'ebreo che li aveva comprati, avevano costituito il primissimo indizio riguardo al luogo in cui si trovava il bambino.

«Togliti i panni eleganti» disse Charley «e li darò a Fagin perché ne abbia cura. Oh, che spasso!»

Il povero Oliver ubbidì a malincuore. Il signorino Bates, postosi sotto il braccio il vestito nuovo arrotolato, uscì lasciando Oliver al buio e chiudendosi a chiave la porta alle spalle.

Le risate di Charley e la voce della signorina Betsy, opportunamente sopraggiunta per spruzzare acqua sulla sua amica e per farla rinvenire con altri rimedi che le donne conoscono, avrebbero potuto tener deste numerose persone, in circostanze più liete di quelle nelle quali si trovava Oliver. Ma il bambino era disperato e sfinito, e ben presto si addormentò profondamente.

17

Il destino di Oliver, continuando a essere avverso,
conduce a Londra un grand'uomo per diffamarlo

È una consuetudine del teatro, in tutte le tragicommedie ben fatte, presentare, alternandole con regolarità, scene tragiche e scene comiche, come gli strati rossi e bianchi del lardo. L'eroe si lascia cadere sul giaciglio di paglia, oppresso dalle catene alle caviglie e dalle disgrazie; poi, nella scena successiva, il suo fedele e ignaro scudiero diverte il pubblico con una canzone comica. Vediamo, con il cuore in tumulto, l'eroina tra le braccia di un altezzoso e spietato barone; tanto la virtù quanto la vita della giovane sono in pericolo e la inducono a servirsi del pugnale per difendere l'una a spese dell'altra; e, proprio mentre la tensione giunge in noi al culmine, si ode un fischio e subito veniamo trasportati nel grande salone del castello, ove un siniscalco dai capelli grigi intona un buffo coro insieme a un gruppo ancora più buffo di vassalli, i quali non hanno impegni di sorta e si limitano ad aggirarsi in gruppo cantando continuamente.

I cambiamenti di questo genere sembrano assurdi, ma non sono poi così innaturali come possono parere a prima vista. Nella vita reale, il passaggio dalle tavole bene imbandite al letto di morte e dalle gramaglie del lutto agli abiti della festa non è meno stupefacente; solo che, nella vita, siamo attori indaffarati, anziché spettatori passivi, il che fa una grande differenza. Gli attori, nella vita mimata del teatro rimangono insensibili ai cambiamenti bruschi e agli impulsi violenti delle passioni o dei sentimenti che, presentati a meri spettatori, vengono subito deplorati e giudicati ridicoli e assurdi.

Poiché gli improvvisi mutamenti di scena e i rapidi cambiamenti di tempo e di luogo non soltanto sono consentiti nei romanzi da una lunga tradizione, ma vengono considerati da molti i mezzi della grande arte letteraria, l'abilità di uno scrittore essendo valutata dai critici soprattutto in base ai dilemmi nei quali egli lascia i suoi personaggi al termine di ciascun capitolo, la breve introduzione al presente capitolo potrà forse sembrare superflua. In tal caso la si consideri un delicato avvertimento, da parte del narratore, del fatto che egli sta per tornare nel luogo di nascita di Oliver Twist; e il lettore sia certo che esistono ottimi e validi motivi per compiere il viaggio altrimenti non verrebbe invitato a compierlo.

Il signor Bumble uscì di buon mattino dall'ospizio e percorse, con un portamento maestoso e passi imperiosi, High Street. Faceva sfoggio di tutto lo splendore della sua carica di messo parrocchiale; il cappello a tricorno e la giubba erano abbacinanti nel sole mattutino ed egli stringeva il bastone da passeggio con l'energica tenacia dei potenti che godono di buona salute. Il signor Bumble era solito tenere la testa alta, ma quel mattino la teneva alta come non mai. Aveva un che di astratto nello sguardo e un che di elevato nel portamento; ciò avrebbe potuto far capire a chi lo osservasse che nella mente di lui stavano passando pensieri troppo eccelsi per poter essere espressi.

Il signor Bumble non si soffermò a conversare con i proprietari delle bottegucce e con altre persone che lo salutarono con deferenza mentre passava. Si limitò a rispondere ai saluti con un cenno della mano e non rallentò la sua andatura dignitosa finché non fu giunto alla fattoria ove la signora Mann allevava i bambini poveri per conto della parrocchia.

«Accidenti al messo!» esclamò la signora Mann, udendo scrollare il cancelletto del giardino, come al solito. «Figurarsi se non è lui, a quest'ora del mattino! Ah, ma siete voi, signor Bumble! Ah, be', è un vero piacere vedervi! Accomodatevi nel salotto, vi prego!»

Le prime due frasi erano state rivolte a Susan; le

esclamazioni deliziate avevano invece come destinatario il messo parrocchiale mentre la brava donna apriva il cancelletto e faceva entrare in casa l'ospite con somma deferenza ed estremo rispetto.

«Signora Mann...» disse il signor Bumble, senza mettersi di colpo a sedere o lasciarsi cadere su una sedia come avrebbe potuto fare un bifolco qualsiasi, ma abbassandosi gradualmente e adagio verso una sedia. «Signora Mann... Buongiorno.»

«Grazie e buongiorno anche a *voi*, signore» rispose la signora Mann, con un gran numero di sorrisi. «Spero che godiate di buona salute.»

«Così, così, signora Mann» rispose il messo. «La vita parrocchiale non è un letto di rose, signora.»

«Ah, non lo è davvero, signor Bumble» riconobbe la signora. E tutti i bambini poveri avrebbero potuto farle coro con un gran bell'effetto, se avessero udito l'esclamazione della signora Mann.

«La vita parrocchiale, signora» continuò il signor Bumble, battendo sul tavolo il bastone da passeggio «è una vita di crucci, di contrarietà e di sacrifici, ma tutti gli uomini pubblici, se mi è consentito dirlo, devono sacrificarsi.»

La signora Mann, non sapendo bene a che cosa si riferisse Bumble, alzò le mani al cielo, con un'aria comprensiva sulla faccia, e sospirò.

«Ah! È giustificato questo sospiro, signora Mann!» esclamò il messo.

Constatando di aver fatto bene, la signora Mann sospirò una seconda volta; con evidente soddisfazione dell'uomo pubblico che, dopo aver represso un sorriso compiaciuto fissando severamente il proprio cappello a tricorno, disse:

«Signora Mann, sto per recarmi a Londra.»

«Perdiana, signor Bumble!» esclamò la signora Mann, trasalendo.

«Sì, a Londra, signora» continuò l'inflessibile messo parrocchiale «con la diligenza e in compagnia di due ricoverati nell'ospizio, signora Mann. È in corso un'azione legale e il consiglio ha incaricato me –*me*, signora Mann– di deporre al riguardo nel tribunale di Clerkenwell. E io non posso fare a meno di domandarmi» soggiunse il signor Bumble, sedendo più impettito «se i giudici del tribunale di Clerkenwell non verranno a trovarsi nei pasticci prima di aver finito con me.»

«Oh, non dovete essere troppo spietato con loro, signor Bumble» disse la signora Mann, soavemente.

«È stato il tribunale di Clerkenwell a volerlo, signora» rispose il signor Bumble «e, se il tribunale di Clerkenwell si accorgerà di essersela cavata peggio del previsto, potrà ringraziare soltanto se stesso.»

Nel tono con il quale il signor Bumble pronunciò queste parole, un tono minaccioso, v'erano tanta decisione e tanta fermezza, che la signora Mann parve esserne completamente soggiogata. Infine ella domandò:

«Viaggerete in diligenza, signore? Se non sbaglio la consuetudine è sempre stata quella di far viaggiare i ricoverati nell'ospizio su carri.»

«Questo quando sono malati, signora Mann» disse Bumble. «Mettiamo i poveri che sono ammalati su carri scoperti, quando piove, per impedire che prendano freddo.»

«Oh!» esclamò la signora Mann.

«La diligenza farà uno sconto a questi due» disse il signor Bumble. «Sono entrambi molto malconci e abbiamo calcolato che portarli altrove ci verrà a costare due sterline in meno che seppellirli... sempre, cioè, che riusciamo ad affibbiarli a un'altra parrocchia. E questo lo ritengo possibile, se non tireranno le cuoia durante il viaggio per farci un dispetto. Ah-ah-ah!»

Dopo aver riso per qualche momento, il signor Bumble scorse il cappello a tricorno e ridivenne serio.

«Stiamo dimenticando i nostri doveri, signora Mann» disse. «Ecco il vostro stipendio di questo mese.»

Il signor Bumble tolse dal portafoglio alcune monete d'argento avvolte in un pezzo di carta e chiese la ricevuta, che la signora Mann gli rilasciò.

«È molto macchiata,» disse colei che allevava gli orfanelli «ma credo che sia ugualmente valida. Grazie, signor Bumble, vi sono molto obbligata.»

Il signor Bumble rispose con un blando cenno del capo all'inchino della signora Mann, poi domandò come stessero i bambini.

«Dio li benedica, i cari tesorucci,» esclamò la signora Mann, in tono commosso «non potrebbero star meglio di così, i miei frugoletti! Tranne, naturalmente, i due che sono morti la scorsa settimana. E il piccolo Dick.»

«Non sta meglio questo bambino?» domandò interessato il signor Bumble.

La signora Mann scosse la testa.

«È un orfanello della parrocchia perfido, ribelle e in precarie condizioni di salute, quello» esclamò irosamente il signor Bumble. «Dov'è?»

«Lo faccio venir qui in un batter d'occhio, signore» rispose la signora Mann. «Dove sei, Dick? Vieni qui!»

Dopo essere stato chiamato alcune volte, Dick venne trovato. La signora Mann gli lavò la faccia sotto la pompa, gliel'asciugò con la propria gonna, poi lo portò alla spaventosa presenza del signor Bumble.

Il bambino era pallido e smunto; aveva le gote incavate e gli occhi grandi e lucidi per la febbre. La misera tenuta dell'ospizio parrocchiale, la livrea della sua disgrazia, gli pendeva sul corpicino scheletrico e le braccia e le gambe gli si erano rinsecchite come quelle di un vecchio.

Questa era la creaturina che rimaneva in piedi tremando, fissata dal signor Bumble, senza avere il coraggio di alzare gli occhi e paventando anche la voce di quell'uomo.

«Perché non guardi il signor Bumble, bambino cocciuto?» domandò la signora Mann.

Il bimbetto alzò gli occhi docilmente e sostenne lo sguardo del signor Bumble.

«Si può sapere che cos'hai, piccolo Dick della parrocchia?» domandò il signor Bumble, scaltramente faceto.

«Niente, signore» rispose il bambino con voce fioca.

«Lo credo bene» esclamò la signora Mann, che, naturalmente, aveva riso molto dell'umorismo del signor Bumble. «Non ti manca nulla, questo è certo.»

«Mi piacerebbe...» balbettò il bambino.

«Questa, poi!» lo interruppe la signora Mann. «Stai per dire che ti *manca* qualcosa, adesso? Ah, piccolo miserabile...»

«Basta, signora Mann, basta!» disse Bumble, alzando una mano e facendo sfoggio della propria autorità. «Che cosa ti piacerebbe, signorino, eh?»

«Mi piacerebbe» balbettò il bambino «che qualcuno scrivesse qualche parola per me su un pezzo di carta e lo piegasse e lo sigillasse e lo conservasse dopo che sarò stato sotterrato.»

«Come? Come? Che cosa vuol dire il bambino?» esclamò il signor Bumble, sul quale i modi sinceri e l'aspetto scheletrico del piccolo Dick avevano fatto una certa impressione, per quanto fosse abituato a queste cose. «Che cosa vuoi dire?»

«Mi piacerebbe» rispose il bimbetto «far sapere al povero Oliver Twist che gli ho sempre voluto bene e che tante volte ho pianto mentre pensavo a lui che vagabondava nelle notti tenebrose senza l'aiuto di nessuno. E inoltre vorrei dirgli» continuò il bambino, giungendo le piccole mani ed esprimendosi con sommo fervore «che sono contento di morire da piccolo; perché forse, se vivessi e diventassi uomo e poi vecchio, la mia sorellina, che si trova in Paradiso, potrebbe dimenticarmi, e sarebbe diversa da me, e io sarei molto più contento se potessimo essere bambini insieme, lassù.»

Il signor Bumble squadrò il piccolo oratore, dalla testa ai piedi, con indescrivibile meraviglia; poi, rivolgendosi alla donna, disse: «Sono tutti uguali, signora Mann. Quell'impudente di Oliver li ha "demoralizzati" dal primo all'ultimo!».

«Non lo avrei mai creduto possibile, signore!» esclamò la signora Mann, levando le mani al cielo e fissando, minacciosa e malevola, il piccolo Dick. «Non ho mai visto una piccola canaglia così incallita!»

«Portatelo via, signora!» ordinò il signor Bumble, imperiosamente. «Questa faccenda deve essere riferita al consiglio, signora Mann.»

«I gentiluomini, spero, si renderanno conto che la colpa non è mia» piagnucolò, patetica, la donna.

«Se ne renderanno conto, signora; verranno a sapere come stanno realmente le cose» disse il signor Bumble, pomposo. «E ora portatelo via, non ne sopporto la vista.»

Dick venne immediatamente trascinato via e rinchiuso nella carbonaia. Quanto al signor Bumble, si congedò poco dopo per prepararsi al viaggio.

La mattina seguente alle sei, dopo aver sostituito il cappello a tricorno con una bombetta e aver avvolto la propria persona in un pastrano blu con mantellina, egli sedette sull'imperiale della diligenza insieme ai due criminali il cui mantenimento era in contestazione e con i quali, a tempo debito, arrivò a Londra. Durante il viaggio, i suoi unici disagi furono quelli causati dal perverso comportamento dei due ricoverati nell'ospizio, i quali si ostinarono a rabbrividire e a lagnarsi del freddo, in modo tale, ebbe a dichiarare in seguito il signor Bumble, da far battere i denti anche a lui, sebbene indossasse il pesante pastrano.

Dopo aver sistemato per la notte i due farabutti, il signor Bumble sedette nella locanda davanti alla quale si era fermata la diligenza e si godette una parca cenetta con bistecche, salsa di ostriche e birra. Poi, posto un bicchiere di ponce sulla mensola del caminetto, accostò la sedia al fuoco e, dopo svariate riflessioni morali a proposito della peccaminosa e dilagante tendenza allo scontento e alle lagnanze, si accinse a leggere il giornale.

Il primissimo trafiletto che capitò sotto gli occhi del signor Bumble fu il seguente annuncio:

RICOMPENSA DI CINQUE GHINEE

La sera dello scorso giovedì un ragazzo a nome Oliver Twist è fuggito da casa sua a Pentonville, o è stato rapito; e da allora non ha più dato sue notizie. La ricompensa di cui sopra verrà versata a chiunque sia in grado di dare informazioni che possano portare al ritrovamento del predetto Oliver Twist, o comunque far luce sul suo passato, al quale chi pubblica il presente annuncio è, per vari motivi, vivamente interessato.

Seguivano una descrizione minuziosa del vestito di Oliver Twist, del suo aspetto, delle circostanze nelle quali era scomparso; nonché il nome e l'indirizzo del signor Brownlow.

Il signor Bumble sgranò gli occhi; poi lesse l'annuncio, adagio e attentamente, svariate volte. Poco più di cinque minuti dopo era diretto a Pentonville e aveva lasciato, tanto grande era la sua agitazione, il bicchiere del ponce intatto sulla mensola del caminetto.

«È in casa il signor Brownlow?» domandò Bumble alla ragazza venuta ad aprire la porta.

A questa domanda la ragazza diede una risposta non inconsueta, ma alquanto evasiva: «Non lo so. Che cosa desiderate?».

Ma il signor Bumble aveva appena pronunciato il nome di Oliver per spiegare la propria presenza lì, che la signora Bedwin, la quale era rimasta in ascolto sulla soglia del salotto, si affrettò a farsi avanti, ansimante, nel corridoio.

«Entrate, entrate» disse l'anziana governante. «Lo sapevo che avremmo avuto sue notizie. Povero tesoro! Lo sapevo! Ne ero certa! Che Dio lo benedica. L'ho sempre detto, io!»

Poi, dopo aver pronunciato queste parole, la degna donna rientrò di corsa nel salotto e, accasciatasi sul divano, scoppiò in lacrime. La ragazza, intanto, che non era altrettanto sensibile, aveva salito di corsa le scale e ora le ridiscese con l'invito rivolto al signor Bumble di seguirla immediatamente; cosa che egli si affrettò a fare.

Venne introdotto nello studietto sul retro, ove sedevano davanti a caraffe e bicchieri il signor Brownlow e il suo amico, il signor Grimwig. Quest'ultimo gentiluomo proruppe subito in una esclamazione:

«Un messo parrocchiale! Mi mangio la testa se non è un messo parrocchiale!»

«Per favore, non intervenite proprio adesso» disse il signor Brownlow. Poi, rivolto al nuovo arrivato: «Accomodatevi, prego».

Il signor Bumble sedette, alquanto interdetto dallo strano comportamento del signor Grimwig. Brownlow spostò la lampada, in modo che illuminasse appieno il volto dell'ospite, poi disse, con una certa impazienza:

«Dunque, signore, siete venuto qui per aver letto l'annuncio?»

«Infatti» rispose Bumble.

«E *siete* un messo parrocchiale, non è vero?» domandò il signor Grimwig.

«Sono il messo della parrocchia, signori» rispose il signor Bumble, orgogliosamente.

«Lo sapevo,» bisbigliò il signor Grimwig al suo amico «lo sapevo. È messo parrocchiale dalla testa ai piedi!»

Il signor Brownlow fece cenni negativi per invitarlo al silenzio, poi domandò:

«Sapete dove si trova adesso il povero bambino?»

«Non più di quanto lo sappia chiunque altro» rispose il signor Bumble.

«Ebbene, allora *che cosa* sapete di lui?» domandò l'anziano signore. «Parlate, amico mio, se avete qualcosa da dire. Che cosa sapete?»

«Si dà il caso che non sappiate alcunché di buono sul suo conto, vero?» disse il signor Grimwig, in un tono di voce caustico, dopo avere scrutato attentamente le fattezze del signor Bumble.

A tale insinuazione quest'ultimo si affrettò a scuotere la testa con prodigiosa solennità.

«Vedete?» disse il signor Grimwig, guardando trionfalmente il signor Brownlow.

Il signor Brownlow guardò con un'aria apprensiva il volto incupito dell'ospite; poi lo invitò a dire quel che sapeva di Oliver nel minor numero possibile di parole.

Il signor Bumble posò il cappello, si sbottonò la giacca, incrociò le braccia, reclinò il capo all'indietro come per riandare al passato; poi, dopo aver riflettuto per qualche momento, cominciò a parlare.

Sarebbe tedioso riferire qui tutte le sue parole, dato che egli parlò per una ventina di minuti, ma il succo di quanto disse fu il seguente: Oliver era un trovatello, nato da genitori di umile origine e perfidi. Sin dalla nascita aveva dato prova soltanto di ingratitudine, perfidia e slealtà. Aveva coronato il breve periodo da lui trascorso nel suo luogo di nascita aggredendo in modo sanguinario e codardo un ragazzo innocuo e fuggendo poi, nel cuore della notte, dalla casa del suo padrone. Per provare che era davvero quello che aveva asserito di essere, il signor Bumble mise sul tavolo i documenti portati a Londra. Poi, incrociate di nuovo le braccia, aspettò i commenti del signor Brownlow.

«Temo che sia tutto anche troppo vero» disse quest'ultimo, malinconicamente, dopo aver esaminato i documenti. «Eccovi il compenso, che non è un granché per le vostre notizie; ma vi avrei dato volentieri il triplo se fossero state favorevoli al bambino.»

Non è improbabile che il signor Bumble, qualora avesse saputo questo prima di parlare, avrebbe dato una versione dei fatti di gran lunga diversa. Ormai, tuttavia, era troppo tardi e pertanto si limitò a scuotere gravemente la testa; poi, intascate le cinque ghinee, se ne andò.

Il signor Brownlow iniziò nella stanza un andirivieni che si protrasse per alcuni minuti; era ovviamente tanto turbato da quanto aveva detto l'informatore che persino il signor Grimwig si astenne dall'irritarlo ulteriormente.

Infine il vecchio si fermò e suonò violentemente il campanello.

«Signora Bedwin,» disse, quando la governante fu sopraggiunta «quel bambino, Oliver, è un impostore.»

«Non può essere, signore. Non può essere» disse l'anziana signora, energicamente.

«Vi dico che è così» ribatté il signor Brownlow, in tono aspro. «Che cosa intendete con "non può essere"? Abbiamo appena ascoltato un completo resoconto del comportamento del bambino sin dalla nascita; e risulta che egli è sempre stato un piccolo farabutto.»

«Non lo crederò mai, signore» rispose la governante, con fermezza. «Mai!»

«Voi donne anziane non credete ad altro che ai medici ciarlatani e alle favole dei romanzi» borbottò il signor Grimwig. «Io invece l'ho sempre saputo. Perché non avete dato retta a me sin dall'inizio? Ma forse mi avreste dato retta se il marmocchio non avesse avuto la febbre, immagino, eh? Era interessante, non è vero? Interessante! Bah!» E il signor Grimwig attizzò il fuoco con un gesto rabbioso.

«Era un bambino buono, affettuoso e grato, signore» ribatté la signora Bedwin, indignata. «Io i bambini li conosco signore; ho tirato su bambini per quarant'anni, e chi non può dire altrettanto non dovrebbe trinciare giudizi su di loro. Questa è la mia opinione!»

Si trattava di un duro colpo per il signor Grimwig, essendo egli scapolo. Ma poiché non destò, in quel gentiluomo, altra reazione che un sorriso condiscendente, la governante scosse la testa e si lisciò il grembiule, accingendosi a parlare ancora, quando il signor Brownlow glielo impedì.

«Silenzio!» egli disse, simulando un'ira che non sentiva affatto. «Non pronunciate mai più alla mia presenza il nome di quel bambino. Vi ho chiamata per dirvi questo. Mai. Mai per nessuna ragione, badate! E ora potete andare, signora Bedwin. Ricordatevene! Dico sul serio!»

Regnò la tristezza, quella sera, nella casa del signor Brownlow.

Oliver si sentiva stringere il cuore quando pensava ai suoi buoni e generosi amici; fu un bene per lui che ignorasse quanto avevano saputo, altrimenti il cuore avrebbe potuto spezzarglisi.

18

Come trascorreva il tempo Oliver nell'edificante compagnia dei suoi stimati amici

Verso il mezzogiorno dell'indomani, dopo che il Furbacchione e il signorino Bates erano andati a dedicarsi alle loro consuete occupazioni, Fagin approfittò dell'occasione per tenere a Oliver una lunga predica sul gravissimo peccato dell'ingratitudine; dimostrando con chiarezza che il bambino lo aveva ampiamente commesso privandosi volutamente della compagnia dei suoi ansiosi amici; e, ancor più, fuggendo dopo che erano incorsi in tante spese e avevano fatto tanti sacrifici per rimetterlo in forze. Fagin sottolineò abbondantemente il fatto che Oliver, se non fosse stato accolto da lui, e coccolato da lui, e tempestivamente nutrito da lui, sarebbe morto di fame; e raccontò la lugubre e commovente storia di un ragazzo che, in circostanze analoghe, e da quel filantropo che era, egli aveva soccorso, ma che, essendosi dimostrato indegno della sua fiducia, e avendo manifestato il desiderio di comunicare con la polizia, era sfortunatamente finito impiccato nell'Old Bailey, un mattino. Fagin non tentò di nascondere la parte avuta da lui nella catastrofe, ma, con le lacrime agli occhi, deplorò il fatto che il comportamento caparbio e traditore del ragazzo in questione avesse reso indispensabile che divenisse la vittima di certe prove della sua colpevolezza le quali, anche se false, erano indispensabili ai fini della salvezza dello stesso Fagin e di alcuni scelti amici di lui. L'ebreo concluse descrivendo in modo alquanto sgradevole le sofferenze dell'impiccagione; poi, con viva amicizia e con somma cortesia di modi, espresse la speranza di non dover mai essere costretto a destinare Oliver Twist a quel supplizio spiacevole.

Il piccolo Oliver si sentì gelare il sangue mentre ascoltava le parole dell'ebreo e si rendeva vagamente conto delle loro velate minacce. Sapeva già come fosse possibile che la giustizia stessa confondesse l'innocente con il colpevole quando si trovavano accidentalmente insieme; e, ricordando gli alterchi tra l'ebreo e il signor Sikes, non gli sembrava affatto improbabile che il vecchio, in varie occasioni, potesse avere escogitato e attuato piani per eliminare persone che sapevano troppe cose o parlavano troppo. Alzando pavidamente gli occhi e incrociando lo sguardo penetrante dell'ebreo, sentì che il suo pallore e i suoi tremori non sfuggivano al sospettoso vecchio e lo facevano gioire.

L'ebreo, con un laido sorriso, accarezzò il capo di Oliver e disse che se fosse rimasto tranquillo, dedicandosi con solerzia al lavoro, sarebbero ancora potuti essere ottimi amici. Poi, preso il cappello e infilato un vecchio pastrano rappezzato, uscì e chiuse a chiave la porta dietro di sé.

Così, per tutto quel giorno, e per la maggior parte di molti giorni successivi, dalle prime ore del mattino alla mezzanotte, Oliver non vide mai nessuno e trascorse le lunghe ore di solitudine in compagnia dei propri pensieri. I quali erano assai malinconici perché egli non mancava mai di ricordare i suoi buoni amici e di crucciarsi a causa della pessima opinione che dovevano essersi formati sul suo conto.

Dopo una settimana circa, l'ebreo non chiuse più a chiave la porta della stanza e il bambino fu libero, così, di aggirarsi nella casa.

Era molto sudicia. Nelle stanze al piano di sopra si trovavano grandi caminetti e alte porte, le pareti erano rivestite con pannelli di legno e cornici di legno rifinivano i soffitti che, sebbene anneriti dall'abbandono e dalla polvere, risultavano essere affrescati in vari modi. Oliver dedusse da questi particolari che molto tempo addietro, prima ancora che l'ebreo fosse venuto al mondo, la casa doveva essere appartenuta a persone migliori e poteva essere stata, forse, gaia e bella, anche se adesso era lugubre e squallida.

Ragni avevano tessuto le loro ragnatele negli angoli delle pareti e dei soffitti e a volte, quando Oliver entrava a passi silenziosi in qualche stanza, topi attraversavano di corsa il pavimento per rifugiarsi terrorizzati nelle loro piccole tane. Ma, a parte questi insetti e queste bestiole, il bambino non vedeva mai, né udiva, anima viva; e spesso, quando cominciava a far buio e lui si stancava di passare da una stanza all'altra, finiva con l'accovacciarsi nell'angolo del corridoio accanto alla porta di casa per essere il più vicino possibile alla gente; e là rimaneva, in ascolto, e contava le ore fino al ritorno dell'ebreo o dei ragazzi.

In tutte le stanze le persiane muffite erano ben chiuse; le assi che le bloccavano risultavano essere saldamente avvitate nel legno; la luce penetrava soltanto attraverso alcuni fori alla sommità, per cui la casa rimaneva buia e sembrava colma di ombre bizzarre. Nel solaio, sul retro, si trovava una finestra senza le persiane, con sbarre arrugginite all'esterno; e spesso, con un viso malinconico, Oliver guardava fuori di quella finestrella per ore e ore di seguito; ma non vedeva altro che una massa confusa di tetti, di comignoli anneriti e di abbaini. A volte, a dire il vero, riusciva a scorgere una testa brizzolata, la testa di qualcuno che guardava al di là del parapetto, sulla terrazza di una casa lontana. Ma la testa scompariva ben presto. E siccome la finestra di questo osservatorio di Oliver era inchiodata e aveva i vetri insudiciati all'esterno dalle piogge e dalle nebbie di anni, sembrava già molto che egli riuscisse a distinguere le forme di vari oggetti esterni; in ogni modo non poteva né farsi vedere né farsi sentire, come se si fosse trovato entro la cupola della cattedrale di San Paolo.

Un pomeriggio, siccome il Furbacchione e il signorino Bates avevano un impegno quella sera, il primo dei due si preoccupò di migliorare il proprio aspetto personale (sebbene, per rendergli giustizia, la vanità non fosse un suo difetto abituale); e, con questo proposito in mente, egli si degnò di ordinare in tono condiscendente a Oliver di aiutarlo seduta stante a fare toletta.

Oliver era anche troppo contento di potersi rendere utile; troppo lieto di poter vedere qualche faccia, per quanto brutta, intorno a sé; troppo desideroso di conciliarsi – in modi onesti – quei due per poter opporre un rifiuto. Pertanto si dichiarò subito disponibile e, inginocchiatosi sul pavimento, mentre il Furbacchione sedeva sul tavolo per potergli mettere i piedi in grembo, si dedicò a un lavoro definito da Dawkins «laccare i mezzi di locomozione». Queste parole, decifrate, significavano lucidare le scarpe.

Sia per la sensazione di libertà e di indipendenza che può provare una creatura razionale standosene comodamente seduta su un tavolo, fumando la pipa e dondolando con noncuranza una gamba mentre le vengono lucidate le scarpe, senza doversi prendere il disturbo di togliersele e di rimettersele, sia per la bontà del tabacco che lo rendeva conciliante, sia per l'effetto della birra che lo rabboniva, sembravano esservi, nel Furbacchione, un romanticismo e un entusiasmo estranei di solito alla sua indole. Egli abbassò gli occhi e, per qualche momento, sbirciò cogitabondo Oliver; poi, rialzata la testa, e lasciatosi sfuggire un lieve sospiro, disse, in parte come se stesse parlando tra sé e sé, in parte come se stesse rivolgendosi a Bates:

«È un vero peccato che non sia un dritto anche lui!»

«Ah!» commentò il signorino Charles Bates. «Non sa qual è il suo interesse.»

Il Furbacchione emise un nuovo sospiro e ricominciò a fumare la pipa; Charley Bates fece altrettanto. Fumarono entrambi, per alcuni secondi, in silenzio.

«Immagino che tu non sappia nemmeno che cos'è un dritto, eh?» disse poi il Furbacchione, in tono di commiserazione.

«Credo di saperlo» rispose Oliver, alzando gli occhi. «È un ladr... Tu sei un dritto, no?» domandò poi, correggendosi.

«Sì, lo sono» rispose il Furbacchione. «E disprezzerei qualsiasi altro mestiere.» Dopo essersi così espresso, il ragazzo fece assumere un'inclinazione più spavalda al proprio cappello e fissò il signorino Bates come se lo stesse sfidando a contraddirlo.

«Lo sono» ripeté poi. «E lo è anche Charley. Lo è Fagin. Lo è Sikes. Lo è Nancy. Lo è Bet. Lo siamo tutti, compreso il cane. Che è il più abile di tutti!»

«E il meno portato a cantare» soggiunse Charley Bates.

«Non si sognerebbe mai di abbaiare sul banco dei testimoni, per paura di compromettersi, nemmeno se vi venisse legato e lasciato lì senza la zuppa per quindici giorni» disse il Furbacchione.

«Senza neppur una briciola da mangiare» confermò Bates.

«È un cane strambo. Quando si trova in compagnia guarda storto chi ride e chi canta» continuò il Furbacchione. «Ringhia se sente suonare un violino. E odia tutti gli altri cani come se non appartenessero alla sua stessa razza!»

«È un vero cristiano in tutto e per tutto» disse Charley.

Il suo voleva essere soltanto un tributo alle capacità della bestia, ma si trattava di un'osservazione appropriata anche sotto altri aspetti; non sono poche, infatti, le dame, e non sono pochi i gentiluomini, che si dichiarano cristiani in tutto e per tutto, ma tra i quali e il cane di Sikes esistono considerevoli e singolari somiglianze.

«Bene, bene» disse il Furbacchione, tornando al punto iniziale, con quell'attaccamento al proprio mestiere che influenzava tutti i suoi atteggiamenti. «Tutto questo non ha niente a che vedere con il nostro pivello, qui.»

«È vero» disse Charley. «Ma perché non ti metti agli ordini di Fagin, Oliver?»

«Facendo fortuna in men che non si dica?» soggiunse il Furbacchione, con un sorriso.

«E potendo così ritirarti nelle tue tenute, a vivere da gran signore, come intendo fare io il prossimo anno bisestile, nel quarantaduesimo martedì, la settimana della Trinità» disse Charley Bates.

«No, non mi piace» rispose Oliver, timidamente. «Vorrei potermene andare, invece. Sì, preferirei andarmene.»

«E Fagin, invece, *preferisce* non mollarti!» ribatté Charley.

Oliver lo sapeva anche troppo bene; ma, pensando che potesse essere pericoloso rivelare più apertamente il suo stato d'animo, si limitò a sospirare e continuò il suo lavoro di lustrascarpe.

«Andartene!» esclamò il Furbacchione. «Ma come, dove ce l'hai l'orgoglio? Non ne possiedi nemmeno un briciolo? Preferiresti andare a farti mantenere dai tuoi amici?»

«Oh, vergogna!» esclamò il signorino Bates, togliendosi di tasca due o tre fazzoletti di seta e gettandoli entro un armadio. «Sarebbe davvero umiliante.»

«Io non ne sarei capace» disse il Furbacchione, con un'aria di altezzoso disgusto.

«Sai abbandonare gli amici, però» osservò Oliver con un mezzo sorriso «e lasciare che vengano condannati per quello che hai fatto tu.»

«Ah, be',» rispose il Furbacchione, facendo un gesto noncurante con la pipa «ci siamo regolati così soltanto per proteggere Fagin; gli sbirri, infatti, sanno che lavoriamo insieme e, se noi non avessimo tagliato la corda, lui forse sarebbe venuto a trovarsi nei guai; è stata questa la ragione, non è vero, Charley?»

Il signorino Bates rispose con un cenno d'assenso; e avrebbe anche parlato se all'improvviso non gli fosse tornata in mente la fuga di Oliver, per cui il fumo che stava aspirando si scontrò con una risata, salendogli dapprima alla testa e poi ridiscendendogli nella gola, con un conseguente accesso di colpi di tosse, accompagnati da battimenti di piedi, che si protrasse per circa cinque minuti.

«Guarda qui!» esclamò il Furbacchione, togliendosi di tasca una manciata di spiccioli. «Questa sì che è una bella vita! Che ti importa da dove vengono i quattrini? Ce n'è ancora in abbondanza da prendere! Ah, non vuoi saperne? Ma allora sei proprio tonto!»

«È una cosa disonesta, eh, Oliver?» esclamò Charley Bates. «Finirà appeso, non andrà a finire così?»

«Non capisco che cosa vuoi dire» dichiarò il bambino.

«Qualcosa di questo genere, vecchio mio» disse Charley e, mentre stava parlando, il signorino Bates afferrò per una estremità la propria cravatta, poi, tenendola alta sopra di sé, reclinò il capo su una spalla ed emise un suono curioso attraverso i denti, facendo capire, con quella pantomima, che finire appeso significava finire sulla forca.

«Già, significa proprio questo» disse Charley. «Guarda come sgrana gli occhi, Jack! Non ho mai conosciuto nessuno che fosse spassoso come questo marmocchio; mi farà crepare dal ridere, lo so!» Il signorino Bates, dopo aver riso di cuore una seconda volta, fino ad avere le lacrime agli occhi, si rimise la pipa tra i denti.

«Sei stato educato male» disse il Furbacchione, guardandosi, molto soddisfatto, le scarpe dopo che Oliver le aveva lucidate. «Ma Fagin riuscirà a cavare qualcosa da te, perché altrimenti saresti il primo che non gli abbia reso niente. E sarebbe meglio che ti dessi una mossa subito; perché comincerai in ogni modo, prima di quanto tu creda. E, per conseguenza, stai soltanto perdendo tempo, Oliver.»

Il signorino Bates spalleggiò questo consiglio con alcune sue esortazioni morali; esaurite le quali lui e il suo amico Dawkins si lanciarono in una vivida descrizione dei numerosi piaceri consentiti dalla vita che conducevano, inframmezzandola con una serie di allusioni per far capire a Oliver che non avrebbe potuto fare di meglio se non assicurandosi, senza ulteriori indugi, il favore di Fagin nello stesso modo con il quale se lo erano assicurato loro.

«E ficcati bene una cosa nella zucca» soggiunse il Furbacchione, mentre si udiva l'ebreo aprire la porta al pianterreno «se non sarai tu a rubare togli-moccio e cipolle...»

«A che serve parlare in questo modo?» lo interruppe il signorino Bates. «Lui non capisce quello che vuoi dire.»

«Se non sarai tu a rubare fazzoletti da naso e orologi» si corresse il Furbacchione, abbassando il discorso al livello delle capacità di Oliver «li ruberà qualcun altro; per cui i borsaioli che non potranno rubarli staranno peggio, e starai peggio anche tu, e l'andrà male per tutti, insomma, tranne per chi li avrà rubati... e tu hai lo stesso diritto che ha chiunque altro di impadronirtene.»

«Ma certo! Ma certo!» esclamò l'ebreo, che era entrato senza essere veduto da Oliver. «Ecco tutta la verità rinchiusa in un guscio di noce, mio caro; in un guscio di noce; credi al Furbacchione, che conosce a fondo il mestiere. Ah-ah-ah!»

Il vecchio si stropicciò allegramente le mani mentre confermava in questi termini la validità del ragionamento del Furbacchione; e ridacchiò, deliziato dall'abilità del suo allievo.

Tuttavia l'argomento non venne ulteriormente approfondito, in quell'occasione, perché l'ebreo era tornato a casa accompagnato dalla signorina Betsy e da un gentiluomo che Oliver non aveva mai veduto prima di allora e al quale il Furbacchione si rivolse chiamandolo Tom Chitling; costui entrò dopo aver indugiato sulle scale per fare qualche complimento alla ragazza.

Il signor Chitling era più avanti negli anni del Furbacchione, essendo forse diciottenne; ma nei suoi rapporti con il ragazzo v'era una certa deferenza dalla quale si poteva arguire come egli fosse consapevole di una certa inferiorità in fatto di intelligenza e abilità professionale. Aveva occhi piccoli, ammiccanti e la faccia butterata dal vaiolo; portava un berretto di pelliccia, una giacchetta scura di velluto, calzoni unti, di fustagno, e un grembiule. I vestiti che indossava erano, invero, alquanto mal ridotti, ma si giustificò dicendo che la «ferma» era scaduta per lui da un'ora appena; e che, per conseguenza, avendo indossato per sei settimane di seguito «l'uniforme del reggimento», non gli era stato possibile aver cura dei propri abiti borghesi. Il signor Chitling soggiunse, in un tono di voce assai irritato, che il nuovo sistema per disinfestare i vestiti con il fumo era infernale e incostituzionale, in quanto li bruciava, formando buchi, ma non ci si poteva rifare in alcun modo ricorrendo contro la contea. Le stesse osservazioni erano valide, secondo lui, per quanto concerneva il taglio regolamentare dei capelli; a suo parere decisamente illegale. Il signor Chitling concluse queste sue osservazioni dicendo di non aver bevuto un goccio di qualcosa di forte per quarantadue giorni mortalmente lunghi di dure fatiche; e asserì di essere disposto a finire all'inferno se non era «asciutto come un mucchio di calcina».

«Da dove viene, secondo te, questo gentiluomo, Oliver?» domandò l'ebreo, con un sorrisetto, mentre gli altri ragazzi mettevano sul tavolo una bottiglia di gin.

«Io... io non lo so... signore» rispose il bambino.

«Chi è quello lì?» domandò Tom Chitling, rivolgendo a Oliver uno sguardo sprezzante.

«È un mio piccolo amico, caro» rispose l'ebreo.

«È fortunato, allora» disse il giovane, scoccando un'occhiata significativa a Fagin. «Lascia perdere da dove vengo io, figliolo. Sono disposto a scommettere una corona che seguirai la mia stessa strada!»

I ragazzi risero di questa battuta di spirito. Poi, dopo avere scherzato ancora un poco, scambiarono alcuni bisbigli con Fagin e se ne andarono.

Il nuovo arrivato e Fagin parlottarono per qualche momento in disparte, dopodiché accostarono le sedie al caminetto; l'ebreo disse a Oliver di andare a sedergli accanto, quindi condusse la conversazione verso argomenti che maggiormente potevano interessare chi lo ascoltava, vale a dire i grandi vantaggi del "mestiere", l'abilità del Furbacchione, l'amabilità di Charley Bates e la propria generosità. In ultimo questi argomenti vennero completamente esauriti, e parve esaurito anche il signor Chitling, in quanto la prigione, dopo una settimana o due, diventa spossante. Per conseguenza la signorina Betsy si congedò, consentendo agli altri di andare a dormire. Da quel giorno in poi, Oliver venne lasciato solo molto di rado e rimase quasi sempre in compagnia degli altri due ragazzi, che ogni giorno si esercitavano nel solito gioco con l'ebreo; ma soltanto Fagin sapeva se per migliorare se stessi o se a beneficio di Oliver. A volte il vecchio descriveva loro furti da lui commessi in gioventù, con tanti di quei particolari spassosi e curiosi che Oliver non poteva fare a meno di ridere di cuore, facendo così capire che si divertiva nonostante le sue tendenze migliori.

In breve, l'astuto e vecchio ebreo era riuscito ad avvolgere il bambino nella propria rete. Dopo aver fatto sì, mediante la solitudine e la tetraggine, che egli preferisse qualsiasi compagnia a quella dei propri lugubri pensieri in una casa tanto tetra, ora gli instillava pian piano nell'anima il veleno che sperava potesse renderla nera per sempre.

19

*Nel quale viene discusso e deciso
un piano importante*

Era una notte gelida, piovosa, ventosa quando l'ebreo, abbottonatosi ben bene il pastrano intorno al corpo raggrinzito e alzato il bavero fino alle orecchie così da nascondere la metà inferiore della faccia, sbucò fuori dalla sua tana. Si soffermò sulla soglia finché i ragazzi, dopo aver girato la chiave nella toppa e posto la catena, furono tornati indietro nel corridoio e il rumore dei loro passi cessò; poi si incamminò, il più rapidamente possibile, lungo la viuzza.

La casa nella quale era stato portato Oliver si trovava nel quartiere di Whitechapel. L'ebreo si soffermò un momento all'angolo, poi, dopo essersi guardato attorno sospettosamente, attraversò la strada e si diresse verso Spitalfields.

Sul selciato v'era uno spesso strato di fango e una nebbia fitta gravava sulle strade. La pioggia cadeva pigramente e tutto risultava freddo e viscido al tatto. Sembrava una notte fatta apposta per i vagabondaggi di un individuo come l'ebreo. Mentre procedeva furtivamente, a ridosso dei muri, il laido vecchio faceva pensare a un rettile schifoso, generato dalla melma e dalle tenebre attraverso le quali si muoveva: un rettile che strisciasse, la notte, in cerca di gustosi rifiuti con i quali cibarsi.

Fagin percorse così un gran numero di viuzze tortuose e strette finché non fu giunto a Bethnal Green; poi, voltando improvvisamente a sinistra, venne a trovarsi ben presto nel labirinto dei vicoli sudici e maleodoranti che abbondano in quel quartiere densamente popolato.

L'ebreo, evidentemente, conosceva troppo bene quei

luoghi per lasciarsi intimorire sia dalle tenebre della notte, sia dalle tortuosità del cammino. Percorse frettolosamente vari vicoli e varie viuzze e infine voltò in una stradina illuminata da un unico lampione all'estremità opposta. Bussò poi alla porta di una casa e, dopo aver scambiato sommessamente qualche parola con la persona venuta ad aprirgli, salì al piano di sopra.

Un cane ringhiò mentre metteva la mano sulla maniglia di una porta, e una voce di uomo volle sapere chi egli fosse.

«Sono soltanto io, Bill; soltanto io, mio caro» disse l'ebreo, socchiudendo la porta.

«Entra, allora» disse Sikes. «Cuccia, stupido bruto! Non lo riconosci più, il demonio, quando ha il cappotto?»

A quanto parve, il cane era stato alquanto ingannato dal pastrano di Fagin; infatti, quando l'ebreo lo sbottonò, se lo tolse e lo gettò sulla spalliera della sedia, la bestia tornò nell'angolo dal quale era balzata in piedi; e dimenò vivacemente la coda per dimostrare di essere soddisfatta.

«Salve!» disse Sikes.

«Salve, mio caro» rispose l'ebreo. «Ah! Nancy...»

Queste ultime parole vennero pronunciate con un certo imbarazzo, quasi egli fosse dubbioso dell'accoglienza che gli sarebbe stata fatta, poiché Fagin e la ragazza non si erano più veduti da quando ella si era intromessa a favore di Oliver. Ogni dubbio al riguardo, comunque, venne rapidamente disperso dal comportamento di Nancy. Ella tolse i piedi dal parafuoco, spinse indietro la sedia e invitò Fagin ad accostare la sua, perché, senza alcun dubbio, la notte era gelida.

«Oh, sì, fa un gran freddo, Nancy cara» disse l'ebreo. tendendo verso le fiamme le mani scarne per riscaldarsele. «Un freddo che sembra penetrarti da una parte all'altra» soggiunse il vecchio, toccandosi il fianco.

«Deve essere tagliente davvero se riesce a penetrare il tuo cuore» osservò Sikes. «Dagli qualcosa da bere, Nancy. Sbrigati perdinci! C'è da star male a vedere una carcassa scarna come la sua tremare in quel modo! Sembra un fantasma orrendo appena uscito dalla tomba.»

Nancy si affrettò a togliere una bottiglia dall'arma-

dio, nel quale se ne trovavano parecchie che, a giudicare dalla diversità del loro aspetto, dovevano contenere
vari tipi di liquori. Sikes riempì un bicchierino di
brandy e invitò l'ebreo a vuotarlo d'un fiato.

«Basta così, grazie, Bill, basta così» disse l'ebreo, posando il bicchierino dopo avervi appena accostato le
labbra.

«Cosa? Hai paura che vogliamo farti ubriacare, per caso?» domandò Sikes, fissando l'ebreo. «Ah, questa, poi!»

E, con un grugnito di scontento, Sikes afferrò il bicchierino e ne versò sulla cenere il contenuto rimastovi;
preparandolo così a essere riempito di nuovo per lui.
Cosa che si affrettò a fare subito dopo.

L'ebreo si guardò attorno nella stanza mentre il suo
compagno vuotava d'un fiato il secondo bicchierino;
non per curiosità, in quanto l'aveva già veduta molte altre volte, ma nel modo irrequieto e sospettoso che gli
era abituale. Si trattava di un locale miseramente arre-
dato e soltanto il contenuto dell'armadio poteva far
pensare che chi vi alloggiava non fosse un comune operaio; gli unici oggetti sospetti che si trovavano nella
stanza erano due o tre pesanti randelli appoggiati in un
angolo e uno sfollagente appeso sopra il caminetto.

«Ecco» disse Sikes, facendo schioccare le labbra.
«Ora sono pronto.»

«Per gli affari?» domandò l'ebreo.

«Sì, per gli affari» rispose Sikes. «Quindi di' quello
che hai da dire.»

«Se parlassimo del colpo di Chertsey, Bill?» propose
l'ebreo, spostando più avanti la sedia e parlando a voce
assai bassa.

«Sì. E allora?» domandò Sikes.

«Ah! Lo sai quello che intendo, mio caro» disse l'ebreo.
«Lo sa bene quello che intendo, non è così, Nancy?»

«No, non lo so» disse, in tono di scherno, Sikes. «O
non voglio saperlo, che è la stessa cosa. Parla chiaro e
chiama le cose con il loro nome; non startene lì seduto
a strizzare gli occhi e ad ammiccare e a parlare per allusioni, come se non fossi stato tu il primo a pensare a
quel furto. Accidenti a te! Che diavolo vuoi dire?»

175

«Piano, Bill, piano!» lo esortò l'ebreo, che invano aveva tentato di tacitare quello sfogo d'ira. «Qualcuno ci sentirà, mio caro. Qualcuno ci sentirà.»

«Lascia che ci sentano!» esclamò Sikes. «Me ne infischio.» Ma siccome invece *non* se ne infischiava, abbassò la voce nel momento stesso in cui pronunciava queste parole e si calmò.

«Suvvia, suvvia» disse l'ebreo, con aria conciliante. «L'ho detto soltanto per prudenza, soltanto per questo. Dunque, mio caro, a proposito di quel colpo a Chertsey, quand'è che dobbiamo farlo, Bill, eh? Quand'è che dobbiamo farlo? Che argenterie, mio caro, che argenterie!» soggiunse, stropicciandosi le mani e inarcando le sopracciglia in preda al rapimento di chi pregusta un piacere ineffabile.

«Non se ne parla neppure» rispose Sikes, gelido.

«Non lo si mettere a segno?» gli fece eco l'ebreo, appoggiandosi alla spalliera della sedia.

«No, decisamente» rispose Sikes. «O perlomeno non potrà essere un lavoruccio da niente come ci aspettavamo.»

«Allora non è stato preparato come si deve!» esclamò Fagin, impallidendo per l'ira. «Non venirmi a dire una cosa simile!»

«Certo che te la dico!» ribatté Sikes. «Chi sei tu perché non debba dirtela? Sappi che Toby Crackit si è aggirato intorno a quella casa per quindici giorni senza riuscire a far abboccare all'amo nessuno dei domestici.»

«Vuoi dire, Bill,» mormorò l'ebreo, calmandosi a mano a mano che l'altro si riscaldava «vuoi dire che nessuno dei due domestici si è lasciato corrompere?»

«Sì, è proprio quello che ti sto dicendo» rispose Sikes. «L'anziana signora li ha alle sue dipendenze da vent'anni e i due non ci starebbero nemmeno se tu gli offrissi cinquecento sterline.»

«Ma vuoi dire inoltre, mio caro,» continuò l'ebreo in tono di blando rimprovero «che anche le donne non possono essere persuase?»

«Neanche un po'» rispose Sikes.

«Nemmeno da quell'elegantone che è Toby Crackit?» domandò l'ebreo, con aria incredula. «Pensa a come son fatte le donne, Bill.»

«No, nemmeno da quell'elegantone di Toby Crackit» rispose Sikes. «Dice di essersi messo un paio di fedine finte e un panciotto color canarino per tutto il tempo che ha gironzolato là, ma inutilmente.»

«Avrebbe dovuto provare con un paio di baffi e con pantaloni militari, mio caro» disse l'ebreo.

«Lo ha fatto» ribatté Sikes «e non sono serviti più dell'altro camuffamento.»

Fagin accolse inespressivo questa notizia. Dopo aver cogitato per qualche minuto con il mento premuto sul petto, rialzò la testa, emise un profondo sospiro e ammise che, se il rapporto dell'elegante Toby Crackit era esatto, non rimaneva proprio niente da fare, temeva.

«Eppure,» soggiunse, facendo schioccare vigorosamente le mani sulle ginocchia «è ben triste, mio caro, perdere tanto dopo averci fatto conto.»

«Eh, sì» riconobbe Sikes. «È una jella nera!»

Seguì un lungo silenzio, durante il quale l'ebreo parve calato in profonde riflessioni. Aveva sulla faccia un'espressione di perfidia assolutamente demoniaca. Sikes lo sbirciò furtivamente di tanto in tanto. Nancy, temendo, a quanto pareva, di irritare il ladro, sedeva con gli occhi fissi sul fuoco, come se avesse ignorato tutto quel che accadeva.

«Fagin,» domandò Sikes, rompendo bruscamente il silenzio «il colpo le vale cinquanta sterline in più se può riuscire dall'esterno?»

«Sì» rispose l'ebreo, rianimandosi altrettanto all'improvviso.

«Affare concluso, allora?» domandò Sikes.

«Sì, mio caro, sì» risposte l'ebreo, afferrando la mano del suo interlocutore, con gli occhi splendenti e ogni muscolo della faccia guizzante, tanto era eccitato.

«Allora» disse Sikes, scostando con un certo disgusto la mano dell'ebreo «possiamo pure fare il colpo non appena vorrai. Toby e io abbiamo scavalcato il muro del giardino, la notte scorsa, per accertare la robustezza dei pannelli della porta e delle imposte. La casa è sbarrata, durante la notte, come una prigione; ma v'è un punto dal quale possiamo entrare facilmente e senza pericolo.»

«Qual è, Bill?» domandò l'ebreo, avidamente.

«Ecco» bisbigliò Bill «una volta attraversato il prato...»

«Sì?» disse l'ebreo, spingendo la testa in avanti, con gli occhi che quasi schizzavano fuori delle orbite.

«Niente!» gridò Sikes, interrompendosi di colpo quando la ragazza, senza quasi voltare la testa, lo sbirciò all'improvviso e gli fece cenno di osservare l'espressione dell'ebreo. «Lasciamo stare qual è. Non puoi riuscirci senza di me, lo so; ma è sempre meglio stare sul sicuro quando si ha a che fare con te.»

«Come vuoi, mio caro, come vuoi» disse Fagin. «Non c'è bisogno di nessun altro, a parte te e Toby?»

«Ci servono» rispose Sikes «soltanto un trapano e un ragazzo. Il trapano lo abbiamo; il ragazzo devi procurarcelo tu.»

«Un ragazzo!» esclamò l'ebreo. «Oh! Ma allora volete rimuovere un pannello, eh?»

«Lascia perdere quel che vogliamo fare» rispose Sikes. «Mi serve un ragazzo, e deve essere piccoletto. Perdiana,» soggiunse poi, in tono riflessivo «se soltanto potessi avere il figliolo di Ned, lo spazzacamino! Lo teneva magro apposta e lo cedeva per altri lavoretti. Ma poi Ned è finito in galera ed è intervenuta la Società di protezione dei piccoli delinquenti, che ha insegnato al ragazzo a leggere e a scrivere e che, a suo tempo, ne farà un apprendista. E insistono,» soggiunse il signor Sikes, infuriandosi mentre ricordava il torto fattogli «insistono e continuano; e, se avessero denaro a sufficienza (che per nostra fortuna non hanno), entro un anno o due non rimarrebbe nemmeno una mezza dozzina di ragazzi per tutta la nostra categoria!»

«Sì, è vero» riconobbe l'ebreo, che durante tutto questo discorso aveva riflettuto, cogliendo poi soltanto le ultime parole. «Bill!» esclamò dopo un momento.

«Che c'è, adesso?» domandò Sikes.

L'ebreo accennò con la testa a Nancy, che di nuovo stava contemplando il fuoco; e fece capire con un segno che, se fosse dipeso da lui, le avrebbe detto di uscire dalla stanza. Sikes alzò le spalle spazientito, come se ritenesse superflua la precauzione; ma, ciò nonostante, accontentò l'ebreo chiedendo a Nancy di andare a prendergli una caraffa di birra.

«Tu non la vuoi affatto, la birra» disse Nancy, incrociando le braccia e rimanendo placidamente seduta.

«Sì che la voglio!» insistette Sikes.

«Storie» ribatté la ragazza, placida. «Continua pure, Fagin. Lo so già quello che sta per dire, Bill. Non deve assolutamente preoccuparsi per me.»

L'ebreo esitava ancora. Sikes volse lo sguardo dall'uno all'altra con un certo stupore.

«Non è che la ragazza possa preoccuparti, no, Fagin?» disse infine. «La conosci da tanto di quel tempo che puoi fidarti di lei. Non è il tipo da cantare. Non è così, Nancy?»

«Lo credo bene» rispose la ragazza. E, accostata la sedia al tavolo, poggiò i gomiti su quest'ultimo.

«Certo, certo, mia cara, lo so che non parli» disse l'ebreo. «Ma...» E si interruppe di nuovo.

«Ma cosa?» domandò Sikes.

«Temevo, sai, mia cara, che tu potessi andare di nuovo su tutte le furie, come l'altra sera» rispose Fagin.

Questa confessione fece fare una gran risata a Nancy, che, vuotato un bicchierino di brandy, scosse la testa con un'aria di sfida, ed esclamò: «Non c'è pericolo!». Le sue parole parvero rassicurare entrambi gli uomini, poiché l'ebreo fece un cenno d'assenso e si rimise a sedere con un'aria soddisfatta. E Sikes si regolò nello stesso modo.

«E adesso, Fagin,» disse Nancy, con una nuova risata «parla subito a Bill di Oliver!»

«Ah, sei davvero scaltra, tu, bella mia! La ragazza più scaltra che abbia mai conosciuto in vita mia» esclamò il vecchio, dandole una pacca sulla spalla. «Proprio di Oliver stavo per parlare, sicuro! Ah-ah-ah!»

«Che cosa volevi dire di lui?» domandò Sikes.

«Che è il ragazzino fatto per te, mio caro» rispose l'ebreo con un rauco bisbiglio, appoggiando il dito indice di lato sul naso e facendo un sorriso spaventoso.

«Lui!» esclamò Sikes.

«Prendilo, Bill!» disse Nancy. «Io lo prenderei, se fossi al posto tuo. Forse non è addestrato al pari degli altri, ma non è questo che ti serve, se deve soltanto aprirti una porta. Puoi star certo che è fidato, Bill.»

«Sono sicuro che lo è» intervenne Fagin. «È stato addestrato ben bene, in queste ultime settimane, e sarebbe ora che cominciasse a lavorare per guadagnarsi il pane. E, a parte questo, gli altri sono tutti troppo alti.»

«Be', sì, lui è proprio della statura che serve a me» cogitò Sikes, a voce alta.

«E farà tutto quello che vorrai, mio caro» insistette l'ebreo. «Non potrà evitare di ubbidirti, se lo spaventerai abbastanza.»

«Spaventarlo!» gli fece eco Sikes. «Non lo spaventerò per finta, stanne certo. Se dovesse combinare qualcosa di strano, una volta cominciato il lavoro, sarebbe finita per lui. Non lo rivedresti più vivo, Fagin. Pensaci su, prima di mandarmelo, e credi a me!» concluse il ladro, brandendo una sbarra di ferro che aveva tolto di sotto il letto.

«Ho pensato a tutto» asserì l'ebreo, con enfasi. «L'ho... l'ho sorvegliato attentamente, miei cari, molto... molto attentamente. Non appena si sarà persuaso che è uno di noi, non appena si sarà convinto di essere un ladro, diventerà nostro! Nostro per la vita! Ah! Non sarebbe potuta andar meglio di così!» Il vecchio ebreo incrociò le braccia sul petto e, abbassata la testa e alzate le spalle, si abbracciò, letteralmente, tanto era felice.

«Nostro!» esclamò Sikes. «Tuo, vorrai dire!»

«Be', forse sì, mio caro» ammise l'ebreo con una risatina stridula. «Mio, se preferisci, Bill.»

«E si può sapere» domandò Sikes, guatando accigliato il suo piacevole amico «perché mai ti dai tanta pena per un marmocchio dalla faccia di pancotto, mentre sai bene che ogni notte vi sono almeno cinquanta ragazzi ad aggirarsi nel Common Garden, tra i quali potresti scegliere a tuo piacere?»

«Perché quelli a me non servono, mio caro» rispose l'ebreo, tradendo un certo imbarazzo. «Perché non vale la pena di prenderli. Il loro stesso aspetto li condanna, quando finiscono nei guai, e io li perdo tutti. Con questo bimbetto, opportunamente manovrato, invece, posso fare quello che non potrei con venti degli altri. E, a parte questo» continuò l'ebreo, ritrovando la consueta disinvoltura «se il marmocchio riuscisse di nuovo a tagliare la corda sarebbe finita per tutti noi e quindi è *indispensabile* che resti sulla nostra barca. Come ci è capitato non ha importanza; a me basta, per averlo in pugno, che prenda parte a un furto. Questo è di gran lunga meglio, per giunta, dell'essere costretti a eliminare il povero bimbetto: sarebbe pericoloso, e per giunta lo perderemmo.»

«Quand'è che si farà il colpo?» domandò Nancy, interrompendo la sfilza di bestemmie con le quali Sikes esprimeva il disgusto destato in lui dalle simulate preoccupazioni umanitarie di Fagin.

«Già, sicuro!» esclamò l'ebreo. «Quand'è che lo si farà, Bill?»

«Mi sono accordato con Toby per la notte di dopodomani» rispose Sikes, a malincuore «a meno che non vi sia un contrordine da parte mia.»

«Bene,» disse l'ebreo «sarà una notte senza luna.»

«Niente luna» disse Sikes.

«È tutto predisposto per portare da me il bottino?» domandò l'ebreo.

Sikes annuì.

«E per quanto riguarda...?»

«Oh, abbiamo previsto tutto!» esclamò Sikes, interrompendolo. «Lascia perdere i particolari. Farai bene, piuttosto, a portare qui il ragazzo domani sera. In seguito, tu non dovrai fare altro che tenere a freno la lingua e preparare il crogiuolo.»

Dopo un'animata discussione alla quale parteciparono tutti e tre, venne deciso che Nancy si sarebbe recata dall'ebreo, l'indomani, una volta discesa la notte, e avrebbe poi accompagnato Oliver da Sikes. Fagin aveva astutamente fatto osservare, infatti, che il bambino, anche se poco propenso a svolgere il compito affidatogli, avrebbe seguito più volentieri di chiunque altro la ragazza dalla quale era stato difeso così di recente. Si decise inoltre, solennemente, che, ai fini della progettata spedizione, Oliver sarebbe stato affidato, senza riserva alcuna, al signor William Sikes e che il predetto Sikes avrebbe potuto trattarlo come più gli sarebbe piaciuto; e non sarebbe stato ritenuto responsabile, dall'ebreo, di qualsiasi disgrazia o infortunio che gli fossero capitati, né di qualsiasi punizione che Sikes avesse ritenuto opportuno infliggergli; rimanendo inteso, per rendere vincolante l'accordo, che ogni asserzione in proposito del signor Sikes, al ritorno, sarebbe dovuta essere confermata, in tutti i particolari importanti, dall'elegante Toby Crackit.

Una volta risolti questi preliminari, Sikes cominciò a bere brandy con un ritmo furioso e a maneggiare in modo allarmante la sbarra di ferro, sbraitando al contempo – quanto mai poco musicalmente – brani di canzoni frammischiati a selvagge bestemmie. Infine, travolto dall'entusiasmo professionale, volle mostrare a tutti i costi la sua cassetta di attrezzi da scassinatore; ma l'aveva appena aperta, allo scopo di spiegare le caratteristiche e l'impiego dei vari strumenti che conteneva, quando inciampò contro di essa finendo lungo disteso sul pavimento e addormentandosi di colpo là ove era caduto.

«Buonanotte, Nancy» disse l'ebreo, imbacuccandosi come quando era uscito di casa.

«Buonanotte.»

I loro sguardi si incrociarono e l'ebreo scrutò attentamente la ragazza, che rimase imperturbabile. Sembrava sincera e leale come sarebbe potuto esserlo lo stesso Toby Crackit.

L'ebreo tornò ad augurarle la buonanotte, poi, sferrato di nascosto, mentre lei voltava le spalle, un calcio al corpo inerte di Sikes, cominciò a scendere a tastoni le scale.

"È sempre la solita storia" mormorò tra sé e sé cominciando a dirigersi verso casa. "Il guaio di queste femmine è che basta una bazzecola per ridestare sentimenti dimenticati da un pezzo; ma il bello sta nel fatto che i sentimenti ridestati non durano mai a lungo. Ahah! L'uomo contro il bambino, per un sacchetto d'oro!"

Ingannando il tempo con queste piacevoli riflessioni, e camminando sul fango e nella nebbia, Fagin tornò alla sua tetra dimora, ove il Furbacchione era ancora alzato, in impaziente attesa del suo arrivo.

«Sta dormendo, Oliver? Voglio parlargli» furono le prime parole dell'ebreo, mentre scendevano le scale.

«Dorme da ore» rispose il Furbacchione, spalancando una porta. «Eccolo qui.»

Il bambino giaceva, profondamente addormentato, nel suo giaciglio sul pavimento; l'ansia, la malinconia, il chiuso di quella sua prigione, lo avevano reso pallido come la morte; non la morte quale la si vede avvolta nel sudario ed entro il feretro, ma la morte come appare quando la vita si è appena spenta, quando una dolce e tenera anima è volata in Cielo appena da un attimo e l'alito corruttore del mondo non ha avuto il tempo di alterare il corpo abbandonato.

«No, non adesso» disse l'ebreo, voltandosi e allontanandosi in punta di piedi. «Domani. Domani.»

20

*Nel quale Oliver viene consegnato
al signor William Sikes*

Quando Oliver si destò, la mattina dopo, rimase non poco stupito constatando che accanto al suo giaciglio era stato posto un paio di scarpe nuove dalle suole spesse e robuste, mentre le sue scarpe vecchie non si trovavano più lì. A tutta prima si rallegrò, sperando che la cosa potesse essere il preannuncio della sua liberazione, ma queste speranze vennero subito disperse mentre faceva colazione in compagnia dell'ebreo, il quale gli disse, in un tono e con modi tali da allarmarlo come non mai, che quella sera sarebbe stato portato nell'abitazione di Bill Sikes.

«Per... per restarci... sempre, signore?» domandò Oliver, ansiosamente.

«No, no, mio caro. Non per restarci» rispose Fagin. «Non ci piacerebbe perderti. Non aver paura, Oliver, tornerai di nuovo con noi. Ah-ah-ah! Non saremo così crudeli da mandarti via, mio caro. Oh no, no!»

Il vecchio, che si stava chinando verso il fuoco per abbrustolire un pezzo di pane, voltò la testa, sbirciò Oliver e ridacchiò per fargli capire che sapeva bene quanto sarebbe stato contento di andarsene, potendo.

«Immagino» disse poi, fissandolo negli occhi «che tu voglia sapere perché andrai da Bill... eh, mio caro?»

Oliver arrossì constatando che il vecchio furfante gli aveva letto nei pensieri; ma poi rispose audacemente che, sì, voleva saperlo.

«Perché, secondo te?» disse Fagin, evitando di rispondere.

«Proprio non lo so, signore» disse il bambino.

«Bah» fece l'ebreo, tornando a voltarsi con un'aria delusa, dopo averlo scrutato attentamente in viso. «Aspetta che sia Bill a dirtelo, allora.»

Parve molto irritato perché Oliver non aveva manifestato una maggiore curiosità al riguardo; ma la verità è che il bambino, pur sentendosi ansiosissimo, era stato troppo confuso dagli sguardi scaltri dell'ebreo e dalle sue stesse supposizioni per poter porre altre domande in quel momento. Né gli si presentò alcun'altra occasione in quanto l'ebreo continuò a essere imbronciato e taciturno fino a sera, quando si accinse a uscire.

«Puoi accendere questa candela» disse, mettendone una sul tavolo. «Ed eccoti un libro da leggere finché non verranno a prenderti. Buonanotte!»

«Buonanotte» rispose Oliver bisbigliando appena.

L'ebreo si avvicinò alla porta, e voltò intanto la testa per guardare il bambino. Poi, fermatosi all'improvviso, lo chiamò per nome.

Oliver alzò gli occhi; Fagin, indicando la candela, lo invitò con un gesto ad accenderla. Il bambino ubbidì e, mentre metteva il candeliere sul tavolo, vide che l'ebreo lo osservava fissamente, con le sopracciglia aggrottate, dal lato buio della stanza.

«Fai attenzione, Oliver! Fai attenzione!» disse il vecchio, agitando la mano destra dinanzi a sé in un gesto di ammonimento. «È un uomo rude e non pensa ad altro che al sangue quando il suo gli ribolle. Qualsiasi cosa possa accadere, non dire nulla; e fa' quello che lui ti ordinerà di fare! Bada!» Sottolineata con enfasi quest'ultima parola, consentì alle proprie fattezze di atteggiarsi in un sorriso spaventoso, poi, facendo di sì con la testa, uscì dalla stanza.

Oliver si sostenne il capo con una mano quando il vecchio fu scomparso, poi cogitò, con un tremito nel cuore, sulle parole che aveva appena udito. Quanto più pensava all'ammonimento dell'ebreo, tanto meno riusciva ad arguirne il vero scopo e il significato. Non vedeva quale cattiva azione potesse essere combinata, mandandolo da Sikes, che non si potesse compiere qualora lui fosse rimasto con Fagin; e, dopo aver riflettuto a lungo, pervenne alla conclusione di essere stato scelto per qualche umile mansione al servizio del ladro, fino al momento in cui avessero assunto un altro ragazzo più adatto. Era troppo assuefatto alle sofferenze, e aveva troppo sofferto lì ove si trovava perché la prospettiva del cambiamento potesse sconvolgerlo molto. Continuò a riflettere per qualche minuto, poi, emettendo un lungo sospiro, smoccolò la candela e, preso il libro che l'ebreo gli aveva lasciato, cominciò a leggere.

Voltò le pagine, dapprima, con noncuranza, ma poi, capitato su un passo che destò la sua attenzione, cominciò a leggere attentamente e ben presto il libro lo assorbì. Era la storia della vita e dei cimenti di alcuni grandi criminali e il volume, a furia di essere letto aveva le pagine sudicie e gualcite. Il bambino vi lesse di delitti spaventosi, tali da far gelare il sangue nelle vene; lesse di omicidi mai scoperti, commessi in aperta campagna; di cadaveri sottratti agli sguardi umani e nascosti in profondi pozzi; pozzi che, per quanto profondi, non avevano conservato il segreto, anzi lo avevano rivelato, dopo molti anni, riportando i cadaveri alla luce e facendo impazzire gli assassini, i quali, in preda all'orrore, avevano confessato e invocato a gran voce il patibolo, affinché facesse cessare le loro sofferenze. Vi lesse di uomini che, mentre si trovavano nel loro letto, erano stati tentati – così sostenevano – da cattivi pensieri a spargimenti di sangue talmente spaventosi da fare accapponare la pelle e tremare le membra. Le descrizioni erano talmente realistiche da far sì che le pagine ingiallite sembrassero arrossarsi di sangue; e le parole scritte su di esse gli risuonavano nelle orecchie come se venissero bisbigliate cavernosamente dalle anime dei morti.

In preda a un parossismo di paura, il bambino chiuse il libro e lo spinse lontano da sé. Poi, gettandosi in ginocchio, pregò Dio di evitargli simili delitti e di farlo morire subito piuttosto che destinarlo a colpe tanto spaventose e orribili. A poco a poco si calmò e, con voce rotta, pregò chiedendo di essere salvato dagli attuali pericoli; se un povero bimbetto che non aveva mai avuto l'affetto di pa renti e di amici doveva essere aiutato, che venisse soccorso in quel momento, mentre, abbandonato e desolato, si trovava solo nell'infuriare della malvagità.

Aveva finito di pregare, ma rimaneva inginocchiato con il viso tra le mani, quando un fruscio lo fece trasalire.

«Chi è?» gridò, balzando in piedi e scorgendo una sagoma ritta accanto alla porta.

«Sono io, soltanto io» rispose una voce tremula.

Oliver sollevò la candela più in alto del proprio capo e volse lo sguardo verso la porta. Era Nancy.

«Abbassa la candela» disse la ragazza, voltando la testa. «La luce mi ferisce gli occhi.»

Oliver notò che Nancy era pallidissima e le domandò con dolcezza se non si sentisse bene. La ragazza si lasciò cadere su una sedia, voltandogli le spalle, e si torse le mani; ma non rispose.

«Dio mi perdoni! Esclamò poi, dopo qualche momento. «Non ci avevo mai pensato.»

«È accaduto qualcosa?» domandò Oliver. «Posso aiutarti? Ti aiuterò, se posso. Dico davvero.»

Lei si dondolò avanti e indietro; poi si portò le mani alla gola, lasciandosi sfuggire un suono gorgogliante, e parve soffocare.

«Nancy!» gridò Oliver. «Che cos'hai?»

La ragazza batté le mani sulle ginocchia e i piedi sul pavimento; poi, smettendo all'improvviso, si avvolse più strettamente lo scialle intorno al corpo e rabbrividì di freddo.

Oliver attizzò il fuoco. Accostata la sedia alle fiamme, la ragazza rimase seduta e immobile per qualche tempo senza parlare; ma infine alzò la testa e si guardò attorno.

«Non so che cosa mi succede a volte» disse, fingendo di aggiustarsi la gonna intorno alle gambe. «Dev'essere l'umidità di questa lurida stanza, credo. E ora, Olli caro, sei pronto?»

«Devo venire con te?» domandò Oliver.

«Sì. Mi ha mandato qui Bill» rispose la ragazza. «Devi venire con me.»

«Per fare cosa?» domandò Oliver, trasalendo.

«Per fare cosa?» gli fece eco Nancy, alzando gli occhi, ma subito riabbassandoli non appena incrociò lo sguardo del bambino. «Oh! Niente di male.»

«Non ci credo» disse Oliver, che l'aveva osservata attentamente.

«Credi quello che vuoi, allora» rispose la ragazza, fingendo di ridere. «Per qualcosa di male.»

Oliver sapeva di poter influenzare in qualche modo il lato migliore di Nancy e per un attimo pensò di esortarla ad aver compassione di lui, così indifeso. Ma poi, all'improvviso, ricordò che erano soltanto le undici di sera e che per le strade dovevano esservi ancora molte persone, alcune delle quali gli avrebbero senza dubbio creduto. Fece allora un passo avanti e disse, alquanto frettolosamente, di essere pronto.

Alla ragazza non erano sfuggiti né la breve esitazione del bambino, né la ragione per cui aveva esitato. Lo osservò pertanto attentamente, mentre parlava, e poi gli rivolse uno sguardo espressivo, facendogli capire di aver indovinato quel che gli era passato nella mente.

«Ascolta!» bisbigliò, chinandosi verso di lui e additando la porta, mentre si guardava attorno con circospezione. «Non puoi fuggire. Ho fatto tutto quello che potevo per te, ma inutilmente. Non hai vie di scampo. Se la tua intenzione è quella di fuggire, non è questo il momento.»

Colpito dal tono deciso di queste parole Oliver la fissò con molto stupore. Sembrava essere sincera; si era sbiancata in viso e una viva agitazione la faceva tremare.

«Ho già impedito una volta che tu venissi percosso, ti proteggerò ancora, e ti proteggo anche adesso» continuò Nancy «poiché le persone nelle cui mani ti trovi in questo momento sarebbero di gran lunga più rudi di me. Ho promesso che mi avresti seguita tranquillamente; se non hai questa intenzione, potrai soltanto nuocere a te stesso e anche a me; forse causerai la mia morte. Guarda qui! Ho già sopportato tutto questo per te, come è vero che Dio mi vede.»

Gli mostrò alcuni lividi sul collo e sulle braccia, poi continuò, molto frettolosamente:

«Ricordatene! E non farmi soffrire ancora per te, non adesso. Se potessi aiutarti lo farei; ma non mi è possibile. Loro non vogliono farti alcun male e, qualsiasi cosa possano costringerti a fare, tu non ne avrai colpa. Zitto! Ogni parola che tu possa dire mi ferisce. Dammi la mano. Presto! La mano!»

Strinse la mano che Oliver istintivamente mise nella sua, poi, spenta la candela soffiandovi su, trascinò il bambino dietro di sé su per le scale. La porta venne aperta, rapidamente, da qualcuno che si celava nell'oscurità, e, altrettanto rapidamente, venne richiusa dopo che erano passati. Una carrozza da nolo li stava aspettando. Con la stessa veemenza della quale aveva dato prova parlandogli, la ragazza vi salì con Oliver e accostò le tendine. Il cocchiere, senza aspettare che gli si dicesse dove andare, frustò immediatamente il cavallo mettendolo al trotto.

Nancy continuò a tenere ben stretta la mano di Oliver e a bisbigliargli all'orecchio gli stessi avvertimenti e le stesse assicurazioni di prima. Tutto si stava svolgendo con una rapidità tale che egli quasi non ebbe il tempo di vedere dove si trovasse, o di capire come vi fosse arrivato, quando la carrozza si fermò davanti alla stessa casa verso la quale aveva diretto i propri passi l'ebreo la notte prima.

Per un momento fuggevole Oliver sbirciò la viuzza deserta e un'invocazione di aiuto fu sul punto di salirgli alle labbra. Ma la voce della ragazza continuò a bisbigliargli all'orecchio, esortandolo a ricordarsi di lei in un tono così supplichevole che il bambino non ebbe il coraggio di parlare. Mentre esitava, il momento favorevole passò. Si trovava già entro la casa, ormai, e la porta era stata chiusa.

«Da questa parte» disse Nancy, lasciandogli andare la mano per la prima volta. «Bill!»

«Ehilà!» rispose Sikes, apparendo in cima alla scala con una candela. «Oh! Siete qui! Salite!»

Venendo da un individuo dall'indole violenta come Sikes era questa un'accoglienza straordinariamente cordiale, nonché un indizio di viva approvazione.

Nancy ne fu pertanto assai soddisfatta e lo salutò cordialmente.

«Il cane lo ha portato via Tom» disse Sikes, facendo loro luce. «Sarebbe stato soltanto d'inciampo.»

«È vero» approvò Nancy.

«Sicché hai portato il marmocchio» disse Sikes, chiudendo la porta, quando furono entrati tutti e tre nella stanza.

«Già, è qui, come vedi.»

«È venuto senza fare storie?»

«Buono come un agnellino» rispose Nancy.

«Mi fa piacere saperlo,» disse Sikes, guardando torvamente Oliver «nell'interesse della sua tenera carcassa, che altrimenti ne avrebbe sofferto. Vieni qui, bricconcello, devo insegnarti qualcosa, ed è bene che lo faccia subito!»

Rivolgendosi in questo modo al suo nuovo allievo, strappò il berretto a Oliver e lo gettò in un angolo, poi, agguantato il bambino per una spalla, andò a sedersi accanto al tavolo, lasciando in piedi dinanzi a sé il suo interlocutore.

«Dunque, per prima cosa, lo sai che cosa è questa?» domandò, prendendo in mano una piccola pistola che si trovava sul tavolo.

Oliver rispose affermativamente.

«Bene. Allora guarda qui: questa è polvere da sparo, questa è una pallottola e questo è un po' di feltro, ricavato da un vecchio cappello, come stoppaccio.»

Il bambino mormorò il proprio assenso a mano a mano che ognuno di questi oggetti veniva menzionato; dopodiché il signor Sikes si accinse a caricare la pistola con somma cura e decisione.

«Adesso è carica» disse, quando ebbe terminato.

«Sì, lo vedo, signore» disse Oliver.

«Bene,» disse il ladro, afferrando strettamente il polso di Oliver e avvicinandogli alla tempia, fino a toccargliela, la canna della pistola, al che il bambino non poté fare a meno di trasalire «se oserai fiatare quando sarai fuori con me, tranne che per rispondere alle mie domande, la pallottola ti penetrerà nel cranio senza alcun preavviso. Pertanto, se hai in mente di aprir bocca, puoi pure recitare le preghiere.»

Dopo avere scoccato un'occhiata ammonitrice a colui che veniva fatto oggetto di questo avvertimento, tanto per accrescerne l'effetto, Sikes continuò:

«Per quanto ne so io, nessuno si preoccuperebbe molto di scoprire dove sei finito, se tu venissi eliminato; e quindi, se mi prendo la briga di spiegarti come stanno le cose, lo faccio soltanto per il tuo bene. È chiaro?»

«In sostanza vuoi dire» intervenne Nancy, esprimendosi con molta enfasi e fissando, lievemente accigliata, Oliver, come per invitarlo ad ascoltare attentamente le sue parole «che se verrai ostacolato da lui nel lavoretto che ti accingi a fare, gli impedirai per sempre di parlare sparandogli alla testa e correndo così il rischio di essere impiccato per questo, come del resto lo corri, grazie alla maggior parte di quello che fai, almeno una volta al mese.»

«Ben detto!» esclamò Sikes, soddisfatto. «Le donne sanno sempre dire le cose con un minimo di parole. Tranne quando si cacciano nei guai, ché allora non la finiscono più. Bene, e adesso che il marmocchio sa tutto, ceniamo e beviamo un goccetto prima di avviarci.»

Nancy si affrettò a eseguire quest'ordine stendendo una tovaglia sul tavolo; scomparve poi per qualche minuto e infine tornò con un boccale di birra e un piatto di piedini di porco, i quali fornirono a Sikes lo spunto per piacevoli arguzie basate sulla singolare coincidenza tra il nome di quella pietanza e un arnese impiegato frequentemente nella sua professione. Il degno gentiluomo, forse eccitato perché stava per entrare in azione, era di ottimo umore, tanto che vuotò d'un fiato il boccale di birra e, in base a un calcolo approssimativo, bestemmiò non meno di ottanta volte nel corso del pasto.

Al termine della cena – e non è difficile dedurre che Oliver non la consumò con molto appetito – il signor Sikes vuotò un paio di bicchieri di acquavite allungata con acqua, poi dopo aver ordinato a Nancy di svegliarlo alle cinque precise, con minacce tremende qualora non lo avesse fatto, si gettò sul letto. Sempre per ordine suo, Oliver si distese vestito su un materasso che si trovava sul pavimento, mentre la ragazza sedeva davanti al fuoco, per alimentarlo e per essere pronta a destarli all'ora indicata.

Oliver giacque a lungo desto, ritenendo non impossibile che Nancy potesse cogliere quell'occasione per bisbigliargli qualche altro consiglio, ma la ragazza continuò a sedere imbronciata davanti al fuoco senza muoversi, tranne che per smoccolare la candela di tanto in tanto. In ultimo, spossato dalla veglia e dall'ansia, il bambino si addormentò.

Quando si destò, il tavolo era apparecchiato per il tè e Sikes stava ficcando vari oggetti nelle tasche del suo pastrano, appeso alla spalliera di una sedia. Nancy si stava dando da fare per preparare la colazione. Non faceva ancora giorno, poiché la candela continuava ad ardere e fuori era buio fitto. Una pioggia violenta scrosciava inoltre contro i vetri della finestra e il cielo sembrava nero e coperto di nubi.

«Dai, su,» ringhiò Sikes, mentre Oliver si alzava «sono le cinque e mezzo. Sbrigati o non farai colazione, perché è già tardi. Il bambino non impiegò molto tempo per fare toletta; poi, dopo la rapida colazione, rispose a una ringhiosa domanda di Sikes dicendo di essere prontissimo.

Nancy, senza quasi degnarlo di uno sguardo, gli gettò un fazzoletto da annodare intorno al collo; Sikes gli diede una ruvida mantellina da mettere sulle spalle. Così vestito egli porse la mano al ladro che, dopo avergli mostrato, con un gesto minaccioso, di avere la pistola in una tasca del pastrano, gliel'afferrò saldamente e, salutata Nancy, lo condusse via.

Oliver si fermò per un momento, quando furono giunti sulla soglia, nella speranza di uno sguardo della ragazza; ma lei aveva ripreso posto davanti al fuoco e sedeva là completamente immobile.

21

La spedizione

Quando uscirono in istrada, li accolse una tetra mattinata: soffiava un vento impetuoso e pioveva a dirotto, mentre nel cielo si susseguivano scure nubi tempestose. La notte era stata piovosissima; nella strada avevano finito con il formarsi vaste pozze d'acqua e i rigagnoli traboccavano. Nel cielo si scorgeva la tenue avvisaglia del giorno imminente, ma quella luce fioca intensificava, anziché attenuarla, la tetraggine della scena; infatti rendeva più scialbo il bagliore dei lampioni senza illuminare con caldi chiarori i tetti bagnati delle case e le malinconiche viuzze. Sembrava che in quel quartiere non si trovasse anima viva; le finestre delle case erano tutte ben chiuse, e le vie che essi percorsero continuarono a essere silenziose e deserte.

Quando voltarono nella Bethnal Green Road, il giorno aveva cominciato a spuntare sul serio. Molti lampioni erano già spenti e alcuni carri provenienti dall'aperta campagna passavano adagio, diretti verso la città; di tanto in tanto si avvicinava rapidamente una diligenza coperta di fango e il postiglione sfiorava a mo' di ammonimento, con la frusta, il carrettiere che, non rispettando la propria mano sulla strada, gli faceva correre il rischio di arrivare con un quarto di minuto di ritardo. Le taverne, nel cui interno ardevano lampade a gas, erano già aperte. A poco a poco alcune botteghe cominciarono ad aprirsi e i due incontrarono qualche passante. Poi si videro gruppi sparsi di operai andare al lavoro; cominciarono quindi a passare uomini e donne che reggevano sul capo ceste piene di pesci; carretti trainati da somari, carichi di verdure; carri che trasportavano bestiame oppure quarti di carne; lattaie che reggevano secchi; un fiume ininterrotto di persone, insomma, diretto, con le mercanzie più diverse, verso i sobborghi a est della città. Quando Sikes e Oliver si avvicinarono alla City, lo strepito e il traffico continuarono ad aumentare; allorché percorsero le vie tra Shoreditch e Smithfield, si era tramutato in un rombante trambusto. Era ormai pieno giorno quanto lo consentivano le nubi e la mattinata lavorativa di una metà della popolazione di Londra aveva avuto inizio.

Dopo aver voltato in Sun Street e in Crown Street e dopo aver attraversato Finsbury Square, Sikes si diresse, lungo Chiswell Street, verso la Barbican; di là passò nella Long Lane e poi in piazza Smithfield; qui li accolse un tumulto di suoni discordanti che colmò di stupore Oliver Twist.

Era una mattina di mercato. Uno strato di fango che arrivava alle caviglie copriva il terreno e un fitto vapore continuava a levarsi dal bestiame maleodorante e, mescolandosi con la nebbia, che sembrava appoggiarsi alla cima dei comignoli, rimaneva sospeso, greve, in alto. Tutti i recinti al centro del vasto spiazzo e tutti quegli altri recinti temporanei che avevano potuto trovar posto nel rimanente spazio libero, erano gremiti di pecore; legate a pali disposti lungo il rigagnolo, si trovavano tre o quattro interminabili file di buoi. Contadini, macellai, carrettieri, ambulanti, ragazzi, ladri, oziosi e vagabondi della più infima specie, si mescolavano formando una massa brulicante; i fischi dei proprietari di bestiame, i latrati dei cani, i muggiti dei buoi, i belati delle pecore, i grugniti e gli strilli dei maiali, le grida degli ambulanti, gli urli, le bestemmie e i litigi da ogni parte, i rintocchi delle campane e il vociare che scaturiva da ogni taverna, la folla che sbraitava e urlava spingendosi, incalzandosi, picchiandosi, il frastuono orrendo e discordante che si levava da ogni angolo del mercato e le sagome sporche, squallide, con la barba lunga e non lavate che correvano avanti e indietro, irrompendo fuori della ressa e di nuovo scomparendo in essa, tutto ciò faceva sì che quella scena caotica e turbinosa stordisse i sensi.

Sikes, trascinando dietro di sé Oliver, si aprì un varco a furia di gomiti là ove la ressa era più fitta, prestando ben poca attenzione ai rumori e alle scene che tanto meravigliavano il ragazzetto; salutò due o tre volte, con un cenno del capo, un amico di passaggio e, resistendo ad altrettanti inviti di vuotare un bicchierino, proseguì finché non si furono lasciati indietro il tumulto percorrendo Hosier Lane e giungendo in Holborn Street.

«Forza, marmocchio!» esclamò, alzando gli occhi verso l'orologio della chiesa di Sant'Andrea. «Sono già le sette! Devi allungare il passo. Forza, non cominciare a farti trascinare come un peso morto, pigraccio!»

Sikes fece seguire a queste parole un violento strattone al polso del suo piccolo compagno; e Oliver, affrettando il passo e proseguendo a una sorta di trotto, una via di mezzo tra la rapida andatura e la corsa, stette dietro come meglio poteva alle rapide falcate del farabutto.

Proseguirono di questo passo finché non si furono lasciati indietro l'angolo di Hyde Park, e si diressero verso Kensington; Sikes rallentò il passo e un carro vuoto, che si trovava più indietro di un certo tratto rispetto a loro, li raggiunse. Vedendovi scritto "Hounslow", egli chiese al carrettiere, con tutta la cortesia della quale era capace, se sarebbe stato disposto a dar loro un passaggio fino a Isleworth.

«Saltate su» disse l'uomo. «È vostro figlio, quello?»

«Sì, è il mio figliolo» rispose Sikes, scoccando un'occhiata a Oliver e portando la mano sulla tasca nella quale si trovava la pistola.

«Tuo padre cammina un po' troppo in fretta per te, vero, ometto?» domandò il carrettiere, avendo notato che Oliver era senza fiato.

«Neanche per sogno» si intromise Sikes. «Ci è abituato. Su, agguantami la mano, Ned, e salta su!»

Così rivolgendosi a Oliver, lo aiutò a salire sul carro; e il carrettiere, additando un mucchio di sacchi, disse al bambino di sdraiarvisi sopra e di riposarsi.

A mano a mano che si lasciavano indietro svariate pietre miliari, Oliver si domandò, sempre più spaventato, dove volesse portarlo il suo compagno. Kensington, Hammersmith, Chiswick, Kew Bridge, Brentford... si lasciarono indietro tutte queste località, ma proseguirono come se avessero appena incominciato il viaggio. Infine passarono davanti a una taverna che si chiamava "Diligenza e Cavalli"; poco più avanti apparve un bivio e lì il carro si fermò.

Sikes smontò molto precipitosamente, senza mai mollare la mano di Oliver; poi, sollevatolo di peso, lo guardò storto, e batté la mano libera, chiusa a pugno, sulla tasca nella quale si trovava la pistola.

«Arrivederci, figliolo» disse il carrettiere.

«È un musone,» spiegò Sikes, scrollando Oliver «un musone e un piccolo ribelle. Non badategli!»

«Ah, non gli bado di certo!» rispose l'altro, risalendo sul carro. «È una bella giornata, tutto sommato.» E ripartì.

Sikes aspettò che si fosse allontanato di un buon tratto, poi, dicendo a Oliver che, se voleva, poteva pure guardarsi attorno, si rimise in cammino.

Voltarono a sinistra poco più avanti della taverna, poi, imboccata una strada sulla destra, la percorsero a lungo, lasciandosi indietro molti vasti giardini e molte ville signorili a entrambi i lati e fermandosi soltanto per bere una birra finché non furono giunti in un villaggio. Lì, scritto in lettere assai grandi sul muro di una casa, Oliver lesse il nome "Hampton". Si aggirarono per alcune ore nei campi. Infine tornarono nell'abitato e, entrati in una taverna dall'insegna sbiadita e illeggibile, ordinarono qualcosa e cenarono accanto al fuoco in cucina.

Era una stanza all'antica, dal soffitto basso, con un grosso trave che correva al centro di quest'ultimo e panche, dalle alte spalliere, intorno al fuoco; sulle panche sedevano numerosi uomini dall'aspetto rude, con camiciotti, che bevevano e fumavano. Non badarono affatto a Oliver e degnarono di ben poca attenzione Sikes, il quale si regolò nello stesso modo nei loro riguardi, per cui lui e il suo piccolo compagno sedettero appartati in un angolo.

Ordinarono carne fredda per cena, e continuarono a sedere lì così a lungo, in seguito, mentre Sikes fumava tre o quattro volte la pipa, che Oliver cominciò ad avere la certezza di non dover andare oltre. Essendo stanchissimo, dopo una lunga camminata, e anche perché aveva dovuto alzarsi di buon'ora, si appisolò per breve tempo a tutta prima; poi, completamente sopraffatto dalla stanchezza e dal fumo del tabacco, si addormentò profondamente.

Era buio fitto quando venne destato da un urtone di Sikes. Riscuotendosi quanto bastava per drizzarsi a sedere e guardarsi attorno, vide che il suo degno compagno stava avendo una cordiale conversazione con un operaio davanti a un boccale di birra.

«Sicché siete diretto a Lower Halliford, eh?» domandò Sikes.

«Sì, infatti» rispose l'uomo, che sembrava essere alquanto brillo – o alquanto allegro – a furia di bere «e neanche adagio. Il mio cavallo, al ritorno, non dovrà tirarsi dietro il carico di stamane, e non ci metterà molto. Brindo alla sua salute, perché è una brava bestia!»

«Potreste dare un passaggio sin là a me e al mio figliolo?» domandò Sikes, spingendo il boccale di birra verso il suo nuovo amico.

«Certo che posso, se andate direttamente là» rispose l'uomo, sbirciando il boccale. «Vi recate a Halliford?»

«Proseguiamo per Shepperton» rispose Sikes.

«Sono a vostra disposizione sin dove arrivo» disse l'altro. «È tutto pagato, Becky?»

«Sì, ha pagato l'altro gentiluomo» rispose la ragazza.

«Ehi, dico,» esclamò l'uomo, con la gravità degli ubriachi «non posso accettare, sapete.»

«E perché no?» disse Sikes. «Voi ci darete un passaggio e perché io, in cambio, non dovrei offrirvi una bella pinta di birra?»

Lo sconosciuto cogitò sul ragionamento con un'aria di somma concentrazione; poi, dopo aver cogitato, afferrò una mano di Sikes e dichiarò che era davvero un brav'uomo. Al che Sikes disse che doveva scherzare. Come, se l'altro non fosse stato brillo, si sarebbe potuto senz'altro supporre.

Dopo uno scambio di altri complimenti, augurarono la buonanotte alla compagnia e uscirono; la cameriera, dopo aver tolto bicchieri e boccali, si soffermò sulla soglia con le mani piene per vederli partire.

Il cavallo, alla cui salute l'uomo aveva brindato, aspettava fuori, già attaccato al carro. Oliver e Sikes salirono senza ulteriori cerimonie e il padrone del destriero indugiò un minuto o due, sfidando il proprietario della taverna e il mondo intero a esibirne uno uguale, poi salì a sua volta. Disse quindi allo stalliere di lasciare briglia sciolta al cavallo, la qual cosa essendo stata fatta l'animale ne approfittò in modo sgradevolissimo, impennandosi, rischiando di finire contro una finestra e partendo poi di gran carriera, per cui si lasciò indietro il villaggio come se fosse stato un purosangue.

La notte era tenebrosa. Una nebbia bagnata saliva dal fiume e dai terreni paludosi circostanti, diffondendosi sui campi solitari. Faceva inoltre un gran freddo e tutto era tetro e immerso nelle tenebre. Non una parola venne pronunciata, perché il proprietario del carro era diventato sonnacchioso e Sikes non sembrava in vena di impegnarlo in una conversazione. Oliver sedeva raggomitolato in un angolo del carro, allarmato e apprensivo, scorgendo, o immaginando, strane cose negli alberi spogli i cui rami oscillavano come se stessero gioendo a causa della desolazione della scena.

Mentre si lasciavano indietro la chiesa di Sunbury, l'orologio suonò le sette. Dietro la finestra del casotto del traghetto splendeva una lampada che illuminava la strada e, per contrasto, lasciava in una oscurità ancor più fitta un tasso sotto il quale si trovavano alcune tombe. Non lontano si udiva lo scroscio di una cascata e le foglie dell'albero vetusto si muovevano, frusciando, nel vento notturno. Sembrava una musica sommessa per il riposo dei defunti.

Attraversarono Sunbury, poi vennero a trovarsi di nuovo sulla strada solitaria. Percorsero altri tre o quattro chilometri e il carro si fermò. Sikes discese, prese Oliver per mano e, una volta di più, si rimisero in cammino.

A Shepperton non entrarono in alcuna casa, contrariamente alle aspettative del bambino sfinito; proseguirono invece, sul fango e nelle tenebre, seguendo tetri viottoli e attraversando gelide pianure solitarie, finché giunsero in vista delle luci di una cittadina non molto lontana. Scrutando attentamente dinanzi a sé, Oliver vide che v'era acqua subito davanti a loro e che stavano avvicinandosi a un ponte.

Sikes proseguì finché non furono quasi sul ponte, poi voltò improvvisamente a sinistra sull'argine del fiume.

"Un fiume!" pensò Oliver, sconvolto dal terrore. "Mi ha portato in questo luogo solitario per affogarmi!"

Stava per gettarsi a terra e per resistere con tutte le sue forze, quando notò che si trovavano di fronte a una casa abbandonata e quasi completamente in rovina. V'era una finestra a ciascun lato della porta quasi diroccata e non si vedeva alcuna luce nemmeno al primo piano. La casa era buia, in sfacelo e, stando a tutte le apparenze, disabitata.

Sikes, sempre tenendo ben stretta la mano di Oliver, si avvicinò silenziosamente alla bassa porta e sollevò il saliscendi. La porta cedette a una sua spinta ed entrarono insieme.

«Chi va là?» urlò una voce forte e rauca, non appena ebbero posto piede nel corridoio.

«Non sbraitare tanto» disse Sikes, sprangando la porta. «E facci un po' di luce, Toby.»

«Oh-oh! Il mio amico» urlò la stessa voce. «Un po' di luce, Barney, un po' di luce! Fa' entrare il gentiluomo, Barney, e prima di tutto svegliati, se non ti dispiace.»

Parve che chi parlava avesse scagliato un cavastivali, o qualche altro oggetto del genere, contro la persona alla quale si stava rivolgendo, per strapparla al sonno, poiché si udì il tonfo di qualcosa che cadeva con violenza e, subito dopo, un borbottio confuso, come può farfugliare un uomo tra il sonno e il risveglio.

«Mi hai sentito?» urlò la voce di prima. «C'è Bill Sikes, nel corridoio, senza nessuno che lo accolga come si deve; e tu stai dormendo come se avessi mandato giù del laudano insieme al pasto. Ti sei svegliato, adesso, o vuoi che ti desti del tutto con un candeliere di ferro?»

Due piedi che calzavano pantofole ciabattarono frettolosamente sul nudo pavimento della stanza mentre queste domande si susseguivano, poi, fuori di una porta sulla destra, sbucarono dapprima una fioca candela e, subito dopo, la sagoma di quello stesso individuo del quale abbiamo detto in precedenza che parlava con voce nasale e lavorava come cameriere nella taverna di Saffron Hill.

«Il signor Sikes!» esclamò Barney, con una gioiosità autentica o simulata. «Entrate, signore, entrate.»

«Avanti, entra prima tu» disse Sikes, spingendo Oliver davanti a sé. «Sbrigati, o ti pesto i piedi!»

Borbottando una bestemmia a causa della sua lentezza, spinse avanti il bambino ed entrarono in una stanza buia, dal soffitto basso, con un caminetto che mandava fumo, due o tre poltrone rotte, un tavolo e un vecchissimo divano; sul quale, con le gambe molto più in alto della testa, riposava, lungo disteso, un uomo, fumando una lunga pipa d'argilla. Indossava una giacca color tabacco dal taglio elegante, con grossi bottoni di ottone; sfoggiava un fazzoletto da collo arancione, un panciotto dai ricami vistosi e calzoni al ginocchio grigi. Il signor Crackit (poiché l'uomo sdraiato era lui) non aveva molti capelli, né era molto peloso in faccia, ma i pochi peli che possedeva erano di un colore rossiccio e formavano lunghi boccoli artificiali, a cavaturacciolo, nei quali egli infilava di tanto in tanto le dita assai sudicie, ornate da grossi anelli con vistose pietre false. Era di statura lievemente più alta della media e aveva, si sarebbe detto, le gambe alquanto gracili; ma tale circostanza non gli impediva minimamente di ammirarsi gli stivali, che stava contemplando, in alto ove si trovavano, con viva soddisfazione.

«Bill, amico mio!» disse costui, voltando la testa verso la porta. «Sono contento di vederti. Temevo quasi che avessi rinunciato; nel qual caso avrei tentato da solo. Ehilà!»

Pronunciando questa esclamazione in un tono di sommo stupore, mentre il suo sguardo si posava su Oliver, il signor Toby Crackit si mise a sedere e volle sapere chi egli fosse.

«È il marmocchio. Soltanto il marmocchio!» rispose Sikes, accostando una sedia al fuoco.

«È uno dei ragazzetti del signor Fagin» intervenne Barney, con un sorriso.

«Uno dei ragazzi di Fagin, eh!» esclamò Toby, contemplando Oliver. «Sarà davvero inestimabile, questo ragazzino, nel vuotare le tasche delle vecchiette in chiesa. Il musetto che ha è la sua fortuna.»

«Oh... basta» lo interruppe Sikes, spazientito; poi,

chinandosi sull'amico, gli bisbigliò qualche parola all'orecchio; dopodiché il signor Crackit rise clamorosamente e onorò Oliver con un lungo sguardo stupito.

«E adesso» disse Sikes, tornando a sedersi «se vorrai farci servire qualcosa da mangiare e da bere durante l'attesa, ci sentiremo più in forze; o almeno sarà così per me. Siedi vicino al fuoco, moccioso, e riposati; perché dovrai venire di nuovo con noi, stanotte, anche se non molto lontano.»

Oliver sbirciò Sikes con silenzioso e pavido stupore; poi, accostato uno sgabello al fuoco, sedette con la testa che gli doleva tra le mani, senza quasi rendersi conto di dove si trovava e di quel che accadeva intorno a lui.

«Brindiamo» esclamò Toby, mentre il giovane ebreo metteva sul tavolo qualcosa da mangiare e una bottiglia «al successo del colpo!» Si alzò e, posata con cautela la pipa spenta in un angolo, si avvicinò al tavolo, riempì di acquavite un bicchierino e lo vuotò d'un fiato. Sikes fece altrettanto.

«Da bere anche per il ragazzo» disse Toby, riempiendo a mezzo, di vino, un bicchiere. «Vuotalo, innocente creatura.»

«Ma, a dire il vero» balbettò Oliver, guardando supplichevole l'uomo «a dire il vero, io...»

«Vuotalo!» insistette Toby. «Credi che non sappia che cosa va bene per te? Digli di berlo, Bill.»

«Farà meglio a berlo!» esclamò Sikes, battendo la mano sulla famosa tasca. «Che possa bruciare vivo se non dà più fastidi di un'intera famiglia di rompiscatole! Bevi, discolo perverso, bevi!»

Spaventato dai gesti minacciosi dei due uomini, Oliver si affrettò a inghiottire il contenuto del bicchiere e, subito, fu preso da un violento accesso di tosse che divertì immensamente Toby Crackit e Barney e strappò un sorriso persino all'imbronciato Sikes.

In seguito, Sikes avendo placato l'appetito (Oliver riuscì a mangiare soltanto una piccola crosta di pane che gli fecero mandar giù), i due uomini si stravaccarono in poltrona per schiacciare un pisolino. Oliver rimase sullo sgabello accanto al fuoco. Barney invece, avvol-

202

to in una coperta, si distese sul pavimento, subito al di qua del parafuoco.

Dormirono, o parve che dormissero, per qualche tempo; nessuno si mosse, tranne Barney, che si alzò un paio di volte per alimentare il fuoco con altro carbone. Oliver si appisolò e stava immaginando di percorrere bui vicoli o di vagabondare in qualche buio cimitero, o di rivivere qualche episodio del giorno precedente, quando venne destato da Toby Crackit, il quale balzò in piedi e annunciò che era l'una passata.

In un attimo anche gli altri due si misero in piedi e, laboriosamente, si dedicarono ai preparativi. Sikes e l'altro si avvolsero intorno al collo e fino al mento lunghe sciarpe scure, poi infilarono il pastrano; Barney, aperta una credenza, ne tolse vari oggetti che frettolosamente si ficcò nelle tasche.

«Le pistole, Barney» disse Toby Crackit.

«Eccole qui» rispose Barney, mostrandone due. «Le avete caricate voi stesso.»

«Benissimo» disse Toby, mettendole via. «Le tenaglie?»

«Le ho io» rispose Sikes.

«E le leve, le chiavi inglesi, i trapani, le lanterne... non è stato dimenticato niente?» domandò Toby, infilando un piccolo piede di porco sotto la fodera del pastrano.

«C'è tutto» rispose il suo compagno. «Prendi quei pezzi di legno, Barney. Il momento è venuto.»

Ciò detto, tolse un grosso randello dalle mani di Barney che, dopo averne consegnato un altro a Toby, si diede da fare abbottonando la mantellina di Oliver.

«Andiamo, allora!» disse Sikes, tendendo la mano a Oliver.

Il bambino, che era completamente stordito dalle lunghe camminate e dal vino fattogli bere per forza, mise, come un automa, la mano in quella del ladro.

«Prendigli l'altra mano, Toby» disse Sikes. «E tu dà un'occhiata fuori, Barney.»

L'uomo andò alla porta, poi tornò indietro e fece sapere che tutto era tranquillo. I due farabutti uscirono, con Oliver tra loro. Barney, dopo aver chiuso la porta alle loro spalle, si arrotolò come prima in una coperta e ben presto si riaddormentò.

Era ormai buio fitto. La nebbia gravava di gran lunga più fitta di quanto lo fosse stata nelle prime ore della sera; e l'aria era talmente umida che, sebbene non piovesse, quando si erano lasciati indietro la casa da pochi minuti appena, Oliver sentì di avere i capelli e le sopracciglia impregnati dall'umidore semighiacciato del quale era satura l'atmosfera. Superarono il ponte e proseguirono verso le luci da lui intravviste già prima. Non distavano molto e, siccome il gruppetto stava procedendo di buon passo, vennero a trovarsi ben presto a Chertsey.

«Attraversiamo pure l'abitato» bisbigliò Sikes. «Con una notte come questa le vie saranno deserte e nessuno ci vedrà.»

Toby si dichiarò d'accordo e frettolosamente percorsero la via principale della piccola cittadina, completamente deserta a quell'ora tarda. Di tanto in tanto si vedeva una luce fioca dietro la finestra di qualche camera da letto e occasionalmente rauchi latrati di cani turbavano il silenzio notturno. Tuttavia in giro non si scorgeva anima viva. Quando la campana della chiesa suonò le due, si erano ormai lasciati indietro l'abitato.

Affrettando il passo, voltarono in una strada sulla sinistra. Dopo aver percorso un quattrocento metri, si fermarono davanti a una casa isolata, circondata da un muro in cima al quale Toby Crackit, senza quasi fermarsi per riprendere fiato, si arrampicò in un batter d'occhio.

«Adesso il marmocchio» disse Toby. «Sollevalo, che io lo afferro.»

Prima che Oliver avesse avuto il tempo di guardarsi attorno, Sikes lo aveva afferrato sotto le ascelle; tre o quattro secondi dopo, lui e Toby giacevano sull'erba dall'altro lato. Sikes li raggiunse immediatamente. Poi si avvicinarono, furtivi, alla casa.

E a questo punto, per la prima volta, Oliver, quasi impazzito per il terrore e per la disperazione, si rese conto che un furto con scasso – se non un assassinio – era lo scopo della spedizione. Giunse le mani e, involontariamente, si lasciò sfuggire una sommessa esclamazione di orrore. Una bruma gli calò davanti agli occhi; il viso, color della cenere, gli divenne madido di sudore freddo, le gambe non lo ressero più e cadde in ginocchio.

«Alzati!» ringhiò Sikes, tremante di rabbia, togliendosi di tasca la pistola. «Alzati o ti sparpaglio il cervello sull'erba!»

«Oh, per amor di Dio, lasciatemi andare!» gridò Oliver. «Lasciatemi fuggire e morire nei campi! Non tornerò a Londra mai più! Mai! Mai! Oh, vi prego, abbiate compassione di me e non costringetemi a rubare. Per amore di tutti gli Angeli luminosi che riposano in Cielo, abbiate pietà di me!»

L'uomo al quale era stata rivolta questa supplica bestemmiò orribilmente e aveva già puntato la pistola, quando Toby, strappatagli l'arma, piazzò la mano sulla bocca del bambino e lo trascinò verso la casa.

«Zitto!» urlò. «Non serve a niente. Di' ancora una parola e ti sistemo io stesso con una randellata sul cranio; è altrettanto sicura, non fa rumore ed è più elegante. Avanti, Bill, forza l'imposta. Adesso si è rassegnato, sono disposto a scommetterci. Ne ho veduti di più grandicelli comportarsi nello stesso modo, per un minuto o due, in una notte gelida.»

Sikes, imprecando in modo terrificante contro Fagin, che aveva scelto Oliver per quel compito, si servì energicamente del piede di porco, senza fare però troppo rumore. Dopo qualche resistenza, e un po' di aiuto da parte di Toby, l'imposta alla quale quest'ultimo si era riferito, si aprì girando sui cardini.

Proteggeva una finestrella chiusa da una grata, che, situata a circa un metro e sessanta dal livello del suolo, sul retro della casa, dava su un retrocucina o uno sgabuzzino in fondo a un corridoio. La finestra era tanto piccola che i proprietari della casa avevano ritenuto superfluo, con ogni probabilità, proteggerla in modo più sicuro; ciò nonostante, l'apertura era sufficientemente larga per lasciar passare un bambino della statura di Oliver. Al signor Sikes bastò esercitare per pochissimo tempo la propria arte per fare scattare la serratura della grata che si spalancò a sua volta.

«E ora stammi a sentire, piccolo sgorbio» sibilò Sikes, tirando fuori una lanterna da sotto il pastrano e illuminando in pieno il viso di Oliver. «Ti farò entrare lì dentro. Prendi questa lanterna: salirai senza far rumore i gradini che troverai di fronte a te e percorrerai il corridoio fino alla porta di casa. Poi aprirai quest'ultima e ci farai entrare.»

«C'è un chiavistello, in alto, al quale non riuscirai ad arrivare» intervenne Toby. «Sali su una delle sedie nell'ingresso. Ce ne sono tre, là, con lo stemma della vecchia signora: un grande unicorno blu e un forcone d'oro.»

«Vuoi tacere?» esclamò Sikes, con un'occhiata minacciosa. «La porta dell'ingresso è aperta, vero?»

«È spalancata» rispose Toby, dopo avere sbirciato dentro per accertarsene. «Il bello è che la lasciano sempre aperta affinché il cane, il quale ha la cuccia là dentro, possa andare avanti e indietro nel corridoio quando è sveglio. Ma questa sera – ah-ah! – Barney lo ha tolto di mezzo. È tutto perfetto!»

Sebbene Crackit avesse parlato a bisbigli a malapena udibili, e riso silenziosamente, Sikes gli ordinò in tono imperioso di tacere e di darsi da fare. Toby ubbidì, dapprima tirando fuori la sua lanterna e posandola a terra, poi piazzandosi saldamente, con la testa appoggiata al muro, sotto la finestrella, le mani sulle ginocchia, così da fornire un punto d'appoggio con la propria schiena. Si era appena così piazzato che Sikes, salendo su di lui, infilò dolcemente Oliver nella finestrella con i piedi in avanti, poi, senza mollare la presa sul colletto di lui, lo calò sul pavimento.

«Prendi questa lanterna» disse, sbirciando entro lo sgabuzzino. «Li vedi gli scalini davanti a te?»

Oliver, più morto che vivo, balbettò un «Sì». Sikes, indicando la porta di casa con la canna della pistola, gli ricordò rapidamente che sarebbe rimasto sempre sotto tiro e che, alla minima esitazione, sarebbe morto.

«Basterà un minuto» soggiunse, sempre sibilando. «Non appena ti mollo fa' quello che devi fare. Silenzio!»

«Che cosa è stato?» bisbigliò l'altro.

Ascoltarono entrambi attentamente.

«Niente» disse Sikes, lasciando la presa su Oliver. «Va'!»

Nei pochi momenti avuti per raccapezzarsi, il bambino era pervenuto a una ferma decisione: anche a costo di morire, avrebbe tentato, una volta nell'ingresso, di saettare su per le scale e dare l'allarme alla famiglia. Con questo proposito in mente, si fece avanti, rapido ma furtivo.

«Torna indietro!» urlò a un tratto Sikes. «Indietro! Indietro!»

Spaventato dal grido che aveva rotto così improvvisamente l'assoluto silenzio della casa, e, subito dopo, da un nuovo urlo, Oliver lasciò cadere la lanterna e non seppe più se proseguire o fuggire.

L'urlo tornò a echeggiare... apparve una luce... la visione di due uomini terrorizzati e semivestiti, in cima alle scale, gli balenò davanti agli occhi... poi un lampo... un rombo... del fumo... un urto in qualche punto, ma non sapeva bene dove... e indietreggiò barcollando.

Sikes era scomparso per un attimo, ma rispuntò e lo afferrò per il colletto prima che il fumo si fosse dissipato del tutto. Sparò con la pistola contro gli uomini che già stavano indietreggiando e tirò su il bambino.

«Tieniti stretto il braccio» disse, tirandolo fuori dal finestrino. Poi, rivolto a Crackit: «Dammi una sciarpa. Lo hanno colpito. Presto! Dannazione, quanto sangue sta perdendo!».

Vi fu lo squillo acuto di un campanello, frammisto a colpi di armi da fuoco, a grida di uomini e alla sensazione di essere portato di corsa su un terreno accidentato. Poi tutti quei suoni si confusero, divennero lontani; una spaventosa sensazione di gelo penetrò il cuore del bambino ed egli non vide e non udì più nulla.

23

*Contiene il succo di una piacevole conversazione
tra il signor Bumble e una dama.
E dimostra che anche un messo parrocchiale
può essere sensibile sotto certi aspetti*

Era una sera gelida. La neve che rivestiva il terreno, tramutata in ghiaccio, formava una crosta dura e spessa, per cui il vento, che imperversava ululando, riusciva a smuovere soltanto quella ammonticchiatasi negli angoli; e, quasi fosse deciso a imperversare maggiormente contro le poche prede che trovava, la faceva turbinare in mille vortici e la disperdeva nell'aria. Tetra, tenebrosa, fredda così da penetrare tagliente fino alle ossa, era quella una notte per i ricchi e i ben nutriti, che potevano starsene intorno a un vivido fuoco e ringraziare Dio perché si trovavano in casa; ma era una notte nella quale i senza tetto e gli affamati potevano sdraiarsi e morire. Sono molti gli affamati e i fuoricasta che chiudono gli occhi per sempre nelle gelide strade, quando imperversa un simile maltempo e che, qualsiasi crimine abbiano commesso, difficilmente possono aprirli in un mondo peggiore.

Questa, dunque, era la situazione all'aperto quando la signora Corney, la direttrice dell'ospizio che i nostri lettori già conoscono come il luogo di nascita di Oliver Twist, si mise a sedere davanti a un allegro fuoco nella propria stanzetta e sbirciò, non poco compiaciuta, un tavolinetto rotondo sul quale si trovava un vassoio anch'esso rotondo, e dello stesso diametro, contenente tutto il necessario per uno di quei soddisfacenti spuntini che piacciono alle direttrici. In effetti la signora Corney stava per consolarsi con una tazza di tè. Mentre lo sguardo di lei passava dal tavolino al caminetto, nel quale il più piccolo tra tutti i bricchi possibili stava intonando un motivo con una vocina esile, la sua contentezza crebbe – a tal punto, in effetti, da farla sorridere.

«Bene!» esclamò la signora Corney, poggiando il gomito sul tavolino e fissando, contemplativa, il fuoco. «Abbiamo tutti, ne sono profondamente certa, validi motivi per essere grati! Una infinità di motivi, se soltanto ce ne rendessimo conto. Ah!» E la signora Corney scosse gravemente la testa, come per deplorare la cecità mentale di tutti i poveri che non si rendevano conto di tale verità; poi, affondando un cucchiaino d'argento (sua proprietà personale) nei più intimi recessi di una scatola di tè da due once, si accinse finalmente a preparare la bevanda.

Ma anche una quisquilia è sufficiente a turbare la serenità dei nostri fragili stati d'animo! Il bricco, essendo molto piccolo e facilmente colmabile, traboccò mentre la signora Corney si abbandonava a riflessioni moralistiche; e l'acqua bollente scottò appena la mano della direttrice.

«Maledetto bricco!» esclamò la degna matrona, affrettandosi a posarlo sulla mensola. «Uno stupido aggeggio da niente che contiene appena due tazze! E che non può servire a nessuno! Tranne,» soggiunse la signora Corney, dopo una breve pausa «tranne che a una misera e desolata creatura come me. Oh, quanto sono infelice!»

Pronunciando queste ultime parole, la matrona si lasciò ricadere sulla sedia e, appoggiato una volta di più un gomito al tavolo, pensò al proprio solitario destino. La piccola teiera e la singola tazza avevano destato nella sua mente mesti ricordi del signor Corney (morto da non più di venticinque anni), per cui ella si sentiva sopraffatta dal dolore.

«Non ne avrò mai un altro!» esclamò la signora Corney, stizzosamente. «Non riuscirò mai a trovarne un altro... un altro uguale!»

Non è ben chiaro se questa frase si riferisse al marito o al bricco del tè. Poteva riferirsi a quest'ultimo, poiché la signora Corney lo fissò, mentre parlava e, subito dopo, lo riprese. Aveva appena gustato la prima tazza di tè, che venne disturbata da qualcuno il quale bussò sommessamente alla porta della stanza.

«Oh, avanti, entrate!» disse, in tono aspro, la signora Corney. «Qualcuna delle vecchie ricoverate che sta morendo, immagino. Crepano sempre durante i pasti. Non statevene lì a lasciar entrare l'aria gelata. Si può sapere che cosa è successo, eh?»

«Niente, signora, niente» rispose una voce di uomo.

«Povera me!» esclamò la matrona, in un tono di voce di gran lunga più soave. «Siete voi, signor Bumble?»

«Pronto a servirvi, signora» rispose Bumble, che si era soffermato fuori della stanza per lucidarsi le scarpe e per spazzarsi via la neve dalla giubba; a questo punto si mostrò, con il cappello a tricorno in una mano e un fagottino nell'altra. «Devo chiudere la porta, signora?»

La dama, pudicamente, esitò a rispondere, per tema che potesse essere sconveniente ricevere nella sua stanza il signor Bumble con la porta chiusa. Ma il signor Bumble, approfittando di tale esitazione, chiuse la porta senza esserne autorizzato, perché era molto infreddolito egli stesso.

«Che tempaccio, signor Bumble» osservò la matrona.

«Brutto davvero, signora» rispose il messo. «Un maltempo antiparrocchiale, questo, signora mia. Pensate un po', abbiamo distribuito, signora Corney, questo stesso pomeriggio, addirittura venti pagnotte da un quarto e una forma e mezza di formaggio, eppure i poveri non sono soddisfatti!»

«Eh, figuriamoci! Quando mai lo sono, signor Bumble?» esclamò la matrona, sorseggiando il tè.

«Già, quando, infatti, signora?» approvò il signor Bumble. «Figuriamoci, un uomo, tenuto conto del fatto che ha moglie e un gran numero di figli, ottiene una pagnotta da un quarto e una libbra abbondante di formaggio. Ebbene, è forse grato, signora? Si dimostra grato? Nemmeno per sogno! Sapete che cosa fa, invece? Chiede del carbone! Appena un fazzoletto da tasca pieno di carbone, dice! E che cosa ci fa con il carbone? Lo adopera per abbrustolire il pane, e poi torna a chiederne dell'altro. Ecco come sono fatti questi individui, signora! Dategli oggi tanto carbone da riempire un grembiule e il giorno dopo, sfacciati come se fossero fatti di alabastro, tornano a chiederne dell'altro!»

La matrona espresse la sua totale approvazione e il signor Bumble continuò:

«Non avrei mai creduto che si potesse arrivare a un punto simile. L'altro ieri un uomo – voi siete stata maritata, signora, e pertanto posso azzardarmi a dirlo – un uomo che quasi non aveva un solo straccio indosso» (a questo punto la signora Corney abbassò gli occhi pudicamente, fissando il pavimento) «si presenta alla porta del nostro ispettore, che aveva invitato persone a pranzo, e dice che sta morendo di fame, signora Corney. E siccome non vuole andarsene e impressiona molto gli ospiti, il nostro ispettore gli fa dare una libbra di patate e un po' di farina d'avena. "Dio mio!" esclama l'ingrato furfante. "Che cosa me ne faccio di *questo*? Tanto varrebbe avermi dato un paio di occhiali!" "Benissimo!" dice allora il nostro ispettore, riprendendosi tutto. "Qui non avrete altro." "Allora morirò per la strada!" dice il vagabondo. "Oh, no, non morirete" dice il nostro ispettore.»

«Ah-ah! Questa è davvero buona! Tipica del signor Grannett, no?» interruppe la matrona. «E poi, signor Bumble?»

«E poi, signora,» continuò il messo «l'uomo se n'è andato ed è morto sul serio per la strada! Si è mai visto un povero più cocciuto di così?»

«Non lo avrei mai creduto possibile!» esclamò la direttrice con enfasi. «Ma non pensate che fare l'elemosina ai vagabondi sia una cosa sbagliatissima, signor Bumble? Voi avete molta esperienza e dovreste saperlo. Suvvia, sentiamo.»

«Signora Corney,» rispose il messo parrocchiale, sorridendo come sorridono gli uomini consapevoli della loro sconfinata sapienza «l'elemosina ai vagabondi, se fatta oculatamente, dico oculatamente, signora, è la salvaguardia della parrocchia. Il grande principio dell'elemosina ai vagabondi è il seguente: dare ai poveri esattamente ciò di cui non hanno bisogno; dopodiché si stancano di mendicare.»

«Santo Cielo!» esclamò la signora Corney. «È davvero una buona idea!»

«Già. Rimanga tra voi e me, signora,» continuò il signor Bumble «è questo il grande principio. Ecco perché, come potrete constatare leggendo gli impudenti giornali, le famiglie indigenti, con persone malate, vengono soccorse distribuendo fettine di formaggio. È ormai questa la regola, signora Corney, in tutto il paese. Ciò nonostante» continuò il messo, incominciando ad aprire il fagottino «questi sono segreti ufficiali, signora, e non si deve parlarne, se non tra funzionari parrocchiali come noi, se mi è consentito dirlo. Questo è il vino di Porto, signora, che il consiglio ha ordinato per l'infermeria; vero, sincero, autentico vino di Porto; spillato dalla botte questo pomeriggio; limpido come il suono di una campana; e senza alcun sedimento!»

Avendo tenuto alla luce e agitato ben bene la prima bottiglia per dimostrare l'eccellenza del vino, il signor Bumble la mise, insieme all'altra, sopra un cassettone; piegò il fazzoletto che le aveva contenute; se lo mise in tasca con cura e riprese il cappello a tricorno, come se fosse stato sul punto di andarsene.

«Vi aspetta una camminata nel gelo, signor Bumble» osservò la matrona.

«Imperversa un vento, signora,» rispose il signor Bumble, alzando il bavero della giubba «da tagliare le orecchie.»

La direttrice volse lo sguardo dal piccolo bricco al suo ospite, che stava andando verso la porta; e, quando il signor Bumble tossicchiò, accingendosi ad augurarle la buonanotte, gli domandò timidamente se... se non avrebbe gradito una tazza di tè.

Il signor Bumble riabbassò all'istante il bavero; posò su una sedia cappello e bastone; e accostò un'altra sedia al tavolo. Poi, mentre sedeva adagio, fissò la dama. La dama tenne gli occhi fissi sulla piccola teiera. Il signor Bumble tossicchiò di nuovo e incurvò le labbra in un lieve sorriso.

La signora Corney si alzò per togliere dalla credenza un'altra tazza e un piattino. Mentre si rimetteva a sedere, lo sguardo di lei tornò a incrociare quello del galante messo. Ella arrossì e si dedicò al compito di versare il tè. Di nuovo il signor Bumble tossicchiò... più forte, questa volta, di quanto avesse fatto fino a quel momento.

«Dolce, signor Bumble?» domandò la matrona, prendendo la zuccheriera.

«Molto dolce, sì, signora» rispose il signor Bumble. Così dicendo tenne gli occhi fissi sulla signora Corney; e, se mai un messo parrocchiale aveva avuto un'aria tenera, il signor Bumble lo emulò, in quel momento.

Il tè venne versato e offerto in silenzio. Il signor Bumble, dopo aver disteso un fazzoletto sulle proprie ginocchia per impedire che eventuali briciole potessero offuscare lo splendore dei calzoni, cominciò a sgranocchiare e a sorseggiare; e alternò queste occupazioni piacevoli, di tanto in tanto, con un sospiro profondo; che, tuttavia, non aveva alcun effetto lesivo sul suo appetito, ma che anzi, all'opposto, sembrava facilitare le consumazioni di tè e di crostini abbrustoliti.

«Vedo che avete una gatta, signora» osservò il signor Bumble, sbirciandone una che, al centro della propria nidiata, si stava crogiolando davanti al fuoco. «E anche dei gattini, ma guarda!»

«Non potete immaginare, signor Bumble, quanto bene voglia a quelle bestiole» rispose la direttrice. «Sono talmente allegre e giocherellone che mi fanno buona compagnia.»

«Piacevolissimi animaletti, signora» rispose il signor Bumble, in tono di approvazione. «Animaletti molto domestici.»

«Oh, sì» rispose la matrona, con entusiasmo. «E amano a tal punto la casa che è un piacere averli.»

«Mia cara signora Corney,» disse adagio il signor Bumble, segnando il tempo con il cucchiaino da tè «ci tengo a dirvi una cosa: qualsiasi gatta, o gattina, che, vivendo con voi, signora mia, non amasse la vostra casa, sarebbe assolutamente stupida, eh, sì, signora mia!»

«Oh, signor Bumble!» lo rimproverò la signora Corney.

«Non si può travisare la verità, signora» esclamò il signor Bumble, brandendo il cucchiaino da tè con una sorta di enfasi amorosa che rese il gesto due volte più enfatico.

«Una simile gatta la affogherei io stesso, e con vivo piacere!»

«Allora siete un uomo crudele!» esclamò con vivacità la direttrice, tendendo la mano per prendere la tazza del messo. «Un uomo dal cuore molto duro.»

«Dal cuore duro, signora?» disse il signor Bumble. «Duro?» Il signor Bumble consegnò la tazza senza aggiungere una parola di più; quando la direttrice la prese, le strinse il dito mignolo; poi, rifilando a mano aperta due pacche sul proprio panciotto ricamato, emise un gran sospiro e scostò di qualche centimetro la sedia dal fuoco.

Il tavolo era rotondo; e poiché la signora Corney e il signor Bumble sedevano l'uno di fronte all'altra, senza molto spazio tra loro, e di fronte al fuoco, ci si renderà conto che il signor Bumble, indietreggiando dal caminetto, ma rimanendo seduto al tavolo, tendeva ad aumentare la distanza tra sé e la signora Corney; un'intenzione che alcuni lettori prudenti saranno senz'altro disposti ad ammirare, considerandola un gesto di grande eroismo da parte di lui; infatti egli era in qualche modo tentato dal momento, dal luogo e dalla situazione a pronunciare certe tenere inezie che, sebbene si addicano alle labbra dei fatui e degli spensierati, sembrano essere incommensurabilmente al di sotto della dignità dei giudici, dei membri del Parlamento, dei ministri, dei sindaci e di altri importanti pubblici funzionari, ma più che mai al di sotto della maestosità e della gravità di un messo parrocchiale, il quale (come è ben noto) dovrebbe essere più severo e più inflessibile di ogni altro.

Quali che fossero, tuttavia, le intenzioni del signor Bumble (e senza dubbio erano le migliori), si dava sfortunatamente il caso – come abbiamo fatto rilevare già due volte – che il tavolo fosse rotondo; per conseguenza il signor Bumble, continuando a spostare la sedia a poco a poco, cominciò ben presto a diminuire la distanza tra se stesso e la matrona; e, continuando a viaggiare lungo il margine esterno della circonferenza, portò, con il tempo, la propria sedia accanto a quella occupata dalla direttrice. Invero, le due sedie finirono con il toccarsi; e, quando questo accadde, il signor Bumble si fermò.

Orbene, se la signora Corney avesse spostato la propria sedia verso destra, sarebbe stata ustionata dal fuoco; e se l'avesse spostata verso sinistra sarebbe finita tra le braccia del messo parrocchiale; ragion per cui, essendo una donna cauta, ed essendole bastato, senza dubbio, uno sguardo per prevedere queste conseguenze, rimase dove si trovava e porse al signor Bumble un'altra tazza di tè.

«Cuore duro, signora Corney?» disse il signor Bumble, mescolando il tè e guardando in viso la direttrice. «*Voi* siete dura di cuore, signora Corney?»

«Santo Cielo!» esclamò la matrona. «È una domanda davvero curiosa da parte di uno scapolo! Per quale motivo lo vorreste sapere, signor Bumble?»

Il messo sorbì il tè fino all'ultima goccia; finì di sgranocchiare un crostino abbrustolito; si spazzò via le briciole dalle ginocchia; si asciugò le labbra; poi, con decisione, baciò la direttrice.

«Signor Bumble!» protestò la discreta signora, ma in un bisbiglio; poiché la paura era tanto grande, in lei, da averle fatto perdere completamente la voce. «Badate che grido, signor Bumble!» Il signor Bumble non rispose e, con un movimento lento e dignitoso, allacciò alla vita, con un braccio, la matrona.

Poiché la signora aveva dichiarato la propria intenzione di gridare, avrebbe logicamente gridato dopo questa ulteriore audacia; ma tale fatica venne resa inutile da qualcuno che bussò in modo incalzante alla porta; al che il signor Bumble sfrecciò, molto agilmente, verso le bottiglie di vino e cominciò a spolverarle con somma energia, mentre la matrona domandava in tono aspro chi fosse. Vale la pena di rilevare – quale curioso esempio dell'efficacia di un qualcosa di inaspettato nel controbilanciare gli effetti dell'estrema paura! – che la voce di lei aveva ritrovato tutta la sua asprezza ufficiale.

«Scusate, signora,» disse una vecchia e avvizzita ricoverata nell'ospizio, una donna laidamente brutta, facendo capolino «ma l'anziana Sally se ne sta andando rapidamente.»

«Be', e io che c'entro?» domandò irosamente la direttrice. «Non posso mica mantenerla in vita, no?»

«No, no, signora» rispose la vecchia, alzando una mano. «Nessuno potrebbe; non ci sono più santi che possano salvarla. Ne ho veduta di gente morire, bambini in fasce e uomini grossi e robusti; e quando la morte arriva, me ne rendo conto anche troppo bene. Ma questa Sally ha un chiodo fisso nella mente, e quando non è in preda alle convulsioni, vale a dire di rado, perché la fine si avvicina rapidamente, afferma di avere qualcosa da rivelare soltanto a voi. Non morirà finché voi non verrete, signora.»

Saputo questo, la degna signora Corney inveì in tutti i modi, sottovoce, contro le vecchie che non riescono nemmeno a crepare senza infastidire chi vale ben più di loro; poi, avvoltasi in un pesante scialle tirato fuori in fretta, invitò il signor Bumble a restare fino al suo ritorno, perché non si poteva mai sapere. Poi, dopo aver ordinato alla vecchia di camminare in fretta, e di non metterci tutta la notte a zoppicare su per le scale, la seguì uscendo di malagrazia dalla stanza e continuando a borbottare poi per tutto il tragitto.

Il comportamento del signor Bumble, quando rimase solo, risultò alquanto inesplicabile. Egli aprì la credenza, contò i cucchiaini da tè, soppesò le mollette per lo zucchero ed esaminò da vicino una lattiera d'argento per accertarsi che fosse davvero del metallo prezioso; quindi, una volta soddisfatta la propria curiosità a questo riguardo, si mise di traverso il cappello a tricorno e, per ben quattro volte, e con somma gravità, girò danzando intorno al tavolo. Dopo questa esibizione davvero straordinaria, si tolse il cappello e, dopo essersi stravaccato accanto al caminetto, con le spalle voltate al fuoco, parve mentalmente impegnato nel fare un inventario preciso dei mobili.

24

Tratta un assai misero argomento.
Ma è breve e può essere considerato importante
ai fini del presente racconto

A disturbare la quiete della direttrice nel suo alloggio era stata una messaggera di morte tagliata per quella parte: aveva il corpo incurvato dalla vecchiaia, le membra tremolanti per la paralisi; e il viso, deformato e divenuto ormai un ghigno farfugliante, sembrava più il disegno grottesco eseguito da qualche matita impazzita che l'opera della natura.

Ahimè! Quanto sono pochi i volti che continuano a rallegrarci con la loro bellezza! Le preoccupazioni, i dispiaceri e le brame terrene li mutano, così come mutano i cuori; e soltanto quando le passioni si sono placate e hanno perduto per sempre la loro presa, le nubi tempestose svaniscono, lasciando riapparire limpido il cielo. Accade comunemente che l'aspetto dei morti, anche così rigido e fisso, ritrovi le espressioni – dimenticate da lungo tempo – del sonno infantile e torni a essere quello dei primissimi anni di vita; i morti tornano a essere talmente placidi e sereni che chi li ha conosciuti nell'infanzia felice si inginocchia in preda a un timore reverenziale di lato al feretro, e scorge l'Angelo qui sulla terra.

La vecchia megera arrancò barcollante lungo i corridoi e su per le scale, bofonchiando risposte poco chiare ai borbottamenti della compagna; poi, costretta infine a sostare per riprendere fiato, consegnò a quest'ultima il lume e rimase indietro seguendola come poteva, mentre la più agile direttrice proseguiva verso la camera ove giaceva l'inferma.

Si trattava di una nuda stanza nella soffitta, con una

luce fioca che ardeva al lato opposto. Un'altra vecchia vegliava accanto al letto, mentre l'allievo farmacista della parrocchia rimaneva in piedi accanto al fuoco e stava ricavando da una penna d'oca uno stuzzicadenti.

«Che notte gelida, signora Corney» disse questo giovane gentiluomo, quando vide la direttrice entrare rapida nella stanza.

«Molto gelida, davvero, signore» rispose lei, nel suo tono di voce più cortese, facendo al contempo un inchino.

«Dovreste farvi consegnare un carbone migliore dai vostri fornitori» osservò l'allievo farmacista, spezzando un pezzo di carbone in cima al fuoco con l'attizzatoio arrugginito. «Questo non è per niente il più adatto per una notte molto fredda.»

«Le scelte le fa il consiglio, signore» rispose la direttrice. «Il meno che potrebbero fare consisterebbe nell'assicurarci un bel calduccio, perché il nostro lavoro è molto faticoso.»

A questo punto la conversazione venne interrotta da un gemito della malata.

«Oh!» fece il giovane, voltando la testa verso il letto, come se avesse completamente dimenticato la presenza della moribonda. «Credo che sia ormai agli estremi, signora Corney.»

«Oh, davvero, signore?»

«Mi stupirei se tirasse avanti ancora per un paio d'ore» disse l'allievo farmacista, fissando la punta della penna d'oca. «C'è un tracollo completo delle funzioni vitali. Si è appisolata?»

La vecchia si chinò sul letto per accertarsene; poi rispose con un cenno affermativo.

«Allora forse se ne andrà così, senza accorgersene, se nessuno farà rumore» disse il giovane. «Mettete il lume sul pavimento, così non lo vedrà.»

La vecchia fece come le era stato detto, ma al contempo scosse la testa, per far capire che la donna non sarebbe morta tanto facilmente; ciò fatto, si mise a sedere accanto all'altra vecchia infermiera, che nel frattempo era arrivata. La direttrice, con un'aria spazientita, si avvolse nello scialle e sedette ai piedi del letto.

L'allievo farmacista, avendo terminato di costruire lo stuzzicadenti, si piazzò davanti al fuoco e se ne servì ben bene per una decina di minuti; poi, preso a quanto parve dalla noia, augurò buon lavoro alla signora Corney e se ne andò in punta di piedi.

Dopo essere rimaste sedute in silenzio per qualche tempo, le due vecchie si alzarono e, andate ad accovacciarsi davanti al fuoco, tesero le mani avvizzite per riscaldarsele. Le fiamme proiettarono una luce spettrale sulle loro facce avvizzite, facendone sembrare orribile la bruttezza mentre, in quella posizione, cominciavano a conversare a bassa voce.

«Ha detto qualcos'altro, Annie cara, mentre io ero via?» domandò la vecchia che aveva fatto da messaggera.

«Non una parola» rispose l'altra. «Si è pizzicata le braccia per qualche momento, ma poi io le ho tenuto ferme le mani e ben presto si è addormentata. È sfinita, ormai, e così mi è stato facile immobilizzarla. Non sono poi tanto debole, sebbene vecchia e sfamata dalla parrocchia, oh no.»

«Ha bevuto il vino caldo che ha ordinato il dottore?»

«Ho cercato di farglielo mandar giù. Ma ha stretto i denti sulla tazza con tanta forza che è stato un miracolo se sono riuscita a toglierla via. Così il vino l'ho bevuto io, e mi ha giovato!»

Dopo essersi guardate attorno circospette per accertarsi di non essere udite, le due vecchie si accostarono ulteriormente al fuoco e ridacchiarono di cuore.

«Un tempo» osservò la prima «avrebbe fatto lo stesso anche lei, per poi riderne in seguito.»

«Ah, è vero; aveva un'indole allegra» riconobbe l'altra. «Ne ha composte moltissime di salme, tanto bene da farle sembrare fatte di cera. Questi miei vecchi occhi le hanno vedute... e queste mie mani grinzose le hanno toccate, sicuro, perché l'ho aiutata, decine di volte.»

Aprendo le dita tremanti, la vecchia le agitò con esultanza davanti al proprio viso, poi, frugatasi in tasca, tirò fuori una tabacchiera scolorita dal tempo, e, scuotendola, fece cadere un po' di tabacco dapprima nel palmo teso della compagna, poi nel proprio. Mentre erano così impegnate, la direttrice, che le aveva osservate spazientita aspettando che la morente rientrasse in sé, si avvicinò a esse davanti al fuoco e domandò, in tono aspro, per quanto tempo ancora avrebbe dovuto aspettare.

«Non per molto, signora» rispose una delle due, alzando gli occhi verso di lei. «Nessuna di noi dovrà aspettare a lungo la morte. Pazienza, pazienza! Arriverà presto per tutte!»

«Tenete a freno la lingua, idiota rimbambita!» disse la direttrice, con severa irosità. «Ditemelo voi, Martha. Si è trovata in questo stato anche prima?»

«Più volte» rispose la vecchia.

«Ma non accadrà più» soggiunse l'altra. «Rientrerà in sé una sola volta, voglio dire... e, badate, signora, non per molto!»

«Per molto o per poco» esclamò la matrona, stizzosamente «non mi troverà qui quando riprenderà i sensi; e voi due badate bene a non disturbarmi di nuovo per niente. Non fa parte dei miei compiti assistere tutte le vecchie dell'ospizio che muoiono, né io intendo farlo... quel che più conta. Badate bene, impudenti, decrepite megere. Se ricomincerete a prendermi in giro la pagherete cara, ve lo garantisco!»

Stava già allontanandosi rapidamente, quando un grido delle due donne, che si erano voltate verso il letto, la indusse a voltarsi. La moribonda si era sollevata a mezzo e stava tendendo le braccia verso di loro.

«Chi è quella?» gridò, con una voce rauca.

«Zitta, zitta!» disse una delle vecchie, chinandosi su di lei. «Mettiti giù, mettiti giù!»

«Mai più mi metterò giù viva!» esclamò la donna, dibattendosi. «*Voglio* dirglielo! Venite qui! Fatevi più vicina! Lasciate che vi bisbigli all'orecchio!»

Afferrò la direttrice per un braccio e, costringendola a mettersi sulla sedia accanto al capezzale, si accinse a parlare quando, nel guardarsi attorno, scorse le due vecchie protese in avanti, nell'atteggiamento di chi ascolta avidamente.

«Allontanatele» disse la moribonda, sonnacchiosamente. «Fate presto, fate presto!»

Le due megere, a una voce, cominciarono a lagnarsi dicendo che la poveretta era più di là che di qua e non riconosceva le sue migliori amiche, e asserendo che non l'avrebbero mai lasciata, ma la direttrice le spinse fuori della stanza, chiuse la porta e tornò al capezzale. Essendo state così escluse, le due vecchie cambiarono tono e gridarono, attraverso il buco della chiave, che l'anziana Sally era ubriaca; la qual cosa, in effetti, non sembrava improbabile, in quanto la morente, oltre a una modesta dose di oppio prescritta dal medico, stava subendo gli effetti di un'ultima sorsata di gin allungato con acqua fattale bere, nella loro generosità, dalle due degne vecchie.

«Ora ascoltatemi» disse la moribonda a voce alta, quasi stesse compiendo uno sforzo enorme per fare sprizzare un'ultima, latente scintilla di energia. «In questa stessa stanza... in questo stesso letto... mi capitò di assistere un tempo una graziosa e giovane creatura, che venne portata all'ospizio con i piedi tagliuzzati e martoriati a furia di camminare, coperta dappertutto di polvere e di sangue. Diede alla luce un maschietto, e morì. Lasciatemi pensare... che anno era?»

«Lasciate perdere l'anno» disse, impaziente, colei che l'ascoltava. «Cosa volevate rivelarmi di lei?»

«Ah, sì,» mormorò la moribonda, scivolando di nuovo nell'assopimento «che cosa volevo dire di lei?... che cosa?... Ah! Lo so!» gridò, balzando su con violenza, il viso acceso e gli occhi che sembravano schizzarle fuori delle orbite. «La derubai! Sì, ecco che cosa feci! Non era ancora fredda... vi dico che non era ancora fredda, quando lo rubai!»

«Rubaste che cosa, in nome di Dio?» gridò la direttrice, facendo un gesto come se volesse invocare aiuto.

«L'unica cosa che possedesse!» rispose l'altra con veemenza, mettendole una mano sulla bocca. «Aveva bisogno di vestiti per stare calda e di cibo per tenersi su, ma non se n'era servita e lo aveva conservato in seno. Oro, vi dico! Oro fino, che avrebbe potuto salvarle la vita!»

«Oro!» fece eco la direttrice, chinandosi avidamente sulla donna mentre ricadeva giù. «Continuate, continuate... sì... che cosa ne faceste? Chi era la madre? Quando fu?»

«Incaricò me di conservarlo» rispose la morente, con un gemito «perché ero la sola di cui si fidasse. Ma lo avevo già rubato con gli occhi quando me lo mostrò, appeso al collo. E se il bambino è morto, anche questa colpa, forse, ricade su di me! Lo avrebbero trattato meglio, se avessero saputo tutto!»

«Saputo che cosa?» domandò la direttrice. «Parlate!»

«Il bambino somigliava tanto alla madre, quando crebbe» disse la donna, farneticando, senza rispondere alla domanda «che, vedendone il viso, non riuscivo a dimenticare! Povera ragazza! Povera ragazza! Così giovane, per giunta! E così dolce e bella! Aspettate, ho dell'altro da dire. Non vi ho ancora detto tutto, vero?»

«No, no» rispose la direttrice, reclinando il capo per cogliere le parole pronunciate sempre più fiocamente dalla moribonda. «Dite, presto, o sarà troppo tardi!»

«La madre,» disse la donna, compiendo uno sforzo ancor più violento di prima «la madre, quando incominciarono per lei le doglie del parto destinato a ucciderla, mi bisbigliò all'orecchio che, se la creatura fosse nata viva e vitale, sarebbe venuto per essa un giorno in cui non avrebbe dovuto vergognarsi del nome di sua madre. E, "Oh, in nome di Dio," mi implorò, giungendo le mani "sia maschio o femmina, fate in modo che abbia degli amici, in questo mondo perverso, e abbiate compassione di una povera creatura desolata, affidata alla misericordia del Signore!".»

«Come si chiamava il bambino?» domandò la direttrice.

«Lo avevano chiamato Oliver» rispose la donna, fiocamente. «L'oro che rubai venne...»

«Sì, sì... che cosa?» gridò l'altra.

Si chinava avidamente sulla moribonda per udirne la risposta, ma poi si tirò indietro, d'istinto, mentre l'altra, adagio e rigidamente, si sollevava di nuovo fino a trovarsi seduta sul letto; poi, afferrata con tutte e due le mani la coperta e mormorate alcune sillabe confuse, la morente ricadde esanime sul letto.

«Morta stecchita!» mormorò una delle due vecchie, affrettandosi a entrare, non appena la porta venne aperta.

«E, tutto sommato, non ha rivelato un bel niente» disse la direttrice, andandosene noncurante.

Le due megere, apparentemente troppo prese dai preparativi richiesti dal loro macabro compito per poter rispondere, rimasero sole e si diedero da fare intorno alla salma.

25

Nel quale il racconto torna
al signor Fagin e compagni

Mentre accadeva tutto ciò nell'ospizio della cittadina, il
signor Fagin sedeva nella sua tana – quella stessa dalla
quale la ragazza aveva condotto via Oliver – cogitando
davanti a un fuocherello fumoso. Aveva sulle ginocchia
un soffietto con il quale, a quanto pareva, si era sforzato di ravvivare il fuoco; ma poi doveva essersi calato in
profonde riflessioni e adesso, con le braccia conserte e
il mento poggiato sui pollici, teneva gli occhi fissi, senza vederlo, sul parafuoco arrugginito.

A un tavolo dietro di lui sedevano il Furbacchione, il
signorino Charles Bates e il signor Chitling, intenti a
giocare a carte; il Furbacchione, con il morto, contro
gli altri due. L'espressione del ragazzo, già singolarmente intelligente in ogni momento, sembrava esserlo più
che mai mentre egli seguiva attento la partita e scruta-
va intensamente la mano del signor Chitling, alla quale,
di tanto in tanto, non appena le circostanze glielo consentivano, scoccava tutta una serie di occhiate furtive;
saggiamente regolando il proprio gioco a seconda del
risultato delle sue osservazioni sulle carte del vicino di
posto. Essendo quella una notte gelida, il Furbacchione
portava il cappello, come d'altronde era solito fare non
di rado in casa. Stringeva inoltre, tra i denti, una pipa
d'argilla che si toglieva di bocca soltanto per qualche
momento quando riteneva necessario dissetarsi attin-
gendo alla caraffa di gin allungato con acqua che si trovava sul tavolo a beneficio della compagnia.

Anche il signorino Bates seguiva con attenzione il gioco; ma, essendo egli di indole più eccitabile di quella del suo compito amico, si poteva notare come si servisse più frequentemente di gin con acqua e come, per di più, indulgesse a numerosi lazzi e osservazioni irrilevanti che non si addicevano affatto a una seria partita a carte. E invero il Furbacchione, facendo conto sulla loro intima amicizia, non di rado ragionava gravemente con lui a proposito di queste scorrettezze; rimostranze che il signorino Bates accoglieva invariabilmente senza prendersela, limitandosi a invitare l'amico ad andare a farsi impiccare, o a ficcare la testa in un sacco, oppure rispondendo con qualche altra arguta spiritosaggine di questo genere, il cui tempestivo impiego destava una considerevole ammirazione nella mente del signor Chitling. Vale la pena di rilevare che quest'ultimo gentiluomo e il suo compagno di gioco perdevano invariabilmente; e che tale circostanza, lungi dall'infuriare il signorino Bates, sembrava divertirlo a non finire; infatti egli rideva in modo quanto mai clamoroso al termine di ogni giro e sosteneva di non aver mai assistito a una partita a carte così divertente in tutta la sua vita.

«Abbiamo perduto di nuovo» disse il signor Chitling, assai scuro in faccia, togliendosi dal taschino del panciotto una mezza corona. «Non ho mai visto uno come te, Jack. Vinci sempre. Anche quando abbiamo buone carte, Charley e io non riusciamo a combinare un bel niente.»

O la sostanza o il tono della frase, pronunciata molto gravemente, oppure entrambe le cose, divertirono a tal punto Charley Bates che il suo conseguente scoppio di risa strappò l'ebreo alle fantasticherie, inducendolo a domandare quale fosse il motivo di una simile ilarità.

«Il motivo, Fagin!» gridò Charley. «Vorrei che tu avessi seguito il gioco. Tommy Chitling non ha fatto un solo punto e io ho giocato con lui contro il Furbacchione e il morto.»

«Oh-oh» disse l'ebreo, con un sorrisetto che lasciò capire, abbastanza chiaramente, come egli non stentasse a capire il perché. «Provaci di nuovo, Tom, provaci di nuovo.»

«No, tante grazie, Fagin,» rispose Chitling «io ne ho

avuto abbastanza. Il Furbacchione, qui, ha una fortuna così sfacciata che con lui nessuno può vincere.»

«Ah-ah, mio caro!» esclamò l'ebreo. «Bisogna alzarsi molto presto al mattino per vincere con il Furbacchione.»

«Al mattino!» esclamò Charley Bates. «Bisogna mettersi le scarpe mentre è ancora notte fonda e avere un telescopio per ciascun occhio e un binocolo tra le spalle, se si vuole avere la meglio su di lui!»

Jack Dawkins accolse questi splendidi complimenti assai filosoficamente e propose di giocare ancora, per uno scellino al giro, lasciando che fossero gli altri a tagliare il mazzo. Ma, nessuno avendo accettato la proposta, e dato che il fornello della pipa era ormai pieno soltanto di cenere, egli si accinse a divertirsi disegnando sul tavolo, con il gessetto che gli era servito per segnare i punti, la pianta della prigione di Newgate; e, mentre disegnava, fischiettò in un modo particolarmente stridulo.

«Quanto sei cogitabondo, Tommy!» esclamò il Furbacchione, interrompendosi a un tratto, dopo che era regnato un lungo silenzio. «A che cosa starà pensando, secondo te, Fagin?»

«Come potrei saperlo, mio caro?» rispose l'ebreo, voltando la testa a guardarlo mentre soffiava sul fuoco. «Alle sue perdite, forse; oppure al recente, breve ritiro in campagna, eh? Ah-ah! È così, mio caro?»

«Nemmeno per sogno» intervenne il Furbacchione, impedendo a Chitling di parlare proprio mentre stava per rispondere. «Tu che ne dici, Charley?»

«Io direi» rispose il signorino Bates, sogghignando «che è stato insolitamente gentile con Betsy. Guardate come arrossisce! Oh, perdinci! Questa sì che è bella! Tommy Chitling innamorato cotto! Oh, Fagin, Fagin, che spasso!»

Completamente travolto dall'idea che il signor Chitling potesse essere la vittima di una tenera passione, il signorino Bates ricadde sulla sedia con tanta violenza da perdere l'equilibrio e da finire sul pavimento; ove (l'incidente non avendo diminuito per nulla la sua allegria) giacque lungo disteso finché non ebbe finito di ridere, dopodiché riprese la posizione di prima e scoppiò in una nuova risata.

«Non badargli, mio caro» disse l'ebreo, strizzando l'occhio a Dawkins e rifilando al signorino Bates un colpetto di rimprovero con il tubo del soffietto. «Betsy è una brava ragazza. Non la mollare, Tom. Non la mollare.»

«Volevo dire, Fagin,» esclamò Chitling, molto rosso in faccia «che la cosa non riguarda nessuno, qui.»

«Ma sicuro» rispose l'ebreo. «Charley è un chiacchierone. Non badare a lui mio caro, non badare a lui. Betsy è una brava ragazza. Segui i suoi consigli, Tom, e farai fortuna.»

«Li ho seguiti, i suoi consigli» rispose Chitling. «Non sarei finito al fresco se non fosse stato per i suoi consigli. Però è stato un buon affare per te, non è così, Fagin? E del resto, che cosa sono sei settimane di galera? Prima o poi deve succedere che si finisca dentro, e perché non durante l'inverno, quando non si ha tanta voglia di andare a spasso, eh, Fagin?»

«Oh, sicuro, mio caro» rispose l'ebreo.

«Non ti importerebbe di tornare al fresco, vero, Tom,» domandò il Furbacchione, strizzando l'occhio a Charley e all'ebreo «per il bene di Bet?»

«Certo che non mi importerebbe» rispose Tom Chitling irosamente «se proprio vuoi saperlo. E chi farebbe altrettanto? Mi piacerebbe proprio saperlo, eh, Fagin?»

«Nessuno, mio caro» rispose l'ebreo. «Non un'anima viva, Tom. A parte te, non conosco nessuno che sarebbe disposto a farlo; proprio nessuno, mio caro.»

«Avrei potuto cavarmela, se avessi cantato per quanto la concerneva, non è così, Fagin?» insistette irosamente il povero e ottuso allocco. «Una mia parola sarebbe bastata per fregarla, non è così, Fagin?»

«Certo che sarebbe bastata, mio caro» rispose l'ebreo.

«Ma io non ho cantato. Non è forse vero, Fagin?» volle sapere Tom, ponendo domande su domande, quanto mai loquace.

«No, no, certo che no» rispose l'ebreo. «Sei troppo leale, tu, per cantare. Di gran lunga troppo leale!»

«Forse è così» rispose Tom, guardandosi attorno. «Ma, se sono stato leale, che cosa c'è da ridere, eh, Fagin?»

L'ebreo, rendendosi conto che Chitling era notevolmente sconvolto, si affrettò ad assicurargli che nessuno stava ridendo; e, per dimostrare fino a qual punto fosse seria la compagnia, chiese la conferma al signorino Bates, il quale aveva riso più di tutti. Ma, sfortunatamente, il signorino Bates, aprendo la bocca per rispondere che non era mai stato più serio in vita sua, non riuscì a impedirsi di scoppiare in una risata così clamorosa che il risentito Chitling, senza alcun preavviso, attraversata di corsa la stanza, vibrò un colpo all'impudente; il quale, abile com'era nel sottrarsi agli inseguimenti, si chinò per evitarlo, e scelse il momento con tanto tempismo che il colpo finì sul petto dell'allegro ebreo, facendolo barcollare e scaraventandolo contro la parete; e là rimase il vecchio, ansando per respirare, con vivo sgomento di Chitling.

«Ehi!» esclamò il Furbacchione in quel momento. «Ho udito il campanello!» Poi, afferrato il lume, salì silenziosamente al piano di sopra.

Il campanello venne fatto tintinnare di nuovo, con una certa impazienza, mentre gli altri rimanevano al buio. Infine, di lì a non molto, il Furbacchione ricomparve e misteriosamente bisbigliò qualcosa a Fagin.

«Cosa?» gridò l'ebreo. «Solo?»

Il Furbacchione annuì e, facendo schermo con la mano alla fiammella della candela, lasciò capire con la mimica, a Charley Bates, che in quel momento avrebbe fatto meglio a non ridere. Dopo aver dato questo consiglio amichevole, alzò gli occhi verso la faccia dell'ebreo e aspettò gli ordini del vecchio.

Fagin si mordicchiò le dita gialle e meditò per qualche secondo, il viso alterato dall'agitazione, come se paventasse qualcosa e temesse di venire a sapere il peggio. Infine rialzò la testa.

«Dov'è?» domandò.

Il Furbacchione additò il piano di sopra e fece un movimento, come per uscire dalla stanza.

«Sì,» disse l'ebreo, rispondendo al silenzioso interrogativo «portalo giù. Silenzio! Non ti far sentire, Charley! Zitto, Tom! Tacete tutti.»

Questi ordini concisi, rivolti a Charley Bates e al suo antagonista di un momento prima, vennero prontamente eseguiti. Non un bisbiglio tradì la presenza dei due quando il Furbacchione discese gli scalini con la candela in mano, seguito da un uomo che indossava un ruvido camiciotto e che, dopo essersi guardato attorno rapidamente nella stanza, si tolse una larga sciarpa la quale gli aveva nascosto la parte inferiore della faccia; vennero così rivelate le fattezze del damerino Toby Crackit, sudicio, sfinito e non sbarbato.

«Come va, Fagin?» disse la degna persona, salutando con un cenno del capo l'ebreo. «Ficca questa sciarpa nel mio berretto, Furbacchione, affinché sappia dove trovarla quando taglierò la corda. Ecco a che cosa siamo arrivati! Toccherà a te diventare un abile scassinatore, quando i vecchi saranno stati tolti di mezzo.»

Ciò detto sollevò il camiciotto e, strettoselo intorno alla vita, accostò una sedia al fuoco e poggiò i piedi sul parafuoco.

«Senti un po', Fagin,» disse, guardando con un'aria sconsolata i propri stivali infangati «non ho più bevuto un goccio di qualcosa di forte da tu sai quando, no, nemmeno un goccio, per Giove! Ma non guardarmi in quel modo, amico. Ogni cosa a suo tempo. Non posso parlare di affari finché non avrò mangiato e bevuto; quindi fammi servire e che possa rimpinzarmi per la prima volta da tre giorni a questa parte!»

Con un cenno, l'ebreo ordinò al Furbacchione di portare a tavola quel che v'era da mangiare; poi, sedutosi di fronte al ladro, aspettò i suoi comodi.

A giudicare dalle apparenze, Toby non aveva alcuna fretta di iniziare la conversazione. A tutta prima l'ebreo si accontentò di osservarne con pazienza le fattezze, come per dedurre, dalle espressioni di lui, un qualche indizio riguardo alle notizie che egli portava; ma invano. Toby sembrava disfatto e sfinito, eppure le sue sembianze avevano sempre la stessa aria compiaciuta e calma; e, nonostante la sporcizia e la barba lunga, il sorriso era sempre quello vanaglorioso di Toby Crackit, l'elegantone. Dopo qualche momento, l'ebreo, tormentato dall'impazienza, contò ogni boccone che l'altro si metteva in bocca, andando nel frattempo avanti e indietro nella stanza, in preda a un'agitazione irreprimibile. Ma tutto fu inutile. Toby continuò a mangiare, apparentemente con la massima indifferenza, fino a non poterne più; infine, dopo aver ordinato al Furbacchione di uscire, chiuse la porta, si versò un bicchiere di gin allungato con acqua, e si accinse a parlare.

«Prima di ogni altra cosa, Fagin...» cominciò.

«Sì? Sì?» fece, impaziente, l'ebreo, accostando una sedia.

Il signor Crackit si interruppe per bere un sorso di gin con acqua e per dichiarare che il gin era eccellente; infine, appoggiati i piedi sulla bassa mensola del caminetto, così da avere gli stivali allo stesso livello degli occhi, riprese placidamente a parlare.

«Prima di ogni altra cosa, Fagin,» disse «Bill come sta?»

«Cosa?» urlò l'ebreo, balzando su dalla sedia.

«Come, non vorrai dirmi...?» mormorò Toby, impallidendo.

«Altro che dirti!» urlò l'ebreo, battendo furiosamente i piedi sul pavimento. «Dove sono? Sikes e il ragazzino! Dove sono finiti? Dove si stanno nascondendo? Perché non si sono fatti vedere qui?»

«Il colpo è fallito» disse Toby, fiocamente.

«Lo so!» esclamò l'ebreo, strappandosi dalla tasca un giornale e additandolo. «Che altro hai da dirmi?»

«Hanno sparato al ragazzetto e lo hanno colpito. Siamo fuggiti attraverso i campi dietro la casa, con il bambino tra noi due... sempre diritto come volano le cornacchie... oltre a siepi e fossati. Ci inseguivano. Maledizione! L'intera zona era desta e i cani ci stavano correndo dietro.»

«Ma il bambino?»

«Bill se lo è caricato sulle spalle, filando via come il vento. Gli penzolava la testa ed era gelido. Avevamo gli inseguitori alle calcagna. Per evitare la forca bisognava che ognuno facesse per sé! Così ci siamo separati e abbiamo lasciato il moccioso disteso in un fossato. Non so niente altro di lui, nemmeno se fosse vivo o morto.»

L'ebreo non stette a sentire altro; lanciato un gran grido e affondate le mani nei capelli, corse rapidamente fuori della stanza e fuori della casa.

26

*Nel quale entra in scena un personaggio
del tutto misterioso e vengono inoltre compiute
molte cose connesse al nostro racconto*

Il vecchio dovette arrivare all'angolo della strada prima
di cominciare a riaversi dal colpo causato in lui dalle
notizie di Toby Crackit. Non rallentò affatto il passo e
proseguì frettolosamente e quasi alla cieca finché il
passaggio improvviso di una carrozza che gli saettò accanto e le grida allarmate dei passanti accortisi del pericolo lo risospinsero sul marciapiede. Evitando il più
possibile le vie principali e percorrendo furtivamente
soltanto le viuzze e i vicoli, venne a trovarsi, infine, in
Snow Hill. Lì camminò ancor più in fretta di prima finché non ebbe voltato di nuovo in un piccolo slargo; poi,
quasi rendendosi conto di trovarsi ormai nel suo elemento, riprese la consueta andatura strascicata e parve
respirare più liberamente.

In prossimità del punto nel quale si incontrano Snow
Hill e Holborn Hill, incomincia, sulla destra uscendo
dalla City, uno stretto e lugubre vicolo che conduce a
Saffron Hill. Nelle sue sudicie botteghe sono esposti in
vendita enormi mucchi di fazzoletti di seta di seconda
mano, fazzoletti di ogni dimensione e con tutti i disegni
possibili, poiché lì risiedono i mercanti che li acquista-
no dai borsaioli. Centinaia di questi fazzoletti pendono
da appositi ganci accanto alle vetrine o sono appesi agli
stipiti delle porte; e si ammonticchiano, inoltre, sugli
scaffali all'interno. Per quanto il Field Lane sia breve,
esso vanta un barbiere, un caffè, una birreria e una frig-
gitoria di pesce. È una minuscola e autonoma colonia

commerciale, è l'emporio dei piccoli furti, visitato, dalle prime ore del mattino al crepuscolo, da mercanti taciturni che esercitano i loro commerci in bui retrobottega e che poi scompaiono misteriosamente come sono apparsi. Lì espongono le loro mercanzie i robivecchi, i venditori di scarpe usate e gli straccivendoli; lì mucchi di ferrivecchi e di ossa, nonché cataste di muffiti stracci di lana e di cotone arrugginiscono o marciscono in sudicie cantine.

In questo luogo voltò l'ebreo. I pallidi abitatori del vicolo lo conoscevano bene poiché tutti coloro che si tenevano pronti ad acquistare o a vendere lo salutarono familiarmente, con cenni del capo, mentre passava. Egli rispose nello stesso modo ai loro saluti, ma non andò più in là di questo finché non fu giunto in fondo al vicolo; là si fermò e rivolse la parola a un bottegaio piccoletto di statura che aveva compresso in una sedia da bambini quel tanto della propria persona che la sedia stessa poteva contenere, e stava fumando la pipa accanto alla porta del proprio magazzino.

«Perdiana, vedere voi, signor Fagin, fa bene agli occhi» disse questo rispettabile mercante, rispondendo all'ebreo, il quale a sua volta si era informato sulla sua salute.

«Dalle mie parti aveva cominciato a fare un po' troppo caldo Lively» disse Fagin, inarcando le sopracciglia; e, incrociate le braccia, portò le mani sulle spalle.

«Be', l'ho già sentita un paio di volte, questa lagnanza» rispose il mercante. «Ma ben presto la temperatura torna ad abbassarsi, non trovate?»

Fagin rispose di sì con un cenno del capo. Poi, additando nella direzione di Saffron Hill, domandò se vi fosse gente, là, quella sera.

«Nella taverna degli Storpi?» volle sapere l'altro.

L'ebreo annuì.

«Vediamo» mormorò il mercante, riflettendo. «Sì, che io sappia vi sarà una mezza dozzina di persone, ma non il vostro amico, credo.»

«Sikes non c'è, immagino?» domandò l'ebreo, con un'aria delusa.

«*Non est inventus*,* come dicono gli avvocati» rispose l'ometto, scuotendo la testa e assumendo un'espressione furbesca. «Avete qualcosa per me, questa sera?»

«No, questa sera niente» rispose l'ebreo, voltandosi per andarsene.

«Siete diretto alla taverna degli Storpi, Fagin?» gli gridò dietro l'ometto. «Aspettatemi. Non mi spiacerebbe bere un goccio là, in vostra compagnia!»

Ma poiché l'ebreo, voltatosi, fece un cenno negativo con la mano, per dire che preferiva restar solo, e siccome, per giunta, l'ometto non riuscì a districarsi rapidamente dalla seggiolina, la taverna degli Storpi dovette rinunciare, per quella volta, al vantaggio della presenza del signor Lively. Quando quest'ultimo, infatti, fu riuscito a mettersi in piedi, l'ebreo era scomparso; per conseguenza il signor Lively, dopo essersi inutilmente alzato sulle punte, nella speranza di scorgere Fagin, tornò a incastrare se stesso nella piccola sedia e poi, scambiato uno scuotimento del capo, dubbioso e diffidente con la proprietaria della bottega di fronte, ricominciò a fumare la pipa, serio e compunto.

I Tre Storpi, ovvero gli Storpi, come la taverna veniva familiarmente chiamata dai suoi frequentatori, era il locale ove abbiamo già veduto il signor Sikes con il suo cane. Limitandosi a fare un cenno all'uomo dietro il banco, Fagin salì subito le scale, poi, aperta la porta di una stanza e insinuatosi silenziosamente all'interno, si guardò attorno ansiosamente, facendosi schermo agli occhi con la mano, come se stesse cercando qualcuno in particolare.

La stanza era illuminata da due lampade a gas il cui bagliore non poteva essere veduto all'esterno grazie alle tende di un rosso sbiadito accostate e alle imposte chiuse; il fumo del tabacco, che aveva annerito il soffitto, aleggiava talmente denso nell'aria che, a tutta prima, riuscì quasi impossibile scorgere qualcosa di più. A poco a

* Nel testo originale, il mercante storpia queste parole del gergo giuridico, che significano «Non è reperibile», dicendo «*Non istwentus*». (*NdT*)

poco, tuttavia, anche perché esso sfuggì in parte attraverso la porta aperta, divenne possibile distinguere, confusamente come i suoni che giungevano alle orecchie, un gruppo di teste; poi, a mano a mano che lo sguardo si abituava alla penombra, l'osservatore poté rendersi conto, a poco a poco, della presenza di una numerosa compagnia formata da uomini e donne che si pigiavano intorno a un lungo tavolo, a una estremità del quale qualcuno munito di martello presiedeva la riunione, mentre un musicista di mestiere, dal naso bluastro e con la faccia bendata a causa di un mal di denti, strimpellava su un tintinnante pianoforte nell'angolo.

Mentre Fagin si faceva avanti silenziosamente, il pianista, che, a mo' di preludio, faceva scorrere le dita sui tasti, causò la richiesta generale di una canzone; dopodiché una giovane donna si accinse a divertire la compagnia con una ballata in quattro strofe, dopo ognuna delle quali l'accompagnatore suonò l'intera melodia, forte il più possibile. Alla fine della canzone, il presidente pronunciò un brindisi, dopodiché i gentiluomini seduti alla sua sinistra e alla sua destra si offrirono per un duetto, e lo cantarono, applauditissimi.

Rivestiva un certo interesse osservare alcuni volti che facevano spicco nella comitiva. V'era quello dello stesso presidente (il proprietario della taverna), un uomo rozzo e volgare, molto robusto, che, mentre i cantanti si esibivano, volgeva lo sguardo qua e là e, pur abbandonandosi, in apparenza, alla giovialità, non si lasciava sfuggire nulla di quanto accadeva né una sola delle parole che venivano pronunciate. Accanto a lui si trovavano i cantanti, che accoglievano con l'indifferenza dei professionisti le lodi della compagnia e preferivano dedicarsi alla decina di bicchieri contenenti gin allungato con acqua offerti loro dagli ammiratori più entusiasti; le fattezze di costoro, che tradivano quasi ogni vizio esistente al mondo, attraevano lo sguardo proprio perché non sarebbero potute essere più ripugnanti. Scaltrezza, ferocia e ubriachezza in tutti gli stadi erano visibili lì nei loro aspetti peggiori. E le donne: in alcune, l'ultimo indugiante residuo della freschezza di un tempo sembrava dileguarsi, quasi, nel momento stesso in cui le si guardava. In altre, ogni aspetto del loro sesso era completamente scomparso, per cui nei volti non si scorgeva altro che dissolutezza e criminalità; quelle che erano ancora fanciulle, o donne nel fiore degli anni, costituivano l'aspetto più cupo e più triste di quella squallida scena.

Fagin, che non era minimamente turbato da tutto ciò, volse lo sguardo ansioso da un volto all'altro, mentre la festa era in corso, ma senza scorgere, a quanto parve, quello che cercava. In ultimo, avendo attratto l'attenzione dell'uomo a capotavola, gli fece un cenno appena percettibile, poi uscì dalla stanza silenziosamente come vi era entrato.

«Che cosa posso fare per voi, signor Fagin?» domandò l'altro, dopo averlo seguito sul pianerottolo. «Non volete unirvi a noi? Saranno tutti felicissimi di avervi con loro.»

L'ebreo scosse la testa spazientito e domandò, in un bisbiglio: «*Lui* si trova qui?».

«No» rispose l'uomo.

«E non vi sono notizie di Barney?» domandò Fagin.

«Nessuna» rispose il proprietario della taverna degli Storpi, poiché si trattava di lui. «Non si muoverà finché non vi sarà più alcun pericolo. Potete star certo che sono sulle sue tracce, laggiù, e, se lui si muovesse, scoprirebbero tutto. Deve trovarsi al sicuro, Barney, altrimenti si sarebbe fatto vivo. Sono pronto a scommettere che sa come barcamenarsi. Potete stare tranquillo.»

«E *lui* verrà qui, questa sera?» domandò l'ebreo, sottolineando quel "lui" come prima.

«Monks, volete dire?» domandò, esitante, il proprietario della taverna.

«Scccc!» fece l'ebreo. «Sì.»

«Ma certo» rispose l'uomo, togliendo un orologio d'oro dal taschino. «Dovrebbe essere già qui. Se aspettate un dieci minuti arriverà...»

«No, no» si affrettò a dire l'ebreo; come se, per quanto desideroso potesse essere di vedere la persona in questione, provasse, ciò nonostante, una sensazione di sollievo sapendola assente. «Ditegli che sono venuto qui per parlargli; e che deve venire da me stanotte. Anzi, no, ditegli domani. Visto che non è ancora qui, domani potrà bastare.»

«Bene» disse il proprietario della taverna. «Niente altro?»

«No, per il momento» rispose l'ebreo, scendendo le scale.

«Ehi, dico,» fece l'altro, sporgendosi oltre la ringhiera e parlando a rauchi bisbigli «che momento sarebbe questo per agire! Ho qui Phil Barker, talmente ubriaco che anche un bambino riuscirebbe a toglierlo di mezzo.»

«Oh-oh. Ma non è ancora il momento per Phil Barker» disse l'ebreo, alzando gli occhi. «Phil deve fare qualcos'altro prima che possiamo permetterci di liberarci di lui; quindi tornate con gli altri, mio caro, e dite a tutti di spassarsela allegramente... *finché dureranno*. Ah-ah-ah!»

Il proprietario della taverna echeggiò la risata del vecchio, poi tornò dai suoi ospiti. L'ebreo era appena rimasto solo che la sua espressione ricominciò a tradire ansia. Dopo aver riflettuto per qualche momento, egli chiamò una carrozza e ordinò al cocchiere di portarlo verso Bethnal Green. Discese a un quattrocento metri dall'abitazione di Sikes e percorse a piedi il tratto rimanente.

«E ora» mormorò mentre bussava alla porta «se qui c'è di mezzo un imbroglio, ti farò cantare, ragazza mia, per quanto scaltra tu possa essere.»

La padrona di casa disse che Nancy si trovava in camera sua. Fagin salì silenziosamente al piano di sopra ed entrò senza bussare. La ragazza era sola; sedeva con il capo appoggiato al tavolo e i capelli sparsi su di esso.

"Ha bevuto" pensò l'ebreo, freddamente "o forse è soltanto infelice."

Così riflettendo, si voltò per chiudere la porta e il rumore che causò riscosse la ragazza. Ella scrutò con gli occhi socchiusi il suo volto astuto mentre gli domandava se vi fossero notizie e mentre ascoltava quanto l'ebreo le riferiva della versione dei fatti data da Toby Crackit. Quando Fagin ebbe concluso, riassunse lo stesso atteggiamento di prima, senza pronunciare una parola. Scostò con impazienza la candela e, una o due volte, mentre cambiava agitata posizione, spostò i piedi sul pavimento, ma tutto si ridusse a questo.

Mentre lei taceva, l'ebreo si guardò attorno, inquieto, nella stanza, come per accertarsi che Sikes non fosse tornato lì di nascosto. Poi, apparentemente persuaso, tossicchiò due o tre volte e fece altrettanti tentativi di avviare una conversazione; ma la ragazza non badava affatto a lui, come se fosse fatto di pietra. Infine egli fece un ultimo tentativo e, stropicciandosi le mani, disse, nel tono di voce più conciliante di cui era capace:

«E dove potrebbe trovarsi adesso Bill, secondo te, mia cara?»

La ragazza mugolò una risposta intelligibile soltanto in parte, dicendo che non avrebbe saputo dirlo; e, a giudicare dai suoni soffocati che le sfuggirono, parve essere in lacrime.

«E il bambino, poi» disse l'ebreo, aguzzando gli occhi per intravvederle il viso. «Povera, piccola creatura! Abbandonato in un fossato, pensa un po', Nancy.»

«Il bambino» disse la ragazza, alzando gli occhi all'improvviso «sta meglio dove si trova che tra noi; e, purché a Bill non accada niente di male per questo, spero che il poverino giaccia morto nel fossato e che le sue tenere ossa possano marcirvi!»

«Cosa?» esclamò l'ebreo, esterrefatto.

«Sicuro, lo spero proprio» ribatté Nancy, sostenendo il suo sguardo. «Sarò contenta di essermelo tolto di davanti agli occhi e di sapere che il peggio è passato. Non sopporto di averlo tra i piedi. Il solo vederlo fa' sì che mi senta rivoltare contro me stessa e contro tutti voi.»

«Puah!» fece l'ebreo, beffardo. «Sei ubriaca.»

«Ah, sì?» gridò la ragazza, amaramente. «Non sarebbe merito tuo se non lo fossi. Se avessi potuto fare a modo tuo mi avresti voluta sempre sbronza. Ma non in questo momento... perché il mio umore non ti va a genio, eh?»

«No!» ribatté l'ebreo, infuriato. «Non mi va a genio!»

«Cambialo, allora!» rispose Nancy, con una risata sprezzante.

«Cambiarlo!» esclamò Fagin, esasperato oltre ogni limite dall'inattesa ostinazione della ragazza e dalle delusioni di quella sera. «*Sicuro* che lo cambierò! Ascoltami, sgualdrina. Stammi a sentire, perché con sei parole posso strozzare Sikes come se avessi il suo collo tra le dita in questo momento. Se torna dopo avere abbandonato il bambino nel fossato; se riesce a cavarsela e non mi restituisce il marmocchio, uccidilo tu stessa qualora tu voglia sottrarlo al boia. E fallo non appena avrà posto piede in questa stanza, altrimenti, credi a me, sarà troppo tardi!»

«Ma che cosa vai dicendo?» gridò la ragazza, involontariamente.

«Che cosa dico?» continuò Fagin, pazzo di rabbia. «Dovrei forse rinunciare a un ragazzetto che vale per me centinaia di sterline e perdere quello che mi è stato offerto dal caso per i capricci di una banda di ladri alcolizzati che potrei eliminare in un batter d'occhio? Dovrei fare, io, i comodi di un farabutto al quale manca non già la forza, ma la volontà di...»

Ansimante, il vecchio cercò, balbettando, la parola che non gli veniva in mente; e in quel momento riuscì ad arginare il torrente dell'ira e a modificare completamente il proprio atteggiamento. Un momento prima aveva afferrato l'aria con le mani ad artiglio. Un momento prima aveva avuto le pupille dilatate e la faccia livida di rabbia; ma ora, di colpo, si abbandonò su una sedia e, facendosi piccolo, tremò per il terrore di aver rivelato, nella furia, qualche ignoto delitto. Dopo un breve silenzio, si azzardò a voltarsi e a sbirciare la ragazza. Parve alquanto rassicurato quando la scorse nello stesso atteggiamento assorto dal quale l'aveva riscossa.

«Nancy, cara!» gracidò, con la sua voce consueta. «Mi hai sentito, cara?»

«Lasciami in pace, Fagin!» rispose la ragazza, alzando languidamente la testa. «Se Bill ha fallito questa volta, non fallirà in un'altra occasione. Ha portato a buon fine molti colpi per te, e ne porterà a buon fine altri quando potrà. Ma, quando potrà, non vorrà più saperne di te. E quindi lasciamo perdere.»

«Ma a proposito del bambino, mia cara?» domandò l'ebreo, stropicciandosi nervosamente le mani.

«Il bambino deve correre gli stessi rischi di tutti gli altri» rispose Nancy con veemenza. «E torno a ripeterlo: spero che sia morto e che più nulla possa fargli del male... nemmeno tu... purché non sia accaduto nulla a Bill. Ma se Toby è riuscito a cavarsela, possiamo star certi che se l'è cavata anche Bill, perché Bill vale quanto due Toby in qualsiasi momento.»

«E a proposito di quello che stavo dicendo, mia cara?» domandò l'ebreo, fissandola attentamente.

«Devi ripetere tutto daccapo, se si tratta di qualcosa che dovrei fare io» rispose Nancy. «E in tal caso farai bene ad aspettare fino a domani. Sei riuscito a scuotermi per un momento, ma adesso sono di nuovo stordita.»

Fagin le pose parecchie altre domande, tendenti tutte ad accertare se la ragazza avesse fatto tesoro delle sue parole imprudenti, ma lei rispose con una tale disinvoltura, senza essere minimamente turbata dai suoi sguardi penetranti, da confermare la prima impressione del vecchio, che cioè avesse bevuto alquanto. Nancy, infatti, non andava esente dal vizio di bere, comunissimo tra le allieve dell'ebreo, in quanto, sin da una tenera età, venivano incoraggiate a darsi alle bevande alcoliche, anziché dissuase. L'aspetto discinto della ragazza e l'odore di liquore forte nella stanza, confermavano la supposizione dell'ebreo. E quando, dopo l'improvviso scoppio d'ira descritto più sopra, ella scivolò dapprima nell'indifferenza e in seguito parve assalita da sentimenti contrastanti, sotto l'influenza dei quali ora versò lacrime, ora dichiarò, in vari modi, che la speranza non può mai morire, Fagin, la cui esperienza in quel campo era ragguardevole, si rese conto, con somma soddisfazione, che Nancy era quasi completamente ubriaca.

Essendosi così tranquillizzato e avendo raggiunto entrambi i suoi scopi, vale a dire comunicare alla ragazza quanto aveva saputo quella sera e accertarsi con i suoi occhi che Sikes non era rientrato, l'ebreo si accinse a fare ritorno a casa, lasciando la sua giovane amica addormentata con la testa appoggiata al tavolo.

Mancava un'ora a mezzanotte. Il tempo essendo minaccioso e gelido, egli non era affatto tentato a indugiare. Il vento sferzante che imperversava nelle strade sembrava avere spazzato via, oltre alla polvere, anche i passanti, poiché ben poche persone si trovavano ancora in giro e tutte si stavano affrettando a rientrare nelle loro case. Il vento imperversava, tuttavia, nella direzione giusta per l'ebreo e ogni nuova raffica lo sospingeva, tremante e percorso da brividi, verso la sua dimora.

Fagin era giunto all'angolo della strada ove abitava e già si frugava in tasca cercando la chiave della porta, quando una scura sagoma sbucò fuori da un portoncino buio e, attraversata la strada, gli si avvicinò inosservata.

«Fagin!» bisbigliò una voce accanto all'orecchio di lui.

«Ah!» fece l'ebreo, voltandosi di scatto. «Sei forse...»

«Sì, sono io» lo interruppe l'uomo, in tono aspro. «Ti sto aspettando qui da due ore. Dove diavolo sei stato?»

«A occuparmi dei tuoi interessi, mio caro» rispose l'ebreo, sbirciandolo a disagio, e rallentando il passo mentre parlava. «A occuparmi dei tuoi interessi per tutta la sera.»

«Oh, naturale!» fece l'altro, con una smorfia ironica. «Bene, e che cosa hai combinato?»

«Niente di buono» rispose l'ebreo.

«Ma anche niente di male, spero?» disse l'uomo, fermandosi bruscamente e scoccando un'occhiata intimorita al compagno.

L'ebreo scosse la testa e stava per rispondere quando l'altro, interrompendolo, indicò con un cenno del capo la casa, davanti alla quale erano ormai arrivati, e fece rilevare che sarebbe stato preferibile parlare al riparo in quanto, dopo una così lunga attesa, gli si era gelato il sangue e le raffiche di vento sembravano penetrarlo. Fagin aveva l'aria di non essere affatto propenso a ricevere in casa sua un visitatore a quell'ora così tarda; e, in effetti, borbottò qualcosa dicendo di aver lasciato spegnere il fuoco; ma poiché l'altro ripeté la richiesta in un tono di voce perentorio, si decise ad aprire la porta e invitò il compagno a richiuderla silenziosamente mentre lui avrebbe acceso una candela.

«È buia come una tomba, questa casa» borbottò l'uomo, avanzando a tastoni di qualche passo. «Sbrigati!»

«Chiudi la porta» bisbigliò Fagin, che si trovava già in fondo al corridoio; ma non aveva ancora pronunciato la frase che la porta sbatté con un gran tonfo.

«Non è stata colpa mia» si giustificò l'altro, facendosi avanti a tastoni. «L'ha fatta sbattere il vento, o si è chiusa per proprio conto. Sbrigati a prendere una candela, altrimenti finirò per sbattere la testa contro qualcosa, in questa dannata tana.»

Fagin discese furtivamente le scale della cucina. Dopo qualche momento appena, tornò con una candela accesa e disse che Toby Crackit stava dormendo in una delle due stanze di sotto e i due ragazzi nell'altra. Poi, fatto cenno all'uomo di seguirlo, lo condusse al piano di sopra.

«Le poche parole che abbiamo da dirci possiamo dircele qui, mio caro» fece l'ebreo, spalancando una porta al primo piano. «E, poiché vi sono squarci nelle imposte, e noi non facciamo mai vedere alcuna luce ai vicini, lasceremo la candela qui sulle scale. Ecco fatto!»

Così dicendo, l'ebreo, chinatosi, posò la candela su uno scalino della rampa che saliva al secondo piano, proprio dirimpetto alla porta della stanza, ed entrò in quest'ultima, che conteneva soltanto una poltrona rotta e un vecchio divano senza la fodera, situato dietro la porta. Su quest'ultimo sedette l'ospite, con l'aria di un uomo stanco; e, avendo l'ebreo accostato la poltrona, vennero a trovarsi faccia a faccia. Il buio non era totale, in quanto la porta rimaneva aperta in parte e la candela, all'esterno, proiettava un fioco chiarore sulla parete di fronte.

Per qualche tempo conversarono a bisbigli. Anche se della conversazione si sarebbero potute udire soltanto alcune parole qua e là, un eventuale ascoltatore avrebbe potuto rendersi conto facilmente che Fagin sembrava difendersi contro alcune osservazioni dell'altro, e che quest'ultimo era notevolmente irritato. I due avevano conversato in questo modo per circa un quarto d'ora, quando Monks – come l'ebreo aveva chiamato varie volte il suo interlocutore, nel corso del colloquio – disse, alzando lievemente la voce:

«Torno a ripetertelo, non è stata proprio per niente una buona idea. Perché non tenerlo qui, insieme agli altri, e farne subito un piccolo borsaiolo?»

«Ma sentitelo!» esclamò l'ebreo, facendo una spallucciata.

«Cosa? Vorresti dire che non vi saresti riuscito, volendo?» domandò Monks, arcigno. «Non lo hai già fatto decine di volte con altri ragazzi? Se tu avessi pazientato per un anno al massimo, non saresti forse riuscito a farlo condannare e deportare lontano dall'Inghilterra, magari per tutta la vita?»

«Ma a chi avrebbe giovato, questo, mio caro?» domandò l'ebreo, umilmente.

«A me» rispose Monks.

«Non a me, però» protestò l'ebreo, anche se nel tono della sottomissione. «Il marmocchio sarebbe potuto essermi utile. Non è forse giusto che due soci si consultino per tutelare i rispettivi interessi, mio buon amico?»

«Ebbene?» volle sapere Monks.

«Mi ero reso conto che non sarebbe stato facile addestrarlo ai borseggi» disse l'ebreo. «Non era come gli altri mocciosi venuti a trovarsi nelle stesse circostanze.»

«No, maledizione a lui,» borbottò l'altro «altrimenti avrebbe cominciato a rubare già da un pezzo.»

«Non avevo alcun appiglio su di lui» continuò l'ebreo, sbirciando, ansioso, l'espressione del compagno. «Non v'erano precedenti con i quali potessi spaventarlo, come è sempre necessario all'inizio, altrimenti fatichiamo invano. Che cosa potevo fare? Mandarlo fuori con il Furbacchione e con Charley? Quanto a questo, mi è bastata la prima esperienza, mio caro. Ho tremato per noi tutti.»

«In quella storia io non ci ebbi a che fare.»

«No, no, mio caro» riconobbe l'ebreo. «E non me la prendo con te nemmeno adesso perché, se le cose non fossero andate in quel modo, tu non avresti mai posto gli occhi sul bambino e non ti saresti potuto rendere conto che era proprio lui quello che cercavi. Oh, be'! Sono riuscito a riaverlo grazie alla ragazza, che però, adesso, sta cominciando a proteggerlo!»

«E tu strozzala, allora!» esclamò Monks, spazientito.

«Be', per il momento questo non possiamo permettercelo, mio caro» rispose l'ebreo, sorridendo. «E, a parte ciò, queste cose non sono il nostro genere, altrimenti lo avrei già fatto, e volentieri. Lo so come sono queste ragazze, Monks, lo so bene. Non appena il marmocchio comincerà a incallirsi e a diventare un piccolo pervertito, Nancy si curerà di lui come può curarsi di un pezzo di legno. Tu vuoi che ne faccia un ladro? Se è ancora vivo, potrò riuscirvi, d'ora in avanti, ma se... se...» continuò l'ebreo, facendosi più vicino all'altro «... non è probabile, bada, ma se dovesse essere accaduto il peggio, e fosse morto...»

«In tal caso la colpa non sarebbe mia!» lo interruppe Monks, assumendo un'espressione atterrita e afferrando il braccio dell'ebreo con entrambe le mani tremanti. «Ricordatene bene, Fagin! Io non ci ho avuto niente a che fare. Tutto tranne la morte del bambino, ti dissi sin dall'inizio. Non ho mai voluto spargimenti di sangue; vengono sempre scoperti e, a parte questo, tormentano chi ne è la causa! Se gli hanno sparato e lo hanno ucciso, la colpa non è stata mia. Mi hai sentito? All'inferno questa tana del diavolo! Che era mai quella?»

«Cosa?» domandò l'ebreo, gridando e trattenendo per la vita il codardo, mentre balzava in piedi. «Dove?»

«Là!» rispose Monks, fissando, con gli occhi sbarrati, la parete opposta. «L'ombra! Ho veduto l'ombra di una donna, con mantello e cuffia, passare, simile a un fantasma, lungo il rivestimento a pannelli!»

L'ebreo lasciò la presa ed entrambi corsero, in preda al panico, fuori della stanza. La candela, molto consumata a causa della corrente d'aria, rimaneva dov'era stata posta. Mostrò loro soltanto la scala deserta e le rispettive pallide facce. Ascoltarono attentamente: nell'intera casa regnava un silenzio profondo.

«È soltanto la tua fantasia» disse l'ebreo, prendendo la candela e voltandosi verso l'altro.

«Giuro che l'ho veduta!» rispose Monks, tremando visibilmente. «Era curva in avanti quando l'ho scorta; e, non appena ho parlato, è sfrecciata via.»

L'ebreo sbirciò, sprezzante, la faccia sbiancata del suo socio; poi, dopo avergli detto di seguirlo, se voleva, salì le scale. Guardarono in tutte le stanze; erano nude e deserte. Discesero nel corridoio dell'ingresso e di là nella cantina. L'umidità aveva reso verdastre le pareti, sulle quali, alla luce fioca della candela, baluginavano tracce di lumache; ma tutto era silenzioso e immobile come la morte.

«Ti sei persuaso, adesso?» domandò l'ebreo. «A parte noi due, e Toby e i ragazzi, non v'è anima viva, in questa casa. E non può essere stato nessuno di loro. Guarda qui!»

Fagin si tolse di tasca due chiavi e spiegò che aveva chiuso gli altri nelle rispettive camere per evitare che il loro colloquio potesse essere disturbato.

Tutto ciò riuscì a persuadere Monks. Le rimostranze di lui erano già andate facendosi meno veementi a mano a mano che le loro ricerche continuavano senza scoprire nulla; e, a questo punto, dopo aver ridacchiato assai torvamente, egli ammise che poteva essere stata soltanto la sua accesa immaginazione. Rinunciò, tuttavia, a continuare il colloquio, per quella notte, essendosi ricordato all'improvviso che era l'una passata. E con ciò l'amabile coppia si separò.

27

*Fa ammenda dopo la scortesia di un capitolo
precedente che ha piantato in asso
quanto mai villanamente una signora*

Poiché non sarebbe affatto opportuno, da parte di un
umile autore, fare aspettare un personaggio importantissimo qual è un messo parrocchiale con le spalle voltate al fuoco e le falde della giacca raccolte sotto le
braccia, fino a quando facesse comodo a lui liberarlo; e
poiché sarebbe ancora più indegno e assai poco galante
da parte sua trascurare nello stesso modo una signora
che quel messo aveva contemplato con tenerezza e affetto e nel cui orecchio aveva bisbigliato paroline dolci,
le quali, venendo da un uomo simile, avrebbero lusin-
gato qualsiasi fanciulla o matrona, per quanto altoloca-
ta, il narratore la cui penna traccia queste parole, confi-
dando di sapere qual è il posto che gli compete e di
avere il dovuto rispetto per quegli appartenenti al genere umano ai quali viene delegata una grande autorità, si
affretta a dimostrare nei loro riguardi tutto il rispetto
imposto dalla loro posizione sociale e a trattarli con la
debita cerimoniosità richiesta dal loro alto rango e
(conseguentemente) dalle loro grandi virtù. A tale scopo, invero, egli aveva inserito, a questo punto, una dissertazione concernente il diritto divino dei messi parrocchiali, per chiarire il fatto che un messo non può
commettere alcun male; una dissertazione che non sarebbe potuta riuscire gradita al lettore onesto, ma che,
purtroppo, l'autore è costretto, per mancanza di tempo
e di spazio, a rimandare a una occasione più opportuna: e, quando tale occasione si presenterà, egli sarà
pronto a dimostrare che un vero messo, vale a dire il

messo di una parrocchia, assegnato all'ospizio parrocchiale, per servire nella sua veste ufficiale la chiesa parrocchiale, possiede, a causa della sua stessa carica, tutte le migliori doti e qualità del genere umano.

Il signor Bumble aveva contato nuovamente i cucchiaini da tè, aveva soppesato, una volta di più, le mollette per lo zucchero, non trascurando di esaminare più da vicino la lattiera e di accertare minuziosamente in quale stato si trovavano i mobili, senza omettere nemmeno le imbottiture di crine di cavallo delle sedie, e tutte queste operazioni erano state ripetute da lui una mezza dozzina di volte, quando cominciò a dirsi che la signora Corney stava probabilmente per tornare. Da cosa nasce cosa, e, dato che nessun rumore di passi annunciava l'avvicinarsi della signora Corney, al signor Bumble accadde di pensare che un modo innocente e virtuoso di ingannare il tempo sarebbe consistito nel soddisfare ulteriormente la sua curiosità dando un'occhiata al contenuto del cassettone della signora Corney.

Dopo avere accostato l'orecchio al buco della chiave per essere certo che nessuno stesse avvicinandosi alla stanza, il signor Bumble, incominciando da quello in fondo, si accinse a rendersi conto di ciò che contenevano i tre lunghi cassetti; i quali, risultando colmi di vari indumenti di buon taglio e di buona stoffa, protetti da due strati di giornali vecchi e profumati da mazzolini di lavanda, parvero procurargli una soddisfazione enorme. Essendo arrivato, a tempo debito, nell'angolo destro del cassetto più in alto (quello con la chiave) e avendovi trovato una cassettina chiusa da un lucchetto che, scossa, emetteva un suono gradevole, come di monete tintinnanti, il signor Bumble tornò a passi maestosi accanto al caminetto, ove, dopo aver assunto la stessa posizione di prima, disse, con un'aria grave e decisa: «Lo farò!». Dopo questa notevole dichiarazione, continuò a scuotere in modo faceto la testa per una decina di minuti, quasi stesse rimproverando se stesso per essere un simile bonaccione; e, successivamente, contemplò le proprie gambe di profilo, la qual cosa parve destare in lui un considerevole interesse e un grande piacere.

Era ancora placidamente assorto in tale contemplazione quando la signora Corney, dopo essere entrata frettolosamente nella stanza, si gettò, ansimando, su una poltrona accanto al fuoco e, copertasi gli occhi con una mano, piazzò l'altra sul cuore e ansimò come se le mancasse il respiro.

«Signora Corney,» disse il signor Bumble, chinandosi sulla matrona «che cosa avete? È accaduto qualcosa, signora? Rispondetemi, vi prego. Sono... sono...» Al signor Bumble, allarmato com'era, non vennero subito in mente le parole "sui carboni ardenti", ragion per cui disse invece «... sulle bottiglie rotte.»

«Oh, signor Bumble!» gridò la dama. «Sono stata così spaventosamente delusa!»

«Delusa, signora!» esclamò il signor Bumble. «Chi ha osato... chi? Ah, lo so!» disse poi il messo parrocchiale, dominandosi con una innata maestosità. «Sono stati quei perfidi ricoverati!»

«È spaventoso pensarvi!» disse la dama, rabbrividendo.

«Allora *non* pensateci, signora» le consigliò il signor Bumble.

«Non posso farne a meno» piagnucolò la donna.

«In tal caso prendete qualcosa, signora» disse il signor Bumble, consolante. «Un po' di vino?»

«Nemmeno per tutto l'oro del mondo!» rispose la signora Corney. «Non potrei... Oh! Nell'angolo destro dell'ultima mensola! Oh!» Pronunciando queste parole, la buona dama additò, stravolta, la credenza e parve essere straziata da spasmi interni. Il signor Bumble corse verso la credenza e, afferrata una bottiglia verde, da una pinta, sulla mensola indicatagli, colmò una tazza da tè con quello che conteneva e accostò la tazza alle labbra della povera signora.

«Ora sto meglio» disse la signora Corney, ricadendo indietro, dopo aver vuotato a mezzo la tazza.

Il signor Bumble alzò piamente gli occhi al soffitto per manifestare la propria gratitudine, poi, riabbassatili sulla tazza, si accostò quest'ultima al naso.

«Menta piperita» disse la signora Corney, con una voce fioca, sorridendo dolcemente al messo parrocchiale mentre parlava. «Assaggiatela! C'è un pochino... un pochino di qualcos'altro nella medicina.»

Il signor Bumble assaggiò la bevanda medicinale con un'aria dubbiosa; poi fece schioccare le labbra; bevve un altro sorso e infine posò la tazza vuota.

«È molto corroborante» disse la signora Corney.

«Moltissimo, davvero, signora» disse il messo parrocchiale. Parlando, accostò una sedia alla matrona e, con tenerezza, le domandò che cosa fosse accaduto per sgomentarla tanto.

«Niente» rispose la signora Corney. «Sono una creatura sciocca, eccitabile e debole.»

«No, non debole» protestò il signor Bumble, accostando la sedia un poco di più. «Può mai essere che siate una creatura debole, signora Corney?»

«Siamo tutti creature deboli» asserì la signora Corney, stabilendo un principio generale.

«Oh, sì, è vero» riconobbe il messo parrocchiale.

Null'altro venne detto, da entrambe le parti, per un minuto o due. Al termine di questo lasso di tempo, il signor Bumble aveva chiarito la situazione togliendo il proprio braccio sinistro dalla spalliera della sedia occupata dalla signora Corney, ove era appoggiato prima, e insinuandolo a poco a poco sotto il laccio del grembiule della signora.

«Siamo deboli creature, tutti quanti» disse il signor Bumble.

La signora Corney sospirò.

«Non sospirate, signora» disse il signor Bumble.

«Non posso farne a meno» disse la signora Corney, e tornò a sospirare.

«È una stanza molto comoda, questa» osservò il signor Bumble, guardandosi attorno. «Una stanza in più, signora, e avreste un alloggio completo.»

«Sarebbe troppo per una persona sola» mormorò la signora.

«Ma non per due» le fece rilevare il signor Bumble, con teneri accenti. «Eh, signora Corney?»

La signora Corney chinò il capo quando il messo parrocchiale pronunciò queste parole; il signor Bumble lo chinò a sua volta per poter vedere in viso la signora. Quest'ultima, con sommo decoro, voltò la testa dall'altra parte e abbassò una mano per prendere il fazzoletto, ma poi, pian piano, la lasciò scivolare in quella del signor Bumble.

«Il consiglio vi passa il carbone gratis, non è vero, signora Corney?» domandò il messo parrocchiale, stringendole affettuosamente le dita.

«Anche le candele» rispose la signora Corney, ricambiando lievemente la pressione.

«Carbone, candele e alloggio, tutto gratis» disse il signor Bumble. «Oh, signora Corney, quale angelo siete voi!»

La dama non era in grado di resistere a questo prorompere di sentimenti. Si abbandonò tra le braccia del signor Bumble; e quel gentiluomo, agitato com'era, stampò un bacio appassionato sul casto naso di lei.

«Quale perfezione parrocchiale!» esclamò il signor Bumble, rapito. «Lo sai che il signor Slout sta peggio, questa sera, mia incantatrice?»

«Sì» rispose la signora Corney, timidamente.

«Non gli rimane nemmeno una settimana di vita, dice il medico» continuò il signor Bumble. «È lui a mandare avanti questo ospizio e la sua morte creerà un vuoto; un vuoto che deve essere riempito. Oh, mia cara, quali prospettive si dischiudono! Quale occasione per unire i cuori e i bilanci domestici!»

La signora Corney singhiozzò.

«La parolina?» disse il signor Bumble, chinandosi sulla timida beltà. «Quella piccola, piccola, piccola parolina, amata mia?»

«Ss-ss-ssssì!» sospirò la matrona.

«Una sola cosa ancora» insistette il messo parrocchiale. «Placa il tumulto del tuo cuore per un solo momento ancora, mia amata. A quando le nozze?»

La signora Corney si sforzò per due volte di parlare, e per due volte non vi riuscì. Infine, chiamato a raccolta il coraggio, gettò le braccia al collo del signor Bumble e gli disse che le nozze sarebbero potute essere celebrate quando avesse voluto lui e lo chiamò "irresistibile anatroccolo".

Essendo stata risolta in modo amichevole e soddisfacente la questione, il contratto venne solennemente ratificato con una seconda tazza di sciroppo di menta, resa tanto più necessaria dal turbamento e dall'agitazione della dama. Mentre sorseggiavano lo sciroppo, ella disse al signor Bumble che la vecchia era deceduta.

«Benissimo,» esclamò quel gentiluomo, mentre vuotava la tazza «tornando a casa passerò da Sowerberry e gli dirò di occuparsene domattina. Ma cos'è stato a spaventarti tanto, amor mio?»

«Niente di particolare, caro» rispose la dama, evasivamente.

«Qualcosa deve essere stato, amor mio» insistette il signor Bumble. «Non vuoi dirlo al tuo futuro maritino?»

«Non adesso» rispose la matrona. «Uno di questi giorni. Dopo che ci saremo sposati, caro.»

«Dopo che ci saremo sposati!» esclamò il signor Bumble. «Non si tratta per caso di qualche impudenza da parte di uno dei ricoverati nell'ospizio...?»

«No, no, amor mio!» si affrettò a rispondere la dama.

«Se dovessi pensarlo,» continuò il signor Bumble «se dovessi pensare che uno di loro ha osato alzare gli occhi volgari su così belle sembianze...»

«Non avrebbero osato, amor mio» disse la dama.

«Tanto meglio per loro!» esclamò il signor Bumble, stringendo i pugni. «Se dovessi vedere qualsiasi uomo, che faccia parte della parrocchia o no, tanto impudente da osare una cosa simile, non oserebbe una seconda volta, posso assicurartelo!»

Senza essere abbellita da un concitato gesticolare, la frase non sarebbe sembrata un gran complimento rivolto al fascino della dama; ma siccome il signor Bumble accompagnò la minaccia con molti gesti bellicosi, la dama in questione rimase assai commossa da questa prova della dedizione di lui e sostenne, ammiratissima, che egli era davvero un piccioncino.

Il piccioncino si alzò poi il bavero, si mise il cappello a tricorno e, dopo aver abbracciato a lungo e amorosamente la futura compagna, andò a sfidare, una volta di più, il vento gelido di quella notte; prima, tuttavia, si soffermò, per pochi minuti soltanto, nel reparto uomini dell'ospizio allo scopo di maltrattare un po' i ricoverati e per convincersi che sarebbe stato in grado di sostituire il moribondo con la necessaria severità. Una volta accertatosi delle proprie doti, il signor Bumble uscì dall'edificio con il cuore leggero e con la mente invasa da vivide visioni della sua prossima promozione; visioni che lo tennero occupato finché non fu giunto alla bottega dell'impresario di pompe funebri.

Orbene, siccome il signore e la signora Sowerberry erano andati a prendere il tè e a cenare fuori e siccome Noah Claypole non era mai disposto a compiere più fatiche fisiche di quelle necessarie alle due funzioni del bere e del mangiare, la bottega non era ancora stata chiusa, sebbene l'orario normale fosse già passato da un pezzo. Il signor Bumble picchiò svariate volte, con il bastone, sul banco; ma, non avendo attratto la benché minima attenzione e poiché scorgeva una luce filtrare attraverso la finestra della saletta da pranzo dietro la bottega, si prese l'ardire di far capolino per vedere che cosa stesse succedendo; e, quando ebbe veduto quel che accadeva, rimase non poco stupito.

La tavola era stata apparecchiata per la cena; vi si trovavano piatti e bicchieri, pane e burro, una caraffa colma di birra e una bottiglia di vino. A capotavola, il signor Noah Claypole oziava, con un'aria di abbandono, su una poltrona, le gambe appoggiate a uno dei braccioli; aveva in una mano un coltello e nell'altra un enorme crostino imburrato. Un rossore più intenso del solito nella regione nasale del giovane gentiluomo e lo sguardo fisso degli occhi lucidi lasciavano capire come egli fosse alquanto brillo; tali sintomi venivano confermati dal piacere intenso con il quale gustava ostriche, un piacere che poteva essere spiegato a sufficienza soltanto dal vivo apprezzamento di lui per le loro proprietà rinfrescanti.

«Eccone una deliziosamente grossa, Noah caro» disse Charlotte. «Gusta ancora questa.»

«Quanto sono deliziose, le ostriche!» osservò il signor Claypole, dopo averla inghiottita. «Peccato che mangiarne troppe non giovi alla salute, non è così, Charlotte?»

«È una vera crudeltà» disse la ragazza.

«Proprio così» riconobbe il signor Claypole. «A te le ostriche non piacciono?»

«Non troppo» rispose Charlotte. «Preferisco vederle mangiare da te, Noah caro, anziché mangiarle io stessa.»

«Santo Cielo!» esclamò Noah, riflessivo. «Che strano!»

«Prendine un'altra» disse Charlotte.

«Non ce la faccio più» disse Noah. «Mi spiace tanto. Vieni qui, Charlotte, che ti do un bacio.»

«Cosa!» esclamò il signor Bumble, irrompendo nella stanza. «Ridillo un po', signor mio.»

Charlotte lanciò uno strillo e nascose il viso dietro il grembiule. Quanto a Noah Claypole, rimanendo all'incirca nella stessa posizione e limitandosi a metter giù le gambe, fissò il messo parrocchiale con ebbro terrore.

«Ridillo, spregevole e audace individuo!» esclamò il signor Bumble. «Come osi parlare in questo modo, farabutto? E tu come osi incoraggiarlo, civetta insolente? Baciarla!» esclamò il signor Bumble, indignatissimo. «Puah!»

«Non intendevo farlo!» balbettò Noah. «È sempre lei a baciarmi, signor Bumble, che mi piaccia o no!»

«Oh, Noah!» gridò Charlotte, in tono di rimprovero.

«È vero! Lo sai bene che è vero!» insistette Noah. «Lo fa continuamente, signor Bumble. Mi dà buffetti sotto il mento, proprio così, signore; e si permette ogni sorta di altre smancerie!»

«Silenzio!» urlò il signor Bumble, severamente. «Tu vattene di sotto, civetta. E tu, Noah, chiudi la bottega; se dirai una sola parola di più prima che torni il padrone, lo farai a tuo rischio e pericolo. E quando il padrone sarà tornato, riferiscigli che il signor Bumble ha detto di mandare il baccello per una vecchia, domattina, dopo colazione. Mi hai sentito? Sbaciucchiamenti!» gridò poi il signor Bumble, levando le mani al cielo. «I peccati e gli abominii degli individui più umili di questa parrocchia sono spaventosi! Se il Parlamento non prenderà in considerazione simili vergogne, il paese andrà

in rovina e la moralità dei villici sparirà per sempre!»
Ciò detto il messo parrocchiale uscì a gran passi, con
un'aria maestosa e tetra al contempo, dalla bottega del-
l'impresario di pompe funebri.

E ora che lo abbiamo accompagnato fino a questo
punto lungo la strada di casa sua, vediamo di occuparci
del piccolo Oliver Twist e di accertare se giace ancora
nel fossato dove lo ha lasciato Toby Crackit.

28

Si occupa di Oliver
e continua a narrarne le avventure

«Che i lupi vi squarcino la gola maledetta!» inveì Sikes, digrignando i denti. «Vorrei trovarmi tra voi; allora sì che urlereste forte!»

Mentre Sikes ringhiava questa imprecazione, con la più disperata ferocia della quale era capace la sua indole disperata, appoggiò il corpo del bambino ferito al proprio ginocchio flesso e voltò la testa per un attimo, cercando con lo sguardo i suoi inseguitori.

V'era ben poco da distinguere nella nebbia e nell'oscurità; ma le alte grida degli uomini vibravano nell'aria e i latrati dei cani del vicinato, eccitati dai rintocchi della campana che davano l'allarme, risuonavano in tutte le direzioni.

«Fermati, tu, vigliacco!» urlò il ladro, rivolto a Toby Crackit che, grazie alla lunghezza delle sue gambe, si trovava già più avanti. «Fermati!»

La duplice intimazione indusse Toby a ubbidire. Anche perché egli non era del tutto persuaso di trovarsi al di là della portata della pistola, e Sikes non era tipo con il quale si potesse scherzare.

«Dammi una mano con il bambino» urlò Sikes, facendo cenno freneticamente al suo complice. «Torna indietro!»

Toby si accinse a tornare indietro; ma, a voce bassa e rotta, perché gli mancava il fiato, si azzardò a far capire quanto fosse riluttante, mentre si avvicinava adagio.

«Corri!» gridò Sikes, deponendo il bambino in un fossato asciutto ai suoi piedi e togliendosi la pistola dalla tasca. «Non cercare di fare il furbo con me!»

In quel momento lo strepito divenne più forte. Sikes, guardandosi attorno di nuovo, vide che gli inseguitori già stavano scavalcando la staccionata del campo nel quale si trovava lui, e che due cani li precedevano di alcuni passi.

«Non c'è più niente da fare, Bill!» urlò Toby. «Molla il marmocchio e alza i tacchi!»

Dopo quest'ultimo consiglio, Crackit, preferendo la possibilità di essere colpito dal suo amico alla certezza della cattura da parte degli inseguitori, girò bellamente sui tacchi e corse via a più non posso. Sikes digrignò i denti, si guardò attorno, gettò sul corpo disteso di Oliver il mantello nel quale si era frettolosamente avvolto, poi corse lungo la staccionata come per distogliere l'attenzione degli inseguitori dal punto nel quale si trovava il bambino; si fermò per un attimo davanti a un'altra staccionata che si univa ad angolo retto alla prima, poi la superò con un balzo, lanciando alta nell'aria la pistola, e scomparve.

«Ehi, ehi! Laggiù!» gridò una voce tremula, più indietro. «Fido! Boby! Qui! Qui!»

I due cani che, come i loro padroni, sembravano non apprezzare particolarmente il genere di caccia al quale si stavano dedicando, ubbidirono prontamente. Tre uomini, che nel frattempo si erano fatti alquanto avanti nel campo, sostarono per consultarsi.

«Il mio parere, o direi piuttosto il mio ordine» dichiarò il più grasso dei tre «sarebbe quello di ritornare indietro immediatamente.»

«Io sono favorevole a tutto ciò che propone il signor Giles» disse un altro dei tre, più basso di statura: un uomo tutt'altro che smilzo, ma assai pallido in viso e molto compito, come lo sono non di rado le persone impaurite.

«Né io vorrei sembrare scortese, signori» disse il terzo, quello che aveva richiamato i cani. «Il signor Giles dovrebbe sapere quello che fa.»

«Oh, sicuro» disse il più basso di statura. «E, qualsiasi cosa il signor Giles dica, non sta a noi contraddirlo. Ah, no, no, mi rendo ben conto di quella che è la mia posizione. Grazie al cielo me ne rendo ben conto.» A dire il vero, l'ometto sembrava rendersi conto davvero della sua posizione e capire per giunta, perfettamente, che non era per nulla desiderabile; infatti gli batterono i denti mentre parlava.

«Voi avete paura, Brittles» disse il signor Giles.

«No, niente affatto» disse Brittles.

«Sì che avete paura» disse Giles.

«Mentite, signor Giles» disse Brittles.

«E voi siete un bugiardo, Brittles» disse il signor Giles.

Il battibecco era stato provocato dall'accusa del signor Giles, e l'accusa di Giles era scaturita dall'indignazione di Giles perché la responsabilità della decisione di tornare indietro gli veniva imposta sotto il velo dell'adulazione. Il terzo uomo appianò, molto filosoficamente, la disputa.

«Vi dirò io come stanno le cose signori» intervenne. «Abbiamo paura tutti e tre.»

«Parlate per voi signore» disse il signor Giles, che era il più pallido.

«Ma certo» rispose l'altro. «È naturale e opportuno aver paura, in circostanze come queste. Io ho paura.»

«E io pure,» disse Brittles «solo che nessuno gradisce sentirselo dire.»

Queste sincere ammissioni raddolcirono il signor Giles, che subito confessò a sua volta di aver paura; dopodiché girarono sui tacchi tutti e tre e tornarono indietro di corsa, con la più completa unanimità, finché il signor Giles, che aveva il fiato più corto degli altri e per di più era ostacolato da un forcone, propose quanto mai nobilmente una sosta, allo scopo di scusarsi per aver parlato senza riflettere.

«Ma è incredibile» soggiunse poi, dopo essersi scusato «quello che può fare un uomo quando gli ribolle il sangue. Io avrei commesso un assassinio – so che lo avrei commesso – se fossimo riusciti a catturare uno di quei bricconi.»

Poiché anche gli altri due erano dominati da un analogo presentimento e poiché anche la loro furia era nel frattempo sbollita, ne conseguirono alcune supposizioni riguardo alla causa di quel cambiamento improvviso.

«Io lo so che cosa è stato» disse il signor Giles. «È stata la staccionata.»

«Non me ne stupirei affatto» esclamò Brittles, approvando l'idea.

«Potete essere certi» continuò Giles «che è stata la staccionata a bloccare l'eccitazione. Io ho sentito la mia dileguarsi all'improvviso mentre la scavalcavo.»

Per una coincidenza davvero straordinaria, anche gli altri due avevano avuto la stessa sgradevole sensazione nello stesso preciso momento. Sembrava del tutto manifesto, pertanto, che era stata la staccionata; specie in quanto non sussistevano dubbi riguardo al momento nel quale il cambiamento aveva avuto luogo, poiché tutti e tre ricordavano di essere giunti in vista dei ladri in quel preciso istante.

Il dialogo si svolgeva tra i due uomini che avevano sorpreso i ladri e uno stagnino ambulante al quale era stato consentito di dormire in un edificio annesso e che, destatosi insieme ai suoi due cani bastardi, si era unito all'inseguimento. Il signor Giles aveva la duplice veste di maggiordomo e castaldo dell'anziana dama, la padrona della dimora; Brittles era un ragazzo tuttofare che, entrato da bambino al servizio della signora, continuava a essere trattato come un promettente ragazzo tuttofare, sebbene avesse più di trent'anni.

Incoraggiandosi vicendevolmente con la conversazione di cui sopra, ma, ciò nonostante, tenendosi molto vicini l'uno all'altro e guardandosi attorno con apprensione ogni qualvolta una nuova raffica di vento scuoteva i rami dei cespugli, i tre uomini si affrettarono a tornare accanto a un albero dietro al quale avevano lasciato la lanterna, affinché la luce non indicasse ai ladri in quale direzione sparare. Recuperata la lanterna, tornarono indietro il più rapidamente possibile, a un trotto veloce; e, molto tempo dopo che le loro scure sagome avevano cessato di essere discernibili, la luce della lanterna continuò a essere visibile, ammiccante e danzante in lontananza, come un'esalazione dell'umida nebbia attraverso la quale veniva portata rapidamente.

L'aria divenne più gelida, a mano a mano che il giorno avanzava adagio; e la nebbia dilagò sul terreno simile a una fitta nuvola di fumo. L'erba era bagnata; i sentieri e tutti i punti più bassi sembravano un pantano; l'alito umido di un vento malsano soffiava languidamente con gemiti cavernosi. Ma Oliver continuava a giacere, immobile e insensibile, nel punto in cui Sikes lo aveva lasciato.

Il mattino spuntò rapidamente. L'aria divenne più pungente e penetrante mentre la prima fioca luce – la morte della notte, più che la nascita del giorno – baluginava debolmente nel cielo. Gli oggetti che erano sembrati vaghi e terribili nell'oscurità, assunsero contorni sempre e sempre più nitidi e, a poco a poco, apparvero nelle loro forme familiari. La pioggia scrosciava, fitta e violenta, sui nudi rami dei cespugli. Ma Oliver non la sentiva, sebbene ne fosse investito; continuava infatti a giacere immobile, indifeso e privo di sensi, sul suo letto di argilla.

Infine un sommesso lamento di sofferenza turbò il silenzio; e, emettendolo, il bambino rinvenne. Il braccio sinistro, bendato alla meglio con uno scialle, gli penzolava, greve e inutile, al fianco; lo scialle era imbevuto di sangue. Oliver era talmente debole che a malapena riuscì a drizzarsi a sedere; quando vi fu riuscito, si guardò attorno a stento, cercando aiuto, e gemette di dolore. Tremando in tutto il corpo, per il freddo e per la spossatezza, cercò, compiendo uno sforzo, di alzarsi in piedi; ma poi, rabbrividendo dalla testa ai piedi, piombò al suolo lungo disteso.

Dopo un breve ritorno del torpore nel quale era affondato a lungo, Oliver, spronato da una fitta al cuore la quale parve avvertirlo che, rimanendo lì, sarebbe senza alcun dubbio morto, riuscì a rimettersi in piedi e cercò di camminare. Gli girava la testa e barcollava qua e là come un ubriaco. Ma proseguì, ciò nonostante, e, la testa ciondolante languidamente sul petto, continuò ad avanzare incespicando, senza sapere dove andava.

E a questo punto, innumerevoli idee sconcertanti e confuse gli si affollarono nella mente. Gli parve di camminare ancora tra Sikes e Crackit, i quali litigavano irosamente; le parole del litigio gli risuonavano nelle orecchie; e quando, compiendo uno sforzo violento per non cadere, rientrava, in un certo qual modo, in sé, si accorgeva di aver parlato con quei due. In seguito rimase solo con Sikes, e arrancò come il giorno prima; e, mentre persone sconosciute passavano loro accanto, sentì la mano del ladro stretta intorno al suo polso. All'improvviso tornò al momento della sparatoria; nell'aria si levarono alte grida e urli; lampi gli balenarono davanti agli occhi; tutto divenne strepito e tumulto mentre una mano invisibile lo trascinava via di corsa. E, mentre tutte queste rapide visioni si susseguivano, serpeggiava in lui una indefinita e inquietante sensazione di dolore che lo logorava e lo tormentava senza posa.

In questo modo continuò ad avanzare barcollante, quasi come un automa, tra paletti di cancelli, o tra varchi nelle siepi, finché non fu giunto su una strada. Lì la pioggia cominciò a scrosciare con tanta violenza da farlo rientrare in sé.

Si guardò attorno e vide che, non molto lontano da lì, si trovava una casa alla quale sarebbe forse riuscito ad arrivare. Impietositi dal suo stato, avrebbero avuto forse compassione di lui; e, se anche così non fosse stato, era preferibile, pensò, morire accanto a esseri umani che nella solitudine dei campi. Chiamò a raccolta tutte le energie per un ultimo tentativo e diresse i propri passi esitanti verso quella casa.

Mentre si avvicinava, lo pervase la sensazione di averla già veduta. Non ricordava alcuno dei particolari, ma la forma e l'aspetto dell'edificio gli sembravano familiari.

Il muro di quel giardino! Sull'erba del giardino si era gettato in ginocchio la notte prima, implorando i due uomini. Era, quella, la stessa casa nella quale avevano tentato di rubare!

Oliver si sentì pervadere da una paura tale, quando riconobbe il posto, che, per un attimo, dimenticò la sofferenza della ferita e pensò soltanto a fuggire. Fuggire! A malapena riusciva a restare in piedi; e, anche se il suo gracile corpo di bambino fosse stato nel pieno delle forze, dove avrebbe potuto fuggire? Spinse il cancello del giardino; era aperto e girò sui cardini. Poi attraversò il prato barcollando; salì i gradini; bussò debolmente alla porta; e infine, venutegli meno le ultime energie, crollò ai piedi di una delle colonnine del piccolo portico.

Il caso volle che, proprio in quel momento, il signor Giles, Brittles e lo stagnino si stessero rifocillando, dopo le fatiche e i terrori di quella notte, con tè e crostini, in cucina. Non che rientrasse nelle abitudini del signor Giles consentire molta familiarità ai servitori più umili; nei riguardi dei quali tendeva invece a ostentare una maestosa affabilità la quale, pur potendo essere lusinghiera, non mancava mai di rammentare loro la sua posizione più elevata nella società. Ma la morte, gli incendi e i furti rendono tutti gli uomini uguali; per cui il signor Giles sedeva, con le gambe allungate, davanti al parafuoco in cucina, appoggiando il braccio sinistro al tavolo, mentre, con quello destro, commentava a gesti un resoconto circostanziato e minuzioso del tentativo di furto, seguito dai suoi ascoltatori (ma in particolare dalla cuoca e dalla cameriera, che facevano parte del gruppo) con tanto interesse che tutti trattenevano il respiro.

«Erano circa le due e mezzo del mattino» disse il signor Giles «ma non sarei disposto a giurarlo perché potrebbero essere state anche quasi le tre, quando mi sono destato e, mentre mi voltavo nel letto» e il signor Giles si voltò sulla sedia e tirò su di sé un lembo della tovaglia per imitare le coperte «mi è sembrato di udire un rumore...»

A questo punto del racconto la cuoca impallidì e pregò la cameriera di chiudere la porta; la cameriera disse di chiuderla a Brittles, che a sua volta lo disse allo stagnino, il quale finse di non aver udito.

«... di udire un rumore» continuò il signor Giles. «A tutta prima mi son detto: "È stata un'illusione" e mi stavo accingendo a riaddormentarmi quando ho sentito di nuovo il rumore, distintamente.»

«Che genere di rumore?» domandò la cuoca.

«Qualcosa di simile a un crepitio» rispose il signor Giles, guardandosi attorno.

«A me è sembrato, più che altro, il suono di una

sbarra di ferro sfregata contro una grattugia» fece osservare Brittles.

«Sarà stato così quando lo avete udito voi, signor mio,» ribatté il signor Giles «ma in quel momento era un crepitio. Ho spinto via le coperte,» continuò Giles, tirando indietro la tovaglia «mi sono drizzato a sedere sul letto e ho ascoltato.»

Sia la cuoca sia la cameriera esclamarono contemporaneamente «Dio mio!» e accostarono un po' di più le rispettive sedie. «Questa volta ho udito il rumore molto chiaramente» continuò il signor Giles. «"Qualcuno" mi son detto "sta forzando una porta o una finestra. Che cosa si può fare? Desterò quel povero figliolo, Brittles, e impedirò che venga assassinato nel suo letto; altrimenti potrebbero tagliargli la gola" ho continuato a dirmi "dall'orecchio destro all'orecchio sinistro senza che lui nemmeno se ne accorga."»

A questo punto tutti guardarono Brittles, il quale stava fissando colui che parlava e lo guardava con la bocca aperta e un'espressione di assoluto terrore sulla faccia.

«Liberatomi del tutto dalle coperte» disse Giles, strappando via la tovaglia e fissando negli occhi la cuoca e la cameriera «sono disceso silenziosamente dal letto, ho infilato un paio di...»

«Sono presenti delle signore, signor Giles» mormorò lo stagnino.

«... di *scarpe*, signore,» disse Giles, voltandosi verso di lui e sottolineando con grande enfasi la parola «poi ho afferrato la pistola carica, che ogni sera porto di sopra insieme all'argenteria, e, in punta di piedi, mi sono recato nella camera di Brittles. "Brittles" gli ho detto, dopo averlo destato "non spaventatevi!".»

«È vero» riconobbe Brittles, a bassa voce.

«Credo che possiamo considerarci già morti, Brittles,» ho detto «ma non spaventatevi.»

«E *si è* spaventato?» domandò la cuoca.

«Neanche un po'» rispose il signor Giles. «Era fermo... ah! Fermo quasi quanto me!»

«Io, al suo posto, sarei morta sul colpo, questo è certo» disse la cameriera.

«Voi siete una donna» osservò Brittles, cominciando a rinfrancarsi un poco.

«Brittles ha ragione,» disse il signor Giles, facendo di sì con la testa in segno di approvazione «da una donna non ci si potrebbe aspettare altro. Noi, invece, essendo uomini, abbiamo preso una lanterna cieca che si trovava sulla mensola del caminetto e, a tastoni, abbiamo disceso le scale nella più fitta oscurità... press'a poco così.»

Il signor Giles si era alzato e aveva fatto due passi con gli occhi chiusi, per accompagnare la descrizione con i gesti opportuni, quando trasalì violentemente, come tutti gli altri del gruppo, e si affrettò a tornare sulla propria sedia. La cuoca e la cameriera strillarono.

«Hanno bussato» disse il signor Giles, fingendo di essere calmo. «Qualcuno vada ad aprire la porta.»

Nessuno si mosse.

«Sembra alquanto strano che bussino a quest'ora del mattino» disse il signor Giles, osservando le facce pallide che lo circondavano e diventando pallidissimo egli stesso «ma è necessario aprire la porta. Qualcuno di voi ha sentito?»

Parlando, il signor Giles guardò Brittles, ma quel giovane, essendo modesto di natura, si riteneva probabilmente un nessuno, e pertanto pensò che la domanda non fosse rivolta a lui; in ogni modo, non rispose affatto. Il signor Giles rivolse uno sguardo supplichevole allo stagnino, che però, improvvisamente, si era addormentato. Quanto alle donne, erano fuori questione.

«Se Brittles è disposto ad aprire la porta alla presenza di testimoni» disse il signor Giles, dopo un breve silenzio «può contare su di me.»

«Anche su di me» disse lo stagnino, destandosi improvvisamente come si era addormentato.

A queste condizioni Brittles capitolò. E il gruppo, essendo stato alquanto rassicurato dalla scoperta (fatta spalancando le imposte) che era ormai giorno pieno, salì di sopra, preceduto dai cani. Le due donne, che avevano paura di restar sole, seguirono gli altri. Ascoltando il consiglio del signor Giles, parlarono tutti a voce molto alta, per far capire a chiunque potesse avere cattive intenzioni, là fuori, che avevano la superiorità numerica; inoltre, in seguito a un'idea originatasi nella mente dello stesso ingegnoso gentiluomo, le code dei cani vennero pizzicate, nell'ingresso, per far sì che abbaiassero ferocemente.

Dopo aver assunto queste precauzioni, il signor Giles si avvinghiò saldamente al braccio dello stagnino (per impedirgli di fuggire, come disse scherzosamente) e ordinò di aprire la porta di casa. Brittles ubbidì e i componenti del gruppo, sbirciando timorosamente al di sopra delle spalle altrui, non scorsero alcunché di formidabile, ma soltanto il povero e piccolo Oliver Twist che, incapace di parlare tanto era spossato, alzò gli occhi a fatica e silenziosamente implorò compassione.

«Un bambino!» esclamò il signor Giles, spingendo indietro, coraggiosamente, lo stagnino. «Che cos'ha il piccolo, eh? Ehi, Brittles, guardate un po'... ne avete un'idea?»

Brittles, che si era messo dietro la porta per aprirla, non appena vide Oliver, lanciò un urlo. Il signor Giles, afferrato il bambino per una gamba e un braccio (fortunatamente non quello fratturato), lo portò di peso nell'ingresso e, chinandosi, lo depositò lungo disteso sul pavimento.

«Eccolo qui!» sbraitò a gran voce, eccitatissimo, voltandosi verso la scala. «Ecco uno dei ladri, signorina! Ecco qui un ladro, signorina! Un ladro ferito, signorina! Gli ho sparato io, mentre Brittles faceva luce!»

«Con una lanterna, signorina» gridò Brittles, portando entrambe le mani ai lati della bocca affinché la sua voce potesse giungere più lontano.

La cuoca e la cameriera corsero su per le scale per dare la notizia che il signor Giles aveva catturato un ladro; e lo stagnino si adoprò per ridare un po' di forza a Oliver, affinché non dovesse morire prima di essere impiccato. Nel bel mezzo di tutto questo strepito e di tutta questa confusione, si udì una soave voce femminile che, all'istante, fece cessare il trambusto.

«Giles!» bisbigliò la voce, dall'alto dello scalone.

«Sono qui, signorina» rispose il signor Giles. «Non

abbiate paura, signorina, non sono gravemente ferito. Il ladro non ha opposto una resistenza disperata. Si è subito reso conto che ero troppo forte per lui.»

«Piano!» rispose la ragazza. «State spaventando mia zia tanto quanto l'hanno spaventata i ladri. È gravemente ferito il poveretto?»

«È ferito a morte, signorina» rispose Giles, con un indescrivibile compiacimento.

«Sembra che stia per andarsene, signorina» gridò Brittles nella stessa maniera di prima. «Non vorreste venire a dargli un'occhiata, nel caso che se ne andasse?»

«Piano, per favore, da bravo» rispose la ragazza. «Aspettate un momento solo, in silenzio, mentre parlo con mia zia.»

A passi silenziosi quanto era stata sommessa la sua voce, colei che aveva parlato si allontanò. Tornò ben presto con l'ordine che il ferito venisse portato cautamente al piano di sopra, nella camera del signor Giles; quanto a Brittles, doveva sellare il pony e recarsi immediatamente a Chertsey per mandare poi di là, il più rapidamente possibile, un poliziotto e un medico.

«Ma non volete prima dargli un'occhiata, signorina?» domandò Giles, orgoglioso come se Oliver fosse stato un uccello dal raro piumaggio, abbattuto abilmente da lui. «Nemmeno una sbirciatina?»

«Non adesso, assolutamente» rispose la ragazza. «Poverino! Oh, trattatelo bene, Giles, fatelo per me!»

L'anziano servitore alzò gli occhi sulla sua interlocutrice, mentre ella si voltava e si allontanava, e le rivolse uno sguardo orgoglioso e ammirato, come se fosse stata sua figlia. Poi, chinatosi su Oliver, aiutò gli altri a portarlo di sopra, con la stessa tenerezza e la stessa sollecitudine di una donna.

29

Fa una descrizione introduttiva degli abitanti della casa nella quale si rifugiò Oliver

In una splendida sala – sebbene l'arredamento avesse più l'aria della comodità all'antica che quella dell'eleganza moderna – sedevano due dame a una tavola lautamente apparecchiata per la colazione. Le serviva il signor Giles, impeccabilmente vestito di nero. Egli si era piazzato a metà strada tra la credenza e la tavola della colazione; e, con il corpo eretto in tutta la sua statura, la testa lievemente arrovesciata all'indietro e appena inclinata da un lato, la gamba sinistra appena un po' più avanti dell'altra, la mano destra infilata sotto il panciotto e la mano sinistra, che teneva un vassoio, abbandonata lungo il fianco, aveva tutta l'aria di un uomo piacevolmente consapevole dei propri meriti e della propria importanza.

Delle due donne, una era molto avanti negli anni, ma la spalliera della sedia di quercia che ella occupava non era più ritta di lei. Vestita con estrema eleganza e meticolosità – un miscuglio bizzarro tra la moda del passato e qualche lieve concessione ai gusti del presente, tale da mettere in risalto piacevolmente le voghe tramontate anziché guastarne l'effetto – ella sedeva, in atteggiamento maestoso, con le mani intrecciate sulla tavola, dinanzi a sé. Gli occhi di lei (e l'età ne aveva offuscato assai poco lo splendore) erano fissi sulla sua compagna.

La più giovane si trovava nell'adorabile, piena fioritura primaverile della femminilità; in quell'età nella quale, se mai gli angeli, per i buoni fini di Dio, dovessero assumere sembianze mortali, assumerebbero quelle di creature simili a lei.

Non aveva ancora compiuto i diciassette anni. Aveva forme talmente esili e squisite, era talmente mite e soave, talmente pura e bella, che questo mondo non sembrava essere il suo ambiente, né le rozze creature terrene sembravano degne di lei. Anche l'intelligenza che le splendeva nei profondi occhi azzurri e traspariva dalle nobili fattezze del viso difficilmente sembrava poter appartenere all'età di lei, o a questo mondo. Ciò nonostante, le espressioni mutevoli della soavità e del buon umore che le passavano luminosamente sul volto, escludendone ogni ombra, e soprattutto il sorriso di lei, quel sorriso allegro e felice, sembravano fatti per la serenità e la felicità del focolare.

Alzando per caso gli occhi mentre spostava qualcosa sulla tavola e vedendo che l'anziana signora la stava osservando, scostò all'indietro i capelli, raccolti a treccia sopra la fronte, e sorrise con tanto affetto e tanta spontanea grazia da rendere felici anche gli spiriti beati.

«Brittles è partito da più di un'ora, non è vero?» domandò l'anziana signora, dopo un breve silenzio.

«Da un'ora e dodici minuti, signora» rispose Giles, dopo aver consultato un orologio d'argento estratto dal taschino mediante il nastro nero al quale era appeso.

«È sempre lento» osservò la padrona di casa.

«Brittles è sempre stato lento anche da ragazzo, signora» rispose il maggiordomo. Lasciando intendere che, siccome Brittles aveva continuato a essere lento per oltre trent'anni, sembravano non esservi molte probabilità che potesse diventare svelto.

«Mi sembra che peggiori invece di migliorare» osservò l'anziana signora.

«Sarebbe davvero imperdonabile da parte sua, se si fosse fermato a divertirsi con gli amici» disse la ragazza, ma lo disse con un sorriso bonario.

Il signor Giles si stava domandando se sarebbe stato indecoroso indulgere a un sorriso egli stesso, quando un calesse si avvicinò al cancello del giardino; dal calesse saltò giù un gentiluomo grasso che corse fino alla porta della dimora; e che, dopo essere entrato rapidamente in casa mediante qualche processo in apparenza misterioso, irruppe nella stanza e soltanto per poco non fece cadere il signor Giles e non rovesciò la tavola della colazione.

«Mai sentita una cosa simile!» esclamò il gentiluomo grasso. «Mia cara signora Maylie... nel cuore della notte per giunta... che Dio mi benedica!... No, mai sentita una cosa simile!»

Pronunciando queste frasi di rammarico e di meraviglia, il gentiluomo grasso strinse la mano a entrambe le dame, poi, accostata una sedia, domandò come si sentissero.

«Dovreste essere morte, decisamente morte di paura» disse. «Perché non mi avete mandato a chiamare? Santo Cielo! Il mio cameriere sarebbe accorso in un minuto. Sarei venuto io stesso; e il mio assistente sarebbe stato felice di venire, come chiunque altro, del resto, in circostanze di questo genere. Santo Cielo! Santo Cielo! Chi lo avrebbe detto? E nel cuore della notte, per giunta!»

Il dottore sembrava particolarmente turbato dal fatto che il tentato furto fosse stato inatteso e avesse avuto luogo nel cuore della notte; come se fosse radicata costumanza dei gentiluomini che commettono furti con scasso di svolgere il loro lavoro a mezzogiorno e di prendere un appuntamento, per lettera, uno o due giorni prima.

«E voi, signorina Rose,» disse il medico, rivolgendosi alla ragazza «come vi sentite? Io...»

«Oh, benissimo, grazie» rispose Rose, interrompendolo. «Ma c'è una povera creatura, al piano di sopra, che mia zia desidera venga visitata da voi.»

«Ah! Ma certo» rispose il medico. «Mi risulta che è stata opera vostra, Giles.»

Il maggiordomo, che stava riordinando rapidamente le tazze da tè, arrossì intensamente e disse di aver avuto quell'onore.

«Onore, eh?» fece il medico. «Be', non saprei. Forse è onorevole colpire un ladro nel retrocucina quanto colpire l'avversario in duello da dodici passi di distanza. Immaginate di esservi battuto in duello, Giles, e che lui abbia sparato in aria.»

Giles, al quale sentir parlare della cosa con tanta leggerezza sembrava un tentativo di diminuire la sua gloria, disse che non spettava a un par suo giudicare al ri-

267

guardo, ma soggiunse, rispettosamente, che per l'altro la cosa non era stata uno scherzo.

«Per Giove, è vero!» esclamò il medico. «Dov'è? Precedetemi. Scendendo passerò a salutarvi, signora Maylie. È entrato dalla finestrella, eh? Ah, be', non lo avrei mai creduto!»

Parlando ininterrottamente, seguì Giles al piano di sopra; e possiamo approfittare del fatto che stava salendo le scale per far sapere al lettore che il signor Losberne, un medico del quartiere, noto per un raggio di dieci miglia tutto attorno come "il dottore", era diventato grasso più per il suo buon umore che perché conducesse un'esistenza da gaudente; era un uomo gentile e di buon cuore, l'anziano scapolo più strambo che un esploratore potesse scoprire anche in un territorio cinque volte più vasto di quello nel quale era conosciuto.

Il medico rimase assente molto più a lungo di quanto sia lui sia le due donne avessero previsto. Una grande cassetta piatta venne mandata a prendere sul calesse; e il campanello della camera da letto venne fatto squillare molto spesso; e i servi continuarono a correre ininterrottamente su e giù per le scale; indizi tutti dai quali si dedusse, giustamente, che al piano di sopra stava avendo luogo qualcosa di importante. Infine il medico discese e, essendogli stata posta un'ansiosa domanda sul suo paziente, assunse un'aria molto misteriosa e chiuse accuratamente la porta.

«Questa è una situazione davvero straordinaria, signora Maylie» disse poi, appoggiandosi con le spalle alla porta, come per tenerla chiusa.

«Non è in pericolo di vita, spero?» domandò l'anziana signora.

«Be', *non* sarebbe questa la cosa straordinaria, tenuto conto delle circostanze» rispose il medico «ma comunque non credo che possa morire. Avete veduto il ladro?»

«No» rispose la signora Maylie.

«Né avete saputo niente di lui?»

«No.»

«Chiedo scusa, signora» intervenne Giles «ma ero sul punto di parlarvi di lui quando è arrivato il dottor Losberne.»

Il fatto era che il maggiordomo, a tutta prima, non aveva saputo indursi a confessare che a rimanere colpito era stato soltanto un bimbetto. Il suo coraggio era stato lodato a tal punto che non aveva potuto fare a meno di rimandare la rivelazione per alcuni deliziosi minuti, durante i quali aveva assaporato la fuggevole fama di un uomo dall'indomito coraggio.

«Rose voleva scendere a vedere il ferito» disse la signora Maylie «ma io non gliel'ho consentito.»

«Ah, be'» disse il medico «non vi è alcunché di allarmante nel suo aspetto. Sareste contraria a vederlo alla mia presenza?»

«Se è necessario» rispose l'anziana signora «no di certo.»

«Allora ritengo che sia necessario» disse il medico. «E, in ogni modo, sono certissimo che vi rammarichereste moltissimo di non averlo veduto. Adesso è assolutamente tranquillo e non soffre. Permettete... volete consentirmi di accompagnarvi di sopra, signorina Rose? Non dovete nutrire il benché minimo timore, posso assicurarvelo sul mio onore!»

30

*Riferisce quello che le visitatrici di Oliver
pensarono di lui*

Dopo aver assicurato con loquacità, molte volte, che sarebbero rimaste gradevolmente sorprese dall'aspetto
del criminale, il dottore prese sottobraccio la signorina,
poi, offerta la mano libera alla signora Maylie, condusse entrambe le donne, con molta cerimoniosità e maestosità, al piano di sopra.

«E ora» disse in un bisbiglio, mentre girava silenziosamente la maniglia della porta di una camera da letto
«sentiamo che cosa pensate di lui. Non si è sbarbato
molto di recente, ma, ciò nonostante, non ha affatto un
aspetto feroce. Fermatevi qui, però! Lasciatemi prima
vedere se è presentabile per una visita.»

Precedendole, guardò entro la stanza. Poi, fatto loro
cenno di venire avanti, chiuse la porta dopo che furono
entrate e, pian piano, scostò le tendine del letto. Su di
esso, anziché il delinquente dal volto torvo e minaccioso che si erano aspettate di vedere, si trovava soltanto
un bimbetto: sfinito dalle sofferenze e dalle fatiche e
profondamente addormentato. Aveva il braccio ferito,
sostenuto con stecche e bendato, posto diagonalmente
sul petto; e il capo, reclino sull'altro braccio, rimaneva
nascosto in parte dai lunghi capelli sparsi sul guanciale.

Il buon dottore tenne scostata la tendina e continuò a
guardare il bambino per circa un minuto, in silenzio. Mentre stava contemplando in questo modo il suo paziente, la
signorina gli passò accanto silenziosa e, sedutasi accanto
al capezzale, scostò i capelli dal viso di Oliver. Mentre si
chinava su di lui, lacrime gli caddero sulla fronte.

Il bimbetto si mosse e sorrise nel sonno, come se quegli indizi di bontà e di compassione avessero destato in lui un sogno piacevole dell'amore e dell'affetto che non aveva mai conosciuto. Nello stesso modo, il suono di una dolce musica, o il mormorio dell'acqua corrente in un luogo silenzioso, o il profumo di un fiore, o una parola familiare, evocano a volte improvvisi e vaghi ricordi di scene mai vissute in questa esistenza; esse svaniscono simili a un sospiro, come se avessero evocato un'altra vita, più felice, che la mente, per quanto si sforzi, non potrà mai rievocare.

«Ma come è possibile?» esclamò la signora. «Questo povero bimbetto non può mai essere stato l'allievo dei ladri!»

«Il vizio» sospirò il medico, lasciando ricadere la tendina «alberga in molti templi; e come possiamo essere certi che un bell'aspetto esteriore non lo contenga?»

«Ma a una così tenera età!» protestò Rose.

«Mia cara signorina,» rispose il dottore, scuotendo la testa malinconicamente «la criminalità, come la morte, non è soltanto dei vecchi e degli avvizziti. Troppo spesso ne sono vittime anche i più giovani e i più belli.»

«Ma è mai possibile... oh, potete davvero credere che questo bimbetto delicato si sia messo di sua iniziativa con i peggiori fuoricasta della società?» esclamò Rose, in tono ansioso.

Il medico scosse la testa, lasciando capire che riteneva la cosa, purtroppo, possibilissima. Poi, facendo osservare che la loro presenza lì poteva essere di disturbo per il piccolo paziente, precedette le padrone di casa in una stanza adiacente.

«Ma, anche se ha fatto qualcosa di male» insistette Rose «pensate alla sua tenera età; pensate che può non aver mai conosciuto l'affetto di una madre, o gli agi di una casa; e che i maltrattamenti e le percosse, o persino la fame, possono averlo costretto a mettersi con uomini che lo hanno poi obbligato al male. Zia, zia cara, in nome della misericordia, pensa a tali possibilità prima di consentire che questo bimbetto ferito e malato venga trascinato in una prigione la quale sarebbe, in ogni caso, la tomba delle sue possibilità di emendarsi. Oh, tu mi vuoi bene e sai che non ho mai sentito la mancanza dei miei genitori, tanto tu sei stata buona e affettuosa con me, ma anch'io avrei potuto sentirmi indifesa e non protetta come questo bambino, e pertanto, ti prego, abbi compassione di lui prima che sia troppo tardi!»

«Mia adorata,» disse l'anziana signora, stringendosi al petto la fanciulla in lacrime «credi forse che sarei capace di torcergli anche soltanto un capello?»

«Oh, no!» rispose Rose con slancio.

«No di certo» disse l'anziana signora «la mia vita si sta avvicinando al termine; possa il Signore avere pietà di me come l'ho io per altri! Che cosa posso fare per salvare il bambino, dottore?»

«Lasciatemi pensare» disse il medico. «Lasciatemi pensare.»

Il dottor Losberne si ficcò le mani in tasca e andò varie volte avanti e indietro nella stanza, soffermandosi spesso, sollevandosi e abbassandosi sulle punte dei piedi e accigliandosi in modo da far paura. Dopo varie esclamazioni come «Ho trovato!», «No, non è possibile!», e dopo aver ripreso svariate volte l'andirivieni, egli si fermò, infine, definitivamente e disse quanto segue:

«Credo che se vorrete concedermi pieni poteri, autorizzandomi a fare soltanto un po' di paura a Giles e a quel bambinone che è Brittles, riuscirò nell'intento. Giles è un uomo fedele e vi serve da moltissimo tempo, lo so; ma potrete rifarvi con lui in mille modi, ricompensandolo anche per aver mirato così bene. Non siete contraria, signora?»

«No, a meno che non vi sia qualche altro modo di salvare il bambino.»

«No, non ve ne sono altri» disse il medico. «Nessun altro, credetemi.»

«Allora mia zia vi concede pieni poteri» disse Rose, sorridendo tra le lacrime. «Ma vi prego, non trattate quei due poveretti più duramente di quanto sia indispensabile.»

«Sembrate ritenere» ribatté il medico «che tutti siano propensi a essere duri di cuore, oggi, tranne voi, signorina Rose. Spero soltanto, nell'interesse del sesso maschile in generale, che il primo giovanotto eleggibile il quale faccia appello alla vostra compassione possa trovarvi in uno stato d'animo altrettanto vulnerabile e generoso. E vorrei essere giovane io stesso, per potermi avvalere, seduta stante, di una occasione favorevole come quella attuale!»

«Siete un bambinone anche voi come il povero Brittles» rispose Rose, arrossendo.

«Be'» disse il medico, e rise di cuore «è facile che lo sia. Ma torniamo al bimbetto. Non abbiamo ancora affrontato il punto più importante del nostro accordo. Il bambino si desterà tra circa un'ora, penso; e, sebbene abbia già detto a quel testone di poliziotto, al pianterreno, che non si deve parlare al piccolo ferito, né muoverlo, in quanto questo ne metterebbe a repentaglio la vita, credo che noi possiamo conversare con lui senza alcun pericolo. Ebbene, vi propongo quanto segue... lo interrogherò alla vostra presenza e se, dalle sue risposte, risulterà con inoppugnabile chiarezza che egli è un piccolo delinquente pervertito (la qual cosa è più che possibile), verrà abbandonato al suo destino e io non mi adoprerò più a suo favore.»

«Oh, no, zia!» supplicò Rose.

«Oh, sì, zia!» esclamò il medico. «Siamo d'accordo?»

«Non può essere incallito nel vizio» disse Rose. «È impossibile!»

«Benissimo» replicò il dottor Losberne. «Ragione di più, allora, per accettare la mia proposta.»

Infine il patto venne concluso e coloro che lo avevano sottoscritto aspettarono, con una certa impazienza, che Oliver si destasse.

La pazienza delle due donne era destinata a subire un cimento più lungo di quello previsto da Losberne; infatti le ore si susseguirono alle ore e Oliver continuò a dormire profondamente. Giunse la sera, in effetti, prima che il buon medico venisse ad avvertire che il suo paziente era abbastanza in forze per poter parlare. Le condizioni del bambino continuavano a essere gravi e inoltre egli era stato indebolito dalla perdita di sangue;

ma lo turbava a tal punto l'ansia di rivelare qualcosa, che sembrava preferibile consentirgli di parlare anziché insistere e indurlo a riposare fino alla mattina dopo, come altrimenti sarebbe stato meglio fare.

Il colloquio fu lungo. Oliver raccontò loro tutta la sua semplice storia, e non di rado fu costretto a interrompersi, dal dolore e dalla debolezza. V'era un che di solenne nell'udire, in quella stanza in penombra, la voce fioca del bambino ferito che elencava una lunga sequela di tormenti e di calamità causategli da uomini crudeli. Ah! Se quando opprimiamo e tormentiamo i nostri simili dedicassimo anche un solo pensiero alle tenebrose colpe umane che, simili a dense e grevi nubi, salgono, adagio sì, ma ineluttabilmente, fino al Cielo, per riversarsi poi, tramutate in castigo, su di noi; se ascoltassimo, anche soltanto per un momento, nell'immaginazione, la testimonianza dei defunti, che nessuna forza al mondo può soffocare e nessun orgoglio può escludere, dove mai sarebbero le offese e le ingiustizie, le sofferenze, le infelicità, le crudeltà e i torti che la vita genera quotidianamente?

Il guanciale di Oliver venne sprimacciato da dolci mani, quella sera; e bellezza e virtù lo contemplarono mentre dormiva. Egli si sentiva sereno e felice, e avrebbe potuto morire senza un mormorio di protesta.

L'importante colloquio aveva da poco avuto termine, e Oliver si era appena accinto a riposare, che il medico, dopo essersi asciugati gli occhi ed essersela presa con se stesso per quell'improvvisa debolezza, discese con l'intenzione di iniziare le ostilità contro il signor Giles. Non avendolo trovato nei vari salotti, gli accadde di pensare che forse avrebbe potuto agire con maggiore efficacia in cucina; e pertanto nella cucina si recò.

Là, in quella Camera Bassa del Parlamento domestico, si trovavano riunite la cuoca e la cameriera, il signor Brittles, il signor Giles, lo stagnino (al quale era stato rivolto un particolare invito a rimpinzarsi per tutto il resto della giornata, tenuto conto dei suoi servigi) e il poliziotto. Quest'ultimo impugnava un grosso manganello, aveva una grossa testa, fattezze grossolane, e sembrava aver tracannato un quantitativo proporzionalmente grosso di birra (come in effetti era avvenuto).

Le avventure di quella notte continuavano a essere discusse, poiché il signor Giles stava dissertando a proposito della propria presenza di spirito, quando il dottore entrò; Brittles, con un boccale di birra in mano, confermava tutto, prima ancora che il suo superiore avesse parlato.

«State comodi!» disse il dottore, con un cenno della mano.

«Grazie, signore» disse Giles. «La padrona ha ordinato di offrire un po' di birra, signore; e siccome non mi sentivo propenso a restare in camera mia, e mi andava anzi di trovarmi in compagnia, sto bevendo qui, insieme agli altri, il boccale che spetta a me.»

Con un mormorio sommesso, Brittles dapprima e poi tutti gli altri espressero la loro soddisfazione per la cortesia del signor Giles nei loro riguardi. Il maggiordomo si guardò attorno con un'aria protettiva, come per far capire che, fino a quando si fossero comportati bene, non li avrebbe abbandonati.

«Come sta questa sera il piccolo paziente, signore?» domandò poi.

«Così, così» rispose il medico. «Temo che vi siate cacciato in un guaio, signor Giles.»

«Spero non vogliate dire, signore,» mormorò il maggiordomo, tremando «che il bambino sta per morire. Se dovesse accadere questo, non potrei mai più essere felice. Non ucciderei mai un bambino, no davvero, nemmeno un bambinone stupido come il nostro Brittles, qui. No, non lo farei per tutto l'oro del mondo, dottore.»

«Non è questo il punto» disse il dottore, misteriosamente. «Signor Giles, siete protestante, voi?»

«Sì, signore, lo spero» balbettò il maggiordomo, che era diventato pallidissimo.

«E voi, figliolo, che cosa siete?» domandò il medico, voltandosi bruscamente verso Brittles.

«Che Dio mi benedica, dottore!» rispose Brittles, trasalendo con violenza. «Sono come il signor Giles, signore.»

«Allora ditemi una cosa» esclamò il medico «tutti e

due, sì, tutti e due! Siete disposti ad assumervi la responsabilità di giurare che il bambino nella camera al piano di sopra è quello stesso che è stato fatto entrare attraverso la finestrella stanotte? Avanti, rispondete! Fuori la verità! Siamo pronti ad agire di conseguenza!»

Il medico, che era considerato universalmente una delle creature più miti e buone del mondo, pose questa domanda in un tono così spaventosamente iroso che Giles e Brittles, i quali avevano la mente considerevolmente annebbiata dalla birra e dall'eccitazione, si sbirciarono a vicenda stupefatti.

«Prestate bene attenzione alla risposta, agente, vi spiace?» disse il medico, agitando il dito indice con una estrema solennità di modi e battendoselo poi sulla radice del naso, come per dire che quel suo organo era dotato di un grande fiuto. «Da essa possono derivare, tra non molto, serie conseguenze.»

Il poliziotto assunse l'aria più scaltra possibile e afferrò il manganello, l'emblema della sua autorità, che aveva deposto in un angolo del caminetto.

«Rileverete» disse il medico «che è una semplice questione di identità.»

«Certo, per l'appunto, signore» rispose il poliziotto, tossendo spasmodicamente; infatti aveva finito di vuotare in fretta e furia il boccale e parte della birra gli era andata di traverso.

«Vi è stato, in questa casa, un tentativo di furto con scasso» continuò il medico «e due uomini hanno intravvisto per un attimo un bambino, tra il fumo degli spari e nella confusione dell'oscurità e di una situazione d'emergenza. Poi un bambino si presenta in questa stessa casa, al mattino, e siccome si dà il caso che abbia un braccio ferito, costoro lo trattano con modi violenti – ponendone in tal modo in grave pericolo la vita – e giurano che si tratta del ladro. Orbene, è necessario stabilire se il loro comportamento è giustificato dai fatti. Altrimenti, in quale situazione si sono posti?»

Il poliziotto annuì con un'aria di profonda saggezza. Disse che, se non era questa la legge, sarebbe stato lieto di sapere quale fosse.

«Torno a domandarvelo» tuonò il dottore. «Siete in grado di giurare solennemente che avete riconosciuto il bambino?»

Brittles sbirciò, dubbioso, il signor Giles; il signor Giles sbirciò, dubbioso, Brittles; il poliziotto portò una mano dietro l'orecchio per udire meglio la risposta; la cuoca, la cameriera e lo stagnino si protesero in avanti per ascoltare. Il medico osservava la scena con occhi penetranti, quando si udirono tintinnii di campanelle, al di là del cancello e, al contempo, uno strepito di ruote.

«È la polizia!» esclamò Brittles, e parve essere in preda a un grande sollievo.

«Chi?» esclamò il dottore, allibito.

«I poliziotti di Bow Street, signore» spiegò Brittles, prendendo una candela. «Io e il signor Giles li abbiamo mandati a chiamare stamane.»

«Cosa?» gridò il medico.

«Sì» confermò Brittles. «Li ho fatti avvertire dal postiglione, e mi domandavo soltanto come mai non fossero ancora arrivati, signore.»

«Ah, li avete fatti avvertire voi, eh? In tal caso, vadano al diavolo... le diligenze troppo lente, ecco tutto!» esclamò il dottore, andandosene.

31

Tratta di una situazione critica

«Chi è là?» domandò Brittles, aprendo appena di poco la porta, senza togliere la catena, e sbirciando fuori mentre faceva schermo alla candela con la mano.

«Aprite» rispose un uomo. «Siamo gli agenti di Bow Street mandati a chiamare stamane.»

Molto rassicurato da queste parole, Brittles spalancò completamente la porta e venne a trovarsi di fronte a un uomo dall'aspetto maestoso che indossava un pesante cappotto e che entrò senza dire altro e si pulì le scarpe sullo stuoino con la stessa sicumera di uno che abitasse lì.

«Mandate qualcuno a prendere il posto del mio collega, eh, giovanotto?» disse costui. «Sta badando al cavallo del calesse. Avete qui una rimessa per le carrozze della quale possiamo approfittare per cinque o dieci minuti?»

Avendo Brittles risposto affermativamente e indicato la rimessa, l'uomo dall'aspetto imponente tornò indietro fino al cancello del giardino e aiutò il collega a portare il calesse nella rimessa, mentre Brittles, molto ammirato, faceva luce a entrambi. I due entrarono poi in casa e, dopo essere stati fatti accomodare in un salotto, si tolsero cappotto e cappello, mostrandosi quali erano.

L'uomo che aveva bussato alla porta di casa era un individuo robusto, di statura media, sulla cinquantina, con lucidi capelli neri, tagliati a spazzola, un paio di baffetti, la faccia tonda e occhi penetranti. L'altro era un uomo rosso di capelli, ossuto, con gli stivaloni; aveva fattezze alquanto scostanti e un naso all'insù che gli dava un'aria sinistra.

«Riferite al vostro padrone che Blathers e Duff sono qui, vi dispiace?» disse quello più robusto, ravviandosi i capelli e appoggiando sul tavolo un paio di manette. «Oh! Buonasera, signore.»

«Posso scambiare due parole in privato con voi, se non vi dispiace?» Questa frase venne rivolta al dottor Losberne, che era entrato in quel momento; il dottore, con un cenno, ordinò a Brittles di uscire, poi condusse nel salotto le due signore e chiuse la porta.

«Questa è la padrona di casa» disse infine, accennando alla signora Maylie.

Il signor Blathers si inchinò, poi, essendo stato invitato ad accomodarsi, posò il cappello sul pavimento e, presa una sedia, fece cenno a Duff di imitarlo. Quest'ultimo gentiluomo, che non sembrava essere molto assuefatto alla buona società, o che non vi si sentiva troppo a suo agio – o una cosa e l'altra – sedette dopo svariate ginnastiche muscolari e, alquanto imbarazzato, si mise in bocca il pomo del bastone.

«Dunque, per quanto concerne il tentativo di furto, signore» disse Blathers. «Come si sono svolti i fatti?»

Il dottor Losberne, quasi avesse voluto guadagnare tempo, li descrisse nei minimi particolari e con numerose circonlocuzioni. Il signor Blathers e il signor Duff lo stettero a sentire con un'aria assai saputa, scambiandosi di tanto in tanto un cenno del capo.

«Non posso affermarlo con certezza prima di aver fatto un sopralluogo, naturalmente,» disse Blathers «ma sono sin d'ora del parere – e non esito a dirlo – che non si sia trattato di un villico. Eh, Duff?»

«No di certo» rispose Duff.

«E, traducendo la parola "villico" a beneficio delle signore, intendereste dire che il furto non è stato tentato da qualcuno del posto?» domandò il dottor Losberne, con un sorriso.

«Proprio così» rispose Blathers. «Non avete altro da dirmi per quanto concerne il furto?»

«Niente altro» rispose il medico.

«E ora, cos'è questa storia del bambino di cui parla la servitù?» domandò Blathers.

«Oh, è una sciocchezza» disse il dottore. «Uno dei servi spaventati si è messo in mente che il bambino potesse aver avuto qualcosa a che vedere con il tentativo di furto, ma si tratta di un'assurdità, di una pura assurdità.»

«Se è così, sarà facile chiarire l'equivoco» osservò Duff.

«Giusto» approvò Blathers, facendo di sì con la testa, come per confermare le parole dell'altro, e trastullandosi noncurante con le manette, come se si fosse trattato di nacchere. «Chi è il bambino? Che cosa dice di se stesso? Da dove è venuto? Non sarà mica piovuto dalle nuvole, vero, signore?»

«No, certo» rispose il medico, sbirciando, innervosito, le signore. «So tutto del bambino, ma di questo potremo parlare in seguito. Immagino che prima vogliate vedere il posto dal quale i ladri hanno tentato di introdursi nella casa, vero?»

«Certamente» rispose il signor Blathers. «Faremmo meglio a esaminare prima il luogo del reato e a interrogare successivamente la servitù. È questa la prassi normale.»

Vennero poi procurate candele; e i signori Blathers e Duff, accompagnati dal poliziotto del posto, da Brittles, da Giles, da tutti quanti, insomma, si recarono nello stanzino in fondo al corridoio e guardarono fuori della finestrella; successivamente uscirono, si portarono sul prato dietro la casa e contemplarono la piccola finestra dall'esterno; i due poliziotti si fecero poi dare una candela per esaminare l'imposta; e quindi una lanterna per cercare le orme dei ladri; e infine un forcone per sondare con esso i cespugli. Dopo queste operazioni alle quali tutti assistettero interessatissimi, trattenendo il respiro, rientrarono in casa; e al signor Giles e a Brittles venne chiesto di mimare in modo melodrammatico la parte da essi avuta nell'avventura di quella notte; cosa che essi si affrettarono a fare almeno sei volte, contraddicendosi a vicenda per quanto concerneva non più di un particolare importante la prima volta e non più di una dozzina di particolari importanti l'ultima. Dopodiché Blathers e Duff fecero sgombrare la stanza e si consultarono a lungo tra loro; un conciliabolo in confronto alla cui segretezza e solennità i consulti dei medici più preclari, a proposito delle diagnosi più difficili, sarebbero un gioco da ragazzi.

Nel frattempo il dottore andava avanti e indietro, molto agitato, nella stanza adiacente; e la signora Maylie e Rose lo osservavano con espressioni ansiose.

«Parola mia» egli disse, dopo un gran numero di assai rapidi andirivieni «non so proprio che cosa fare.»

«Ma certo,» osservò Rose «la vera storia di quel povero bambino, riferita ai due poliziotti, basterà per scagionarlo.»

«Ne dubito, mia cara signorina» disse il medico, scuotendo la testa. «Non credo che lo scagionerebbe, né ai loro occhi, né a quelli dei loro superiori. Chi è mai questo bambino, in fin dei conti?, direbbero. Niente altro che un fuggiasco. Giudicata alla luce di mere considerazioni e probabilità pratiche, la sua storia è molto dubbia.»

«Ma voi gli credete, senza dubbio?» lo interruppe Rose.

«Gli credo, sì, per quanto possa sembrare strano; e non è escluso che possa essere un vecchio allocco per questo» rispose il medico. «Ciò nonostante, non ritengo che sia precisamente il genere di storia plausibile per un esperto poliziotto.»

«Perché no?» volle sapere Rose.

«Perché, mia graziosa avvocatessa della difesa,» rispose il dottore «ai loro occhi la storia del ragazzetto contiene molti punti dubbi; il bambino può provare soltanto ciò che è negativo e mai ciò che è positivo e a suo favore. Accidenti a loro, quei due vorranno sapere i perché e i per come, e non daranno niente per dimostrato. Stando a quanto afferma il bimbetto, vedete, egli si è trovato per un certo periodo in compagnia di ladri; è stato portato in un posto di polizia, accusato di aver borseggiato un gentiluomo, e giudicato; poi, mentre si trovava nella casa di quel gentiluomo, è stato trascinato a forza in un posto che non è in grado di descrivere né di indicare, in quanto non ha la più vaga idea di dove possa trovarsi. Uomini che sembrano essere stati presi da una violenta passione per lui, volente o nolente, lo hanno portato a Chertsey e lo hanno fatto passare attraverso una piccola finestra per poter commettere un furto in una casa e, infine, proprio nel momento in cui egli stava per dare l'allarme agli inquilini, compiendo così l'unico gesto che avrebbe potuto scagionarlo, ecco mettersi di mezzo un idiota di maggiordomo, il quale gli spara. Quasi per impedirgli volutamente di giovare a se stesso. Non vi rendete conto di tutto questo?»

«Me ne rendo conto, certo» rispose Rose, sorridendo dell'impetuosità del dottore. «Ma ancora non vi scorgo alcunché che possa incriminare il povero bambino.»

«Eh, no» rispose il medico. «No, naturalmente! Dio benedica gli occhi luminosi delle donne! Non vedono mai, sia per il bene sia per il male, più di un unico lato di qualsiasi questione; ed è sempre il lato che salta loro agli occhi per primo.»

Avendo così dichiarato che cosa deducesse dalle proprie esperienze personali, il dottore si ficcò le mani in tasca e ricominciò ad andare e venire ancor più rapidamente di prima.

«Più ci penso» disse poi «più mi rendo conto che, se riferissimo a questi uomini la vera storia del bambino, ne conseguirebbero guai e difficoltà a non finire. Sono sicuro che non vi crederanno; e, anche se, in ultimo, non potranno far niente, il fatto che la faccenda venga trascinata in pubblico e che si faccia pubblicità a tutti i dubbi suscitati dalla vicenda non può non ostacolare il vostro generoso progetto di sottrarre il bimbetto alla sua triste sorte.»

«Oh! Che cosa si può fare?» esclamò Rose. «Santo Cielo, perché hanno mandato a chiamare quegli uomini?»

«Perché, infatti?» esclamò vivamente contrariata la signora Maylie. «Non li avrei voluti qui per tutto l'oro del mondo.»

Infine il dottor Losberne, mettendosi a sedere con una sorta di calma che parve suggerita dalla disperazione, disse: «Secondo me dobbiamo tentare di cavarcela con la faccia tosta. Lo scopo è buono, e deve essere questa la nostra giustificazione. Il bambino ha la febbre alta e non è più in grado di rispondere alle domande; questo è già un vantaggio. Dobbiamo sfruttarlo come meglio possiamo e, se la faccenda non finirà bene, la colpa non sarà stata nostra».

In quel momento bussarono alla porta ed egli disse: «Avanti!».

«Ecco, signore,» disse Blathers, entrando nella stanza seguito dal collega e richiudendo la porta prima di continuare «siamo pervenuti alla conclusione che questo non è stato un colpo combinato.»

«E che diavolo è un colpo combinato?» domandò il dottore, spazientito.

«Noi diciamo che un furto è combinato, signore mie,» disse Blathers, rivolgendosi alle due dame, come se riuscisse a compatire la loro ignoranza, ma potesse soltanto disprezzare quella del medico «quando v'è la complicità della servitù.»

«Ma nessuno ha sospettato la servitù, in questo caso!» esclamò la signora Maylie.

«Molto probabilmente no, signora,» rispose Blathers «ma ciò non toglie che qualcuno della servitù sarebbe potuto essere un complice.»

«Ragione di più, anzi» sostenne Duff.

«Abbiamo accertato che erano ladri venuti dalla città» disse Blathers, continuando a fare rapporto «perché è stato un lavoro di prim'ordine.»

«Un lavoretto fatto a regola d'arte» disse Duff, sottovoce.

«Erano in due» continuò Blathers «e avevano con loro un ragazzetto; questo risulta chiaro dalle dimensioni della finestra. Per ora non resta altro da dire. E adesso vogliamo parlare immediatamente con il ragazzo che si trova al piano di sopra.»

«Forse gradiranno prima qualcosa da bere, signora Maylie» disse il dottore; si era rasserenato in viso, quasi avesse avuto una nuova idea.

«Oh, ma certo!» esclamò Rose, solerte. «Offrirò qualcosa immediatamente, se i signori gradiscono.»

«Che cosa prendete?» domandò il medico, seguendo la signorina verso la credenza.

«Un goccio di liquore forte, se non è di disturbo» rispose Blathers. «Ci siamo riempiti di freddo venendo sin qui da Londra, e io ho sempre constatato che un po' d'alcol riscalda il cuore.

Questa interessante informazione venne data alla signora Maylie, la quale l'accolse assai affabilmente. Nello stesso momento il dottore sgattaiolò fuori della stanza.

«Ah!» esclamò il signor Blathers, tenendo il calice del vino non già per lo stelo, ma afferrandone il fondo tra il pollice e l'indice della mano sinistra e portandolo davanti al proprio petto. «Ne ho veduti di furti come questo nel corso della carriera, signore mie!»

«Ad esempio quel furto nel vicolo a Edmonton, Blathers» disse il signor Duff, rinfrescando la memoria del collega.

«Già, fu un bel colpo, quello, no?» esclamò Blathers. «Fu Conkey Chickweed a organizzarlo.»

«Tu continui ad attribuirlo a lui» esclamò Duff «e invece fu Family Pet a farlo, te lo assicuro io. Conkey non ci entrò più di me.»

«Ma neanche per sogno» ribatté il signor Blathers. «So quel che mi dico! Rammenti, comunque, la volta che Conkey venne derubato del suo denaro? Ah, fu bella davvero! Meglio di qualsiasi romanzo che abbia mai letto!»

«Come andò?» volle sapere Rose, che ci teneva a incoraggiare ogni indizio di buon umore nei due sgraditi visitatori.

«Fu un furto, signorina, quale nessun altro avrebbe potuto escogitare» disse Blathers. «Questo Conkey Chickweed...»

«Conkey significa "ficcanaso", signorina» intervenne Duff.

«Ma la signorina lo sa, naturalmente. Non è così?» domandò Blathers. «Non fai che interrompermi, collega! Dunque, questo Conkey Chickweed, signorina, era il proprietario di una taverna delle parti di Battlebridge, e aveva uno scantinato ove molti giovani signori andavano ad assistere ai combattimenti di galli. Una notte venne derubato di trecentoventisette ghinee contenute in un sacchetto di canapa; a portarle via dalla sua camera da letto, nel cuore della notte, fu un uomo alto di statura, con una pezza nera su un occhio, che si era nascosto sotto il letto e che, una volta commesso il furto, saltò fuori dalla finestra, in quanto la stanza si trovava al pianterreno. Il ladro agì fulmineamente, ma anche Conkey dimostrò di essere fulmineo; infatti, destato dal rumore, saltò giù dal letto, sparò al ladro con un trombone e svegliò l'intero vicinato. Venne organizzato subito un inseguimento e si constatò che Conkey aveva colpito il ladro; infatti v'erano tracce di sangue fino a un certo steccato situato parecchio lontano dalla casa; ma poi le tracce finivano lì. E così il ladro riuscì a filarsela con il bottino. Quanto a Chickweed, il suo nome finì sulla "Gazzetta", nell'elenco delle persone in bancarotta; e per il pover'uomo vennero organizzate sottoscrizioni e collette di ogni sorta, in quanto era abbattutissimo a causa della perdita subita e, per tre o quattro giorni, continuò ad aggirarsi per le strade strappandosi i capelli, in preda a una disperazione tale da far temere a non poche persone che fosse sul punto di togliersi la vita. Un giorno si presentò trafelato al posto di polizia ed ebbe un colloquio in privato con il magistrato, il quale, dopo un lungo abboccamento, suonò il campanello e ordinò a Jem Spyers (Jem era un agente in borghese) di aiutare il signor Chickweed a trarre in arresto l'uomo dal quale era stato derubato. "L'ho veduto, Spyers," disse Chickweed "passare davanti a casa mia ieri mattina." "E perché non lo avete fermato?" domandò Spyers. "Ero talmente sbalordito che avreste potuto farmi stramazzare con un soffio" rispose il poveretto "ma possiamo essere certi che lo prenderemo, perché, tra le dieci e le undici di sera, è passato di nuovo di là." Non appena udito questo, Spyers prese un po' di biancheria di ricambio e un pettine, nell'eventualità che avesse dovuto star via per uno o due giorni, e andò ad appostarsi dietro una delle finestre della taverna, nascosto da una tenda rossa, con il cappello in testa, pronto a saltar fuori in un battibaleno. Stava fumando la pipa, là, una sera tardi, quando, tutto a un tratto,

Chickweed urlò: "Eccolo! Fermate il ladro! Al ladro!".
Jem Spyers si precipitò fuori e vide Chickweed correre
a più non posso lungo la strada, urlando. Allora si mise
a correre a sua volta dietro a Chickweed che correva.
La gente si voltava, tutti gridavano "Al ladro!", "Al ladro!" e lo stesso Chickweed urlava continuamente come un pazzo. Poi Spyers lo perdette di vista per pochi
momenti quando voltò a un angolo; saettò a sua volta
intorno all'angolo, scorse un capannello di persone e si
gettò tra esse. "Qual è l'uomo?" "Maledizione!" esclamò
Chickweed. "Me lo sono lasciato sfuggire di nuovo!" La
cosa sembrava straordinaria, ma il ladro era scomparso
e pertanto tornarono alla taverna. La mattina dopo,
Spyers si mise al solito posto, e, stando dietro la tenda,
guardò fuori in attesa di vedere l'uomo alto di statura,
con la pezza nera su un occhio. Continuò a guardare
finché gli occhi cominciarono a dolergli. Infine non
poté fare a meno di chiuderli per lasciarli riposare un
momento e, non appena li ebbe chiusi, udì Chickweed
urlare: "Eccolo qui!". Di nuovo balzò fuori e si mise a
correre, preceduto da Chickweed e, dopo una corsa
lunga il doppio di quella del giorno precedente, l'uomo
scomparve di nuovo! Questa storia si ripeté un altro
paio di volte, finché tra i vicini cominciò a correre la
voce che il signor Chickweed era stato derubato dal demonio, il quale continuava a burlarsi di lui, facendo impazzire per la disperazione la sua povera vittima.»

«E Jem Spyers in che modo si regolò?» domandò il
dottore, che era rientrato nella stanza appena qualche
minuto dopo l'inizio del racconto.

«Jem Spyers» continuò il poliziotto «per molto tempo
se ne stette zitto e ascoltò ogni cosa senza parere, il che
dimostra quanto bene sapesse fare il suo mestiere. Ma un
mattino entrò nella taverna e, toltosi di tasca la tabacchiera, disse: "Chickweed, ho scoperto chi è stato a commettere questo furto". "Davvero?" esclamò Chickweed.
"Oh, mio caro Spyers, lasciate soltanto che possa vendicarmi e morirò soddisfatto! Oh, caro Spyers, dov'è lo
scellerato?" "Suvvia!" disse Spyers, offrendogli un pizzi-
co di tabacco da fiuto. "Basta con questo giochetto! Siete

stato voi stesso!" Ed era così infatti, e ci aveva guadagnato un bel po' di quattrini. E nessuno lo avrebbe mai scoperto se non avesse insistito troppo con quel suo trucco» concluse il signor Blathers, posando il bicchiere e facendo tintinnare le manette.

«Un episodio davvero curioso» commentò il dottore. «E ora, se non vi dispiace, potete salire di sopra.»

«Se non dispiace *a voi*, signore» rispose Blathers. Seguendo alle calcagna il dottor Losberne, i due poliziotti entrarono nella camera di Oliver; il gruppetto era preceduto da Giles, che reggeva una candela.

Oliver si era appisolato, ma sembrava star peggio e aveva la febbre ancor più alta di prima. Aiutato dal medico, riuscì a star seduto sul letto per circa un minuto e guardò tutti quegli sconosciuti senza capire affatto quanto stava accadendo... anzi senza ricordare, a quanto parve, dove si trovava e quello che era accaduto.

«Questo,» disse il dottor Losberne, parlando sommessamente, ma, ciò nonostante, con molta veemenza «questo è il bambino che, essendo entrato senza accorgersene nelle terre di un nostro vicino, è rimasto ferito da una schioppettata e, presentatosi in questa casa stamane, per chiedere aiuto, è finito nelle mani di quell'allocco con la candela, che lo ha afferrato e maltrattato, con grave pericolo per la sua vita, come io, in quanto medico, posso testimoniare.» Blathers e Duff volsero lo sguardo verso il maggiordomo sul quale era stata attratta la loro attenzione. Gli occhi dell'allibito signor Giles passarono da loro due a Oliver e da Oliver al dottor Losberne, con un'aria quanto mai ridicola, tra la paura e la perplessità.

«Non vorrete negarlo, spero?» disse il medico, riabbassando con dolcezza Oliver sul letto.

«Tutto è stato fatto con... con le migliori intenzioni, signore!» rispose Giles. «Ero sicuro che si trattasse del ragazzetto del furto, altrimenti non mi sarei mai sognato di toccarlo. Non sono disumano, signore.»

«Eravate persuaso che fosse quel ragazzetto?» domandò il poliziotto più anziano.

«Il ragazzetto impiegato dai ladri, signore!» rispose Giles. «È... è certo che avevano con loro un bambino.»

«Ebbene? Lo pensate anche adesso?» domandò Blathers.

«Se penso che cosa?» rispose Giles, fissando imbambolato colui che lo interrogava.

«Pensate che sia lo stesso ragazzetto? Siete tonto?» esclamò Blathers, spazientito.

«Non lo so. Proprio non lo so» disse Giles, con un'aria smarrita. «Non potrei giurarlo.»

«Che cosa pensate, insomma?» domandò Blathers.

«Non so che cosa pensare» rispose il povero Giles. «Non credo che sia lo stesso bambino; anzi, sono quasi certo che non lo è. Sapete che non può esserlo.»

«Ha bevuto, quest'uomo, signore?» domandò Blathers, rivolgendosi al medico.

«Che razza di confusionario siete!» esclamò Duff, rivolto al signor Giles, con supremo disprezzo.

Durante questo breve dialogo, il dottor Losberne aveva tastato il polso del piccolo paziente; ma, a questo punto, si alzò dalla sedia accanto al capezzale e fece rilevare che se i poliziotti nutrivano qualche dubbio al riguardo avrebbero fatto bene, forse, a passare nella stanza adiacente e a interrogare Brittles.

Seguendo il suo consiglio, i due passarono nella stanza accanto, ove Brittles, che era stato chiamato, smarrì se stesso e il suo rispettato superiore in un labirinto talmente straordinario di nuove contraddizioni e impossibilità da non far luce assolutamente su niente, eccezion fatta per la sua confusione mentale; dalle dichiarazioni di lui risultò, infatti, che non sarebbe stato in grado di riconoscere il piccolo ladro anche se gli fosse stato posto davanti agli occhi in quello stesso momento; che aveva scambiato Oliver per quel bimbetto soltanto perché così aveva detto il signor Giles; e che il signor Giles, appena cinque minuti prima, aveva ammesso in cucina che stava cominciando ad avere una gran paura di essere stato troppo frettoloso.

Tra altre ingegnose congetture, venne posto un interrogativo: vale a dire se il signor Giles avesse davvero colpito qualcuno; da un esame della pistola risultò che l'arma era caricata soltanto a polvere e la scoperta fece un'impressione enorme su tutti tranne il dottore, che aveva tolto la pallottola circa dieci minuti prima. Ma la cosa impressionò soprattutto il signor Giles; e il maggiordomo, che da alcune ore si tormentava, temendo di aver potuto ferire a morte un suo simile, approfittò avidamente di questo nuovo appiglio e appoggiò energicamente la nuova situazione. In ultimo i poliziotti, senza troppo indagare per quanto concerneva Oliver, lasciarono nella casa l'agente del posto e andarono a trascorrere la notte nella cittadina di Chertsey, promettendo di tornare la mattina dopo.

Nella mattinata dell'indomani, corse una voce: che fossero stati tratti in arresto due uomini e un ragazzetto fermati in circostanze sospette, durante la notte, a Kingston; e a Kingston si recarono, per conseguenza, Blathers e Duff; dalle successive indagini risultò, tuttavia, che le "circostanze sospette" si riducevano a questo: i tre erano stati trovati addormentati sotto un mucchio di fieno, la qual cosa, pur essendo un grave delitto, è punibile soltanto con la prigione e, stando alla misericordiosa legge inglese, che tanto ama tutti i sudditi del sovrano, non può essere considerata una prova convincente – in assenza di ogni altro indizio – di un furto con scasso, per aver commesso il quale i tre sarebbero potuti essere condannati a morte. Pertanto Blathers e Duff tornarono indietro senza sapere niente di più di quando erano partiti.

In breve, dopo altre indagini e un gran numero di nuovi interrogatori, un magistrato del luogo accettò prontamente l'impegno della signora Maylie e del dottor Losberne di far presentare Oliver qualora il bambino avesse dovuto essere convocato dal tribunale; e Blathers e Duff, ricompensati con un paio di ghinee, tornarono in città con pareri nettamente opposti per quanto concerneva chi fosse stato a organizzare il tentativo di furto. Duff tendeva ad attribuirlo a Family Pet, mentre l'altro sosteneva che l'intero merito dell'operazione andava al grande Conkey Chickweed.

Nel frattempo, le condizioni di Oliver migliorarono a poco a poco e il bambino prosperò grazie alle premure e alle cure della signora Maylie, di Rose e del buon dottor Losberne. Se le fervide preghiere che scaturiscono dai cuori saturi di gratitudine vengono udite in Cielo (e se non lo fossero, quali altre preghiere verrebbero ascoltate?), le benedizioni che il bimbetto orfano invocò su di loro non poterono non diffondere nell'anima di tutti e tre serenità e felicità.

32

*Descrive la lieta esistenza che Oliver cominciò
a condurre con i suoi buoni amici*

Le infermità di Oliver non erano né lievi né poche. Oltre alle sofferenze causate dalla frattura del braccio, l'esposizione al freddo e alla pioggia aveva causato una bronchite con febbre che continuò per molte settimane e lo ridusse al lumicino. Ma in ultimo egli cominciò, molto adagio, a migliorare e riuscì a dire a volte, con poche parole e molte lacrime, quanto fosse profondamente grato per la bontà delle due dolci dame e quanto ardentemente sperasse, una volta recuperata la salute e ritrovate le forze, di poter fare qualcosa per dimostrare tale gratitudine; qualcosa che consentisse loro di rendersi conto del grande affetto e della devozione che lo colmavano; qualcosa che, pur essendo di poco conto, dimostrasse come la loro soave bontà non fosse stata prodigata invano, in quanto il povero bambino, che la carità delle due soavi creature aveva salvato dall'infelicità e dalla morte, era ansioso di servirle con tutto il cuore e con tutta l'anima.

«Povera creatura,» disse Rose, un giorno che Oliver si era debolmente sforzato di pronunciare le parole di gratitudine salitegli alle labbra esangui «avrai molte possibilità di renderti utile, se vorrai. Stiamo per andare in campagna e mia zia vuole che tu venga con noi. La tranquillità, l'aria pura e tutti gli splendori e le bellezze della primavera ti rimetteranno in salute in pochi giorni. Ci serviremo di te in cento modi, quando sarai in grado di sopportare il disturbo.»

«Il disturbo!» esclamò Oliver. «Oh, signorina, se soltanto potessi lavorare per voi; se potessi farvi piacere annaffiando i fiori, o occupandomi dei vostri uccellini, o correndo avanti e indietro tutto il giorno per voi! Che cosa non darei per esserne capace!»

«Non dovrai dare proprio un bel nulla» disse la signorina Maylie, sorridendo «perché, come ti ho già detto, ci serviremo di te in cento modi; e, se tu ci metterai anche soltanto la metà della buona volontà che mi stai promettendo adesso, mi renderai davvero molto felice.»

«Felice, signorina!» esclamò Oliver. «Come è gentile a dir questo!»

«Mi renderai più felice di quanto possa dirti» rispose la ragazza. «Il fatto che la mia buona zia sia stata in grado di togliere una creatura dall'abiezione che tu ci hai descritto mi ha già causato un piacere indescrivibile; ma constatare che chi ella ha fatto oggetto della sua bontà e della sua compassione le è per questo sinceramente grato e affezionato, mi delizierebbe più di quanto tu possa immaginare. Capisci quello che voglio dire?» domandò, scrutando il viso pensieroso di Oliver.

«Oh, sì, signorina, sì!» si affrettò a rispondere il bambino. «Ma stavo pensando che sono ingrato nei confronti di altri.»

«Nei confronti di chi?» domandò Rose.

«Del generoso signore e della cara e anziana infermiera che furono tanto buoni con me» rispose Oliver. «Se sapessero quanto sono felice adesso, ne sarebbero di certo contenti.»

«Sì, ne sono certa anch'io» rispose la benefattrice del bambino «e il dottor Losberne è stato così cortese da promettere che, quando ti sarai rimesso abbastanza per sopportare il viaggio, ti condurrà da loro.»

«Davvero, signorina?» esclamò Oliver, e il visetto gli si illuminò di piacere. «Non so che cosa farò, tanto sarò felice, rivedendo i loro volti buoni!»

Di lì a poco tempo Oliver si era ripreso abbastanza per sopportare la fatica di questo viaggio. Un mattino, lui e il dottor Losberne partirono, per conseguenza, su una carrozza che apparteneva alla signora Maylie. Quando giunsero a Chertsey Bridge, Oliver divenne pallidissimo e non seppe trattenere un'esclamazione di sgomento.

«Che cos'hai, bambino?» gridò il medico, agitatissimo come sempre. «Hai veduto qualcosa... hai udito qualcosa... ti duole qualcosa... eh?»

«Quella, signore» gridò Oliver, indicando qualcosa fuori del finestrino della carrozza. «Quella casa!»

«Ah sì? Be'? Che cos'ha, quella casa? Cocchiere, fermate! Fermate qui!» gridò il dottore. «Che cosa c'è in quella casa, bambino mio, eh?»

«I ladri... è la casa nella quale mi hanno portato!» bisbigliò Oliver.

«Per tutti i diavoli!» gridò il medico. «Ehi, fatemi scendere!»

Ma, prima che il cocchiere fosse riuscito a smontar da cassetta, lui era già rotolato giù dalla carrozza in un modo o nell'altro e, arrivato di corsa fino alla casa deserta, aveva cominciato a sferrare calci contro la porta come un pazzo.

«Ebbene?» disse un ometto laido e gobbo, spalancando la porta talmente all'improvviso che il dottore, a causa dell'impeto del suo ultimo calcio, per poco non cadde nel corridoio. «Che cosa vi ha preso?»

«Che cosa mi ha preso!» esclamò l'altro, afferrandolo per il colletto senza riflettere nemmeno un momento. «Ne ho di buone ragioni! Si tratta di furti!»

«Tra poco si tratterà anche di assassinio» disse il gobbo, gelido «se non mi togliete le mani di dosso. Mi sentite?»

«Vi sento, vi sento» disse il dottore, scrollando il suo prigioniero. «Dov'è... il diavolo se lo porti, com'è che si chiama quel furfante?... Ah, sì, Sikes. Dov'è Sikes, ladro che non siete altro?»

Il gobbo spalancò gli occhi, tanto stupito quanto indignato; poi, divincolatosi e sottrattosi con destrezza alla stretta del medico, ringhiò una raffica di orride bestemmie e indietreggiò nella casa. Prima che potesse chiudere la porta, tuttavia, il dottore, senza sognarsi di chiedere il permesso, era già entrato nel salotto. Si guardò attorno ansiosamente, ma non un solo mobile, non un qualsiasi oggetto, inanimato o animato, e nemmeno la posizione stessa dei mobili corrispondevano alle descrizioni di Oliver!

«E ora sentiamo» disse il gobbo, che lo aveva osservato con occhi penetranti «quali intenzioni avete entrando a forza in casa mia? Volete derubarmi o assassinarmi? Che cosa volete fare?»

«Avete mai visto qualcuno venire a fare l'una o l'altra di queste due cose su una carrozza con un tiro a due, ridicolo vecchio vampiro che non siete altro?» esclamò l'irritabile medico.

«Che cosa volete, allora?» domandò il gobbo. «Volete andarvene o no, prima che mi comprometta? Maledizione a voi!»

«Me ne andrò quando lo riterrò opportuno» disse il dottor Losberne, facendo capolino nell'altra stanza che, come la prima, non corrispondeva in alcun modo alle descrizioni di Oliver. «Un giorno o l'altro vi smaschererò, amico mio.»

«Oh, davvero?» ringhiò l'ometto deforme. «Mi troverete qui quando vorrete. Ho vissuto qui, matto e solo, per venticinque anni e non mi fate paura. La pagherete, per questo, oh se la pagherete!» E, dopo aver detto ciò, il piccolo demonio deforme lanciò un urlo spaventoso e si mise a saltellare come se la furia lo avesse fatto impazzire.

"Questa situazione è abbastanza incresciosa" mormorò il medico tra sé e sé. «Il bambino deve essersi sbagliato. Tenete. Mettetevi questa in tasca e rinchiudetevi di nuovo in casa.» Così dicendo gettò al gobbo una moneta e tornò alla carrozza.

L'uomo lo seguì sin là, continuando a urlare feroci imprecazioni e bestemmie; ma, mentre il dottor Losberne si voltava per parlare con il cocchiere, guardò entro la carrozza e per un momento scrutò Oliver con occhi talmente penetranti e al contempo tanto furenti e vendicativi che per mesi, in seguito, sia desto, sia nel sonno, il bambino non riuscì a dimenticarli. Il gobbo continuò a lanciare le imprecazioni più spaventose finché il cocchiere non fu risalito a cassetta; e anche quando ebbero ripreso il viaggio, continuarono a vederlo più indietro che batteva i piedi per terra e si strappava i capelli in preda a una frenetica furia.

«Sono un somaro!» esclamò il medico, dopo un lungo silenzio. «Non te n'eri ancora accorto, Oliver?»

«No, signore.»

«E allora ricordatene in avvenire.»

Dopo un nuovo silenzio protrattosi per alcuni minuti, il dottore ripeté: «Un somaro. Anche se quello fosse stato il posto giusto e vi si fossero trovati gli individui giusti, che cosa avrei potuto fare, da solo? E, anche se mi fosse stata data man forte, non vedo che cosa avrei potuto combinare di buono tranne compromettermi, essendo costretto in ultimo a dichiarare in qual modo ho messo a tacere tutta questa faccenda. Me lo sarei meritato, però. A furia di agire impulsivamente, continuo a cacciarmi nei pasticci. Mi sarebbe servito di lezione.»

In realtà, il buon medico aveva sempre agito impulsivamente per tutta la sua vita, sì, ma il fatto che godesse della stima e dell'affetto di tutti coloro i quali lo conoscevano e non si fosse mai cacciato in alcun pasticcio, stava ad attestare qual era la natura degli impulsi da lui assecondati. Per dire tutta la verità, egli continuò a essere un po' irritato per un minuto o due, non essendo riuscito ad avere una conferma di quanto Oliver aveva raccontato. Ma la sua irritazione si dileguò ben presto e, constatando che le risposte di Oliver alle sue domande continuavano a essere pronte e logiche e sembravano essere del tutto sincere, decise che, da quel momento in poi, avrebbe creduto pienamente al bambino.

Siccome Oliver ricordava il nome della strada nella quale abitava il signor Brownlow, furono in grado di recarsi sin là senza perdite di tempo. Quando la carrozza voltò all'angolo, il cuore di Oliver prese a martellare con tanta violenza da impedirgli, quasi, di respirare.

«Ebbene, ragazzo mio, qual è la casa?» domandò il dottor Losberne.

«Quella! Quella!» rispose Oliver, additandola impaziente al di là del finestrino. «La casa bianca. Oh, presto! Vi prego, presto! Tremo tanto che mi sembra di morire.»

«Suvvia, suvvia» disse il buon medico, battendogli la mano sulla spalla. «Tra un momento li vedrai e saranno felici di constatare che sei salvo e stai bene.»

«Oh, lo spero!» gridò Oliver. «Sono stati così buoni, con me. Tanto, tanto buoni!»

La carrozza proseguì per un breve tratto, poi si fermò. No, non era quella la casa, ma l'altra, subito dopo. La carrozza avanzò per qualche metro e di nuovo si fermò. Oliver alzò gli occhi verso le finestre e lacrime di felicità gli striarono il viso.

Ma ahimè! La casa bianca era deserta e, a una delle finestre, si trovava esposto un cartello: "Affittasi".

Il dottore afferrò Oliver per un braccio. «Andiamo a bussare alla porta della casa accanto!» gridò. E alla donna venuta ad aprire domandò: «Sapete dove è finito il signor Brownlow, che abitava nella casa vicina?».

La cameriera non lo sapeva, ma disse che sarebbe andata a informarsi. Di lì a poco tornò e riferì che il signor Brownlow aveva venduto tutti i suoi beni ed era partito per le Indie Occidentali sei settimane prima. Oliver si torse le mani e parve afflosciarsi.

«È partita anche la sua governante?» domandò il dottor Losberne, dopo un attimo di silenzio.

«Sì, signore» rispose la cameriera. «L'anziano gentiluomo, la governante e un signore che era amico del signor Brownlow sono partiti tutti insieme.»

«Allora torniamo a casa» ordinò il dottor Losberne al cocchiere «e non fermatevi per far riposare i cavalli finché non saremo fuori da questa maledetta Londra!»

«Ma il banchetto di libri, signore?» disse Oliver. «Io so dov'è. Andiamo dal libraio, vi prego, signore! Andiamo a parlargli!»

«Mio povero figliolo, di delusioni ne hai avute anche troppe per un giorno» disse il medico. «Sono state più che sufficienti per entrambi. Se andassimo in cerca del libraio, verremmo senza dubbio a sapere che è morto, o che ha appiccato il fuoco alla sua casa o che è fuggito. No! Torniamo subito a casa!» E così, assecondando l'impulso del medico, tornarono là da dove erano venuti.

Questa amara delusione fu causa di molta angoscia e

di molta sofferenza per Oliver, anche nella sua nuova felicità; infatti, innumerevoli volte, durante la malattia, il bambino si era rasserenato pensando a tutto ciò che gli avrebbero detto il signor Brownlow e la signora Bedwin e alla felicità che avrebbe provato dicendo a sua volta quanti lunghi giorni e quante lunghe notti avesse trascorso riflettendo su tutto ciò che avevano fatto per lui e soffrendo a causa della crudele separazione da loro. Era stato aiutato e sorretto, inoltre, nei suoi tanti e recenti cimenti, dalla speranza di potersi, in ultimo, giustificare con loro, spiegando in qual modo fosse stato trascinato via; e ora l'idea che si fossero recati così lontano, con la convinzione che lui fosse un impostore e un ladruncolo – una convinzione la quale forse non sarebbe mai stata smentita – era quasi più di quanto potesse sopportare.

Tale circostanza, tuttavia, non modificò in alcun modo il comportamento dei suoi benefattori. Dopo altri quindici giorni, quando il tempo bello e caldo era cominciato sul serio e ogni albero metteva le foglie e ogni fiore sbocciava, vennero fatti i preparativi per trascorrere alcuni mesi lontano dalla casa di Chertsey. Affidata alla banca l'argenteria che aveva tanto eccitato la cupidigia di Fagin e lasciati lì Giles e un altro servitore per custodire la villa, partirono diretti verso un villino alquanto lontano in campagna e condussero con loro Oliver.

Chi potrebbe descrivere il piacere e la gioia, la serenità di spirito e la dolce tranquillità del bambino ancora convalescente nell'aria balsamica e tra le verdeggianti colline e i fitti boschi di un villaggio nell'entroterra? Chi potrebbe dire fino a qual punto le scene di serenità e di quiete si imprimano nella mente di coloro che soffrono in rumorose gremite città e colmino di freschezza i loro cuori stanchi? Anche chi ha vissuto per tutta un'operosa esistenza in viuzze strette e gremite e non ha mai desiderato un cambiamento; anche le persone per le quali la vita in città è diventata una seconda natura e che hanno finito con l'amare ogni sasso e ogni mattone delle strade ove si sono svolte le loro passeggiate quotidiane, anche costoro, quando ormai la morte

era vicina hanno anelato a contemplare, sia pur fuggevolmente, l'aspetto della natura e, se portati lontani dai
luoghi ove hanno sempre gioito o sofferto, è stato come
se fossero rinati. Una volta giunti in qualche località
verdeggiante e assolata, hanno sentito ridestare in se
stessi, dalla vista del cielo, delle colline, delle pianure e
dei corsi d'acqua scintillanti, reminiscenze tali da sentir
consolato il loro rapido declino come se avessero già
potuto intravvedere il Paradiso e sono discesi nella
tomba serenamente come il sole il cui tramonto avevano contemplato dalla loro stanza solitaria appena poche ore prima, con occhi stanchi e offuscati. I ricordi
evocati dalle serene scene campestri non sono di questo
mondo né fanno parte dei pensieri e delle speranze della vita quotidiana. Agiscono dolcemente su di noi e possono insegnarci a intrecciare ghirlande da porre sulla
tomba delle persone amate; possono purificare i nostri
pensieri, allontanandone le inimicizie e gli odii di un
tempo; ma, al di sotto di tutto ciò, anche nella mente
meno riflessiva, v'è la vaga e informe impressione di
aver già provato questi stati d'animo tanto tempo prima, in qualche momento remoto nel passato, un passato che evoca pensieri solenni di altri tempi remoti nel
futuro e doma l'orgoglio e tutto ciò che è terreno.

Era un luogo splendido quello ove si recarono. Oliver, la cui breve esistenza era trascorsa tra squallide comunità, circondata da strepiti e risse, parve incomin-
ciare lì una vita nuova. Rose rampicanti e caprifoglio
aderivano ai muri del villino; l'edera si arrampicava intorno ai tronchi degli alberi; e i fiori del giardino profu-
mavano l'aria con le loro essenze deliziose. Poco lontano si trovavano una chiesetta e un piccolo cimitero,
non gremito da alte e poco estetiche pietre tombali, ma
pieno di umili tumuli rivestiti di muschio, sotto i quali
riposavano i vecchi del villaggio. Oliver vi si recava
spesso e, pensando alla misera tomba nella quale giaceva sua madre, si metteva a sedere e singhiozzava nella
solitudine; ma, quando alzava gli occhi verso il cielo
sconfinato, in alto, non la pensava più distesa nella bara e il suo pianto diveniva meno sconsolato.

Fu, quello, un periodo felice. Le giornate trascorrevano pacifiche e serene; le notti non portavano con sé né timori né preoccupazioni; remoti erano i ricordi di una misera cella di prigione o della compagnia di uomini malvagi e ogni pensiero era piacevole e lieto. Ogni mattina Oliver si recava da un signore anziano e canuto che abitava nei pressi della chiesetta e che gli insegnava a leggere e a scrivere meglio; quest'uomo parlava con lui così cortesemente e si dava per lui tanta pena che a Oliver sembrava di non poter mai fare abbastanza per accontentarlo. In seguito faceva passeggiate con la signora Maylie e con Rose e le ascoltava parlare di libri; oppure si metteva a sedere accanto a esse, in qualche luogo ombroso, e stava a sentire mentre la signorina leggeva a voce alta; non si stancava mai, finché non cominciava a far troppo buio perché ella potesse vederci. In seguito doveva fare i compiti per il giorno dopo e vi si applicava con diligenza in una stanzetta la cui finestra dava sul giardino, finché scendeva adagio la sera, dopodiché le signore facevano di nuovo una passeggiata e lui le accompagnava, ascoltando con enorme piacere tutto quel che dicevano e felicissimo se volevano un fiore che lui riusciva a raggiungere arrampicandosi, o se avevano dimenticato qualcosa che potesse correre a prendere. Quando scendeva la notte e tornavano a casa, la signorina sedeva al pianoforte e suonava qualche piacevole melodia, oppure cantava, con una voce sommessa e dolce, vecchie canzoni che a sua zia faceva piacere ascoltare. Non veniva accesa alcuna candela, in quei momenti; e Oliver sedeva accanto a una delle finestre, ascoltando la musica soave, mentre lacrime di placida felicità gli striavano il viso.

E quando veniva la domenica, quanto diversamente dal passato trascorrevano la giornata! E quanto gioiosamente! Al mattino si recavano nella chiesetta, con le foglie verdi che frusciavano davanti alle finestre e i profumi soavi che saturavano l'aria sotto il basso porticato e colmavano, con la loro fragranza, il piccolo edificio. La povera gente era così linda e pulita e si genufletteva con tanta religiosità nella preghiera che sembrava riunirsi lì per il proprio piacere, non per un dovere tedioso; e sebbene i canti fossero un po' rozzi, erano spontanei e (per lo meno alle orecchie di Oliver) sembravano più musicali di qualsiasi cosa egli avesse udito in chiesa prima di allora. Poi venivano le passeggiate, e molte visite nelle linde case dei contadini; e la sera Oliver leggeva un capitolo o due della Bibbia, che aveva studiato per tutta la settimana; un dovere assolto con più fierezza e piacere che se fosse stato lui stesso il parroco.

Ogni mattina Oliver era già in piedi alle sei e si aggirava nei campi saccheggiando le siepi per formare mazzi di fiori selvatici che portava poi a casa divertendosi a disporli con somma cura per adornare il tavolo della colazione. Coglieva anche senecione, per gli uccellini della signorina Maylie e con esso, avendo studiato queste cose con il segretario comunale del paese, decorava le gabbie, dando prova di molto buon gusto. Dopo che gli uccelli erano stati resi più presentabili, doveva di solito andare a sbrigare qualche incarico caritatevole al villaggio, oppure – ma soltanto di rado – giocava a cricket; o, in mancanza di questo, v'era sempre qualcosa da fare in giardino, per curare le piante, e a questi compiti Oliver (che aveva studiato anche tale scienza con lo stesso maestro, il quale era di mestiere orticultore) si dedicava con grande buona volontà e veniva poi lodato dalla signorina Rose, quando ella scendeva in giardino.

In questo modo trascorsero tre mesi, tre mesi che furono per Oliver pura felicità. Con la più autentica e la più amabile generosità da una parte, e con la gratitudine più sincera e più profondamente sentita dall'altra, non ci si può stupire se, al termine di questo breve periodo, Oliver si era affezionato con tutto il cuore all'anziana signora e a sua nipote e se il fervido affetto del cuore tenero e sensibile di lui veniva lietamente ricambiato dalle due buone creature.

33

*Nel quale la felicità di Oliver e delle sue amiche
viene turbata all'improvviso*

La primavera trascorse rapidamente e giunse l'estate. Se prima il villaggio era stato bello, adesso si trovava al culmine del suo splendore. I grandi alberi, spogli nei mesi precedenti, prorompevano ora di gagliarda vitalità, protendevano i loro verdi rami sopra il terreno assetato, creando posticini accoglienti dai quali, nell'ombra fresca e gradevole, si poteva contemplare il vasto paesaggio illuminato dal sole. La terra aveva indossato il proprio mantello del verde più vivido e diffondeva i suoi più soavi profumi. Era la stagione più vigorosa dell'anno, nella quale tutto cresce e dà frutti con esultanza.

Ciò nonostante, coloro che abitavano nel villino continuavano a condurre la stessa placida vita e a essere lietamente sereni. Già da un pezzo completamente guarito, Oliver era diventato più robusto; ma la salute o la malattia non influenzavano in alcun modo il suo caldo affetto nei riguardi di coloro che lo circondavano, sebbene possano influenzare i sentimenti di un gran numero di persone. Egli continuava a essere la stessa dolce, affettuosa e affezionata creatura che era stato mentre la malattia e le sofferenze lo indebolivano e quando dipendeva in tutto e per tutto da coloro che lo curavano.

In una bella sera avevano fatto una passeggiata più lunga del solito, in quanto la giornata era stata insolitamente calda; splendeva una vivida luna e si era alzata una lieve brezza che portava un'insolita frescura. Poiché anche Rose era di ottimo umore, avevano continuato a conversare allegramente, camminando, senza accorgersi di essere andati più lontano del solito. Poi, sentendosi la signora Maylie un po' affaticata, erano ritornati indietro più adagio. Rose, dopo essersi limitata a togliere il semplice berretto, sedette al pianoforte, com'era sempre solita fare. Dopo avere fatto scorrere distrattamente le dita sui tasti per alcuni minuti, attaccò con un motivo lento e assai solenne; e, mentre lo suonava, gli altri due udirono distintamente un suono simile a un singhiozzo, come se ella stesse piangendo.

«Rose, mia cara!» esclamò la signora.

Rose non rispose, ma suonò un po' più in fretta, come se quelle parole l'avessero distolta da pensieri dolorosi.

«Rose, amor mio!» esclamò la signora Maylie, affrettandosi ad alzarsi e a chinarsi su di lei. «Che cosa c'è? Sei in lacrime! Mia cara bambina, che cos'è a turbarti?»

«Niente, zia, niente» rispose la signorina. «Non so di che si tratti, non saprei descriverlo, ma sento...»

«Ti senti poco bene, amor mio?» la interruppe la signora Maylie.

«No, no! Oh, non sono malata!» rispose Rose, rabbrividendo come se un gelo mortale fosse passato su di lei mentre parlava. «Tra poco andrà meglio. Chiudi la finestra, per piacere!»

Oliver si affrettò a aderire al suo desiderio. La signorina, sforzandosi di ritrovare la consueta gaiezza, cercò di suonare un motivo più allegro; ma ben presto le dita di lei rimasero inerti sui tasti. Coprendosi il viso con le mani, ella si lasciò cadere su un divano e diede libero sfogo alle lacrime che non riusciva più a trattenere.

«Bambina mia!» esclamò la signora, abbracciandola. «Non ti ho mai vista così, prima d'ora.»

«Non ti allarmerei se potessi farne a meno,» rispose Rose «ma, sebbene abbia fatto l'impossibile, non sono riuscita a trattenermi. Temo di essere *davvero* ammalata, zia.»

Lo era, infatti, poiché, quando vennero portate altre candele poterono constatare che nel brevissimo lasso di tempo trascorso dopo il loro ritorno a casa il normale colorito di lei era stato sostituito da un pallore marmoreo. L'espressione di Rose non aveva perduto alcunché della sua bellezza; ma era cambiata e c'era un'aria ansiosa e sofferente sul viso soave, mai veduta prima. Trascorse un minuto e sul volto di lei si diffuse un acceso rossore mentre i teneri occhi celesti si colmavano di smarrimento. Poi queste manifestazioni scomparvero, come l'ombra proiettata da una nuvola di passaggio ed ella ridivenne mortalmente pallida.

Oliver, che osservava ansiosamente l'anziana signora, notò quanto ella fosse preoccupata da tutto ciò; e, a dire il vero, lo era anche lui; ma, constatando che Rose cercava di non attribuirvi importanza, si sforzò di imitarla e tra tutti e due vi riuscirono così bene che quando ella venne persuasa dalla zia ad andare a coricarsi era di umore migliore e sembrava persino stare meglio; disse di essere certa che l'indomani si sarebbe sentita in ottima salute.

«Spero vivamente» disse Oliver, quando la signora Maylie fu tornata «che non abbia niente di grave. Sembrava indisposta, questa sera, ma...»

L'anziana signora gli fece cenno di tacere; poi sedette in un angolo buio della stanza e tacque a lungo. Infine disse, con la voce tremula:

«Mi auguro di no, Oliver. Sono stata molto felice con lei per alcuni anni; troppo felice, forse. Forse è giunto per me il momento di scontare tanta felicità con qualche disgrazia; ma spero che non si tratti di questo.»

«Di che cosa?» domandò Oliver.

«Del colpo terribile» rispose la signora «di perdere la cara fanciulla che così a lungo mi ha consolata e mi ha dato felicità.»

«Oh, Dio ce ne scampi!» si affrettò a esclamare Oliver.

«Oh, sì, Dio non voglia, bambino mio!» disse l'anziana signora, torcendosi le mani.

«Ma, senza dubbio, non v'è alcun pericolo di qualcosa di così terribile?» disse Oliver. «Due ore fa stava benissimo.»

«Ma ora sta molto male» rispose la signora Maylie «e peggiorerà, ne sono certa. Mia cara, cara Rose! Oh, come potrei fare senza di lei?»

E si abbandonò a tali manifestazioni di dolore che

Oliver, soffocando la propria commozione, osò rimproverarla e implorarla di essere più calma, per il bene della cara signorina stessa.

«Pensate, signora,» disse Oliver, mentre, nonostante tutti i suoi sforzi, gli occhi gli si riempivano di lacrime «oh, pensate quanto è giovane, quanto è buona, quanta gioia e quanto conforto dà a chiunque le sia vicino. Io sono sicuro... sicurissimo, anzi, che per il vostro bene, poiché anche voi siete tanto buona, e per il suo, e per il bene di tutti coloro che rende tanto felici, non morirà. Il buon Dio non consentirà che muoia così giovane!»

«Non dire altro» mormorò quasi in un sussurro la signora Maylie, accarezzando teneramente il capo di Oliver. «Tu ragioni come un bambino, povero figliolo. Ma, ciò nonostante, mi hai richiamato ai miei doveri, che per un momento avevo dimenticato. Tuttavia spero che tu possa perdonarmi, Oliver, poiché sono vecchia, e ho veduto ammalarsi e morire molte persone a me care e so quante e quali sofferenze si lascia indietro la morte. So, inoltre, che non sempre sono i più giovani e i migliori a essere risparmiati per la felicità di coloro che li amano. Ma questo dovrebbe consolarci nella sofferenza, poiché Dio è giusto. E questi lutti ci fanno almeno capire che esiste un mondo più luminoso del nostro. Sia fatta dunque la volontà di Dio! Io le voglio bene e Lui soltanto sa fino a qual punto!»

Oliver si meravigliò constatando che, nel pronunciare queste parole, la signora Maylie si calmava, sedeva più impettita e sembrava ritrovare la fermezza e il coraggio. E rimase ancor più attonito, in seguito, constatando che quella fermezza non era passeggera e che, nonostante tutte le preoccupazioni e le veglie successive, la signora Maylie continuava a essere calma, faceva tutto ciò che stava in lei e sembrava, almeno esteriormente, persino allegra. Ma era in troppo tenera età e non poteva sapere di che cosa sono capaci, nelle circostanze più critiche, gli spiriti forti. Come poteva saperlo lui, se neppure chi possiede tanto coraggio se ne rende conto?

Seguì una notte d'ansia. Quando spuntò il mattino, i

timori della signora Maylie vennero purtroppo confermati. Rose aveva una febbre alta e pericolosa.

«Dobbiamo reagire, Oliver, e non abbandonarci a una inutile sofferenza» disse la signora Maylie, portandosi un dito alle labbra e fissandolo negli occhi. «Questa lettera deve essere spedita, al più presto possibile, al dottore Losberne. Bisogna portarla al villaggio che è sede di mercato e che dista di qui non più di sei chilometri e mezzo, seguendo il sentiero tra i campi; di là deve essere portata da un corriere a cavallo direttamente a Chertsey. A questo penseranno quelli della locanda e io sono sicura che tu te ne accerterai.»

Oliver non riuscì a rispondere, ma bastò la sua espressione a far capire quanto fosse ansioso di incamminarsi immediatamente.

«Ho qui un'altra lettera» soggiunse la signora Maylie, interrompendosi poi un momento per riflettere. «Ma non so bene se spedirla subito o aspettare di vedere come andrà Rose. Preferirei non inoltrarla, a meno che non temessi il peggio.»

«È diretta anch'essa a Chertsey, signora?» domandò Oliver, impaziente di avviarsi, tendendo la mano tremante per prenderla.

«No» rispose l'anziana signora, consegnandogliela come un automa. Oliver la sbirciò e vide che era indirizzata al signor Harry Maylie, presso la dimora di campagna di un grande Lord; dove, esattamente, non riuscì a decifrarlo.

«Deve partire, allora, signora?» domandò, alzando gli occhi spazientito.

«Credo di no» rispose la signora Maylie, riprendendo la lettera. «Aspetterò fino a domani.»

Così dicendo diede a Oliver il proprio borsellino, e il bambino si incamminò, senza ulteriori indugi, il più rapidamente possibile.

Corse rapido attraverso i campi e seguì i sentieri che talora li dividevano; ora quasi nascosto dal granturco alto a entrambi i lati, ora sbucando su terreni aperti ove i contadini falciavano l'erba; sostò solamente di tanto in tanto, e per pochi secondi, allo scopo di riprendere fiato, e infine giunse, molto accaldato e coperto di polvere, nella piccola piazza del mercato del villaggio.

Lì si fermò e cercò con lo sguardo la locanda. V'erano l'edificio bianco di una banca, l'edificio rosso di una birreria e l'edificio giallo del municipio; inoltre, in un angolo, sorgeva una grande costruzione con tutte le rifiniture in legno verniciate di verde e sulla cui insegna figuravano le parole "The George". Verso questa locanda egli si affrettò, non appena l'ebbe veduta. Parlò con un garzone che stava schiacciando un pisolino sulla soglia e che, dopo aver ascoltato quel che voleva, lo mandò da un mozzo di stalla; quest'ultimo, dopo aver ascoltato di nuovo tutto quello che Oliver aveva da dire, lo mandò dal proprietario, il quale risultò essere un gentiluomo dalla cravatta azzurra, dal cappello bianco, con calzoni al ginocchio di fustagno e stivali, che, appoggiato alla pompa dell'acqua accanto alla porta della scuderia, si stuzzicava i denti con uno stecchino d'argento.

Questo signore entrò con un'aria assai decisa nel bar, per calcolare la spesa, e impiegò parecchio tempo per arrivare al risultato; poi, quando finalmente ci fu arrivato e Oliver ebbe pagato l'importo, si rese necessario sellare un cavallo e un uomo dovette vestirsi, per cui occorsero altri dieci minuti buoni. Nel frattempo Oliver era in preda a un'ansia e a un'impazienza tali che, potendo, sarebbe balzato in sella al cavallo egli stesso, per arrivare, a un galoppo sfrenato, fino alla tappa successiva. Finalmente tutto fu pronto e, essendo stato consegnato il piccolo plico con molte insistenze ed esortazioni affinché venisse recapitato al più presto, l'uomo affondò energicamente gli speroni nel ventre del cavallo, i cui zoccoli strepitarono sulla pavimentazione disuguale della piazza del mercato, uscì dal villaggio e, due minuti dopo, stava già galoppando lungo la strada rialzata.

Poiché era già qualcosa avere la certezza che il dottore era stato mandato a chiamare senza perdere tempo, Oliver attraversò frettolosamente il cortile della locanda con il cuore più leggero. Stava voltando fuori del cancello quando urtò, involontariamente, contro un uomo alto di statura, avvolto in un mantello, che usciva proprio in quel momento dalla porta della locanda.

«Ehilà!» esclamò l'uomo abbassando gli occhi su Oliver e facendo a un tratto un passo indietro. «Che diavolo combini?»

«Vi chiedo umilmente scusa, signore» disse Oliver. «Avevo una gran fretta di tornarmene a casa e non vi ho veduto uscire.»

"Maledizione!" borbottò l'uomo tra sé e sé, fissando irosamente il bimbetto con i grandi occhi scuri. "Chi lo avrebbe mai immaginato? Accidenti a lui, salterebbe su anche da una tomba di marmo, per venirmi tra i piedi!"

«Mi dispiace» balbettò Oliver, confuso e spaventato dall'aria stravolta dello sconosciuto. «Spero di non avervi fatto male!»

«Possano marcirgli le ossa!» inveì l'uomo, a denti stretti, in preda a una furia terribile. «Se soltanto avessi avuto il coraggio di pronunciare la parola, mi sarei potuto liberare di lui in una notte. Che il Cielo ti fulmini e ti incenerisca, piccolo demonio! Che cosa stai facendo qui?»

L'uomo agitò il pugno e digrignò i denti, inveendo in questo modo. Poi si fece avanti verso Oliver quasi avesse l'intenzione di colpirlo ma improvvisamente stramazzò a terra e si contorse mandando bava dalla bocca.

Oliver contemplò per un momento le convulsioni spaventose del pazzo (poiché tale supponeva che egli fosse), poi corse nella locanda per chiedere aiuto. Non appena lo ebbe veduto portare dentro, si diresse verso casa e corse il più possibile per riguadagnare il tempo perduto, ricordando, non senza un immenso stupore e una certa paura, lo straordinario comportamento dell'individuo dal quale si era appena allontanato.

L'episodio non indugiò a lungo nel suo ricordo, tuttavia; infatti, quando giunse al villino, troppe preoccupazioni lo assorbirono completamente, escludendo ogni altra cosa.

Le condizioni di Rose Maylie erano peggiorate rapidamente; prima di mezzanotte ella stava delirando; il medico condotto le rimaneva sempre accanto e, subito dopo aver visitato la paziente, appartatosi con la signora Maylie, aveva detto che si trattava di un male gravissimo. «In effetti» queste erano state le parole conclusive di lui «se guarisse sarebbe poco meno di un miracolo.»

Quante volte Oliver saltò giù dal letto, quella notte, e si avvicinò, a passi furtivi e silenziosi, alle scale per rimanere in ascolto del sia pur più lieve rumore proveniente dalla camera della malata! Quante volte un tremito gli percorse il corpo e gelide gocce di sudore causate dalla paura gli imperlarono la fronte quando uno scalpiccio improvviso lo induceva a temere che fosse già accaduto qualcosa di troppo spaventoso perché si potesse anche soltanto pensarlo! E cos'era mai stato il fervore di tutte le preghiere pronunciate da lui fino a quel momento in confronto al trasporto con il quale pregava adesso, supplicando con sofferenza e con passione affinché venisse salvata la vita della creatura soave che andava avvicinandosi all'orlo della tomba?

Oh, l'ansia, l'ansia spaventosa e lancinante di chi può soltanto aspettare e non è in grado di fare nulla mentre la vita di una persona tanto amata è sospesa a un filo! Oh, i pensieri tormentosi che si affollano nella mente e fanno martellare con violenza il cuore e rendono più affrettato il respiro con l'impatto delle immagini da essi evocate; e l'ansia disperata *di poter fare qualcosa* per togliere il dolore e ridurre il pericolo che invece non possiamo in alcun modo allontanare; e lo sconforto causato dalla disperata consapevolezza della nostra impotenza! Quali torture possono essere altrettanto grandi? Quali riflessioni potranno mai lenirle?

Spuntò l'alba e il villino parve pervaso dal silenzio. Tutti parlavano a bisbigli; volti ansiosi si mostravano al di là del cancello del giardino, di quando in quando; poi donne e fanciulli si allontanavano in lacrime. Per tutta l'eterna giornata, e per ore ancora dopo che l'oscurità era discesa, Oliver andò avanti e indietro, silenziosamente, nel giardino, alzando gli occhi, a ogni momento, verso la camera della malata e rabbrividendo nel vedere le imposte accostate, come se là dentro giacesse la morte. A notte alta arrivò il dottor Losberne. «È una cosa crudele,» disse il buon medico, voltando la testa mentre parlava «così giovane, così amata. Ma esistono ben poche speranze.»

Un'altra mattina. Il sole brillava vivido, splendendo

come se non contemplasse alcuna infelicità, o non se ne curasse. E mentre ogni foglia e ogni fiore intorno a lei erano in pieno rigoglio, mentre la vita e la salute la circondavano da ogni parte con scene e suoni di gioia, la giovane e bella creatura deperiva sempre più rapidamente. Oliver si recò nel piccolo e antico cimitero e, seduto su uno dei verdi tumuli, pianse e pregò per lei, in silenzio.

V'erano una tale serenità e una tale bellezza nella scena, tanto splendore e tanta letizia nel paesaggio assolato, tanta dolce musicalità nei canti degli uccelli, una tale libertà nel rapido volo della cornacchia, in alto, e tanta vita e tanta gioiosità in ogni cosa, che quando il ragazzetto alzò gli occhi addolorati e si guardò attorno, gli accadde di pensare, istintivamente, che non era quello il momento di morire; che Rose, senza dubbio, non avrebbe potuto andarsene mentre tutte le cose più umili erano così liete ed esultanti; gli accadde di pensare che le tombe si addicevano all'inverno tetro e gelido e non allo splendore del sole e alle fragranze, e i sudari ai vecchi avvizziti e non a forme giovanili e aggraziate.

Un rintocco della campana della chiesa interruppe bruscamente queste riflessioni fanciullesche. Poi ne risuonò un altro. E un altro ancora! La campana stava suonando per un funerale. Un corteo funebre di persone umili entrò nel cimitero; molti portavano nastri bianchi, poiché piangevano una creatura giovane. Si raggrupparono, a capo scoperto, intorno alla fossa e tra i piangenti v'era una madre, colei che era stata prima una madre. Eppure il sole splendeva vivido e gli uccelli continuavano a cantare.

Oliver si diresse verso casa pensando a quanto era stata buona con lui la signorina, augurandosi di poter continuare senza posa a dimostrarle quanto le fosse grato e affezionato. Non aveva alcun motivo di rimproverarsi per essere stato noncurante con lei o poco premuroso o per non averle dimostrato in tutti i modi la propria devozione, eppure gli vennero ora alla mente cento occasioni nelle quali sarebbe potuto essere più zelante e più pronto, e desiderò con tutto il cuore di esserlo stato. Quanto più premurosi dovremmo essere con le persone care che

309

ci circondano! Poiché ogni lutto ricorda a chi rimane un così gran numero di omissioni, di cose dimenticate, di piccole mancanze alle quali si sarebbe potuto porre rimedio, che queste reminiscenze finiscono con l'essere più amare di ogni altra. Non esiste rimorso più profondo di quello senza rimedio; se vogliamo evitarne i tormenti, ricordiamocene in tempo.

Quando giunse a casa, la signora Maylie sedeva nel salottino. Vedendola, Oliver si sentì stringere il cuore, poiché ella non si era mai allontanata dal capezzale della nipote. E pertanto tremò, domandandosi quale cambiamento potesse averla indotta ad allontanarsi. Venne poi a sapere che Rose era scivolata in un sonno profondo dal quale si sarebbe destata o per guarire e continuare a vivere, o per congedarsi da loro e morire.

Aspettarono entrambi per ore, sempre in ascolto e timorosi di parlare. La cena non toccata venne portata via, poi, con gli occhi spenti, poiché i loro pensieri erano altrove, stettero a guardare il sole che si abbassava sempre più verso l'orizzonte e infine diffondeva nel cielo le vivide tinte accese che preannunciano il tramonto. In quel momento, le loro vigili orecchie colsero un rumore di passi che andavano avvicinandosi. Entrambi corsero impulsivamente verso la porta mentre il dottor Losberne entrava.

«Come sta Rose?» gridò l'anziana signora. «Oh, ditemelo subito! Non sopporto più questa attesa... Parlate, in nome di Dio!»

«Dovete calmarvi» disse il medico, sostenendola. «Siate calma, mia cara signora, vi prego!»

«Lasciatemi andare, in nome di Dio! La mia cara bambina! È morta! Sta morendo!»

«Ma no!» gridò il dottore, con foga. «Poiché Dio è buono e misericordioso, vivrà e ci renderà tutti felici negli anni a venire.»

La signora cadde in ginocchio e cercò di giungere le mani; ma le energie dalle quali era stata sostenuta fino a quel momento volarono verso il Cielo insieme alle sue prime parole di gratitudine ed ella scivolò, inerte, tra le braccia amiche che furono pronte ad accoglierla.

34

*Con alcuni particolari introduttivi concernenti
un giovane gentiluomo che entra ora in scena
e una nuova avventura toccata a Oliver*

Era una felicità quasi troppo sconfinata perché si potesse sopportarla. La notizia inattesa stordì Oliver, che non riuscì né a piangere né a parlare, e nemmeno a star fermo. Quasi non capì quello che era accaduto finché, dopo una lunga passeggiata nell'aria mite della sera, un improvviso scoppio di pianto gli diede sollievo; e allora parve rendersi di colpo pienamente conto del felice cambiamento che era intervenuto e del fardello di dolore, quasi intollerabile, che gli era stato tolto dal petto.

La notte stava scendendo rapidamente quando tornò verso casa, carico di fiori che aveva colto con una cura tutta particolare per rendere più bella e accogliente la camera della malata. Mentre camminava a passi rapidi lungo la strada udì, dietro di sé, lo strepito di qualche veicolo che andava avvicinandosi a una velocità furibonda. Voltandosi, vide che si trattava di una vettura di posta e che i cavalli erano lanciati al galoppo; siccome la strada era stretta, si fermò e si addossò a un cancello per lasciarla passare.

Mentre il veicolo saettava via, intravvide entro la carrozza un uomo dalla berretta da notte bianca il cui volto gli parve familiare; ma fu una visione talmente fuggevole che non ebbe modo di riconoscerlo. Dopo un secondo o due, la berretta da notte si sporse dal finestrino e una voce stentorea sbraitò al cocchiere di fermare; cosa che l'uomo fece non appena fu riuscito a trattenere i cavalli. Allora la berretta da notte apparve, una volta di più, e la stessa voce chiamò Oliver per nome.

«Ehi!» gridò la voce. «Signorino Oliver, che notizie ci sono? Come sta la signorina Rose? Signorino Oliver!»

«Siete voi Giles?» gridò il bambino, correndo veloce verso la carrozza.

Giles fece sporgere di nuovo la berretta da notte, accingendosi a dare una risposta, quando all'improvviso venne tirato indietro da un giovane gentiluomo che occupava l'altro angolo del sedile e che, avidamente, chiese a sua volta di essere informato sulla situazione.

«In una parola» egli gridò «sta meglio o peggio?»

«Meglio... molto meglio!» si affrettò a rispondere Oliver.

«Sia ringraziato il Cielo!» esclamò il gentiluomo. «Ne sei proprio sicuro?»

«Sicurissimo, signore» rispose Oliver. «Il cambiamento si è determinato soltanto poche ore fa, e il dottor Losberne dice che ogni pericolo è superato.»

Il gentiluomo non aggiunse una parola di più, ma, aperto lo sportello della carrozza, saltò giù e, dopo aver preso frettolosamente sottobraccio Oliver, si appartò con lui.

«Ne sei proprio sicuro? Non esiste alcuna possibilità di uno sbaglio da parte tua, figliolo?» volle sapere il giovane, con un tremito nella voce. «Non illudermi, destando speranze destinate a svanire!»

«Non lo farei per tutto l'oro del mondo, signore» rispose Oliver. «Davvero, potete credermi, le parole del dottor Losberne sono state che ella vivrà e ci renderà tutti felici negli anni a venire. Gliel'ho sentito dire io stesso.»

Gli occhi di Oliver si riempirono di lacrime mentre egli rievocava la scena che era stata l'inizio di tanta felicità; quanto al gentiluomo, voltò la testa dall'altra parte e non aprì più bocca per alcuni minuti. A Oliver, più di una volta, parve di udirlo singhiozzare; ma poiché temeva di turbarlo parlando – in quanto riusciva facilmente a intuire che cosa egli provasse – si allontanò di qualche passo e finse di disporre meglio il mazzo dei fiori che aveva raccolto.

Nel frattempo il signor Giles, sempre con la berretta da notte in testa, rimase appollaiato sul predellino della carrozza, i gomiti poggiati sulle ginocchia, asciugandosi gli occhi con un fazzoletto da tasca di cotone, un fazzoletto azzurro a pallini bianchi. Il fatto che il buon uomo non stesse simulando la commozione venne abbondantemente comprovato dagli occhi rossi con i quali guardò il giovane gentiluomo quando quest'ultimo girò sui tacchi e gli rivolse la parola.

«Sarà meglio, credo, che voi proseguiate sulla carrozza fino alla casa di mia madre, Giles» disse. «Io preferirei proseguire a piedi, così da avere un po' più di tempo per calmarmi prima di vederla. Voi potrete avvertirla che sto per arrivare.»

«Vi chiedo scusa, signor Harry,» disse Giles, asciugandosi ancora una volta gli occhi rossi con il fazzoletto «ma vi sarei obbligatissimo se voleste affidare quest'incarico al postiglione. Non sarebbe opportuno che le cameriere mi vedessero in questo stato, signore; in tal caso non riuscirei più a esercitare alcuna autorità su di esse.»

«Bene,» rispose Harry Maylie, sorridendo «fate come preferite. Lasciate pure che vada avanti lui con i bagagli, se volete, e venite con noi. Soltanto, sostituite prima quella berretta da notte con un copricapo più decoroso. altrimenti verremo scambiati per pazzi.»

Il signor Giles, così richiamato all'ordine, si strappò dalla testa la berretta da notte e se la mise in tasca, sostituendola poi con un cappello scuro e serio, che tolse dai bagagli. Dopodiché, il postiglione ripartì. Giles, il signor Maylie e Oliver, invece, seguirono a piedi la carrozza.

Mentre camminavano, Oliver sbirciò di quando in quando, con molto interesse e molta curiosità, il nuovo arrivato. Dimostrava circa venticinque anni ed era di statura media; aveva un bel viso, un'aria sincera, un portamento disinvolto e modi che destavano simpatia. Nonostante le differenze che non possono non esistere tra la gioventù e la vecchiaia, somigliava a tal punto all'anziana signora che Oliver non avrebbe stentato molto a immaginare il grado di parentela esistente tra loro, anche se egli non avesse già accennato a lei come a sua madre.

Quando giunsero al villino, la signora Maylie stava aspettando ansiosamente di accogliere suo figlio. L'incontro ebbe luogo con molta commozione da parte di entrambi.

«Mamma!» bisbigliò il giovane. «Perché non mi hai scritto prima?»

«Ti avevo scritto» rispose la signora Maylie «ma, ripensandoci, ho deciso di trattenere la lettera fino a quando non avessi avuto il parere del dottor Losberne.»

«Ma perché» insistette il giovane «perché correre il rischio che quanto per poco non è accaduto accadesse? Se Rose fosse... non riesco a pronunciare questa parola, adesso... se la sua malattia si fosse conclusa diversamente, come avresti potuto perdonare te stessa? E io, come avrei potuto conoscere ancora la felicità?»

«Se fosse accaduto questo, Harry,» ribatté lei «credo che la tua felicità sarebbe stata distrutta e che, per te, arrivare qui un giorno prima o un giorno dopo avrebbe avuto scarsa importanza.»

«E chi avrebbe potuto stupirsi se così fosse stato, mamma?» disse il giovane. «Ma perché dico se? È così, lo è... e tu lo sai bene, mamma... devi saperlo.»

«So che ella merita l'amore più bello e più puro di cui possa essere capace il cuore di un uomo» disse la signora Maylie. «So che la capacità di dedizione e di affetto di lei deve essere ricambiata in modo profondo e duraturo. Se non fossi certa di questo e non sapessi, inoltre, che un voltafaccia della persona amata le spezzerebbe il cuore, non troverei così difficile il mio compito né dovrei lottare così dolorosamente entro di me compiendo quello che mi sembra essere il mio assoluto dovere.»

«Sei ingiusta, mamma» disse Harry. «Continui a credermi un giovane che non sa quel che vuole e fraintende gli impulsi del suo cuore?»

«Penso, figliolo mio caro,» rispose la signora Maylie, mettendogli una mano sulla spalla «che i giovani abbiano molti impulsi generosi i quali non durano; e che tra questi impulsi ve ne siano taluni i quali, una volta soddisfatti, diventano ancor più labili. E soprattutto penso» continuò la signora, fissando suo figlio negli occhi «che se un uomo ardente, entusiasta e ambizioso sposa una donna sul cui nome v'è una macchia, la quale, sebbene non esista per sua colpa, può esserle rinfacciata da persone crudeli e sordide, e può persino ricadere sui suoi figli e, esattamente nella stessa misura in cui egli ha successo nella vita, può essere rinfacciata anche al marito, facendolo così oggetto di scherno, quest'uomo, per quanto generoso e buono possa essere, potrebbe un giorno pentirsi del matrimonio concluso in gioventù. E a sua moglie toccherebbe la sofferenza di sapere che egli si è pentito.»

«Mamma,» disse il giovane, spazientito «chi si comportasse in questo modo sarebbe un bruto egoista, indegno sia del nome di uomo, sia della donna che tu descrivi.»

«La pensi così adesso, Harry» ribatté sua madre.

«E la penserò così sempre!» esclamò il giovane. «I tormenti che ho sofferto in questi due giorni mi costringono a confessarti una passione che, come del resto ben sai, non è soltanto di ieri e non è frivola e superficiale. Ho dato il mio cuore alla soave e dolce Rose, con tutta la ferma decisione di cui un uomo può essere capace nei confronti di una donna. Ella è il mio unico pensiero, la mia unica speranza, il mio unico scopo nella vita e, se tu mi contrasti in questo, getti al vento la mia serenità e la mia felicità. Pensaci bene, mamma, pensa a me e alla mia felicità, che sembri tenere in nessun conto.»

«Harry,» disse la signora Maylie «proprio perché apprezzo tanto i cuori generosi e sensibili, vorrei evitare che venissero feriti. Ma abbiamo detto abbastanza, e più che abbastanza, al riguardo, per il momento...»

«Lasciamo la decisione a Rose, allora» la interruppe Harry.

«Non vorrai spingere queste tue convinzioni esagerate al punto di frapporre ostacoli sul mio cammino?»

«No, non lo farò» rispose la signora Maylie «ma vorrei che tu riflettessi...»

«Ho *già* riflettuto!» fu la spazientita risposta. «Ho riflettuto, mamma, per anni e anni. Sto riflettendo da quando sono capace di riflettere seriamente. I miei sentimenti rimangono immutati e sempre lo resteranno. E perché dovrei sopportare la sofferenza di un ulteriore indugio nel rivelarli, un indugio che non potrebbe portare ad alcunché di buono? No! No, prima di andarmene di qui voglio che Rose mi ascolti.»

«E sia, ti ascolterà» disse la signora Maylie.

«Un qualcosa nel tuo tono di voce lascia capire, quasi, che mi ascolterà con freddezza, mamma» osservò il giovane.

«No, non con freddezza» gli rispose l'anziana signora. «Tutt'altro.»

«E come, allora?» insistette il giovane. «Si è per caso innamorata di qualcun altro?»

«No di certo» rispose sua madre. «Tu hai già, se non sbaglio di grosso, una salda presa sui suoi affetti. Tuttavia» soggiunse l'anziana signora, tacitando il figlio che era sul punto di parlare «voglio dirti ancora questo. Prima di puntare tutto su questa possibilità, prima di mettere in gioco tutte le tue speranze, pensa per un momento, mio caro figliolo, al passato di Rose e domandati quale effetto la consapevolezza della propria dubbia nascita può avere sulla sua decisione; devota com'ella è a noi, con tutta la generosità del suo nobile cuore e con quella sua grande capacità di sacrificarsi che è sempre stata così tipica di lei, in ogni cosa importante o trascurabile.»

«Che cosa vuoi dire?»

«Questo lascio che sia tu a intuirlo» rispose la signora Maylie. «Ora devo tornare da lei. Che Dio ti benedica!»

«Ti rivedrò questa sera?» domandò il giovane, avidamente.

«Più tardi» rispose la signora. «Quando mi congederò da Rose.»

«Le dirai che sono qui?» volle sapere Harry.

«Ma certo» rispose la signora Maylie.

«E le dirai quanto sono stato in ansia, e quanto ho sofferto e quanto anelo a vederla? Non ti rifiuterai di fare questo, mamma?»

«No» rispose la signora. «Le dirò tutte queste cose.» Poi, stretta affettuosamente la mano di suo figlio, si affrettò a uscire dalla stanza.

Il dottor Losberne e Oliver erano rimasti all'altro lato

della camera mentre questo concitato colloquio era in corso. Il medico porse ora la mano a Harry Maylie e i due si salutarono cordialmente. Poi il dottore, rispondendo alle molteplici e ansiose domande del suo giovane amico, fece un esatto resoconto delle condizioni della paziente, che erano del tutto tranquillizzanti e ricche di promesse, come le parole di Oliver lo avevano già incoraggiato a sperare. L'intera conversazione venne ascoltata, con avide orecchie, dal signor Giles, che fingeva di essere indaffarato con i bagagli.

«Non avete sparato più a nessuno, di recente, Giles?» domandò il dottore.

«A nessuno in particolare, signore» rispose Giles, arrossendo fino alla punta delle orecchie.

«Non avete catturato ladri, non avete riconosciuto furfanti?» insistette il medico.

«No, proprio nessuno, signore» gli rispose Giles, con molta gravità.

«Bene,» disse il medico «mi spiace saperlo, perché le cose di questo genere le fate in modo ammirevole. E Brittles come sta?»

«Oh, il bambinone sta benissimo» disse Giles, riassumendo il solito tono protettivo «e vi manda i suoi rispettosi saluti, signore.»

«Bene, bene» disse il medico. «Vedervi qui mi rammenta, signor Giles, che il giorno prima di essere chiamato con tanta urgenza, ho eseguito, su richiesta della vostra buona padrona, un piccolo incarico per voi. Vi spiace venire un momento in quest'angolo, eh?»

Giles si diresse in quell'angolo con un'aria di somma importanza e una certa curiosità e là ebbe luogo un breve colloquio a bisbigli con il dottore al termine del quale il maggiordomo fece molti inchini e si ritirò a passi insolitamente maestosi. L'argomento di quel colloquio non venne rivelato nel salotto, ma in cucina tutti furono prontamente illuminati al riguardo, poiché il signor Giles si diresse là immediatamente e, dopo aver chiesto un boccale di birra, rese noto, con un'aria maestosa e quanto mai efficace, che la padrona, in considerazione del suo prode comportamento durante il tentativo di furto, si era degnata di depositare nella banca locale la somma di venticinque sterline in un conto intestato a lui. Al che la cuoca e la cameriera alzarono le mani e gli occhi al cielo e dissero di supporre che il signor Giles avrebbe cominciato adesso a essere molto altezzoso; dopodiché il signor Giles, giocherellando con l'increspatura della camicia, rispose: "No, no" e soggiunse che, se per caso avessero notato qualche suo atteggiamento altezzoso nei confronti degli inferiori, sarebbe stato loro grato se glielo avessero detto. Disse poi molte altre cose, non meno esemplificative della sua umiltà, e le parole di lui vennero accolte con favore e con applausi, per cui si deve supporre che fossero appropriate e ricche di originalità quanto lo sono, di solito, le osservazioni dei grandi uomini.

Al piano di sopra, il resto della serata trascorse allegramente; il medico, infatti, era di ottimo umore, e Harry Maylie, sebbene a tutta prima fosse stato stanco e preoccupato, non seppe resistere al buon umore di quel degno gentiluomo, un buon umore che si manifestò con innumerevoli battute di spirito e divertenti ricordi professionali, nonché con un gran numero di barzellette che a Oliver parvero le cose più esilaranti mai sentite e lo fecero, di conseguenza, ridere a più non posso. Con evidente soddisfazione del dottore, il quale rideva smodatamente delle proprie arguzie e contagiava Harry con la sua ilarità, facendolo ridere quasi altrettanto di cuore. Così la serata risultò piacevole quanto più, tenuto conto delle circostanze, non sarebbe potuta essere; ed era ormai tardi quando si ritirarono, con il cuore leggero e colmo di gratitudine, per andare a concedersi quel riposo del quale, dopo i recenti timori e i gravi dubbi, avevano una grande necessità.

Oliver si destò, la mattina dopo, di umore migliore, e si dedicò alle consuete occupazioni del primo mattino con più speranza e più piacere di quanto gli fosse accaduto da molti giorni. Gli uccelli si trovavano, una volta di più, nei loro nascondigli e cantavano; e i più soavi fiori selvatici che esistessero vennero colti, una volta di più, per allietare Rose con la loro bellezza e la loro fragranza. La malinconia che agli occhi tristi e ansiosi del bambino era parsa gravare su ogni cosa, per quanto bella, si dileguò come per magia. La rugiada sembrava scintillare più luminosa sulle foglie verdi; l'aria sembrava frusciare tra esse con una musica più soave, e il cielo stesso era più azzurro e luminoso. A tal punto i nostri stati d'animo influenzano l'aspetto delle cose. Gli uomini che osservano la natura e i loro simili e dichiarano che tutto è cupo e tenebroso, non si sbagliano, ma i colori cupi sono un riflesso dei loro occhi e dei loro cuori ostili. I colori veri sono delicati e richiedono che li si osservi con occhi più limpidi.

Vale la pena di rilevare, e la cosa colpì anche lo stesso Oliver, che le passeggiate mattutine del bimbetto non erano più solitarie. Harry Maylie, sin dalla prima mattina in cui incontrò Oliver che rientrava con un gran mazzo di fiori di campo, venne preso da una tale passione per quei fiori, e dimostrò di avere tanto buon gusto nel disporli, da superare di gran lunga il bambino. Tuttavia, se anche Oliver era meno bravo in questo, sapeva meglio del suo compagno dove trovare i fiori; per cui, un mattino dopo l'altro, esploravano insieme i dintorni e portavano a casa i più bei fiori che sbocciassero. La finestra della stanza della fanciulla era spalancata, ormai, poiché le piaceva sentire l'aria profumata dell'estate, che d'altronde la faceva rivivere; e sul davanzale v'era sempre un piccolo vaso con un mazzolino di fiori che veniva preparato con cura e sostituito ogni mattina. Oliver non poteva fare a meno di notare che i fiori avvizziti non venivano mai gettati via, sebbene il vasetto fosse rifornito ogni mattina; né poteva sfuggirgli il fatto che il dottore, ogni qualvolta usciva nel giardino, invariabilmente alzava gli occhi verso quella finestra e, prima di incamminarsi per la passeggiata mattutina, faceva cenni di approvazione assai espressivi. I giorni intanto volavano via e Rose andava rimettendosi rapidamente.

Né Oliver trovava il tempo di annoiarsi, sebbene la convalescente non fosse ancora uscita dalla sua camera e non si facessero più le passeggiate serali, tranne qualche volta, ma soltanto per un breve tratto, con la signora Maylie. Egli studiava ancor più assiduamente di prima con l'anziano gentiluomo dalla testa canuta e si applicava a tal punto da stupirsi lui stesso dei propri rapidi progressi. Ma, proprio mentre si stava dedicando allo studio, un evento quanto mai inatteso lo spaventò e lo sgomentò moltissimo.

La stanzetta nella quale era solito studiare si trovava al pianterreno, nel retro della casa; aveva una finestra con grata intorno alla quale si arrampicavano gelsomino e caprifoglio, diffondendo il loro profumo delizioso. La finestra dava inoltre su un giardino il cui cancelletto si apriva verso un piccolo prato. Più in là si stendevano pascoli e boschi. Da quella parte non esisteva alcun'altra casa e pertanto il panorama che si poteva godere dalla finestra era assai vasto.

Una bella sera, mentre cominciavano a diffondersi le prime penombre del crepuscolo, Oliver sedeva accanto a questa finestra, chino sui suoi libri e intento a studiare. Stava cogitando già da un pezzo su quelle pagine e poiché la giornata era stata insolitamente calda e lui si era stancato molto, non è offensivo per gli autori di quei testi, chiunque fossero stati, dire che a poco a poco si addormentò.

Esiste una sorta di sonno che si insinua in noi, talora, e che, pur tenendo prigioniero il corpo, non sottrae alla mente la percezione di quanto avviene tutto intorno. Se un torpore invincibile, la mancanza delle forze e una impossibilità assoluta di controllare i nostri pensieri e i nostri movimenti possono essere definiti sonno, di questo si tratta; eppure siamo consapevoli di tutto ciò che accade intorno a noi e, se in questi momenti sogniamo, le parole realmente pronunciate, o i suoni che realmente esistono, entrano a far parte delle nostre visioni con una prontezza sorprendente, finché realtà e immaginazione si fondono in un modo così strano da rendere quasi impossibile, in seguito, distinguerle e separarle. Né è questo il fenomeno più sorprendente di tale condizione. È indubbio che, sebbene i sensi del tatto e della vista rimangano temporaneamente inattivi, i nostri pensieri nel sonno e le scene immaginarie che si susseguono dinanzi a noi vengono influenzati, materialmente influenzati, dalla *mera e silenziosa* presenza di qualche oggetto esterno che non poteva trovarsi accanto a noi quando abbiamo chiuso gli occhi e della cui prossimità non avevamo alcuna consapevolezza da svegli.

Oliver sapeva perfettamente bene di trovarsi nella sua stanzetta; sapeva che i libri erano disposti sul tavolo davanti a lui; e che una brezza soave si insinuava tra le piante rampicanti all'esterno. Ciò nonostante, dormiva. All'improvviso la scena cambiò; l'aria divenne viziata, e gli sembrò – pervaso dal terrore – di trovarsi di nuovo nella casa dell'ebreo. Ecco seduto là, nel solito angolo, il laido vecchio che lo additava e bisbigliava qualcosa a un altro uomo il quale gli sedeva accanto, con la faccia voltata.

«Taci, mio caro» gli parve di udir dire dall'ebreo. «È lui, certamente. Vieni via.»

«Lui!» gli sembrò che rispondesse l'altro. «E credi che potrei non riconoscerlo? Se anche una turba di demoni dovesse assumere le sue stesse, precise sembianze, e lui venisse a trovarsi tra loro, un qualcosa mi consentirebbe di riconoscerlo. Se tu lo seppellissi a una profondità di quindici metri e mi facessi passare sulla sua tomba, saprei, ne sono certo, anche senza una lapide, chi giace là sotto. Lo saprei, possa avvizzirglisi la carne!»

L'uomo parve pronunciare queste parole con un odio talmente spaventoso che Oliver si destò impaurito, trasalendo.

Buon Dio, chi era a raggelargli il sangue nel cuore e a togliergli la capacità di parlare e di muoversi? Là... là alla finestra... vicinissimo a lui... tanto vicino che avrebbe quasi potuto toccarlo prima di balzare indietro... con gli occhi che dopo avere scrutato la stanza fissavano i suoi... v'era l'ebreo. E accanto a lui, pallido di rabbia o di paura, o di entrambe le cose, si trovavano le fattezze minacciose di quello stesso individuo che aveva urtato nel cortile della locanda.

Fu questione di un attimo, del lampo di uno sguardo, e

i due scomparvero. Ma lo avevano riconosciuto e Oliver aveva riconosciuto loro; e l'aspetto di quegli uomini gli si era impresso profondamente nella memoria, come se fosse stato scolpito nella pietra e posto dinanzi a lui sin dalla nascita. Rimase immobile per un attimo, poi, balzato dalla finestra nel giardino, chiamò aiuto gridando.

35

*A proposito della conclusione insoddisfacente
dell'avventura di Oliver e di un colloquio
alquanto importante tra Harry Maylie e Rose*

Quando coloro che abitavano nella casa, richiamati
dalle grida di Oliver, accorsero, lo trovarono pallido e
agitato; indicava i prati dietro la casa e quasi non riusciva a pronunciare le parole: «L'ebreo! L'ebreo!».

Il signor Giles non riuscì a capire il significato di
queste parole, ma Harry Maylie, che era più pronto e
più intuitivo e aveva saputo da sua madre la storia di
Oliver, comprese immediatamente.

«Che direzione ha preso?» domandò, afferrando un
grosso bastone appoggiato in un angolo.

«È andato di là» rispose Oliver, additando la direzione seguita dai due. «In un attimo li ho perduti di vista.»

«Allora sono nel fossato!» esclamò Harry. «Seguimi!
E tienti vicino a me il più possibile.» Così dicendo,
balzò oltre la siepe e sfrecciò via con una rapidità tale
da far sì che agli altri riuscisse quanto mai difficile stargli dietro.

Giles lo seguì come meglio poteva, e altrettanto fece
Oliver; poi, dopo uno o due minuti, il dottor Losberne
che, andato a fare una passeggiata, era appena tornato,
rotolò dietro agli altri oltre la siepe, quindi, rialzatosi
con più agilità di quanto si sarebbe potuto ritenerlo capace, seguì la stessa direzione con una rapidità non di-
sprezzabile, sempre urlando quanto mai prodigiosa-
mente per sapere che cosa fosse accaduto.

Così corsero via tutti quanti e non si fermarono una
sola volta per riprendere fiato finché il giovane in testa
agli altri, tagliando diagonalmente nel prato indicatogli

da Oliver, cominciò a cercare nel fossato e lungo la siepe; la qual cosa consentì agli altri del gruppo di raggiungerlo e a Oliver di riferire al dottor Losberne le circostanze in seguito alle quali aveva avuto luogo quel vigoroso inseguimento.

Ma tutte le ricerche risultarono vane. Non vennero neppure trovate tracce di orme recenti. A un certo momento giunsero sul cocuzzolo di una collinetta che dominava i campi aperti, in ogni direzione, per cinque o sei chilometri. Il villaggio si trovava nella conca a sinistra, ma per giungervi seguendo la direzione indicata da Oliver gli uomini avrebbero dovuto fare un lungo giro su terreno scoperto, un'impresa impossibile in così breve tempo. Al lato opposto, il pascolo era delimitato da un fitto bosco, ma i furfanti non avrebbero potuto giungervi e nascondervisi per lo stesso motivo.

«Devi aver sognato, Oliver» disse Harry Maylie.

«Oh, no di certo, signore» rispose il ragazzetto, rabbrividendo soltanto nel ricordare il ghigno del vecchio ebreo. «L'ho veduto troppo chiaramente perché potesse essere un sogno. Li ho veduti tutti e due, bene come sto vedendo voi adesso.»

«Chi era l'altro?» domandarono contemporaneamente Harry e il dottor Losberne.

«Quello stesso uomo del quale vi ho parlato, contro il quale andai a finire all'improvviso davanti alla locanda» rispose Oliver. «Ci fissavamo a vicenda e potrei giurare che era lui.»

«Sei sicuro» domandò Harry «che siano fuggiti in questa direzione?»

«Sicuro come lo sono che si trovassero davanti alla finestra» rispose Oliver, additando, mentre parlava, la siepe che divideva il giardino del villino dal pascolo. «L'uomo alto l'ha superata con un balzo, proprio là, e l'ebreo, invece, dopo essere corso a destra per alcuni passi, l'ha attraversata nel punto di quel varco.»

I due uomini scrutarono il viso sincero e serio di Oliver, mentre parlava, poi si scambiarono un'occhiata e parvero essere persuasi che quanto il bambino diceva era esatto. Eppure, in nessuna direzione si scorgeva la benché minima traccia di uomini frettolosamente in fuga. L'erba era alta, ma, ciò nonostante, non risultava essere stata calpestata in alcun punto, tranne che dai loro stessi passi. I lati e i cigli dei fossati erano di umida argilla, ma in nessun luogo riuscirono a scorgervi le impronte delle scarpe degli uomini o la benché minima traccia del passaggio di due individui.

«Questa faccenda è strana!» esclamò Harry.

«Strana?» gli fece eco il medico. «Nemmeno Blathers e Duff riuscirebbero a capirci qualcosa!»

Nonostante l'evidente inutilità delle loro ricerche, non desistettero finché il calar della notte rese inutile continuarle; ma anche allora rinunciarono con riluttanza. Giles venne inviato nelle varie birrerie del villaggio con la descrizione più particolareggiata che Oliver riuscì a dare dell'aspetto e dei vestiti dei due uomini. L'ebreo era, in ogni modo, abbastanza tipico per essere ricordato qualora fosse stato veduto bere o aggirarsi nell'abitato; ciò nonostante, Giles tornò senza alcuna informazione che potesse risolvere o chiarire, almeno in parte, il mistero.

L'indomani vennero compiute nuove ricerche e si andò di nuovo in cerca di notizie, ma senza alcun risultato migliore. Il giorno dopo, Oliver e il signor Maylie si recarono nella cittadina sede di mercato, sperando di vedere là i due uomini o di venire a sapere qualcosa sul loro conto, ma anche questo tentativo risultò inutile. Dopo alcuni giorni l'episodio cominciò a essere dimenticato, come lo sono tutte le cose quando lo stupore, non potendo essere alimentato in alcun modo, si dilegua, in ultimo, anch'esso.

Nel frattempo, Rose andava riprendendosi rapidamente. Non rimaneva più chiusa nella camera da letto, poteva uscire, e, partecipando di nuovo alla vita della famiglia, riportava la gioia nel cuore di tutti.

Ma, sebbene questo lieto cambiamento avesse un effetto visibile su tutti e sebbene si udissero di nuovo, nel villino, voci allegre e gaie risate, venivano per alcuni di loro, e anche per la stessa Rose, momenti di inesplicabile ritegno che non potevano passare inosservati a Oliver. La signora Maylie e suo figlio si chiudevano spesso, a lungo, in qualche stanza e, non poche volte, Rose si mostrava con tracce di lacrime sul viso. Dopo che il dottor Losberne aveva stabilito la data della sua partenza per Chertsey, tutto ciò accadde più di frequente e divenne perciò manifesto che era in corso qualcosa di sconvolgente per la serenità della signorina e di qualcun altro.

Infine, un mattino, mentre Rose si trovava sola nel tinello, Harry Maylie entrò e, non senza una certa esitazione, le chiese di poter parlare per qualche momento con lei.

«Pochi... pochissimi momenti... basteranno, Rose» disse il giovane, accostando una sedia a quella della ragazza. «Quanto ho da dirti, entro di te tu lo hai già intuito. Le speranze più care al mio cuore non ti sono ignote, sebbene tu non abbia ancora saputo dalle mie labbra quali sono.»

Rose era diventata pallidissima sin dal momento in cui lo aveva veduto entrare; ma questo sarebbe potuto essere una conseguenza della sua recente malattia. Si limitò a un cenno del capo, poi, chinandosi verso alcune piante in vaso, lì accanto, aspettò in silenzio che egli continuasse.

«Avrei... avrei dovuto ripartire prima» disse Harry.

«Sì, avresti dovuto» rispose Rose. «Perdonami se te lo dico, ma vorrei che tu fossi partito.»

«Sono venuto qui in preda al più spaventoso e tormentoso dei timori,» continuò il giovane «il timore di perdere la cara creatura che è oggetto di ogni mio desiderio e di ogni mia speranza. Tu sembravi essere moribonda, esitante tra la terra e il Cielo. È noto che quando le creature giovani, belle e buone si ammalano gravemente, il loro puro spirito anela al Cielo; ed è noto – Dio ci scampi – che le creature più splendide e più virtuose, troppo spesso se ne vanno per sempre quando sono in pieno fiore.»

Spuntarono lacrime negli occhi della soave creatura mentre queste parole venivano pronunciate; e quando una di quelle lacrime cadde sul fiore verso il quale ella si chinava, brillando entro il calice e rendendo il fiore ancor più bello, parve che il tenero cuore di lei si accomunasse spontaneamente a quanto vi è di più meraviglioso nella natura.

«Una creatura,» continuò il giovane, appassionatamente «una creatura bella e innocente quanto gli angeli di Dio, oscillava tra la vita e la morte. Oh! Chi avrebbe potuto sperare, mentre il Cielo remoto che le era così affine cominciava in parte a mostrarlesi, che ella sarebbe tornata ai dolori e alle calamità di questo mondo? Rose, Rose, sapere che stavi per andartene, come un'ombra tenue che qualche luce proietta dall'alto sulla terra, non nutrire alcuna speranza che tu potessi essere risparmiata per coloro i quali erano destinati a restare in vita; non trovare, quasi, una ragione per la quale saresti dovuta esserlo, sentire che appartenevi a quella sfera luminosa verso la quale si sono prematuramente involate, nella fanciullezza e nella gioventù, tante creature dotate, e ciò nonostante pregare affinché potessi essere lasciata a coloro che ti amavano... tutto ciò era per me causa di una sofferenza quasi troppo grande per poter essere sopportata. Una sofferenza che mi torturava giorno e notte, insieme a un torrente impetuoso di timori, di ansie, di rammarichi egoistici a causa del terrore che tu potessi andartene senza aver saputo quanto devotamente io ti amassi. Angosce, tutte, tali da farmi perdere la ragione. Ma poi sei guarita. Giorno per giorno, e quasi ora per ora, qualche goccia di salute è tornata in te e, unendosi all'esausto e debole ruscello di vita che circolava languidamente nel tuo corpo, lo ha gonfiato tramutandolo di nuovo in un fiume impetuoso. Ti ho veduta passare quasi dalla morte alla vita, con occhi che si riempivano di lacrime tanto erano grandi la mia impazienza e il mio affetto. Non dirmi di desiderare che avessi rinunciato a questa esperienza; perché ha reso più tenero il mio cuore nei confronti di tutto il genere umano.»

«Non intendevo dir questo» rispose Rose, piangendo. «Ma soltanto che desideravo la tua partenza affinché tu potessi tornare a dedicarti alle tue importanti e nobili fatiche. A fatiche ben più degne di te.»

«Non esiste fatica più degna di me, o anche di esseri

ben più nobili di me, della battaglia per conquistare il tuo cuore» disse il giovane, prendendole la mano. «Rose, mia adorata Rose, se mai è esistito un amore sincero, profondo, ardente, esso è l'amore che ti porto. Dimmi che posso sperare di meritarti. Per anni... per lunghi anni... ti ho amata. Sperando di poter conquistare la fama per poi poter tornare a casa con fierezza e dirti di averla conquistata per dividerla con te; pensando, nei miei sogni a occhi aperti, che ti avrei ricordato, in quel momento felice, le tante prove del mio affetto di adolescente e che avrei chiesto la tua mano per rispettare un patto silenziosamente stretto tra noi due tanto tempo prima! Quel momento non è arrivato; ma ora, anche senza aver conquistato la fama e anche senza aver realizzato i miei sogni giovanili, ti offro il cuore che è tuo già da molto tempo e affido me stesso, completamente, alle parole con le quali accoglierai la mia proposta.»

«Il tuo comportamento è sempre stato cortese e nobile» disse Rose, dominando le emozioni che tumultuavano in lei. «E poiché non mi ritieni insensibile o ingrata, ascolta la mia risposta.»

«Posso cercare di meritarti, è questa la risposta, non è vero, Rose cara?»

«La risposta» disse Rose «è che devi cercare di dimenticarmi, non come la compagna teneramente affezionata della tua fanciullezza, perché questo mi ferirebbe profondamente, ma come l'oggetto del tuo amore. Guardati attorno nel mondo; pensa ai tanti cuori che vi sono e che saresti fiero di conquistare. Confidami, se vuoi, qualche altra tua passione; io sarò l'amica più sincera, più affettuosa e più fedele che tu possa avere.»

Seguì un silenzio durante il quale Rose, che si era coperta il viso con una mano, diede libero sfogo alle lacrime. L'altra mano di lei era ancora trattenuta in quella di Harry.

«E quali sono le tue ragioni, Rose,» egli domandò infine, a voce bassa «le ragioni che ti inducono a questa decisione?»

«Hai il diritto di conoscerle» rispose la fanciulla. «Ma nulla di quanto potrai dire mi farà cambiare idea.

È un dovere che io ho l'obbligo di compiere. Lo devo tanto ad altri quanto a me stessa.»

«A te stessa?»

«Sì, Harry. Debbo a me stessa il fatto che io, una ragazza senza amicizie e senza dote, e per giunta con una macchia sul mio nome non sia disposta a consentire in alcun modo, ai tuoi amici, di sospettare che possa aver sordidamente ceduto alla tua prima passione, ostacolando, come una pastoia, tutte le tue speranze e tutti i tuoi progetti. Ho il dovere, nei tuoi riguardi e nei riguardi dei tuoi parenti, di impedire agli impeti della tua indole generosa di frapporre questo grosso ostacolo alla carriera che sei destinato a fare nella vita.»

«Se le tendenze del tuo cuore concordano con il senso del dovere...» prese a dire Harry.

«No, non è così» dichiarò Rose, arrossendo intensamente.

«Allora ricambi il mio amore?» esclamò Harry. «Di' soltanto questo, Rose, tesoro! Limitati a dire questo e addolcisci l'amarezza di questa crudele delusione.»

«Se mi fosse stato possibile farlo senza nuocere gravemente a colui che amo» rispose Rose «avrei potuto...»

«Accogliere in modo assai diverso la mia dichiarazione?» domandò Harry. «Non nascondermi questo, almeno, Rose!»

«Può darsi» rispose lei. «Ma basta così!» soggiunse poi, liberando la mano. «Perché dovremmo protrarre questo colloquio così penoso? Penosissimo per me, eppure destinato a dar luogo a una duratura felicità, ciò nonostante; infatti sarà una felicità, per me, sapere che un tempo tu mi amavi come adesso e ogni trionfo che avrai nella vita mi darà nuova forza e nuovo coraggio. Addio, Harry! Come ci siamo parlati oggi non ci parleremo mai più; ma, per rapporti diversi da quelli ai quali ci avrebbe condotto questo colloquio, potremo essere per molto tempo e felicemente vicini. E che ogni benedizione invocata dalle preghiere di un cuore fedele e sincero possa renderti felice!»

«Ancora una parola, Rose» disse Harry. «Spiegati meglio. Dimmi con parole tue qual è la ragione.»

«La carriera che ti aspetta» rispose la fanciulla con fermezza «è brillante. Ti toccheranno tutti gli onori ai quali può aspirare, nella vita pubblica, un uomo dai grandi talenti e con potenti appoggi. Ma i parenti che hanno la possibilità di appoggiarti sono superbi, e io non voglio frequentare persone le quali possono disprezzare colei che mi ha dato la vita; né voglio causare l'infelicità e l'insuccesso del figlio di colei che ha così validamente sostituito mia madre. In una parola» soggiunse la fanciulla, voltando la testa mentre quella temporanea fermezza era sul punto di abbandonarla «v'è sul mio nome una macchia che il mondo fa ricadere sugli innocenti. Voglio che la macchia resti soltanto mia e che le conseguenze ricadano soltanto su di me.»

«Una cosa ancora, Rose! Rose adorata! Una sola!» gridò Harry, ponendosi dinanzi a lei. «Se fossi stato meno... meno fortunato, come direbbe la gente... se il mio destino fosse stato quello di condurre una esistenza oscura e tranquilla... se fossi stato povero, malato, indifeso... mi avresti voltato le spalle, allora? O è stata la mia probabile conquista di ricchezze e di onori a farti venire questi scrupoli causati dalla tua nascita?»

«Non costringermi a risponderti» disse Rose. «La questione non si pone e non si porrà mai. Ed è ingiusto, e quasi scortese, da parte tua, insistere.»

«Se la tua risposta sarà quale io oso quasi sperare che sia» ribatté Harry «farà splendere un raggio di felicità sul mio cammino solitario e illuminerà il sentiero dinanzi a me. Non è inutile far questo, pronunciando poche e concise parole, per l'uomo che ti ama più di ogni altra cosa al mondo. Oh, Rose, in nome del mio ardente e tenace amore, in nome di tutto ciò che ho sofferto per te, e di tutte le sofferenze alle quali mi condanni, rispondi a questa mia domanda!»

«Bene, se il tuo destino fosse stato diverso,» disse Rose «se tu fossi stato soltanto di poco, e non di tanto, più in alto di me, se avessi potuto esserti di aiuto e di conforto in qualche umile località ove ci fosse stato possibile condurre una vita serena e appartata, anziché essere per te una macchia e un inciampo in ambienti altolocati e tra gente ambiziosa, forse avrei potuto evitarmi questo cimento. Ho ogni motivo per essere felice, molto felice, anche adesso; ma in quel caso, Harry, lo sarei stata di più.»

Ricordi tumultuosi di antiche speranze, accarezzate da fanciulla, tanto tempo prima, si susseguirono nella mente di Rose mentre ella faceva questa confessione; furono causa di lacrime, come tutte le speranze del passato, quando tornano avvizzite nei ricordi; e le diedero sollievo.

«Non riesco a non piangere, ma questo rende ancor più salda la mia decisione» disse Rose, tendendogli la mano. «E ora devo davvero lasciarti.»

«Ti chiedo una promessa» disse Harry. «Una sola, ancora una soltanto... che, diciamo tra un anno, ma potrebbe anche essere molto prima... io possa parlarti ancora di questo, per l'ultima volta.»

«Non per insistere affinché modifichi la mia giusta decisione» rispose Rose, con un sorriso malinconico. «Sarebbe inutile.»

«No» disse Harry con grande serenità «soltanto per sentirti confermarla, se vorrai... definitivamente! Deporrò ai tuoi piedi qualsiasi posizione o qualsiasi patrimonio potrò aver conquistato allora, e, se la tua decisione continuerà a essere quella attuale, ti giuro che non tenterò in nessun modo, né con le parole, né con le azioni, di modificarla.»

«E sia pure, allora» rispose Rose. «Sarà soltanto una sofferenza in più, ma forse allora riuscirò a sopportarla meglio.»

Di nuovo gli porse la mano. Ma il giovane l'abbracciò e se la strinse al petto; poi, dopo averle posato un bacio sulla bella fronte, si affrettò a uscire dalla stanza.

36

*È brevissimo e può sembrare che a questo punto
non rivesta molta importanza.
Tuttavia dovrebbe essere letto ugualmente,
come il seguito di quanto precede e anche perché
è una chiave per capire gli eventi successivi*

«Sicché continuate a essere dello stesso avviso e volete proprio essere il mio compagno di viaggio, stamane, eh?» disse il medico, mentre Harry Maylie si univa a lui e a Oliver al tavolo apparecchiato per la colazione.

«Se siete disposto a offrirmi un passaggio sulla vostra carrozza» fu la risposta. «Credevate che avessi cambiato idea?»

«Be', a dirvi il vero, non ritenevo per nulla impossibile la cosa» rispose il medico «in quanto voi giovani siete talmente volubili che il gallo sul campanile della chiesa, lassù, sempre pronto a ruotare rapidamente ogni qualvolta soffia il vento, è la costanza personificata, in confronto. Per lo meno si limita a girare su se stesso, mentre voi vi spostate ora in linea retta, ora ad angolo, percorrendo, insomma, ingegnosi zigzag di ogni sorta.»

«Le persone più anziane, che tanto si distinguono per la serietà e la costanza dei loro scopi, sono autorizzate a biasimarci per i nostri misfatti» ribatté Harry, sorridendo.

«Se anche corro dietro a misteriosi bricconi, un ebreo e un cristiano, più rapidamente di quanto si addica alla mia austera professione e alle mie vecchie gambe,» disse il medico «e se anche, otto o dieci volte alla settimana, diverto tutti i miei conoscenti facendo qualcosa di straordinariamente assurdo, le mie stramberie finiscono qui; ma voi... non siete dello stesso parere, o non avete le stesse intenzioni, per due mezz'ore consecutive!»

«Uno di questi giorni cambierete idea» disse Harry, arrossendo senza alcun apparente motivo.

«Spero che questo mi sia possibile per valide ragioni» rispose il dottor Losberne «ma confesso di non credere che possa accadere. Appena ieri mattina voi avevate deciso, improvvisamente, di restare qui e di accompagnare al mare vostra madre, da figlio premuroso. Prima di mezzogiorno mi avete annunciato che mi avreste fatto l'onore di accompagnarmi fino alla località ove sono diretto, per poi proseguire per Londra. E ieri sera mi avete esortato, assai misteriosamente, a partire prima che scendano le signore; con la conseguenza che il piccolo Oliver, qui, è costretto a far colazione a quest'ora invece di scorrazzare per i prati alla ricerca di fenomeni botanici d'ogni sorta. Un vero peccato, non è così, Oliver?»

«Mi sarebbe spiaciuto molto non essere qui in casa al momento della vostra partenza e di quella del signor Maylie, signore» rispose il ragazzetto.

«Bravo, figliolo» disse il dottore. «Devi venirmi a trovare quando tornerai. Ma, parlando seriamente, Harry, è stata qualche comunicazione di personaggi altolocati a causare in voi questa improvvisa frenesia di partire?»

«I personaggi altolocati,» rispose Harry «una definizione nella quale includete, presumo, il mio maestosissimo zio, non mi hanno comunicato un bel nulla da quando mi trovo qui; né è probabile che in questo periodo dell'anno accada qualcosa la quale renda necessaria la mia immediata presenza tra loro.»

«Be',» disse il medico «siete un tipo bizzarro. Ma naturalmente, con le elezioni prima di Natale vi faranno entrare in Parlamento, e questi improvvisi cambiamenti di idea, in fondo, costituiscono una buona preparazione alla politica. C'è qualcosa di buono in essi. Un buon allenamento è sempre opportuno, sia che si tratti di una gara per conquistare cariche politiche o trofei sportivi.»

«Ma supponendo che la persona allenata, o il cavallo iscritto alla corsa, per stare alla vostra felice analogia, non abbiano alcuna intenzione di partecipare alla gara, che cosa dite allora?»

«Be', in tal caso non può trattarsi di un cavallo, ma

di un somaro, se si agita tanto per cose che non lo riguardano» rispose il dottor Losberne. «Ma poiché la supposizione non si riferisce a voi, che siete già iscritto alla gara e correrete di certo, non esito ad assegnare al somaro il posto che gli spetta nella storia naturale.»

Harry Maylie assunse l'aria di uno che avrebbe potuto concludere il breve dialogo con un paio di frasi tali da sbalordire non poco il medico, ma si limitò a dire: «Staremo a vedere» e non insistette oltre. Di lì a poco, la carrozza si fermò davanti alla porta, e, Giles essendo venuto a portare i bagagli, il buon medico si affrettò a uscire per vedere come sarebbero stati caricati.

«Oliver,» disse Harry Maylie a voce bassa «consentimi di scambiare qualche parola con te.»

Oliver si avvicinò al vano della finestra ove era stato chiamato con un cenno dal signor Maylie, assai stupito dal comportamento del giovane, che sembrava essere malinconico e chiassosamente allegro al contempo.

«Sai scrivere bene, adesso?» domandò Harry, mettendogli una mano sul braccio.

«Spero di sì, signore» rispose il bambino.

«Io non tornerò, forse per parecchio tempo. Vorrei che tu mi scrivessi, diciamo ogni quindici giorni, per esempio ogni due lunedì, indirizzando le lettere fermo posta all'ufficio centrale delle poste, a Londra. Sei disposto a farlo?»

«Oh, ma certo, signore! Lo farò con piacere» esclamò Oliver, molto onorato da quell'incarico.

«Mi piacerebbe sapere come... come stanno mia madre e la signorina Maylie» disse il giovane «e inoltre potrai descrivermi le passeggiate che farete, riferirmi di che cosa parlerete e se lei... loro, voglio dire... sono serene e godono di buona salute. Mi hai capito?»

«Oh, senz'altro, signore, senz'altro» rispose Oliver.

«Preferirei che tu non lo dicessi a loro» continuò Harry, parlando più in fretta «perché questo potrebbe indurre mia madre a scrivermi più frequentemente, e scrivere lettere la stanca. Lasciamo che la cosa rimanga un segreto tra te e me. E bada bene di riferirmi tutto! Conto su di te, Oliver.»

Il bambino, sentendosi onorato, e solleticato inoltre dalla sensazione della propria importanza, promise sinceramente di mantenere il segreto e di riferire ogni cosa, dopodiché Harry Maylie si congedò da lui, dopo avergli assicurato ripetutamente la sua benevolenza e la sua protezione.

Il dottore era già salito sulla carrozza; Giles (che doveva restare lì) teneva aperto lo sportello e le cameriere osservavano la scena dal giardino. Harry, dopo avere sbirciato una delle finestre, saltò su.

«Partite!» gridò al postiglione. «Presto, di corsa, al galoppo! Soltanto andare veloci come se si volasse può essere soddisfacente per me, oggi!»

«Un momento!» urlò il medico, affrettandosi ad aprire il finestrino anteriore, e urlando a sua volta al postiglione: «Soltanto un'andatura molto, ma molto meno veloce di un volo può essere soddisfacente per *me*, oggi! Quindi abbiate la bontà di andar piano, avete capito?».

L'uomo sorrise, salutò portando la mano al cappello e partirono, anche se a una velocità rispondente più all'ordine impartito da Harry che a quello del dottor Losberne, il quale si sporse ben presto, con la testa, fuori del finestrino urlando violente, quanto inutili, rimostranze.

Tintinnante e strepitante, finché la lontananza non ebbe reso inaudibile tutto il fracasso, la carrozza si allontanò lungo la tortuosa strada, quasi nascosta da un nuvolone di polvere, ora scomparendo del tutto, ora ridivenendo visibile a seconda degli ostacoli che si frapponevano tra essa e chi guardava o a seconda delle curve della strada. Solamente quando anche il nuvolone di polvere non fu più visibile, gli ultimi curiosi si dispersero.

Ma vi fu una persona che rimase con gli occhi fissi sul punto nel quale la carrozza era scomparsa, per molto tempo dopo che essa aveva già percorso chilometri; infatti Rose sedeva dietro la tenda bianca che l'aveva sottratta alla vista mentre Harry alzava gli occhi verso quella finestra.

«Sembrava su di morale e sereno» ella mormorò, infine. «Per breve tempo ho temuto che potesse essere altrimenti. Ma mi sbagliavo. Sono molto, molto contenta.»

Le lacrime sono un indizio di felicità, oltre che di dolore; ma quelle che striarono il viso di Rose, mentre ella sedeva pensosa alla finestra, guardando sempre nella stessa direzione, sembravano sgorgare più dalla sofferenza che dalla gioia.

37

*Nel quale il lettore può assistere a un litigio
non inconsueto tra coniugi*

Il signor Bumble sedeva nel salotto dell'ospizio, lo
sguardo tetramente fisso sulla grata del caminetto
spento dalla quale, essendo estate, non scaturiva alcun
bagliore più luminoso del riflesso di alcuni pallidi raggi
di sole che battevano sulla superficie fredda e lucente.
Dal soffitto penzolava una striscia di carta moschicida
e verso quella striscia, calato in cupi pensieri, egli alzava gli occhi di quando in quando. Poi, mentre gli sven-
tati insetti ronzavano intorno all'esca, il signor Bumble
emetteva un profondo sospiro e le sue fattezze assume-
vano un'aria ancor più cupa e accigliata. Egli stava meditando e poteva darsi che gli insetti gli facessero tornare in mente qualche momento doloroso del suo passato.

Ma non sarebbe stata soltanto la tetraggine del signor Bumble a destare una certa malinconia nel cuore
di chi lo avesse osservato. Non mancavano altri indizi,
strettamente collegati alla sua persona, tali da far capire che un grande mutamento era intervenuto nella situazione di lui. La giubba gallonata e il cappello a tricorno dov'erano finiti? Egli indossava ancora calzoni al
ginocchio e calze scure di cotone, ma non si trattava
più dei calzoni al ginocchio di un tempo; la giubba era
a larghe falde e, sotto questo aspetto, simile alla giubba
di un tempo; ma, sotto altri aspetti, quanto diversa! Il
formidabile cappello a tricorno, poi, era stato sostituito
da un modesto cappelletto rotondo. Il signor Bumble
non era più messo parrocchiale.

Vi sono certe promozioni, nella vita, che, indipendentemente dai vantaggi più concreti da esse offerti, assumono una particolare importanza e dignità a causa delle giubbe e dei panciotti a esse collegati. Un feldmaresciallo ha l'uniforme, un vescovo la veste di seta, un giudice la toga, un messo parrocchiale il cappello a tricorno. Togliete al vescovo la veste e al messo il cappello a tricorno e la giubba gallonata, e che cosa diventano? Soltanto uomini, meri uomini. Promuoveteli, innalzateli a cariche superiori e diverse dello Stato e, privi delle vesti di seta e dei cappelli a tricorno, continueranno a essere privi altresì della dignità di un tempo e dell'ascendente di un tempo sulle moltitudini. La dignità, e talora persino la santità, dipendono a volte, più di quanto taluni possano immaginare, dalla giubba e dal cappello.

Il signor Bumble aveva sposato la signora Corney ed era adesso il direttore dell'ospizio. Un altro messo parrocchiale si trovava al posto suo e costui aveva ereditato il cappello a tricorno, la giubba gallonata in oro e il bastone.

«E domani fanno due mesi!» mormorò il signor Bumble, con un sospiro. «Sembra un'eternità!»

Egli avrebbe potuto voler dire che un'intera esistenza di felicità si era concentrata nel breve lasso di tempo di otto settimane, ma v'era di mezzo il sospiro, e quel sospiro aveva vasti significati.

«Ho venduto me stesso» continuò a mormorare il signor Bumble, seguendo sempre lo stesso corso di pensieri «per sei cucchiaini da tè, le mollette dello zucchero e una lattiera; nonché per pochi mobili usati e venti sterline liquide. Sono stato acquistato per ben poco. Per pochissimo.»

«Per pochissimo!» urlò una voce stridula nell'orecchio del signor Bumble. «Saresti stato caro a qualsiasi prezzo! E Dio onnipotente, lassù, sa quanto caro ti ho pagato!»

Il signor Bumble voltò la testa e venne a trovarsi di fronte alla faccia della sua interessante consorte, la quale, pur avendo captato soltanto le ultime parole delle recriminazioni di lui, si era azzardata a inveire in quel modo.

«È questa,» disse Bumble, sentimentalmente severo «è questa la voce che mi chiamava irresistibile anatroccolo? È questa la creatura che era tutta umiltà, dolcezza e sensibilità?»

«Sì, è quella, purtroppo» rispose la compagna della sua vita. «Ma di sensibilità non ne ho posseduta molta, altrimenti avrei avuto il buon senso di non compiere un simile sacrificio!»

«Un sacrificio, signora Bumble?» disse il gentiluomo, in tono assai aspro.

«Sì, proprio così» confermò la sua metà.

«Abbi la bontà di guardarmi negli occhi» disse il signor Bumble fissandola. ("Se resiste a uno sguardo come il mio" pensò "può resistere a qualsiasi cosa. Il mio è uno sguardo che non ha mai fallito con i poveri, e, se dovesse fallire con lei, sono finito.")

Rimane da stabilire se non occorra affatto uno sguardo fulminante per domare i poveri, i quali, essendo mal nutriti, non oppongono alcuna resistenza, o se la ex signora Corney fosse particolarmente impervia alle occhiatacce. Sta di fatto che la matrona non si lasciò minimamente intimidire dal cipiglio e dagli occhi sbarrati del signor Bumble, anzi non se ne curò minimamente e addirittura si fece una risata la quale suonò del tutto autentica.

Udendo questo suono del tutto inatteso, il signor Bumble parve dapprima incredulo e, subito dopo, attonito; infine scivolò nella stessa passività di prima finché l'attenzione di lui non venne nuovamente destata dalla voce della sua compagna.

«Te ne starai lì a russare per tutto il giorno?» domandò la signora Bumble.

«Me ne starò seduto qui finché mi farà comodo, mia cara,» rispose il signor Bumble «e, sebbene *non* stessi russando affatto, russerò, sbadiglierò, starnutirò, riderò o piangerò come più mi farà piacere; perché questo è il mio diritto.»

«Il *tuo* diritto!» esclamò la signora Bumble, con indicibile disprezzo.

«L'ho detto, mia cara» dichiarò il signor Bumble. «Il privilegio dell'uomo è quello di comandare.»

«E qual è il privilegio della donna, in nome di Dio?» urlò la vedova del defunto signor Corney.

«È quello di ubbidire, cara mia!» tuonò il signor Bumble. «Il tuo defunto e disgraziato marito avrebbe dovuto insegnartelo; e in tal caso, forse, sarebbe ancora in vita. Vorrei proprio che lo fosse, pover'uomo!»

La signora Bumble, essendosi resa conto che era ormai giunto il momento decisivo e che un nuovo tentativo di conseguire il predominio, da una parte o dall'altra, doveva essere quello ultimo e decisivo, subito dopo questa allusione al dipartito si lasciò cadere su una poltrona e, avendo strillato, con tutto il fiato di cui disponeva, che Bumble era un bruto dal cuore di pietra, fu presa da un parossismo di lacrime.

Ma le lacrime non potevano arrivare al cuore del signor Bumble, che a esse rimaneva totalmente impermeabile. Come quei berretti di castoro lavabili, che diventano più belli e resistenti sotto la pioggia, i nervi di lui venivano resi più saldi e fermi dai diluvi di lacrime che, essendo manifestazioni di debolezza, e pertanto tacite ammissioni del suo potere, lo facevano gioire e lo esaltavano. Egli adocchiò, a questo punto, la sua buona moglie con un'aria sommamente soddisfatta e la esortò, in tono incoraggiante, a continuare a piangere a calde lacrime in quanto, stando a quanto dicevano certi medici, i piagnistei erano di gran giovamento alla salute.

«Dilatano i polmoni, li purificano, lavano gli occhi e calmano l'irascibilità» disse il signor Bumble. «Quindi piangi finché ti pare.»

Dicendo queste spiritose piacevolezze, il signor Bumble tolse il cappello dall'attaccapanni e postoselo sul capo alquanto spavaldamente di sbieco, come avrebbe potuto fare un uomo persuaso di avere dimostrato appieno la propria superiorità, affondò le mani nelle tasche e si diresse lemme lemme verso la porta, con il compiacimento e la spavalderia traditi da ogni sua mossa.

Orbene, l'ex signora Corney aveva una grande esperienza in fatto di tattiche coniugali in quanto, prima di concedere la propria mano al signor Corney, era stata sposata con un altro degno gentiluomo, a sua volta defunto. Aveva ora tentato con le lacrime perché si trattava di un espediente meno impegnativo della violenza fisica, ma era dispostissima a ricorrere anche a quest'ultima, come il signor Bumble doveva scoprire seduta stante.

Il primo indizio di ciò consistette in un suono sordo, seguito immediatamente dal volo improvviso del cappello di Bumble, che finì al lato opposto della stanza. Questo attacco preliminare avendogli denudato il capo, l'esperta dama, afferrato saldamente il marito per il collo con una mano, lo sottopose a una gragnuola di colpi (sferrati con una forza e una destrezza singolari). Ciò fatto, ricorse a qualche variante, graffiandogli il viso e strappandogli i capelli; dopodiché, avendolo punito quanto riteneva fosse necessario per il reato commesso, lo spinse su una sedia, fortunatamente situata nella posizione più opportuna, e lo sfidò a parlare di nuovo del proprio diritto, se avesse osato.

«Alzati!» ordinò poi la signora Bumble, in tono imperioso. «E vattene di qui, se non vuoi che arrivi agli estremi!»

Il signor Bumble si alzò con un'aria assai mogia, domandandosi quali sarebbero potuti essere gli estremi. Poi, preso il cappello, volse lo sguardo verso la porta.

«Te ne vai o no?» volle sapere la signora Bumble.

«Ma certo, mia cara, certo» rispose il signor Bumble, andando rapidamente verso la porta. «Non intendevo... Vado, mia cara! Sei così violenta che io, proprio...»

In quel momento la signora Bumble venne avanti rapidamente di un passo per rimettere a posto il tappeto che era stato sospinto via nel corso della zuffa, e il signor Bumble sfrecciò all'istante fuori della stanza senza neppure sognarsi di concludere la frase troncata a mezzo, lasciando alla consorte il pieno possesso del campo di battaglia.

"Non lo avrei mai creduto" borbottò tra sé e sé mentre percorreva il corridoio, rassettandosi gli abiti in disordine. "Non sembrava essere affatto una simile megera. Se i poveri venissero a saperlo, finirei sulla bocca di tutti nella parrocchia."

Il signor Bumble era stato bellamente colto di sorpresa e bellamente sconfitto. V'era in lui una netta tendenza alle prepotenze; traeva non poco piacere dalle sue piccole crudeltà ed era, per conseguenza (sembra superfluo dirlo), un codardo. Non che questo vada eccessivamente a suo disdoro, poiché molti personaggi altolocati, tenuti in alta stima e considerazione, sono vittime di analoghi difetti. Lo diciamo, in realtà, più a suo favore che a suo sfavore e con l'unico intento di far capire al lettore fino a che punto fosse qualificato per la sua carica.

Ma la misura dell'umiliazione non era ancora colma per lui. Dopo aver fatto un giro nell'ospizio, pensando per la prima volta che le leggi sui poveri erano troppo crudeli e che i mariti i quali abbandonavano la moglie, lasciandola affidata alla beneficenza della parrocchia, non sarebbero dovuti essere puniti affatto, bensì ricompensati in quanto individui meritevoli che molto avevano sofferto, il signor Bumble giunse davanti alla porta di una stanza ove alcune ricoverate nell'ospizio lavoravano, di solito, lavando la biancheria e dalla quale proveniva adesso il suono di numerose voci intente a conversare.

"Ehm" egli si disse, chiamando a raccolta tutta la sua innata dignità. "Queste donne, almeno, rispetteranno il diritto degli uomini." «Ehi! Ehi voi! Che cos'è questo chiasso, donne di malaffare?»

Così gridando, il signor Bumble spalancò la porta ed entrò con un cipiglio ferocissimo e modi irosi, che però vennero subito sostituiti dall'aria più umile e impaurita che si possa immaginare mentre lo sguardo di lui, inaspettatamente, si posava sulle sembianze della consorte.

«Mia cara» mormorò il signor Bumble «non sapevo che tu fossi qui.»

«Non sapeva che io fossi qui!» gli fece eco la signora Bumble. «Che cosa ci fai *tu* qui?»

«Mi son detto che queste donne stavano cicalando un po' troppo per poter sbrigare come si deve il loro lavoro, mia cara» rispose il signor Bumble, sbirciando smarrito due vecchie che, davanti al lavatoio, commentavano ammirate l'umiltà del direttore dell'ospizio.

«Ah, *ti sei detto* che stavano cicalando un po' troppo, eh?» esclamò la signora Bumble. «Ma è forse affar tuo?»

«Be', mia cara...» mormorò il signor Bumble, in tono supplichevole e sottomesso.

«È forse affar tuo?» tornò a dire la signora Bumble.

«È vero che tu sei la direttrice, qui, mia cara,» riconobbe il signor Bumble «ma ho creduto che in questo momento non fossi presente.»

«Stammi bene a sentire, Bumble» esclamò la sua signora. «Non vogliamo nessuna delle tue intromissioni. A te piace di gran lunga troppo ficcare il naso in faccende che non ti riguardano, e far ridere tutti quanti in questo ospizio appena volti le spalle, rendendoti ridicolo dalla mattina alla sera. Vattene, che è meglio!»

Il signor Bumble, notando, non senza il più straziante tormento, la gioia delle due vecchie che ridacchiavano insieme quasi con un'aria rapita, esitò per un attimo. La sua consorte, la cui pazienza non sopportava indugi, afferrò un catino pieno d'acqua saponata e, additando la porta, gli ordinò di andarsene seduta stante se non voleva che la sua maestosa persona venisse sottoposta a una doccia.

Che cosa avrebbe potuto fare il poveretto? Egli si guardò attorno con un'aria avvilita, poi girò sui tacchi e uscì; e, mentre giungeva alla porta, i ridacchiamenti delle ricoverate si tramutarono in una irresistibile e stridula risata di gioia. Gli mancava soltanto questo. Era stato umiliato anche ai loro occhi; aveva perduto la propria importanza e la propria autorità persino con gli stessi poveri; dai fasti e dalla pompa del passato era caduto nei più profondi e umilianti abissi di un marito dominato dalla moglie.

"E tutto questo in due mesi!" pensò il signor Bumble, travolto da pensieri sconfortanti. "Due soli mesi! Non più di una sessantina di giorni fa ero non solo padrone di me stesso, ma di chiunque altro, nell'ospizio parrocchiale, ma adesso...!"

Era troppo. Il signor Bumble scappellottò le orecchie del ragazzo che gli aprì il portone (poiché era arrivato sin lì mentre cogitava) e uscì, sconvolto, in istrada.

Percorse una via dopo l'altra, finché la stanchezza riuscì a placare in parte i suoi tormenti, ma poi lo smarrimento gli fece venir sete. Passò davanti a un gran numero di taverne ma si fermò soltanto quando ne trovò una che, come poté constatare con una rapida sbirciatina, era deserta, eccezion fatta per un unico avventore. In quel momento, inoltre, incominciò a piovere a dirotto, e questo lo decise. Entrò e, dopo aver ordinato qualcosa da bere mentre passava davanti al banco, si diresse verso la saletta nella quale aveva sbirciato dalla strada.

L'uomo che sedeva lì era alto e bruno e avvolto in un ampio mantello; aveva l'aria di essere uno straniero e, a giudicare dall'aria stanca che si poteva scorgergli sulla faccia nonché dagli abiti impolverati, doveva aver compiuto un lungo viaggio. Sbirciò Bumble mentre entrava e non si degnò quasi di rispondere al suo saluto limitandosi a un cenno del capo appena percettibile. Il signor Bumble possedeva dignità sufficiente per due e sarebbe rimasto sulle sue anche se lo sconosciuto si fosse dimostrato più affabile; pertanto sorseggiò in silenzio il gin allungato con acqua e lesse il giornale con un grande sfoggio di pomposo sussiego.

Si diede il caso, tuttavia, come accade del resto spessissimo quando due uomini vengono a trovarsi insieme in circostanze simili a quelle, che il signor Bumble provasse di tanto in tanto una formidabile tentazione, alla quale non riusciva a resistere, di sbirciare lo sconosciuto; e che, ogni qualvolta questo accadeva, dovesse distogliere lo sguardo, alquanto confuso, constatando che anche lo sconosciuto stava sbirciando lui nello stesso momento. L'imbarazzo del signor Bumble venne acuito dall'espressione davvero strana degli occhi di quell'uomo, che erano penetranti e vividi, ma resi tenebrosi da un cipiglio di diffidenza e di sospettosità mai veduto prima di allora e ripugnante a contemplarsi.

Dopo che i loro sguardi si erano incrociati numerose volte in questo modo, l'uomo, con una voce profonda e aspra, ruppe il silenzio.

«Stavate cercando me» domandò «quando avete sbirciato dalla finestra?»

«No, che io sappia, a meno che non siate il signor...»
A questo punto Bumble si interruppe bruscamente; era curioso di sapere infatti, come si chiamasse lo sconosciuto e, impaziente, pensava che potesse essere lui a colmare il vuoto.

«Ovviamente non mi cercavate» disse l'altro, con un'aria di placido sarcasmo che gli vibrava intorno alla bocca «altrimenti avreste saputo come mi chiamo. Invece non conoscete il mio nome e vi consiglierei di non chiederlo.»

«Non avevo alcuna cattiva intenzione, giovanotto» fece osservare maestosamente il signor Bumble.

«Né io me la sono presa a male» disse lo sconosciuto.

A questo breve dialogo fece seguito un nuovo silenzio, di lì a non molto nuovamente rotto dall'uomo, il quale, scostato il giornale vecchio che fino a quel momento aveva tenuto davanti a sé, attaccò di nuovo discorso.

«Se non sbaglio vi ho già veduto» disse. «Allora vestivate in modo diverso e io mi limitai a passarvi accanto per la strada, ma vi riconosco. Eravate messo parrocchiale, allora, non è così?»

«Sì» rispose il signor Bumble, alquanto stupito. «Il messo di questa parrocchia.»

«Per l'appunto» fece l'altro, annuendo. «In quella veste vi incontrai.»

«Ah sì?» disse il signor Bumble, osservando attentamente lo sconosciuto e passando in rassegna, nella propria mentre, tutti i suoi conoscenti. «Io non mi ricordo di voi.»

«Sarebbe un miracolo se vi ricordaste di me» osservò l'altro, gelido. «Ora che cosa siete?»

«Sono il direttore dell'ospizio» rispose il signor Bumble, adagio e pomposamente, per impedire qualsiasi indebita familiarità da parte di quell'individuo. «Il direttore dell'ospizio, giovanotto!»

«Siete ammogliato?» domandò lo sconosciuto.

«Sì» rispose il signor Bumble, dimenandosi a disagio sulla sedia. «Faranno due mesi domani.»

«Vi siete sposato piuttosto avanti negli anni» osservò l'altro. «Be', meglio tardi che mai.»

Il signor Bumble stava per modificare l'assioma e per esprimere il parere secondo cui, nell'interesse di una giusta organizzazione del genere umano, si sarebbe dovuto dire invece "meglio mai che tardi", quando l'altro gli impedì di parlare.

«Continuate ad avere a cuore i vostri interessi come per il passato, senza alcun dubbio, vero?» disse, fissando negli occhi il signor Bumble con uno sguardo penetrante mentre lo lasciava di sasso con quella domanda. «Non fatevi scrupolo e rispondete sinceramente, amico. Io vi conosco molto bene, vedete.»

«Presumo che un uomo ammogliato» rispose Bumble, facendosi schermo agli occhi con la mano, e scrutando lo sconosciuto dalla testa ai piedi, manifestamente perplesso «non sia contrario a guadagnare onestamente qualcosa, quando può, più di quanto possa esserlo uno scapolo. I funzionari parrocchiali non sono pagati così lautamente da potersi permettere di rifiutare qualche compenso extra, quando se ne presenta l'occasione, in modo civile e onesto.»

L'altro sorrise e annuì di nuovo con un cenno del capo, come per dire che non si era sbagliato sul suo conto, poi suonò il campanello.

«Riempite ancora questo bicchiere» disse, porgendo quello vuoto del signor Bumble al proprietario della taverna. «E che il grog sia bollente e forte. Lo gradite così, presumo?»

«Non troppo forte» rispose il signor Bumble, con un delicato colpetto di tosse.

«Avete inteso, allora, oste!» disse lo sconosciuto, asciutto.

Il proprietario della taverna sorrise, si allontanò e tornò poco dopo con un bicchiere fumante; il primo sorso del cui contenuto fece riempire di lacrime gli occhi di Bumble.

«E ora ascoltatemi» disse l'altro, dopo aver chiuso porta e finestra. «Sono venuto in questa città, oggi, cercando voi e, per uno di quei casi dei quali a volte il demonio fa dono ai suoi amici, siete entrato nella taverna ove mi trovavo io proprio mentre campeggiavate nei miei pensieri. Cercate di essere pronto nel rispondere a quanto vi domanderò perché voglio trovarmi nel mio letto e dormire prima che cali la maledetta e nera notte; la strada è solitaria, la notte è buia e io odio sia la solitudine, sia l'oscurità quando devo difendermi da solo. Mi state ascoltando?»

«Vi ascolto» disse Bumble, bevendo un sorso di gin allungato con acqua come se potesse trovarvi la soluzione del mistero «ma se dicessi che vi capisco esagererei, sapete.»

«Mi spiegherò con chiarezza» disse lo sconosciuto. «Voglio da voi qualche informazione. E non pretendo che me le diate gratis, per quanto si tratti di cose di poco conto. Qua, accettate queste, per cominciare...»

Così dicendo spinse sul tavolo, verso il suo compagno, due sovrane, ma con molta cautela, quasi temendo che il tintinnio delle monete potesse essere udito fuori di lì. Dopo che il signor Bumble ebbe minuziosamente esaminato le monete, per accertarsi che non fossero false, e dopo che, assai soddisfatto, le ebbe lasciate cadere nel taschino del panciotto, l'altro continuò:

«Tornate indietro con i ricordi... vediamo... fino all'inverno di dodici anni fa.»

«È un lungo periodo di tempo» disse il signor Bumble. «Ma benissimo, ci sono.»

«La scena si svolge nell'ospizio.»

«Bene!»

«E di notte.»

«Sì.»

«E il luogo è la laida tana nella quale miserabili donne mettevano alla luce creature da affidare alla parrocchia e andavano poi a nascondere la loro vergogna marcendo in una fossa!»

«La camera delle partorienti, volete dire, presumo?» disse il signor Bumble, che aveva seguito a stento la melodrammatica descrizione dello sconosciuto.

«Sì» rispose l'altro. «Vi venne al mondo un bambino.»

«Molti bambini» lo corresse il signor Bumble, scuotendo la testa scoraggiato.

«Vadano tutti all'inferno, i piccoli demoni!» gridò lo

sconosciuto. «Io mi riferisco a uno solo, un piccolo bastardo dal viso pallido, dall'aria mesta, che venne dato come apprendista a un impresario di pompe funebri – vorrei che avesse costruito la propria bara e vi si fosse avvitato dentro! – e che in seguito fuggì, o così si ritenne, a Londra.»

«Oh bella, ma vi riferite a Oliver! Al piccolo Twist!» esclamò il signor Bumble. «Certo che me lo ricordo. Non è mai esistito piccolo briccone più cocciuto...»

«Non di lui voglio notizie; ne ho avute anche troppe» disse l'uomo, interrompendo Bumble all'inizio di una tirata sulle perfidie del povero Oliver. «Mi interessa una donna; la megera che curò sua madre. Dove si trova?»

«Dove?» disse il signor Bumble, che era stato reso faceto dal gin. «Sarebbe difficile dirlo. Là ove è finita lei non nascono bambini e pertanto suppongo che sia disoccupata, in ogni caso.»

«Che cosa intendete dire?» domandò lo sconosciuto, asciutto.

«Che è morta l'inverno scorso» rispose Bumble.

L'uomo lo fissò dopo aver avuto questa informazione e, anche se non distolse lo sguardo per alcuni momenti, gli occhi di lui divennero a poco a poco vacui e inespressivi mentre sembrava assorto nei propri pensieri. Per breve tempo parve non saper bene se sentirsi sollevato o deluso dalla notizia; ma poi, in ultimo, respirò più liberamente e, distolto lo sguardo, disse che la cosa non rivestiva molta importanza. Poi si alzò, come per andarsene.

Ma il signor Bumble, essendo abbastanza scaltro, si rese conto che era quella un'occasione favorevole per lucrare su un segreto a conoscenza della sua metà. Ricordava bene la sera della morte dell'anziana Sally, che gli eventi della giornata lo avevano indotto a rievocare, essendo stata quella la sera in cui aveva fatto la dichiarazione alla signora Corney; e, sebbene la signora in questione non gli avesse mai confidato quali rivelazioni le fossero state fatte, lui sapeva almeno che si trattata di qualcosa che era accaduto mentre Sally si occupava, in quanto infermiera dell'ospizio, della giovane madre di

Oliver Twist. Una volta rievocate rapidamente queste circostanze, disse allo sconosciuto, con un'aria di mistero, che una donna si era trovata accanto alla vecchia megera subito prima della sua morte; e che questa donna sarebbe potuta essere in grado – lui aveva validi motivi per ritenere che così fosse – di dirgli qualcosa di interessante a proposito di colei che gli stava a cuore.

«Come posso trovarla?» domandò l'uomo, preso alla sprovvista, lasciando chiaramente capire che tutti i suoi timori – quali che essi fossero – erano stati nuovamente destati da quell'informazione.

«Soltanto per il mio tramite» rispose il signor Bumble.

«Quando?» si affrettò a domandare lo sconosciuto.

«Domani» disse Bumble.

«Alle nove di sera,» disse l'altro, togliendosi di tasca un foglietto di carta e scrivendovi l'indirizzo di una località sconosciuta, sul fiume, con sgorbi che tradivano la sua agitazione «alle nove in punto conducetela da me qui. Non è necessario che vi raccomandi di mantenere il segreto. È nel vostro interesse.»

Dopo aver pronunciato queste parole, pagò le consumazioni e precedette Bumble verso la porta. Poi, dopo aver osservato in tono brusco che le loro strade erano diverse, si allontanò senza salutare, limitandosi a ripetere con enfasi l'ora dell'incontro la sera dell'indomani.

Sbirciando l'indirizzo, il funzionario della parrocchia notò che non conteneva alcun nome. Lo sconosciuto non si era ancora allontanato di molto e pertanto Bumble gli corse dietro per informarsi.

«Che cosa volete?» gridò l'uomo, voltandosi di scatto quando il signor Bumble gli ebbe toccato un braccio. «Mi state seguendo, per caso?»

«Volevo soltanto farvi una domanda» disse l'ex messo parrocchiale, additando il pezzo di carta. «Di chi devo chiedere?»

«Di Monks!» rispose l'altro, poi si affrettò ad allontanarsi a gran passi.

38

*Con la descrizione di quanto accadde
tra il signor Bumble e signora e il signor Monks
in occasione del loro incontro notturno*

Era una sera d'estate, nuvolosa, afosa e soffocante. Le nubi, che per tutto il giorno avevano minacciato pioggia, nascondevano il cielo, una densa e pigra massa di vapore acqueo che già lasciava cadere grosse gocce sembrava far presagire un violento temporale, quando il signor Bumble e la sua compagna, allontanandosi dalla via principale della cittadina, si diressero verso un piccolo gruppo di case in rovina che distava circa due chilometri e mezzo ed era stato costruito in una bassa e malsana palude lungo il fiume.

Erano entrambi infagottati in vecchi e malconci indumenti i quali avevano forse il duplice scopo di proteggerli dalla pioggia e di impedire che venissero riconosciuti. Il marito reggeva una lanterna, entro la quale, tuttavia, ancora non splendeva alcuna luce, e arrancava precedendo di alcuni passi la moglie, come per darle il vantaggio – il sentiero essendo fangoso – di mettere i piedi là ove li aveva già affondati lui. Camminavano in silenzio; di quando in quando il signor Bumble rallentava il passo e voltava la testa, come per accertarsi che la sua compagna lo stesse seguendo; poi, constatato che ella gli stava alle calcagna, camminava più in fretta e proseguiva assai rapidamente verso la loro meta.

Quest'ultima era una località equivoca, in quanto si sapeva già da tempo come vi abitassero soltanto delinquenti tra i peggiori che, fingendo in vari modi di campare con il loro lavoro, tiravano avanti, invece, a furia di furti e di altri consimili reati. Si trattava di un gruppo di meri tuguri, alcuni dei quali costruiti alla meglio con un po' di mattoni, altri con fasciame tarlato di navi demolite. Formavano un insieme caotico, senza ombra di una qualche simmetria, e venivano a trovarsi, per la maggior parte, a pochi metri dalla riva del fiume. Alcune barche che facevano acqua, issate sul fango e legate a un basso muro che rasentava la corrente, nonché, qua e là, un remo o un rotolo di corda, inducevano a credere, a tutta prima, che gli abitanti di quei miserabili tuguri lavorassero in qualche modo sul fiume; ma una semplice occhiata allo sfacelo di quelle imbarcazioni sarebbe bastata, a chi si fosse trovato a passare di lì, per supporre che si trovassero in quel luogo per salvare le apparenze più che per essere effettivamente utilizzate.

Nel bel mezzo di questo gruppo di tuguri, dominando il fiume con i piani più alti, campeggiava un grande edificio che era stato un tempo una fabbrica di qualche sorta. Probabilmente, in passato aveva dato lavoro a chi abitava lì attorno, ma ormai era andato da tempo in rovina. Topi, vermi, nonché l'azione dell'umidità, avevano indebolito e fatto marcire i piloni sui quali poggiava e già una parte considerevole della costruzione era affondata nell'acqua, mentre il resto, vacillante e inclinato verso lo scuro fiume, sembrava aspettare il momento favorevole per raggiungere quanto lo aveva preceduto, condividendo lo stesso destino.

Davanti a questo edificio in rovina si soffermò la degna coppia, mentre le prime vibrazioni di un tuono lontano si ripercuotevano nell'aria e la pioggia cominciava a cadere con violenza.

«Il posto dovrebbe essere all'incirca qui» disse Bumble, consultando il pezzo di carta che aveva in mano.

«Ehi, laggiù!» gridò una voce dall'alto.

Il signor Bumble alzò la testa verso il punto dal quale era venuto il suono e scorse un uomo che faceva capolino dietro una portafinestra al secondo piano.

«Restate un momento lì» gridò la voce. «Scendo subito.»

«È quello l'uomo?» domandò la buona compagna del signor Bumble.

Suo marito fece un cenno affermativo.

«Allora ricorda quel che ti ho detto» sibilò la matrona «e parla il meno possibile, altrimenti ci tradirai subito.»

Il signor Bumble, che aveva adocchiato l'edificio con sguardi assai timorosi, era sul punto, a quanto parve, di esprimere alcuni dubbi riguardo all'opportunità di andare fino in fondo, quando glielo impedì l'arrivo di Monks; quest'ultimo aprì una porticina, vicino al punto in cui si trovavano i due, e fece loro cenno di entrare.

«Venite!» gridò spazientito, battendo un piede a terra. «Non fatemi aspettare!»

La signora Bumble, che a tutta prima aveva esitato, entrò audacemente, senza alcuna necessità di un nuovo invito. Il signor Bumble, che si vergognava, o aveva paura, di restare indietro, la seguì, manifestamente molto a disagio e senza più un briciolo di quella pomposa dignità che costituiva di solito la sua caratteristica più appariscente.

«Perché diavolo indugiavate là sotto la pioggia?» domandò Monks, voltandosi e rivolgendosi a Bumble dopo aver sprangato la porta.

«Ecco... noi... ci stavamo soltanto rinfrescando» balbettò Bumble, guardandosi attorno con apprensione.

«Rinfrescando!» esclamò Monks. «Non è mai caduta né mai cadrà pioggia al mondo capace di spegnere il fuoco dell'inferno che ogni uomo ha dentro di sé. Non potete rinfrescarvi così facilmente, non illudetevi!»

Dopo queste piacevoli parole Monks si voltò bruscamente verso la matrona e la fissò finché persino lei, che non si lasciava intimidire facilmente, finì con il distogliere lo sguardo e con l'abbassare gli occhi a terra.

«È questa la donna, eh?» egli domandò.

«Sì, è questa» rispose il signor Bumble ricordando l'ammonimento della moglie.

«Pensate che le donne non sappiano mantenere i segreti, presumo?» intervenne la matrona, ricambiando mentre parlava, lo sguardo penetrante di Monks.

«So che sanno mantenerne invariabilmente *uno*, finché non vengono smascherate» disse Monks, sprezzante.

«E di quale segreto può mai trattarsi?» domandò la matrona.

«Della perdita del loro onore» rispose Monks. «Ne consegue che se una donna è a conoscenza di un segreto il quale potrebbe farla impiccare o deportare, non temo che lo riferisca a qualcuno. No di certo! Mi capite signora?»

«No» rispose la matrona, arrossendo lievemente.

«Certo che non capite!» disse Monks. «Come potreste?»

Rivolgendo ai due una via di mezzo tra il sorriso e il cipiglio e di nuovo facendo loro cenno di seguirlo, l'uomo attraversò rapidamente la stanza, che era notevolmente vasta ma bassa di soffitto. Si accingeva a salire una ripida scala, una scala a pioli, per la precisione, che conduceva al piano di sopra, quando la vivida luce di una saetta penetrò nell'edificio seguita da un tuono che lo fece vibrare fino alle fondamenta.

«Ma sentitelo!» gridò lui, indietreggiando. «Sentitelo! Rotola e rimbomba come se echeggiasse in mille caverne ove i demoni gli si sottraggono. All'inferno i tuoni! Li odio!»

Tacque per qualche momento, poi, tolte all'improvviso le mani con le quali si era coperto la faccia, rivelò, non senza indicibile sgomento del signor Bumble, fattezze molto alterate e un estremo pallore.

«Questi attacchi mi prendono, di tanto in tanto,» disse Monks, essendosi accorto di quanto l'altro fosse allarmato «e a volte è il tuono a causarli. Ma non fateci caso, adesso; per questa volta è già tutto passato.»

Così dicendo, li precedette su per la scala a pioli: poi, dopo essersi affrettato a chiudere le imposte della stanza nella quale li condusse, abbassò una lanterna, appesa mediante una carrucola e una corda a una delle massicce travi del soffitto, ed essa proiettò una luce fioca su un vecchio tavolo e su tre sedie.

«E ora» disse Monks, dopo che si furono accomodati tutti e tre «quanto prima parleremo di ciò che ci sta a cuore, tanto meglio sarà per tutti. La donna sa già di che si tratta, vero?»

La domanda era stata rivolta a Bumble, ma sua moglie lo prevenne e dichiarò di essere al corrente di tutto.

«Ha detto il vero affermando che vi trovaste con quella megera, la notte in cui morì, e che ella vi riferì qualcosa?»

«A proposito della madre del bambino che avete nominato» rispose la signora Bumble interrompendolo. «Sì.»

«La prima domanda è: che cosa vi rivelò?» disse Monks.

«No, è la seconda» dichiarò la signora Bumble, molto decisa. «La prima è: quanto può valere la rivelazione?»

«E chi diavolo può dirlo, senza sapere di che cosa si tratta?» esclamò Monks.

«Nessuno può saperlo meglio di voi, ne sono convinta» replicò la matrona, che non mancava di ardire, come avrebbe potuto testimoniare anche troppo bene suo marito.

«Oh-oh» fece Monks significativamente, scoccandole un'occhiata avida e curiosa. «Sicché può valere del denaro, eh?»

«Può essere» fu la placida risposta.

«Qualcosa che era stato tolto alla giovane» disse Monks. «Qualcosa che portava su di sé. Qualcosa che...»

«Vi converrebbe fare un'offerta» lo interruppe la signora Bumble. «Ho già sentito quanto basta per essere certa che siete voi l'uomo con il quale dovrei parlare.»

Il signor Bumble, al quale la sua dolce metà non aveva rivelato, del segreto, nulla più di quanto egli già sapesse, ascoltava questo dialogo allungando il collo e spalancando gli occhi, che ora volgeva verso sua moglie e ora verso Monks, senza tentare di nascondere lo stupore; e il suo stupore crebbe ancora quando Monks volle sapere, in tono aspro, la somma richiesta per la rivelazione.

«Quanto vale per voi?» domandò la donna, placida come prima.

«Può non valere un bel niente, può valere anche venti sterline» rispose Monks. «Parlate e ditemi di che si tratta.»

«Aggiungete cinque sterline alla somma che avete menzionato; consegnatemi venticinque sterline in oro» disse la donna «e io vi rivelerò tutto quello che so. Ma non prima.»

«Venticinque sterline!» esclamò Monks, trasalendo.

«Mi sono espressa il più chiaramente possibile» disse con la massima calma la signora Bumble. «E non si tratta di una somma spropositata.»

«Non è una somma spropositata per un segreto forse insignificante che, una volta rivelato, può non valere nulla?» esclamò Monks, spazientito. «Un segreto che risale a dodici anni fa, o anche più!»

«Certe cose si mantengono bene e, come il buon vino, non di rado il loro valore raddoppia con il trascorrere del tempo» replicò la matrona, sempre con la stessa decisa indifferenza di prima.

«Ma se dovessi pagare per niente?» domandò Monks, con una certa esitazione.

«Potreste facilmente riprendervi il denaro» rispose la matrona. «Non sono che una donna, sola e indifesa.»

«Non sola, mia cara, e nemmeno indifesa» intervenne il signor Bumble, con una voce resa tremula dalla paura. «Ci sono qui *io*, mia cara. E inoltre» egli soggiunse, battendo i denti mentre parlava «il signor Monks è troppo gentiluomo per tentare di ricorrere alla violenza con funzionari parrocchiali. Il signor Monks si rende conto che io non sono più un giovanotto, mia cara, e che gli anni mi hanno buttato alquanto giù, potrei dire, ma deve aver sentito parlare di me, di questo non dubito affatto, e deve sapere che sono un funzionario assai deciso, e dotato di una forza non comune, una volta scatenato. Ho bisogno soltanto di qualcosa che mi scateni, ecco tutto.»

Così dicendo, finse maldestramente di afferrare la propria lanterna con feroce decisione; e dimostrò chiaramente, con l'espressione dipinta sulla faccia, che occorreva qualcosa di straordinario per scatenarlo, a meno che non dovesse scatenarsi contro i poveri o contro altre creature abbastanza misere e deboli per prestarsi allo scopo.

«Sei un idiota» esclamò la signora Bumble «e faresti bene a tenere a freno la lingua.»

«Avrebbe fatto bene a farsela tagliare, prima di venire qui, se non sa parlare a voce più bassa» disse Monks, torvo. «È vostro marito, no?»

«Ah, che marito!» esclamò lei, eludendo la domanda.

«L'ho supposto quando siete entrati» disse Monks, dopo aver notato l'occhiataccia scoccata dalla signora al suo sposo, mentre parlava. «Meglio così. Sono meno esitante a trattare con due persone, sapendo che sono dello stesso avviso. Dico sul serio. Ecco qui!»

Infilò la mano in una tasca laterale, poi, toltone un sacchettino, contò e mise sul tavolo venticinque sovrane, che spinse infine verso la donna.

«Prendetevele» disse «e quando il maledetto tuono che sta echeggiando così vicino a questa casa sarà cessato, direte quel che sapete.»

Il tuono, che sembrava, in effetti, scrosciare molto più vicino degli altri, ed echeggiava quasi sopra le loro teste, cessò, infine, e Monks, rialzata la testa, si protese in avanti per ascoltare quello che la donna avrebbe avuto da dirgli. Le facce dei tre quasi si sfiorarono mentre i due uomini si sporgevano oltre l'orlo del piccolo tavolo, avidi di ascoltare, e la donna si protendeva a sua volta per rendere udibili i propri bisbigli. I fiochi raggi della lanterna, cadendo direttamente sui tre, intensificavano il loro pallore e l'ansia dipinta sui volti che, circondati dalla fitta oscurità, sembravano quanto mai spettrali.

«Quando quella donna, che noi chiamavamo la vecchia Sally, morì» prese a dire la matrona «lei e io eravamo sole.»

«Non era presente nessuno?» domandò Monks, bisbigliando rauco a sua volta. «Nessun malato o idiota in qualche altro letto? Nessuno che potesse udire e, magari, capire?»

«Non v'era anima viva. Io mi trovavo sola accanto all'inferma quando sopravvenne la morte.»

«Bene» disse Monks, osservando attentamente la donna. «Continuate.»

«Parlò di una ragazza» riprese a dire la matrona «che aveva dato alla luce un bambino alcuni anni prima, non soltanto in quella stessa stanza, ma nello stesso letto sul quale ella giaceva morente.»

«Ah sì?» fece Monks, con le labbra tremanti, e si voltò per guardarsi alle spalle. «Come tutto si ripete!»

«Il bambino era quello del quale avete fatto il nome a lui, ieri sera» disse la matrona, accennando con noncuranza a suo marito. «E l'infermiera aveva derubato la madre.»

«Mentre era in vita?» domandò Monks.

«Quando già era morta» rispose la matrona, con qualcosa che somigliava vagamente a un brivido. «Aveva derubato il cadavere, mentre ancora era caldo, di ciò che la poveretta, prima di esalare l'ultimo respiro, l'aveva pregata di conservare nell'interesse del bambino.»

«Per poi venderlo?» gridò Monks, con un'ansia disperata. «Aveva venduto l'oggetto? Dove? Quando? A chi? Quanto tempo prima?»

«Dopo avermi detto, molto a stento, che si era resa colpevole di questo» rispose la signora Bumble «ricadde giù e morì.»

«Senza dire altro?» esclamò Monks, con una voce che, proprio perché egli la manteneva bassa, sembrava ancor più furente. «È una menzogna! Non mi lascerò truffare da voi. La vecchia disse di più. Vi ucciderò entrambi, ma verrò a sapere che cosa vi confidò.»

«Non pronunciò una sola parola di più» disse la matrona, apparentemente del tutto imperturbata (mentre il signor Bumble era spaventatissimo) dalla violenza di quell'uomo strano «ma con una mano mi afferrò violentemente la gonna, e io, quando constatai che era morta, staccai a forza la mano e vidi che stringeva un sudicio pezzo di carta...»

«Che conteneva...?» la interruppe Monks, protendendosi un po' di più.

«Non conteneva niente» disse la signora Bumble. «Era una polizza di pegno.»

«Per che cosa?»

«Ve lo dirò a suo tempo» rispose la matrona. «Secondo me, aveva conservato per qualche tempo l'oggetto, nella speranza di ricavarne parecchio; poi si era decisa a impegnarlo, mettendo da parte il denaro guadagnato in qualche modo per pagare, un anno dopo l'altro, gli interessi del pegno, impedendo così che l'oggetto venisse venduto, in modo da poterlo riscattare qualora fosse saltato fuori qualcosa. Ma non era accaduto niente e, come vi ho già detto, morì con quel foglietto di carta strappato e spiegazzato nella mano. Mancavano due giorni alla scadenza. Pensai anch'io che forse in seguito sarebbe potuto saltar fuori qualcosa, e così riscattai l'oggetto.»

«Dove si trova, adesso?» domandò Monks, immediatamente.

«Eccolo qui» rispose la signora Bumble. E, come se fosse lieta di sbarazzarsene, gettò sul tavolo un sacchettino di pelle di capretto, grande appena quanto bastava per contenere un orologio da polso, e Monks, dopo averlo afferrato, lo aprì con dita tremanti. Conteneva un piccolo medaglione d'oro entro il quale si trovavano due ciocche di capelli e una semplice fede nuziale d'oro.

«Inciso all'interno v'è il nome Agnes» disse la matrona. «Segue uno spazio libero al posto del cognome e poi figura una data un anno prima della nascita del bambino. Questo sono riuscita ad accertarlo.»

«E non c'è altro?» domandò Monks, dopo aver esaminato attentamente e avidamente il contenuto del sacchettino.

«Niente altro» rispose la signora Bumble.

Il signor Bumble trasse un lungo respiro, come se fosse lieto di constatare che il colloquio era finito senza alcuna richiesta di restituzione delle venticinque sterline; e, a questo punto, trovò il coraggio di asciugarsi il sudore che aveva continuato a scorrergli sulla faccia durante tutto il dialogo precedente.

«Non so niente dell'episodio, a parte quello che posso supporre» disse sua moglie, rivolgendosi a Monks dopo un breve silenzio «né voglio saperne niente, perché ignorare è meno pericoloso. Ma posso porvi due domande?»

«Potete pormele» rispose Monks, tradendo un certo stupore. «Se poi io risponderò o no è un altro paio di maniche.»

«L'oggetto che vi ho consegnato è quello che vi aspettavate di avere da me?»

«Sì» rispose Monks. «E l'altra domanda?»

«Che cosa vi proponete di farne? Può essere impiegato contro di me?»

«Mai» rispose Monks. «E contro di me nemmeno. Guardate qui. Ma non fate un passo avanti, o siete spacciati.»

Pronunciando queste parole, spinse a un tratto da un lato il tavolo e, afferrato un anello di ferro avvitato a una delle assi del pavimento, aprì una grande botola che si spalancò proprio ai piedi del signor Bumble, inducendo questo gentiluomo a indietreggiare di parecchi passi con somma precipitazione.

«Guardate giù» disse Monks, abbassando la lanterna nell'abisso. «E non abbiate timore. Se questa fosse stata la mia intenzione avrei potuto scaraventarvi lì dentro senza alcun preavviso.»

Così incoraggiata, la signora Bumble si avvicinò all'orlo della botola; e anche il signor Bumble, spronato dalla curiosità, si azzardò a fare altrettanto. Là sotto scorreva impetuosamente l'acqua torbida del fiume gonfiato dall'acquazzone e ogni altro suono veniva soffocato dal rombo della corrente che formava gorghi intorno ai piloni verdi e melmosi. Un tempo, lì sotto, si era trovato un mulino ad acqua, e, contro i frammenti che ne restavano, scrosciava impetuosamente il fiume che aveva già superato tutti gli altri ostacoli disseminati lungo il suo corso.

«Se si gettasse il corpo di un uomo qui sotto, dove si troverebbe domattina?» domandò Monks, facendo oscillare la lanterna avanti e indietro nello scuro pozzo.

«Una ventina di chilometri più avanti nel fiume, e per giunta fatto a pezzi» rispose Bumble, indietreggiando al solo pensarvi.

Monks tolse il sacchettino dalla tasca ove lo aveva frettolosamente ficcato. Poi, legatolo a un pezzo di piombo che aveva fatto parte di una puleggia e che si trovava sul pavimento, lo gettò nel fiume. Piombò perpendicolarmente nell'acqua, con un tonfo a malapena udibile e scomparve.

I tre dopo essersi guardati in viso a vicenda, parvero respirare più liberamente.

«Ecco fatto!» esclamò Monks, chiudendo la botola, che cadde pesantemente al posto di prima. «Anche se è vero che il mare restituisce gli affogati, come dicono i libri, trattiene l'oro e l'argento e si terrà il medaglione. Ora non abbiamo altro da dirci e la piacevole riunione può essere sciolta.»

«Senz'altro» esclamò il signor Bumble, con il massimo entusiasmo.

«Terrete a freno la lingua, vero?» disse Monks, scoccandogli un'occhiata minacciosa. «Per quanto concerne vostra moglie non ho timori.»

«Potete contare su di me» rispose il signor Bumble, facendo tutta una serie di inchini, con un eccesso di cortesia, mentre a poco a poco si avvicinava alla scala a pioli. «Non abbiate timori di sorta per quanto mi concerne, signor Monks.»

«Sarà bene che impariate a dimenticare anche il mio nome, se non vi dispiace» disse l'altro.

«Ma certo» rispose il signor Bumble, continuando a indietreggiare.

«E, qualora dovessimo per caso incontrarci ancora, in qualsiasi luogo, noi non ci conosciamo... è chiaro?» disse Monks, accigliandosi.

«Oh, potete star certo che non vi rivolgerò la parola e che non fiaterò sul vostro conto, per nessun motivo» gli assicurò il signor Bumble.

«Sono lieto di saperlo, nel vostro interesse» disse Monks. «Accendete quella vostra lanterna! E andatevene di qui più presto che potrete.»

Fu una fortuna che il colloquio si fosse concluso a questo punto, altrimenti il signor Bumble, che aveva continuato a inchinarsi e a indietreggiare fino a una quindicina di centimetri dalla scala a piuoli sarebbe inevitabilmente precipitato a capofitto nella stanza sottostante. Accese la propria lanterna con quella che Monks aveva staccato dalla corda e, senza tentare in alcun modo di conversare ancora, discese in silenzio, seguito dalla moglie. Monks li seguì, dopo essersi soffermato un momento per avere la certezza che non si udissero altri rumori a parte lo scroscio della pioggia, fuori, e quello del fiume.

Attraversarono adagio e con cautela lo stanzone al pianterreno; Monks trasaliva scorgendo ogni ombra e il signor Bumble, che teneva la lanterna ad appena una trentina di centimetri dal pavimento, camminava non soltanto con una considerevole prudenza, ma anche a passi mirabilmente leggeri per un gentiluomo della sua corpulenza, guardandosi attorno nervosamente per vedere se vi fossero botole nascoste.

La porta per la quale erano entrati venne aperta silenziosamente da Monks, che si limitò a salutare con un cenno del capo i suoi misteriosi conoscenti; poi i coniugi uscirono nelle tenebre e sotto la pioggia.

Si erano appena allontanati, che Monks, il quale sembrava avere una ripugnanza invincibile per la solitudine, chiamò un ragazzo nascostosi in qualche punto al pianterreno. Poi, dopo avergli ordinato di precederlo con la lanterna, salì di nuovo nella stanza dalla quale era appena disceso.

39

*Tornano alcuni rispettabili individui
dei quali il lettore ha già fatto conoscenza
e Monks e l'ebreo hanno un conciliabolo*

La sera successiva a quella in cui le tre degne persone menzionate nel capitolo precedente avevano risolto la loro questioncella come è stato descritto, il signor William Sikes, destatosi da un pisolino, domandò, con una voce sonnacchiosa e ringhiosa, che ora fosse.

La stanza nella quale Sikes pose questa domanda non era una di quelle da lui occupate prima della spedizione a Chertsey, sebbene si trovasse nello stesso quartiere della città e non distasse molto dai precedenti alloggi. Tuttavia non sembrava essere all'altezza delle camere di un tempo, essendo misera, male arredata, minuscola, illuminata soltanto da un piccolo abbaino che, per giunta, dava su un sudicio vicolo. Né mancavano altri indizi del fatto che di recente la sorte non aveva arriso al buon gentiluomo; infatti, la grande scarsità di mobili e la totale assenza di ogni agio, insieme alla scomparsa di tutti i vestiti e di tutta la biancheria di ricambio, stavano ad attestare un'estrema povertà; e, se fosse stata necessaria una ulteriore prova, la si sarebbe trovata nella magrezza e nell'aspetto deperito del signor Sikes.

Il ladro giaceva sul letto, avvolto nel suo pastrano bianco che nella fattispecie serviva da vestaglia, e le fattezze di lui non venivano per nulla migliorate dal pallore cadaverico nonché da una sudicia berretta da notte e da un'ispida e nera barba di una settimana. Il cane se ne stava accucciato accanto al letto, ora sbirciando il padrone con occhi malinconici, ora drizzando le orecchie e ringhiando sommessamente quando udiva qualche rumore proveniente dal vicolo o dai piani più bassi della casa. Seduta accanto alla finestra e intenta a rammendare un vecchio panciotto che faceva parte dell'abbigliamento del ladro, c'era una donna, così pallida e smagrita dagli affanni e dalle privazioni che sarebbe stato difficile riconoscere in lei la Nancy già incontrata nel corso del presente racconto, se non per la voce con cui rispose alla domanda di Sikes.

«Sono le sette passate da poco» ella disse. «Come ti senti questa sera, Bill?»

«Fiacco come se fossi fatto d'acqua» rispose Sikes, imprecando contro le proprie membra. «Qua, dammi una mano e aiutami a togliermi da questo schifosissimo letto.»

La malattia non aveva attenuato l'irascibilità di Sikes poiché, mentre la ragazza lo aiutava ad alzarsi e ad andare verso una sedia, egli imprecò varie volte contro la goffaggine di lei e la percosse.

«Piagnucoli, per giunta?» esclamò. «Basta! Finiscila di singhiozzare. E, se non sai fare di meglio, vattene! Capito?»

«Sì, ho capito» disse la ragazza, voltando la testa dall'altra parte e sforzandosi di ridere. «Che cosa ti salta in mente, adesso?»

«Ah, ci hai ripensato, eh?» ringhiò Sikes, sbirciando le lacrime che le tremolavano negli occhi. «Tanto meglio per te se è così.»

«Suvvia, non vorrai dire che saresti capace di maltrattarmi, eh, Bill?» E, così dicendo, ella gli mise una mano sulla spalla.

«Sicuro!» gridò Sikes. «Perché no?»

«Dopo che per tante notti» disse la ragazza, con una nota di tenerezza femminile che riuscì a raddolcire persino la sua voce «sono stata paziente con te, vegliandoti e curandoti come un bambino... se ci avessi pensato, ora che cominci a star meglio, non mi avresti trattata come un momento fa, vero? Suvvia, suvvia, dimmi che non mi avresti trattata così.»

«Be', forse no» rispose Sikes, a malincuore. «Maledizione! Adesso ricominci a piagnucolare?»

«Non è niente» disse la ragazza, lasciandosi cadere su una sedia. «Non badare a me. Mi passerà subito.»

«Che cosa dovrebbe passarti subito?» volle sapere Sikes con una voce selvaggia. «Quale altra scempiaggine ti sei messa in testa, adesso? Alzati, datti da fare e non ricominciare a infastidirmi con le tue scemenze di femmina.»

In qualsiasi altro momento questo rimprovero e il tono con il quale veniva rivolto avrebbero ottenuto l'effetto desiderato; ma, a questo punto, la ragazza, che era realmente indebolita ed esausta, abbandonò il capo all'indietro sullo schienale della sedia e svenne, prima ancora che Sikes potesse pronunciare alcune delle opportune bestemmie con le quali era solito guarnire le sue minacce in situazioni del genere. Non sapendo bene che cosa fare in una inconsueta emergenza come questa, in quanto gli isterismi di Nancy, di solito, erano tanto violenti quanto brevi ed ella li superava per proprio conto, Sikes provò con le imprecazioni, ma, essendo risultato quel genere di intervento del tutto inefficace, chiamò aiuto.

«Che cosa succede, mio caro?» domandò Fagin, entrando nella stanza proprio in quel momento.

«Da' una mano alla ragazza, presto,» rispose Sikes, spazientito «invece di startene lì a cianciare e a sorridermi!»

Con un'esclamazione di stupore, l'ebreo si affrettò a soccorrere Nancy, mentre Jack Dawkins (altrimenti detto il Furbacchione), che era entrato insieme al suo venerando amico, si affrettava a deporre sul pavimento un fagotto, poi, strappata dalle mani del signorino Charles Bates, il quale lo aveva seguito, una bottiglia, la sturò in un batter d'occhio con i denti e versò parte del suo contenuto nella gola della ragazza, dopo avere anzitutto adottato la precauzione di assaggiarne un sorso per evitare errori.

«Mandale una zaffata d'aria fresca sulla faccia con il soffietto, Charley,» disse Dawkins «e tu schiaffeggiale le mani, Fagin, mentre Bill le allenta la sottana.»

Tutti questi interventi, effettuati con somma energia,

specie da parte del signorino Bates, il quale sembrava trovare divertentissimo il compito affidatogli, non tardarono a produrre l'effetto desiderato. La ragazza riprese a poco a poco i sensi e poi, avvicinatasi barcollando alla sedia accanto al letto e lasciatavisi cadere, nascose la faccia contro il guanciale, non curandosi di Sikes alle prese, stupitissimo, con gli inattesi nuovi arrivati.

«Ebbene, quale cattivo vento ti ha portato qui?» domandò a Fagin.

«Non un cattivo vento, mio caro, poiché i venti avversi non portano alcunché di buono, e io invece ti ho portato qualcosa di buono che sarai contento di vedere. Furbacchione, apri quel fagotto e da' a Bill le bagattelle per le quali abbiamo speso stamane tutto il nostro denaro.»

Eseguendo l'ordine di Fagin, il Furbacchione sciolse i nodi del fagotto che, fatto con una vecchia tovaglia, era voluminoso, e porse a uno a uno i pacchi che vi si trovavano a Charley Bates, il quale li mise a mano a mano sul tavolo lodando in vari modi la rarità e l'eccellenza del loro contenuto.

«Ecco un pasticcio di coniglio, Bill» esclamò quel giovane gentiluomo, scoprendone uno enorme «fatto con creature tanto delicate e dalle membra così tenere che persino le loro ossa ti si scioglieranno in bocca, per cui non dovrai scartarle; e qui c'è mezza libbra di buon caffè, costato sette scellini e sei pence, un caffè tanto forte da far saltare il coperchio della caffettiera; poi una libbra e mezza di zucchero di canna, non lavorato dai negri e raffinato fino a essere dolcissimo; una libbra della carne migliore e più tenera; del buon formaggio piccante; e, per finire, il miglior nettare che tu abbia mai bevuto!»

Pronunciando quest'ultimo panegirico, il signorino Bates tirò fuori, da una delle sue profonde tasche, una bottiglia di vino dal turacciolo sigillato, mentre al contempo Dawkins, con la propria bottiglia, riempiva un bicchiere di liquore forte. Il convalescente lo vuotò d'un fiato, senza un attimo di esitazione.

«Ah!» fece Fagin, stropicciandosi le mani molto soddisfatto. «Ti rimetterai in sesto, Bill! Ora vedo che ti rimetterai in sesto.»

«In sesto!» esclamò Sikes. «Sarei potuto crepare venti volte prima che tu ti decidessi a fare qualcosa per aiutarmi. Come puoi abbandonare un uomo nelle mie condizioni per tre settimane e più, farabutto senza cuore?»

«Ma sentitelo, figlioli!» disse Fagin, stringendosi nelle spalle. «E dire che noi siamo venuti a portargli tutte queste buone cose!»

«Sì, in fatto di buone cose non c'è male» borbottò Sikes, un pochino più calmo, mentre sbirciava il tavolo «ma come ti giustifichi avendomi abbandonato qui, malato, senza cibo e senza un soldo, infischiandotene di me, per tre dannate settimane, come se fossi stato questo cagnaccio? Scaccialo, Charley!»

«Mai visto un cane intelligente come questo!» esclamò il signorino Bates, mentre cercava di fare come gli era stato detto. «Farebbe fortuna sul palcoscenico, oh, sì, questo cane, e per giunta farebbe rivivere il teatro!» Dopo tale spiritosaggine, il signorino Bates rise così fragorosamente del proprio fine umorismo da indurre il temibile cane (che era una bestia di indole misantropa) a latrare con tanta furia che occorse tutta l'autorità del suo padrone per farlo smettere.

«Piantala!» urlò Sikes, mentre l'animale si rifugiava sotto il letto, ringhiando ancora irosamente. Poi il convalescente tornò a rivolgersi a Fagin: «Ebbene, che cos'hai da dire a tua difesa, vecchio rudere rinsecchito, eh?».

«Sono stato via da Londra per una settimana e più, mio caro, a preparare un colpo» rispose l'ebreo.

«E gli altri quindici giorni?» volle sapere Sikes. «Come li giustifichi gli altri quindici giorni durante i quali mi hai lasciato a marcire in questa tana come un topo impestato?»

«Non ho potuto farne a meno, Bill. Ci sono troppe orecchie, qui, e non posso stare a spiegarti. Ma non ho potuto farne a meno, sul mio onore!»

«Sul tuo cosa?» ringhiò Sikes, con sommo disgusto. «Ehi, uno di voi marmocchi mi tagli una fetta di quel pasticcio, perché possa togliermi dalla bocca il cattivo sapore, altrimenti soffoco e crepo!»

Essendogli stata subito servita una porzione abbondante di pasticcio, Sikes manovrò per qualche tempo coltello e forchetta in silenzio; infine scostò il piatto e, vuotato un altro bicchiere di vino, si rivolse all'ebreo come segue:

«Te lo dico io come stanno le cose: mi sono buscato la febbre malarica al tuo servizio, a furia di restare sotto la pioggia, e poi ho dovuto nascondermi dopo il pasticcio nel quale mi avevi cacciato e che a me sarebbe potuto costare la pelle e a te chi più di ogni altro ti ha aiutato ad accumulare monete d'oro nei tuoi luridi e muffiti sacchetti. Mi hai lasciato morire di fame e deperire qui fino a quando mi fossi ridotto al punto da accettare qualsiasi cosa tu potessi offrirmi e per qualsiasi compenso. Non dire che non è così perché è proprio quello che volevi, e lo sai. Be', io dico soltanto: provati a comportarti così un'altra volta e la partita è chiusa. Preferirei finire impiccato piuttosto che essere ridotto di nuovo così, ma stai certo che avrei il piacere di farti penzolare dalla stessa forca. Giocami un altro tiro del genere e, meno di sei settimane dopo, penderemo nel vuoto tutti e due, o non mi chiamo più Bill Sikes.»

«Non andare in bestia, mio caro» lo esortò Fagin, umile e sottomesso. «Non ti ho mai dimenticato, Bill. Mai un solo momento.»

«No, lo credo bene che non mi hai dimenticato» rispose Sikes, con una smorfia di disprezzo. «Hai sempre continuato a tramare e a fare progetti mentre io me ne stavo qui con i brividi e il febbrone: Bill farà questo e Bill farà quest'altro, non appena sarà guarito, e lo farà per un tozzo di pane. Farabutto! Se non fosse stato per la ragazza, forse sarei crepato!»

«Ecco, vedi, Bill?» disse Fagin in tono di rimprovero, approfittando prontamente dello spunto. «Se non fosse stato per la ragazza! Ma chi, se non il povero e vecchio Fagin, l'ha mandata da te, affinché tì curasse?»

«Questo che dice è vero, Dio lo sa!» esclamò Nancy, affrettandosi a intervenire. «Lascialo stare, lascialo stare.»

L'intervento di Nancy modificò la situazione, poiché i due ragazzi, dopo una strizzatina d'occhio dell'ebreo, cominciarono a versare liquore a entrambi e Fagin intanto, con un inconsueto sfoggio di allegra animazione, riuscì a migliorare l'umore di Sikes sia fingendo di considerare scherzose vanterie le sue minacce sia ridendo clamorosamente di qualche sua stupida battuta di spirito cui egli si era lasciato andare dopo svariati bicchierini di liquore.

«E sta bene» disse Sikes «ma questa sera devi mollarmi un po' di quattrini.»

«Non ho una sola monetina in tasca» rispose l'ebreo.

«Ma ne hai a mucchi in casa» ribatté Sikes «e io i quattrini li voglio.»

«A mucchi!» gridò Fagin, alzando le mani al cielo. «Non ho nemmeno il denaro che occorre per...»

«Non lo so quanto hai e forse non lo sai nemmeno tu, perché ci metteresti troppo tempo per contare tutto quel denaro!» esclamò Sikes. «In ogni modo, devo avere un po' di quattrini questa sera e non ci sono santi!»

«Bene, bene» disse Fagin, con un sospiro. «Manderò il Furbacchione a prenderli.»

«No, nemmeno per idea» disse Sikes. «Il Furbacchione è troppo scaltro, e si dimenticherebbe di tornare, o smarrirebbe la strada, o verrebbe inseguito dagli sbirri e non potrebbe più venire, o chissà che altro pretesto inventerebbe, se dovesse andare lui. Ci andrà Nancy, a prendere la grana, e intanto io mi stenderò sul letto e schiaccerò un pisolino.»

Dopo discussioni e contrattazioni a non finire, Fagin riuscì a ridurre l'ammontare dell'anticipo richiesto da cinque sterline a tre sterline, quattro scellini e sei pence, sostenendo, con molti solenni giuramenti, che sarebbe rimasto con la misera cifra di soli diciotto pence per mandare avanti la casa. Sikes disse imbronciato che, se proprio non era possibile avere di più, si sarebbe accontentato di quella somma e Nancy si preparò ad accompagnare l'ebreo a casa sua mentre il Furbacchione e il signorino Bates riponevano la roba da mangiare nella credenza. Poi l'ebreo, congedatosi dal suo affezionato amico, si avviò verso casa, seguito da Nancy e dai ragazzi. Sikes, intanto, si gettò sul letto e si accinse a dormire fino a quando non fosse ritornata la ragazza.

A tempo debito, i quattro giunsero nell'abitazione dell'ebreo e vi trovarono Toby Crackit e il signor Chitling intenti a giocare la quindicesima partita a carte, non è quasi il caso di dire che il secondo dei due la perdette, rimettendoci così la sua quindicesima e ultima moneta da sei pence, non senza grande spasso dei suoi amici. Quanto a Crackit, apparentemente vergognandosi di essere stato sorpreso intento a divertirsi con qualcuno di gran lunga inferiore alla sua posizione sociale e alla sua intelligenza, sbadigliò e, dopo essersi informato sulla salute di Sikes, prese il cappello per andarsene.

«Non è venuto nessuno, Toby?» domandò Fagin.

«Non si è vista anima viva» rispose Crackit, alzando il bavero del pastrano. «È stata una noia mortale. Meriterei uno splendido regalo, Fagin, per essere rimasto in casa tanto a lungo. Accidenti sono stanco morto e me ne sarei andato a dormire di corsa se non fossi stato così generoso da divertire questo marmocchio. Mi sono annoiato a morte, il diavolo mi porti se non è così!»

Dopo questi e altri borbottamenti dello stesso genere, Toby Crackit rastrellò le vincite e le pigiò nel taschino del panciotto con un'aria altezzosa, come se fossero una quisquilia per un uomo della sua importanza; poi uscì, pavoneggiandosi, dalla stanza, con un portamento così elegante e patrizio che Chitling, dopo aver rivolto numerosi sguardi ammirati ai vestiti e alle scarpe di lui finché non fu uscito, assicurò ai presenti che considerava a buon mercato, per quindici scellini a sera, quell'amicizia e che perdite del genere erano un'inezia.

«Che bel tipo sei, Tom!» esclamò il signorino Bates, quanto mai divertito da questa dichiarazione.

«Sei un tipo maledettamente scaltro, mio caro» disse Fagin, battendogli vigorosamente una mano sulla spalla e strizzando l'occhio agli altri suoi allievi.

«E il signor Crackit è *davvero* un elegantone, non è così, Fagin?» domandò Tom.

«Oh, al riguardo non sussistono dubbi di sorta, mio caro.»

«Ed è cosa che fa onore godere della sua amicizia, non è vero, Fagin?» insistette Tom.

«Oh, moltissimo, sicuro, mio caro. Gli altri sono gelosi, Tom perché lui a loro non la concede.»

«Ah!» esclamò Tom, trionfante. «È così che stanno le cose? Mi ha ripulito, è vero, ma posso sempre andare a guadagnarne altri di quattrini, non è così, Fagin?»

«Certo che puoi, e quanto prima ci andrai tanto meglio sarà, così ti rifarai subito, senza perdere altro tempo. Furbacchione! Charley! È tempo che andiate a guardarvi attorno. Sono quasi le dieci e nessuno ha ancora fatto niente.»

Ubbidendo a questo invito, i ragazzi, salutata Nancy con un cenno del capo, si misero il cappello e uscirono, il Furbacchione e il suo vivace amico non senza indulgere a molte prese in giro di Chitling, nel cui comportamento, giustizia vuole che lo si dica, non v'era alcunché di particolarmente strano; sono numerosissimi, infatti, i giovincelli ambiziosi, in città, disposti a pagare un prezzo ben più alto di Chitling pur di essere veduti nel bel mondo; e non pochi giovani gentiluomini (che formano il predetto bel mondo) riescono a farsi una reputazione all'incirca nello stesso modo di Toby Crackit il bellimbusto.

«E ora» disse Fagin quando furono usciti «andrò a prenderti quel denaro, Nancy. Questa è soltanto la chiave della credenza ove tengo alcune cose dei ragazzi, mia cara. Non chiudo mai a chiave il denaro, per la semplice ragione che non ne ho da rinchiudere... ah-ah-ah!... già, niente denaro. È un mestiere che non rende, il mio, Nancy, un lavoro ingrato. Ma mi piace essere circondato dai giovani, e per questo sopporto tutto... sì, sopporto tutto.»

Nancy fece un cenno affermativo del capo, per dire che sapeva quanto si guadagnasse con quel mestiere come lo sapeva l'ebreo. Fagin, con la chiave ben stretta tra le dita, si accingeva a salire di sopra quando a un tratto si fermò avendo udito che i ragazzi, nell'uscire, avevano incontrato qualcuno sulla porta di casa.

«Sccccc!» fece l'ebreo, affrettandosi a nascondere la chiave sotto la camicia. «Chi è? Ascolta!»

La ragazza, che sedeva al tavolo con le braccia conserte, parve non essere minimamente interessata al nuovo arrivato; né curarsi minimamente se quella persona, chiunque potesse essere, se ne sarebbe andata o sarebbe entrata. Ma questo soltanto finché il mormorio della voce di un uomo non le fu giunto alle orecchie. Non appena l'ebbe udita, si strappò cuffietta e scialle con la rapidità del fulmine e li gettò sotto il tavolo. Poi, siccome l'ebreo si era voltato immediatamente dopo, si lagnò del caldo eccessivo in un tono di voce languido, in netto contrasto con la fulmineità e la violenza del suo gesto, un gesto che, tuttavia, era sfuggito a Fagin.

«Bah!» bisbigliò quest'ultimo, quasi fosse irritato per essere stato interrotto. «È l'uomo che aspettavo prima. Sta scendendo. Non dire una parola a proposito del denaro, Nancy, finché rimarrà qui. Non si tratterrà a lungo. Non più di dieci minuti, mia cara.»

Dopo essersi portato alle labbra il dito indice, l'ebreo si avvicinò con una candela alla porta mentre sulle scale si udivano i passi dell'uomo. Vi giunse nello stesso momento del visitatore che, affrettatosi a entrare nella stanza, venne a trovarsi accanto alla ragazza prima ancora di averla veduta.

Il nuovo arrivato era Monks.

«È soltanto una delle mie giovani aiutanti» disse Fagin, essendosi accorto che Monks aveva fatto un passo indietro nel vedere una sconosciuta. «Non muoverti, Nancy.»

La ragazza accostò un po' di più la sedia al tavolo e non accennò affatto a voler uscire dalla stanza, sebbene potesse vedere che Monks la stava additando. L'ebreo, temendo forse che lei potesse dire qualcosa del denaro, qualora avesse cercato di liberarsi della sua presenza, additò il piano di sopra e condusse Monks fuori della stanza.

«Non nella stessa infernale tana di prima» ella udì dire dal nuovo arrivato, mentre i due salivano le scale. Fagin rise e, dopo aver risposto qualcosa che non giunse fino alle orecchie di lei, parve condurre il compagno, a giudicare dai cigolii degli scalini, al secondo piano.

Prima che il rumore dei loro passi avesse smesso di

echeggiare nella casa, la ragazza si era già tolta le scarpe, poi, sollevata la gonna sin sopra il capo e avvoltasela intorno alle braccia, in modo che, qualora avesse dovuto proiettare la propria ombra, la forma di quest'ultima non potesse tradirla, aveva cominciato a origliare alla porta trattenendo il respiro. Non appena ogni suono fu cessato, ella scivolò fuori della stanza, salì la scala con una leggerezza incredibile, senza causare il benché minimo suono, e scomparve nell'oscurità più in alto.

La stanza rimase deserta per un quarto d'ora o poco più; poi la ragazza vi rientrò con la stessa silenziosità ultraterrena e, immediatamente dopo, si poterono udire i due uomini che scendevano. Monks se ne andò subito e l'ebreo risalì di sopra per andare a prendere il denaro.

Quando tornò, la ragazza si era rimessa lo scialle e si stava aggiustando la cuffietta, come se si accingesse ad andarsene.

«Quanto tempo ci hai messo, Fagin!» disse, spazientita. «Troverò Bill di umore nero, al ritorno.»

«Non ho potuto farne a meno, mia cara» disse l'ebreo. «Si tratta di una piccola partita di seta e di velluto della quale quel gentiluomo vuole sbarazzarsi senza che gli vengano poste domande. Ah-ah! Ma, Nancy» esclamò poi l'ebreo, trasalendo mentre posava la candela «come sei pallida!»

«Pallida?» disse la ragazza, facendosi schermo agli occhi con le mani, come per vederlo meglio.

«Pallidissima. Che cosa hai combinato?»

«Niente, che io sappia, tranne restare sempre chiusa nella stessa stanza per non so più quanto tempo» rispose lei, con noncuranza. «Be', ora lascia che me ne vada, da bravo.»

Emettendo un sospiro a ogni momento, Fagin le mise in mano la somma. Poi i due si separarono senza più parlare, limitandosi ad augurarsi la buonanotte.

Una volta in istrada, la ragazza andò a sedersi sulla soglia di una porta e, per qualche momento, parve completamente sbalordita e del tutto incapace di proseguire. A un tratto balzò in piedi e riprese a camminare, ma nella direzione opposta a quella della casa ove Sikes aspettava il suo ritorno, affrettando a mano a mano il passo e finendo per correre a più non posso. Poi, quando fu completamente spossata dalla corsa, si fermò per riprendere fiato e, come se fosse rientrata in sé all'improvviso e avesse deplorato la propria incapacità di fare quanto le stava a cuore, si torse ripetutamente le mani e scoppiò in lacrime.

Forse le lacrime le arrecarono un po' di sollievo, o forse si rese conto che la propria situazione era disperata; sta di fatto che girò sui tacchi e, correndo quasi come prima, in parte per recuperare il tempo perduto, in parte per assecondare il rapido susseguirsi dei pensieri, giunse ben presto nella bicocca ove aveva lasciato il ladro.

Se anche tradì una certa agitazione, quando si ripresentò a Sikes, questi non se ne accorse; infatti, dopo essersi limitato a domandare se avesse portato il denaro, e dopo aver avuto la risposta affermativa di lei, egli emise un grugnito di soddisfazione e, lasciata ricadere la testa sul guanciale, scivolò di nuovo nel sonno interrotto dall'arrivo della ragazza.

Fu una vera fortuna per Nancy che l'essere in possesso del denaro avesse tenuto, l'indomani, tanto occupato Sikes, sempre intento a mangiare e a bere, con un effetto così benefico sul suo pessimo carattere da togliergli la voglia di biasimare troppo il comportamento di lei. Il fatto che la ragazza si stesse comportando con gli stessi modi assorti e nervosi di chi si accinge a osare un passo audace e rischioso, tale da richiedere una non comune lotta interiore per essere deciso, sarebbe apparso manifesto a Fagin, l'ebreo dagli occhi di lince, che con ogni probabilità si sarebbe allarmato immediatamente; ma siccome Sikes non possedeva assolutamente la capacità delle sottili intuizioni psicologiche e sapeva soltanto comportarsi in modo rude e villano con tutti, e per giunta, come abbiamo fatto rilevare in precedenza, si trovava in uno stato d'animo insolitamente amabile, non scorse alcunché di insolito nel comportamento di Nancy, e anzi si curò talmente poco della ragazza che se anche l'agitazione di lei fosse stata di gran lunga più palese, con ogni probabilità non avrebbe destato i suoi sospetti.

Mentre la sera andava avvicinandosi, il turbamento di Nancy crebbe; e, quando la notte discese ed ella aspettò che il ladro si addormentasse a furia di bere, il viso di lei divenne talmente pallido e negli occhi parve arderle una tale fiamma che persino Sikes se ne accorse, non senza stupore.

Egli, ancora indebolito dalla febbre, stava sorseggiando gin allungato con acqua; e aveva spinto il bicchiere verso Nancy, affinché lei glielo riempisse per la terza o la quarta volta, quando notò queste insolite manifestazioni.

«Accidenti, che possa bruciare all'inferno!» esclamò, drizzandosi a sedere sul letto mentre osservava la ragazza. «Sembri una morta rediviva! Che cos'hai?»

«Che cos'ho? Niente! Perché mi guardi in quel modo?»

«Chi vuoi prendere in giro?» domandò Sikes, afferrandola per un braccio e scrollandola con violenza. «Che cos'hai? Che cosa ti prende? A che diavolo stai pensando?»

«A tante cose, Bill» rispose la ragazza, percorsa da un brivido, premendosi le mani sugli occhi mentre rabbrividiva. «Ma, Dio mio, che cosa c'è di strano in questo?»

Il tono di forzata allegria con il quale pronunciò queste ultime parole parve colpire Sikes ancor più dell'aria stravolta che le aveva precedute.

«Te lo dico io che cos'hai!» egli esclamò. «Se non ti ha preso la febbre, o se non sta per venirti, c'è qualcosa di insolito nell'aria, e qualcosa di pericoloso, per giunta. Non starai mica per... No, maledizione, non faresti una cosa simile!»

«Quale cosa?» domandò la ragazza.

"Non esiste" disse Sikes, fissandola e mormorando queste parole tra sé e sé "ragazza più leale, altrimenti le avrei tagliato la gola già da tre mesi. Sta per venirle la febbre; sì, dev'essere così."

Essendosi tranquillizzato con queste parole, Sikes vuotò il bicchiere, quindi, con molte bestemmie, le ordinò di tornare a riempirglielo. La ragazza balzò in piedi, quanto mai volenterosa, e si affrettò a versare il liquore, voltando però le spalle al convalescente. Poi gli accostò il bicchiere alle labbra e di nuovo lui lo vuotò.

«E adesso» disse il ladro «vieni a sederti accanto a me, ma con la tua solita faccia, altrimenti ti cambio i lineamenti per sempre e non li riconoscerai più.»

La ragazza ubbidì. Sikes, afferratale una mano, ricadde sul guanciale, fissandola in viso. Gli occhi gli si chiusero, si riaprirono, tornarono a chiudersi, si aprirono di nuovo. Irrequieto, egli cambiò posizione, si appisolò varie volte per due o tre minuti e sempre si destò all'improvviso, con una espressione terrorizzata, ma infine venne colto da un sonno profondo. Allentò la stretta della mano, il braccio gli scivolò languidamente al fianco e giacque immobile come se si trovasse in un profondo stato di trance.

«Il laudano comincia a funzionare, finalmente» mormorò la ragazza, alzandosi senza far rumore. «Ma potrebbe esser già troppo tardi.»

Si mise frettolosamente la cuffietta e lo scialle, voltando timorosa la testa di tanto in tanto, quasi si aspettasse di sentirsi calare sulla spalla, da un momento all'altro, la mano pesante di Sikes; infine, chinandosi silenziosamente sul letto, baciò l'uomo addormentato e poi, aperta e richiusa piano la porta della stanza, si affrettò a uscire dalla casa.

Una guardia notturna, nel buio vicolo che Nancy doveva percorrere per portarsi sulla strada, stava gridando che erano le nove e mezzo passate.

«Passate da quanto?» gli domandò la ragazza.

«Tra un quarto batterà l'ora» rispose l'uomo, illuminandole il viso con la lanterna.

«E non potrò essere là in meno di un'ora o più» mormorò Nancy, passandogli accanto svelta e incamminandosi rapida verso la strada.

Molte botteghe stavano già chiudendo nelle vie che ella percorse recandosi da Spitalfields verso il West End di Londra. Un orologio batté le dieci e rese ancor più acuta l'impazienza di lei. Si mise a correre lungo lo stretto marciapiede, urtando i passanti, sbalestrandoli da un lato e dall'altro; poi, sfrecciando quasi sotto la testa dei cavalli, attraversò strade invase dal traffico, mentre gruppi di persone aspettavano con impazienza di poter fare altrettanto.

«Quella donna è pazza!» diceva la gente, voltandosi a guardarla mentre lei correva via.

Quando giunse nel quartiere più ricco della città, le vie erano relativamente deserte e lì la sua corsa a testa bassa destò una curiosità ancor più grande tra i pochi passanti. Alcuni, affrettando il passo, la seguirono, come per scoprire dove stesse andando con tutta quella fretta; altri, diretti nel senso opposto, voltarono la testa, stupiti. Nessuno, comunque, riuscì a tenerle dietro e, quando ella si avvicinò alla meta, era sola.

Si trattava di un lussuoso albergo, in una strada tranquilla ma signorile, vicino a Hyde Park. Mentre la luce vivida della lampada che splendeva sopra la porta la guidava da quella parte, un orologio batté le undici. Nancy aveva rallentato l'andatura per alcuni passi, come indecisa; ma poi quei rintocchi parvero renderla risoluta ed entrò nel vestibolo. Al banco della portineria non v'era nessuno. Si guardò attorno, incerta, e si fece avanti verso le scale.

«Ehi, un momento, ragazza!» disse una signora ben vestita, dalla soglia di una porta alle sue spalle. «Chi state cercando, qui?»

«Una signorina che alloggia in questo albergo» rispose Nancy.

«Una signorina!» fu la risposta, accompagnata da uno sguardo sprezzante. «Quale signorina?»

«Miss Maylie.»

La giovane signora, che nel frattempo aveva notato l'aspetto di Nancy, si limitò a rispondere con un'occhiata di virtuoso disprezzo, poi chiamò un uomo affinché rispondesse alla ragazza. A costui Nancy ripeté la richiesta.

«Chi devo annunciare?» domandò il cameriere.

«È inutile fare nomi.»

«Non volete dire nemmeno perché volete parlarle?»

«No, nemmeno questo» rispose la ragazza. «Voglio vedere la signorina e basta.»

«Basta così» disse con decisione il cameriere. «Niente da fare. Andatevene.»

«Dovrete portarmi via di peso!» gridò Nancy, infuriata. «E posso dibattermi in modo che due di voi non basteranno! Non c'è nessuno, qui» soggiunse poi, guardandosi attorno «che possa riferire una semplice comunicazione da parte di una povera ragazza come me?»

Questa supplica commosse un cuoco dall'aria bonaria che, insieme ad alcune altre persone di servizio, stava osservando la scena e che si fece avanti per intervenire.

«Vacci tu, Joe, a riferire. Non puoi?» disse costui.

«A che servirebbe?» rispose l'altro. «Non crederai che la signorina voglia ricevere una come questa qui, per caso?»

L'allusione alla dubbia moralità di Nancy destò le caste ire di quattro cameriere, le quali dichiararono, con somma convinzione, che una creatura simile disonorava il suo sesso e sostennero energicamente la necessità di metterla alla porta.

«Fate quello che volete con me» disse Nancy, tornando a rivolgersi agli uomini «ma ascoltate prima la mia preghiera; e io vi prego, in nome di Dio onnipotente, di riferire alla signorina quanto vi dirò.»

Il cuoco di buon cuore tornò a intercedere nuovamente con la sua aria bonaria, e il risultato fu che alla fine il cameriere accettò di accontentare Nancy.

«Che cosa devo riferire?» domandò, con un piede sul primo gradino della scala.

«Che una giovane chiede, con tutto il cuore, di poter parlare con Miss Maylie a quattr'occhi» rispose Nancy «e che a Miss Maylie basterà averne udito la prima parola per sapere se sia il caso di ascoltarla o di farla scacciare come un'impostora.»

«Ehi, dico,» esclamò il cameriere «non siete un po' troppo arrogante?»

«Voi riferite quanto vi ho detto» rispose Nancy in tono deciso «e venite poi a dirmi quale è stata la risposta.»

L'uomo corse di sopra. Nancy rimase lì, pallida e

quasi incapace di respirare, ascoltando, con un tremito sulla labbra, le percettibilissime parole di disprezzo che le caste cameriere non le lesinavano e che divennero ancora più sprezzanti quando l'uomo tornò e le disse di salire.

«Non serve a niente essere come si deve, a questo mondo» osservò la prima cameriera.

«Contano molto di più gli orpelli che l'oro» disse la seconda.

La terza si accontentò di domandarsi a voce alta «di che pasta fossero fatte le gran signore» e la quarta concluse quella raffica di critiche esclamando: «È una vergogna!».

Noncurante di tutto ciò, poiché aveva per la mente cose assai più gravi, Nancy seguì il cameriere, con le gambe che le tremavano, fino a un salottino illuminato da una lampada che pendeva dal soffitto. Lì venne lasciata sola ad aspettare.

40

*Uno strano colloquio fa seguito
al capitolo precedente*

Nancy aveva sprecato la propria vita per le strade e nelle più volgari e chiassose taverne di Londra, ma in lei rimaneva ancora un residuo della sensibilità femminile e, quando udì un passo leggero avvicinarsi alla porta di fronte a quella per la quale era entrata e pensò al netto contrasto che si sarebbe venuto a determinare di lì a un momento in quella stanza, si sentì gravata e oppressa da una sensazione di profonda vergogna e si fece piccola, come se quasi non riuscisse a sopportare la presenza di colei alla quale aveva chiesto il colloquio.

Tuttavia questi buoni sentimenti venivano contrastati dall'orgoglio, che esiste nelle creature più umili e più spregevoli come in quelle più altolocate e più sicure di sé. La miserabile compagna di ladri e mezzani, la fuoricasta delle taverne più malfamate, la compagna dei rifiuti della galera, che viveva ella stessa all'ombra della forca, persino questa creatura discesa così in basso era troppo orgogliosa per lasciar intravvedere quei sentimenti femminili da lei considerati una debolezza e che pure erano i soli a legarla a quella condizione umana della quale la miserabile esistenza condotta sin da bambina aveva cancellato quasi ogni traccia.

Nancy alzò gli occhi quanto bastava per vedere che la persona apparsa sulla soglia era una snella e splendida fanciulla; poi, riabbassatili, scosse la testa con affettata noncuranza mentre diceva:

«Non è facile riuscire ad avvicinarvi, signorina. Se mi fossi offesa e me ne fossi andata, come avrebbero fatto molte altre, avreste un giorno dovuto pentirvene e non senza motivo.»

«Mi spiace molto se qualcuno si è comportato male con voi» rispose Rose. «Ma non pensateci più. Ditemi perché volevate parlarmi; sono io la persona della quale avete chiesto.»

Il tono cortese della risposta, la voce soave, i modi gentili, l'assenza di ogni tono di alterigia o di disprezzo, colsero completamente di sorpresa la ragazza, che scoppiò in lacrime.

«Oh, signorina, signorina,» disse con foga, premendosi le mani sul viso «se vi fossero più persone come voi, ve ne sarebbero di meno come me... davvero... davvero...!»

«Accomodatevi» disse Rose, con sollecitudine. «Se siete bisognosa o se avete gravi preoccupazioni, vi aiuterò ben volentieri potendo... vi aiuterò senz'altro. Mettetevi a sedere.»

«Lasciatemi stare in piedi, signorina,» disse la ragazza, sempre piangendo «e non parlatemi con tanta bontà finché non mi conoscerete meglio. Si sta facendo tardi... È... è chiusa quella porta?»

«Sì» rispose Rose, indietreggiando preoccupata di alcuni passi, come per poter essere soccorsa più rapidamente, in caso di necessità. «Perché?»

«Perché» rispose Nancy «sto per porre la mia vita, e quella di altre persone, nelle vostre mani. Sono stata io a trascinare di nuovo il piccolo Oliver dal vecchio Fagin, l'ebreo, la sera in cui egli si allontanò dalla casa a Pentonville.»

«Voi!» esclamò Rose Maylie.

«Io, signorina!» rispose la ragazza. «Sono io la creatura infame della quale avete sentito parlare, quella che vive tra i ladri; e mai, dal momento più lontano al quale giungono i miei ricordi, ho conosciuto, per le vie di Londra, una vita migliore, mai mi è stata detta una parola gentile, che Dio mi assista! Sì, sì, statemi pure apertamente lontana, signorina! Sono più giovane di quanto possiate credere vedendomi, eppure ci ho fatto l'abitudine da molto tempo. Anche le donne più povere si scostano da me quando percorro i marciapiedi gremiti.»

«Che situazioni spaventose sono queste!» esclamò Rose, indietreggiando involontariamente da quella strana creatura.

«Ringraziate il Cielo in ginocchio, cara signorina,» esclamò la ragazza «perché nella fanciullezza aveste persone che vi volevano bene e si occupavano di voi, perché non soffriste mai il freddo e la fame, perché non vi trovaste mai tra rissosi ubriachi... e perché non vi è toccato anche di molto peggio. Per me è sempre stato così, sin dalla culla. Posso ben dirlo, perché nei bassifondi sono nata e nei bassifondi morirò!»

«Vi compatisco» disse Rose, con la voce rotta. «Ascoltandovi, mi si spezza il cuore.»

«Dio vi benedica per tanta bontà» rispose la ragazza. «Se sapeste come vivo, mi compiangereste davvero. In ogni modo, mi sono allontanata di nascosto da persone che mi ucciderebbero se venissero a sapere che sono stata qui, per venirvi a riferire quello che ho udito. Conoscete un tale a nome Monks?»

«No» rispose Rose.

«Lui vi conosce» disse Nancy «e sapeva che vi trovavate qui, poiché proprio origliando l'ho sentito nominare questo albergo ove vi ho trovato.»

«Non ho mai sentito nominare quest'uomo» disse Rose.

«Allora il suo è un nome falso del quale si serve tra noi» osservò la ragazza. «Lo avevo già sospettato altre volte. Dunque, qualche tempo fa, subito dopo che Oliver era stato fatto entrare in casa vostra, la notte del furto, siccome sospettavo quest'uomo, ascoltai non veduta una conversazione tra lui e Fagin svoltasi al buio. Venni così a sapere che Monks, sì, l'uomo che mi avete detto di non conoscere...»

«Sì» disse Rose «capisco.»

«... che Monks» continuò la ragazza «aveva veduto per caso Oliver insieme a due dei nostri ladruncoli, il giorno in cui lo perdemmo per la prima volta, e si era subito reso conto che si trattava del bambino da lui cercato, sebbene non abbia ancora capito perché. Si accordò con Fagin, nel senso che, se fosse riuscito a riavere Oliver, avrebbe intascato una certa somma; e una somma più grossa gli sarebbe toccata se fosse riuscito a farne un ladro. Questo voleva Monks, per qualche suo scopo.»

«Quale scopo?» domandò Rose.

«Intravvide la mia ombra sulla parete mentre origliavo sperando di scoprirlo» disse la ragazza «e non molti sarebbero riusciti a filarsela in tempo per non essere scoperti. Ma io ci riuscii. In seguito non l'ho più riveduto fino a ieri sera.»

«E ieri sera che cosa è accaduto?»

«Ve lo dirò, signorina. Ieri sera è tornato. Di nuovo loro due sono saliti di sopra e io, dopo essermi infagottata in modo che la mia ombra non mi tradisse, ho una volta di più origliato accanto alla porta. Le prime parole che ho udito dire da Monks sono state queste: "Così ora le uniche prove dell'identità del bambino giacciono in fondo al fiume, e la vecchia megera che le sottrasse a sua madre sta marcendo nella bara". Si sono messi a ridere entrambi e poi Monks, continuando a parlare di Oliver e infuriandosi, ha detto che, sebbene avesse ormai al sicuro il denaro del piccolo demonio, sarebbe stato disposto a rinunciarvi pur di far finire il bambino, sventando l'orgoglioso testamento del padre, in tutte le prigioni della città, e pur di farlo in ultimo impiccare a causa di qualche reato grave che Fagin avrebbe potuto facilmente escogitare, dopo aver ricavato da lui, per giunta, un buon guadagno.»

«Che cosa mi dite!» esclamò Rose.

«La verità, signorina, anche se viene dalle mie labbra» rispose Nancy. «Poi ha soggiunto, bestemmiando in un modo che io conosco bene, ma che voi non potete neppure immaginare, ha soggiunto che, se avesse potuto appagare il suo odio togliendo la vita al bambino senza rischiare la propria, lo avrebbe fatto; ma siccome questo non era possibile, lo avrebbe sempre tenuto d'occhio, perché se un giorno Oliver avesse voluto trarre profitto dalla propria nascita e dal proprio passato, lui sarebbe stato ancora in grado di nuocergli, e molto. "In breve, Fagin" ha concluso "sebbene tu sia ebreo, non hai mai disposto trappole come quelle che escogito io per il mio fratellino Oliver".»

«Suo fratello!» esclamò Rose.

«Queste sono state le sue parole» disse Nancy, sbirciando inquieta intorno a sé, come non aveva mai smesso di fare da quando parlava, perché l'immagine di Sikes la ossessionava continuamente. «Non solo, ma, parlando di voi e della signora, e dicendo che sembrava essere una congiura del Cielo, o del demonio, il fatto che Oliver fosse finito in casa vostra, è scoppiato a ridere e ha soggiunto che anche in questo poteva esservi una certa consolazione, infatti chissà quante migliaia, o centinaia di migliaia di sterline, possedendole, sareste state disposte a dare per sapere chi fosse il vostro cocker spaniel a due gambe.»

«Non vorrete dirmi» esclamò Rose, divenendo molto pallida «che ha pronunciato seriamente queste parole?»

«Non è mai esistito uomo più serio e più infuriato di lui mentre le pronunciava» rispose la ragazza, scuotendo la testa. «È uno che fa sempre sul serio quando c'è di mezzo il suo odio. Conosco molti uomini che fanno cose peggiori; ma preferirei ascoltare loro anche dieci volte, piuttosto che una volta sola Monks. Si sta facendo tardi, però, e devo tornare a casa senza far sorgere il sospetto che possa aver fatto qualcosa di questo genere. Devo andar via subito.»

«Ma io che cosa posso fare?» domandò Rose. «Come posso servirmi di quanto mi avete detto senza di voi? Aspettate! Perché volete tornare tra compagni che descrivete in un modo così terribile? Se vorrete ripetere quanto mi avete detto a un gentiluomo che posso far venire in un attimo dalla camera accanto, sarà possibile trovarvi entro mezz'ora qualche luogo sicuro.»

«No, voglio tornare» disse la ragazza. «Devo tornare perché... ma come posso dire certe cose a una creatura innocente come voi?... perché tra gli uomini dei quali vi ho parlato ve n'è uno, il più disperato di tutti, che non posso abbandonare... No, nemmeno per essere salvata dalla vita che sto conducendo adesso.»

«Il fatto che già in passato siate intervenuta a favore di

quel caro bambino,» disse Rose «il fatto che, correndo un grave pericolo, siate venuta qui a riferirmi quanto avete udito, i vostri modi, tali da persuadermi della verità di quanto dite, e il fatto che siete ovviamente pentita, tutto ciò mi induce a ritenere che sia ancora possibile redimervi. Oh,» continuò la sincera Rose, giungendo le mani mentre lacrime le striavano il viso «non lasciate inascoltate le esortazioni di una che appartiene al vostro stesso sesso, la prima... sì, la prima, ne sono sicura, che vi abbia rivolto parole di compassione... Ascoltate quanto vi dico e consentitemi di salvarvi, per un avvenire migliore.»

«Signorina,» esclamò la ragazza, cadendo in ginocchio «cara, soave e angelica creatura, voi siete *davvero* la prima che mi abbia reso felice con queste parole, e, se le avessi udite anni fa, forse avrebbero potuto distogliermi da un'esistenza di peccati e di sofferenze. Ormai è troppo tardi, troppo tardi!»

«Non è mai troppo tardi» disse Rose «per pentirsi ed espiare.»

«Sì che lo è» esclamò la ragazza, scossa dai singhiozzi tanto era torturata dalla disperazione. «Non posso abbandonarlo adesso. Non potrei mai essere la causa della sua morte!»

«Perché dovreste esserlo?»

«Niente potrebbe salvarlo!» gridò Nancy. «Perché, se riferissi ad altri quanto ho detto a voi e lui venisse catturato insieme ai suoi complici, è certo che morirebbe. È il più audace, ed è sempre stato crudele!»

«Ma è mai possibile» esclamò Rose «che per un uomo come costui dobbiate rinunciare a ogni futura speranza e alla certezza di un soccorso immediato? Questa è pazzia.»

«Non so che cosa sia» disse Nancy. «So semplicemente che è così, e non soltanto per me, ma per centinaia di altre donne ugualmente malvagie e corrotte. No, devo tornare là. Se si tratti della furia di Dio per il male che ho fatto, non lo so; ma, nonostante tutte le sofferenze e i maltrattamenti che ho subito, sono attratta da lui, e tornerei al fianco di quell'uomo anche se sapessi di dover morire per mano sua.»

«Che cosa devo fare?» disse Rose. «Non dovrei lasciarvi andare in questo modo.»

«Dovreste, invece, signorina, e so con certezza che mi lascerete libera» disse Nancy, alzandosi. «Non mi impedirete di andarmene perché ho avuto fiducia nella vostra bontà e non vi ho posto come condizione alcuna promessa, sebbene avessi dovuto farlo.»

«Oh, ma a che cosa può servire, allora, quanto mi avete rivelato?» esclamò Rose. «Su questo mistero è necessario indagare, altrimenti il fatto che io ne sia a conoscenza come può giovare a Oliver, che tanto volete aiutare?»

«Dovete pur conoscere qualche signore cortese disposto ad ascoltarvi con il vincolo del segreto e a consigliarvi il da farsi» disse la ragazza.

«Ma dove potrei rintracciarvi, se fosse necessario?» domandò Rose. «Non voglio sapere dove abitano quegli individui orribili; basterebbe che mi diceste in quale luogo potreste trovarvi a scadenze stabilite.»

«Siete disposta a promettermi che manterrete, nel modo più assoluto, il segreto, che verrete sola all'appuntamento, o al più con la persona che potrete avere consultato, e che io non sarò né osservata né seguita da altri?» domandò Nancy.

«Ve lo prometto solennemente» rispose Rose.

«Ogni domenica sera, allora, dalle undici allo scoccare della mezzanotte» disse Nancy, senza esitare «passeggerò, se sarò viva, sul ponte di Londra.»

«Aspettate ancora un momento» la fermò Rose, mentre lei si avvicinava frettolosamente alla porta. «Pensate ancora una volta alla vostra condizione e alla possibilità che vi si presenta di sottrarvi a essa. Potete pretendere il mio aiuto, non soltanto perché siete venuta spontaneamente a darmi queste informazioni, ma in quanto donna perduta al di là di ogni possibilità di redenzione. Volete tornare tra quella banda di ladri e da quell'uomo mentre una sola parola può salvarvi? Che cos'è questa malia che vi costringe a tornare là e ad avvinghiarvi alla malvagità e all'infelicità? Oh! Non v'è proprio alcuna corda, nel vostro cuore, che io possa far vibrare? Non rimane niente, in voi, cui io possa appellarmi contro una così terribile infatuazione?»

«Quando nobili fanciulle buone e belle come lo siete voi» rispose in tono fermo la ragazza «donano il loro cuore, sono disposte a fare per amore qualsiasi cosa, sebbene abbiano palazzi, amici, ammiratori, tutto ciò che può riempire la loro vita. Quando una come me, che non ha alcun tetto tranne il coperchio della bara, e che, nelle malattie o nella morte, non ha amici, ma al più un'infermiera all'ospedale, offre il suo cuore corrotto a un uomo e consente a quell'uomo di colmare quello che è stato un vuoto per tutta la sua miserabile esistenza, chi può mai sperare di guarirla? Abbiate compassione di noi, signorina, compatiteci per quell'unico sentimento femminile rimasto in noi il quale, per nostra sventura, anziché essere fonte di consolazione e di orgoglio, è causa di nuovi tormenti e sofferenze.»

«Siete disposta» domandò Rose, dopo un breve silenzio «ad accettare da me un po' di denaro che possa consentirvi di vivere onestamente... per lo meno fino a quando ci rivedremo?»

«No, nemmeno un soldo» rispose la ragazza, con un gesto di rifiuto della mano.

«Non chiudete il vostro cuore a tutti i miei tentativi di aiutarvi» disse Rose, con dolcezza, facendo un passo avanti. «Vorrei potervi aiutare, sinceramente.»

«Più che in ogni altro modo mi aiutereste, signorina,» rispose Nancy, torcendosi le mani «se vi fosse possibile togliermi subito la vita, poiché questa sera, pensando a quello che sono, ho sofferto come non mai in passato, e sarebbe già qualcosa non morire in quell'inferno nel quale ho sempre vissuto. Dio vi benedica, dolce signorina, e vi renda tanto felice quanto è grande la mia vergogna!»

Così dicendo, e scossa da violenti singhiozzi, l'infelice creatura uscì, mentre Rose Maylie, sconvolta da un così straordinario colloquio, più simile a un sogno fuggevole che a un evento reale, si lasciava cadere su una sedia, sforzandosi di riordinare i propri pensieri in tumulto.

41

*Nel quale si fanno nuove scoperte
e si dimostra che le sorprese, come le disgrazie,
non vengono mai sole*

La sua situazione era, in effetti, sconcertante e difficile come poche. Pur essendo ansiosissima e quanto mai impaziente di penetrare il mistero nel quale era avviluppata la storia di Oliver, Rose non avrebbe potuto non considerare sacra la fiducia riposta in lei dalla misera creatura, così giovane e in fondo innocente, con la quale aveva appena parlato. Le parole e i modi di Nancy le avevano toccato il cuore; e poco meno intenso, per sincerità e fervore, del suo affetto nei riguardi di Oliver era il desiderio di riuscire a far sì che la fuoricasta potesse pentirsi e tornare a sperare.

Rose e sua zia si erano proposte di trattenersi a Londra soltanto per tre giorni prima di andare a trascorrere alcune settimane in una località lontana sulla costa e adesso già stava per scoccare la mezzanotte del primo giorno. Quale linea d'azione decidere che potesse essere attuata in quarantotto ore appena? O come rinviare la partenza senza destare sospetti?

Il dottor Losberne si trovava con loro, e con loro sarebbe rimasto nei due giorni successivi; ma Rose conosceva troppo bene l'impetuosità di quell'ottimo gentiluomo e prevedeva chiaramente quale ira egli avrebbe provato, nei primi momenti di indignazione, contro colei che era stata lo strumento della cattura di Oliver, per potergli confidare il segreto senza che il suo giudizio sulla ragazza potesse essere confermato da una persona esperta. Esisteva, inoltre, ogni possibile motivo perché ella fosse quanto mai cauta e circospetta nel parlare della cosa alla signora Maylie, il cui primo impulso, inevitabilmente, sarebbe stato quello di chiedere un consiglio in proposito al degno medico. Quanto a rivolgersi a un avvocato, per farsi dare un parere, se anche ella avesse saputo come regolarsi al riguardo, questa linea d'azione doveva essere scartata per le stesse ragioni. A un certo momento Rose pensò che avrebbe potuto chiedere l'aiuto di Harry, ma, pensandolo, ricordò la loro ultima separazione e le parve indecoroso rivolgersi al giovane – le salirono lacrime agli occhi mentre lo ricordava – ora che nel frattempo poteva averla dimenticata per essere più felice con qualcun'altra.

Turbata da tutte queste riflessioni, sentendosi propensa a adottare ora una linea d'azione, ora un'altra, per poi respingerle tutte a mano a mano che nuove considerazioni le si affacciavano nella mente, Rose finì con il trascorrere una notte ansiosa e insonne. L'indomani, dopo aver riflettuto ancora a lungo, pervenne a una conclusione disperata: si sarebbe rivolta, per un consiglio, a Harry.

"Se sarà penoso per lui" pensò "venire qui, quanto più penoso sarà per me rivederlo! Ma forse non verrà. Potrebbe scrivere, oppure potrebbe venire, ma fare in modo da evitare di incontrarmi... come quando partì. Non lo credevo capace di questo, eppure fu meglio per entrambi." A questo punto lasciò cadere la penna, come se la carta stessa alla quale stava per affidare il messaggio non dovesse vederla piangere.

Aveva ripreso e di nuovo posato quella stessa penna almeno cinquanta volte, riflettendo e tornando a concentrarsi sul primo rigo della lettera, senza avere ancora scritto una sola parola, quando Oliver, che era andato a fare una passeggiata avendo come guardia del corpo il signor Giles, irruppe nella stanza così di corsa, trafelato e agitato da far pensare che fosse latore di altre notizie allarmanti.

«Perché tutto questo turbamento?» gli domandò Rose, facendoglisi incontro.

«Mamma mia! Mi sembra di soffocare!» esclamò il bambino. «Pensare che l'ho veduto, finalmente, e che ora dovrei essere in grado di dimostrare che ho sempre detto la verità!»

«Io non ho mai dubitato che tu non ci avessi detto la verità» mormorò Rose, cercando di calmarlo. «Ma a chi ti riferivi? Di chi stai parlando?»

«Ho veduto quel gentiluomo,» disse Oliver, quasi incapace di parlare «il gentiluomo che fu così buono con me... il signor Brownlow del quale abbiamo parlato tante volte.»

«Dove lo hai veduto?» domandò Rose.

«Mentre scendeva da una carrozza» rispose Oliver, con gli occhi pieni di lacrime di gioia «ed entrava in una casa. Non gli ho parlato... non ho potuto parlargli perché non mi ha visto, e io tremavo a tal punto che non mi è stato possibile avvicinarlo. Ma Giles, pregato da me, ha domandato se abitasse lì, e gli è stato risposto affermativamente. Guardate» continuò Oliver, aprendo un foglietto di carta piegato «ecco qui, ecco il suo indirizzo... ci vado subito! Oh, santo Cielo, santo Cielo! Che cosa farò rivedendolo e riudendolo parlare?»

Non poco distratta da queste e da molte altre esclamazioni di gioia, Rose lesse l'indirizzo, che era in Craven Street, nello Strand. E, in un batter d'occhio, decise di mettere a frutto la scoperta.

«Presto» disse «corri a ordinare che chiamino una carrozza e preparati per venire con me. Ti condurrò là subito, senza perdere un solo minuto di tempo. Vado soltanto ad avvertire mia zia che usciamo per un'oretta e, non appena sarai pronto, lo sarò anch'io.

Oliver non aveva bisogno di esortazioni per affrettarsi e, poco più di cinque minuti dopo, erano già diretti verso Craven Street. Quando vi giunsero, Rose lasciò Oliver sulla carrozza, con il pretesto di dover preparare l'anziano signore a rivederlo; poi fece portare dal servitore il proprio biglietto di visita al signor Brownlow, con la preghiera di essere ricevuta per una questione urgentissima. Il servitore tornò ben presto invitandola a seguirlo e, dopo essere stata condotta in una stanza al piano di sopra, Rose Maylie venne a trovarsi alla presenza di un signore anziano, dall'aria benevola, che indossava una giacca color verde bottiglia. Non molto discosto da lui sedeva un altro anziano gentiluomo, in calzoni al ginocchio e ghette, la cui espressione non era particolarmente benevola; quest'ultimo teneva entrambe le mani sul pomo di un bastone da passeggio e il mento appoggiato alle mani.

«Santo Cielo!» esclamò il gentiluomo dalla giacca color verde bottiglia, affrettandosi ad alzarsi con somma cortesia. «Scusate se vi ho fatto aspettare, signorina... credevo si trattasse di qualche importuna che... spero che vorrete perdonarmi. Accomodatevi, vi prego.»

«Il signor Brownlow, ritengo, signore?» disse Rose, volgendo lo sguardo dall'altro gentiluomo a quello che aveva parlato.

«Sì, è questo il mio nome» rispose l'anziano signore. «Vi presento il mio amico, il signor Grimwig. Grimwig, vi spiacerebbe lasciarci soli, per pochi minuti?»

«Credo» intervenne la signorina Maylie «che a questo punto del nostro colloquio non sia necessario disturbare il signore. Se non sono stata male informata, egli è al corrente della questione di cui desidero parlarvi.»

Il signor Brownlow fece un cenno d'assenso. Il signor Grimwig, che con un inchino assai rigido si era alzato dalla sedia, fece un nuovo inchino assai rigido e ricadde sulla sedia.

«Vi stupirò molto, non ne dubito,» disse Rose, un pochino imbarazzata, com'era logico «ma un tempo voi deste prova di grande benevolenza e bontà con un mio giovane e carissimo amico e sono certa che vi interesserà avere di nuovo sue notizie.»

«Ma davvero?» disse il signor Brownlow. «E posso sapere quale è il suo nome?»

«Lo conosceste come Oliver Twist» rispose Rose.

Queste parole erano state appena pronunciate dalle sue labbra che il signor Grimwig, il quale aveva finto di leggere un grosso libro posto sul tavolo, lo chiuse con un gran tonfo, ricadde all'indietro sulla sedia e, cancellata dalle proprie fattezze ogni espressione, tranne un'aria di sommo stupore, spalancò gli occhi; poi, quasi vergognandosi di aver tradito una così grande emozione, si riportò di scatto, per così dire, con un movimento convulso, alla stessa posizione di prima e, guardando diritto dinanzi a sé, emise un lungo e protratto sibilo che, invece di uscirgli dalla bocca, sembrava finire nei recessi più profondi del suo stomaco.

Il signor Brownlow parve non meno stupito, anche se lo stupore di lui non si manifestò nello stesso modo eccentrico. Egli avvicinò la propria sedia a quella di Rose Maylie e disse:

«Fatemi il favore, mia cara signorina, di tralasciare completamente la benevolenza e la bontà cui avete accennato e delle quali nessun altro sa nulla; e, se siete in grado di fornirmi una qualche prova, tale da modificare l'idea sfavorevole che un tempo fui costretto a farmi di quel povero bambino, mettetemene a conoscenza, in nome di Dio!»

«L'idea sfavorevole! Mi mangio la testa se poteva non esserlo!» ringhiò il signor Grimwig, parlando come un ventriloquo, senza muovere un solo muscolo facciale.

«È un bambino di nobile indole e di gran cuore» disse Rose, arrossendo «e il Signore, che ha ritenuto opportuno metterlo alla prova più di quanto lo consentisse la sua tenera età, gli ha posto nel petto capacità affettive e sentimenti che onorerebbero molte persone sei volte più avanti negli anni di lui.»

«Io ho appena sessantun anni» disse il signor Grimwig, sempre con la stessa espressione rigida sulla faccia «e poiché, come è vero che esiste il demonio, questo Oliver non può avere più di dodici anni al massimo, non vedo a chi possa applicarsi questa osservazione.»

«Non badate al mio amico, signorina Maylie» disse il signor Brownlow. «Non sta parlando sul serio e non pensa quello che dice.»

«Sì che lo penso» borbottò il signor Grimwig.

«No che non lo pensate!» esclamò il signor Brownlow, cominciando manifestamente a adirarsi mentre parlava.

«Mi mangio la testa se non lo penso» ringhiò aggressivo il signor Grimwig.

«Meritereste che vi venisse mozzata, la testa, se lo pensate» disse il signor Brownlow.

«E io vorrei proprio vedere chi si azzarderebbe a farlo» replicò il signor Grimwig, picchiando il bastone sul pavimento.

Dopo essersi spinti fino a questo punto, i due anziani gentiluomini fiutarono tabacco svariate volte e si scambiarono poi una stretta di mano, secondo la loro immutabile abitudine.

«E ora, signorina Maylie» disse il signor Brownlow «torniamo a colui che tanto preme al vostro buon cuore. Volete riferirmi che cosa sapete di questo povero bambino? Consentendomi di premettere che io ricorsi a tutti i mezzi a mia disposizione per ritrovarlo e che, dopo essermi allontanato da questo paese, la mia prima impressione, che egli mi avesse abbindolato e che fosse stato persuaso dai suoi ex complici a derubarmi, si è alquanto incrinata.»

Rose, che aveva avuto il tempo di mettere ordine nei propri pensieri, riferì subito, con poche e spontanee parole, tutte le vicissitudini di Oliver, dopo che il bambino era uscito dalla casa del signor Brownlow, riservando le informazioni avute da Nancy a un colloquio a quattr'occhi con il gentiluomo, e concludendo con l'assicurazione che il poverino si era addolorato per una sola ragione, in quegli ultimi mesi: perché non gli era possibile ritrovare il suo ex benefattore e amico.

«Sia ringraziato Dio!» esclamò l'anziano signore. «Questo è motivo per me di grande felicità, di somma felicità. Ma voi non mi avete ancora detto dove si trova adesso il bambino, Miss Maylie. Dovete scusarmi se vi faccio una colpa... ma perché non lo avete portato qui?»

«Sta aspettando su una carrozza davanti alla porta di casa» rispose Rose.

«Davanti alla porta di questa casa!» esclamò il signor Brownlow. Ciò detto, si affrettò a uscire dalla stanza, a scendere le scale, a balzare sul predellino della carrozza e a entrare nella carrozza, senza aggiungere una parola.

Quando la porta della stanza si fu chiusa alle sue spalle, il signor Grimwig alzò la testa e, servendosi di una delle gambe posteriori della sedia come di un punto di appoggio, eseguì, con l'aiuto del bastone e del tavolo, tre piroette complete, sempre rimanendo seduto. Dopo queste evoluzioni, si alzò e zoppicò avanti e indietro nella stanza almeno una dozzina di volte, poi, fermandosi all'improvviso davanti a Rose, la baciò senza il benché minimo preavviso.

«Zitta!» disse, mentre la signorina balzava in piedi, alquanto allarmata da questo insolito modo di comportarsi. «Non abbiate paura. Sono vecchio abbastanza per poter essere vostro nonno. Siete una cara ragazza. Mi piacete. Ecco che arrivano!»

In effetti, mentre egli si gettava, con un abile tuffo, sulla sedia di prima, il signor Brownlow tornò, accompagnato da Oliver, che venne accolto assai benevolmente dal signor Grimwig; e, se anche la felicità di quel momento fosse stata l'unica ricompensa per tutte le ansie e le preoccupazioni a causa del bambino, Rose Maylie si sarebbe ritenuta ben ripagata.

«V'è qualcun altro che non dovremmo dimenticare» esclamò il signor Brownlow suonando il campanello. «Fate venire qui la signora Bedwin, per favore.»

L'anziana governante accorse il più rapidamente possibile e, fatto un inchino sulla soglia, aspettò gli ordini.

«Diventate più cieca ogni giorno, Bedwin» disse il signor Brownlow, in un tono di voce alquanto stizzito.

«Purtroppo è così, signore» rispose lei. «In questa stagione della vita, la vista delle persone non migliora con il passare degli anni.»

«Questo avrei potuto dirvelo io» ribatté il signor Brownlow «ma mettetevi gli occhiali e vedete se riuscirete a scorgere la ragione per la quale siete stata chiamata, eh?»

L'anziana donna cominciò a frugare nella tasca del grembiule in cerca degli occhiali, ma la pazienza di Oliver non seppe resistere a questo nuovo cimento; e il bambino, cedendo all'impulso dello slancio affettivo, si gettò tra le braccia di lei.

«Dio è stato buono con me!» ella esclamò, abbracciandolo. «È il mio bimbetto innocente!»

«Mia cara infermiera!» gridò Oliver.

«Doveva tornare... lo sapevo che sarebbe tornato!»

esclamò l'anziana governante, stringendolo tra le braccia. «Che bella cera hai, e come sei di nuovo ben vestito, da piccolo gentiluomo! Dove sei stato, per tutto questo lungo, lunghissimo tempo? Ah, hai sempre lo stesso visetto soave, ma non sei più così pallido; hai sempre gli stessi occhi dolci, ma non sono più così tristi. Non li ho mai dimenticati, né ho mai dimenticato il tuo placido sorriso... Ho continuato a vederti ogni giorno, accanto ai miei cari figlioli che se ne andarono per sempre quando io ero ancora giovane e snella.» Così dicendo, e ora scostando Oliver per vedere quanto fosse cresciuto, ora stringendolo a sé e facendogli scorrere con tenerezza le dita tra i capelli, la buona creatura alternò al riso il pianto.

Lasciando che lei e Oliver rievocassero il passato a loro agio, il signor Brownlow condusse la sua ospite in un'altra stanza e là ascoltò Rose mentre ella gli riferiva minuziosamente il colloquio avuto con Nancy, causando in lui non poco stupore e non poche perplessità. Rose spiegò, inoltre, la ragione per cui non si era confidata anzitutto con il suo amico, il dottor Losberne. L'anziano gentiluomo ritenne che ella avesse agito con prudenza, e si impegnò prontamente ad avere egli stesso un colloquio con il buon medico. Per far sì che ciò avvenisse al più presto, i due decisero che Brownlow sarebbe venuto all'albergo alle otto di quella sera e che, nel frattempo, la signora Maylie sarebbe stata informata con cautela di tutto quello che era accaduto. Poi, una volta risolti questi preliminari, Rose e Oliver rientrarono.

Rose non aveva minimamente sottovalutato la prevedibile ira del buon dottore. Le rivelazioni di Nancy gli erano state appena riferite, che da lui proruppero minacce ed esecrazioni. Il dottor Losberne disse che intendeva fare di lei la prima vittima dell'ingegnosità dei poliziotti Blathers e Duff e addirittura si calcò il cappello in testa accingendosi ad andare a chiedere la collaborazione di quei degni individui. E senza dubbio, nel primo slancio dell'ira, avrebbe posto in atto la sua intenzione, senza riflettere nemmeno un momento sulle conseguenze, se non fosse stato trattenuto in parte da una analoga irruenza del signor Brownlow, che era a sua volta irascibile di temperamento, e in parte dai ragionamenti più opportuni per dissuaderlo da quei focosi propositi.

«Ma allora che diavolo si deve fare?» domandò l'impetuoso medico, quando ebbero raggiunto le due signore. «Dobbiamo forse approvare una proposta di ringraziamenti a tutti quei vagabondi, di sesso maschile e femminile, ed esortarli ad accettare un centinaio di sterline a testa, quale misero pegno della nostra stima e della nostra gratitudine per la loro bontà nei confronti di Oliver?»

«Non precisamente» rispose il signor Brownlow, ridendo. «Ma dobbiamo andarci piano e con somma precauzione.»

«Piano e con precauzione!» esclamò il dottore. «Io li mando, tutti quanti, all'...»

«Lasciamo perdere dove li mandate» lo interruppe il signor Brownlow. «Ma riflettete: mandarli là ove vorreste voi servirebbe forse a conseguire il nostro scopo?»

«Quale scopo?» domandò il dottore.

«Semplicemente accertare chi sono i genitori di Oliver e fargli riavere l'eredità che gli spetta e della quale, se questa storia è vera, egli è stato privato in modo fraudolento.»

«Ah!» esclamò il dottor Losberne, facendosi vento alla faccia imperlata di sudore con il fazzoletto. «Me ne ero quasi completamente dimenticato.»

«Vedete,» continuò il signor Brownlow «anche se, lasciando completamente fuori la povera ragazza, riuscissimo a consegnare alla giustizia questi farabutti senza compromettere la sicurezza di lei, che cosa otterremmo?»

«Di farne impiccare almeno alcuni, con ogni probabilità» rispose il dottore «e deportare gli altri.»

«Benissimo» disse il signor Brownlow, sorridendo «ma senza dubbio, con l'andare del tempo, finiranno per farsi condannare essi stessi e, se noi anticipassimo il momento, sembra a me che faremmo qualcosa di molto donchisciottesco, nettamente in contrasto con il nostro interesse... o almeno con quello di Oliver, che poi è la stessa cosa.»

«Perché mai?» domandò il medico.

«Per questo: è chiaro che ci imbatteremo in difficoltà enormi nell'arrivare al fondo di questo mistero, a meno che non riusciamo a mettere in ginocchio quell'individuo, quel Monks. Potremo riuscirvi soltanto con uno stratagemma, cogliendolo di sorpresa quando non sarà circondato dai suoi complici. Infatti, supponendo che venisse arrestato, non disporremmo di alcuna prova contro di lui. Non ha neppure avuto parte (per quanto ne sappiamo, e così come ci risultano i fatti) nei furti della banda. Se anche non venisse liberato, è assai improbabile che possa essere condannato per qualcosa di più grave del vagabondaggio; e, naturalmente, in seguito terrebbe sempre la bocca così ostinatamente chiusa che, ai nostri fini, sarebbe come un sordomuto, un cieco e un idiota.

«Allora» esclamò il dottore impetuosamente «torno a domandarvi se vi sembra ragionevole che debba essere considerata vincolante la promessa fatta alla ragazza; una promessa suggerita dalle migliori intenzioni, ma che, ciò nonostante...»

«Il punto non è in discussione mia cara signorina, vi prego» disse il signor Brownlow, tacitando Rose che stava per parlare. «La promessa verrà mantenuta. E credo che non ci ostacolerà minimamente. Ma prima che possiamo decidere una linea d'azione precisa, sarà necessario parlare con la ragazza per accertare se sia disposta a indicarci questo Monks, con l'intesa che saremo noi a occuparci di lui, e non la legge; e, qualora non voglia o non possa aiutarci, perché ci dica dove si nasconde e perché ce lo descriva, in modo da poterlo scovare. Non sarà comunque possibile avvicinarla fino alla sera di domenica prossima e oggi è martedì. Proporrei di restare, nel frattempo, completamente inattivi e di non parlare di tutto questo nemmeno allo stesso Oliver.»

Pur avendo accolto con molte smorfie la proposta di un indugio di cinque interi giorni, il dottor Losberne dovette ammettere che, per il momento, non gli era venuto in mente niente di meglio; e poiché sia Rose sia la signora Maylie si erano schierate molto energicamente dalla parte del signor Brownlow, la proposta di questo gentiluomo venne approvata all'unanimità.

«Gradirei» egli disse «poter chiedere l'aiuto del mio amico Grimwig. È un uomo bizzarro, ma scaltro, e potrebbe esserci utile. Devo dire che studiò legge, ma rinunciò alla professione di avvocato in preda al disgusto perché, nel corso di vent'anni, gli capitarono due sole cause; tuttavia, se questo sia o no un titolo di merito dovete deciderlo voi.»

«Non mi oppongo affatto a fare intervenire il vostro amico se a mia volta io potrò fare intervenire il mio» disse il dottore.

«Dobbiamo mettere la cosa ai voti» rispose il signor Brownlow. «Chi sarebbe?»

«Il figlio della signora e... il vecchissimo amico» disse il dottore, accennando alla signora Maylie e rivolgendo uno sguardo espressivo alla nipote di lei «della signorina.»

Rose arrossì intensamente, ma non si oppose in alcun modo alla mozione (sapeva, forse, che sarebbe stata decisamente in minoranza); per conseguenza Harry Maylie e il signor Grimwig entrarono a far parte del comitato direttivo.

«Resteremo in città, naturalmente,» disse la signora Maylie «finché vi sarà la sia pur minima possibilità di continuare questa inchiesta con qualche speranza di successo; non mi sottrarrò né a fatiche né a spese pur di conseguire lo scopo che sta tanto a cuore a tutti noi e sono disposta a rimanere qui anche per dodici mesi, se necessario, finché mi assicurerete che v'è ancora qualche speranza.»

«Bene!» esclamò il signor Brownlow. «E poiché scorgo sui volti intorno a me la curiosità di sapere come mai non mi trovavo più qui a confermare la versione dei fatti data da Oliver, essendomi recato così improvvisamente all'estero, consentitemi di chiedere che non mi si pongano domande al riguardo fino al momento in cui riterrò opportuno prevenirle spiegando come stanno le cose. Credetemi, faccio questa richiesta con un valido motivo, perché altrimenti potrei destare speranze destinate forse a non avverarsi mai e ciò servirebbe soltanto ad accrescere le difficoltà e le delusioni, che sono già abbastanza numerose. Suvvia, venite, è stato annunciato che la cena è pronta, e il piccolo Oliver, tutto solo nella stanza accanto, avrà ormai cominciato a pensare che ci siamo stancati della sua compagnia e stiamo complottando per mandarlo di nuovo a vagabondare nel mondo.»

Così dicendo, l'anziano gentiluomo porse la mano alla signora Maylie e la condusse nella sala da pranzo. Il dottor Losberne li seguì facendo da cavaliere a Rose, e in questo modo venne tolta la seduta.

42

Un vecchio conoscente di Oliver, esibendo
le inequivocabili caratteristiche del genio,
diviene un personaggio pubblico nella metropoli

Nella notte in cui Nancy, dopo aver fatto addormentare Sikes, si affrettava a recarsi da Rose, andavano avvicinandosi a Londra, lungo la Great North Road, due persone alle quali è opportuno che questo racconto dedichi una certa attenzione.

Erano un uomo e una donna; o forse sarebbe preferibile descriverli come un maschio e una femmina, in quanto il primo era uno di quegli individui spilungoni, magri, dinoccolati ai quali riesce difficile attribuire un'età precisa perché, quando sono ancora ragazzi sembrano uomini poco cresciuti, e quando sono quasi uomini sembrano ragazzi cresciuti troppo in fretta. La donna era giovane, ma robusta e resistente di costituzione, come non poteva non essere, visto che reggeva sulle spalle un pesante fardello. Il suo compagno, invece, non era ostacolato da molto bagaglio in quanto dal bastone che portava appoggiato a una spalla si limitava a penzolare un fagottino avvolto con un comune fazzoletto e apparentemente molto leggero. Ciò, oltre alla lunghezza delle gambe di lui, che era inconsueta, gli consentiva di precedere assai facilmente di una mezza dozzina di passi la sua compagna, verso la quale si voltava di tanto in tanto con un movimento spazientito della testa, come per rimproverarle la sua lentezza e per incitarla a sforzarsi di più.

In questo modo avevano arrancato lungo la strada polverosa, prestando ben poca attenzione a qualsiasi cosa, tranne quando si scostavano per lasciare più spazio al passaggio delle diligenze postali provenienti dalla città, finché, al momento di passare sotto l'arco di Highgate, l'uomo si fermò e gridò spazientito alla sua compagna:

«Vuoi camminare sì o no? Quanto sei pigra, Charlotte.»

«Il fardello è pesante, sai» disse la donna, avvicinandosi quasi senza fiato, tanto era spossata.

«Pesante! Ma che vai dicendo? A quale scopo credi di essere stata messa al mondo?» esclamò il viandante, passandosi il fagottino, mentre parlava, sull'altra spalla. «Ah, ecco che ci risiamo, torni a riposarti! Faresti perdere la pazienza anche a un santo, tu!»

«Manca ancora molto?» domandò la donna, appoggiandosi a un terrapieno e alzando gli occhi, la faccia striata di sudore.

«Ancora molto! È come se fossimo arrivati, ormai» disse il viandante dalle lunghe gambe, additando qualcosa dinanzi a sé. «Guarda là! Quelle sono le luci di Londra.»

«Distano almeno tre chilometri buoni» disse la donna delusa.

«Lascia perdere se sono tre chilometri o trenta» esclamò Noah Claypole, poiché si trattava di lui. «Alzati e cammina, invece, altrimenti bada che ti prendo a calci!»

Poiché l'ira fece diventare ancor più rosso il rosso naso di Noah e poiché, mentre parlava, egli attraversò la strada come se fosse deciso a porre in atto la minaccia, la donna si rialzò senza dire altro e ricominciò ad arrancare al fianco di lui.

«Dove hai intenzione di fermarti per passare la notte, Noah?» domandò, dopo che avevano percorso alcune centinaia di metri.

«Come posso saperlo?» rispose Noah, che era stato reso alquanto irascibile dalla camminata.

«Vicino, spero» disse Charlotte.

«No, non vicino» rispose il signor Claypole. «Oh bella! Non vicino, quindi non pensarci nemmeno.»

«Perché non vicino?»

«Quando ti dico che non voglio fare una cosa, questo

deve bastarti, senza per come né perché» rispose il signor Claypole, in tono dignitoso.

«Be', non hai bisogno di arrabbiarti tanto» osservò la sua compagna.

«Sarebbe bello, eh, sostare nella prima locanda fuori della città, in modo che Sowerberry, se per caso ci avesse seguiti, potesse cacciar dentro il naso e farci riportare indietro su un carro e con le manette» disse Claypole, in tono sarcastico. «Eh no! Andrò a far perdere le mie tracce tra le viuzze più strette che riuscirò a trovare e non mi fermerò finché non saremo arrivati alla casa più fuori mano sulla quale riuscirò a mettere gli occhi. Puoi ringraziare la tua buona stella perché sono un uomo di buon senso; infatti, se non avessimo seguito all'inizio, a bell'apposta, la strada sbagliata, tornando poi indietro attraverso i campi, ti troveresti in gattabuia già da una settimana, bella mia, e te lo saresti meritato perché sei stupida.»

«Lo so di non essere una cima come te» rispose Charlotte «ma non darmi tutta la colpa e non dire che mi troverei in gattabuia. Se ci fossi finita io ci saresti finito anche tu, in ogni caso.»

«I quattrini nel cassetto li hai presi tu, lo sai bene» disse il signor Claypole.

«Li ho presi per te, Noah caro» ribatté Charlotte.

«Li ho forse tenuti io?» domandò il signor Claypole.

«No, li hai affidati a me, e lasci che li tenga io, da quel tesoro che sei» disse la dama, dandogli un buffetto sotto il mento e prendendolo sottobraccio.

Le cose stavano effettivamente in questo modo, ma siccome non rientrava nelle abitudini del signor Claypole riporre una fiducia cieca e stupida in chicchessia, si dovrebbe rilevare, per rendere giustizia al gentiluomo, che egli si era fidato fino a questo punto di Charlotte affinché, qualora fossero stati catturati, il denaro potesse essere trovato addosso a lei; la qual cosa gli avrebbe consentito di affermare di non essere colpevole di alcun furto, dandogli il modo di cavarsela molto più facilmente. Inutile dirlo, egli si guardò bene, adesso, dallo spiegare quali fossero stati i suoi moventi, e i due proseguirono insieme molto amorevolmente.

Attuando il suo prudente piano, Claypole continuò a camminare senza mai fermarsi finché non furono giunti all'Angel di Islington, ove, a giudicare dal gran numero dei passanti e dei veicoli, egli ritenne che cominciasse sul serio Londra. Soffermandosi soltanto quanto bastava per accertare quali fossero le strade più affollate, che dovevano essere evitate, Claypole percorse la Saint John's Road e, di conseguenza, venne ben presto a trovarsi nell'oscurità dei labirintici e sudici vicoli che, situati tra Gray's Inn Lane e Smithfield, fanno sì che quella parte della città sia una delle peggiori e delle più orrende lasciate dal rinnovamento nel centro di Londra.

Queste viuzze percorse Noah Claypole, trascinandosi dietro Charlotte; di tanto in tanto si fermava per osservare la facciata di qualche piccola locanda, poi ricominciava a camminare perché qualche decorazione fantasiosa lo induceva a ritenerla troppo frequentata per i suoi gusti. Infine si fermò davanti a una locanda il cui aspetto era più misero e più sudicio di quello di tutte le altre e, dopo avere attraversato la strada e averla osservata dal marciapiede opposto, annunciò benevolmente la sua intenzione di alloggiare lì quella notte.

«Dammi pertanto il fardello» disse, sfilandolo dalle spalle della donna e caricandoselo sulle sue. «E non aprire bocca, tranne quando sarai interrogata. Com'è che si chiama questa taverna... i t-r-e... i tre cosa?»

«I Tre Storpi» disse Charlotte.

«I Tre Storpi» ripeté Noah. «È un gran bel nome. Oh, dunque. Stammi alle calcagna e seguimi.» Dopo queste ingiunzioni, spinse la porta cigolante con una spallata, ed entrò seguito dalla sua compagna.

Nel bar non si trovava anima viva tranne un giovane ebreo che, i gomiti puntati sul banco, stava leggendo un sudicio giornale. Fissò Noah molto insistentemente, e Noah fissò lui con altrettanta insistenza.

Se Noah avesse indossato la tenuta di un giovane ricoverato nell'ospizio, l'ebreo avrebbe potuto avere qualche motivo per spalancare tanto gli occhi; ma siccome il nuovo arrivato si era tolto la giubba e il distintivo, indossando invece un corto camiciotto sopra i calzoni, sembrava non esservi alcun motivo particolare per cui il suo aspetto dovesse attrarre tanta attenzione in una taverna.

«È la taverna Tre Storpi, questa?» domandò Noah.

«Così si chiama» rispose l'ebreo, con una voce nasale.

«Un gentiluomo che abbiamo incontrato per la strada, venendo dalla campagna, ce l'ha raccomandata» spiegò Noah, dando di gomito a Charlotte, e ammonendola così a non mostrarsi stupita per quell'ingegnosa trovata. «Vogliamo passare la notte qui.»

«Non sono sicuro che possiate» rispose Barney, poiché era lui il garzone. «Ma andrò a informarmi.»

«Serviteci intanto un po' di carne fredda e birra, prima di informarvi, vi spiace?» disse Noah.

Barney li fece entrare in una saletta sul retro e portò quanto Noah aveva ordinato; dopodiché fece sapere ai due viaggiatori che potevano essere alloggiati per quella notte e lasciò che l'amabile coppia mangiasse e bevesse.

Orbene, quella saletta si trovava immediatamente dietro il banco del bar e alcuni gradini più in basso, per cui, scostando una tendina che nascondeva una singola lastra di vetro incassata nella parete a circa un metro e sessanta dal livello del pavimento, si poteva non soltanto osservare chiunque si trovasse nella saletta senza un gran pericolo di essere veduti (in quanto il vetro si trovava in un angolo buio, e tra esso e un grosso trave verticale doveva insinuarsi l'osservatore), ma anche, accostando l'orecchio alla parete divisoria, era possibile udire con sufficiente chiarezza la conversazione. Il proprietario della taverna stava osservando attraverso il vetro da cinque minuti e Barney era appena tornato al suo posto dopo aver comunicato quanto sopra, che Fagin, mentre svolgeva il suo lavoro serale, entrò nel bar per chiedere di qualcuno dei suoi giovani allievi.

«Zitto!» sussurrò Barney. «Ci sono degli sconosciuti nella saletta.»

«Sconosciuti!» gli fece eco il vecchio, in un bisbiglio.

«Eh-eh! E tipi interessanti, per giunta» soggiunse Barney. «Venuti dalla campagna, ma della vostra stessa razza, se non mi inganno.»

Fagin parve essere molto interessato da questa comunicazione. Salito su uno sgabello, accostò l'occhio con cautela al vetro e, da quell'osservatorio segreto, poté vedere Claypole servirsi abbondantemente di arrosto freddo e di birra e mettere dosi omeopatiche dell'uno e dell'altra nel piatto e nel boccale di Charlotte, la quale sedeva paziente, mangiando e bevendo soltanto quello che voleva lui.

«Ah-ah!» bisbigliò il vecchio ebreo, voltandosi a guardare Barney. «Mi piace l'aspetto di quel tizio. Potrebbe esserci utile. Sa già come abituare la ragazza. Stattene zitto come un topolino, mio caro, e lascia che li senta parlare... consentimi di udirli.»

Di nuovo sbirciò attraverso il vetro e, accostando l'orecchio alla parete divisoria, ascoltò attentamente, con una espressione scaltra e avida sulla faccia che faceva pensare a un decrepito folletto.

«Sicché intendo fare il gentiluomo» disse il signor Claypole, allungando di colpo le gambe e continuando una conversazione il cui inizio Fagin non aveva avuto il modo di ascoltare. «Non più allegre casse da morto, Charlotte, ma la vita di un signore, per me e, se vorrai, la vita di una signora anche per te.»

«Eh, mi piacerebbe e come, caro,» rispose Charlotte «ma mica si possono vuotare cassetti ogni giorno senza finire in gattabuia.»

«Al diavolo i cassetti!» esclamò Claypole. «Ci sono altre cose da vuotare, oltre ai cassetti!»

«Che cosa vuoi dire?» domandò la sua compagna.

«Le tasche altrui, le borsette delle signore, le case, le diligenze, le banche!» esclamò il giovane Claypole, reso particolarmente audace dalle bevute.

«Ma non puoi fare tutte queste cose, caro» obiettò Charlotte.

«Cercherò di entrare a far parte di una banda organizzata per farle» rispose Noah. «In un modo o nell'altro, potranno servirsi di noi. Figuriamoci, anche tu vali almeno cinquanta donne. Non ho mai visto una creatura scaltra e bugiarda come sai esserlo tu quando ti permetto di esserlo!»

«Oh, come è bello sentirtelo dire!» esclamò Charlotte, stampandogli un bacio sulla faccia laida.

«Ehi, basta così. Non essere troppo affettuosa, o vado in bestia» esclamò Noah, districandosi da lei con somma serietà. «Mi piacerebbe essere il capo di una banda e far filare tutti quanti e seguirli e spiarli senza essere visto. Eh sì, mi piacerebbe, se di grana se ne facesse molta. Ehi, dico, se potessimo metterci con gentiluomini di quella specie, sgancerei volentieri la banconota da venti sterline che hai tu... tanto più che non ci sarebbe facile cambiarla.»

Dopo avere manifestato queste idee, Claypole guardò entro il boccale con un'espressione di profonda saggezza; e, dopo aver agitato ben bene il contenuto del boccale stesso, fece un cenno affermativo, con aria condiscendente, a Charlotte e bevve un sorso, la qual cosa parve rinvigorirlo parecchio. Stava meditando di bere un'altra sorsata quando l'improvviso spalancarsi della porta e il sopraggiungere di uno sconosciuto glielo impedirono.

Lo sconosciuto era Fagin. L'ebreo aveva un'aria quanto mai amabile. Fece un profondissimo inchino mentre veniva avanti, poi sedette al tavolo più vicino e ordinò qualcosa da bere al sogghignante Barney.

«Una serata piacevole, signore, ma fredda per questa stagione» disse Fagin, stropicciandosi le mani. «Venite dalla campagna, a quanto vedo, signore?»

«Come lo sapete?» domandò Noah Claypole.

«Non abbiamo tutta quella polvere, qui a Londra» rispose Fagin, additando dapprima le scarpe di Noah e quelle della sua compagna, poi i loro due fagotti.

«Siete scaltro, voi» disse Noah. «Ah-ah! Hai sentito, Charlotte?»

«Eh, non si può non essere scaltri in questa città, mio caro,» rispose l'ebreo, abbassando la voce fino a un bisbiglio confidenziale «questa è la verità.»

Dopo tale acuta osservazione, Fagin accostò l'indice della mano destra al lato del naso – un gesto che Noah tentò di imitare, ma senza riuscirvi appieno, a causa del fatto che il suo naso non era abbastanza grosso per prestarsi allo scopo. Ciò nonostante, Fagin parve interpretare questo tentativo come l'approvazione più totale del suo parere e, molto amichevolmente, offrì il liquore con il quale Barney era ricomparso.

«Ottimo» osservò Claypole, facendo schioccare le labbra.

«Ma è caro» disse Fagin. «Per poterlo bere abitualmente uno deve seguitare a vuotar cassetti, o borsette da signora, o case, o diligenze postali, o banche.»

Non appena ebbe udito Fagin riecheggiare le sue stesse parole, Claypole si appoggiò alla spalliera della sedia e volse lo sguardo da Charlotte all'ebreo con un pallore cinereo e un'espressione di sconfinato terrore sulla faccia.

«Non abbiate paura di me, mio caro» disse Fagin, e accostò la sedia al tavolo dei due. «Ah-ah! È stata una fortuna che vi abbia udito soltanto io, per caso. Sì, una vera fortuna che soltanto io vi abbia udito.»

«Non l'ho preso io il denaro» balbettò Noah, senza più allungare le gambe come un gentiluomo indipendente, ma ripiegandole, invece, il più possibile, sotto la sedia. «È stata lei, soltanto lei. È finita per te, ormai, Charlotte. Lo sai che per te è finita.»

«Non ha importanza chi sia stato a prendere il denaro, mio caro!» esclamò Fagin, sbirciando, ciò nonostante, con occhi da falco, la ragazza e i due fagotti. «Faccio anch'io lo stesso mestiere e voi due mi piacete proprio per questo.»

«Quale mestiere?» domandò Claypole, riavendosi un poco.

«Mi occupo dello stesso genere di affari» rispose Fagin «come la gente che frequenta questa taverna. Siete finiti nel posto giusto. Non esiste, in tutta questa città, luogo più sicuro dei Tre Storpi; quando, cioè, mi va di renderlo tale. E siccome ho preso in simpatia voi e la giovane donna, ho impartito l'ordine e potete stare tranquilli.»

Forse, dopo queste parole, l'animo di Noah Claypole riuscì a tranquillizzarsi, ma non così, di certo, il suo corpo; infatti egli continuò ad agitarsi e a contorcersi nelle posizioni più goffe, adocchiando intanto il suo nuovo amico, impaurito e sospettoso al contempo.

«Vi dirò di più» continuò Fagin, dopo aver rassicurato la ragazza con cenni amichevoli e mormorii di incoraggiamento. «Ho un amico che, a parer mio, può appagare i vostri desideri e mettervi sulla strada giusta, impratichendovi dapprima in quel ramo del mestiere che riterrete vi si addica di più, e ammaestrandovi, in seguito, anche negli altri.»

«Parlate come se diceste sul serio» osservò Noah.

«E che cosa ci guadagnerei non parlando sul serio?» domandò Fagin, con una spallucciata. «Su! Venite a scambiare una parola con me fuori di qui.»

«Non è il caso che ci prendiamo il disturbo di uscire» disse Noah, allungando di nuovo, a poco a poco, le gambe. «La ragazza porterà intanto i bagagli di sopra. Charlotte, occupati di quei fagotti!»

Quest'ordine, che era stato impartito con somma maestosità, venne eseguito senza la benché minima esitazione; e Charlotte portò via i fagotti mentre Noah teneva aperta la porta e la guardava uscire.

«L'ho domata tollerabilmente bene, no?» egli chiese, tornando a sedersi, nel tono di uno che abbia domato qualche bestia feroce.

«Davvero alla perfezione» rispose Fagin, battendogli la mano sulla spalla. «Siete un genio, mio caro.»

«Be', presumo che se non lo fossi non mi troverei qui» rispose Noah. «Ma, sentite, tornerà se state a perdere tempo.»

«Allora vediamo, che cosa ne dite? Se il mio amico vi piacesse potreste forse fare di meglio che unirvi a lui?»

«È in affari che rendono bene? Ecco il nocciolo della questione!» rispose Noah, strizzando uno dei suoi occhietti.

«Il meglio del meglio. Ha molti uomini ai suoi ordini, la crema del mestiere.»

«Tutti autentici londinesi?»

«Non un solo bifolco, tra essi. E non credo che vi accetterebbe, nemmeno con la mia raccomandazione, se in questo momento non fosse alquanto a corto di aiutanti» rispose Fagin.

«Ma dovrei sganciare?» E Noah batté la mano sulla tasca dei calzoni.

«Questo non sarebbe possibile evitarlo» rispose Fagin in un tono di voce quanto mai deciso.

«Venti sterline, però... sono un sacco di quattrini!»

«No, se si tratta di una banconota della quale non potete liberarvi» rispose Fagin. «Numero di serie annotato, immagino. E le banche poste sull'avviso. Ah, non vale un granché per lui. La banconota dovrà finire all'estero e il mio amico non riuscirà a piazzarla per molto sul mercato.»

«Quando potrei parlargli?» domandò Noah, dubbioso.

«Domattina.»

«Dove?»

«Qui.»

«Mmm» fece Noah. «La paga quant'è?»

«Vivrete da gran signore... vitto e alloggio assicurati, tabacco e liquori gratis... la metà di tutto quello che riuscirete a fare voi e la metà di tutto quello che riuscirà a fare la ragazza» rispose Fagin.

È assai dubbio se Noah Claypole, che pure era di un'avidità sconfinata, avrebbe accettato condizioni anche così allettanti qualora fosse stato completamente libero di decidere; ma poiché ricordò che, nell'eventualità di un suo rifiuto, quel nuovo conoscente avrebbe potuto consegnarlo seduta stante alla giustizia (erano accadute cose anche più improbabili), a poco a poco si persuase e, in ultimo, disse di ritenere che la cosa gli sarebbe andata a genio.

«Però, vedete,» soggiunse «dato che la ragazza potrà fare parecchio per suo conto, mi piacerebbe qualche lavoretto molto leggero.»

«Qualche lavoretto fantasioso?» suggerì Fagin.

«Eh, sì, qualcosa del genere» rispose Noah. «Secondo voi, che cosa andrebbe bene per me? Un lavoro che non richieda troppe fatiche e che non sia troppo pericoloso, sapete. Ecco, un lavoro di questo genere!»

«Vi ho sentito dire qualcosa a proposito dello spiare gli altri, mio caro» osservò Fagin. «Al mio amico farebbe molto comodo uno che fosse bravo in questo.»

«Sì, è vero, ho accennato ai pedinamenti, e non mi dispiacerebbe provarmici, qualche volta» rispose adagio Claypole. «Ma la cosa non sarebbe redditizia di per sé, vedete.»

«Questo è vero!» riconobbe l'ebreo, cogitando, o fingendo di cogitare. «No, non renderebbe direttamente.»

«Che cosa mi consigliate, allora?» domandò Noah, osservandolo con ansia. «Qualcosa di furtivo, di sicuro, e di non molto pericoloso, quasi come starsene in casa propria.»

«Cosa ve ne pare delle signore anziane?» domandò Fagin. «C'è da fare dei bei quattrini strappando loro borsette e pacchi, e voltando poi di corsa all'angolo della strada.»

«Sì, ma non strillano parecchio e non graffiano, a volte?» domandò Noah, scuotendo la testa. «No, non credo che la cosa farebbe per me. Non esiste qualche altra possibilità?»

«Ci sono!» esclamò Fagin, piazzando una mano sulle ginocchia di Noah. «La posta ai marmocchi!»

«Di che si tratta?» volle sapere Noah.

«I marmocchi, mio caro,» disse Fagin «i marmocchi che le madri mandano a fare commissioni con vari spiccioli; si tratta semplicemente di portargli via i quattrini – li tengono quasi sempre in mano – di scaraventarli poi nel rigagnolo con un urtone e di allontanarsi infine pian piano, come se tutto si riducesse a un bimbetto che è caduto e si è fatto male. Ah-ah-ah!»

«Ah-ah-ah!» scoppiò a ridere a sua volta Claypole, scalciando con le gambe in preda all'estasi. «Santo Cielo, ecco proprio quello che fa per me!»

«Sicuro che fa per voi» disse Fagin «e vi verranno assegnati alcuni posti buoni, a Camden Town, e a Battle Bridge, e in altri simili punti della città, ove tutti vanno sempre a fare commissioni. Potrete scaraventare a terra tutti i marmocchi che vorrete, a qualsiasi ora del giorno. Ah-ah-ah!»

Dopodiché Fagin rifilò una gomitata nel fianco di Claypole ed entrambi risero a lungo e clamorosamente.

«Bene, allora d'accordo!» disse Noah dopo essersi finalmente calmato e dopo che Charlotte era tornata. «A che ora vogliamo fare, domani?»

«Alle dieci vi va bene?» domandò Fagin, e poi mentre Noah annuiva distrattamente soggiunse: «Quale nome devo dare al mio buon amico?».

«Bolter» rispose Noah, che si era preparato a un'evenienza del genere. «Mi chiamo Morris Bolter. E questa è la signora Bolter.»

«Sono il vostro umile servo, signora Bolter» disse Fagin inchinandosi con grottesca cerimoniosità. «Spero di potervi conoscere meglio tra non molto.»

«Hai sentito il gentiluomo, Charlotte?» tuonò Noah.

«Sì, Noah caro!» rispose la signora Bolter, porgendo la mano.

«Mi chiama Noah come una sorta di vezzeggiativo,» disse il signor Morris Bolter, un tempo Claypole, rivolgendosi a Fagin «sapete.»

«Oh, sì, sì, capisco... perfettamente» rispose Fagin, dicendo, per una volta tanto, la verità. «Buonanotte! Buonanotte!»

Dopo molti convenevoli e auguri il signor Fagin se ne andò per i fatti suoi e Noah Claypole, una volta rimproverata la buona consorte per la sua distrazione, si accinse a illuminarla riguardo all'accordo appena concluso e lo fece con tutta la superiorità e l'aria altezzosa che si addicono non soltanto a un appartenente al sesso forte, ma a un gentiluomo in grado di apprezzare la dignità di uno speciale incarico come quello di derubare i bimbetti a Londra e nelle vicinanze immediate della città.

43

*Nel quale è descritto in qual modo
il Furbacchione si cacciò nei guai*

«Sicché il vostro buon amico eravate voi stesso, eh?» disse il signor Claypole, alias Bolter, quando, in seguito all'accordo intervenuto tra loro, si recò, il giorno dopo, nella casa di Fagin. «Diavolo, lo avevo sospettato, ieri sera!»

«Ogni uomo è l'amico di se stesso, mio caro» rispose Fagin, con il suo sorriso più affabile. «Non ne ha alcuno altrettanto sincero in nessun posto.»

«Con qualche eccezione» osservò Morris Bolter, assumendo l'aria di un uomo di mondo. «Certi individui non hanno nemici peggiori di se stessi, sapete.»

«No, non credetelo» disse Fagin. «Quando un uomo è nemico di se stesso, ciò accade perché si ama troppo e non perché abbia a cuore gli interessi altrui più che i propri. Per carità! Non esiste un simile fenomeno nella natura.»

«Non dovrebbe esistere, se c'è» rispose il signor Bolter.

«Sì, è vero. Certi illusionisti dicono che il numero magico è il tre; per altri, invece, è il numero sette. Be', non si tratta né dell'uno né dell'altro, amico mio. Il numero magico è il numero uno.»

«Evviva» gridò il signor Bolter. «Evviva il numero uno.»

«In una piccola comunità come la nostra» disse Fagin, ritenendo necessario chiarire la cosa «esistono soltanto numeri uno, nel senso che non potete considerarvi il numero uno senza considerare numero uno anche me, e numeri uno tutti i ragazzi.»

«Oh, un corno!» esclamò il signor Bolter.

«Vedete» continuò Fagin, fingendo di non aver udito

l'interruzione «viviamo tutti insieme e abbiamo interessi talmente identici che non può non essere così. Ad esempio, il vostro scopo è quello di provvedere al numero uno... vale a dire a voi stesso.»

«Sicuro» rispose il signor Bolter. «In questo avete ragione.»

«Bene, non potete provvedere a voi stesso, numero uno, senza provvedere anche a me, numero uno.»

«Numero due, vorrete dire» lo interruppe il signor Bolter, che era ampiamente dotato di egoismo.

«No, niente affatto!» esclamò Fagin. «Io ho per voi la stessa importanza che avete voi per voi stesso.»

«Ehi, dico,» lo interruppe il signor Bolter «siete un uomo molto simpatico e mi piacete parecchio, ma non siamo ancora due corpi e un'anima, come farebbe pensare tutto questo.»

«Limitatevi a riflettere» disse Fagin, facendo una spallucciata «pensateci bene. Avete fatto una cosa molto simpatica e io vi ammiro per questo; ma si tratta al contempo di una cosa che potrebbe mettervi intorno al collo la cravatta così facile a stringersi e così difficile a sciogliersi... per parlar chiaro, il capestro!»

Il signor Bolter portò la mano al fazzoletto da collo come se lo sentisse fastidiosamente stretto; poi fece un cenno d'assenso, ma senza convinzione.

«La forca,» continuò Fagin «la forca, mio caro, è un laido palo indicatore che segnala una curva strettissima la quale ha interrotto la carriera di molti uomini audaci lungo la strada maestra. Non uscire di strada e mantenere la forca a distanza è il vostro scopo numero uno.

«Naturale che lo è» riconobbe il signor Bolter. «Ma perché mi parlate di queste cose?»

«Soltanto per farvi capire chiaramente quello che intendo dire» rispose l'ebreo, inarcando le sopracciglia. «Per non uscire di strada dipendete da me. Per far sì che i miei affari continuino ad andare bene, io dipendo da voi. Nel primo caso io sono il numero uno per voi, nel secondo caso voi siete il numero uno per me, e con ciò torniamo a quanto vi dicevo prima... che la massima considerazione per il numero uno ci tiene legati tutti insieme, come non può non essere, altrimenti andremmo incontro allo sfacelo tutti quanti.»

«Questo è vero» riconobbe il signor Bolter, cogitabondo. «Oh, siete una vecchia volpe furbacchiona, voi!»

Fagin si rese conto, con piacere, che questo tributo alle sue capacità non era un mero complimento, ma che aveva realmente persuaso la recluta della propria scaltra genialità, la qual cosa era importantissima all'inizio dei loro rapporti. E, per rafforzare un'impressione così desiderabile e così utile, sferrò un secondo colpo ponendo a conoscenza Noah, con qualche particolare, della vastità e della portata delle sue operazioni, frammischiando verità e immaginazione come più era utile per i suoi fini e avvalendosi dell'una e dell'altra con tanta arte che il rispetto del signor Bolter crebbe visibilmente e a esso si accomunò, al contempo, una buona dose di vera e propria paura, una paura che era quanto mai opportuno destare.

«Questa nostra reciproca fiducia mi consola nonostante la grave perdita che ho subito» disse Fagin. «Il mio più valido collaboratore mi è stato tolto, ieri mattina.»

«Non vorrete dire che è morto!» esclamò il signor Bolter.

«No, no,» disse Fagin «la situazione non è così grave, non proprio così grave.»

«Allora suppongo che il vostro collaboratore sia stato...»

«Fermato» lo interruppe Fagin. «Sì, è stato fermato.»

«Per qualcosa di molto grave?» domandò il signor Bolter.

«No,» rispose Fagin «non molto. Era accusato di tentato borseggio, e gli hanno trovato in tasca una tabacchiera d'argento... la sua personale, mio caro, proprio la sua, poiché fiuta tabacco, e ci teneva moltissimo a quella tabacchiera. Lo hanno trattenuto fino a oggi perché credono di sapere chi sia il vero proprietario. Ah! Quel ragazzo ne valeva cinquanta di tabacchiere d'argento, e io darei il loro costo in denaro per riaverlo. Avreste dovuto conoscerlo, il Furbacchione, mio caro. Avreste dovuto conoscerlo!»

«Be', ma lo conoscerò, spero. Voi non lo ritenete possibile?» domandò il signor Bolter.

«Ne dubito» rispose Fagin, con un sospiro. «Se non troveranno alcuna prova, si limiteranno a una condanna lieve e lo riavremo con noi tra sei settimane circa; ma se trovano altro, farà un lungo viaggio. Sanno che ragazzo scaltro egli sia e per lui si tratterà del vitalizio.»

«Che cosa intendete con "lungo viaggio" e con "vitalizio"?» domandò il signor Bolter. «Qual è lo scopo di parlare per enigmi con me? Perché non vi esprimete chiaramente in modo che possa capirvi?»

Fagin stava per tradurre le misteriose espressioni nella lingua volgare; e, se lo avesse fatto, il signor Bolter sarebbe venuto a sapere che «lungo viaggio» significava deportazione e «vitalizio» condanna a vita. Invece la loro conversazione venne interrotta dal signorino Bates, che entrò con le mani affondate nelle tasche e la faccia alterata da un'aria di quasi comica afflizione.

«È tutto finito, Fagin» disse Charley Bates, dopo che lui e il nuovo compagno erano stati presentati.

«Che cosa vuoi dire?»

«Hanno trovato il gentiluomo, il proprietario della tabacchiera; stanno per venire due o tre altri testimoni per confermarlo e il Furbacchione è ormai prenotato per il lungo viaggio» rispose il signorino Bates. «Dovrò avere un vestito a lutto, Fagin, e un nastro nero sul cappello, per andare a fargli visita prima che si imbarchi per la traversata. Pensare che Jack Dawkins... Jack l'abilissimo... il Furbacchione... dovrà recarsi all'estero per una comunissima tabacchiera da due penny e mezzo! Non avrei mai pensato che gli sarebbe successo per meno, come minimo, di un cronometro d'oro con tanto di catena e ciondoli. Oh, perché non ha derubato qualche ricco e anziano gentiluomo di tutte le sue ricchezze, compiendo così il viaggio come un signore e non come un volgare ladruncolo senza onore e senza gloria?»

Dopo aver così compassionato il suo sfortunato amico, il signorino Bates si lasciò cadere sulla sedia più vicina, con un'aria afflitta e scoraggiata.

«Perché dici che non ha né onore né gloria?» esclamò Fagin, scoccando un'occhiata irosa al suo allievo. «Non è sempre stato, forse, il più abile di tutti voi? C'è forse qualcuno di voi che potesse paragonarglisi, sia pur lontanamente?

«Nessuno» rispose il signorino Bates, con una voce resa velata dal rammarico. «Proprio nessuno.»

«E allora di che vai cianciando?» disse Fagin irosamente. «Che cosa vai blaterando?»

«Lo dico perché non risulta, non è forse così?» rispose Charley, esasperato dal rammarico fino a osar di sfidare il suo venerabile maestro. «Lo dico perché non figurerà nella sentenza, e perché nessuno saprà mai anche soltanto la metà di quello che valeva. Come figurerà nella "Gazzetta" della prigione di Newgate? Forse non lo nomineranno nemmeno. Oh, povero me, povero me, che colpo è mai questo!»

«Ah-ah-ah!» rise Fagin, tendendo la mano destra e voltandosi verso il signor Bolter in preda a un accesso di ilarità che lo scuoteva tutto come se fosse stato affetto da paralisi progressiva. «Lo vedete quanto sono orgogliosi della loro professione, mio caro? Non è meraviglioso?»

Il signor Bolter fece un cenno d'assenso e Fagin, dopo aver contemplato le manifestazioni di dolore di Charley Bates per alcuni secondi, con evidente soddisfazione, si avvicinò a quel giovane gentiluomo e gli batté la mano sulla spalla.

«Non stare a crucciarti, Charley,» gli disse in tono consolante «lo si verrà a sapere, sta' pur certo che lo si verrà a sapere. Sapranno tutti che ragazzo scaltro egli fosse; Jack dimostrerà quello che vale e non costringerà i suoi maestri e i suoi compagni di un tempo a vergognarsi. Pensa, per giunta, a quanto è giovane! Non è cosa da poco, Charley, essere deportati a quella tenera età!»

«Be, sì, bisogna riconoscere che è un onore» mormorò Charley, un pochino consolato.

«Avrà tutto quello che vorrà» continuò l'ebreo. «In prigione, Charley, lo tratteranno come un gentiluomo. Proprio così, come un gentiluomo! Avrà birra ogni giorno e soldi in tasca per giocarci d'azzardo, se non potrà spenderli.»

«Come, non potrà?» gridò Charley.

«Ma sì che potrà» rispose Fagin. «E noi prenderemo un grande avvocato, Charley, uno che abbia, più di tutti gli altri, il dono della parlantina, per difenderlo. E il Furbacchione pronuncerà egli stesso un'arringa, se vorrà, e noi tutti leggeremo ogni cosa sui giornali... "il Furbacchione ha parlato... facendo sbellicare dalle risa il pubblico... e anche i giudici..." eh, Charley? Eh?»

«Ah-ah!» rise il signorino Bates. «Che spasso sarebbe, eh Fagin? Sì, dico, quanto li manderà in bestia il Furbacchione, eh?»

«E come!» gridò Fagin. «Sicuro che li manderà in bestia!»

«Oh, sì, certo che li manderà in bestia» gli fece eco Charley, fregandosi le mani.

«Mi sembra di vederlo!» esclamò l'ebreo, abbassando gli occhi sul suo allievo.

«Lo vedo anch'io» gridò Charley Bates. «Ah-ah-ah! Sicuro! Vedo ogni cosa come se la scena si svolgesse davanti a me, lo giuro, Fagin. Che spasso! Che comica! Tutti quei giudici imparruccati che si sforzano di avere un'aria solenne e Jack Dawkins che parla rivolto a loro come se fosse il figlio del presidente della corte intento a pronunciare un discorso dopo cena... ah-ah-ah!»

In effetti, Fagin era riuscito ad assecondare così bene l'indole bizzarra e mutevole del suo giovane amico, che il signorino Bates, il quale a tutta prima aveva veduto l'imprigionato Furbacchione come una vittima, lo considerava adesso il primo attore in una commedia quanto mai umoristica e divertente e non vedeva l'ora che giungesse il momento in cui il suo compagno avrebbe avuto il modo di dare sfoggio di tutte le sue capacità.

«Dobbiamo sapere, in una maniera o nell'altra, come se la sta passando oggi» disse Fagin. «Lasciami pensare.»

«Devo andare là io?» domandò Charley.

«Ma nemmeno per sogno!» esclamò Fagin con foga. «Sei proprio pazzo, pazzo da legare, mio caro, se vuoi recarti proprio là dove... No, Charley, no... È già anche troppo perdere uno di voi.»

«Non vorrai andarci tu, immagino?» disse Charley, con una smorfia ironica.

«No, non sarebbe affatto opportuno» rispose Fagin, scuotendo la testa.

«Allora perché non mandi questa nuova recluta?» domandò il signorino Bates, mettendo una mano sul braccio di Noah. «Non lo conosce nessuno.»

«Be', se è disposto...» mormorò Fagin.

«Disposto!» esclamò Charley. «Perché mai non dovrebbe esserlo?»

«Non ne avrebbe alcun motivo, mio caro» disse Fagin, voltandosi verso il signor Bolter. «Proprio nessun motivo.»

«Ehi, ehi, un momento» disse Noah, indietreggiando verso la porta e scuotendo la testa come se fosse allarmato. «No, no... non ne voglio sapere... Non fa parte delle mie mansioni!»

«E quali sarebbero le sue mansioni, Fagin?» domandò il signorino Bates, osservando, con un'aria assai disgustata, lo spilungone. «Tagliare la corda quando c'è qualcosa che non va e intascare la sua parte quando tutto fila via liscio? Sono queste le sue mansioni?»

«Non te ne occupare, tu» rispose il signor Bolter. «E non prenderti libertà con i tuoi superiori, marmocchio, o finirai male.»

Il signorino Bates rise così clamorosamente di questa spaventosa minaccia che occorse qualche tempo prima che Fagin potesse intervenire e spiegare al signor Bolter come egli non corresse il benché minimo pericolo recandosi al posto di polizia, dato che nessuna denuncia del suo furtarello, né alcuna descrizione delle sue fattezze, potevano ancora essere giunte nella metropoli. Anzi, con ogni probabilità, non si sospettava neppure che egli si fosse rifugiato a Londra. E inoltre, se si fosse camuffato a dovere, il posto di polizia sarebbe stato sicuro per lui come qualsiasi altro punto della città, essendo l'ultimissimo nel quale si sarebbe potuto prevedere di trovarlo per esservisi recato di sua iniziativa.

Persuaso in parte da questi ragionamenti, ma soprattutto dalla paura che aveva di Fagin, Bolter acconsentì infine, assai di malagrazia, a intraprendere la spedizione. Attenendosi ai suggerimenti del vecchio ebreo, si cambiò immediatamente indossando un camiciotto da carrettiere, brache di velluto e gambali di cuoio, tutte cose che Fagin aveva a portata di mano; gli venne inoltre fornito un cappello di feltro ben guarnito con i biglietti per passare la barriera ed ebbe anche una frusta. Così camuffato, doveva aggirarsi nel posto di polizia come un qualsiasi curioso proveniente dal mercato di Covent Garden; e siccome aveva un'aria volgare ed era goffo e maldestro, sarebbe stato in grado di recitare la parte alla perfezione.

Una volta terminati questi preparativi, gli furono descritti i connotati del Furbacchione affinché potesse riconoscerlo, poi il signorino Bates lo accompagnò, lungo viuzze buie e tortuose, fino a un punto poco lontano da Bow Street. Quindi, dopo avergli descritto minuziosamente il posto di polizia, spiegandogli che doveva infilarsi nel portone e, una volta giunto nel cortile, salire i gradini della porta sulla destra e togliersi il cappello entrando, Charley Bates lasciò che proseguisse frettolosamente da solo, promettendogli che l'avrebbe aspettato lì.

Noah Claypole, o Morris Bolter, come il lettore preferisce, seguì meticolosamente le indicazioni dategli ed esse – dato che il signorino Bates conosceva benissimo il posto – risultarono talmente esatte da consentirgli di giungere alla presenza del magistrato senza porre domande e senza imbattersi in alcun ostacolo. Venne a trovarsi sbalestrato tra una turba composta principalmente da donne pigiate in una stanza sudicia e puzzolente, a un lato della quale si trovava una pedana delimitata da una ringhiera, con la gabbia degli imputati sulla sinistra, contro la parete, il banco dei testimoni al centro e una scrivania per i magistrati sulla destra, quest'ultima nascosta in parte da un tramezzo per far sì che la plebe si limitasse a immaginare, se ne era capace, la maestosità della giustizia.

Nella gabbia degli imputati si trovavano soltanto due donne, che fecero cenni del capo ai loro ammiratori mentre il cancelliere leggeva alcune deposizioni a un paio di poliziotti e a un uomo in borghese che si sporgeva oltre il tavolo. Un carceriere si appoggiava alla ringhiera, tamburellandosi distrattamente il naso con una grossa chiave, tranne quando reprimeva una indebita tendenza alla conversazione tra i curiosi, imponendo il silenzio, o quando assumeva un'aria severa ordinando a qualche donna «Fuori quel piccino!», se l'austerità della giustizia gli sembrava venisse turbata da qualche debole strillo, soffocato in parte dallo scialle della madre, di un poppante. La stanza sapeva di chiuso e di sudiciume; le pareti erano rese grigiastre dalla sporcizia e il soffitto era annerito; sulla mensola del caminetto si trovavano un antico busto, anch'esso annerito dal fumo, e un polveroso orologio, la sola cosa che sembrasse funzionare a dovere lì dentro; infatti, la depravazione, o la miseria, o l'assuefazione a entrambe le cose avevano lasciato anche sulle persone un'impronta non meno disgustosa dello strato di sporcizia che rivestiva ogni oggetto.

Noah si guardò attorno ansiosamente cercando il Furbacchione; ma, sebbene si trovassero lì numerose donne che senz'altro sarebbero potute essere la madre o le sorelle di quel distinto personaggio, e più di un uomo che si sarebbe potuto scambiare per il padre di lui, non si vedeva nessuno che corrispondesse alla descrizione fattagli del signor Dawkins. Noah aspettò in uno stato di grande agitazione e incertezza finché le due donne processate non furono uscite con un'aria spavalda; e, subito dopo, provò un gran sollievo vedendo entrare un altro detenuto che, se ne rese subito conto, poteva essere soltanto lo scopo della sua presenza lì.

Si trattava infatti del signor Dawkins, il quale, entrato nell'aula a passi strascicati, con le maniche della giacca troppo larga rimboccate come al solito, la mano sinistra in tasca e il cappello nella mano destra, precedette il carceriere con un'andatura dondolante assolutamente indescrivibile e poi, preso posto nella gabbia, chiese, con una voce molto udibile, di sapere perché mai fosse stato posto in quella «situazione vergognosa».

«Tieni a freno la lingua, eh?» disse il carceriere.

«Sono inglese, no?» protestò il Furbacchione. «Dove si trovano i miei privilegi?»

«Li avrai tra poco, i privilegi» rispose il carceriere «con una buona dose di pepe.»

«Lo vedrai che cosa avrà da dire il segretario di Stato per gli Affari Interni, ai giudici, se prima non avrò parlato io!» ribatté il signor Dawkins. «Dunque, sentiamo! Che cos'è questa storia? Sarò grato ai magistrati se vorranno risolvere subito la questioncella, e non mi tratterranno qui per leggere il giornale, in quanto ho un appuntamento con un gentiluomo in città, e siccome sono un uomo di parola, e puntualissimo quando si tratta di affari, egli se ne andrà, se non mi vedrà arrivare in tempo, dopodiché dovrei chiedere i danni a coloro che mi hanno impedito di arrivare in tempo. Oh, no! Vediamo di evitarlo!»

A questo punto il Furbacchione, dimostrando di essere molto puntiglioso per quanto concerneva la procedura, espresse il desiderio che il carceriere gli comunicasse «i nomi di quei due sapientoni di giudici», la qual cosa divertì tanto il pubblico che tutti i presenti risero di cuore, quasi come avrebbe riso il signorino Bates se fosse stato lì.

«Fa' silenzio!» gridò il carceriere.

«Di che si tratta?» domandò uno dei magistrati.

«È un borsaiolo, vostra signoria.»

«È stato giudicato altre volte, quel ragazzo?»

«Sarebbe dovuto esserlo molte volte» rispose con una punta di acredine il carceriere. «Io lo conosco bene, vostra signoria.»

«Oh, sicché mi conoscete!» gridò il Furbacchione, come prendendone nota. «Comunque, siete colpevole di calunnia.»

Queste parole causarono una nuova risata e un nuovo grido che gli imponeva il silenzio.

«Dunque, vediamo, dove sono i testimoni?» domandò il cancelliere.

«Ah! Giusto!» commentò il Furbacchione. «Dove sono? Mi piacerebbe proprio vederli!»

Questo desiderio venne esaudito immediatamente, poiché si fece avanti un poliziotto che aveva veduto l'imputato tentare il borseggio di un gentiluomo sconosciuto tra la folla, togliergli dalla tasca un fazzoletto che tuttavia, essendo risultato molto vecchio, si era affrettato a rimettere al suo posto. Per tale motivo il poliziotto aveva proceduto all'arresto del Furbacchione subito dopo essere riuscito ad avvicinarlo e, in seguito a una perquisizione, era risultato che il predetto Furbacchione aveva in tasca una tabacchiera d'argento sul cui coperchio figurava inciso il nome del proprietario.

Il gentiluomo in questione era presente in aula e dichiarò, sotto giuramento, che la tabacchiera apparteneva a lui e che si era accorto di non averla più il giorno prima, non appena allontanatosi dalla folla. Tra quest'ultima aveva notato, inoltre, un ragazzo particolarmente fulmineo nell'allontanarsi; il ragazzo in questione era quello che si trovava dinanzi a lui nella gabbia degli imputati.

«Hai qualcosa da domandare a questo teste, ragazzo?» disse il magistrato.

«Non intendo umiliare me stesso scendendo così in basso da rivolgergli la parola» rispose il Furbacchione.

«Hai qualcosa da dire?»

«Hai udito sua signoria domandarti se hai qualcosa da dire?» gridò il carceriere, dando di gomito al Furbacchione, che taceva.

«Chiedo scusa» disse il Furbacchione, alzando gli occhi come se si fosse distratto. «Vi eravate rivolto a me, amico mio?»

«Non ho mai visto un giovane vagabondo così sfacciato, vostra signoria» disse il carceriere, senza riuscire a reprimere un sorriso. «Hai qualcosa da dire, piccolo impudente?»

«No» rispose il Furbacchione. «Non qui, perché qui non si fa giustizia; e del resto, il mio avvocato è a pranzo, oggi, con il vicepresidente della Camera dei Comuni, ma parlerò altrove e altrove parlerà anche il mio avvocato, e parleranno i numerosissimi e rispettabili miei amici, per cui questi brutti ceffi si augureranno di non essere mai venuti al mondo o di essere stati impiccati dai loro camerieri all'attaccapanni prima di essere venuti qui stamane ad accusarmi. Gli farò vedere io...»

«Basta così! È incriminato» intervenne il cancelliere. «Portatelo via.»

«Vieni via» disse il carceriere.

«Oh! Ah! Va bene, vengo» disse il Furbacchione, spazzolandosi il cappello con il palmo della mano. Poi, rivolgendosi ai magistrati: «Ehi! È inutile che abbiate quell'aria spaventata! Non avrò un solo briciolo di compassione. La pagherete per questo, cari miei! Non vorrei essere nei vostri panni per tutto l'oro del mondo. Non me ne andrei libero di qui nemmeno se doveste pregarmi in ginocchio. Avanti, portatemi in prigione! Portatemi via!»

Dopo queste ultime parole, il Furbacchione si lasciò trascinare fuori per la collottola, continuando a minacciare, finché non venne a trovarsi nel cortile, di far intervenire il Parlamento e sorridendo poi al carceriere con grande esultanza e molto compiacimento.

Quando l'ebbe veduto rinchiudere in una piccola cella, Noah si affrettò a tornare là ove aveva lasciato il signorino Bates. Aspettò per qualche tempo e infine venne raggiunto da quel giovane gentiluomo, il quale, prudentemente, si era astenuto dal mostrarsi finché non aveva accertato, stando nascosto, che il suo nuovo amico non era stato seguito da nessuno.

Poi i due si recarono insieme, rapidamente, da Fagin, per dargli l'incoraggiante notizia che il Furbacchione stava facendo onore alla sua educazione e si conquistava una fama gloriosa.

44

Giunge per Nancy il momento di mantenere
la promessa fatta a Rose ma il tentativo fallisce

Per quanto fosse abile in tutte le arti della scaltrezza e
della dissimulazione, Nancy non riusciva a nascondere
del tutto il turbamento causato nella sua mente dalla
consapevolezza del passo che aveva compiuto. Non di-
menticava che sia l'astuto ebreo sia il brutale Sikes le
avevano confidato progetti segreti per chiunque altro,
nel convincimento che ella fosse fidata e insospettabile.
Per quanto abietti fossero quei progetti, per quanto disperati potessero essere i loro ideatori e per quanto ri-
sentita ella potesse essere nei confronti di Fagin, che,
passo a passo, l'aveva fatta scendere sempre e sempre
più nel profondo di un abisso di perfidia e di disperazione dal quale non esisteva scampo, venivano ugualmente
momenti nei quali, anche nei confronti del vecchio
ebreo, ella esitava, non volendo che le sue rivelazioni
potessero consegnarlo alla stretta ferrea della giustizia
fino ad allora evitata, causando così, per sua mano, la
rovina di lui, sebbene ampiamente meritata.

Ma queste erano soltanto le esitazioni di una mente
incapace di staccarsi del tutto dai compagni del passato, eppure ferma nel suo scopo e decisa a non lasciarse-
ne distogliere da alcuna considerazione. Nancy sarebbe
potuta essere più facilmente indotta a tornare sulla propria decisione finché ve n'era il tempo dai timori che
nutriva per Sikes; ma si era accordata nel senso che il
suo segreto sarebbe stato mantenuto, non aveva rivelato alcun indizio che potesse portare alla cattura di lui e
persino si era rifiutata, per la salvezza di quello, di tro-

vare un rifugio e di sottrarsi all'esistenza infame, di colpe e di tormenti, che conduceva. Che cosa avrebbe potuto fare di più? No, era decisa.

Ma, sebbene tutte le sue battaglie mentali si concludessero in questo modo, esse la spossavano e lasciavano in lei tracce visibili. In pochi giorni era diventata pallida e smagrita. A volte non si accorgeva affatto di quanto accadeva e non prendeva parte alle conversazioni nelle quali, un tempo, la sua voce si sarebbe fatta sentire più forte di tutte le altre. Altre volte rideva senza essere affatto allegra e parlava a non finire senza averne motivo. Altre volte ancora, non di rado appena pochi momenti dopo, si chiudeva in un cupo silenzio, con il capo tra le mani, come se stesse riflettendo; ma la fatica stessa con la quale si riscuoteva lasciava capire, più chiaramente di ogni altro indizio, che era sconvolta e che i suoi pensieri andavano a cose ben diverse da quelle delle quali parlavano i compagni.

Era la sera di domenica e la campana della chiesa più vicina stava battendo l'ora. Sikes e l'ebreo conversavano, ma si interruppero per ascoltare. La ragazza alzò gli occhi, standosene accoccolata su uno sgabello, e ascoltò a sua volta. Le undici.

«Manca un'ora alla mezzanotte» disse Sikes, alzando la tendina per guardar fuori, e tornando poi al suo posto. «Una notte buia e nuvolosa; sembra fatta apposta per il nostro lavoro.»

«Ah!» disse Fagin. «È un vero peccato, Bill, mio caro, che non abbiamo ancora preparato a dovere nessun colpo.»

«Per una volta tanto hai ragione» rispose Sikes, brusco. «È un peccato davvero in quanto, per giunta, sono in vena.»

Fagin sospirò e scosse la testa con rammarico.

«Dovremo rifarci del tempo perduto non appena avremo rimesso le cose sul binario giusto. Io so soltanto questo» disse Sikes.

«Bravo! Questo è parlare, mio caro» esclamò Fagin, azzardandosi a dargli una pacca sulla spalla. «Ascoltarti mi fa bene.»

«Ah, ti fa bene, eh!» gridò Sikes. «E sia pure!»

«Ah-ah-ah!» rise Fagin, come se anche una concessione così ridicola fosse bastata per colmarlo di sollievo. «Sei di nuovo quello di un tempo, questa sera, Bill! Proprio lo stesso di un tempo!»

«Be', io invece non mi sento quello di sempre quando mi piazzi sulla spalla quel vecchio artiglio rinsecchito, quindi toglilo» disse Sikes, liberandosi con uno scrollone della mano dell'ebreo.

«Ti innervosisce, Bill?... Ti dà l'impressione di essere catturato?» domandò Fagin, deciso a non offendersi.

«Mi dà l'impressione di essere catturato dal demonio» rispose Sikes. «Non è mai esistito nessun uomo con una faccia come la tua, o forse soltanto tuo padre, e immagino che ora gli stia bruciando la barba rossiccia a meno che tu non discenda direttamente dal demonio, senza alcun padre intermedio. Cosa che non mi stupirebbe affatto.»

Fagin preferì non rispondere a parole tanto complimentose; afferrato invece Sikes per la manica, indicò con il dito Nancy, che aveva approfittato di questa conversazione per mettersi la cuffietta e che si stava accingendo a uscire dalla stanza.

«Ehilà» gridò Sikes. «Nancy! Dove stai andando, figliola, a quest'ora?»

«Non lontano.»

«Che razza di risposta è mai questa?» esclamò Sikes. «Dove sei diretta?»

«Non lontano, ti ho detto.»

«E io voglio sapere dove» insistette Sikes. «Mi hai sentito?»

«Non lo so dove vado» rispose la ragazza.

«Allora lo so io» disse Sikes, più per caparbietà che perché fosse contrario a consentire alla ragazza di andare dove voleva. «Non andrai in nessun posto. Mettiti a sedere.»

«Non mi sento bene. Te l'ho già detto» mormorò Nancy. «Voglio andare a respirare una boccata d'aria.»

«Affacciati alla finestra» rispose Sikes.

«Non ce ne sarebbe abbastanza» disse Nancy. «Voglio respirarla per la strada.»

«Allora non la respirerai» dichiarò Sikes. Dopodiché si alzò, andò a chiudere a chiave la porta, tolse la chiave dalla serratura, poi, strappata la cuffietta dalla testa della ragazza, la gettò in cima a un vecchio armadio. «Ecco fatto» disse il ladro. «E ora stattene lì tranquilla e zitta, eh?»

«Non basta una cuffietta per fermarmi» disse la ragazza, diventando pallidissima. «Che cosa ti prende, Bill? Ti rendi conto di quello che stai facendo?»

«Se mi rendo conto... Oh!» gridò Sikes, rivolgendosi a Fagin. «Deve essere impazzita, sai, altrimenti non oserebbe parlarmi in questo modo.»

«Mi costringerai a fare qualcosa di disperato» mormorò Nancy, portando entrambe le mani sui seni, come per reprimere a forza un qualche violento sfogo. «Lasciami andare, eh... subito... immediatamente!»

«No!» disse Sikes.

«Digli di lasciarmi andare, Fagin. Sarà meglio per lui. Farebbe bene a lasciarmi andare. Mi hai sentita?» strillò Nancy, battendo il piede sul pavimento.

«Se ti sento!» sibilò Sikes, voltandosi sulla sedia verso di lei. «E come, se ti sento. E se ti sentirò anche soltanto per mezzo minuto ancora, il cane ti azzannerà alla gola e ti farà urlare per forza! Che cosa ti ha preso, sgualdrina? Che cosa?»

«Lasciami andare» disse la ragazza, sommessamente ma con ardore. Poi sedette sul pavimento, davanti alla porta, e soggiunse: «Bill, lasciami andare; tu non sai quello che stai facendo. Non lo sai, davvero. Per un'ora soltanto... lasciami... lasciami uscire!».

«Mi taglio una alla volta le braccia e le gambe, piuttosto!» urlò Sikes, afferrandola violentemente per un braccio. «Questa ragazza ha davvero perduto il senno. Alzati!»

«No, finché non mi lascerai andare... No, se non mi lasci andare... Mai... mai!» strillò Nancy.

Sikes aspettò per qualche momento l'occasione propizia, poi, inchiodatele all'improvviso le mani, la trascinò, mentre si dibatteva e lottava contro di lui, in una stanzetta adiacente, ove sedette su una panca e, dopo averla costretta su una sedia, ve la tenne inchiodata a forza. Lei ora si dibatté, ora implorò finché non si udirono i rintocchi della mezzanotte, e infine, spossata, si arrese. Dopo averla ammonita, con molte bestemmie, a non provarsi più a uscire, Sikes la lasciò e tornò da Fagin.

«Perdiana!» esclamò, asciugandosi la faccia imperlata di sudore. «Che ragazza stramba!»

«Puoi ben dirlo, Bill» mormorò Fagin, cogitabondo. «Puoi ben dirlo.»

«Secondo te, perché si era messa in mente di uscire stanotte?» domandò Sikes. «Andiamo, tu dovresti conoscerla meglio di me. Che cosa significa tutto questo?»

«Cocciutaggine, cocciutaggine femminile, presumo, mio caro.»

«Sì, lo penso anch'io» borbottò Sikes. «Credevo di averla domata, ma è peggio di prima.»

«Molto peggio» mormorò Fagin, cogitabondo. «Non l'ho mai veduta ribellarsi così, per un nonnulla.»

«Nemmeno io» disse Sikes. «Sono convinto che abbia ancora nel sangue un po' di febbre malarica che non vuole saperne di sfogarsi... Eh?»

«È probabile.»

«Le caverò un po' di sangue, senza disturbare il medico, se ricomincerà daccapo.»

Fagin approvò, con un cenno di assenso, questo genere di cura.

«Quando ero costretto al letto dalla febbre mi ronzava attorno giorno e notte, e tu invece, da quel lupo spietato che sei, mi ignoravi» disse Sikes. «Per giunta non avevamo mai il becco di un quattrino, e credo che, in un modo o nell'altro, sia stato questo a crucciarla e a esaurirla. Inoltre, l'essere rimasta rinchiusa in casa così a lungo deve averla resa irrequieta, eh?»

«Sì, dev'essere così, mio caro» rispose l'ebreo, in un bisbiglio. «Scccc!»

Mentre così invitava al silenzio, la ragazza entrò e sedette dov'era prima. Aveva gli occhi gonfi e rossi. Si dondolò avanti e indietro, scosse la testa, poi, dopo qualche momento, scoppiò a ridere.

«Oh bella, adesso ha cambiato registro!» esclamò

Sikes, rivolgendo a Fagin uno sguardo sommamente stupito.

L'ebreo gli fece capire, scuotendo la testa, che era meglio non badare a lei, per il momento, e, di lì a pochi minuti, la ragazza tornò a essere quella di sempre. Dopo aver bisbigliato a Sikes che non doveva temere una ricaduta, Fagin prese il cappello e augurò la buonanotte. Si soffermò una volta giunto alla porta e, voltandosi, domandò se qualcuno gli avrebbe fatto luce nelle buie scale.

«Fagli luce» disse Sikes, che stava caricando la pipa. «Sarebbe un peccato se si rompesse l'osso del collo senza essere visto da nessuno. Fagli luce.»

Nancy seguì il vecchio al pianterreno con una candela.

Quando furono giunti nel corridoio, egli si portò un dito alle labbra e, avvicinatosi alla ragazza, domandò in un bisbiglio:

«Cosa c'è, Nancy cara?»

«Che cosa vuoi dire?» domandò la ragazza, bisbigliando a sua volta.

«Mi riferisco alla causa di quello che è accaduto» rispose Fagin. «Se lui» e con la mano scheletrica indicò le scale «è tanto violento con te (è un bruto, Nancy, una bestia brutale), perché tu non...»

«Ebbene?» domandò la ragazza, mentre Fagin si interrompeva, con la bocca che quasi le sfiorava l'orecchio, fissandola negli occhi.

«Lascia perdere, per il momento. Ne riparleremo. In me hai un amico, Nancy, un amico fidato. Ho i modi di intervenire. Segretamente e rapidamente. Se vuoi vendicarti di chi ti tratta come un cane... che dico, come un cane! Peggio del suo cane, perché, a volte, lo accarezza... rivolgiti a me. Rivolgiti a me, ti dico. Lui è soltanto un animale di passaggio, ma noi due ci conosciamo da un pezzo, Nancy cara.»

«Sì, ti conosco bene» disse la ragazza, senza tradire la benché minima emozione. «Buonanotte.»

Indietreggiò quando Fagin le porse la mano, ma tornò ad augurargli la buonanotte con una voce ferma; poi, rispondendo con uno sguardo e un cenno del capo all'ultimo saluto di lui, chiuse la porta.

Fagin si diresse verso casa sua, assorto nei propri pensieri. Si era messo in mente – non a causa di quanto era appena accaduto, sebbene la ribellione di Nancy lo avesse ulteriormente persuaso, ma adagio e a poco a poco – che la ragazza, stanca delle brutalità di Sikes, si fosse innamorata di qualcun altro. I nuovi modi di lei, il fatto che si assentasse spesso, sola, da casa, la sua relativa indifferenza nei confronti degli interessi della banda, che prima le erano stati tanto a cuore, e, a coronamento di questo, l'ansia disperata di uscire di casa quella sera, a una determinata ora, tutto ciò avvalorava la sua supposizione e la rendeva, almeno agli occhi di lui, quasi certa. L'oggetto del nuovo amore di Nancy non faceva parte dei suoi tirapiedi. Con una consigliera come Nancy, costui sarebbe stato un acquisto prezioso, e bisognava (così stava ragionando Fagin) assicurarselo senza indugi.

Ma v'era anche un altro e più tenebroso scopo da conseguire. Sikes sapeva troppe cose e inoltre i suoi insulti avevano esasperato Fagin, sebbene il vecchio non lo avesse dato a vedere. La ragazza doveva sapere senz'altro che, se avesse abbandonato Sikes, non sarebbe mai riuscita a sottrarsi alla sua furia, la quale si sarebbe accentrata inoltre su colui che era l'oggetto del nuovo amore di lei, costandogli forse anche la vita. "Con un po' di persuasione" si domandò Fagin "non sarebbe magari disposta ad avvelenarlo? Altre donne hanno fatto anche di peggio, pur di salvare il loro nuovo amore. In questo modo il pericoloso farabutto, l'uomo che io odio, verrebbe eliminato, un altro prenderebbe il suo posto, e il mio ascendente sulla ragazza, grazie al fatto che io sarei a conoscenza di un segreto così pericoloso, diventerebbe illimitato."

Riflessioni simili a queste si erano susseguite nella mente di Fagin quando il ladro lo aveva lasciato solo per breve tempo; e in seguito, mentre l'idea continuava a campeggiare nei suoi pensieri, egli aveva colto l'occasione propizia, in fondo alle scale, per sondare la ragazza. E Nancy non aveva manifestato alcuno stupore, né sembrava avere stentato a capire a che cosa lui alludesse. Lo sguardo di lei, al momento in cui si erano separati, glielo aveva confermato.

Ma forse un complotto per togliere la vita a Sikes l'avrebbe fatta esitare, ed era proprio questo, invece, lo scopo più importante da conseguire. "In qual modo" si domandò Fagin, mentre faceva ritorno a casa sua "posso accrescere il mio ascendente su di lei? Come posso assicurarmi nuovi poteri sulla ragazza?"

Le menti come la sua sono fertili in fatto di espedienti. Se, senza tentar di strappare la verità alla ragazza, l'avesse spiata, scoprendo chi era l'oggetto del suo nuovo amore e minacciandola poi di rivelare tutto a Sikes (del quale ella aveva molta paura) qualora non fosse stata disposta a fare come lui voleva, non sarebbe forse potuto essere certo del successo?

"Sì, posso esserne sicuro" concluse Fagin, tra sé e sé. "Non oserà oppormi un rifiuto. No di certo. L'avrò in pugno. Ho trovato il mezzo per conseguire il mio scopo, e me ne servirò."

Con uno sguardo tenebroso e un gesto minaccioso nella direzione della casa ove aveva lasciato l'impudente villano, proseguì cincischiando, con le mani ossute, le pieghe del lacero mantello come se fossero state un odiato nemico che poteva schiacciare con ogni movimento delle dita.

45

Noah Claypole viene impiegato da Fagin
per una missione segreta

Il vecchio si alzò di buonora, la mattina dopo, e aspettò con impazienza l'arrivo del suo nuovo collaboratore, il quale, dopo un ritardo che parve interminabile, si presentò, infine, e cominciò ad aggredire con voracità la colazione.

«Bolter» disse Fagin, accostando una sedia e mettendosi a sedere di fronte a lui.

«Che c'è?» disse Noah. «Che cosa volete? Non chiedetemi di fare qualcosa finché non avrò mangiato. È questo il guaio più grosso, qui: non si riesce mai a dedicare tempo sufficiente ai pasti.»

«Potete parlare mentre mangiate, no?» disse Fagin, maledicendo dal più profondo del cuore l'ingordigia del giovane.

«Oh, sì, posso parlare. Anzi, mangio meglio quando parlo» disse Noah, tagliandosi una fetta di pane mostruosa. «Dov'è Charlotte?»

«È uscita» rispose Fagin. «L'ho mandata fuori, stamane, con l'altra ragazza, perché volevo che restassimo soli.»

«Oh» fece Noah. «Vorrei però che le aveste ordinato di preparare, prima, un po' di crostini abbrustoliti e imburrati. Be'. Parlate pure. Non mi disturberete.»

Sembrava quasi escluso, infatti, che qualcosa potesse disturbarlo, in quanto, era ovvio, doveva essersi seduto a tavola sommamente deciso a mangiare il più possibile.

«Ieri ve la siete cavata bene, mio caro» disse Fagin. «Mirabilmente! Sei scellini, nove pence e mezzo penny sin dal primo giorno! La posta ai marmocchi farà la vostra fortuna.»

«Non dimenticate di tener conto di tre caraffe per la birra e di un bricco per il latte» osservò il signor Bolter.

«Oh, no, no, mio caro. Le caraffe sono state colpi di genio, ma il bricco per il latte ha costituito un vero capolavoro.»

«Non male, direi, per un principiante» fece osservare il signor Bolter, compiaciuto. «Le caraffe le ho portate via da un banco di vendita, e quanto al bricco del latte, se ne stava tutto solo davanti a una locanda. Mi sono detto che si sarebbe potuto arrugginire sotto la pioggia, o che avrebbe potuto buscarsi un raffreddore, sapete. Eh? Ah-ah-ah!»

Fagin finse di ridere a sua volta, di vero cuore; e il signor Bolter, terminata la risata, staccò una serie di enormi morsi che esaurirono la prima fetta di pane imburrato e gli consentirono di passare alla seconda.

«Voglio, Bolter» disse Fagin, sporgendosi oltre il tavolo «che sbrighiate un lavoretto per me, mio caro, un lavoretto che richiede somma cura e precauzione.»

«Ehi, dico,» esclamò Bolter «non mi mandate nel pericolo o in altri posti di polizia! Questi incarichi non fanno per me, oh no, sappiatelo.»

«Non v'è il benché minimo pericolo, nella cosa... assolutamente nessuno» disse l'ebreo. «Si tratta solo di pedinare una donna.»

«Una donna vecchia?» domandò il signor Bolter.

«Una donna giovane» rispose Fagin.

«Questo posso farlo benissimo, lo so» disse Bolter. «Già quando andavo a scuola ero bravissimo a spiare. Per quale ragione dovrò pedinarla? Non sarà per...»

«Non sarà per altro motivo che per riferire a me dove si reca, con chi si incontra, e, se possibile, che cosa dice. Dovrete ricordare la via, se si recherà in una via, o la casa, se entrerà in una casa. E, insomma, riferire a me tutto quello che riuscirete a scoprire.»

«Quanto mi darete?» domandò Noah, posando la tazza e guardando avidamente il suo principale.

«Se ve la caverete bene, una sterlina, mio caro. Una

sterlina» ripeté Fagin, volendo fargli sentire il più possibile l'odore dei quattrini. «È un compenso che non ho mai dato per incarichi che non potessero fruttare informazioni molto importanti.»

«Chi è la donna?» domandò Noah.

«Una di noi.»

«Oh, Cielo!» esclamò Noah, arricciando il naso. «Sospettate di lei, è così?»

«Si è trovata nuovi amici, mio caro, e devo sapere chi sono» rispose Fagin.

«Capisco» disse Noah. «Tanto per avere il piacere di sapere se si tratta di persone rispettabili, eh? Ah-ah-ah! D'accordo, sono il vostro uomo.»

«Sapevo che avreste accettato!» esclamò Fagin, lieto del successo ottenuto.

«Certo, certo» disse Noah. «Dov'è la donna? Dove devo aspettarla? Dove mi devo recare?»

«Tutte queste informazioni, mio caro, le avrete da me al momento opportuno» rispose Fagin. «Voi tenetevi pronto e lasciate che al resto ci pensi io.»

Quella sera, e la sera successiva, e quell'altra ancora Noah aspettò, vestito da carrettiere, che Fagin gli impartisse l'ordine. Trascorsero sei sere, sei sere lunghe e logoranti, e ogni volta Fagin tornò a casa con un'aria delusa e, concisamente, lasciò capire che ancora non era il momento. La settima sera rientrò prima del solito, esultante al punto da non riuscire a nasconderlo. Era una domenica.

«Esce stanotte» disse Fagin «e proprio per quello che ritengo io, ne sono certo; infatti l'uomo che ella teme è rimasto fuori per tutto il giorno e non tornerà prima dell'alba. Venite con me, presto!»

Noah lo seguì senza dir parola perché l'ebreo era in preda a una tale eccitazione che contagiò anche lui. Uscirono furtivamente e, affrettandosi in un labirinto di viuzze, giunsero infine davanti a una locanda, quella stessa ove Noah aveva dormito la sera del suo arrivo a Londra.

Essendo le undici passate, la porta era chiusa. Girò silenziosamente sui cardini quando Fagin emise un sibilo sommesso. I due entrarono senza fare alcun rumore e la porta venne chiusa alle loro spalle. Non osando neppure bisbigliare e limitandosi ai gesti, Fagin e il giovane ebreo che li aveva fatti entrare indicarono a Noah il vetro incassato nella parete e gli fecero cenno di salire sin là e di osservare la persona nella stanza adiacente.

«È quella la donna?» egli domandò, con un bisbiglio a malapena udibile. Fagin fece un cenno di assenso.

«Non riesco a vederla bene in viso» bisbigliò Noah. «Tiene la testa bassa e la candela si trova alle sue spalle.»

«Restate lì» bisbigliò a sua volta Fagin. Poi fece un cenno a Barney, che uscì. Un attimo dopo, il giovane ebreo entrò nella stanza adiacente e, fingendo di dover smoccolare la candela, la spostò nella posizione più opportuna, poi, rivolgendo la parola alla ragazza, la costrinse ad alzare la testa per rispondergli.

«Ora la vedo» bisbigliò la spia.

«Con chiarezza?»

«La riconoscerei tra mille.»

Noah si affrettò a scendere mentre la porta dell'altra stanza veniva aperta e la ragazza usciva. Fagin trasse il giovane in un cubicolo chiuso da una tenda e là trattennero entrambi il respiro mentre Nancy passava accanto al nascondiglio, quasi sfiorandoli, e usciva poi dalla stessa porta per la quale loro erano entrati.

«Presto» gridò il giovane ebreo che le aveva aperto la porta. «Adesso!»

Noah scambiò uno sguardo con Fagin e sfrecciò fuori.

«È andata a sinistra» bisbigliò Barney. «Voi tenetevi al lato opposto della strada.»

Noah così fece. E, alla luce dei lampioni, scorse la sagoma della ragazza che si allontanava, già a una certa distanza da lui. Si avvicinò quanto lo consentiva la prudenza e rimase al lato opposto della strada per osservare meglio i movimenti di lei. La ragazza si guardò attorno nervosamente due o tre volte e, a un certo momento, si fermò per consentire a due uomini, che venivano subito dietro di lei, di oltrepassarla. Ma parve farsi coraggio a mano a mano che proseguiva, e camminare a passi più costanti e più decisi. La spia mantenne sempre la stessa distanza tra loro e continuò a seguirla senza perderla di vista.

46

L'appuntamento

Gli orologi delle chiese suonavano le undici e tre quarti quando due sagome si fecero avanti sul ponte di Londra. L'una, che camminava a passi rapidi, era quella di una donna la quale si guardava attorno ansiosamente, come se stesse cercando qualcuno che aspettava; l'altra era quella di un uomo che approfittava delle ombre più fitte e, tenendosi a una certa distanza, regolava il proprio passo su quello di colei che lo precedeva, fermandosi quando ella si fermava e proseguendo quando riprendeva a camminare, senza tuttavia mai consentirsi, nell'ansia dell'inseguimento, di diminuire la distanza tra loro. In questo modo i due percorsero il ponte in tutta la sua lunghezza, da una riva del fiume a quella opposta, dopodiché la donna, apparentemente delusa dopo avere scrutato ansiosa i passanti, tornò indietro. Il movimento fu improvviso, ma colui che la seguiva non si lasciò cogliere alla sprovvista; infatti, rifugiatosi in una delle nicchie che vengono a trovarsi sopra i pilastri del ponte, e sporgendosi oltre il parapetto per rendersi meno visibile, aspettò che la donna fosse passata sul marciapiede opposto. Quando stava per giungere alla stessa distanza di prima da lui, tornò indietro furtivamente e ricominciò a seguirla. Quasi al centro del ponte ella si fermò; l'uomo si fermò a sua volta.

Era una notte molto buia. Durante il giorno il tempo era stato pessimo e a quell'ora, sul ponte, passavano ben poche persone. Quelle poche passavano in fretta, con ogni probabilità senza neppur vedere, e senza dubbio senza notare, né la donna né l'uomo che non la perdeva mai di vista. L'aspetto dei due, d'altronde, non era tale da attrarre gli sguardi importuni di quei mendicanti di Londra che per caso passavano sul ponte quella notte andando in cerca del freddo riparo di una volta o di un tugurio senza più porte, ove poter riposare. I due rimanevano in piedi in silenzio, senza rivolgere la parola a coloro che passavano di lì e senza sentirsela rivolgere. Sul fiume gravava la nebbia, rendendo più cupi i bagliori rossastri dei fuocherelli accesi sulle piccole imbarcazioni ormeggiate lungo i vari pontili, e più indistinti i bui edifici lungo le rive. Gli antichi magazzini anneriti dal fumo, su una riva e sull'altra, facevano spicco massicci tra l'accavallarsi dei tetti e degli abbaini e sembravano fissare accigliati l'acqua del fiume, troppo scura per riflettere anche la loro poderosa mole. Il campanile della chiesa del Salvatore e quello di San Magno, per così lungo tempo i giganteschi guardiani del vecchio ponte, erano visibili anche nella nebbia, ma la foresta degli alberi delle imbarcazioni, sotto il ponte, e i campanili delle tante chiese, in alto, rimanevano quasi sottratti alla vista.

La ragazza era andata avanti e indietro, irrequieta, alcune volte – sempre sorvegliata attentamente dall'osservatore nascosto – quando la campana grande di San Paolo suonò a morte per un altro giorno trascorso. Era scoccata la mezzanotte nella popolosa città. Dai palazzi agli scantinati, dalle carceri ai manicomi, dai luoghi ove si nasce a quelli ove si muore, dai sani ai malati, dai volti irrigiditi dei cadaveri a quelli sereni dei bambini addormentati... la mezzanotte era giunta per tutti.

Due minuti non erano trascorsi ancora, dopo lo scoccare della mezzanotte, che una giovane dama, accompagnata da un gentiluomo dai capelli brizzolati, discesero da una carrozza a breve distanza dal ponte per dirigersi quindi verso di esso dopo aver congedato il cocchiere. Avevano appena posto piede su uno dei marciapiedi del ponte stesso che la ragazza trasalì e immediatamente si diresse verso di loro.

I due proseguirono, con l'aria di persone che ritengono quasi impossibile la realizzazione delle loro aspettative, e a un tratto vennero raggiunti dalla ragazza. Si fermarono con un'esclamazione di sorpresa, ma subito dopo tacquero poiché un uomo che aveva tutta l'aria di essere un contadino si avvicinò, e li sfiorò, anzi, nello stesso preciso momento.

«Non qui» si affrettò a bisbigliare Nancy. «Ho paura di parlare con voi qui. Allontaniamoci dalla strada... scendiamo giù per quei gradini!»

Mentre pronunciava queste parole e indicava con un gesto della mano la direzione nella quale desiderava andare, il bifolco si voltò e, domandando villanamente perché occupassero l'intero marciapiede, passò oltre.

I gradini additati dalla ragazza erano quelli che alla estremità del ponte, sul lato ove sorge la chiesa del Salvatore, salgono dal livello del fiume. Là l'uomo che aveva l'aspetto di un villico si affrettò a precedere gli altri, inosservato, e, dopo avere esaminato il posto per un attimo, cominciò a scendere.

La scala in questione fa parte del ponte ed è formata da tre rampe. Subito sotto la seconda rampa, scendendo, il muro di pietra sulla sinistra termina con un pilastro ornamentale situato di fronte al Tamigi. Lì i gradini più in basso si allargano; per cui una persona, voltando all'angolo del muro, non può essere veduta da chiunque si trovi più in alto, anche soltanto di un gradino, sulla scala. Il villico, una volta arrivato qui, si guardò attorno rapidamente; e poiché sembrava non esistere alcun nascondiglio migliore e, la marea essendo bassa, v'era spazio in abbondanza, si spostò lateralmente, la schiena addossata al pilastro, e lì aspettò; quasi certo che i tre non sarebbero discesi così in basso, e che, se anche non avesse potuto udire quanto dicevano, gli sarebbe stato possibile seguirli di nuovo.

Il tempo sembrava scorrere così adagio, in quel luogo solitario, e l'uomo era tanto ansioso di scoprire le ragioni di un convegno così diverso da quanto si era aspettato, che più di una volta si ritenne sconfitto, persuadendosi o che i tre si erano fermati molto più in alto, oppure che si erano recati a tenere il loro misterioso colloquio in qualche altro luogo del tutto diverso. Stava per riemergere dal nascondiglio e tornare sulla strada sovrastante, quando udì un rumor di passi e, subito dopo, voci quasi accanto al suo orecchio.

Si irrigidì allora contro il muro e quasi non respirò mentre ascoltava attentamente.

«Qui siamo abbastanza lontani» disse una voce che apparteneva, evidentemente, al gentiluomo. «Non intendo consentire alla signorina di andare oltre. Molti non si sarebbero fidati di voi e non sarebbero arrivati nemmeno sin qui, ma, come vedete, io sono disposto ad assecondarvi.»

«Ad assecondarmi!» esclamò la voce della ragazza pedinata. «Siete davvero pieno di riguardi, signore. Assecondarmi, ma guarda! Vabbè, vabbè, non importa.»

«Per quale motivo, allora,» domandò il gentiluomo, in un tono di voce più affabile «ci avete condotti in questo strano posto? Perché non consentirmi di parlarvi sul ponte, che è illuminato, e dove passa qualcuno, invece di portarci in questo buco buio e lugubre?»

«Ve l'ho già detto» rispose Nancy. «Avevo paura di parlare con voi lassù. Non so come sia» continuò la ragazza, rabbrividendo «ma vi sono in me, questa notte, uno sgomento e un terrore tali che quasi non riesco a reggermi in piedi.»

«Terrore di che cosa?» domandò il gentiluomo.

«Quasi non lo so» rispose la ragazza. «Vorrei saperlo. Orribili pensieri di morte, visioni di sudari insanguinati, e una paura che mi fa ardere come se fossi in fiamme e che ho avuto dentro per tutto il giorno. Stavo leggendo un libro, questa sera, per ingannare il tempo, e vedevo le stesse cose stampate sulla carta.»

«Immaginazione» disse il gentiluomo, cercando di calmarla.

«Non era immaginazione» rispose la ragazza, con una voce rauca. «Giuro di avere visto la parola "bara" scritta a grandi lettere nere su ogni pagina del libro, e per la strada, questa sera, ne è passata una vicino a me.»

«In questo non c'è niente di insolito» osservò il gentiluomo. «Chissà quante volte ho veduto passare bare vicino a me.»

«Ma *bare vere*» ribatté la ragazza. «Questa non lo era.»

I modi di lei avevano un qualcosa di così insolito che all'ascoltatore nascosto si accapponò la pelle, mentre la ragazza pronunciava queste parole, e gli si gelò il sangue. Mai era stato pervaso da un sollievo tanto grande come quello che provò udendo la voce soave della signorina esortare la ragazza a stare calma e a non consentire a se stessa di lasciarsi sconvolgere da fantasie così orribili.

«Parlatele con dolcezza» ella disse al suo compagno. «Povera creatura. Sembra averne tanto bisogno.»

«Persone religiose della vostra stessa classe mi avrebbero guardata con disprezzo, questa notte, parlandomi dell'inferno e del castigo!» esclamò la ragazza. «Oh, cara signorina, perché coloro che sostengono di servire Dio non sono buoni e gentili con noi miserabili come lo siete voi che, possedendo la gioventù e la bellezza, e tutto ciò che gli altri hanno perduto, avreste il diritto di essere orgogliosa, anziché umile?»

«Ah!» esclamò il gentiluomo. «L'arabo volta il viso, dopo esserselo ben lavato, a oriente, quando recita le preghiere. Certe persone, invece, dopo essersi sfregate la faccia per cancellarne il sorriso, si volgono verso l'inferno. Tra il musulmano e il fariseo scelgo il primo!»

Queste parole parvero essere rivolte alla signorina e vennero pronunciate, forse, con l'intenzione di dare a Nancy il tempo di calmarsi. Il gentiluomo, subito dopo, si rivolse a lei.

«Non siete venuta domenica scorsa» disse.

«Non mi è stato possibile» rispose Nancy. «Qualcuno me lo ha impedito con la forza.»

«Chi?»

«L'uomo del quale ho già parlato alla signorina... Bill.»

«Non vi avrà sospettato, spero, di esservi messa in contatto con qualcuno a proposito delle circostanze che vi hanno condotta qui questa sera?» domandò ansiosamente l'anziano gentiluomo.

«No» rispose la ragazza, scuotendo la testa. «Non è molto facile per me allontanarmi da lui, a meno che egli non conosca la ragione delle mie assenze. Non mi sarei potuta incontrare con la signorina, l'altra volta, se non gli avessi fatto bere del laudano prima di andarmene.»

«E si destò prima del vostro ritorno?»

«No, e né lui né alcun altro sospettano di me.»

«Bene» disse il gentiluomo. «Ora ascoltatemi.»

«Sono pronta» rispose la ragazza, mentre egli taceva momentaneamente.

«Questa signorina» cominciò l'anziano gentiluomo «ha riferito a me e ad alcuni altri fidati amici quanto voi le diceste quasi quindici giorni fa. A tutta prima, ve lo confesso, dubitai che si potesse riporre fiducia in voi, ma ora credo fermamente che siate sincera.»

«Lo sono» disse la ragazza, con decisione.

«Vi ripeto che lo credo fermamente. E, per dimostrarvi che sono disposto a riporre fiducia in voi, vi dirò, francamente, che ci proponiamo di strappare il segreto, quale che possa essere, a quell'uomo, quel Monks. Ma se... se...» continuò il gentiluomo «egli non potesse essere rintracciato, o se, una volta rintracciato, non parlasse come noi vogliamo, allora dovrete consegnarci l'ebreo.»

«Fagin!» esclamò la ragazza, indietreggiando.

«Quell'individuo deve esserci consegnato da voi» ripeté il gentiluomo.

«Non lo farò! Non lo farò mai!» rispose la ragazza. «Per quanto sia un demonio, e per quanto con me si sia comportato peggio di un demonio, non farò mai una cosa simile.»

«Non volete?» disse il gentiluomo, che sembrava del tutto preparato a quella risposta.

«Mai!» rispose la ragazza.

«Ditemi perché.»

«Per una ragione,» rispose Nancy con fermezza «per una ragione che la signorina conosce. E so che mi appoggerà in questo, lo so perché ho avuto la sua promessa; ma anche per un'altra ragione, vale a dire che se quell'uomo appartiene alla malavita, vi appartengo anch'io; siamo in molti a seguire la stessa strada e io non tradirò chi avrebbe potuto tradire me e non lo ha fatto, per quanto malvagio possa essere.»

«Allora» si affrettò a dire il gentiluomo, come se fosse stato questo il punto al quale voleva arrivare «mettete nelle mie mani Monks e lasciate che sia io a risolvere la questione.»

«E se Monks tradisse tutti gli altri?»

«Vi prometto che in questo caso, purché riusciamo a fargli dire la verità, lasceremo le cose come stanno. Devono esservi circostanze, nella breve vita di Oliver, che sarebbe penoso dare in pasto al pubblico, e, se riusciremo a strappare la verità a quell'individuo, tutti gli altri rimarranno liberi.»

«Ma se non vi riuscirete?» domandò la ragazza.

«Allora» rispose il gentiluomo «questo Fagin non verrà consegnato alla giustizia senza il vostro consenso. In tal caso sarei in grado di esporvi motivi, ritengo, che potrebbero convincervi.»

«Me lo promette anche la signorina?»

«Avete la promessa» rispose Rose. «Vi do la mia parola.»

«Monks non verrà mai a sapere come siete stati informati?»

«Mai» rispose il gentiluomo. «Ci serviremo delle informazioni contro di lui in modo che non possa mai sospettarlo.»

«Sono stata una bugiarda, e ho vissuto tra bugiardi, sin da bambina» disse la ragazza «ma crederò alla vostra parola.»

Quando entrambi le ebbero assicurato che poteva farlo senza alcun pericolo, ella cominciò, con una voce talmente sommessa che a volte colui che spiava non riusciva a seguire il discorso, a dare il nome della taverna dalla quale Noah l'aveva seguita quella sera, e a descriverla. A giudicare dalle frequenti interruzioni di lei parve che il gentiluomo stesse prendendo alcuni frettolosi appunti. Quando ella ebbe dato indicazioni precise sul luogo ove si trovava la taverna e sul punto migliore dal quale si sarebbe potuto tenerla d'occhio senza essere veduti, nonché sulle sere e le ore nelle quali Monks soleva recarvisi, parve riflettere per qualche momento, per meglio ricordare l'aspetto di lui.

«È un uomo alto di statura» disse poi «e robusto, ma non corpulento; cammina con modi furtivi e, mentre cammina, non fa che voltare la testa e guardarsi alle spalle, ora da un lato, ora dall'altro. Non dimenticatevi di questo particolare. Inoltre ha gli occhi molto infossati, a tal punto che basterebbe questo per riconoscerlo. È bruno di carnagione e ha i capelli e gli occhi neri; e, sebbene non possa avere più di ventisette o ventotto anni, è rugoso e ha la pelle avvizzita. Le labbra di lui sono non di rado esangui e vi si può scorgere l'impronta dei denti, in quanto ha frequentemente attacchi di convulsioni terribili e a volte si morde addirittura le mani, coprendole di ferite... Perché avete trasalito?» domandò la ragazza, interrompendosi a un tratto.

Il gentiluomo si affrettò a rispondere che non se n'era accorto e la esortò a continuare.

«Alcuni di questi particolari» disse Nancy «li ho saputi da altri frequentatori della taverna di cui vi ho parlato; io, infatti, ho veduto quell'uomo soltanto due volte e, in entrambe le occasioni, era avvolto in un ampio mantello. Credo di non potervi dare alcun'altra indicazione per riconoscerlo. Anzi no, un momento...» soggiunse poi. «Sulla gola, così in alto che si può intravvederla sotto il fazzoletto da collo quando volta la testa, ha...»

«Una larga cicatrice rossa, simile a quella di una scottatura?» esclamò il gentiluomo.

«Cosa!» disse la ragazza. «Lo conoscete?»

La signorina si lasciò sfuggire un gridolino di stupore e per qualche momento il silenzio fu tale che la spia li udì distintamente respirare.

«Credo di sì» rispose infine il gentiluomo, rompendo il silenzio. «Stando alla vostra descrizione dovrei conoscerlo. Staremo a vedere. Molte persone si somigliano non poco. Potrebbe non trattarsi dello stesso individuo.»

Mentre così diceva, con voluta noncuranza, si avvicinò di uno o due passi alla spia dietro l'angolo, come quest'ultima poté arguire dalla chiarezza con la quale lo udì mormorare: «Dev'essere lui!».

«E ora» disse poi, tornando indietro, o così parve a giudicare dal suono della voce «sappiate che ci avete dato un valido aiuto, ragazza mia, e vi auguro che questo possa giovarvi. Che cosa posso fare per voi?»

«Niente» rispose Nancy.

«Non ostinatevi a dire questo» insistette il gentiluomo, con una dolcezza nella voce e una cortesia che avrebbero potuto commuovere cuori ben più duri. «Pensateci bene. E ditemelo.»

«Niente, signore» ripeté la ragazza, piangendo. «Non potete fare niente per aiutarmi. Non vi sono più speranze per me, davvero.»

«No, non dovete sottrarvi alla speranza» insistette il gentiluomo. «Il passato è stato per voi uno squallido sperpero di energie giovanili male impiegate; uno spreco di quei tesori inestimabili che il Creatore dona una sola volta e non concede mai più; ma per quanto concerne il futuro potete sperare. Non dico che siamo in grado di offrirvi la pace del cuore e dello spirito, perché questa voi sola potete trovarla; ma un rifugio tranquillo, o in Inghilterra o all'estero, se avete paura di restare nel nostro paese, non soltanto ci è possibile offrirvelo, ma desideriamo offrirvelo con tutto il cuore. Prima dell'alba di domani, quando sul fiume non si sarà ancora posata la luce del giorno, non potrete più essere raggiunta dai vostri compagni di un tempo e dietro di voi non rimarrà alcuna traccia, come se foste scomparsa dal mondo. Suvvia! Vorrei che non doveste più scambiare una parola con i vostri compagni di un tempo, che non doveste rivedere mai più le tane del passato, né respirare quell'atmosfera che per voi è pestilenziale e mortale. Abbandonate tutto, finché ne avete il tempo e il modo!»

«Sta per persuadersi!» esclamò commossa la signorina. «Vedo che esita!»

«Temo di no, mia cara» disse il gentiluomo.

«No, non posso, signore» rispose infatti Nancy, dopo una breve lotta interiore. «Sono incatenata alla vita di un tempo. La odio e la disprezzo, ormai, ma non posso rinunciarvi. Devo essermi spinta troppo oltre per poter tornare indietro... eppure non lo so bene, perché, se mi aveste parlato così qualche tempo fa, vi avrei riso in faccia...» Poi, dopo essersi guardata attorno rapidamente, soggiunse: «Ma ora mi riprende la paura. Devo tornare a casa».

«A casa!» le fece eco la signorina, sottolineando significativamente la parola.

«A casa, sì» ripeté la ragazza. «Nella casa ove ho finito con l'essere prigioniera facendo quello che ho fatto per tutta la vita. Separiamoci adesso, altrimenti mi vedranno, o mi spieranno. Andate, andate! Se vi ho reso un qualche servigio, vi chiedo soltanto di lasciarmi andare per la mia strada.»

«È inutile» disse il gentiluomo, con un sospiro. «Forse, trattenendoci ancora qui, mettiamo a repentaglio la sua sicurezza. Forse l'abbiamo già trattenuta più a lungo di quanto lei prevedesse.»

«Sì, sì» disse in tono incalzante la ragazza. «È così.»

«Ma come potrà concludersi» esclamò la signorina «l'esistenza di questa povera creatura?»

«Come?» ripeté la ragazza. «Guardate davanti a voi, signorina. Guardate quell'acqua scura. Quante volte avete letto di donne come me che si gettano nella corrente e non vengono compiante da anima viva? Forse trascorreranno anni, o forse soltanto mesi, ma questa, in ultimo, sarà la mia fine.»

«Non parlate così, vi prego» la esortò la signorina, singhiozzando.

«Voi non ne saprete mai niente, cara signorina, e Dio non voglia che possiate venire a conoscenza di simili orrori» rispose la ragazza. «Buonanotte! Buonanotte!»

Il gentiluomo si voltò, come per incamminarsi.

«Prendete questo borsellino!» esclamò la signorina. «Accettatelo per amor mio, affinché possiate disporre di qualche risorsa se doveste venire a trovarvi in difficoltà.»

«No!» rispose la ragazza. «Non ho fatto quello che ho fatto per denaro. Consentitemi almeno di pensare questo. Datemi invece, se volete, qualcosa che avete portato. Mi piacerebbe avere qualcosa di voi, per ricordo... no, non un anello... i guanti, oppure il fazzoletto... qualcosa che possa conservare e che sia appartenuta a voi, soave creatura. Ecco, sì. Dio vi benedica. Buonanotte, buonanotte!»

La viva agitazione della ragazza e il timore che qualcuno potesse vederli, con la conseguenza di maltrattamenti e percosse, parve indurre il gentiluomo ad andarsene con la signorina, come Nancy aveva chiesto. Le voci cessarono e divenne udibile il rumore dei passi che si allontanavano sempre più.

Ben presto la fanciulla e il suo accompagnatore apparvero sul ponte. Alla sommità delle scale si soffermarono.

«Ascoltate!» esclamò la signorina. «Ha chiamato? Mi è sembrato di udire la sua voce.»

«No, mia cara» rispose il signor Brownlow, malinconicamente, voltandosi a guardare indietro. «Non si è mossa e non si muoverà finché non ci saremo allontanati.»

Rose Maylie indugiò ancora, ma l'anziano gentiluomo la prese sottobraccio e, facendole forza dolcemente, la condusse via. Mentre scomparivano, la ragazza si lasciò cadere, quasi lunga distesa, su uno dei gradini di pietra e diede sfogo all'amarezza che le colmava il cuore con lacrime brucianti.»

Dopo qualche tempo si rimise in piedi e, a passi vacillanti e incerti, salì fino alla strada. L'attonita spia rimase immobile là ove si era nascosta ancora per alcuni minuti, poi, dopo essersi accertata, guardando in tutte le direzioni, che lì attorno non si trovava più anima viva, cominciò ad allontanarsi adagio e furtivamente, rimanendo sempre nell'ombra del muro, come quando era discesa.

Poi Noah Claypole, una volta giunto in cima alle scale – dopo essersi accertato di nuovo che nessuno lo osservava – corse via verso la casa dell'ebreo con tutta la rapidità della quale erano capaci le sue gambe.

47

Conseguenze fatali

Mancavano quasi due ore all'alba; era il momento che davvero può essere definito il cuore della notte, quando le vie rimangono silenziose e deserte, quando anche ogni suono sembra scivolare nel sonno e i viziosi e i litigiosi se ne sono tornati a casa, barcollanti, per sognare. In quest'ora di immobilità e di silenzio Fagin stava vegliando nella sua tana, con la faccia talmente pallida e stravolta e gli occhi talmente rossi e iniettati di sangue da sembrare non tanto un uomo quanto un laido fantasma, uno spettro appena uscito dalla tomba e torturato da qualche spirito maligno.

Sedeva, rannicchiato, davanti al caminetto spento, avvolto in una vecchia e lacera coperta, il viso rivolto verso una candela consumata quasi completamente e posta sul tavolo accanto a lui. Aveva portato la mano destra alla bocca e mentre, assorto nei propri pensieri, andava rosicchiandosi le unghie, scopriva, tra le gengive sdentate, alcune zanne che sarebbero potute appartenere a un topo o a un gatto.

Disteso su un materasso gettato sul pavimento giaceva Noah Claypole, profondamente addormentato. Verso di lui volgeva talora lo sguardo il vecchio per un attimo, poi lo riportava sulla candela, la quale, avendo un lungo e pendulo lucignolo che lasciava cadere gocce di sego a raggrumarsi sul tavolo, dimostrava chiaramente come i pensieri di lui fossero altrove.

Ed era così, infatti. Mortificazione a causa del suo scaltro piano andato in fumo; odio nei riguardi della ragazza che aveva osato confidarsi con estranei; assoluta incapacità di credere alla sincerità del rifiuto di lei di tradirlo; amara delusione a causa dell'impossibilità di vendicarsi di Sikes; e poi la paura dell'arresto, della rovina e della morte; e una furia feroce e violenta causata da tutto ciò; questi erano i violenti stati d'animo che, susseguendosi l'uno all'altro come un turbine rapido e incessante, infuriavano nella mente di Fagin, mentre cupi propositi di vendetta gli colmavano il cuore.

Egli continuò a rimanere immobile, senza mai cambiare posizione, apparentemente ignaro del trascorrere del tempo, finché il suo fine udito non captò un rumore di passi nella strada.

«Finalmente» mormorò allora, passandosi una mano sulle labbra aride. «Finalmente!»

La campanella squillò sommessamente mentre parlava. Egli salì di sopra per aprire la porta e ridiscese di lì a poco accompagnato da un uomo imbacuccato fino al mento, che reggeva un fagotto sotto il braccio. Quando l'uomo si tolse il cappotto per mettersi a sedere, apparve la figura robusta di Sikes.

«Ecco!» egli disse, ponendo il fagotto sul tavolo. «Pensaci tu e ricavane il massimo che potrai. Me n'è costata di fatica! Credevo che ci avrei impiegato tre ore di meno.»

Fagin prese il fagotto, lo chiuse nella credenza e si rimise a sedere senza aprire bocca. Ma nel frattempo non distolse mai, neppure per un attimo, gli occhi dal ladro; e quando tornarono a essere seduti l'uno di fronte all'altro, faccia a faccia, lo fissò con le labbra che tremavano così visibilmente e la faccia così sconvolta da passioni contrastanti, che il ladro, involontariamente, spostò indietro la sedia e lo osservò con gli occhi colmi di autentica paura.

«Che ti prende, adesso?» esclamò Sikes. «Perché mi guardi in quel modo?»

Fagin alzò la mano destra e agitò in aria il dito indice tremolante; ma la passione in lui era tanto grande che, per un momento, non gli riuscì di parlare.

«Maledizione» disse Sikes, con un'espressione allarmata sulla faccia. «Deve essere impazzito. Bisognerà che stia in guardia.»

«No... no...» disse Fagin, ritrovando la voce. «Non ce l'ho con te, Bill. Non ho niente contro di te.»

«Ah no, eh?» fece Sikes, scrutandolo torvo e infilando con ostentazione la pistola in una tasca più a portata di mano. «Meglio così, per uno di noi. Lasciamo stare quale dei due.»

«Quello che sto per dirti, Bill» mormorò Fagin, accostando la sedia all'altro «ti renderà ancor più furioso di me.»

«Ah sì?» fece l'altro, con un'aria incredula. «Sentiamo, allora. E sbrigati, altrimenti Nancy crederà che mi abbiano fatto fuori.»

«Fatto fuori!» gridò Fagin. «Lei questo lo ha già deciso, in cuor suo.»

Sikes scrutò, con un'aria assai perplessa, la faccia dell'ebreo e, non riuscendo a leggere in essa alcuna spiegazione soddisfacente dell'enigma, afferrò il vecchio per il bavero con la mano possente e lo scrollò ben bene.

«Parla, e subito» sibilò «altrimenti ti strozzo. Apri quella boccaccia e di' quello che hai da dire con parole chiare! Sputa fuori, vecchio furfante, sputa fuori!»

«Supponi che quel ragazzo disteso là...» prese a dire Fagin.

Sikes voltò la testa verso il giaciglio di Noah, come se prima non lo avesse veduto. «Ebbene?» domandò, riassumendo l'atteggiamento di prima.

«Supponi che quel ragazzo» continuò Fagin «stia per cantare... sia sul punto di tradirci tutti quanti... dapprima cercando le persone adatte allo scopo e poi incontrandosi con esse in istrada allo scopo di descriverci, di riferire tutti i segni particolari grazie ai quali è possibile riconoscerci, e di dire qual è il posto nel quale possiamo essere catturati più facilmente. Supponi che quel ragazzo faccia tutto questo e per giunta riveli un nostro piano, nel quale siamo tutti implicati... e che si comporti così di sua iniziativa – non perché sia stato catturato, processato, interrogato e messo a pane e acqua – ma soltanto di sua iniziativa, per il proprio gusto personale, e che vada fuori di nascosto, la notte, per incontrarsi con i nostri nemici, con coloro che vogliono distruggerci, e spifferi a loro ogni cosa. Mi senti?» urlò l'ebreo, gli occhi balenanti di rabbia. «Supponi che avesse fatto tutto questo. Come ti regoleresti, allora?»

«Come mi regolerei?» ripeté Sikes, e fece seguire queste parole da una bestemmia tremenda. «Se al mio arrivo fosse ancora vivo, gli schiaccerei il cranio sotto il rinforzo di ferro del mio stivale, in tanti frammenti quanti sono i capelli che gli crescono sulla testa.»

«E se tutto questo lo avessi fatto *io*!» continuò Fagin, con un nuovo urlo. «*Io*, che so tante cose e potrei fare impiccare tanti altri, oltre a me!»

«Non lo so» disse Sikes, digrignando i denti e sbiancandosi in faccia al solo pensarlo. «Combinerei qualcosa in carcere per farmi mettere ai ferri e, al momento di essere processato insieme a te, ti salterei addosso in tribunale, e con i ferri ti frantumerei il cranio e ti spappolerei il cervello davanti a tutti. La furia mi darebbe una forza tale» ringhiò il ladro, tendendo il braccio muscoloso «che riuscirei a spaccarti la testa come se ci fosse passato sopra un carro carico.»

«Davvero?»

«Sicuro!» esclamò Sikes. «Mettimi alla prova.»

«Anche se si trattasse di Charley, o del Furbacchione, o di Bet, oppure...»

«Me ne infischierei» disse Sikes, spazientito. «Chiunque fosse stato, lo concerei nello stesso modo.»

Fagin lo fissò negli occhi, poi, fattogli cenno di tacere, si chinò verso il giaciglio sul pavimento e scrollò il dormiente per destarlo.

Sikes si protese in avanti e stette a guardare con le mani sulle ginocchia, domandandosi a che cosa avessero mirato tutti quei discorsi dell'ebreo.

«Bolter! Bolter! Povero figliolo!» disse Fagin, alzando gli occhi con un'aria di diabolica aspettativa e parlando a voce bassa, ma con molta enfasi. «È stanco... è stanco per aver seguito *lei* così a lungo... per aver*la* seguita, Bill.»

«Che cosa vuoi dire?» domandò Sikes, indietreggiando.

Fagin non rispose, ma, chinatosi di nuovo sul dormiente, lo sollevò in posizione seduta. Dopo che il suo falso nome era stato ripetuto molte volte, Noah si stropicciò vigorosamente gli occhi e, mentre spalancava la bocca in un enorme sbadiglio, si guardò attorno sonnacchiosamente.

«Riditemi un po' tutto... ancora una volta, tanto perché senta anche lui» disse l'ebreo, additando Sikes mentre parlava.

«Che cosa dovrei dire?» domandò l'assonnato Noah, scuotendo la testa, indispettito.

«Raccontate di... Nancy» disse Fagin, e afferrò Sikes per il polso, come se volesse impedirgli di andarsene prima di aver saputo abbastanza. «L'avete seguita?»

«Sì.»

«Fino al ponte di Londra?»

«Sì.»

«Dove si è incontrata con due persone?»

«Sì, infatti.»

«Un gentiluomo e una signorina a cui si era rivolta prima, di sua iniziativa, e che le hanno chiesto di tradire tutti i suoi amici, e Monks prima di ogni altro, la qual cosa lei ha fatto... e di descriverlo, cosa che lei ha fatto... e di dire in quale casa ci riuniamo, cosa che lei ha fatto... e di precisare a che ora ci incontriamo là, cosa che lei ha fatto. Ha spifferato tutto, insomma, senza neppure essere minacciata, senza un mormorio di protesta... è questo che ha fatto... non è forse vero?» urlò Fagin, quasi impazzito per la rabbia.

«Sì, è vero» rispose Noah, grattandosi la testa. «È proprio così che è andata!»

«Che cosa hanno detto di domenica scorsa?»

«Di domenica scorsa?» gli fece eco Noah, riflettendo. «Ma questo ve l'ho già riferito.»

«Daccapo! Ditelo daccapo!» urlò Fagin, intensificando la stretta sul polso di Sikes e agitando l'altra mano in aria mentre faceva bava dalla bocca.

«Le hanno domandato,» disse Noah, il quale, a mano a mano che si liberava della sonnolenza, sembrava cominciare a rendersi conto di chi fosse Sikes «le hanno domandato perché non si era fatta viva la domenica

450

prima, come aveva promesso. E lei ha risposto che non aveva potuto.»

«Perché... perché? Diteglielo.»

«Perché era stata trattenuta in casa con la forza da Bill, l'uomo del quale aveva già parlato a loro prima» rispose Noah.

«E che altro ha detto di lui?» gridò Fagin. «Che altro ha detto dell'uomo di cui aveva già parlato prima? Diteglielo, ditegli anche questo.»

«Be', che non le era facile uscire di casa se lui non sapeva dove stesse andando» disse Noah. «E così, la prima volta che si era recata dalla signorina, lei... ah-ah-ah! Mi ha fatto ridere quando l'ha detto... quando ha detto che gli aveva fatto bere del laudano.»

«Per tutte le fiamme dell'inferno!» gridò Sikes, liberandosi con uno strattone dalla stretta dell'ebreo. «Mollami!»

Poi, scaraventato lontano da sé il vecchio, corse fuori della stanza e si precipitò, infuriato, su per le scale.

«Bill! Bill!» gridò Fagin, affrettandosi a seguirlo. «Una parola. Soltanto una parola.»

Quella parola non sarebbe stata ascoltata se il ladro fosse riuscito ad aprire la porta, contro la quale, invece, sferrava inutilmente calci urlando bestemmie quando l'ebreo lo raggiunse ansimante.

«Fammi uscire» disse Sikes. «E non rivolgermi la parola, non è prudente. Fammi uscire, ti ho detto!»

«Ascoltami un momento» disse Fagin, portando la mano sulla serratura. «Non sarai...»

«Che cosa?» fece l'altro.

«Non sarai... troppo... violento, Bill?»

Il giorno stava spuntando, ormai, e v'era luce a sufficienza perché i due uomini potessero vedersi in faccia. Si scambiarono un breve sguardo; v'era una fiamma, negli occhi di entrambi, a proposito della quale non sarebbe stato possibile equivocare.

«Volevo dire» soggiunse Fagin, rendendosi conto che ogni ipocrisia era ormai inutile «non così violento da correre pericoli. Sii astuto, Bill, e non troppo impetuoso.»

Sikes non rispose, ma, spalancata la porta, della quale Fagin aveva fatto scattare la serratura, corse via lungo i vicoli silenziosi.

Senza mai fermarsi, senza mai riflettere anche soltanto per un momento; senza mai voltare la testa a destra o a sinistra, senza alzare gli occhi verso il cielo, o abbassarli, ma guardando sempre diritto dinanzi a sé con una decisione selvaggia, i denti stretti al punto che le mascelle serrate sembravano far forza contro la pelle, il ladro continuò la corsa disperata e mai mormorò una parola, mai rilassò un muscolo finché non fu giunto davanti alla porta di casa sua. L'aprì silenziosamente con la chiave, corse su per le scale in punta di piedi, poi, entrato nella stanza, chiuse la porta a doppia mandata e, dopo avere spinto contro di essa un tavolo massiccio, scostò la tendina del letto.

La ragazza vi giaceva semisvestita. L'arrivo di lui l'aveva destata, poiché si sollevò a mezzo, con un'aria e uno sguardo stupiti.

«Alzati!» disse Sikes.

«Oh, sei *tu*, Bill!» mormorò Nancy, sorridendo, felice del suo ritorno.

«Già, sono io» fu la risposta. «Alzati.»

V'era una candela accesa, ma l'uomo la strappò dal candeliere e la gettò nel caminetto. Scorgendo la fioca luce dell'alba all'esterno, la ragazza si alzò per scostare le tende.

«Lascia stare» disse Sikes, tendendo il braccio davanti a lei. «C'è luce a sufficienza per quello che devo fare.»

«Bill» disse la ragazza, con una nota di allarme nella voce «perché mi guardi in quel modo?»

Sikes continuò a fissarla per qualche attimo con le narici dilatate, ansimante. Poi, afferratala per i capelli e per il collo, la trascinò al centro della stanza e, dopo un'occhiata alla porta, le piazzò la grossa mano sulla bocca.

«Bill! Bill!» ansimò lei, dibattendosi con la forza di un terrore mortale. «Non griderò... non mi metterò a piangere... ascoltami... parlami... dimmi che cosa ho fatto!»

«Lo sai, demonio che non sei altro!» rispose il delinquente. «Sei stata pedinata, stanotte. Ogni parola che hai detto è stata udita.»

«Allora lasciami vivere, per amor del Cielo, come io ho salvato te» rispose Nancy, avvinghiandoglisi. «Bill, Bill caro, non puoi essere così crudele da uccidermi. Pensa a tutto quello che ti ho dato, a tutto quello che ho fatto, anche stanotte, per te! *Devi* riflettere, per evitare di commettere questo delitto. No, non ti lascio, Bill. Bill, Bill, per amor di Dio, nel tuo stesso interesse e non soltanto nel mio, fermati prima di versare il mio sangue! Non ti ho tradito, ti giuro sull'anima mia che non ti ho tradito!»

L'uomo si dibatté con violenza per strappar via da sé le braccia di lei, ma la stretta della ragazza era disperata e perciò non vi riuscì.

«Bill» gridò Nancy, sforzandosi di appoggiargli il capo al petto «quel gentiluomo e quella cara signorina mi hanno parlato, questa sera, di un rifugio in qualche paese straniero ove avrei potuto continuare a vivere nella solitudine e nella serenità. Consentimi di tornare da loro e di supplicarli, in ginocchio, affinché siano altrettanto buoni e misericordiosi con te; lascia che ce ne andiamo entrambi da questo luogo spaventoso per recarci a vivere, lontano di qui, un'esistenza migliore, dimenticando il passato, tranne che nelle preghiere, e senza ricaderci mai più. Non è mai troppo tardi per pentirsi. Me lo hanno detto... e ora sento che è vero... ma dobbiamo avere un po' di tempo... poco, pochissimo tempo!»

Sikes riuscì a liberare un braccio e impugnò la pistola. Poi la certezza dell'immediata cattura, se avesse sparato, gli balenò nella mente, nonostante la furia che lo accecava, e per due volte, con tutta la sua forza, egli colpì con l'arma il viso che quasi sfiorava il suo.

La ragazza barcollò e si afflosciò; quasi accecata dal sangue che zampillava da uno squarcio profondo nella fronte, riuscì ugualmente, seppure a stento, a sollevarsi in ginocchio, tolse dal proprio seno un fazzoletto bianco – il fazzoletto di Rose Maylie – e, alzandolo verso il cielo per quanto glielo consentiva la debolezza sempre più grande, alitò una preghiera per implorare la misericordia divina.

Era spaventosa a vedersi. L'assassino, dopo aver barcollato all'indietro verso la parete, afferrò un pesante randello e, facendosi schermo agli occhi con una mano, per non vedere, colpì.

48

La fuga di Sikes

Di tutte le perfide azioni che, con la protezione delle tenebre, erano state commesse nella vasta città di Londra, questa era la peggiore. Di tutti gli orrori che appestavano l'aria mattutina, questo era il più laido e il più crudele.

Il sole, il vivido sole che ridona all'uomo non soltanto la luce, ma anche una vita nuova e nuove speranze e nuove energie, salì nel cielo splendendo vivido e radioso sulla città gremita. Ovunque – attraverso costosi vetri colorati, o finestre rotte riparate con fogli di carta – diffuse equamente il suo splendore. E illuminò la stanza ove giaceva la donna assassinata. L'uomo tentò di escludere il sole, ma la sua luce penetrò ugualmente. E se la scena era apparsa spaventosa nel tenue grigiore dell'alba, che cosa non divenne adesso, in quella vivida luminosità!

Sikes non si era mosso; aveva avuto paura di muoversi. Vi erano stati un gemito e un lieve movimento della mano di Nancy e lui, terrorizzato oltre a essere infuriato, aveva colpito ancora e ancora. A un certo momento, aveva gettato sul corpo un tappeto; ma era stato ancor peggio immaginare quegli occhi volgersi verso di lui anziché vederli fissi verso l'alto, come se stessero contemplando i riflessi della pozza di sangue, illuminata dal sole, che danzavano sul soffitto. Egli si era affrettato a togliere il tappeto, ed ecco il cadavere, ormai niente altro che una massa di carne e di sangue... ma fino a qual punto sfigurata, e quanto sangue!

Sikes strofinò un fiammifero, accese il fuoco e gettò il randello sulle fiamme. V'erano capelli, appiccicati all'estremità del randello, che avvamparono prendendo fuoco e subito si tramutarono in cenere leggera, la quale, trascinata dalla corrente d'aria, salì vorticosa entro la cappa. Anche questo lo spaventò, per quanto fosse coriaceo; ma tenne il randello sul fuoco, finché non si fu spezzato in due, e poi lo lasciò sulle braci a consumarsi e a ridursi in cenere. Si lavò e si spazzolò il vestito; ma, scorgendovi macchie di sangue che non volevano andar via, tagliò la stoffa macchiata. Quanto sangue v'era dappertutto! Persino le zampe del cane erano insanguinate.

Fino a questo momento Sikes non aveva mai una sola volta girato le spalle al cadavere; no, nemmeno per un attimo. Quando fu pronto, indietreggiò verso la porta, trascinando con sé il cane, affinché non si insudiciasse di nuovo, e non portasse fuori prove del delitto. Chiuse la porta silenziosamente, girò la chiave nella toppa, tolse la chiave e uscì dalla casa.

Attraversò il vicolo e alzò gli occhi verso la finestra, per accertarsi che nulla fosse visibile dall'esterno. La tenda, che Nancy avrebbe voluto aprire per far entrare la luce mai più veduta, continuava a essere accostata. Il cadavere giaceva quasi sotto il davanzale. Ma questo lo sapeva soltanto *lui*. Dio, il sole si riversava proprio lì!

Ma si limitò a un'occhiata fuggevole. Provava un sollievo enorme essendo uscito da quella stanza. Fischiò al cane e si allontanò rapidamente.

Passò per il quartiere di Islington, risalì a gran passi il pendio fino a Highgate, ove sorge il monumento a Whittington, poi discese dalla collina di Highgate, non sapendo bene dove dirigersi; voltò di nuovo a destra, quasi subito dopo aver iniziato la discesa, e infine, seguendo un sentiero tra i campi, rasentò il bosco di Caen e venne così a trovarsi nella brughiera di Hampstead. Attraversò la conca, risalì al lato opposto e, al di là della strada che collega i villaggi di Hampstead e di Highgate, si addentrò in altri campi. Infine, in uno di essi, si sdraiò all'ombra di una siepe e si addormentò.

Di lì a non molto fu di nuovo in piedi e riprese a camminare, non più allontanandosi in aperta campagna, ma tornando nella direzione di Londra, lungo la strada maestra, poi di nuovo invertendo la direzione e vagando nei campi ove era già passato; a volte si stendeva sul margine dei fossati per riposare, poi si rialzava per andare altrove, di nuovo si riposava e di nuovo si rialzava e camminava ancora, senza meta.

In quale luogo avrebbe potuto recarsi che non fosse troppo lontano e troppo frequentato, per mangiare un boccone? Ma sì, a Hendon. Era il posto adatto; non distava molto e si trovava fuori mano per la maggior parte della gente. Là pertanto egli si diresse – a volte correndo e a volte, invece, per una strana perversione, andando a passo di lumaca, o fermandosi del tutto e pigramente battendo le siepi con il bastone. Ma poi, quando infine giunse laggiù, tutte le persone nelle quali si imbatté – persino i bambini sulle soglie delle case – parvero osservarlo sospettosamente. Tornò indietro, allora, senza trovare il coraggio di andare a mangiare o a bere qualcosa, sebbene non avesse toccato cibo da molte ore, e una volta di più esitò nella brughiera, incerto riguardo alla direzione da prendere. Vagò per chilometri e chilometri, ma finì con il tornare sempre nello stesso punto. La mattinata trascorse, trascorse il pomeriggio, già si avvicinava il tramonto ed egli continuava ad andare avanti e indietro, o in tondo in tondo e a trovarsi ancora nello stesso luogo. Infine si allontanò di lì e si diresse verso Hatfield.

Erano le nove di sera quando l'uomo, stanchissimo, e il cane, zoppicante dopo la camminata alla quale non era abituato, discesero dalla collina accanto alla chiesa del villaggio silenzioso, arrancarono lungo una viuzza ed entrarono in una piccola taverna dalla cui fioca luce erano stati attratti. Alcuni contadini stavano bevendo intorno al fuoco acceso. Fecero posto allo sconosciuto, ma lui andò a sedersi nell'angolo più lontano e lì mangiò solo, o piuttosto in compagnia del cane, al quale gettò di tanto in tanto qualche boccone.

I contadini parlavano del lavoro nei campi e dei loro

vicini, poi, una volta esauriti questi argomenti, il discorso cadde sulla tarda età di un certo vecchio che era stato seppellito la settimana precedente; i giovani lì presenti lo consideravano vecchissimo, mentre i vecchi lo giudicavano ancora giovane, «non più vecchio di me» disse un nonnetto dai capelli bianchi, e soggiunse che avrebbe potuto vivere per almeno altri quindici anni, con un po' di riguardi.

In tutto ciò non v'era alcunché di allarmante o tale da attrarre l'attenzione. Sikes, dopo aver pagato il conto, rimase, silenzioso e inosservato, nel suo angolo, e si era quasi addormentato quando venne riscosso dal rumoroso arrivo di un nuovo venuto.

Era costui un uomo anziano, in parte venditore ambulante e in parte ciarlatano, che passava a piedi da una località all'altra vendendo rasoi, coti e coramelle, sapone per radersi, medicine per cani e cavalli, profumi da pochi soldi, cosmetici e altre mercanzie del genere entro una cassetta portata sulle spalle. Il suo arrivo venne accolto dai contadini con vari lazzi che cessarono soltanto quando lui, dopo aver cenato, aprì la cassetta dei suoi tesori e ingegnosamente cercò di accomunare affari e spasso.

«E quella roba che cos'è? È buona da mangiare, Harry?» domandò un contadino, sogghignando e indicando una sorta di grosse pasticche in un angolo della cassetta.

«Questa,» disse l'uomo, prendendone e mostrandone una «questa è l'infallibile e inestimabile composizione per eliminare qualsiasi tipo di macchia, sia di ruggine, o di muffa, o di inchiostro, dalla seta, dal satin, dal lino, dal cotone, dalla lana, dalla mussola, dall'ovatta o dai tappeti. Macchie di vino, macchie di frutta, macchie di birra, macchie d'acqua sporca, macchie di vernice, macchie di catrame, qualsiasi sorta di macchia viene via con una strofinatina di questa infallibile e inestimabile composizione. Se una dama macchia il proprio onore, non deve fare altro che ingollare una di queste pasticche e subito tutto è sistemato... perché sono velenose. Se un gentiluomo vuole convincersene, non deve fare altro che mandarne giù una ed è bell'e spacciato perché agiscono più rapidamente della pallottola di una pistola. Eppure, con tutte queste virtù, costano soltanto un penny l'una. Un penny per pasticca!»

Due dei presenti ne acquistarono subito, mentre tutti gli altri ancora esitavano. Accortosene, il venditore diventò ancora più loquace.

«Non fanno in tempo a produrle che vengono vendute» disse. «Ben quattordici mulini ad acqua, sei macchine a vapore e una batteria galvanica sono continuamente in azione per produrle, ma, ciò nonostante, non riescono mai a farne abbastanza, sebbene gli operai lavorino tanto da crepare; ma le loro vedove ottengono subito la pensione, con venti sterline l'anno per ciascun figlio e un premio di cinquanta sterline per i gemelli. Un penny per pasticca! Anche due mezzi pence vanno bene. E quattro monetine da mezzo pence vengono accolte con gioia! Un penny per pasticca! Macchie di vino, macchie di frutta, macchie di birra, macchie d'acqua sudicia, macchie di vernice, macchie di catrame, macchie di fango, macchie di sangue! Ecco qui una macchia sul cappello di un gentiluomo di questa bella compagnia; io la toglierò, questa macchia, prima che egli abbia avuto il tempo di offrirmi una pinta di birra!»

«Ehi!» gridò Sikes, balzando in piedi. «Ridatemi immediatamente quel cappello!»

«Ve lo pulirò, signore» rispose l'ambulante, strizzando l'occhio agli altri «prima che facciate in tempo a venire a riprendervelo. Voi tutti, signori, osservate la macchia scura sul cappello di questo gentiluomo, questa macchia non più grande di uno scellino, ma più spessa di una mezza corona. Sia essa macchia di vino, macchia di frutta, macchia di birra, macchia di vernice, macchia di catrame, macchia di fango o macchia di sangue...»

L'uomo non disse niente di più, perché Sikes, con una laida bestemmia, rovesciò il tavolo e, strappatogli il cappello dalle mani, corse fuori della taverna.

In preda alla stessa irresolutezza dalla quale era stato dominato per tutto il giorno, l'assassino, constatando di non essere seguito e dicendosi che, con ogni probabilità, lo avevano creduto ubriaco, rientrò nel villaggio e, dopo essersi sottratto al bagliore dei fanali di una diligenza postale ferma nella strada, stava per andare oltre quando si rese conto che la diligenza veniva da Londra e che era ferma davanti al piccolo ufficio postale. Intuì, quasi, quanto stava per accadere, ma si portò all'altro lato della strada e rimase in ascolto.

Il postiglione rimaneva sulla soglia, in attesa del sacco con la corrispondenza. Un uomo con la tenuta di guardacaccia gli si avvicinò, dopo un momento, e il postiglione gli consegnò un cestino che si trovava sul marciapiede.

«È per i vostri padroni» disse. Poi si voltò verso l'ufficio. «Ehi, sbrigatevi lì dentro, eh? Maledizione, il sacco della corrispondenza non era pronto nemmeno ieri sera! Questa è una cosa che non va, sapete!»

«Niente di nuovo in città, Ben?» domandò il guardacaccia, indietreggiando per meglio ammirare i cavalli.

«No, niente che io sappia» rispose l'altro, infilandosi i guanti. «Il grano è aumentato un po' di prezzo. Oh, ho anche sentito parlare di un assassinio, dalle parti di Spitalfields, ma non so se sia vero.»

«Oh, è verissimo» intervenne un signore sulla diligenza, che si era affacciato al finestrino. «Ed è stato un assassinio spaventoso.»

«Davvero, signore?» intervenne il guardacaccia, e salutò portando la mano al cappello. «Donna o uomo, dite, signore?»

«Una donna» rispose il gentiluomo. «Si ritiene...»

«Allora, Ben?» esclamò il postiglione, spazientito. «Accidenti a quel sacco postale! Dormite, lì dentro?»

«Arrivo!» gridò l'impiegato, uscendo di corsa.

«Sì, arrivo» borbottò il postiglione. «Così dice anche la donna facoltosa che deve incapricciarsi di me. Ma non si vede mai. Via che si parte!»

Il corno emise alcune allegre note e la diligenza si avviò e scomparve.

Sikes rimase lì in istrada, imperturbato, apparentemente, nonostante quanto aveva appena udito, e tormentato soltanto dai dubbi perché non sapeva da che parte andare. Infine tornò di nuovo indietro e riprese la strada che conduce da Hatfield a St Albans.

Continuò a camminare cocciuto. Ma, mentre si lasciava indietro l'abitato, addentrandosi nella solitudine e nelle tenebre, si sentì pervadere da una paura, da un terrore che lo scossero sino alle sue fibre più profonde. Ogni oggetto dinanzi a lui, si trattasse di qualcosa di concreto o soltanto di ombre, assumeva la parvenza di qualcosa di spaventoso; ma questi timori erano un'inezia in confronto alla sensazione che lo assillava di essere seguito alle calcagna dalla figura spaventosa di quel mattino. Riusciva a intravvederne l'ombra nelle tenebre, a scorgere il più piccolo particolare del profilo e a notare con quale rigida solennità sembrasse seguirlo furtiva. Ne udiva le vesti frusciare sulle foglie e ogni alito di vento gli portava quell'ultimo grido soffocato. Se si fermava, anche l'ombra si fermava. Se si metteva a correre, lo seguiva... ma senza correre a sua volta. No, questo sarebbe stato un sollievo; lo seguiva, invece, come un cadavere dotato soltanto dei movimenti meccanici della vita e sorretto e portato da un vento lento e malinconico che mai aumentava e mai diminuiva.

Talora egli si voltava, con una decisione disperata, pronto a lottare con il fantasma e a scacciarlo, anche a costo di rimetterci la vita; ma poi gli si rizzavano i capelli e gli si gelava il sangue, in quanto il fantasma aveva girato contemporaneamente a lui e di nuovo si trovava alle sue spalle. Quel mattino lo aveva tenuto dinanzi a sé, ma adesso lo spettro lo seguiva, sempre. Si addossò a un argine e sentì che il fantasma si trovava sopra di lui, visibilmente profilato contro il gelido cielo notturno. Si gettò allora lungo disteso sulla strada... supino sulla strada. Il fantasma era lì, dietro il suo capo, eretto, silenzioso e immobile... una pietra tombale vivente, e il suo epitaffio vi figurava, scritto con il sangue.

Che nessuno parli di assassini i quali riescono a sottrarsi alla giustizia, e insinui che la Provvidenza dorme. V'erano innumerevoli morti violente in un solo, eterno minuto di quello straziante terrore.

Passando, Sikes scorse in un campo una capanna che avrebbe potuto offrirgli un riparo per quella notte. Davanti alla porta si trovavano tre alti pioppi che ne rendevano assai buio l'interno; e il vento gemeva tra essi con lugubri lamenti. Egli *non poteva* più proseguire, non più finché non fosse spuntato il giorno, e là dentro si distese, accanto alla parete, per subire nuovi tormenti.

Poiché adesso gli apparve dinanzi una visione, insistente quanto quella cui si era appena sottratto, e ancor più terribile. Quegli occhi sbarrati che lo avevano fissato, così spenti e così vitrei, al punto che gli era sembrato preferibile averli veduti anziché ricordarli, quegli occhi riapparvero nelle tenebre, luminosi, ma senza nulla illuminare. Erano soltanto due, ma sembravano trovarsi ovunque. Se chiudeva i propri occhi per non vederli, ecco apparire la stanza con ogni ben noto oggetto – anche quelli dei quali si sarebbe dimenticato se avesse dovuto descriverla a memoria – ciascuno al posto consueto. Anche il cadavere si trovava al *suo* posto, e gli occhi erano quali li aveva veduti al momento di fuggire. Balzò in piedi e corse fuori nel campo. Il fantasma si trovava alle sue spalle. Rientrò nella capanna e di nuovo si sdraiò a terra. Gli occhi erano già lì, ancor prima che si fosse sdraiato.

Così rimase, in preda a un terrore quale nessuno potrebbe immaginare tranne lui, tremando in tutto il corpo, madido del sudore che si riversava da ogni poro della pelle, quando all'improvviso il vento notturno gli portò un'eco di grida lontane, grida che sembravano risuonare allarmate e attonite. Ogni voce umana, in quei luoghi solitari, anche se sembrava annunciare un pericolo e un motivo di allarme, era per lui motivo di sollievo. La possibilità del pericolo personale gli ridiede energia e forza; balzato in piedi, corse fuori.

Il cielo sembrava in fiamme. Rosse lingue di fuoco sprizzavano alte, accompagnate da fasci di scintille, e si susseguivano, sovrapponendosi e illuminando lo spazio tutto attorno, per chilometri e chilometri e sospingendo nembi di fumo nella direzione in cui si trovava lui. Le grida divennero più forti a mano a mano che nuove voci sì aggiungevano al coro, e Sikes riuscì a distinguere le parole «Al fuoco!» tra i rintocchi di una campana che dava l'allarme, i tonfi di masse pesanti e i crepitii delle fiamme mentre si avvolgevano intorno a qualche nuovo ostacolo e si levavano alte quasi fossero state irrobustite dall'alimento. Lo strepito continuò ad aumentare mentre egli guardava. V'erano esseri umani, laggiù – uomini e donne – v'era luce, laggiù, v'era trambusto. Come una nuova vita per lui. Corse avanti – a testa bassa – gettandosi attraverso i rovi delle siepi, superando d'un balzo cancelletti e recinzioni, pazzamente quanto il suo cane, che saettava via, latrando, davanti a lui.

Giunse sul posto. V'erano persone semisvestite che correvano qua e là, alcune sforzandosi di trascinar fuori delle scuderie cavalli terrorizzati, altre spingendo il bestiame fuori dei recinti e delle stalle, altre ancora uscendo cariche di suppellettili dai roghi, tra piogge di scintille e il precipitare di travi in fiamme o incandescenti. I varchi, ove un'ora prima si erano trovate porte e finestre, rivelavano una massa di fuoco infuriante; pareti oscillavano e crollavano nelle voragini ardenti; piombo e ferro fusi colavano splendenti sul terreno. Donne e fanciulli strillavano, mentre gli uomini si incoraggiavano a vicenda gridando. Lo sferragliare delle pompe e i crepitii e i sibili dell'acqua che finiva sul legno in fiamme contribuivano ad accrescere il tremendo fragore. Sikes gridò a sua volta, fino a divenire rauco, e, sottraendosi ai ricordi e a se stesso, si gettò ove più fitta era la calca.

Per tutta quella notte corse qua e là, ora lavorando alle pompe, ora gettandosi tra il fumo e le fiamme, ma senza mai rinunciare a impegnarsi là ove più alto era lo strepito e più numerose erano le persone. Su e giù per le scale a pioli, sui tetti delle case, su pavimenti che vibravano e oscillavano a causa del suo peso, sotto il rovinare di mattoni e di pietre, ovunque l'incendio infuriasse; ma sembrava essere protetto da un incantesimo e non riportò un solo graffio e un solo livido, e non si stancò e non pensò finché spuntò di nuovo l'alba e rimasero soltanto il fumo e le macerie annerite.

Cessata quella folle eccitazione, tornò, dieci volte più forte, la spaventosa consapevolezza del delitto commesso. Egli si guardò attorno sospettosamente, perché gli uomini parlavano tra loro a piccoli gruppi facendogli temere di essere lui l'argomento delle conversazioni. Il cane ubbidì a un suo cenno significativo e si allontanarono entrambi, furtivamente. Passarono accanto a una pompa e i pompieri lo invitarono a mangiare qualcosa con loro. Accettò un po' di pane e di carne e, mentre beveva una birra, udì gli uomini, che erano di Londra, parlare dell'assassinio. «L'assassino è fuggito a Birmingham» disse uno dei pompieri «ma lo prenderanno ugualmente perché l'avviso viene dato dappertutto ed entro domani sera sarà ricercato in tutto il paese.»

Lui si allontanò in fretta e camminò finché non fu spossato al punto da non potersi più reggere in piedi; si sdraiò, allora, di lato a un viottolo e dormì a lungo, ma il suo fu un sonno agitato e intermittente. Poi tornò a vagare senza meta, incerto e indeciso, oppresso dal terrore di un'altra notte solitaria.

A un tratto prese la decisione disperata di tornare a Londra.

"Là, per lo meno, c'è qualcuno con cui parlare" pensò. "E inoltre è un buon posto per nascondersi. Non si aspetteranno mai di scovarmi in città, dopo le tracce che ho lasciato in campagna. Perché non rimanere laggiù per circa una settimana e poi, dopo aver costretto Fagin a sganciare quattrini, recarmi in Francia? Ma sì, maledizione, correrò questo rischio."

Assecondò senza alcun indugio l'impulso e, prendendo le strade meno frequentate, cominciò a tornare indietro, deciso a rimanere nascosto a breve distanza dalla metropoli e a entrarvi poi al crepuscolo facendo un giro vizioso prima di recarsi là ove aveva stabilito di andare.

C'era il cane, però. Se la polizia stava comunicando dappertutto la sua descrizione, certo non avrebbe ignorato che il cane mancava e che doveva probabilmente averlo seguito. Ciò avrebbe potuto causare il suo arresto nelle vie della città. Decise pertanto di affogare il cane e proseguì guardandosi attorno in cerca di uno stagno e raccattando una grossa pietra, che legò entro il fazzoletto, mentre camminava.

Il cane alzò gli occhi verso il viso del padrone, mentre questi stava facendo tali preparativi e, sia che l'istinto gli avesse suggerito qualcosa riguardo al loro scopo, sia che lo sguardo in tralice rivoltogli da Sikes fosse stato più torvo del solito, si tenne un po' più lontano del consueto da lui e si fece piccolo mentre camminava più adagio. Quando il suo padrone si fermò sulla sponda di uno stagno e si voltò per chiamarlo, il cane si fermò.

«Non mi hai sentito? Vieni qui!» urlò Sikes.

L'animale si avvicinò, sospinto dalla forza dell'abitudine, ma quando Sikes si chinò per legargli il fazzoletto intorno al collo, emise un ringhio sommesso e indietreggiò.

«Torna qui!»

Il cane dimenò la coda, ma non si mosse. Sikes preparò il cappio e tornò a chiamarlo.

Il cane venne avanti, indietreggiò, si fermò per un momento, si voltò e corse via.

Il suo padrone fischiò e fischiò, poi si mise a sedere e aspettò, prevedendo che sarebbe tornato indietro. Ma la bestia non riapparve e infine Sikes si rimise in cammino.

49

Monks e il signor Brownlow si incontrano, infine.
Il risultato del loro colloquio

Il crepuscolo cominciava a calare quando il signor Brownlow discese da una carrozza da nolo davanti alla porta di casa sua e bussò sommessamente. Dopo che la porta era stata aperta, un uomo robusto discese dalla carrozza e si piazzò a un lato del predellino, mentre un secondo uomo, seduto a cassetta, scendeva a sua volta e si piazzava all'altro lato. A un cenno del signor Brownlow aiutarono un terzo individuo a scendere e, strettolo tra loro, si affrettarono a condurlo in casa. Quest'uomo era Monks.

Nella stessa maniera i tre salirono le scale, senza parlare, e il signor Brownlow, precedendoli, li fece entrare in una stanza in fondo alla casa. Sulla soglia di questa stanza, Monks, che era salito con manifesta riluttanza, si fermò. I due uomini sbirciarono l'anziano gentiluomo per sapere da lui come dovevano regolarsi.

«Sa bene qual è l'alternativa» disse il signor Brownlow. «Se esita o si rifiuta di eseguire un ordine, trascinatelo nella strada, chiamate la polizia e denunciatelo a nome mio come un criminale.»

«Come osate dir questo di me?» domandò Monks.

«E come osate voi costringermi a questo, giovanotto?» replicò il signor Brownlow, fissandolo con fermezza negli occhi. «Sareste così pazzo da uscire da questa casa? Lasciatelo libero. Ecco, signore. Potete andarvene, e noi possiamo seguirvi. Vi avverto, per quello che ho di più sacro: non appena avrete posto piede in istrada, vi farò arrestare accusandovi di frode e di furto. Sono deciso e irremovibile. E se intendete essere altrettanto deciso, peggio per voi!»

«Per ordine di chi sono stato rapito nella pubblica strada e portato qui da questi cani?» domandò Monks, volgendo lo sguardo dall'uno all'altro degli uomini che lo affiancavano.

«Per ordine mio» rispose il signor Brownlow. «Queste persone sono alle mie dipendenze. Visto che vi lagnate di essere stato privato della libertà – avevate però il modo di riprendervela, venendo qui, e invece vi è sembrato più opportuno restarvene tranquillo – potete, ve lo ripeto, affidarvi alla protezione della legge. Mi rivolgerò anch'io alla legge. Ma quando vi sarete spinto troppo oltre per poter tornare indietro, non chiedete clemenza a me, perché la decisione dipenderà da altri; e non dite che sono stato io a spingervi nel baratro in cui vi sarete gettato di vostra iniziativa.»

Monks parve sconcertato, nonché allarmato. Esitò.

«Dovete decidere subito» soggiunse il signor Brownlow, la cui fermezza e la cui calma erano assolute. «Se volete che io muova pubblicamente le accuse e vi consegni a un castigo la cui severità, sebbene possa prevederla rabbrividendo, non dipende da me, sapete come regolarvi. Se invece volete affidarvi alla mia indulgenza e alla misericordia di coloro cui avete fatto gravissimi torti, accomodatevi, senza pronunciar parola, su quella sedia. Vi ha aspettato per due interi giorni.»

Monks farfugliò alcune parole inintelligibili e continuò a esitare.

«Affrettatevi a decidere» disse il signor Brownlow. «Basterà una mia parola e non avrete più scelta.»

Monks continuò a esitare.

«Le lunghe trattative non mi piacciono affatto» disse il signor Brownlow «e poiché tutelo importantissimi interessi altrui, non ho neppure il diritto di trattare.»

«Non esiste...» domandò Monks, con la lingua inceppata «... non potrebbe esservi... una via di mezzo?»

«No, assolutamente.»

Monks fissò l'anziano gentiluomo con uno sguardo ansioso, ma, leggendo sul suo volto soltanto severità e decisione, entrò nella stanza e, dopo una scrollata di spalle, si mise a sedere.

«Chiudete a chiave la porta dall'esterno» disse il signor Brownlow ai suoi due collaboratori «e quando suonerà il campanello entrate.»

Gli uomini eseguirono l'ordine e i due rimasero insieme soli.

«Questo è davvero un bel modo di trattarmi, signore» osservò Monks, togliendosi cappello e mantello «da parte del più vecchio amico di mio padre.»

«Proprio perché ero il più vecchio amico di vostro padre, giovanotto» rispose il signor Brownlow «e perché le speranze e i desideri degli anni felici della mia gioventù erano legati a lui e alla dolce creatura del suo stesso sangue che Dio rivolle con sé ancora giovane, lasciandomi solo e triste su questa terra, proprio perché, ancora adolescente, vostro padre si inginocchiò al mio fianco davanti al letto di morte dell'unica sua sorella il giorno stesso in cui – se il Cielo avesse voluto altrimenti – sarebbe divenuta mia moglie; proprio perché, da allora in poi, con il cuore dilaniato, gli fui sempre accanto, nonostante i suoi errori e i suoi cimenti, fino alla morte, e proprio perché, al solo vedervi, mi tornano alla mente innumerevoli ricordi di vostro padre, proprio per tutti questi motivi sono indotto a trattarvi adesso con clemenza... sì, anche adesso, Edward Leeford pur arrossendo perché siete indegno di portare il nome di vostro padre.»

«Che c'entra, adesso, il nome di lui?» domandò il suo interlocutore, dopo aver osservato in silenzio e con una sorta di cocciuto stupore l'agitazione del vecchio. «Che importa a me del nostro nome?»

«Niente» rispose il signor Brownlow. «Per voi non è niente. Ma era il nome *di lei*, e anche dopo tanto tempo, e sebbene sia ormai vecchio, soltanto a sentirlo pronunciare da un estraneo, mi riporta la felicità elettrizzante che provavo allora. Sono contento che lo abbiate cambiato... molto, molto contento...»

«Tutto questo è davvero interessante» disse Monks (per chiamarlo con le sue nuove generalità), dopo un lungo silenzio durante il quale si era agitato sulla sedia con un'aria imbronciata di sfida mentre il signor Brownlow teneva una mano davanti al viso. «Ma che cosa volete da me?»

«Avete un fratello,» rispose il signor Brownlow, riscuotendosi «un fratello il cui nome bisbigliatovi all'orecchio quando vi ho raggiunto per la strada è stato sufficiente, quasi, per indurvi a seguirmi sin qui, stupito e allarmato.»

«Non ho alcun fratello» rispose Monks. «Sapete bene che ero figlio unico. Perché mi parlate di un fratello? Sapete bene quanto me che non esiste...»

«Ascoltate quanto ho da dirvi» lo interruppe il signor Brownlow «e vedrete che il discorso vi interesserà. So che del misero matrimonio al quale il vostro povero padre fu indotto, ancora ragazzo, dall'orgoglio di famiglia e da una sordida avidità di denaro, voi foste l'unico e indegno frutto.»

«Insultatemi pure, me ne infischio» lo interruppe Monks con una risata beffarda. «Lo sapete, e questo mi basta.»

«Ma so anche» continuò Brownlow «quanta infelicità, quali lente torture, quante angosce costò quel matrimonio sbagliato. So con quanta penosa stanchezza l'infelice coppia trascinava la pesante catena che la univa in un mondo avvelenato per entrambi i coniugi. So che a rapporti di fredda cortesia fece seguito una scoperta astiosità; so che dall'indifferenza si passò all'antipatia, dall'antipatia all'odio, e dall'odio alla ripugnanza, finché, in ultimo, il legame venne spezzato e i due, lontani il più possibile l'uno dall'altra, nascosero la sofferenza causata da un'unione che solo la morte poteva troncare sotto l'apparenza di un'allegria inesistente. Poi vostra madre riuscì nell'intento e ben presto dimenticò. Ma il tormento continuò ad avvelenare per anni il cuore di vostro padre.»

«Be', in ogni modo si separarono» disse Monks. «E con ciò?»

«Quando erano separati già da tempo» continuò il signor Brownlow «e vostra madre, completamente dedita alla vita frivola nel continente, aveva del tutto dimenticato il marito di dieci anni più giovane di lei, quest'ultimo, che era rimasto in Inghilterra, conobbe nuovi amici. *Questa* circostanza, per lo meno, la conoscete già.»

«No» disse Monks, distogliendo lo sguardo e battendo il piede sul pavimento, come se fosse deciso a negare tutto. «Non ne so niente.»

«I vostri modi, non meno delle vostre azioni, mi danno la certezza che non ve ne siete mai dimenticato, e non avete mai smesso di pensare alla cosa con amarezza» osservò il signor Brownlow. «Mi riferisco a quindici anni fa, quando non avevate più di undici anni e vostro padre ne aveva appena trentuno... poiché, ripeto, era stato appena un ragazzo quando *suo* padre gli aveva imposto di ammogliarsi. Devo rievocare eventi che gettano un'ombra su di lui, o me lo eviterete rivelandomi la verità?»

«Non ho niente da rivelare» rispose Monks. «Dovrete essere voi a parlare, se volete.»

«Questi nuovi amici, allora» continuò il signor Brownlow «erano un ufficiale di marina a riposo, rimasto vedovo da circa due mesi e le sue due figliole... ne aveva avute di più, ma soltanto loro vivevano ancora. L'una era una splendida creatura di diciannove anni, e l'altra appena una bimbetta di due o tre anni.»

«E a me questo che importa?» domandò Monks.

«Abitavano» continuò il signor Brownlow, con l'aria di non aver udito l'interruzione «in una località dell'Inghilterra ove si era rifugiato vostro padre nel corso dei suoi vagabondaggi e ove aveva deciso di stabilirsi. Alla conoscenza fecero seguito ben presto l'intimità e l'amicizia. Vostro padre era un uomo dotato come pochi; aveva l'anima e la sensibilità di sua sorella. E l'anziano ufficiale, a mano a mano che lo conosceva meglio, finì con l'affezionarglisi e con il volergli bene. Vorrei che tutto si fosse limitato a questo. E invece finì con il volergli bene anche la figlia.»

L'anziano gentiluomo si interruppe; Monks si stava mordendo il labbro e teneva gli occhi fissi sul pavimento. Avendo constatato questo, il signor Brownlow riprese subito a parlare.

«La fine dell'anno lo trovò impegnato, solennemente impegnato con quella fanciulla; oggetto della prima, sincera, ardente, unica passione di una ragazza innocente.»

«È interminabile, il vostro racconto» osservò Monks, agitandosi sulla sedia.

«È un racconto vero, di sofferenze e di cimenti, giovanotto,» rispose il signor Brownlow «come lo sono di solito i racconti di questo genere. Se narrasse soltanto di gioia e di felicità sarebbe molto breve. Infine, uno di quei ricchi parenti nel cui interesse e per accrescere la cui importanza vostro padre era stato sacrificato, come accade non di rado anche ad altri – il suo non è un caso inconsueto – morì e, per ripagare in qualche modo l'infelicità della quale era stato indirettamente la causa, gli lasciò quella che secondo lui era la panacea di ogni sofferenza, il denaro. Fu necessario che vostro padre si recasse immediatamente a Roma, ove quest'uomo si era stabilito per motivi di salute e ove era morto lasciando in sommo disordine i suoi affari. Vostro padre partì, dunque, ma a Roma venne colpito da una malattia mortale; vostra madre, non appena venuta a saperlo a Parigi, lo raggiunse e condusse voi con sé; egli si spense il giorno successivo a quello del vostro arrivo, senza lasciare alcun testamento – *alcun testamento* – per cui l'intero patrimonio passò a lei e a voi.»

Monks aveva cominciato a trattenere il respiro e ad ascoltare con un'espressione di intensa curiosità, sebbene continuasse a non guardare colui che gli parlava. Quando il signor Brownlow si interruppe, cambiò posizione con l'aria di uno che prova un sollievo improvviso, e si asciugò il volto imperlato di sudore e le mani.

«Passando da Londra prima di partire dall'Inghilterra» disse il signor Brownlow, adagio, tenendo gli occhi fissi sul viso del suo interlocutore «vostro padre venne da me.»

«Questo mi riesce del tutto nuovo» lo interruppe Monks, in un tono di voce che voleva sembrare incredulo, ma che tradiva piuttosto una sgradevole sorpresa.

«Venne da me e mi lasciò, tra alcune altre cose, un

471

ritratto – dipinto da lui stesso – della povera fanciulla che non avrebbe voluto lasciare in Inghilterra, ma che non gli era stato possibile condurre con sé in quel viaggio così improvviso. L'ansia e il rimorso lo avevano ridotto quasi l'ombra di se stesso; parlava con sgomento e disperazione della rovina e del disonore che lui stesso aveva causato e mi confidò l'intenzione di tramutare in denaro liquido – a costo di qualsiasi perdita – tutto ciò che possedeva per poi, dopo aver lasciato a vostra madre e a voi parte di quanto aveva appena ereditato, fuggire dall'Inghilterra – non da solo, mi fu facile supporre – e non tornarvi mai più. Persino a me, il vecchio amico il cui affetto nei suoi riguardi affondava le radici in quella terra che copriva una creatura carissima a entrambi, persino a me non rivelò altri particolari e si limitò a promettere di scrivermi e di dirmi ogni cosa, dopodiché ci saremmo rivisti una sola altra volta ancora, e per l'ultima volta, su questa terra. Ahimè! L'ultima volta fu *quella*. Non ricevetti alcuna lettera e non lo vidi mai più.»

«Mi recai» continuò il signor Brownlow, dopo una breve pausa «mi recai, quando tutto fu finito, sulla scena del suo... e a questo punto dirò pane al pane poiché ormai schiettezza e ipocrisia gli sono indifferenti... sulla scena del suo colpevole amore, deciso, qualora i miei timori si fossero palesati una realtà, a far sì che la povera fanciulla trovasse una casa pronta ad accoglierla e un cuore disposto a compassionarla. Ma la famiglia era partita una settimana prima, dopo aver saldato alcuni piccoli debiti. Per quale motivo o per dove nessuno era in grado di dirlo.»

Monks parve respirare più liberamente e si guardò attorno con un sorriso di trionfo.

«Quando vostro fratello,» continuò il signor Brownlow, accostando la sedia a quella del suo interlocutore «quando vostro fratello, un bambino abbandonato, lacero e debole, venne posto sul mio cammino da una mano più forte di quella del caso e fu da me sottratto a un'esistenza di vizio e di infamia...»

«Cosa?» esclamò Monks.

472

«Sì, da me» confermò il signor Brownlow. «Lo dicevo che il racconto vi avrebbe ben presto interessato. Da me, dunque... vedo che il vostro scaltro complice vi ha taciuto il mio nome, anche se, a quanto risultava a lui, voi non mi conoscevate. Quando il bambino venne soccorso da me, e mentre era convalescente in casa mia, mi colmò di stupore la sua spiccata somiglianza con il ritratto del quale ho parlato. Già vedendolo per la prima volta, sporco e lacero com'era, avevo notato sul suo viso un'espressione che mi ricordava un amico, un vecchio amico intravvisto fuggevolmente in qualche vivido sogno. Il bambino mi fu rapito prima che venissi a conoscenza delle sue origini, ma questo non ho bisogno di dirvelo...»

«Perché no?» si affrettò a domandare Monks.

«Perché lo sapete benissimo.»

«Io!»

«È inutile negare, con me» esclamò il signor Brownlow. «Vi dimostrerò che so più di questo.»

«Voi... voi.. non potete provare nulla contro di me» balbettò Monks. «Vi sfido a farlo!»

«Staremo a vedere» rispose l'anziano gentiluomo, fissandolo con occhi penetranti. «Perdetti il bambino e, nonostante tutti i miei tentativi, non riuscii a ritrovarlo. Poiché vostra madre era morta, sapevo che soltanto voi avreste potuto risolvere il mistero, se qualcuno ne era in grado, e poiché, l'ultima volta che avevo sentito parlare di voi, vi trovavate nella vostra proprietà nelle Indie Occidentali – ove, come sapete anche troppo bene, vi eravate rifugiato dopo la morte di vostra madre per sottrarvi alle conseguenze di misfatti commessi qui – decisi di compiere il viaggio. Ma eravate già ripartito, mesi prima, e si riteneva che vi trovaste a Londra anche se nessuno sapeva dirmi dove. Tornai indietro. Persino i vostri agenti ignoravano dove abitavate. Sembravate andare e venire, mi dissero, in modo strano, come sempre avevate fatto; a volte non vi si vedeva per giorni e giorni, a volte per mesi; a quanto pareva, frequentavate sempre gli stessi bassifondi e gli stessi infami individui che vi erano stati compagni di vizi e di bagordi in una gioventù traviata. Vi cercai, mi aggirai notte e giorno per le strade, ma tutti i miei tentativi rimasero inutili e non vi vidi mai, neppure per un attimo, fino a due ore fa.»

«E ora che mi avete veduto» disse Monks, balzando audacemente in piedi «che cosa farete? Mi avete dato del criminale, ma questa è soltanto una parola altisonante... giustificata, secondo voi, dall'immaginaria somiglianza di un monello e di un piccolo vagabondo al ritratto eseguito da un dilettante ormai defunto. Fratello! Voi non sapete nemmeno se da quella sdolcinata coppia nacque un bambino; no, non sapete neppure questo!»

«*Non lo sapevo*» rispose il signor Brownlow, balzando in piedi a sua volta «ma in questi ultimi quindici giorni ho scoperto tutto. Voi avete un fratello; lo sapete e lo conoscete. Esisteva un testamento, che vostra madre distrusse, confidandovi il segreto quando morì e lasciandovi tutti i vantaggi. Il testamento si riferiva a un bambino che doveva nascere dalla disgraziata relazione; questo bambino era venuto al mondo e voi lo incontraste per caso e cominciaste a sospettare perché somigliava a vostro padre. Vi recaste nel suo luogo di nascita. Là esistevano prove – rimaste nascoste a lungo – che dimostravano di chi era figlio. Queste prove voi le distruggeste. Ed ecco le parole che voi stesso rivolgeste al vostro complice, l'ebreo: "*Le sole prove dell'identità del bambino giacciono in fondo al fiume e la vecchia megera che le ebbe dalla madre sta marcendo nella bara*". Figlio indegno, vile, bugiardo... voi che sin dalla culla siete stato causa di fiele e di amarezza per vostro padre... voi in cui ogni possibile vizio e ogni dissolutezza hanno suppurato fino a trovare sfogo in una laida malattia che ha fatto della vostra faccia uno specchio della mente... voi, Edward Leeford, osate ancora sfidarmi?»

«No, no, no!» rispose il codardo, sopraffatto dalle accuse.

«Ogni parola!» esclamò l'anziano gentiluomo. «Ogni parola che è stata pronunciata tra voi e quell'odioso scellerato mi è nota. Ombre sulla parete hanno captato i vostri bisbigli, portandomeli all'orecchio, la vista del povero bambino maltrattato ha commosso la personificazione stessa del vizio, dandole il coraggio e quasi gli attributi della virtù. Poi è stato commesso un omicidio del quale voi siete moralmente, se non materialmente, responsabile...»

«No, no» lo interruppe Monks. «Di... di questo io non so niente... stavo andando ad accertare come si erano svolte le cose quando voi mi avete incontrato. Non conoscevo la causa del delitto. Pensavo che fosse stata una lite.»

«È stata la rivelazione parziale dei vostri segreti» disse il signor Brownlow. «Siete disposto a rivelare tutto?»

«Sì, lo farò.»

«Siete disposto a firmare un resoconto dei fatti come si sono svolti e a confermarlo alla presenza di testimoni?»

«Sì, vi prometto anche questo.»

«Rimarrete tranquillo in questa stanza finché il documento in questione non sarà stato preparato e verrete poi con me nel luogo che io riterrò più indicato, allo scopo di confermarlo?»

«Se insistete farò anche questo» rispose Monks.

«Dovete fare qualcosa di più di questo» disse il signor Brownlow. «Dovete restituire a un bambino innocente e buono quanto gli spetta. Poiché egli è davvero innocente e buono, sebbene nato da un amore colpevole. Non avete certamente dimenticato le clausole del testamento. Fate quanto dispongono per quanto concerne vostro fratello e poi andatevene dove vorrete. A questo mondo non ci incontreremo mai più.»

Mentre Monks andava avanti e indietro, con gli occhi torvi, riflettendo su queste proposte e sulle sue possibilità di eluderle, dibattuto tra la paura da un lato e l'odio dall'altro, la porta venne aperta e un gentiluomo (il dottor Losberne) entrò nella stanza in preda a una grande agitazione.

«L'uomo sarà catturato!» disse. «Catturato entro stanotte!»

«L'assassino?» domandò il signor Brownlow.

«Sì, sì» rispose l'altro. «Il cane di lui è stato veduto aggirarsi intorno a uno dei suoi nascondigli e, senza dubbio, il suo padrone si trova là, o vi si recherà con il favore delle tenebre. Vi sono informatori dappertutto.

Ho parlato con gli uomini incaricati di catturarlo, e mi hanno detto che non può sfuggire. Il governo porrà su di lui una taglia di cento sterline entro questa sera.»

«Io ne offrirò altre cinquanta» disse il signor Brownlow «e annuncerò personalmente la cosa sul luogo della cattura, se potrò recarmici. Dov'è il signor Maylie?»

«Harry? Non appena ha veduto il vostro amico, qui, al sicuro sulla carrozza con voi, è corso via» rispose il dottore «e, montato a cavallo, è andato a raggiungere, non so dove alla periferia della città, uno dei gruppi di ricerca.»

«E Fagin» domandò il signor Brownlow «che ne è di lui?»

«L'ultima volta che ne ho sentito parlare non era stato ancora preso, ma ormai lo avranno catturato. Erano certi di riuscirci.»

«Allora, avete deciso?» domandò il signor Brownlow a Monks, a voce bassa.

«Sì» rispose lui. «Ma... ma voi... serberete il segreto per quanto mi concerne?»

«Ve lo prometto. Rimanete qui fino al mio ritorno. È la vostra unica speranza di salvezza.»

I due amici uscirono dalla stanza e la porta venne nuovamente chiusa a chiave.

«Che cosa siete riuscito a fare?» domandò il dottore in un bisbiglio.

«Tutto quello in cui potevo sperare, e anche di più. Mettendo insieme le informazioni dateci dalla povera ragazza e quanto già io sapevo, nonché il risultato delle ricerche del nostro buon amico sul posto, non gli ho lasciato alcuna via di scampo e ho ricostruito tutti i suoi misfatti, che sono emersi chiari come la luce del giorno. Scrivete e fissate la riunione per dopodomani sera alle sette. Arriveremo là alcune ore prima, ma avremo bisogno di riposare, specie la signorina, la quale dovrà forse essere più ferma di quanto voi e io possiamo prevedere in questo momento. Per il momento non vedo l'ora di vendicare quella povera creatura assassinata. Da che parte si sono diretti?»

«Recatevi subito all'ufficio e arriverete in tempo» rispose il dottor Losberne. «Io rimarrò qui.»

I due gentiluomini si separarono frettolosamente, entrambi in preda a un'agitazione febbrile.

Vicino a quel tratto del Tamigi ove sorge la chiesa di Rotherhithe, ove gli edifici lungo la riva sono più sudici e le imbarcazioni sul fiume più annerite dalla polvere di carbone e dal fumo che scaturisce dai bassi tuguri pigiati gli uni contro gli altri, v'è la più sporca, la più bizzarra e la più straordinaria delle tante zone nascoste di Londra, la cui esistenza e addirittura il cui nome sono ignorati dalla grande maggioranza dei londinesi.

Per giungere in questo luogo il visitatore deve penetrare un labirinto di viuzze strette e fangose, affollate dagli individui meno raccomandabili e più poveri che risiedono lungo il fiume, i quali si dedicano ad attività facilmente immaginabili. Le botteghe di generi alimentari espongono quanto v'è di meno appetibile e di più economico; gli indumenti più miseri e più vistosamente volgari pendono nei negozi e vengono appesi ad asciugare sui balconi e davanti alle finestre delle case. Giostrando tra manovali disoccupati della più infima classe, tra facchini, scaricatori di carbone, donne di malaffare, bambini laceri e tutti gli altri rifiuti del fiume, il visitatore procede a stento, aggredito da scene disgustose e da odori rivoltanti negli stretti vicoli che si diramano a destra e a sinistra e assordato dallo strepito dei grossi carri che trasportano alte cataste di mercanzie provenienti dagli innumerevoli magazzini. Giunto, infine, in viuzze ancor più remote e meno frequentate di quelle percorse prima, passa accanto a vacillanti facciate di case inclinate pericolosamente, lungo muri di-

roccati che sembrano sul punto di crollare, vicino a ciminiere dal precario equilibrio e sotto finestre protette
da inferriate arrugginite, quasi completamente erose
dal tempo e dagli elementi, rasentando insomma ogni
immaginabile indizio di desolazione e di abbandono.

In una zona come questa, al di là di Dockhead, nel
Borough of Southwark, si trova Jacob's Island, circondata da un melmoso fossato, profondo da due metri a
due metri e mezzo e largo da quattro metri e mezzo a
sei metri quando la marea è alta; veniva denominato in
passato Mill Pond, ma ai tempi in cui si svolge questo
racconto il suo nome era Folly Ditch. È un'insenatura,
o un canale del Tamigi, e può sempre essere riempita,
con l'alta marea, aprendo le chiuse del Lead Mills, dal
quale derivò il suo nome di un tempo. Quando il canale è colmo, il visitatore, guardando da uno dei ponti di
legno che lo attraversano, può vedere coloro che abitano nelle case, a entrambi i lati, calare dalle porte e dalle finestre secchi e pentole di ogni sorta per attingere
l'acqua; se poi distoglie lo sguardo, osservando le case
stesse, rimane quanto mai stupito dalla scena. Vede
pazzeschi ballatoi di legno correre lungo il lato posteriore di quasi tutte le case, con fori dai quali si può osservare la sottostante acqua melmosa; vede finestre
rotte e chiuse alla meglio dalle quali sporgono aste di
legno per appendervi la biancheria ad asciugare; vede
stanzette talmente piccole, talmente sudicie, talmente
soffocanti che l'aria vi sembra troppo viziata anche per
tanto squallore, vede baracchini di legno sporgere sopra il fango e minacciare di precipitarvi, come non di
rado è accaduto; vede sudici muri e fondamenta sgre-
tolate; vede ogni ripugnante indizio della miseria e
ogni laido aspetto della sporcizia, del marciume e dei
rifiuti adornare le rive del Folly Ditch.

A Jacob's Island i magazzini sono privi del tetto e vuo-
ti; i muri crollano; le finestre non sono più finestre; le
porte cadono e piombano nella strada, le ciminiere sono
annerite ma da esse non esce più alcun fumo. Trenta o
quarant'anni fa, prima che fallimenti e processi lo immi-
serissero, il posto prosperava; ma adesso è davvero un'i-

sola desolata. Le case non hanno più un proprietario; sono in rovina e rimangono aperte; vi entrano coloro che trovano il coraggio di entrarvi, per abitare lì e per morirvi. Devono avere moventi formidabili costoro, per nascondervisi, e devono essere ridotti alla miseria più nera, coloro che cercano un rifugio a Jacob's Island.

In una camera al piano più alto di una di queste case – una casa isolata e alquanto grande, in rovina sotto altri aspetti, ma con porte e finestre solidamente chiuse, una casa il cui lato posteriore dava sul canale già descritto – si trovavano tre uomini che, sbirciandosi di tanto in tanto con sguardi che esprimevano perplessità e aspettativa, mantennero per qualche tempo un assoluto e tetro silenzio. Uno di costoro era Toby Crackit, un altro il signor Chitling e il terzo un ladro cinquantenne, il cui naso era rimasto quasi completamente schiacciato nel corso di qualche zuffa del passato e la cui faccia era sfregiata da una cicatrice spaventosa, risalente, con ogni probabilità, alla stessa occasione. Era, costui, un deportato evaso, e si chiamava Kags.

«Avrei voluto» disse Toby, rivolgendosi al signor Chitling «che quando le due tane precedenti cominciarono a essere pericolose, tu avessi scelto qualche altro rifugio, e non proprio questo, bello mio.»

«E perché non te lo sei scelto tu, idiota?» disse Kags.

«Be', credevo che saresti stato un po' più contento di così di vedermi» rispose il signor Chitling, con un'aria malinconica.

«Senti, giovane bellimbusto,» disse Toby «quando uno mantiene le distanze come ho sempre fatto io e per giunta ha sopra la testa il tetto di una comoda casa, senza dover sopportare tra i piedi nessun ficcanaso fetente, si stupisce alquanto avendo l'onore della visita di un giovane gentiluomo che si trova in una situazione come la tua, per quanto possa essere piacevole giocare a carte con te.»

«Specie quando il giovane che mantiene le distanze ha con sé un amico, arrivato dall'estero prima di quanto ci si aspettasse e troppo modesto per voler essere presentato ai giudici al suo ritorno» precisò Kags.

Seguì un breve silenzio dopo il quale Toby Crackit, rinunciando, poiché a quanto parve, lo considerò vano, a ogni ulteriore tentativo di mantenere il suo solito atteggiamento spavaldo da me-ne-impipo, si rivolse a Chitling e domandò:

«Ebbene, quand'è che hanno preso Fagin?»

«Proprio all'ora di pranzo... alle due del pomeriggio. Charley e io abbiamo tagliato la corda su per il camino della lavanderia e Bolter si è gettato a testa in giù nella botte vuota dell'acqua; ma ha le gambe tanto lunghe che sporgevano fuori e così hanno pescato anche lui.»

«E Bet?»

«Povera Bet! Le hanno fatto vedere il cadavere perché lo identificasse» rispose Chitling, rabbuiandosi in faccia sempre più «e si è messa a urlare e a farneticare come una pazza e a battere la testa contro le pareti. Così le hanno messo la camicia di forza e l'hanno portata all'ospedale, e là si trova.»

«E che ne è stato del signorino Bates?» domandò Kags.

«Si sta tenendo al largo per non venire qui prima che faccia buio, ma arriverà tra poco» rispose Chitling. «Non c'è nessun altro posto in cui andare, ormai, perché quelli dei Tre Storpi sono tutti in guardina, e l'altra taverna... ci sono stato e ho visto con i miei occhi... è piena di spie.»

«Che disastro» mormorò Toby, mordendosi il labbro. «Ci lasceranno le penne in parecchi.»

«Il tribunale è già in sessione, se concludono l'inchiesta preliminare e Bolter canta, come farà senz'altro, stando a quanto ha già detto, potranno provare la complicità di Fagin e processarlo venerdì, per cui, tra sei giorni, penderà dalla forca, maledizione!»

«Avreste dovuto sentire come urlava la folla inferocita» disse Chitling. «I poliziotti si sono battuti come indemoniati, altrimenti l'avrebbero fatto a pezzi. A un certo momento è caduto, ma hanno fatto cerchia intorno a lui e sono riusciti a trascinarlo via aprendosi un varco a manganellate nella ressa. Avreste dovuto vedere com'era conciato, infangato e insanguinato dalla testa ai piedi; si avvinghiava agli sbirri come se fossero stati i suoi più cari amici. Ce l'ho ancora davanti agli occhi; non riusciva più a reggersi in piedi dopo le botte della folla e gli sbirri lo trascinavano via; vedo ancora la gente che cercava di saltargli addosso! Digrignavano i denti tutti quanti e cercavano di afferrarlo. Vedo il sangue che aveva sui capelli e sulla barba e odo gli urli delle donne infuriate che si aprivano un varco nella ressa e giuravano di volergli strappare il cuore!»

L'inorridito testimone di una simile scena si tappò le orecchie con le mani e, con gli occhi chiusi, andò impetuosamente avanti e indietro, come se fosse sconvolto.

Mentre così si disperava e gli altri due sedevano silenziosi, gli occhi fissi sul pavimento, si udì su per le scale un rapido zampettare e poi il cane di Sikes balzò nella stanza. I tre corsero alla finestra, si precipitarono giù per le scale e uscirono nella strada. Il cane era entrato balzando in casa da una finestra aperta e ora non cercò affatto di seguirli; né si vide l'ombra del suo padrone.

«Che cosa significa, questo?» domandò Toby, quando furono rientrati. «Sikes non può venire qui. O almeno... io spero che non venga.»

«Se avesse deciso di venire qui sarebbe venuto con il cane» disse Kags, chinandosi per osservare l'animale che giaceva ansimante sul pavimento. «Su, dategli un po' d'acqua. Ha corso fino a non poterne più.»

«Guardate, l'ha bevuta fino all'ultima goccia» disse Chitling, dopo avere osservato il cane per qualche tempo in silenzio. «Coperto di fango... azzoppato... mezzo cieco... Deve averne fatta di strada.»

«Da dove può venire?» si domandò Toby. «È andato negli altri rifugi, naturalmente, e, trovandoli pieni di estranei, è venuto qui, dove era già stato tante altre volte. Ma da dove può essere partito? E perché è venuto senza il padrone?»

«Lui...» (nessuno di loro chiamava più l'assassino con il suo nome) «non si sarà mica tolto la vita? Che cosa ne dite?» domandò Chitling.

Toby scosse la testa.

«Se così fosse» disse Kags «il cane cercherebbe di portarci sul posto. No. Secondo me è fuggito sul continente e ha lasciato qui il cane. In qualche modo deve essere riuscito a seminarlo, altrimenti l'animale non sarebbe così tranquillo.»

Questa soluzione dell'enigma, che sembrava la più probabile, venne considerata giusta; il cane strisciò sotto una sedia, si raggomitolò per dormire e nessuno gli badò più.

Poiché faceva ormai buio, l'imposta venne chiusa e una candela accesa fu posta sul tavolo. Gli eventi terribili degli ultimi due giorni avevano fatto un'impressione profonda sui tre, un'impressione intensificata dal pericolo e dall'incertezza della loro situazione. Sedettero vicini l'uno all'altro, trasalendo a ogni rumore. Parlarono poco e soltanto a bisbigli, taciturni e in preda a un terrore reverenziale come se i resti della donna assassinata si fossero trovati nella stanza adiacente.

Trascorse in questo modo qualche tempo quando, all'improvviso, si udì bussare in modo incalzante alla porta del pianterreno.

«Il signorino Bates» disse Kags, guardandosi attorno irosamente per tenere a freno la paura che lo pervadeva.

Si udì bussare di nuovo. No, non poteva essere lui, non bussava mai in quel modo.

Crackit si affacciò alla finestra, poi, tremando in tutto il corpo, tirò indietro la testa. Non fu necessario dire agli altri chi fosse; il pallore della sua faccia bastò a farlo capire. Il cane, inoltre, si mise subito all'erta e corse uggiolando alla porta.

«Dobbiamo farlo entrare» disse con decisione Crackit, prendendo la candela.

«Non c'è qualche modo di evitarlo?» domandò Kags, con la voce rauca.

«No. *Deve* poter entrare.»

«Non lasciarci al buio» disse Kags, togliendo una candela dalla mensola del caminetto e accendendola; le mani gli tremavano al punto che i colpi alla porta ricominciarono prima che avesse finito.

Crackit discese e tornò seguito da un uomo con la

parte inferiore della faccia nascosta da un fazzoletto e con un altro fazzoletto annodato sul capo, sotto il cappello. Adagio, se li tolse entrambi. Faccia sbiancata, occhi infossati, gote scavate, la barba di tre giorni, il respiro rapido e sibilante: sembrava il fantasma di Sikes.

Appoggiò la mano su una sedia che si trovava in mezzo alla stanza, ma poi, rabbrividendo mentre stava per lasciarvisi cadere, e sbirciando furtivamente alle proprie spalle, la trascinò accanto alla parete... il più vicino possibile alla parete... la spinse contro la parete... e vi sedette.

Non una parola era stata scambiata. Egli volse lo sguardo dall'uno all'altro, in silenzio. E se anche uno sguardo si alzò furtivamente per incrociare il suo, subito venne distolto. Quando la sua voce cavernosa ruppe il silenzio, gli altri tre spalancarono gli occhi. Non lo avevano mai udito parlare in quel modo.

«Come ci è venuto qui il cane?» egli domandò.

«Solo. Tre ore fa.»

«Il giornale di questa sera dice che Fagin è stato preso. È vero o è una balla?»

«È vero.»

Ridiscese il silenzio.

«Maledizione a tutti quanti!» inveì Sikes, passandosi una mano sulla fronte. «Non avete niente da dirmi?»

I tre si mossero, a disagio, ma nessuno parlò.

«Tu che occupi questa casa» domandò Sikes, voltandosi verso Crackit «hai intenzione di tradirmi o mi lascerai restare qui finché la caccia non sarà finita?»

«Puoi restare qui, se pensi che il posto sia sicuro» rispose colui al quale si era rivolto, dopo una certa esitazione.

Sikes alzò adagio lo sguardo verso la parete dietro di sé, più sforzandosi di voltare la testa che voltandola effettivamente, e domandò: «Il... il corpo... è stato seppellito?».

Gli altri scossero la testa.

«Perché no?» esclamò lui, sempre sbirciando la parete dietro di sé. «Perché non le sotterrano, le cose laide?... Chi è che sta bussando?»

Crackit fece capire con un cenno della mano, mentre

usciva dalla stanza, che non v'era niente da temere; e, quasi subito, tornò indietro seguito da Charley Bates. Sikes sedeva proprio di fronte alla porta per cui il ragazzo, non appena entrato nella stanza, lo scorse.

«Toby,» esclamò, indietreggiando, mentre Sikes volgeva lo sguardo verso di lui «perché non mi hai detto al piano di sotto che era qui?»

La manifesta ripugnanza dei tre era stata così tremenda che l'uomo smarrito parve disposto a propiziarsi anche quel ragazzetto. Lo salutò con un cenno del capo e addirittura fece il gesto di tendergli la mano per stringergliela.

«Lasciami andare in qualche altra stanza» disse il ragazzo, indietreggiando ancor più.

«Charley!» esclamò Sikes, facendosi avanti. «Non... non mi riconosci?»

«Non ti avvicinare!» esclamò il ragazzo, sempre indietreggiando e fissando, con l'orrore negli occhi, il volto dell'assassino. «Mostro!»

L'uomo si fermò a metà strada e i due si fissarono; ma poi Sikes, a poco a poco, abbassò gli occhi.

«Mi siete testimoni, voi tre» gridò il ragazzo, agitando il pugno chiuso e divenendo sempre più eccitato a mano a mano che parlava. «Mi siete testimoni... che non ho paura di lui... se verranno a cercarlo, dirò chi è. Lo farò. Ve lo dico sin d'ora. Può anche ammazzarmi per questo, se vuole, e se ne ha il coraggio, ma se sarò qui lo denuncerò. Lo denuncerei anche se dovessero bollirlo vivo. Assassino! Aiuto! Se c'è un briciolo di uomo in voi tre, dovete aiutarmi! Assassino! Uccidetelo!»

Così gridando, e accompagnando alle grida gesti violenti, il ragazzo si gettò materialmente, da solo, contro quell'omaccio robusto e, con l'impeto della sua foga e con la subitaneità della sorpresa, riuscì a farlo cadere pesantemente sul pavimento.

Gli altri tre sembravano del tutto inebetiti. Non intervennero in alcun modo e ragazzo e uomo rotolarono avvinghiati sul pavimento; Charley, noncurante della gragnuola di colpi che gli pioveva addosso, avvinghiandosi con entrambe le mani alla giacca dell'assassino e stringendogliela sempre più intorno al petto senza mai smettere di invocare aiuto con tutto il fiato che aveva in corpo.

La lotta, tuttavia, era troppo impari per poter durare a lungo. Sikes aveva già inchiodato il ragazzo sul pavimento, incuneandogli un ginocchio contro la gola, quando Crackit lo tirò indietro con un'espressione allarmata sulla faccia, e additò la finestra. Luci balenavano là sotto, si udivano voci che parlavano forte e uno scalpiccio di passi affrettati – passi innumerevoli, si sarebbe detto – che attraversavano il più vicino ponte di legno. Tra gli altri sembrava trovarsi un uomo a cavallo, poiché si udivano gli zoccoli schioccare sul selciato disuguale. Il bagliore delle luci divenne più forte; il rumore dei passi si fece più serrato. Poi si udì bussare forte alla porta e infine si levò il rauco mormorio di una moltitudine di voci furenti, un suono tale da atterrire anche i più audaci.

«Aiuto! Aiuto!» strillò il ragazzo, con una voce così acuta che sembrava fendere l'aria. «È qui! Fate presto, sfondate la porta!»

«In nome del Re» gridò una voce, all'esterno, e il rauco mormorio tornò a levarsi, ma più forte.

«Sfondate la porta!» urlò il ragazzo. «Vi dico che non apriranno mai! Correte subito nella stanza illuminata. Presto, sfondate la porta!»

Colpi violenti e massicci risuonarono contro la porta e contro le imposte al pianterreno non appena Charley smise di gridare e un gran urlo si levò dalla folla, dando per la prima volta un'idea abbastanza chiara di quanto fosse immensa.

«Aprite qualche stanza ove possa rinchiudere questo infernale pivello» urlò Sikes, inferocito, correndo avanti e indietro e trascinando il ragazzo ormai inerte con la stessa facilità con cui si potrebbe trascinare un sacco vuoto. «Quella porta! Presto!» Lo scaraventò dentro e girò la chiave nella toppa. «È solida la porta al pianterreno?»

«È chiusa a doppia mandata e con catena» rispose Crackit che, insieme agli altri due, continuava a essere passivo e smarrito.

«I pannelli, sono robusti?»

«Rivestiti con lamiera di ferro.»

«E le imposte anche?»

«Sì, anche le imposte.»

«Maledizione a voi!» urlò il delinquente ridotto alla disperazione, sollevando il vetro della finestra e minacciando la folla. «Provatevi a prendermi! Vi sfuggirò!»

Il grido della folla infuriata fu più spaventoso di qualsiasi urlo terrificante che mai abbia risuonato nelle orecchie dei mortali. Alcuni sbraitarono a quelli che erano più vicini alla casa di incendiarla; altri invitarono gli ufficiali ad aprire il fuoco sull'assassino. Ma il più inviperito di tutti parve essere l'uomo a cavallo che, balzato giù di sella e fendendo la folla come se fosse stata acqua, gridò sotto la finestra, con una voce tale da vincere tutte le altre: «Venti ghinee a chi porterà una scala!».

Altre voci lì attorno echeggiarono il grido e altre centinaia lo ripeterono. Taluni chiedevano scale a pioli, altri grosse mazze; v'era chi correva, con torce accese, qua e là, come per andare in cerca di queste cose, e chi tornava indietro per urlare ancora; taluni sprecavano il fiato in imprecazioni impotenti e in inutili esecrazioni, altri spingevano chi li precedeva quasi in preda a una folle estasi, impedendo a chi davvero si sarebbe potuto rendere utile di passare.

Alcuni dei più audaci tentavano di arrampicarsi, servendosi come appiglio dei pluviali o delle crepe nel muro, e tutti si agitavano nell'oscurità sottostante come un campo di granoturco spazzato da forti raffiche di vento, e di tanto in tanto si univano lanciando un urlo furente.

«La marea!» esclamò l'assassino, scostandosi dalla finestra per non vedere più le facce là sotto. «La marea era bassa quando sono venuto. Procuratemi una corda, una corda molto lunga. Sono tutti davanti alla casa. Posso calarmi nel Folly Ditch e fuggire da quella parte. Datemi una corda o commetto altri tre omicidi e mi ammazzo.»

Gli uomini, in preda al panico, gli indicarono il nascondiglio ove avrebbe potuto trovare quel che voleva; e l'assassino, affrettatosi a scegliere la corda più lunga e più resistente, salì di corsa verso il tetto della casa.

Tutte le finestre sul lato posteriore dell'edificio erano

state murate da tempo, tranne un finestrino nella stanza ove si trovava rinchiuso il ragazzo, un finestrino troppo piccolo anche per l'esile corpo di lui. Ciò nonostante, egli non aveva mai smesso di gridare alla gente là fuori, attraverso quell'apertura, di sorvegliare anche quel lato della casa, per cui, quando l'assassino uscì infine dall'abbaino sul tetto, un alto grido avvertì della cosa la folla, che immediatamente cominciò a riversarsi intorno alla casa, mentre tutti si incalzavano a vicenda, come un fiume ininterrotto.

Sikes piazzò un asse, che aveva portato lassù a bella posta, così saldamente contro la porta da far sì che fosse assai difficile aprirla dall'interno, poi, dopo avere strisciato sulle tegole, si sporse a guardare oltre il basso parapetto.

L'acqua si era ritirata, e aveva tramutato il canale in una distesa di fango.

La folla aveva taciuto, in quei pochi momenti, mentre osservava i suoi movimenti, dubbiosa per quanto concerneva lo scopo di lui; ma, non appena se ne rese conto e capì di essere stata sconfitta, lanciò un urlo di esecrazione rispetto al quale tutti i clamori precedenti erano stati un bisbiglio. E l'urlo si levò più e più volte. Coloro che erano sopraggiunti troppo tardi per capire che cosa significasse lo imitarono, per cui il suono echeggiò e riecheggiò. Si sarebbe detto che l'intera città avesse riversato lì la propria popolazione per maledire l'assassino.

La gente continuava ad accalcarsi, venendo dall'altro lato della casa... sempre e sempre più gente, senza posa, una corrente violenta di facce irose e, qua e là, una torcia che le illuminava, rivelandone tutta la furia e la passione. La folla aveva invaso le case al lato opposto del canale, le finestre erano state spalancate, o semplicemente sfondate, e a ognuna di esse si affacciavano schiere e schiere di facce; gruppi e gruppi di persone rimanevano in precario equilibrio sui tetti. I piccoli ponti, e da lì se ne vedevano tre, si curvavano sotto il peso della folla che vi si accalcava; ciò nonostante, la gente continuava a spingere per trovare un cantuccio o uno spiraglio dal quale poter vedere il miserabile e coprirlo di insulti.

«Ormai non può più fuggire» urlò un uomo, dal ponte più vicino. «Evviva!»

Innumerevoli cappelli vennero agitati in aria e di nuovo si levò l'evviva.

«Darò cinquanta sterline» gridò un anziano gentiluomo, dallo stesso ponte «a chi lo prenderà vivo. Rimarrò qui fino a quando chi lo avrà preso non verrà a chiedermi il premio.»

Seguì un nuovo urlo. In quel momento corse voce tra la folla che la porta era stata sfondata, finalmente, e che l'uomo il quale aveva chiesto una scala a pioli era salito nella stanza. All'improvviso la ressa cambiò direzione, mentre questa notizia passava di bocca in bocca, e le persone affacciate alle finestre, vedendo quelle sui ponti tornare indietro di corsa, abbandonarono i loro posti di osservazione e, precipitatesi in istrada, si unirono alla massa che ora stava riversandosi di nuovo davanti alla casa, nel luogo appena abbandonato; ognuno premeva contro quelli che gli stavano attorno e tutti ansimavano tanto erano impazienti di arrivare alla porta e di vedere il criminale quando la polizia lo avrebbe trascinato fuori. Le grida e gli urli di coloro che venivano schiacciati sin quasi a soffocare o gettati a terra e calpestati nella confusione risuonavano spaventosamente; le anguste viuzze erano completamente ingorgate e in quel momento, mentre una parte della folla premeva per riportarsi davanti alla casa e mentre molti cercavano invece di districarsi dalla massa, l'attenzione rimase distolta dall'assassino, sebbene la smania di vederlo catturare fosse incalzante come non mai.

L'uomo, sgomentato dalla ferocia della folla e dall'impossibilità della fuga, si era come afflosciato; ma ora, veduto quel cambiamento improvviso, con una fulmineità non minore di quella con la quale si era determinato, balzò in piedi, deciso a compiere un estremo tentativo di salvarsi lasciandosi cadere nel canale per cercare poi, se non fosse stato soffocato dalla melma, di allontanarsi nelle tenebre e nella confusione.

Ritrovando nuovo ardimento e nuove energie e spronato, inoltre, dagli strepiti entro la casa che lasciavano capire come fosse stata invasa dalla polizia, egli puntò il piede contro il comignolo, vi legò attorno saldamente una estremità della corda e poi, servendosi delle mani e dei denti, quasi in un secondo formò un cappio all'altra estremità. Avrebbe potuto calarsi con la corda fino a un'altezza dal suolo inferiore alla propria statura, poi tagliare il cappio con il coltello che stringeva nella mano e lasciarsi cadere.

Nel momento stesso in cui passava il cappio intorno al proprio capo, mentre stava per farlo scivolar giù sin sotto le ascelle, e mentre l'anziano gentiluomo menzionato prima (il quale si era avvinghiato così saldamente al parapetto del ponte da non essere trascinato via dalla folla e da restare ove si trovava) avvertiva gli altri intorno a sé che l'assassino stava per calarsi giù... proprio in quel momento Sikes, voltandosi a guardare il tetto dietro di sé, alzò le braccia di scatto, lanciando un urlo di terrore.

«Gli occhi, di nuovo!» gridò, con una voce resa stridula dall'orrore.

Barcollando come se fosse stato colpito dal fulmine, perdette l'equilibrio e rotolò al di là del basso parapetto. Aveva il cappio intorno al collo. Il peso di lui lo fece stringere, teso come una corda d'arco, rapidamente quanto la freccia che ne scocca. L'uomo precipitò per una decina di metri. Poi vi fu uno strattone improvviso, una convulsione terribile delle membra e là egli oscillò sospeso, con il coltello ancora stretto nella mano che andava irrigidendosi.

Il vecchio comignolo vibrò, ma resistette validamente all'improvvisa trazione. L'assassino penzolò senza vita contro il muro e Charley Bates, rinchiuso nella piccola stanza, scostato il cadavere che ciondolava proprio davanti alla finestrella, gridò alla folla di venirlo a liberare, in nome di Dio.

Un cane, che fino a quel momento era rimasto nascosto, corse avanti e indietro sul parapetto, ululando lugubremente; poi, dopo avere ingobbito la schiena per spiccare il balzo, cercò di lanciarsi sulle spalle del morto. Le mancò e precipitò nel fossato, capovolgendosi completamente mentre cadeva, e batté la testa contro un sasso che gli fece schizzar fuori il cervello.

51

Nel quale vengono chiariti numerosi misteri
e si parla di una proposta di matrimonio fatta
senza accennare né alla dote né allo spillatico

Due giorni appena erano trascorsi dopo gli eventi narrati nell'ultimo capitolo quando Oliver venne a trovarsi su una carrozza che rapidamente correva verso il suo luogo di nascita. Lo accompagnavano la signora Maylie e Rose, la signora Bedwin e il buon dottore; il signor Brownlow li seguiva invece su una diligenza postale, accompagnato da un'altra persona il cui nome non era stato menzionato.

Non avevano conversato molto durante il viaggio; Oliver, infatti, era in preda a uno stato d'animo di agitazione e di incertezza che sembrava togliergli la capacità di fare ordine nei propri pensieri e quasi di parlare; e lo stesso stato d'animo era condiviso, in ugual misura, dai suoi compagni di viaggio. Sia lui sia le due dame erano stati informati con il necessario tatto, dal signor Brownlow, della confessione strappata a Monks; e, sebbene sapessero che lo scopo del viaggio era quello di completare l'opera così ben cominciata, l'intera situazione continuava a essere avvolta da dubbi e da misteri quanto bastava per tenere tutti loro ansiosamente in sospeso.

Lo stesso buon amico, con la collaborazione del dottor Losberne, aveva cautamente fatto in modo che non venissero a sapere nulla degli eventi orribili svoltisi così di recente. «È verissimo» così si era espresso «che tra non molto dovranno esserne informati, ma il momento sarà forse migliore di quello attuale e non potrà comunque essere peggiore.» Per conseguenza, viaggiavano in silenzio, ognuno di loro riflettendo sullo scopo che li accomunava e nessuno di loro disposto a dar voce ai pensieri comuni a tutti.

Ma se Oliver, per i motivi di cui sopra, aveva taciuto mentre percorrevano una strada mai veduta, non appena vennero a trovarsi su quella stessa che aveva percorso a piedi, povero bimbetto vagabondo, senza un soldo, senza famiglia, senza un amico che potesse aiutarlo, o un tetto che potesse ripararlo, sentì ridestarsi entro di sé un turbine di ricordi e una tempesta di emozioni.

«Guardate là, là!» gridò, afferrando con frenesia la mano di Rose e indicando il finestrino. «Quello è il cancello che scavalcai, quelle sono le siepi dietro le quali mi nascosi, per paura che qualcuno potesse raggiungermi e costringermi a tornare indietro! Ecco laggiù il sentiero che, tra i campi, conduce alla vecchia casa ove mi portarono bimbetto! Oh, Dick, Dick, mio caro e buon amico di un tempo, se soltanto potessi rivederti!»

«Lo rivedrai presto» disse Rose, prendendo con dolcezza le mani di lui, strette a pugno, tra le sue. «Potrai dirgli quanto sei felice adesso, quanto sei diventato ricco, e assicurargli che per te non può esservi felicità più grande dell'essere tornato per rendere felice anche lui.»

«Sì, sì» disse Oliver «e noi... noi lo toglieremo di là, lo vestiremo a nuovo, gli daremo dei maestri e lo manderemo in qualche luogo tranquillo in campagna, ove possa crescere sano e forte... non è vero?»

Rose rispose affermativamente con un cenno perché, vedendo le lacrime di felicità che luccicavano negli occhi di Oliver, non riuscì a parlare.

«Voi sarete gentile e buona con lui perché lo siete con tutti» continuò il bambino. «Ascoltare quello che avrà da dirvi vi farà piangere, lo so, ma non importa, non importa, perché ormai i patimenti saranno finiti per lui... e sorriderete di nuovo, io lo so, vedendo il cambiamento intervenuto in Dick... è stato così anche con me. Dick mi disse: "Dio ti benedica" quando fuggii» esclamò Oliver, piangendo di nuovo tanto era commosso «e, a mia volta, io gli dirò adesso: "Dio benedica *te*" e gli dimostrerò quanto bene gli voglio.»

Mentre si avvicinavano alla cittadina, e poi mentre

ne percorrevano infine le strette vie, non fu affatto facile arginare l'impazienza e l'esuberanza di Oliver. Ecco l'impresa di pompe funebri di Sowerberry, più piccola e meno imponente di quanto lui la ricordasse, ecco le ben note botteghe e le case, ognuna delle quali gli ricordava qualcosa, ecco il carro di Gamfie, sempre lo stesso, davanti alla porta della solita taverna... ed ecco l'ospizio, la squallida prigione della sua infanzia, con le lugubri finestre che sembravano fissare accigliate la strada e lo stesso scheletrico portinaio in piedi davanti all'ingresso. Scorgendolo, Oliver si fece piccolo, involontariamente, poi rise di se stesso per essere stato così sciocco, quindi pianse, rise di nuovo... ed ecco, sulle porte, e alle finestre, decine di volti che ricordava benissimo... tutto continuava a essere quasi identico, come se si fosse allontanato di lì appena il giorno prima e tutta la sua vita recente fosse stata soltanto un bel sogno.

Ma era invece pura, autentica, gioiosa realtà. Arrivarono davanti all'ingresso dell'albergo più lussuoso (quello che Oliver soleva contemplare con timore reverenziale, pensando che era certo un palazzo formidabile, ma adesso, in qualche modo, gli sembrava meno imponente e meno grandioso); ed ecco lì il signor Grimwig, pronto ad accoglierli; baciò la fanciulla, e anche la signora, quando discesero dalla carrozza, tutto sorrisi e gentilezza, come se fosse stato il nonno dell'intera comitiva, e non disse neppure una volta che si sarebbe mangiato la testa; nemmeno quando contraddisse l'anziano postiglione a proposito dell'itinerario più breve fino a Londra e sostenne di saperlo meglio di lui, sebbene avesse compiuto quel viaggio una volta sola e sempre dormendo profondamente. La cena era già stata preparata, le camere da letto erano pronte, e ogni cosa sembrava essere stata disposta a dovere, come per magia.

Ciò nonostante, una volta superato il trambusto della prima mezz'ora, tornarono a dominare il silenzio e la tensione che avevano caratterizzato il viaggio. Il signor Brownlow non discese per cenare con loro e rimase nella sua camera. Gli altri due gentiluomini continuavano ad andare e venire, con l'ansia sul volto, e, nei brevi intervalli durante i quali erano presenti, conversavano tra loro. A un certo momento la signora Maylie venne chiamata fuori e, dopo essere rimasta assente per quasi mezz'ora, tornò con gli occhi gonfi come se avesse pianto. Tutte queste cose innervosirono e fecero sentire a disagio Rose e Oliver, i quali non erano a parte di alcun nuovo segreto. Sedevano a tavola incuriositi, in silenzio; o, se si scambiavano qualche parola, lo facevano a bisbigli, quasi avessero avuto paura di udire il suono della loro voce.

Infine, quando erano ormai le nove e avevano già cominciato a pensare che per quella sera non si sarebbe saputo altro, il dottor Losberne e il signor Grimwig entrarono nella sala seguiti dal signor Brownlow e da un uomo che per poco non strappò un grido di stupore a Oliver; gli dissero infatti che era suo fratello e si trattava della stessa persona da lui incontrata nella cittadina sede di mercato, della stessa che lo aveva fissato, insieme a Fagin, stando davanti alla finestra della sua stanza. Monks guardò, con un odio che anche in quel momento non riuscì a nascondere, il ragazzo sbalordito, poi sedette accanto alla porta. Il signor Brownlow, che aveva in mano dei documenti, si avvicinò al tavolo accanto al quale sedevano Rose e Oliver.

«Il mio è un compito penoso» disse «ma queste dichiarazioni, che sono state firmate a Londra alla presenza di molti gentiluomini, devono essere confermate qui nelle loro parti essenziali. Vi avrei evitato questa umiliazione, ma dobbiamo avere la conferma dalla vostra stessa voce, prima di separarci, e voi sapete perché.»

«Procedete» disse colui al quale egli si era rivolto. «Ma sbrigatevi. Mi sembra di aver già fatto abbastanza. Non trattenetemi ancora a lungo.»

«Questo bambino» disse il signor Brownlow, avvicinando a sé Oliver e ponendogli una mano sul capo «è il vostro fratellastro, il figlio illegittimo di vostro padre e mio caro amico, Edwin Leeford, e della povera Agnes Fleming, che morì dandolo alla luce.»

«Sì» disse Monks, fissando accigliato il bambino tremante, il cui cuore, che batteva così forte, poteva quasi essere udito. «Quello è il loro bastardo.»

«Il termine di cui vi servite» disse il signor Brownlow, in tono severo «è un rimprovero per coloro che da tempo si sono sottratti alle deboli censure di questo mondo. Non disonora alcuna persona vivente, tranne chi se ne serve. Ma lasciamo correre. Il bambino nacque in questa cittadina.»

«Nell'ospizio di questa cittadina» fu l'astiosa risposta. «Risulta già per iscritto.» E additò, spazientito, i documenti.

«Dovete inoltre confermarlo qui» disse il signor Brownlow, volgendo lo sguardo verso gli ascoltatori.

«E allora ascoltate, voi tutti!» disse Monks. «Suo padre, essendosi ammalato a Roma, venne raggiunto dalla moglie, mia madre, dalla quale si era separato da lungo tempo e che aveva preferito stabilirsi a Parigi conducendomi con lei in quella città... Si recò a Roma per occuparsi del patrimonio di lui, a quanto ne so, poiché non esisteva più tra loro alcun affetto. Egli non si rese conto del nostro arrivo, poiché aveva perduto conoscenza e in quello stato rimase fino al giorno seguente, quando morì. Tra le carte trovate sulla sua scrivania v'erano due documenti con la data del giorno in cui si era ammalato, indirizzati a voi» Monks si rivolse al signor Brownlow «insieme a un biglietto e l'istruzione, sul plico, di inoltrarlo soltanto dopo la sua morte. Uno dei documenti era una lettera diretta alla ragazza a nome Agnes, l'altro era un testamento.»

«Che cosa avete da dirci della lettera?» domandò il signor Brownlow.

«La lettera?... Era un foglio di carta con numerose cancellature, la confessione di un uomo pentito e preghiere rivolte a Dio affinché aiutasse la donna. Egli aveva fatto credere alla ragazza che un misterioso segreto – da chiarire in seguito – gli impediva per il momento di sposarla e lei si era fidata, in ultimo anche troppo, perdendo così quello che più nessuno avrebbe potuto restituirle. Si trovava, allora, negli ultimi mesi della gravidanza. Nella lettera, mio padre le diceva tutto quello che aveva avuto l'intenzione di fare se fosse vissuto, e la pregava, nell'eventualità della propria morte, di non maledìre il suo ricordo e di non temere che le conseguenze della loro colpa potessero ricadere su di lei o sul bambino, perché il colpevole era soltanto lui. Le rammentava il giorno in cui le aveva donato il piccolo medaglione e l'anello sul quale figurava inciso il suo nome di battesimo seguito da un piccolo spazio libero per il cognome che sperava di darle un giorno... e la pregava di conservarlo e di continuare a portarlo sul cuore come aveva sempre fatto... poi continuava ripetendo sempre le stesse parole, come se fosse impazzito. Credo che davvero avesse perduto il senno.»

«Il testamento» disse il signor Brownlow, mentre Oliver piangeva a calde lacrime.

Monks tacque.

«Il testamento» disse il signor Brownlow, parlando in sua vece «riecheggiava il contenuto della lettera. Egli vi descriveva le sofferenze inflittegli dalla moglie e accennava all'indole ribelle e perfida, ai vizi e alle precoci e malsane passioni del figlio unico, al quale era stato insegnato dalla madre a odiarlo; lasciava sia a lui sia alla moglie una rendita annua di ottocento sterline. Tutti gli altri suoi averi andavano, divisi in parti uguali, ad Agnes Fleming e al loro figlio, qualora fosse vissuto e avesse raggiunto la maggiore età. Se fosse stato una femmina, avrebbe ereditato il denaro senza alcuna condizione; ma se fosse stato un maschio, lo avrebbe avuto soltanto qualora nella minore età non avesse disonorato il proprio nome con azioni spregevoli o vili o altrimenti malvagie. Stabiliva questo, scriveva, per dimostrare quanta fiducia riponesse nella madre del bambino e quanto fosse certo che quest'ultimo avrebbe avuto un cuore buono come il suo e un'indole altrettanto nobile. Qualora le sue aspettative fossero state deluse, il denaro sarebbe venuto a voi, Monks, perché allora, e non prima di allora, quando entrambi i suoi figli si fossero comportati nello stesso modo, egli avrebbe riconosciuto il vostro diritto di precedenza sui suoi averi, ma non sul suo cuore, in quanto, sin da bambino, lo avevate respinto con freddezza e avversione.»

«Mia madre» disse Monks, alzando la voce «fece quello che ogni donna avrebbe fatto. Bruciò il testamento. La lettera non giunse mai a destinazione, ma ella la conservò, insieme ad altre prove, nell'eventualità che i due avessero tentato di negare l'onta. Il padre della ragazza apprese da mia madre la verità, descritta a tinte ancor più fosche a causa dell'odio violento verso la fanciulla – e oggi io le voglio bene per questo. Tormentato dalla vergogna e dal disonore, egli si rifugiò, con i figli, in un angolo sperduto del Galles, cambiandosi anche il nome affinché gli amici non potessero mai sapere dove si trovava; e là, non molto tempo dopo, venne trovato morto nel suo letto. La ragazza era fuggita da casa, di nascosto, alcune settimane prima; egli l'aveva cercata, sempre girando a piedi, in ogni villaggio e in ogni cittadina dei dintorni; e la notte stessa in cui tornò, certo che si fosse tolta la vita per cancellare la propria vergogna e la sua, il cuore gli si spezzò.»

Seguì un breve silenzio, poi fu il signor Brownlow a riprendere il filo del racconto.

«Anni dopo» disse «la madre di quest'uomo, di Edward Leeford, venne da me. Egli l'aveva abbandonata, all'età di diciotto anni appena, derubandola dei gioielli e del denaro; aveva giocato d'azzardo, sperperato, barato, per poi fuggire a Londra, ove, da due anni, frequentava i peggiori reietti della società. Lei era minata da una malattia dolorosa e inguaribile e voleva ritrovare il figlio prima di morire. Vennero svolte accurate ricerche, che per lungo tempo rimasero senza esito, ma in ultimo ebbero successo, ed egli tornò con lei in Francia.»

«Là ella morì» continuò Monks «dopo una lunga malattia, e sul letto di morte mi confidò questi segreti, esortandomi inoltre a perpetuare il suo odio indomabile e mortale contro le persone in essi coinvolte; un'esortazione superflua, poiché quell'odio lo avevo ereditato già da tempo. Non voleva credere, e non credeva, che la ragazza si fosse tolta la vita, spegnendo anche quella del bambino, ed era persuasa che le fosse nato un figlio maschio e che quel figlio vivesse. Le giurai di dargli la caccia, se per caso avesse attraversato il mio cammino; di perseguitarlo in tutti i modi, senza tregua, di sfogare l'odio così radicato e profondo in me, e di vendicarmi di quel testamento offensivo trascinando il bastardo, se possibile, fino alla forca. Mia madre non si era sbagliata. Egli capitò, infine, sulla mia strada. Avevo cominciato bene e, se traditori non avessero parlato, sarei riuscito a completare l'opera!»

Mentre lo scellerato, a braccia conserte, imprecava contro se stesso, smascherato e impotente nonostante la sua perfidia, il signor Brownlow si voltò verso gli altri, terrorizzati, e spiegò che l'ebreo, il complice e il confidente di Monks, aveva intascato, per intrappolare Oliver, una lauta ricompensa, parte della quale sarebbe dovuta essere restituita, nell'eventualità che il bambino gli fosse stato sottratto, e che una disputa a questo riguardo li aveva condotti nella casa di campagna allo scopo di riconoscere la loro piccola vittima.

«E il medaglione e l'anello?» domandò poi il signor Brownlow, rivolgendosi a Monks.

«Li comprai dall'uomo e dalla donna dei quali vi ho parlato; erano stati rubati all'infermiera, che a sua volta li aveva rubati alla morta» rispose Monks, senza alzare gli occhi. «Sapete già dove sono finiti.»

Il signor Brownlow si limitò a fare un cenno al signor Grimwig, che subito uscì dalla stanza per tornarvi di lì a poco, spingendo dinanzi a sé la signora Bumble e trascinandosi dietro il riluttante consorte di lei.

«Gli occhi mi traggono in inganno» esclamò il signor Bumble, con un mal simulato piacere «o quello è il piccolo Oliver? Oh, Oliver, se tu sapessi quanto mi sono afflitto per te!»

«Tieni a freno la lingua, idiota!» sibilò la signora Bumble.

«Non è forse naturale, anzi naturalissimo, moglie mia?» protestò il direttore dell'ospizio. «Non è forse logico che provi quello che sto provando – dopo averlo veduto crescere nell'ospizio parrocchiale – nel trovarlo qui in compagnia di dame e gentiluomini tra i più nobili? Ho sempre voluto bene a questo bambino come se fosse stato mio... mio nonno!» esclamò il signor Bumble, dopo aver esitato cercando un paragone confacente. «Signorino Oliver, mio caro, ti ricordi del buon gentiluomo dal panciotto bianco? Ah! Se n'è andato in

Paradiso la scorsa settimana, entro una bara di quercia dalle maniglie dorate, Oliver.»

«Suvvia, signore» disse il signor Grimwig, in tono aspro «fatela finita con i sentimentalismi.»

«Mi ci proverò, signore» rispose il signor Bumble. «E voi come state, signore? Bene, voglio sperare.»

Questo saluto era rivolto al signor Brownlow, il quale si era avvicinato alla rispettabile coppia. Additando Monks, Brownlow domandò:

«Conoscete quell'individuo?»

«No» rispose recisamente la signora Bumble.

«E magari non lo conoscete nemmeno *voi*?» disse il signor Brownlow, rivolgendosi al suo sposo.

«Non l'ho mai visto in vita mia» disse il signor Bumble.

«E, naturalmente, non gli avete venduto nulla?»

«No» rispose la signora Bumble.

«Non sono mai stati, per caso, in vostro possesso un certo medaglione d'oro e un anello?»

«No di certo» rispose la matrona. «Perché ci avete fatti venire qui a rispondere a simili assurdità?»

Di nuovo il signor Brownlow fece un cenno al signor Grimwig e di nuovo quest'ultimo gentiluomo si allontanò zoppicante, con una straordinaria prontezza. Questa volta, però, non tornò con un'altra coppia sposata, bensì con due donne semiparalitiche che tremavano tutte e vacillavano camminando.

«Voi chiudeste la porta, la notte in cui Sally morì» disse la prima delle due, alzando una mano rattrappita «ma non poteste chiudere le fessure e impedire che ci giungessero le voci.»

«No, no» fece l'altra, guardandosi attorno mentre apriva la bocca sdentata. «No, no, no.»

«La udimmo tentare di dirvi quello che aveva fatto e vi vedemmo toglierle una carta dalla mano e vi tenemmo d'occhio anche il giorno dopo, quando andaste dal prestatore su pegni.»

«Sì» soggiunse la seconda «e ritiraste un ciondolo e un anello d'oro. Vedemmo l'uomo consegnarveli. Eravamo vicine, oh, se eravamo vicine!»

«E sappiamo anche più di questo» riprese a parlare

la prima «perché la moribonda ci aveva riferito, già da un pezzo, quello che le era stato detto dalla ragazza madre: dopo essersi ammalata, si rese conto che stava per morire e manifestò il desiderio di essere seppellita accanto alla tomba del padre del bambino.»

«Volete ascoltare anche lo stesso prestatore su pegni?» domandò il signor Grimwig, indicando con un gesto la porta.

«No» rispose la signora Bumble. «Se costui» e additò Monks «è stato così codardo da confessare, come vedo che ha fatto, e poiché avete cercato tra le vecchie megere fino a trovare quelle giuste, posso dire soltanto che ho venduto, sì, i due gingilli, i quali si trovano adesso ove non potrete mai recuperarli. E con questo?»

«Niente» rispose il signor Brownlow. «Soltanto, ci premureremo di fare in modo che non abbiate mai più un impiego di fiducia. E ora potete andare.»

«Spero,» disse il signor Bumble, guardandosi attorno con un'aria assai turbata, mentre il signor Grimwig cominciava a uscire con le due vecchie «spero che questa deplorevole, ma trascurabile circostanza, non mi priverà della mia carica parrocchiale?»

«Certo che ve ne priverà» rispose il signor Brownlow. «Di questo potete stare certo, e ringraziate Dio se non vi toccherà qualcosa di peggio.»

«La colpa è stata tutta della mia consorte. Fu *lei* a volersi regolare in quel modo» dichiarò il signor Bumble, dopo essersi guardato attorno per avere la certezza che sua moglie fosse già uscita.

«Questa non è una giustificazione» disse il signor Brownlow. «Eravate presente quando ciondolo e anello vennero gettati nel fiume e anzi, agli occhi della legge siete il più colpevole dei due, in quanto si presume che la moglie faccia quanto dispone il marito.»

«Se la legge presume questo» dichiarò il signor Bumble, schiacciando con furente energia il cappello che aveva nelle mani «la legge è stupida... è idiota. Se il codice vede le cose in questo modo, vuol dire che è scapolo; e la cosa peggiore che possa augurargli è di imparare... facendo l'esperienza! Sì, l'esperienza!»

Dopo avere ripetuto con somma enfasi questa parola, il signor Bumble si calcò ben bene il cappello sulla testa, poi, affondate le mani in tasca, seguì al pianterreno la sua metà.

«Signorina,» disse il signor Brownlow, rivolgendosi a Rose «datemi la mano. Non tremate. Non dovete temere le poche parole che rimangono da dire.»

«Se si riferiscono... non so come questo possa essere possibile... ma se si riferiscono a me, in qualche modo» disse Rose «rimandate, vi prego, a qualche altra volta, perché ora non ho né il coraggio né la forza di ascoltare.»

«No,» la contraddisse l'anziano gentiluomo, prendendola sottobraccio «sono certo che voi siete più forte di così. Conoscete questa damigella, signore?»

«Sì» rispose Monks.

«Io non vi ho mai veduto prima d'oggi» osservò Rose, fiocamente.

«E io, invece, vi ho veduta spesso» ribatté Monks.

«Il padre della sfortunata Agnes aveva *due* figlie» disse il signor Brownlow. «Quale fu la sorte dell'altra... della bambina?»

«La bambina» rispose Monks «quando il padre morì lontano dal loro luogo di origine, con un cognome che non era il suo, senza lasciare una lettera, un'agenda, un pezzo di carta qualsiasi dal quale si potesse dedurre ove rintracciarne i parenti o gli amici... la bambina venne accolta da una famiglia di poveri contadini, che l'adottò.»

«Continuate» disse il signor Brownlow, facendo cenno alla signora Maylie di avvicinarsi. «Continuate!»

«Voi non siete riusciti a trovare il luogo ove si erano trasferite quelle persone» disse Monks «ma non di rado, là ove l'amicizia fallisce, l'odio riesce invece nel suo intento. Mia madre, dopo anni di attente ricerche, lo trovò... e trovò anche la bambina.»

«E la prese con sé?»

«No. Quella gente era povera... e aveva cominciato a stancarsi... per lo meno il marito... di essere generosa. Così ella lasciò la bambina con loro, versando una modesta somma di denaro che non sarebbe durata a lungo e promettendo altri quattrini che non aveva alcuna intenzione di mandare. Inoltre, siccome non era sufficientemente certa che il loro scontento e la loro povertà avrebbero causato l'infelicità della bambina, narrò la storia del disonore della sorella, alterandola come conveniva a lei e li invitò a essere molto severi con la piccola, perché era una figlia illegittima, di cattiva razza, e destinata, prima o poi, a finire male. Le circostanze sembravano confermare tutto ciò, quelle persone le credettero e la bambina condusse là un'esistenza tanto infelice da soddisfare persino noi, finché una signora vedova, che risiedeva allora a Chester, la vide per caso, ebbe compassione di lei e la prese con sé. Doveva esservi un maleficio, credo, contro di noi, poiché, nonostante tutti i nostri tentativi, ella rimase in quella casa e fu felice. La perdetti di vista due o tre anni or sono e non la rividi più fino a due o tre mesi fa.»

«E adesso la vedete?»

«Sì, appoggiata al vostro braccio.»

«È sempre mia nipote,» gridò la signora Maylie, abbracciando la ragazza che stava per perdere i sensi «sempre la mia carissima bambina. Non rinuncerei a lei, ormai, neppure per tutti i tesori del mondo. La mia dolce compagna, la mia cara fanciulla!»

«La sola amica che abbia mai avuto!» esclamò Rose, avvinghiandosi a lei. «La più buona, la migliore delle amiche. Mi scoppierà il cuore. Non posso sopportare tutto questo.»

«Hai sopportato anche di più, e sei sempre stata, nonostante tutto, la migliore e la più dolce creatura che mai abbia dato felicità a chiunque la conoscesse» disse la signora Maylie, stringendola con tenerezza. «Su, su, amor mio, ricorda che c'è qui qualcuno il quale non vede l'ora di stringerti tra le braccia, povero bambino! Eccolo qui... guardalo, guardalo, mio tesoro!»

«Non zia» gridò Oliver, gettandole le braccia al collo. «Non la chiamerò mai zia... ma sorella, la mia cara sorella cui non so cosa impose al mio cuore di voler tanto bene sin dall'inizio! Rose cara, tesoro, Rose!»

Consideriamo sacre le lacrime che caddero e le parole balbettate che si scambiarono abbracciandosi forte e a lungo i due orfani. Un padre, una sorella, una madre erano stati ritrovati e perduti, in quel momento. Felicità e dolore si mescolavano nella stessa coppa; ma le lacrime non erano amare, poiché anche la sofferenza veniva talmente mitigata da ricordi soavi e teneri che non poteva più far soffrire.

Rose e Oliver rimasero per molto, molto tempo soli. Infine, colpi sommessi alla porta annunciarono che qualcuno si trovava là fuori. Oliver andò ad aprire, poi scivolò via cedendo il proprio posto a Harry Maylie.

«So tutto» disse il giovane, sedendo accanto all'adorabile fanciulla. «Sì, so tutto, Rose cara.»

Dopo un lungo silenzio, soggiunse: «Non credere che io mi trovi qui per caso, perché non ho saputo ogni cosa questa sera, ma ieri. Forse avrai già indovinato che sono venuto qui per ricordarti una promessa che mi avevi fatto».

«Taci, se davvero sai tutto» disse Rose.

«Tutto. Tu mi consentisti di tornare, in qualsiasi momento entro un anno, sull'argomento del nostro ultimo colloquio.»

«È vero.»

«Non per insistere affinché modificassi la tua decisione» continuò il giovane «ma per sentirtela confermare, se tu avessi voluto così. Per porre ai tuoi piedi qualsiasi posizione avessi raggiunto o qualsiasi mio avere, ma impegnandomi, qualora tu fossi rimasta dello stesso parere, a non tentare in alcun modo di farti cambiare idea.»

«Le ragioni che imposero allora la mia decisione esistono tuttora» disse Rose, con fermezza. «Oggi, più che mai, sento di avere dei doveri ai quali non posso sottrarmi nei confronti di colei la cui bontà mi ha salvata da una vita di miseria e di sofferenze. È una dura battaglia» soggiunse la fanciulla «ma sono orgogliosa di combatterla. È una sofferenza che il mio cuore dovrà sopportare.»

«La rivelazione di questa sera...» prese a dire Harry.

«La rivelazione di questa sera» lo interruppe Rose, sommessamente «mi lascia, per quanto ti concerne, nella stessa situazione in cui mi trovavo prima.»

«Stai indurendo il tuo cuore contro di me, Rose» la accusò il giovane.

«Oh, Harry, Harry,» disse la fanciulla, scoppiando in lacrime «vorrei potermi evitare questa tortura!»

«Allora perché infliggertela?» domandò Harry, prendendole affettuosamente la mano. «Pensa, Rose cara, pensa a quello che hai saputo questa sera.»

«E che cosa ho saputo? Che cosa? Che mio padre venne travolto a tal punto dalla vergogna da essere indotto a.... oh, abbiamo detto anche troppo, Harry, abbiamo detto anche troppo.»

«No, non ancora, non ancora» mormorò il giovane, trattenendola mentre ella si alzava. «Le mie speranze, le mie aspirazioni, le mie aspettative, i miei stati d'animo... tutto nella mia vita, tranne l'amore che ho per te, è cambiato. Ti offro, adesso, non già la supremazia in una folla mondana, in un ambiente di malignità e di pettegolezzi, in un mondo di ipocrisie, ma una casa... un cuore e una casa... sì, Rose adorata, sono queste le sole cose che ho da offrirti.»

«Che cosa vuoi dire?» balbettò lei.

«Voglio dire soltanto questo... che l'ultima volta ti lasciai con la ferma decisione di eliminare ogni ostacolo tra me e te, deciso a far sì che se il mio mondo non poteva essere tuo, sarebbe divenuto mio il tuo mondo e che nessuna superbia dovuta alla nascita avrebbe mai potuto disprezzarti, in quanto le avrei voltato le spalle. Ed è quello che ho fatto. Coloro i quali mi hanno evitato per questo, avrebbero evitato te, e hanno dimostrato che avevi ragione. I parenti altolocati e influenti che un tempo mi sorridevano, mi trattano ora con freddezza. Ma nella nostra contea, la più ricca d'Inghilterra, esistono campi ridenti e alberi fruscianti; e vicino alla chiesa di un villaggio – la mia chiesa, Rose, la mia! – v'è una dimora di campagna della quale tu puoi rendermi più orgoglioso che di tutte le speranze alle quali ho rinunciato, moltiplicate per mille volte. Ecco che cosa depongo ora ai tuoi piedi!»

«È esasperante dover cenare in ritardo per colpa di due innamorati» esclamò il signor Grimwig, destandosi e togliendo il fazzoletto da tasca con il quale si era coperto il capo.

A dire il vero la cena era stata ritardata troppo, ma né la signora Maylie, né Harry, né Rose (che giunsero tutti insieme) furono in grado di dare una giustificazione plausibile.

«Stavo pensando seriamente di mangiarmi la testa, questa sera» disse il signor Grimwig «perché cominciavo a temere che non avrei avuto altro. Ma ora mi prenderò la libertà, se mi è consentito, di abbracciare la futura sposa.»

Il signor Grimwig non perdette tempo nel passare dalle parole ai fatti con la fanciulla, le cui gote si imporporarono; e l'esempio, essendo contagioso, venne seguito sia dal medico sia dal signor Brownlow; taluni affermano che Harry Maylie era stato veduto abbracciare per primo la fidanzata, in una vicina stanza buia, ma è preferibile non approfondire, dato che lui era giovane, e oltretutto era un Pastore.

«Oliver, bambino mio» esclamò la signora Maylie «dove eri finito, e perché hai un'aria così triste? Hai pianto! Vi sono ancora tracce di lacrime sulle gote! Che cosa c'è?»

Ahimè, il nostro è un mondo di delusioni; non di rado per le speranze a noi più care, e per le speranze che più ci fanno onore.

Il povero Dick era morto!

52

L'ultima notte di Fagin

Il tribunale era un mare di facce. Occhi curiosi e avidi scrutavano da ogni centimetro di spazio libero. Dalla prima fila di posti davanti alla gabbia degli imputati, dalle gallerie e anche dagli angoli più lontani di queste ultime, ogni sguardo si volgeva su un solo uomo, l'ebreo. Davanti a lui e dietro di lui, in alto, in basso, alla sua destra e alla sua sinistra, si sarebbe detto che lo circondasse un firmamento splendente di occhi che lo fissavano.

Rimaneva lì in piedi, fissato da tutti quegli occhi splendenti, con una mano appoggiata sulla ringhiera di legno, l'altra accostata all'orecchio e il capo proteso in avanti per consentirgli di udire il più chiaramente possibile ogni parola pronunciata dal giudice che si stava rivolgendo ai giurati prospettando il caso da giudicare. Talora volgeva lo sguardo penetrante verso questi ultimi per osservare l'effetto della sia pur minima circostanza a suo favore; e quando le prove che lo accusavano venivano esposte con tremenda chiarezza, egli guardava il suo avvocato difensore, quasi per supplicarlo silenziosamente di intervenire a suo favore sin da quel momento. Ma, a parte queste manifestazioni d'ansia, rimaneva immobile; quasi non si era mosso dall'inizio del processo; e ora, quando il giudice ebbe terminato di parlare, mantenne lo stesso teso atteggiamento di estrema attenzione, fissandolo come se continuasse ad ascoltarlo.

Un lieve trambusto nell'aula lo fece rientrare in sé. Guardandosi attorno, si accorse che i giurati si erano riuniti in gruppo per consultarsi sul verdetto. Quando alzò gli occhi verso la galleria poté vedere gli spettatori che si alzavano in piedi, una fila dopo l'altra, per guardarlo in faccia; alcuni si affrettavano a inforcare gli occhiali, altri bisbigliavano qualcosa ai vicini di posto con espressioni di orrore sulla faccia. Qualcuno sembrava ignorarlo e fissava soltanto i giurati, quasi domandandosi con impazienza quanto avrebbero potuto tirare per le lunghe. Ma su nessun volto, nemmeno su quelli delle donne – che erano presenti in gran numero – egli poté scorgere la benché minima comprensione nei suoi confronti, o gli indizi di un qualsiasi stato d'animo che non fosse l'ansia impaziente di sentirlo condannare.

Mentre osservava tutto ciò con un solo sguardo smarrito, nell'aula ridiscese un assoluto silenzio e, girandosi, egli vide che i giurati si stavano rivolgendo al giudice. Ecco il momento!

Ma si limitarono a chiedere il permesso di ritirarsi.

Scrutò ansiosamente i loro volti, uno per uno, mentre passavano per uscire dall'aula, come per scoprire quale fosse l'orientamento della maggior parte di loro; ma invano. Il carceriere lo toccò su una spalla e lui lo seguì come un automa fino in fondo alla gabbia e si lasciò cadere su una sedia. Era stato l'uomo a indicargliela, altrimenti non l'avrebbe neppure veduta.

Di nuovo alzò gli occhi verso la galleria. Alcune persone stavano mangiando e altre si facevano vento con il fazzoletto perché nell'aula gremita c'era un gran caldo. Un giovanotto stava eseguendo uno schizzo di lui su un taccuino. Il vecchio si domandò come fosse e continuò a guardare, come avrebbe potuto fare uno spettatore qualsiasi, quando l'artista, essendosi spezzata la punta della matita, si servì del temperino per farne un'altra.

Del pari, quando volse lo sguardo verso il giudice, cominciò a osservare la foggia della toga e a domandarsi mentalmente quanto potesse costare e come la infilasse. Sul banco dei giudici si trovava anche un uomo anziano e grasso, che era uscito all'incirca mezz'ora prima e che, a questo punto, rientrò. Fagin si domandò se quell'uomo fosse andato a cena, e che cosa avesse mangiato, e dove, e continuò a seguire questo corso di oziosi pensieri finché qualcos'altro non attrasse il suo sguardo, dando l'avvio a nuovi oziosi interrogativi.

Non che in tutto questo tempo la sua mente si fosse liberata, anche per un solo attimo, dalla sensazione schiacciante e opprimente della fossa che si spalancava ai suoi piedi; quest'ultima gli era rimasta sempre presente, ma in un modo vago, senza che riuscisse a concentrarvisi con i pensieri. E così, nel momento stesso in cui tremava, pervaso dal gelo, o si sentiva avvampare all'idea della morte imminente, si mise a contare le sbarre di ferro che aveva dinanzi e si domandò come mai una di esse fosse spezzata e lo prese la curiosità di sapere se l'avrebbero riparata o lasciata così com'era. Poi pensò a tutti gli orrori della galera e della forca, ma smise per osservare un uomo che spruzzava acqua sul pavimento, allo scopo di rinfrescare l'ambiente, e poi ricominciò.

Infine, un grido invitò al silenzio e tutti, trattenendo il respiro, volsero lo sguardo verso la porta. I giurati rientrarono e gli passarono davanti, vicini. Osservandone i volti egli non riuscì a desumere alcunché; sarebbero potuti essere di pietra. Seguì un silenzio assoluto... non si udiva un fruscio... non si udiva un respiro... e poi il verdetto. Colpevole.

Un grido tremendo si levò nell'edificio, seguito da un altro, e da un altro ancora; il grido venne echeggiato, più forte ancora, e si riverberò simile a un tuono minaccioso. Era il grido di esultanza del popolino, all'esterno, per inneggiare alla notizia che lui sarebbe morto lunedì.

Il trambusto cessò e gli venne domandato se avesse qualcosa da dire per cui non dovesse essere condannato a morte. Egli aveva ripreso l'atteggiamento di ascolto e fissò attentamente colui che gli poneva la domanda; la quale, tuttavia, dovette essere ripetuta due volte prima che lui avesse l'aria di averla udita; e soltanto allora mormorò che era un vecchio... un vecchio... un vecchio... dopodiché, mentre la sua voce si riduceva a un bisbiglio, tacque di nuovo.

Il giudice si mise la berretta nera e l'imputato rimase

in piedi, sempre con la stessa espressione e lo stesso atteggiamento. Una donna, in galleria, si lasciò sfuggire un'esclamazione, forse colpita da tanta solennità, e lui alzò rapidamente gli occhi, quasi esasperato dalla disturbatrice, poi si protese in avanti, in un atteggiamento di ancor più grande attenzione. Il commento conclusivo del giudice fu austero e solenne, e la sentenza terribile a udirsi. Ma il vecchio rimase in piedi immobile, come una statua di marmo, senza muovere un muscolo. La faccia scavata di lui era ancora protesa in avanti, con il mento pendulo e gli occhi che fissavano il vuoto, quando il carceriere gli mise una mano sul braccio e gli fece cenno di uscire. Fagin si guardò attorno stupidamente per un momento, poi ubbidì.

Gli fecero attraversare una stanza sotto l'aula del tribunale, ove alcuni detenuti stavano aspettando che giungesse il loro turno mentre altri parlavano con parenti e amici i quali si pigiavano dietro un'inferriata che dava sul cortile. Ma non v'era nessuno, lì, per parlare con lui; tuttavia, mentre passava, gli altri detenuti indietreggiarono per far sì che le persone avvinghiate alle sbarre dell'inferriata potessero vederlo meglio; e quelle persone lo coprirono di insulti e lo fischiarono. Egli le minacciò con il pugno e sicuramente avrebbe sputato loro addosso se i carcerieri non lo avessero trascinato in fretta lungo un corridoio in penombra, illuminato soltanto da alcune lampade dalla luce fioca, che conduceva nell'interno della prigione. Là venne perquisito, per accertare che non avesse qualche arma con cui anticipare l'esecuzione della sentenza; poi lo condussero in una delle celle dei condannati a morte e lì lo lasciarono – solo.

Sedette su una panca di pietra di fronte alla porta, la panca che gli sarebbe servita anche da giaciglio; poi, fissando il soffitto con gli occhi iniettati di sangue, si sforzò di mettere ordine nei propri pensieri. Dopo qualche tempo cominciò a ricordare alcune frasi slegate delle conclusioni del giudice, sebbene sul momento avesse avuto l'impressione di non riuscire a udire una parola. A poco a poco le frasi trovarono il loro giusto posto e divennero gradualmente più significative, finché, di lì a non molto, ricordò l'intera allocuzione, così come era stata pronunciata. Impiccato, finché non ne consegua la morte – questa era stata la conclusione. Impiccato, finché non ne consegua la morte.

Mentre scendevano le tenebre della notte, egli cominciò a pensare a tutti gli uomini che aveva conosciuto e che erano morti sulla forca, taluni per opera sua. Si levarono dinanzi a lui, in una così rapida successione che quasi non riuscì a contarli. Ne aveva veduti morire alcuni... persino scherzandoci su perché se n'erano andati con una preghiera sulle labbra. Con quale strepito si era spalancata la botola e con quale subitaneità erano cambiati, tramutandosi, da uomini robusti e vigorosi, in ciondolanti mucchi di stracci!

Alcuni di loro potevano essere stati rinchiusi in quella stessa cella... forse si erano messi a sedere proprio lì ove sedeva lui. L'oscurità era davvero fittissima; perché non gli portavano una candela? La prigione era antica. Decine e decine di uomini dovevano avere trascorso lì dentro le ultime ore della loro vita. Era come star seduto in una segreta sotterranea piena di cadaveri – il cappuccio, il cappio, le braccia immobilizzate, i volti che lui riconosceva anche sotto quella laida maschera. Luce, luce!

Infine, quando aveva ormai le mani scorticate a furia di picchiare i pugni contro la porta massiccia e le pareti, apparvero due uomini: l'uno portava una candela che conficcò sull'apposito sostegno infisso nel muro, l'altro trascinava un materasso sul quale avrebbe trascorso la notte, in quanto il detenuto non doveva più essere lasciato solo.

Poi la notte discese – una notte tenebrosa, tetra, silenziosa. Alle persone che vegliano fa piacere udire gli orologi delle chiese battere le ore, in quanto preannunciano il ritorno della luce del giorno e della vita. Per l'ebreo, quei rintocchi erano soltanto causa di disperazione. Il suono di ogni campana giungeva saturo di un'unica, profonda, cavernosa voce, la voce della morte. E a che valsero il trambusto e gli strepiti dell'allegro mattino, penetrando, anche lì, sino a lui? Erano soltanto un'altra sorta di rintocchi funebri nei quali lo scherno si aggiungeva all'avvertimento.

Il giorno trascorse. Il giorno? Non esisteva la luce del giorno, lì. Le ore trascorsero rapidamente... e la notte tornò a calare; una notte eternamente lunga e, al contempo, così breve; lunga per il suo silenzio spaventoso e breve perché le ore sembravano volar via. A un certo momento egli farneticò e bestemmiò; poi, in un altro momento, ululò e si strappò i capelli. Uomini venerandi, della sua stessa fede, erano venuti per pregare accanto a lui, ma li aveva scacciati maledicendoli e imprecando. Poiché insistevano, era stato ancor più violento.

La sera di sabato. Gli rimaneva una sola notte ancora da vivere. E, mentre stava riflettendo su questo, il giorno spuntò... domenica.

Soltanto alla sera di quell'ultima, spaventosa giornata la vera consapevolezza della sua situazione senza scampo lo penetrò appieno fino ai precordi; non che avesse mai riposto una qualche ben definita speranza nella grazia, ma, al contempo, la morte così prossima gli era sembrata fino a quel momento soltanto una vaga probabilità. Aveva parlato poco con i due uomini che si davano il cambio per sorvegliarlo ed essi, dal canto loro, non tentavano in alcun modo di attaccare discorso. Lui si era limitato a starsene seduto, desto, ma sognando. Tuttavia, dopo qualche tempo, aveva cominciato a trasalire ogni minuto e, la bocca aperta e la pelle bruciante, a correre avanti e indietro nella cella, in preda a un tale parossismo di paura e di rabbia da fare indietreggiare inorriditi persino quei due, sebbene fossero abituati a situazioni del genere. Il vecchio divenne talmente terribile, in ultimo, alle prese con tutti i tormenti della coscienza sporca, che uno di quei due non riuscì a sopportare di starsene lì solo a guardarlo, e così egli venne sorvegliato da entrambi gli uomini.

Si rannicchiò sul giaciglio di pietra e pensò al passato. Era stato ferito da alcuni sassi lanciatigli contro dalla folla, il giorno del suo arresto, e aveva la testa bendata. I capelli rossicci gli spiovevano sulla faccia esangue;

la barba era scompigliata e aggrovigliata; negli occhi gli splendeva una luce terribile; la pelle di lui, non lavata, era stata resa secca dalla febbre che gli ardeva dentro. Le otto... le nove... le dieci... Le ore si susseguivano talmente rapide da fargli pensare che si trattasse di un trucco per spaventarlo. Le undici! Gli parve che quei rintocchi risuonassero mentre ancora non si erano spente le vibrazioni dei rintocchi precedenti. Alle otto sarebbe stato il solo ad affliggersi al proprio corteo funebre... Le spaventose mura della prigione di Newgate, che hanno nascosto tanta infelicità e tante indicibili angosce, sottraendole non soltanto alla vista, ma anche, troppo frequentemente e troppo a lungo, ai pensieri degli uomini, non avevano mai assistito a uno spettacolo così orrendo. I pochi che indugiavano, passando, e si domandavano che cosa facesse l'uomo destinato all'impiccagione l'indomani, non sarebbero riusciti a dormire, quella notte, se avessero potuto vederlo.

Dalle prime ore della sera e sin quasi a mezzanotte, gruppetti di due o tre persone si presentarono ai cancelli per domandare se fosse stata concessa la grazia. Dopo avere avuto una risposta negativa, comunicarono la lieta notizia ad altri gruppi di persone per la strada e tutti si additarono a vicenda la porta dalla quale sarebbe uscito il condannato a morte e il punto nel quale sarebbe stata eretta la forca; poi si allontanarono quasi a malincuore, continuando a voltarsi per immaginare la scena. A mano a mano che la mezzanotte si avvicinava, la strada rimase sempre più deserta mentre i curiosi se ne andavano a uno a uno; e, per un'ora, nel cuore della notte, vi furono, là, soltanto solitudine e silenzio.

Infine lo spazio davanti alla prigione venne delimitato e alcune robuste barriere verniciate di nero erano già state collocate trasversalmente sulla strada per tenere a bada la folla prevista, quando il signor Brownlow e Oliver giunsero alla porta della prigione e presentarono un foglio, firmato da uno degli sceriffi, che li autorizzava a essere condotti alla presenza del detenuto. Furono fatti entrare immediatamente.

«Anche il signorino, signore?» domandò la guardia

alla quale era toccato il compito di accompagnarli. «Non è una scena che si addica ai bambini, signore.»

«Non lo è, infatti, amico mio,» rispose il signor Brownlow «ma il motivo della mia presenza qui riguarda direttamente il ragazzo che, avendo veduto il condannato quando le sue scelleratezze trionfavano, ha il diritto secondo me – anche a costo di una certa sofferenza e di una certa paura – di vederlo nell'attuale situazione.»

Queste parole vennero appena bisbigliate, e in disparte, per cui Oliver non poté udirle. L'uomo annuì e, dopo avere sbirciato Oliver con una certa curiosità, aprì un'altra porta, di fronte a quella per la quale erano entrati, e li precedette, lungo un corridoio buio e tortuoso, verso le celle.

«Di qui» disse, soffermandosi in un tratto tenebroso del corridoio, ove due operai stavano lavorando in silenzio «passerà. Spostandovi da questo lato potrete vedere la porta per la quale uscirà.»

Li condusse poi in una cucina dalle pareti di pietra, con le marmitte ove veniva cucinato il vitto della prigione, e additò una porta. Più in alto si trovava una grata aperta al di là della quale si udivano voci di uomini, martellamenti, e tonfi di assi gettate a terra. Là stavano erigendo la forca.

Proseguendo, si lasciarono indietro numerose altre robuste porte che vennero aperte, sul lato interno, da altri carcerieri e giunsero infine in un corridoio lungo il lato sinistro del quale v'era una fila di porte più piccole, rinforzate. Fatto loro cenno di aspettare dove si trovavano, l'uomo bussò a una di esse con il suo mazzo di chiavi. I due che sorvegliavano il condannato a morte, dopo qualche rapido bisbiglio, uscirono nel corridoio, stiracchiandosi come se fossero lieti di quel temporaneo sollievo e fecero cenno ai visitatori di seguire il carceriere entro la cella. Loro entrarono.

Il condannato a morte sedeva sul duro giaciglio, dondolandosi da un lato all'altro, con l'aspetto di una bestia braccata, più che con il volto di un uomo. La mente di lui stava vagando, evidentemente, nel passato poiché egli continuò a borbottare e non parve consapevole della loro presenza.

«Bravo, Charley... ben fatto...» farfugliò «e bravo anche Oliver... ah-ah-ah! Hai proprio l'aria di un signorino... proprio... portatelo a letto, quel ragazzo!»

Il carceriere prese Oliver per mano e, dopo avergli bisbigliato di non spaventarsi, stette a guardare senza dire altro.

«Portatelo via, a letto!» gridò Fagin. «Ehi, voi, mi avete sentito? È stato lui, in qualche modo, la causa... sì, la causa di tutto questo... ma addestrarlo bene fruttava quattrini... Taglia la gola a Bolter, Bill... lascia perdere la ragazza... tagliagli più che puoi la gola, a Bolter. Staccagli la testa!»

«Fagin» disse il carceriere.

«Sono io!» gridò l'ebreo, assumendo istantaneamente l'atteggiamento di ascolto che aveva avuto durante il processo. «Sono vecchio, vostra signoria, sono molto, molto vecchio!»

«Sta' giù» disse il carceriere, mettendogli una mano sul petto per costringerlo a rimanere seduto. «C'è qui qualcuno che vuole parlarti, farti qualche domanda, presumo. Fagin, Fagin! Ragioni o no?»

«Non ragionerò ancora a lungo» rispose lui, alzando la testa e mostrando un viso che non aveva più nulla di umano, tranne la furia e il terrore. «Sterminateli tutti! Che diritto hanno di uccidermi?»

Mentre parlava, scorse Oliver e il signor Brownlow. Facendosi piccolo e indietreggiando fino all'estremità opposta della panca, volle sapere che cosa fossero venuti a fare lì.

«Sta' calmo» disse il carceriere, sempre tenendolo giù. «E ora, signore, ditegli che cosa volete. Fate presto, se non vi dispiace, perché, a mano a mano che il tempo passa, diventa sempre peggio.»

«Voi avete certi documenti» disse il signor Brownlow, facendo un passo avanti «che vi furono affidati, affinché fossero più al sicuro, da un uomo a nome Monks.»

«È una menzogna bella e buona» rispose Fagin. «Non ho alcun documento... alcun documento.»

«In nome di Dio,» disse il signor Brownlow in tono solenne «non mentite anche in punto di morte. Ditemi invece dove si trovano. Sapete che Sikes è morto, che Monks ha confessato, che non avete la benché minima speranza di ricavarne qualche vantaggio. Dove sono quei documenti?»

«Oliver!» gridò Fagin, facendo cenno al bambino. «Vieni qui, qui! Lascia che lo bisbigli a te!»

«Non ho paura» sussurrò Oliver, lasciando andare la mano del signor Brownlow.

«I documenti» disse Fagin, accostando a sé il bambino «si trovano in un sacchetto di tela entro un foro nella cappa del camino della stanza all'ultimo piano. Voglio parlare con te, mio caro. Voglio parlare con te.»

«Sì, sì» rispose Oliver. «Lasciatemi recitare una preghiera. Per favore! Lasciate che reciti una preghiera. Recitatene una soltanto anche voi, in ginocchio, insieme a me, e parleremo fino a domattina.»

«Fuori, fuori» rispose Fagin, spingendo il ragazzetto dinanzi a sé verso la porta e guardando, come se non vedesse nulla, al di sopra del capo di lui. «Di' che sono andato a dormire... a te crederanno. Puoi farmi uscire di qui, se mi conduci via in questo modo. Vai, vai...»

«Oh! Dio mio, perdonate questo pover'uomo!» gridò il bambino, scoppiando in lacrime.

«Bene, così, così» disse Fagin. «Questo potrà aiutarci. Per quella porta, anzitutto. Se tremerò e vacillerò, quando passeremo vicino alla forca, non ci badare, ma continua a camminare in fretta. Su, su, su!»

«Avete niente altro da domandargli, signore?» si informò il carceriere.

«No, nessun'altra domanda» rispose il signor Brownlow. «Se speravo che ci sarebbe stato possibile renderlo consapevole della sua situazione...»

«No, niente può riuscirvi, signore» disse il carceriere, scuotendo la testa. «Fareste meglio ad andare, adesso.»

La porta della cella venne aperta e i due che sorvegliavano il condannato a morte rientrarono.

«Prosegui, prosegui!» gridò Fagin. «Silenziosamente, ma non così adagio! Più in fretta, più in fretta!»

I due uomini lo immobilizzarono e, sottratto Oliver alla sua stretta, lo spinsero indietro. Egli lottò per un momento con la forza della disperazione; poi lanciò una serie di urli che penetrarono anche quelle mura massicce e continuarono a echeggiare nelle orecchie dei due visitatori finché non furono usciti nel cortile.

Non poterono andarsene subito dalla prigione. Oliver per poco non svenne, dopo quella scena spaventosa, e fu preso da una tal debolezza che, per un'ora e più, non ebbe la forza di camminare.

Stava spuntando l'alba quando uscirono, finalmente. Si era già riunita una gran folla; a tutte le finestre si vedevano persone che fumavano o giocavano a carte per ingannare il tempo; quanto alla ressa nella piazza, tutti spingevano, litigavano, scherzavano. Tutto era animato e vivo, tranne un gruppo di forme scure al centro dello spazio libero: il nero palco, la forca, la corda, l'intero, laido apparato della morte.

53

Capitolo cinquantatreesimo... e ultimo

Le sorti dei personaggi che hanno figurato in questo racconto si sono ormai quasi compiute. Il poco che rimane, al loro storico, da riferire può essere detto in poche e semplici parole.

Prima che fossero trascorsi tre mesi, Rose Fleming e Harry Maylie si sposarono nella chiesa del villaggio ove doveva, da allora in poi, svolgere la sua opera il giovane Pastore; e, quel giorno stesso, entrarono in possesso della loro nuova e accogliente dimora.

La signora Maylie andò ad abitare con il figlio e la nuora per godersi, nei giorni sereni che le restavano da vivere, la felicità più grande che possa toccare alle persone anziane e buone... la contemplazione della gioia di coloro ai quali, per tutta una vita ben spesa, sono state prodigate le più tenere premure insieme al più caldo affetto.

Risultò, dopo accurate e attente indagini, che se i resti del patrimonio rimasto nelle mani di Monks (e che, amministrato da lui oppure da sua madre, non si era di certo accresciuto) fossero stati divisi in parti uguali tra lui e Oliver, avrebbe reso a ciascuno poco più di tremila sterline. In base alle clausole del testamento di suo padre, Oliver avrebbe avuto diritto a tutto, ma il signor Brownlow, non essendo disposto a privare il figlio maggiore della possibilità di rinunciare ai vizi di un tempo e di condurre un'esistenza onesta, propose questa divisione dei beni e il suo pupillo approvò con gioia.

Monks, che ancora si faceva chiamare così, si rifugiò, con la sua parte, in una località remota del Nuovo

Mondo, e là, dopo aver rapidamente sperperato tutto, ricadde una volta di più nelle abitudini di un tempo, venne condannato a lunghi anni di carcere per aver commesso una nuova frode e poi, durante una crisi del suo male, morì in prigione. E così, lontano dalla patria, si spense l'unico appartenente alla banda di Fagin che ancora restasse.

Il signor Brownlow adottò Oliver, che divenne suo figlio. Trasferendosi insieme a lui e all'anziana governante a breve distanza dalla canonica ove risiedevano i cari amici del bambino, appagò l'ultimo desiderio non ancora realizzatosi di un cuore affettuoso e fedele e formò così una piccola comunità serena e felice quanto più si può esserlo in questo mondo mutevole.

Poco dopo il matrimonio dei due giovani, il buon dottore tornò a Chertsey ove, non avendo più intorno a sé i suoi vecchi amici, si sarebbe sentito scontento se la sua indole avesse potuto ammettere un simile stato d'animo, e ove sarebbe diventato irritabile e stizzoso se avesse saputo come fare. Per due o tre mesi si accontentò di lasciar capire che temeva di non trovare l'aria del posto giovevole alla sua salute; poi, avendo constatato che il luogo non era più per lui quello di un tempo, cedette la condotta al suo assistente, acquistò un villino alla periferia del villaggio ove risiedevano gli sposini e si sentì immediatamente meglio. Là si diede al giardinaggio, alla pesca, ai lavoretti di falegnameria e a varie altre occupazioni di questo genere, dedicandosi a ogni cosa con la sua caratteristica impetuosità. E divenne noto in tutto il vicinato come un preparatissimo esperto.

Prima di trasferirsi, aveva stretto una cordialissima amicizia con il signor Grimwig, un'amicizia che questo eccentrico gentiluomo ricambiava di cuore. Per conseguenza il signor Grimwig si recava molte volte all'anno a fare visita al dottore e, in ognuna di queste occasioni, coltivava, pescava e lavorava il legno con sommo ardore; facendo ogni cosa in modi quanto mai singolari e senza precedenti, ma sostenendo invariabilmente, come era sempre stato solito fare, che i suoi sistemi erano quelli giusti. Lo spasso prediletto del signor Brownlow consisteva nel prenderlo in giro a causa della sua profezia concernente Oliver, rammentandogli la sera in cui avevano aspettato, con l'orologio posto tra loro, il ritorno del bambino, ma il signor Grimwig asseriva che in sostanza aveva avuto ragione e, per dimostrarlo, faceva rilevare che *Oliver non era tornato*, in fin dei conti; ma poi scoppiava a ridere e diventava ancor più di buon umore.

Noah Claypole, che era stato assolto avendo testimoniato contro l'ebreo, si rese conto che la professione da lui precedentemente scelta non era proprio sicura come aveva creduto e, per qualche tempo, non seppe bene come guadagnarsi da vivere senza doversi sobbarcare fatiche eccessive. Dopo aver riflettuto a lungo, decise di dedicarsi alla carriera del delatore e riuscì a tirare avanti decentemente. Tutte le domeniche, i giorni, vale a dire, in cui esisteva il divieto dello spaccio di bevande alcoliche, si recava in chiesa accompagnato da Charlotte, signorilmente vestita. La dama sveniva poi davanti al locale di qualche oste caritatevole che si affrettava a portare al suo accompagnatore tre penny di brandy per farla rinvenire; l'indomani Noah denunciava l'oste e intascava il premio spettante ai delatori. A volte era lo stesso signor Noah Claypole a svenire, ma il risultato non cambiava.

Il signor Bumble e signora, privati delle loro cariche, furono ridotti a poco a poco all'indigenza e alla miseria e, in ultimo, dovettero essere ricoverati in quello stesso ospizio ove un tempo l'avevano fatta da padroni su tutti gli altri. Il signor Bumble veniva udito dire, non di rado, che, a causa del suo tracollo e della sua degradazione, non riusciva nemmeno a esultare per essere stato separato dalla moglie.

Quanto al signor Giles e a Brittles, continuarono a servire i loro padroni nella canonica, il primo ormai calvo e il secondo con i capelli completamente brizzolati; ma erano inoltre talmente affezionati a Oliver e al signor Brownlow e al dottor Losberne, e tanto solerti con tutti loro, che gli abitanti del villaggio non riuscirono mai a capire di chi fossero realmente i servitori.

Il signorino Charles Bates, atterrito e sconvolto dal delitto di Sikes, cominciò a riflettere e a domandarsi se vivere onestamente non fosse, tutto sommato, preferibile. Essendo pervenuto alla conclusione che lo era senz'altro, voltò le spalle al proprio passato e decise di emendarsi e di dedicarsi a qualche altra attività. Per un certo periodo di tempo lottò duramente e soffrì molto, ma, poiché era in fondo di buona indole, in ultimo riuscì nel suo scopo e, dopo aver lavorato come bracciante e come garzone, divenne il più prospero e giovane allevatore di bestiame di tutto il Northamptonshire.

E a questo punto, la mano che ha scritto sinora esita, avvicinandosi al termine della sua fatica, e vorrebbe tessere ancora per poco la trama delle avventure che ha narrato.

Mi piacerebbe indugiare, per breve tempo ancora, tra alcuni dei personaggi che ho fatto agire così a lungo e condividerne la felicità tentando di descriverla. Vorrei mostrare Rose Maylie in tutta la fiorente grazia della sua prima maturità di donna, mentre illumina di soavità e di bontà il sentiero della sua esistenza appartata, irradiando intorno a sé una luce che splende nel cuore di chiunque le sia vicino. Mi piacerebbe descrivere la sua vita e la sua felicità durante l'inverno, nell'intima cerchia riunita intorno al caminetto e, durante l'estate, in un gruppo animato e festoso; vorrei seguirla a mezzogiorno nei campi assolati, e ascoltare i toni sommessi della sua voce soave durante le passeggiate serali al chiaro di luna; vorrei osservarla mentre manifesta tutta la sua bontà e carità e mentre, instancabile, sbriga sorridendo le faccende domestiche; vorrei descrivere lei e il figlio di sua sorella, lieti nella felicità del loro reciproco affetto, mentre trascorrono insieme ore intere, parlando degli amici purtroppo perduti; vorrei evocare i visetti gioiosi dei bimbi raggruppati intorno alle ginocchia di lei, e descriverne l'allegro cicaleccio; vorrei poter evocare i toni di quella sua limpida risata e la lacrima comprensiva luccicante nei teneri occhi azzurri. Tutto questo e mille sorrisi, e le parole e i pensieri... mi piacerebbe poter continuare a descrivere ogni cosa.

Ma come il signor Brownlow, un giorno dopo l'altro, continuò a educare la mente del figlio adottivo con innumerevoli cognizioni, come gli si affezionò, sempre e sempre più, a mano a mano che il carattere di lui andava formandosi e lasciava intravvedere i semi fecondi di tutto ciò che desiderava diventasse... come intravvide in lui sempre nuovi tratti dell'amico di un tempo, tratti che gli destavano nel cuore reminiscenze lontane, malinconiche ma al contempo soavi e consolanti... come i due orfani, duramente provati dalle avversità, ne ricordarono le lezioni, dimostrandosi misericordiosi con gli altri, e volendosi bene, e fervidamente ringraziando Colui che li aveva protetti e salvati... tutto ciò non deve necessariamente essere detto. Ho scritto che erano davvero felici; e, senza una grande capacità di affetto, senza un cuore colmo di umanità e di gratitudine nei confronti di quell'Essere la cui legge è la misericordia, e il cui grande attributo è l'amore per tutte le creature che respirano, la felicità non può mai essere conseguita.

Accanto all'altare dell'antica chiesa del villaggio v'è una piccola lapide bianca sulla quale figura soltanto un nome: "Agnes". Dietro la lapide non si trova alcuna bara, e possano trascorrere molti e molti anni prima che un altro nome venga scolpito nel marmo. Ma, se davvero gli spiriti dei defunti tornano sulla terra per visitare i luoghi santificati dall'amore – l'amore oltre la tomba – di coloro che conobbero nella vita, io credo che l'ombra di Agnes si aggiri a volte accanto a quella lapide così solenne. Lo credo anche se la lapide si trova in una chiesa e anche se lei fu debole e peccò.

Il giovane Dickens[*]

di Graham Greene

Un critico deve cercare di evitare di essere prigioniero del proprio tempo, e per apprezzare *Oliver Twist* in tutto il suo valore dobbiamo dimenticare la lunga fila di scaffali pieni di libri, l'importanza soffocante del grande autore, gli scandali e le polemiche della sua vita privata; sarebbe bene anche poter dimenticare le illustrazioni di Phiz e di Cruikshank, che hanno congelato l'appassionato e appassionante mondo di Dickens in una sala da museo delle cere, dove le basette di Mr Mantalini hanno sempre la stessa lunghezza, dove Mr Pickwick solleva in eterno la coda del cappotto, e nella Stanza degli Orrori Fagin si china su un fuoco inestinguibile. I suoi illustratori, per quanto brillanti artigiani, hanno reso a Dickens un cattivo servizio, perché nessun personaggio potrà mai più camminare per la prima volta nella nostra memoria così come noi stessi lo immagineremmo, e la *nostra* immaginazione dopotutto può ambire alla verità tanto quanto quella di Cruikshank.

Nondimeno, lo sforzo di andare a ritroso merita di essere fatto. Il viaggio è lungo soltanto poco più di duecento anni, e all'altro capo della strada c'è un giovane scrittore la cui sola aspirazione alla fama nel 1837 è stata data dalla pubblicazione di alcuni bozzetti giornalistici e di un certo numero di opere buffe: *Lo strano*

[*] Lo scritto qui riportato è tratto da Graham Greene, *The Lost Childhood and Other Essays*, The Viking Press, New York 1952, pp. 51-57 (trad. it. di Stefania Benini).

Gentiluomo, *La civetta del villaggio*, *È lei sua moglie?*. Dubito che a quel tempo qualche Cortez letterario li avesse ancora posti sui propri scaffali. Poi, improvvisamente, con *Il Circolo Pickwick*, vennero fama e popolarità. La fama scende sulla spalla di un autore come la mano della morte, ed è meglio per lui quando cade solo negli ultimi anni. Quanti al posto di Dickens sarebbero stati capaci di resistere a quello che James ha definito «il grande contatto contaminante col pubblico», la popolarità fondata, come quasi sempre accade, sulla debolezza e non sulla forza di un autore?

Il giovane Dickens, all'età di venticinque anni, scovò una miniera che gli rese un guadagno spaventoso. Fielding e Smollett, riordinati e raffinati per la nuova borghesia industriale, la fecero apparire più ricca; Goldsmith contribuì con il sentimentalismo e Monk Lewis con l'orrore. Il libro era enorme, informe, familiare (ricetta fondamentale per la popolarità). Ciò che Henry James ha scritto, a proposito di un critico francese da tempo dimenticato, vale anche per il giovane Dickens: «È alla buona, familiare e colloquiale; appoggia i gomiti sul tavolo e incarta il suo bilancio settimanale in un pacchetto tutt'altro che compatto. Potete immaginarlo come un droghiere che venda tapioca e farina grossa di granturco a pieno peso per il prezzo; il suo stile sembra una sorta di tegumento di carta da pacchi».

Questo, ovviamente, è ingiusto per *Il Circolo Pickwick*. Il critico più arido non avrebbe potuto coprirsi gli occhi a sufficienza dinanzi a quelle improvvise vaste illuminazioni di genio comico che sbandierano in un lampo come una scotta in tutto quello spreco di parole, ma avrebbe egli potuto prevedere il secondo romanzo, non una ripetizione di questa grande ampia sacca popolare, ma un breve melodramma, saldo nella costruzione, quasi interamente privo di comicità esplicita, e in possesso soltanto dell'umorismo triste e contorto del ricovero degli orfani?

«Voi farete una fortuna, Mr Sowerberry» disse l'usciere mentre ficcava il pollice e l'indice nella profferita tabacchiera dell'impresario di pompe funebri: che era un ingegnoso piccolo modello di una bara brevettata.

Un tale sviluppo era inconcepibile tanto quanto la graduale trasformazione di quella prosa spessa e paludosa nelle cadenze poetiche delicate e scandite, che tanto influenzarono Proust.

Noi siamo troppo inclini a considerare Dickens come un tutto e a trattare con la stessa delicatezza o durezza delle sue ultime opere le sue opere giovanili. *Oliver Twist* è ancora un'opera giovanile, una magnifica opera d'esordio: è il primo passo sulla strada che porta da *Pickwick* a *Grandi speranze*, e noi possiamo perdonare le cadute di gusto del primo libro quanto più siamo pronti a riconoscere la distanza che Dickens ha dovuto coprire. Questi due tipici passaggi didattici possono valere come le due prime pietre miliari al principio del viaggio, il primo dal *Circolo Pickwick*, il secondo da *Oliver Twist*.

E indubbiamente numerosi sono i cuori a cui il Natale porta una breve stagione di felicità e di conforto. Quante famiglie, i cui membri sono stati dispersi e sparsi in lungo e in largo, nelle lotte senza tregua della vita, sono riunite in quel giorno, e si incontrano ancora una volta in quello stato felice di compagnia e di reciproco ben volere, che è fonte di una tale pura, purissima delizia, ed è a tal punto incompatibile con le cure e i dolori del mondo, che la fede religiosa delle nazioni più civilizzate, e le rudi tradizioni dei più selvatici selvaggi, lo contano parimenti tra le prime gioie di una futura condizione dell'esistenza, offerta per chi è benedetto e beato.

Il bimbetto si mosse e sorrise nel sonno, come se quegli indizi di bontà e di compassione avessero destato in lui un sogno piacevole dell'amore e dell'affetto che non aveva mai conosciuto. Nello stesso modo, il suono di una dolce musica, o il mormorio dell'acqua corrente in un luogo silenzioso, o il profumo di un fiore, o una parola familiare, evocano a volte improvvisi e vaghi ricordi di scene mai vissute in questa esistenza; esse svaniscono simili a un sospiro, come se avessero evocato un'altra vita, più felice, che la mente, per quanto si sforzi, non potrà mai rievocare felice, da lungo tempo passata; che nessun sforzo volontario della mente può mai richiamare in vita.

Il primo è senz'altro carta da pacchi: quello che avvolge è stato scelto dal droghiere per soddisfare il gusto dei suoi clienti, ma non possiamo già identificare nel secondo passaggio il tono della prosa più segreta di Dickens, quel senso di una mente che parla a se stessa senza che ci sia nessuno ad ascoltarla, quale quello che troviamo in *Grandi speranze*?

C'era di nuovo il bel tempo estivo, e, mentre camminavo, vividamente mi ritornarono in mente i tempi in cui io ero una piccola indifesa creatura, e mia sorella non mi risparmiava. Ma tornarono ricoperti di un tono gentile che ammorbidì anche il bordo del rompicapo. Per ora, lo stesso aroma di fagioli e trifoglio sussurrò al mio cuore che sarebbe arrivato il giorno in cui sarebbe stato un bene per la mia memoria che altri, camminando nel sole, si fossero raddolciti al pensiero di me.

È un errore pensare a *Oliver Twist* come a una storia realistica: solo più tardi nella sua carriera Dickens imparò davvero a scrivere di esseri umani in termini realistici: all'inizio egli inventò la vita, e noi crediamo all'esistenza temporale di Fagin o Bill Sikes non più di quanto crediamo all'esistenza del Gigante che Jack uccise mentre urlava a squarciagola il suo Fee Fi Fo Fum.* C'erano veri Fagin e Bill Sikes e veri Bumble nell'Inghilterra dei suoi tempi, ma Dickens non li disegnò, come avrebbe invece disegnato più tardi il carcerato Magwitch; questi personaggi in *Oliver Twist* sono semplicemente parti di una grande scena d'invenzione, ciò che Dickens nella sua prefazione definì «le fredde strade bagnate senza riparo

---

* Jack è un personaggio della fiaba di Mary Norton *Sono tutti morti i giganti?*, dove Jack l'ammazzagiganti e Jack pianta di fagioli fanno crescere una pianta di fagioli altissima, che permette a Jack l'ammazzagiganti di uccidere l'ultimo gigante della terra di Cuccagna.

di Londra a mezzanotte». L'espressione continua a riecheggiare per i libri di Dickens, fino a che non la incontriamo di nuovo molti anni dopo nelle «estenuate strade occidentali di Londra in una fredda polverosa notte di primavera», strade che erano così melanconiche per Pip. Ma Pip doveva essere reale come le strade polverose, mentre Oliver era così irreale come la mezzanotte gelida e bagnata di cui egli faceva parte.

Questo non è per criticare il libro, quanto per descriverlo, perché quale immaginazione questo giovane di ventisei anni aveva per poter inventare una leggenda così mostruosa e completa! Noi non ci perdiamo con Oliver Twist intorno a Saffron Hill: ci perdiamo negli anfratti di un cervello giovane, arrabbiato, fosco, e le immagini opprimenti si stagliano lungo il sentiero come le figure illuminate nel tunnel di una galleria degli orrori.

> Contro il muro erano allineate, in uno schieramento regolare, una lunga fila di tavole di olmo tagliate nella stessa forma, a spiare nella luce fioca, come fantasmi dalle spalle alte, con le mani nelle tasche dei calzoni al ginocchio.

La gran parte di noi ha visto quelle stampe dell'Ottocento dove corpi di donne nude formano il volto di un personaggio, il Diplomatico, il Misero e simili. Così la figura incurvata di Fagin sembra formare la bocca, Sikes con il suo randello i lineamenti in rilievo e il triste perduto Oliver gli occhi di un uomo, perso come Oliver. Chesterton, in un sottile passaggio ricco d'immaginazione, ha descritto il mistero celato dietro le trame di Dickens, il senso che perfino l'autore fosse inconsapevole di quello che stava realmente accadendo, a tal punto che quando le spiegazioni arrivano e noi raggiungiamo, aggrovigliata nelle ultime pagine di *Oliver Twist*, la nuda complessa narrazione di illegittimità, di testamenti bruciati e di prove distrutte, semplicemente non ci crediamo. «La segretezza è sensazionale; il segreto è banale. La superficie della cosa sembra più terribile del suo nucleo.

Sembra quasi come se queste figure raccapriccianti, Mrs Chadband e Mrs Clennan, Miss Havisham e Miss Flite, Nemo e Sally Brass, stessero celando qualcosa all'autore e al lettore. Quando il libro si chiude, noi non ne conosciamo il vero segreto. Esse rassicurano l'ottimistico Dickens con qualcosa di meno terribile della verità.»

Ciò che colpisce di più l'attenzione in questo sbarrato universo alla Fagin sono i diversi livelli di irrealtà. Se, come si è inclini a credere, lo scrittore creativo percepisce il mondo una volta per tutte nell'infanzia e nell'adolescenza, e la sua intera carriera è uno sforzo per chiarire il suo mondo privato nei termini del grande mondo pubblico che tutti noi condividiamo, possiamo comprendere perché Fagin e Sikes nella loro più estrema esagerazione ci emozionino più della benevolenza di Mr Brownlow o della dolcezza di Mrs Maylie – quelli ci impressionano con la paura, mentre gli altri non arrivano mai a commuoverci con l'amore. Non è che il bambino infelice, con il suo orgoglio ferito e il suo senso di insicurezza senza speranza, non abbia mai incontrato la bontà umana – egli non è riuscito, semplicemente, a riconoscerla in quelle strade tra Gadshill e Hungerford Market che sono state così rigorosamente identificate come quelle di Oliver Twist. Quando Dickens in questa prima fase ha cercato di descrivere la bontà sembra essersi ricordato dei piccoli negozi dei cartolai sulla strada per la fabbrica del lucido da scarpe, con i loro ritagli di carta colorata in forma di angeli e di vergini, o forse del volto di qualche gentiluomo che gli aveva rivolto gentilmente la parola fuori della fabbrica di Warren. Egli nuotò verso l'alto, verso la bontà, dal più profondo mondo della sua esperienza, e la parte conscia del cervello ha poi cercato di impadronirsi di questo sottile livello, provando a costruire personaggi per rappresentare la virtù e, poiché la sua età lo richiedeva, la virtù trionfante, ma tutto ciò che lo scrittore è riuscito a produrre sono parrucche incipriate e lucenti spettacoli e molto trambusto con scodelle di brodo e un pallido volto angelico. Considerate il modo in cui per la prima volta incontriamo il male con la prima comparsa della bontà.

Le pareti e il soffitto erano stati anneriti completamente dal tempo trascorso e dal sudiciume. Su un tavolo situato davanti al fuoco si trovavano una candela conficcata entro una bottiglia di birra, due o tre boccali di peltro, una pagnotta, un panetto di burro e un piatto. Nella padella posta sul fuoco, e legata alla mensola del caminetto mediante un pezzo di spago, stavano cuocendo alcune salsicce; e, chino su di essa, con un forchettone in mano, v'era un ebreo anziano e raggrinzito la cui faccia laida e ripugnante rimaneva nascosta in parte da una gran barba ispida e rossiccia. L'uomo indossava una bisunta vestaglia di flanella, portava una sciarpa intorno al collo e sembrava dividere equamente la propria attenzione tra la padella e una corda tesa dalla quale pendevano numerosi fazzolettoni di seta. Vari giacigli, consistenti in vecchi sacchi, si trovavano allineati l'uno accanto all'altro sul pavimento. Intorno al tavolo sedevano quattro o cinque ragazzetti, nessuno dei quali più avanti negli anni del Furbacchione; fumavano lunghe pipe d'argilla e sorseggiavano bevande alcoliche con l'aria di uomini fatti. Costoro si raggrupparono tutti intorno al loro compagno mentre egli bisbigliava qualche parola all'ebreo; poi si voltarono e sorrisero a Oliver. E altrettanto fece l'ebreo, con il forchettone in mano.

«Ecco il mio amico, Fagin» disse Jack Dawkins. «Oliver Twist.»

L'ebreo sorrise di nuovo; poi, fatto un profondo inchino a Oliver, lo prese per mano e disse di sperare che avrebbe avuto l'onore di conoscerlo meglio.

Fagin ha sempre intorno a sé questa aura di oscurità e incubo. Non appare mai nelle strade alla luce del giorno. Anche quando lo vediamo alla fine nel braccio della morte, è nelle ore che precedono l'alba. Nell'oscurità di Fagin, la mano di Dickens raramente manca la presa. Ascoltatelo girare la vite dell'orrore quando Nancy parla dei pensieri di morte che l'hanno tormentata:

«Immaginazione» disse il gentiluomo, cercando di calmarla.

«Non era immaginazione» rispose la ragazza, con una voce rauca. «Giuro di avere visto la parola "bara" scritta a grandi lettere nere su ogni pagina del libro, e per la strada, questa sera, ne è passata una vicino a me.»

«In questo non c'è niente di insolito» osservò il gentiluomo. «Chissà quante volte ho veduto passare bare vicino a me.»

«Ma *bare vere*» ribatté la ragazza. «Questa non lo era.»

Ora volgetevi al mondo luminoso e al nostro primo sguardo su Rose:

La più giovane si trovava nell'adorabile, piena fioritura primaverile della femminilità; in quell'età nella quale, se mai gli angeli, per i buoni fini di Dio, dovessero assumere sembianze mortali, assumerebbero quelle di creature simili a lei.

Non aveva ancora compiuto i diciassette anni. Aveva forme talmente esili e squisite, era talmente mite e soave, talmente pura e bella, che questo mondo non sembrava essere il suo ambiente, né le rozze creature terrene sembravano degne di lei.

O Mr Brownlow quando è apparso per la prima volta a Oliver:

L'anziano gentiluomo entrò a passi lesti e con un'aria allegra; ma, non appena ebbe alzato gli occhiali sulla fronte e portato le mani dietro la vestaglia per osservare bene Oliver, sul volto di lui passò tutta una serie di bizzarre contrazioni. Oliver, che era molto dimagrito e aveva gli occhi cerchiati dopo la malattia, fece, per rispetto nei riguardi del suo benefattore, un vano tentativo di alzarsi in piedi, e ricadde sulla poltrona; e ne conseguì, se la verità va detta, che il cuore del signor Brownlow, essendo grande abbastanza per sei anziani gentiluomini dall'indole compassionevole, fece affluire agli occhi del suo proprietario lacrime in abbondanza mediante un processo idraulico che, non essendo abbastanza addentro nella scienza, non siamo in grado di spiegare.

Come possiamo davvero credere che questi inadeguati fantasmi di bontà possano trionfare su Fagin, Monks e Sikes? E la risposta, ovviamente, è che essi non avrebbero mai potuto trionfare senza l'elaborato macchinario della trama dischiuso nelle ultime pagine. Questo mondo di Dickens è un mondo senza Dio; e come sostituto per la potenza e la gloria dell'onnipotente e onnisciente ci sono alcuni riferimenti sentimentali al Cielo, agli angeli, ai dolci volti dei morti, e Oliver che dice: «Il Cielo è molto lontano da qui, e loro sono troppo felici lassù per scendere al capezzale di un povero ragazzo». In questo mondo manicheo possiamo credere nella malvagità, ma la bontà scolora nella filantropia, nella gentilezza, e in quelle strane vaghe malattie di cui si ammalano così spesso le giovani donne di Dickens e che sembrano agli occhi dello scrittore un distintivo di virtù, come se fossero un merito nella morte.

Ma, come istintivamente, il genio di Dickens ha riconosciuto il difetto e lo ha trasformato in virtù. Non possiamo credere nel potere di Mr Baldwin, ma neanche poté farlo Dickens, e dalla sua incapacità di credere nei suoi personaggi buoni sgorga la reale tensione del romanzo. Il ragazzo Oliver forse non può stabilirsi nel nostro cervello come David Copperfield, e sebbene molte espressioni di Mr Bumble siano divenute – e meritino di essere divenute – citazioni familiari, possiamo percepire che egli è stato confezionato: non respira mai come Mr Dorrit; eppure la difficile situazione di Oliver, la lotta da incubo tra l'oscurità dove camminano i demoni e la luce del giorno, dove una bontà inefficace oppone la sua ultima resistenza in un mondo condannato, rimarranno parte della nostra immaginazione per sempre. Leggiamo della sconfitta di Monks, di Fagin che urla nel braccio della morte, di Sikes che penzola dal cappio che si è fatto da sé, ma non ci crediamo. Siamo stati troppo spesso testimoni delle fughe temporanee di Oliver e della sua inevitabile ricattura: *là* è la verità e l'esperienza creativa. Sappiamo che quando Oliver lascia la casa di Mr Brownlow per camminare per poche centinaia di metri fino al libraio, i suoi amici attenderanno invano il suo ritorno. Tutta Londra, al di fuori della tranquilla, ombrosa strada di Pentonville, appartiene ai suoi inseguitori; e quando egli scappa ancora nella casa di Mrs Maylie nei campi dietro Shepperton, sappiamo che il suo senso di sicurezza è falso. Le stagioni possono cambiare, ma la sicurezza dipende non dal tempo ma dalla luce del sole. Da bambini noi tutti lo sapevamo: sapevamo come poter dimenticare tutto il giorno il buio e il viaggio verso il letto. È con un senso di sollievo che alla fine nella penombra vediamo i volti dell'Ebreo e di Monks sbirciare dalla finestra del cottage tra i ramoscelli di gelsomino. In quel momento comprendiamo come, al calar della notte, il mondo intero, e non Londra soltanto, appartenga a questi due. Dickens, che distribuisce i suoi lieti fini e i suoi irreali castighi, non può mai rovinare la validità e la dignità di quel momento. «Loro avevano riconosciuto lui, e lui loro; e il loro sguardo era così fermamente impresso nella sua memoria, come se fosse stato profondamente scavato nella roccia, e posto davanti a lui dalla nascita.»

«Dalla nascita» – Dickens può avere voluto intendere la frase per fare riferimento ai complicati imbrogli della trama che si trovano fuori del romanzo, «qualcosa di meno terribile della verità». Quanto alla verità, è troppo fantastico immaginare che in questo romanzo, come in molti dei suoi libri più tardi, si insinui furtivo, non riconosciuto dall'autore, l'eterno e seducente marchio del Manicheo, con la sua semplice e terribile spiegazione della nostra triste condizione, di come il mondo sia stato creato da Satana e non da Dio, cullandoci con la musica della disperazione?

Indice